你在星光深处

上册

语笑阑珊 著

已经有答案在他心里生根发芽

中国致公出版社 知音动漫

图书在版编目（CIP）数据

你在星光深处 ： 全二册 / 语笑阑珊著． -- 北京 ：
中国致公出版社， 2023
ISBN 978-7-5145-2048-4

Ⅰ．①你… Ⅱ．①语… Ⅲ．①长篇小说－中国－当代
Ⅳ．①I247.5

中国版本图书馆 CIP 数据核字（2022）第 213132 号

你在星光深处：全二册 / 语笑阑珊 著
NI ZAI XINGGUANG SHENCHU：QUAN ER CE

出 版	中国致公出版社 （北京市朝阳区八里庄西里 100 号住邦 2000 大厦 1 号楼西区 21 层）
出 品	湖北知音动漫有限公司 （武汉市东湖路 179 号）
发 行	中国致公出版社（010-66121708）
作品企划	知音动漫图书·少女心诊所
责任编辑	林 颖
责任校对	魏志军
装帧设计	刘 宝 余婧雯
责任印制	程 磊
印 刷	长沙鸿发印务实业有限公司
版 次	2023 年 7 月第 1 版
印 次	2023 年 7 月第 1 次印刷
开 本	710mm×1000mm 1/16
印 张	44
字 数	850 千字
书 号	ISBN 978-7-5145-2048-4
定 价	89.8 元（全二册）

PASSWORD 421282

ENTER »

目录

CONTENTS

第 1 颗星	相遇 · 全能的韩先生真的超有魅力	1
第 2 颗星	跟踪 · 来自遥远光年外的危机初现	17
第 3 颗星	礼物 · 月下谈心和花园里盛开的花	27
第 4 颗星	机会 · 美貌且脾气暴的王经纪上线	39
第 5 颗星	觉醒 · 掌心的炙热温度和咫尺星光	57
第 6 颗星	往事 · 雇主和保镖都是有故事的人	71
第 7 颗星	实验 · 施天和甜蜜谎言包裹的阴谋	89
第 8 颗星	生日 · 替我守护这颗漂亮的小星球	107
第 9 颗星	计划 · 孤注一掷的绝情疯狂梦想家	121
第 10 颗星	真相 · 昏迷的春春和夜风中的哭泣	133
第 11 颗星	乔装 · 是时候展现小白真正实力了	155

目录

CONTENTS

第 12 颗星　成长 · 不救人时超人就要认真生活　175

第 13 颗星　情绪 · 久违的“少年韩卓”之烦恼　187

第 14 颗星　深入 · 感动和阴谋不停交织的日常　205

第 15 颗星　阴影 · 幸福是乌云之下的美好假象　225

第 16 颗星　交换 · 在无奈的现实中的绝望冒险　245

第 17 颗星　梁佚 · 神秘的大佬们总是扎堆出现　259

第 18 颗星　节日 · 用今天的温暖治愈昨日伤痛　279

第 19 颗星　合作 · 朝着大团圆的幸福目标努力　289

第 20 颗星　家庭 · 矛盾又让人沉迷的温暖港湾　299

第 21 颗星　决心 · 面对或逃离真的都需要勇气　315

第 22 颗星　行动 · 万事开头难这句话很有道理　327

第1颗星

相遇

全能的韩先生真的超有魅力

刘春春做梦也不会想到，自己的画展居然能吸引这么多人去看。

此时他半死不活地躺在病床上，吊着一只胳膊和一条腿，激动不已，热泪盈眶。

白曦站在病床前，面无表情地举着手机，屏幕里的展馆人头攒动，有游客，有学生，有记者，还有穿梭其中回收空水瓶的保洁阿姨，保安举着喇叭维持秩序，比隔壁场馆的名家画展还热闹。

“看够了吗？”白曦问，“我要去接人了。”

“再给五分钟。”刘春春恋恋不舍。

白曦冷漠地说：“叫爸爸。”

刘春春毫无节操：“爸爸。”

白曦冰山般的表情总算松动，他笑着骂了一句：“滚！”

过了一会儿，刘春春又疑惑地问道：“为什么我的观众都是些老阿姨？”

白曦面不改色：“这说明在我们生活的城市里，老阿姨的艺术修养要远远高于你喜欢的那些网络主播。”

刘春春单手啪啪拍床，做出一个伟大的决定：“我以后只爱老阿姨。”

“行了，睡吧。”白曦收起手机，“晚点老三他们来看你，我就不过来了。”

“成，白哥你忙你的，不用管我了。”刘春春坐直身体，诚恳道，“还有，这次画展的事，谢谢你。”

白曦笑着拍拍他，转身出了病房。

“白总，”刚到停车场，秘书又打来电话，“画展这头能撤了吗？我好给领队结工资，他们还要去一家网上很火的油条店排队。”

“撤吧。”白曦随口回答，说完把手机丢到了副驾驶座上。

秘书如释重负，赶紧招手示意领队过来。

这年头，开家奶茶店都能找到专人排队，想要拉一群观众来看刘春春这毫无名气的画展当然更是轻而易举，而且老阿姨们还挺喜欢这种活儿，毕竟不用露天暴晒，免费矿泉水随便喝，场馆里空调也舒服，遂纷纷询问还有没有下回，发自内心表示这画家好啊，我们都喜欢。

银色跑车穿过市区主干道后潇洒右转，划出一道漂亮的弧线，然后就被困在了私家车、出租车还有公交车汇成的汪洋中。

这是21世纪下叶的一个秋天，适逢开学，再加上周围到处在施工，路面堵得水泄不通，车辆和行人都寸步难行。

白曦看了眼腕上的表，两根指针像小幽灵一般左晃右晃，最后颤颤巍巍地飘向三点四十——离之前约定的时间还有十分钟，看着面前宛若静态画的车流，白曦太阳穴隐隐作痛，只好拨打了事先存好的手机号。

关机。

再打。

依旧关机。

时间一分一秒流走，等白曦终于赶到出站口时，比约好的三点五十已经晚了足足一个小时，又正赶上一大拨人从车站里拥出来，扛着行李的，提着活鸡的，拎着水果的，空气里弥散着各种酸涩的气味，被午后湿热的阳光一蒸腾，更是如同发酵后的闷棍，打得人头昏脑涨。

白曦不得不往后退了两步，找了个通风的位置站着。

他身上原本挺括的灰衬衫此时已经被汗浸湿，鞋子更是被人踩了无数下，裤腿上沾着不知道哪个小孩蹭的冰激凌。他实在很难维持好心情，于是不耐烦地解开衬衫的纽扣，又一次拨出电话。

毫无意外的，关机。

实在没有办法了，白曦虽然是万般不愿意，却还是不得不把电话打给了自家正在度假的老爷子。

“您所拨打的电话已关机。”

白曦开始怀疑今天是不是世界关机日，响应“环保人人有责”的那种。

就在他盘算着下一步要怎么办时，出站口另一头突然传来一阵骚动。

“抓小偷啊！”有人大声叫嚷道。

白曦抬起头，刚好看到一个身材高大的男人冲开层层旅客，身手敏捷地扛起一个人，嗖地一下丢上了天。

围观群众哗然，纷纷散开，自觉让出一大片空地好让小偷可以无障碍降落。

白曦见状却大惊失色，三步并作两步扑上前，在小偷的脑袋即将和地面亲密接触时飞身抱住他，充当了一回肉垫。

沉闷的撞击声传来，群众不约而同倒吸一口冷气——

疼。

“不许动！”警察迅速赶过来，把地上的两个人咔咔铐住。

“……”白曦连忙说，“警察同志，我是个好人。”

然而没有人相信他，毕竟众目睽睽下飞身救贼，不是同伙就是有病。

白曦又伸手指向那位见义勇为的魁梧好汉，实话实说：“我怕他把小偷打死。”

按照刚才的落地角度，小偷的确很有可能直接摔断脖子，至少也是个脑震荡，于是警察问白曦：“你们认识？”

“认识认识。”白曦说，“我就是来接他的，他叫韩卓。”

警察从好汉手里接过身份证——周金山。

直到被拘上警车，白曦还深陷在现实的残酷中无法自拔。他实在很不想承认，自己在一场见义勇为的好人好事中，在众目睽睽之下，奋不顾身地救了一个不认识的贼。

这件事说起来有些复杂。

他不认识韩卓，甚至连照片也没见过，只从自家老爷子那里接到指示要去火车站亲自接他回家，而除此之外的唯一线索就是听母亲说过韩卓在老家天天打架，进派出所比进小卖部还勤。

白曦抽抽嘴角：“这也算优点？”

“你懂什么，人家是见义勇为。”白太太翘起兰花指舀着冰糖燕窝，“你爸爸想让他进公司，我一想嘛，给你当当保镖也是好的。”

所以，今天白曦在看到有人矫健抓贼时本能地以为对方是韩卓，他可不想让这人在来的第一天就因为打死小偷吃官司——那样老爷子八成得活扒了自己，于是赶紧上前帮忙，却万万没料到，认错人了。

想及此处，他扭过头，幽怨地、深深地瞥了一眼自己的“同伙”。

小偷拖着手铐一抱拳："萍水相逢，多谢大哥救命之恩。"

白曦觉得自己想骂脏话。

警察用警棍一敲铁栏："你们两个，给我老实点！"

两个小时后，审讯警察集体用不敢置信的、活见鬼的又略肃然起敬的眼神，目送这位"英勇救贼"的寰辰集团少东家出了大门。

白曦脚下无力，饥肠辘辘，他觉得这或许是自己有生以来最倒霉的一天，更倒霉的是，真正的韩卓恐怕现在还蹲在火车站里，孤苦无依地吸溜着方便面。

他长叹一口气，从裤兜里摸出手机，结果没电了。

果然是世界关机日。

凉风卷起落叶，白曦坐在长椅上打了个哆嗦，感觉自己宛若坐牢十年孤苦出狱的过气大哥，没手机，没小弟，连车也没在身边。

过了一会儿，他面前突然出现一个人。

"喂。"

白曦被冷不丁地吓了一跳："啊？"

"你好。"对方态度良好地伸出右手，"韩卓。"

白曦："……"

面前的男人看起来很斯文，面容清俊，薄唇微微含笑抿起，戴着一副无框眼镜，白衬衫的袖子整整齐齐地挽着，露出腕上的一块老式手表，手指干净而修长——挺像隔壁高中的班主任老师，或者是刚刚从派出所出来的律师，再或者会计也好，医生也好，总归无论如何也不会是母亲所描述的那个在乡下长大，朴实耐劳，天天打架学雷锋的狂野好汉。

见白曦并没有和自己握手的意思，韩卓收回右手，笑着说道："对不起，我手机刚好没电了。"

白曦伸手："证件。"

韩卓微微挑眉，配合地从裤兜里摸出身份证。

姓名，性别，出生年月，籍贯地址，一样不差。

白曦终于相信了，眼前这个人真的是韩卓。

"我在火车站听到消息，就借钱坐车过来了。"还没等他问，韩卓就主动开口解释，"有一群老阿姨在惋惜，说好端端的大学生为什么要当贼，听完外貌描述，我就猜那个人可能是你。"

白曦嗡嗡耳鸣。他是真的不想再听到“火车站”这三个字了，只想回家吃饭睡觉，最好明早醒来能顺便失个忆。于是他强打精神，挤出一个笑容：“算了，先回去吧，我父亲他们半个月后回来。”

“这派出所还挺不好找。”韩卓四下看看，状似不经意地又重复了一遍，“借的五块钱差点不够坐地铁。”

白曦这回总算听清了他再三强调的重点，惊讶道：“你出门不带钱？”

韩卓态度温良地回答：“在火车上被偷了钱包。”

白曦：“……”

“我不是要问你借钱，”韩卓说得真诚又谦逊，“就是一天一夜没吃饭，饿。”

“……好吧，我带你去吃饭。”白曦哭笑不得。

“也别走远了，随便一点。”韩卓替他整理好乱糟糟的衬衫领，“我想吃东二区杨柳大街摸金胡同36号附8号不加辣椒的卤汁小面，刀削。”

白曦心情复杂：“你这也叫随便一点？”

韩卓咽了咽口水。

“……”白曦说，“打车。”

出租车一路疾驰，一个小时后，司机把车停在路边说：“到了。”

白曦打了个哈欠，他迷迷糊糊睡了一路，刚下车还有点头昏脑涨，站在路边吹了半天风才清醒。

“面店呢？”白曦问。

韩卓回答：“穿过这条巷子就是。”

“哦。”白曦活动了一下筋骨，跟在他身后往里走。

巷道很长很深，也很黑，路灯早就成了摆设，只有两旁摇摇欲坠的小楼里漏出了些昏黄灯光让人勉强能看得见路。

“收废旧手机！”前面是一辆破三轮，“废旧家电！”

韩卓突然一把抓住他的手腕。

白曦问：“怎么了？”

韩卓笑笑：“没什么，我还以为这里是水沟。”

白曦微微皱眉，觉得似乎有哪里不对，只是还没等他多问，韩卓已经拉着他快走几步，同时右手不易察觉地一扬，把一枚小圆片丢进了前面的三轮车里——那是他刚刚从白曦手表上撕下来的窃听器。

收废品的大爷浑然不觉，嘴里哼着戏曲，蹬着三轮车哐当当地出了小巷。

与此同时，在城市的另一个角落，一群人正在仔细分辨着耳机里传来的声响，很嘈杂，也很混乱，似乎还有人在讨价还价。足足过了半个小时，他们才最终确认了这神秘声波的具体内容——

“所有旧手机破手机都能拿来换不锈钢脸盆。”

东二区杨柳大街摸金胡同36号附8号压根就不是一家面馆。

那只是一间破破烂烂的棚户房，门口挂着半干的衣服，在月与风下摇摇晃晃，像是五颜六色的残破旗帜。门边蹲着一个瘦小的男人，正在翻捡面前的干菜，准备把它们收回竹筐里。

他翻得很专注，很认真，看起来恨不得要从那些干瘪的豇豆里找出一把钻石。直到面前出现两双脚，男人才停下手里的活计，满脸不甘愿地抬起头。他的五官有些拥挤，老鼠般的眼睛里闪出暗色的光。

白曦就是在这一刻感受到了什么叫毛骨悚然。那是一种毫无理由、突如其来却又真切存在的恐慌，使得他紧绷的皮肤上炸开一粒粒细小的鸡皮疙瘩，心底也跟着这种情绪猛然一悸。

他本能地就想落荒而逃，逃离这有些诡异的窒息感。只是，没等他迈开腿，韩卓已经开口询问了：“几点营业？”

白曦：“……”

瘦小的男人拍拍手里的豇豆碎，回答：“八点半。”

出乎白曦的预料，男人的声音和外貌极其不相符。他的声音浑厚低沉，发音也很标准，如果闭上眼睛，说他是新闻主播白曦也信。

“现在是八点二十九。”韩卓看了眼时间。

男人答应一声，跟着起身随手一拽，他们的头顶上顿时亮起了三个巨大的灯泡，照得小巷亮如白昼。

韩卓被晃得眯起眼睛：“现在不怕交电费了？”

“不怕。”男人撑开桌子，字正腔圆地朗声回答，“这是我从路灯线上偷的电。”

白曦：“……”你还挺自豪。

“你想吃什么？”韩卓问。

“我？”白曦赶紧婉拒，“我不饿，你自己吃吧。”

“不饿吗？”韩卓替他倒茶，“你应该也没吃晚饭。”

没吃晚饭是一回事，但看看一次性茶杯里的不明深色液体，白曦再一次坚定地表明自己的立场：“谢谢，我真的不饿。”

“好吧。”韩卓笑笑，并没有勉强他，只给自己要了一碗面和一碗汤。

面条很快就上了。

明亮的灯光、饭菜的香气，再加上从周围人家传来的吵架声、狗叫声，让这条小巷在一瞬间就溢满了世俗的活力与生机，之前的阴森感荡然无存，以至于白曦不得不认真思考了一下为什么自己刚才会产生那种奇怪的……错觉。

韩卓吃相斯文，不紧不慢，优雅得如同在享用法式大餐。白曦坐在他对面，单手撑着脑袋打盹，而就在他即将被一个又一个模糊的梦境吞没时，韩卓正好喝完了最后一口汤并把碗重重放回桌上：“老板，买单。”

白曦从睡梦中惊醒，有些懵懂地看着面前的男人。

韩卓笑容和善，小声提醒：“那个，我没钱。”

“不好意思，我睡着了。”白曦拍拍昏沉的脑袋，随口问，“有矿泉水吗？”

“没有。”老板回答。

“好吧，那买单。”白曦从钱包里抽出一张大钞，“不用找了。”

老板扫了一眼：“不够。”

白曦闻言莫名其妙，他指着桌上的空碗：“就这碗面，50元还不够？”

老板回答：“一碗288元。”

白曦心情复杂：“你这么定价没人管吗？”

“管不着。”老板端起空碗，“我也只在晚上摆摊。”

白曦沉默地看着韩卓，眼底写满万语千言。为什么你一定要穿过大半个城市，来这家没有经营许可证，没有健康证，偷电营业，还漫天要价的黑店来吃面？

韩卓态度良好：“算我借你的，以后还。”

白曦无话可说，往桌上拍了三张大票，自认倒霉。

“你以前一定没有来过这里。”往外走时，韩卓拉了他一把，随口提醒道，“小心，别踩到垃圾。”

白曦心不在焉地“嗯”了一句，又问：“贫民区吗？”

韩卓笑笑，并没有回答这个问题。

出租车再度纵贯城市，等两人终于到家时已经接近凌晨。白曦把韩卓交给李阿姨，又尽职尽责地叮嘱了两句，才拖着酸痛的身体回到卧室。

“韩先生，以后这就是你的住处了。”李阿姨站在客房门口介绍，“柜子里有新衣服，浴室里有洗漱用具，如果需要别的，你可以随时找我。”

“谢谢，已经很好了。”韩卓点头，“麻烦你了。”

夜色深沉，白曦带着沐浴后的潮气扑在床上，精疲力竭，连一丝牛毛细梦也没有力气再做。

而在他楼下，韩卓正靠在窗边若有所思地看着远方，视线所落处是一道纵贯天际的壮阔银河，璀璨浩渺，耀眼夺目。

翌日清晨，当白曦打着哈欠下楼时，厨房里正上演着一场小规模争夺战。

李阿姨对这个新来的保镖兼司机胆敢私闯自己的领地这件事感到非常不满。她看着白瓷盘里盛好的煎蛋和培根，试图找出一些缺点来。

“你们在干什么？”白曦抱着胳膊靠在门口，“抢油壶？”

“是韩先生！”李阿姨先发制人告状道，“今天早上我起床的时候，他就已经把早餐做好了，你说说这像什么话，少爷从来不吃溏心蛋的呀。”

韩卓端着盘子：“早。”

“早。”白曦回他一句，扶着李阿姨的肩膀把人推到客厅里，嘴里半哄半敷衍着，“有人帮你还不好，来来来，继续给小田织毛衣。”

“这不行的，少爷你得和韩先生好好说说，大家要分工明确哦。”李阿姨抱怨，“分工明确才是第一生产力，知道吧？”

韩卓：“噗。”

“知道知道。”白曦把毛线筐塞进她手里，转身回到厨房。

韩卓解下围裙：“可是我做了三份。”

“以后做饭这种事你就别插手了。”白曦给自己倒了杯果汁，“二十多年了，一直都是李阿姨在这里忙活，她已经习惯了。”

“我是想感谢你。”韩卓说，“为了昨天的所有事。”

“你还是忘了昨天吧。”白曦发自内心地拒绝，“从火车站到派出所再到黑心面馆，全部不准再提。”

“好的，我保证。”韩卓很配合地举起手，又笑着问，“你不吃溏心蛋？那我重新煎一个。”

“谢谢。”白曦并没有拒绝，他无所事事地站在一边，过了一会儿又有了些新的疑惑，“你这件衣服……是不是不大合适？”

宽松的圆领T恤活像个麻袋，把韩卓整个人都套了进去，裤子也有些长，裤腿被挽起，卷了两道，露出脚下48码的大拖鞋。

“没有别的能穿的了，”韩卓把圆圆的太阳蛋从锅里盛出来，“柜子里都是这个尺码的衣服，这一套算是最小的。”

白曦有些哭笑不得。

衣服是李阿姨买的，但这真不能算她失职，因为白太太只说要帮新来的保镖兼司机买衣服，她就按照上一任保镖的体形对服装店的店员比画：“一米九五都过了，对对对，很魁梧的，要加加加加大号。”

“其实我也不矮，对吧？”韩卓笑着把盘子递给他，“今天要去哪儿？”

“你刚来，先休息吧。”白曦靠在厨房餐台上，用叉子卷起培根，“我也不去公司，要去医院探望一个朋友。”

“你还是让我跟着你吧。”韩卓压低声音，朝客厅扬扬下巴，“喏。”

李阿姨正在十指翻飞地织着毛衣，杀气腾腾。

白曦扑哧一乐，爽快点头：“也行。”

白太太早就给韩卓准备好了一台车，是白曦上大学时开过的，保养后和新的也没区别。由于已经过了早高峰，所以路上车子不算多，白曦坐在副驾驶座上玩了一会儿手机游戏，突然抬起头说：“下个路口掉头吧。”

“改地方了？”韩卓看了眼导航。

“先去给你买两套衣服。”白曦拎拎他宽大的衣袖，“唱戏都够了。”

韩卓勾勾嘴角：“谢谢。”

“我再睡一会儿，你直接开到银色大厦。”白曦把靠垫丢到后排，放倒座椅，闭上了眼睛。

韩卓点头，贴心地把车里的音乐调到最小声，若有似无的吟唱，的确很催眠。

两人谁都没注意到，有一辆不起眼的黑色奥迪此时正在前方掉头。它悄无声息地驶入辅路，最后停在了摸金胡同口。

面馆门口，一个男人正蹲在地上刷牙，听到脚步声后抬起头，看到三个穿着制服的男人朝自己走过来。

“你好，请出示一下经营许可证。”对方绷着脸。

男人吐出满口泡沫，含糊道：“什么经营许可证？”

“你面馆的经营许可证。”对方脱下大盖帽，“有人举报你无证经营。”

“我这不是什么面馆。”男人把漱口杯放在窗台上，“你们找错人了。”

对方四下看了看，说：“我们还接到食客举报，说你偷电。”

小车稳稳地停在银色大厦门口，韩卓刚想叫醒白曦，手机就嗡嗡振动起来。他按下接听键，听筒里就传来了抑扬顿挫的朗声指责：“这实在是太过分了！”

“出了什么事？”韩卓看了眼身侧的人。

对方持续叽里呱啦，用非常浑厚铿锵的语调把刚才发生的事情一五一十地描述了一遍，很是怒火中烧，甚至有些歇斯底里。

“怎么了？”白曦睡眼蒙眬地坐起来。

“没什么。”韩卓替他调整好座椅，笑道，“干得不错。”

“什么干得不错？”白曦随口问。

“举报黑店。”韩卓拧开一瓶水，“慢慢喝。”

“你举报黑店了？”白曦接过水，小口地喝着，他还没完全清醒，回答全凭本能。

韩卓的笑容微微一僵：“那家面馆，不是你举报他无证经营的吗？”

“我哪有这么无聊。”白曦这时总算清醒过来，“那家黑店被人举报了？不是，你怎么知道的？”

韩卓指了指音响：“新闻里说的，今天突袭检查棚户区。”

“检查就检查吧，那家店坑人就算了，卫生状况还堪忧，你以后也别去吃了。”白曦不以为意，“走吧，去买衣服。”

“好。”韩卓点头，又冲他笑笑，“你先下，我找个地方把车停好。”

这附近有个写字楼，所以停车位很紧张。韩卓开着车在地下车库里转圈，趁机给对方回电话。

“我没事，可是他们带走了老周。”对面依旧在字正腔圆地咆哮。

韩卓挂断电话，渐渐皱起眉头。

黑色奥迪车沿着高架，一路开向郊区。车里除了三名“执法人员”，还有一个身材高大的男人，他就是瘦小男人嘴里的“老周”，面馆真正的老板，也是昨天在火车站见义勇为导致白曦直接进了派出所的威猛好汉，周金山。

没开空调的车里极度闷热，空气里的湿意浓重，似乎伸手就能攥出水。周金山身上的衬衫逐渐被汗浸透，他终于变得不耐烦起来，扯着裤子说：“我要上厕所。”

没有人理他，司机一脚油门踩下去，仪表盘上的数字几乎要飞出天际。

周金山又重复了一遍，依旧没有得到任何回应。

一阵解皮带的声音窸窣响起，周金山脱了裤子，转身对准身旁的男人。

对方脸上的肌肉跳动了两下，目光森然地看着他。

周金山说：“憋不住了。”

对方不知道从哪里摸出来一个矿泉水瓶。

骚臊的气息在车里弥漫开来。

司机脸色铁青，拼命压抑胃里的不适感。其他人也纷纷侧身，只求离这移动的尿瓶越远越好。

周金山穿好裤子，右手在空中随意画出一个潇洒的弧度，没有拧盖的矿泉水瓶在车里飞起来。惊呼声伴着咒骂骤然响起，车子在刺耳的刹车声中原地打了两个转，差点冲进左侧的麦田。周金山趁乱越过身边的看押人员，哗啦一下，用肩膀顶破车窗玻璃利落地钻了出去，一路疾奔，消失在了农田里。

那绝对不是人类的力量，也不是人类的速度。

半个小时后，韩卓又接到一个电话。“我已经脱身了，不过看来要离开这里了。”周金山说，“面馆也会换一个地方再开。”

“好的。”韩卓并没有多问，只叮嘱了一句，“你自己多小心。”

“是谁？”白曦问。

“一个老家的朋友。”韩卓把手机装回裤兜，又站在穿衣镜前扯了扯衣服，“你觉得这件好看？”

“还行。”白曦点头，从钱包里抽出信用卡，“试过的都要了。”

店员笑容满面接过卡，投向韩先生的目光也就多了几分意味深长。

韩卓低头一笑，镜片后的桃花眼梢微微上挑，带着几丝慵懒和玩世不恭，白衬衫的纽扣被解开一颗，只一瞬，他就从斯文儒雅的大学老师变成了出卖美色的斯文败类。

“他是我的保镖。”见店员一直在盯着韩卓，白曦主动介绍。

“就说之前没见过，原来是白总新雇佣的保镖啊。”店员倒是很想配合他的演出，但也实在说不出口“魁梧魁梧”“厉害厉害”“一看就很能打”这类眼瞎的赞美，只好纷纷脸上微笑着鞠躬，“谢谢惠顾，期待二位再次光临。”

“看不出来，你人缘还挺好。”走出店铺时白曦随口说道，“之前我来的时候，也没见有这么多人接待。”

韩先生点头：“可能吧。”从容淡定，厚颜无耻。

医院里，刘春春吊着腿躺在病床上，一边吃水果，一边看电视，快活似神仙。

“白哥，白哥，你总算来了！”白曦还没来得及进病房，就被两个人绑架一般地架到走廊尽头，对他正色道，“刘春春好像疯了。”

这两个人，一个叫俞炯，一个叫王小森，再加上刘春春和白曦，四个人是大学室友，关系很铁。今年六月大学毕业后，白曦从自家老爷子手里接过一家小公司练手，俞炯和王小森去了同一家公司实习，刘春春则在诸位兄弟的帮助下开办了人生第一场业余画展——虽然状况很惨淡，但也算是完成了梦想。

意气风发的青春才刚刚开场，就疯了一个？

白曦连忙问：“到底出了什么事？”

“他不看美女主播跳舞了。”王小森一拍大腿，“改成看老阿姨跳广场舞了，一看就是一整天。”

白曦：“哈哈哈哈哈哈。”

“富二代没有同情心啊。”王小森痛心疾首。

“看老阿姨跳舞怎么了？挺好的。”白曦伸手招呼韩卓过来，“介绍一下，韩卓，以后会跟着我。”

“你们好。”韩卓伸出手，“我是白总的保镖。”

“嚯，原来是真人不露相啊，我还以为是家庭教师。”王小森自来熟，勾肩搭背地领着韩卓就往病房里走，白曦和俞炯跟在后面说说笑笑、打打闹闹，四人一起去围观动不了的刘春春，并且在他面前表演吃烧烤，三倍辣的那种。

刘春春木乃伊一般躺在床上，泪流满面地咽着口水，看这冷漠的社会，毫无人性。

下午五点的时候，李阿姨打来电话说老爷和太太已经提前结束度假，现在在从机场回家的路上。

白曦吃惊道："怎么这么快？"

"太太说了，晚上要请韩先生吃饭，让我在家好好准备。"李阿姨说，"听起来嘛倒是很高兴的样子。"

"知道了。"白曦道，"半个小时到家。"

"你要去哪儿？"俞炯听到后问，"不和我们一起吃火锅了？"

"我爸妈回来了，改天再吃饭吧。"白曦站起来，从果盘里叉起一块水果塞进刘春春嘴里，慈爱地叮嘱道，"乖乖听哥哥们的话，爸爸改天再来看你。"

"嗯。"刘春春一脸娇羞，羞中还带怯。

俞炯和王小森看了假装扶墙呕吐。

白曦笑着拍了刘春春一巴掌："行，我走了。"

"你们关系很好。"在等电梯的时候，韩卓说。在说这句话时，他并没有用疑问句，而是在很肯定的陈述。

"铁哥们儿。"白曦点头，叹了口气，"春春受伤是因为我，那晚是我开的车，在隧道里出了事故。"

韩卓伸手挡住电梯门，先让他进去。

"我妈好像很喜欢你，"白曦顿了一下，"也很相信你。"

韩卓笑笑："白太太一直就对我很好。"

白曦看了他一眼，没有再说话。

两人到家时，李阿姨已经准备好了满满一桌好菜。她很满意自己重获厨房的主导权，因此使尽浑身解数，煎炒烹炸，各色菜式一应俱全。

"回来了呀。"白太太迎出来，笑容满面。

"妈。"白曦张开双臂，"欢迎回家，这次度假怎么样？"

"凑合凑合。"白太太敷衍一句，带着阵阵香风和儿子擦肩而过。

白曦："……"

"小韩啊，累了吧？"白太太握住他的双手，埋怨起自家儿子，"你看看，这刚到家的第二天小白也不让你休息，去哪儿了？"

白曦："……"

"出去逛了逛。"韩卓态度温良，"白总还带我去买了衣服。"

"在家叫小白就好了，白总是我家老头子，记住了？"白太太小声叮嘱。

韩卓笑着点头："好的。"

客厅里，白曦斟好茶，毕恭毕敬地双手端给了自己的亲爹，也是寰辰集团货真价实的白总，白博阳。

"又去哪儿了？"白博阳问。

"去医院看春春了。"白曦回答，"他已经好多了。"

白博阳点点头，又问："小韩呢？"

"他？"白曦想了想，"我昨天接到人以后，他说要去城东那边的某一条胡同吃面，可真够远的，而且那家店的店主毫无道德底线。"他自觉忽略了自己"英勇救贼"的事迹，以免被骂个狗血淋头。

白博阳放下茶杯，问："和小韩相处得怎么样？"

"目前来说，还不错。"白曦回答。

这时，白太太亲热地挽着韩卓进来，一边走，一边说："听说你今天早上还给小白煎了个溏心蛋？他不吃溏心蛋的，吃了要吐。"

韩卓表情僵了僵，把目光投向了餐厅里的李阿姨——这也要告状？

二十年老家政·金牌保姆·厨师·地板清洁第一人·快速收纳发明家·高效而又细致的织衣者·阿姨·李，正冷漠而又高傲地和他对视。

韩先生哑口无言，心服口服。

一家人围坐在餐桌旁，白太太率先举杯对韩卓表示了欢迎，然后在接下来的时间里更是不断地给韩卓夹菜添汤，与他热情攀谈，宛若他才是自己的亲儿子。

白曦在一旁心酸地往嘴里扒着饭。

"小韩啊。"白博阳突然放下酒杯，深深地叹了口气，说，"以后，我儿子可就正式交给你了。"

白曦猝不及防，差点被呛到。

"啊哟，你看看你，吃个饭急什么。"白太太伸手过来替他拍背。

偏偏韩先生还很配合，他点头答应："我一定会好好照顾小白。"

白曦满面涨红，抽出纸巾擦眼泪。上一任保镖分明要比韩卓更加魁梧且沉默寡言，黑铁塔一般让人安全感倍增，也没见自家父母这么满意，在饭桌上就郑重地把自己给托付了出去。

可吐槽归吐槽，其实白曦心里也清楚，韩卓一定有特殊的身份，否则父亲也不会特意把他从北方的偏远小山村里请出来给自己做保镖。目前情况不合理得有些诡异，但是他不想多问，因为父亲一定不会说，母亲也一定只会转移话题，倒不如自己慢慢查。

“你在想什么？”韩卓问。

“嗯？”白曦抬头，“没什么，今天的鳜鱼很好吃。”

“明天有什么打算？”白博阳放下筷子问白曦。

“明早要开会。”白曦回答，“下午我再去总公司做汇报。”

白博阳点点头：“以后你不管去哪里，都要带着小韩，包括去见你那些……朋友。”或许是为了照顾儿子的面子，韩卓在场，白博阳这次并没有说“狐朋狗友”。

白曦答应一声，漫不经心低头，发现碗里多了一大块肥美的鳜鱼肉。

“没有刺的，”韩卓笑容温和，“吃吧。”

目

第2颗星

跟踪

来自遥远光年外的危机初现

在白家父母回来的第一晚，韩卓的表现简直毫无缺点，不仅能在饭桌上无微不至地照顾白曦，还能在饭后继续陪白太太喝茶聊天，话题涉及名牌风衣、美容护理、总统大选、新能源开发、鳄鱼皮包包的养护等领域，最后又神奇地落到了隔壁李太太身上。

“你不知道哦。”白太太压低声音道，“她背着老公搞花头，小白脸如流水。”

“真的假的，太吓人了。”韩先生非常配合，甚至还倒吸了一口冷气。

白曦刚好端着果汁经过，忍不住开口：“妈，你能不能放过隔壁李阿姨？”

“我一家人喝喝茶，有什么不好说的。”白太太闻言很不满，又拉着韩卓埋怨，“你看看小白，刚毕业不想着努力工作，还有空在这里偷听我们说闲话。”

白曦：“……”

“哎哟，心脏病都要发作了。”白太太虚弱地捂住胸口。

白曦赶紧投降：“我这就去书房。”

白太太很满意，用慈母的微笑送他上了二楼。白曦如芒在背加快脚步，身影很快就消失在了楼梯口。白太太却没有收回视线，她盯着空荡荡的楼梯看了很久，直到身边的韩卓轻轻咳嗽了一声才猛然回神，歉意地笑道：“你看我，又胡思乱想了。”

韩卓替她换掉面前的冷茶，温和地说道：“没关系。”

“走，我们去小客厅。”白太太拍拍他的手，“给你看看小白小时候的照片，粉嘟嘟的，很可爱。”

韩卓笑着点头：“好。”

墙上挂钟的时针指向“2”，白曦活动了一下酸痛的筋骨，合上了电脑屏幕。明天是他第一次在集团会上做报告，顶着二世祖的名号，做得太难看也给老爷子丢人，因此虽然早就已经准备好了所有的资料，他仍旧多检查了几遍，以确保万无一失。

家里很安静，白曦冲完澡后，一边擦头发，一边走向阳台，原本只想吹吹风，可没想到韩卓居然也没睡。他穿着宽松的家居服坐在一楼的花园露台，手边还有杯红酒。

“喂！”白曦趴在栏杆上小声抗议，“你才是不务正业吧？”哪里有当保镖还兼职司机的人三更半夜一个人喝酒的。

“一小杯而已，不会耽误工作的。”韩卓抬起头，向他发出邀请，“这里开了一朵很漂亮的花，要不要下来看看？”

“不看。”白曦对植物毫无兴趣。

“来。”韩卓伸出右手。

白曦莫名其妙：“干什么？”

“跳下来，我接住你。”韩卓说，“乡下的每个男孩都会爬树跳墙，很好玩的。”

“跳墙和跳楼是两回事。”白曦依旧拒绝，“不过你先等我一下。”

“嗯？”韩卓挑眉。

白曦悄无声息地跑下来走进露台，对韩卓说：“聊一聊。”

“要聊什么？”韩卓帮他摆好椅子。

“你以前和我妈认识？”白曦问。

韩卓点头：“认识，三年前白先生和白太太去度假，我正好也在那座海岛上，有匪徒闹事，我帮忙控制了局面。”

“是吗？”白曦皱起眉头，“可是我妈从来都没有提起过这件事。”

“应该是怕你担心。”韩卓自觉地接过毛巾帮他擦头发，“他们是很好的父母。”

白曦没有再说话，他靠在椅子上，漫无目的地看着远处天穹，猜想明天应该是个好天气，因为星星很亮，像宝石一样，哪怕是被随意地抛撒在天幕上，也一样美不胜收。

“有心事？”韩卓放下毛巾，问。

“嗯。”白曦回答，过了一会儿，他又闷闷地补充了一句，“不想说。”

“没关系，不想说就不要说。”韩卓也看着远处，“最喜欢哪颗星星？”

“最喜欢？”白曦想了想，摇头道，“都一样。”

“不一样。”韩卓说，“有的星星上面是水，有的星星上面是山，还有的星星上面真的落满了宝石。”

“……”白曦由衷鼓掌，“韩先生，你真文艺。”三更半夜不睡觉，一个人吹风喝酒赏花吟诗看星星。

“要来一杯吗？”韩卓端起酒杯，“白太太送给我的。”

“不了，我得回去睡觉。”白曦站起来，“明早八点出门，你也早点休息吧。”

“好，晚安。”韩卓点点头，又问，“真的不想从这里爬上去吗？”

“完全不想！”白曦再次无情拒绝，趿拉着鞋往回走。

等二楼卧室的灯光熄灭了，韩卓才放下手里的空酒杯转身回房间休息——当然在那之前，他还专门从花园里摘了一捧花，用丝带整整齐齐地束起来，放在了一楼保姆间的门口。于是第二天清晨，白曦一下楼就听到李阿姨在抱怨：“啊呀，吓死人了。”

“又怎么了？”白曦拉开冰箱门。

“你听阿姨说，这种男人不能要。”李阿姨握住他的手，苦口婆心道，“花花肠子太多，小姑娘嘛太单纯要受骗的。”

“你又看什么电视剧了？”白曦不着痕迹地把自己的手抽回来，敷衍地安慰道，“好了好了，现在的小姑娘精得很，不会轻易被骗的。”

“什么电视剧，是韩先生啦。”李阿姨心有余悸，“你不知道，今天早上我一开门，了不得呀，门口有这么大一捧花。”

“……”白曦说，“哇！”

“他嘛，以为我也像那些小姑娘一样好哄，一束花就能把厨房让给他。”李阿姨一语道破，“想都不要想。”

“干得好。”白曦扶着她的肩膀，眼底闪烁着盟友般的赤诚，“但是拜托快点煮早餐吧，再抱怨几句，我真要迟到了。”

李阿姨这才注意到时间。身为金牌家政，她从来就没有犯过这种低级错误，于是在自责愧疚之余，又十分不满，最后这种不满直接反映在了韩先生的早餐上，没有肉没有蔬菜，只有一个寡淡的鸡蛋三明治和一杯有些酸的葡萄柚汁。

“早知道就不送花了。”韩卓把车停在十字路口，对白曦笑道，“看来白太太说得也不对，不是每个女人都能用花哄好的。”

“我妈还教你这个？”白曦叹为观止。

“她很厉害的。”韩卓看着前方的倒计时红灯，用余光扫了一眼车内后视镜，微微皱起了眉头。

白曦却没有注意到这细微的异常，他一直在看资料，准备下午的发言。

车子开过两条街，韩卓终于确定了。他对白曦说：“有人在跟踪我们。”

“跟踪我们？”白曦一愣，回头看了一眼，“是谁？”

“黑色，车牌AH7862，很旧的一辆车。”韩卓说，“跟了我们两条街。”

“可是我要去公司开会，很多人都知道，跟踪我做什么？”白曦不解。

“要甩掉他们吗？”韩卓问。

“……不用了吧。”白曦迟疑道，“我又不是明星，难不成还怕有狗仔偷拍？”

“这件事我说了算。”韩卓踩下油门。

“可是——”白曦一句话还没说完，车子就拐弯上了楼下的停车场。

身后的黑车果然跟了上来，不过明显跟不上韩卓的速度。这个城市有太多蛛网般的支路，韩卓开着车，下了高速又稳稳地穿过大街小巷，最后提前五分钟抵达公司楼下的停车场。

白曦坐在副驾驶座上看着他，与其说是惊魂未定，倒不如说是满心不解。

“去开会吧。”韩卓替他理理头发，“别让这件事影响心情，今天对你很重要。”

“可谁会跟踪我呢？”白曦依旧没想通，“这种跟踪根本毫无意义，还是说……”他犹豫了一下，“还是说，其实上次那场车祸也和他们有关？”

韩卓摇头，没有直接回答：“你开会要迟到了。”

白曦坐着没动。

韩卓替他解开安全带：“万一他们是你工作上的竞争对手呢？”

白曦还是有些犹豫：“你确定？”

“我不确定，但的确有这种可能。”韩卓下车，走到右侧打开车门，弯着腰看着白曦，说道，“白总，你真的要迟到了。”

“……好吧。”白曦深呼吸了一口，“晚上再说。”

韩卓从他手里接过资料：“要我陪你一起开会吗？”

“在休息室等我就好了。”白曦说，“你也可以四处逛逛，先熟悉一下公司的环境。”在等电梯的时候，或许是为了缓和一下这一路的紧张气氛，也让自己放松心情，白曦笑着推推他，“还有，隔壁是一家模特公司，如果你运气好的话，美女如云。”

“这就是你一定要把公司开在这里的理由？”韩卓打趣。

“错，”白曦按下电梯，“是因为租金便宜。没办法，刚起步，要节衣缩食。”

电梯稳稳升到十八层，叮地一声门打开了，就有香风迎面袭来。一大群美女站在不远处说笑，各个腰细腿长，貌美如花。俞炯和王小森缩在墙角瑟瑟发抖，痛心疾首。白公子这种富二代的生活真是太奢靡了，太腐化了啊。

“你们两个怎么会在这里？”白曦看到他们还有些意外，“不用上班？”

“当然要上班了，我们是出来做调研的，正好在这附近，就过来看看你。”俞炯四下打量，“怎么样，中午一起吃个饭？我请客。”

“没空，我得去见老爷子。”白曦拍拍他的肩膀，“你们自己玩吧，我先走了。”

“不是吧，又要去你爸那挨骂啊？”王小森内心顿时生出了对白曦的无限同情，对着他的背影高声问，“那有没有什么要我们帮忙的？”

“不用了。”白曦匆匆刷卡进门，让秘书去通知其他人过来开会。

“要去休息室喝杯茶吗？”韩卓邀请俞炯和王小森。

“也行。”两个人怀里都抱着厚厚一摞资料，去休息室正好也能有个宽敞安静的地方把资料分类整理一下。

白曦这家公司的规模挺小的，装修当然不会像寰辰集团那么富丽豪华，却也精致。休息室里有果汁和咖啡，还有专门给女员工准备的小饼干，韩卓研究了一下咖啡机的用法，打算帮两人冲咖啡。

“韩哥，我们自己来。”王小森从他手里接过杯子，“怎么好意思麻烦你。”

“别客气，这也是我的工作。”韩卓对他们笑了笑，问，“对了，住院的那位小朋友怎么样了？”

“下周能出院。”王小森打开咖啡机，“再休息一个月差不多就能找工作了。”

“我听白总说，车祸当天是他开车？”韩卓把方糖拿到他们面前。

“是小白开的车，可也不是他的错。”俞炯道，“隧道追尾，对方全责。”

肇事司机是个看起来有些懦弱的中年男人，也挺老实，出事后第一时间该送医院的送医院，该赔偿的赔偿，还带着妻子女儿到医院来探望，态度好得无可挑剔，白曦和刘春春也就没有再和他计较。

“对方的车牌号和名字，还记得吗？”韩卓问。

“记得。”俞炯点头，“SU4721，一辆香槟色轿车，司机叫赵跃进，普通职工。”

韩卓点点头，又问：“还需要茶点吗？”

“不用了，我们马上就走。”俞炯摆摆手，“实习期，不能偷懒的。谢谢韩哥。”

“不客气。”韩卓擦干净手，“那我去白总那头看看。”

会议还没有结束，玻璃门的隔音效果很好，在外面听不到具体的内容，却能看到白曦的表情和眼神，那是专注的、热情的、充满朝气的。他穿着剪裁合体的白衬衫，低头时会有几缕碎发落在额头，笑起来更好看，像是阳光，也像是宝石。

年轻、干净、梦想、活力，都是这个世界上最美好的东西。

“您好。”过了一会儿，白曦的助理从会议室里出来对韩卓小声道，“白总说他可能还要一个小时，让您先去他的办公室休息，不用站在这里。”

“好的。”韩卓歉意一笑，“对不起，打扰你们开会了。”

助理赶忙摇头表示没关系，亲自领他去了白曦的办公室。房间整体是灰色调的简洁装修风格，墙角却放了一个桃红色的懒人沙发，辣眼①又突兀——这种惊世骇俗的礼物，除了刘春春，别人也送不出来。当初白曦一脸嫌弃地把它搬回公司，本来想丢到杂物间了，但架不住刘春春天天打电话询问沙发近况，宛若一位慈祥的老岳母，于是他只好又把沙发拖回了办公室，以免挫伤一颗纯情少男心。

韩卓给白博阳发了条信息，很快就有了回复，详细列出了肇事司机赵跃进的资料。韩卓看着对方的住址，丹阳街19-87号，想到那里是一片新建小区，住户大多是拆迁户，的确符合“普通职员，外表朴素，但赔偿却很爽快”的行为表现。

韩卓收起手机，打算抽空亲自去那里看一看。

会议还没有结束，外面的天色却渐渐暗了下来。狂风骤起，看起来像是要下暴雨，空气里暗沉沉地泛着湿意，让人倍感压抑。新来的实习生过来帮白曦关窗户，却不知道办公室有人，推门就往里走，结果差点撞进韩卓怀里。

“对不起对不起。”实习生被吓了一跳，又迟疑地往他身后扫了一眼，那里不知道是什么，正在温暖地发着光，如同最柔软的棉花灯，又像是闪烁不定的星辰。

“手机电筒。”韩卓淡定回答，“这里太黑了，我想拍一下吊灯的照片，将来给自己家里也安一个。哦，我是白总的司机，姓韩。”

实习生心里充满疑惑：是吗？

韩卓坦诚地和她对视，眼神无辜又担心：“这样不会违反了公司规定吧？”他的声音原本就很好听，现在刻意压低了，就变得更加磁性暧昧起来。

实习生心里顿时小鹿乱撞，不自觉后退一步：“不会不会，韩先生尽管拍。”

“那就好。”韩卓温和地笑了笑，“真是谢谢你……对了，你叫什么名字？”

实习生回答：“宋筱筱。”

韩卓点头，郑重道：“谢谢你，宋小姐。”

---

①辣眼：网络用语“辣眼睛”的简略用法，一般指看到不好看或者不该看的东西。

那一点微光消散了，房间重回昏暗。白曦推开办公室门就看见站在昏暗中的两人，大吃一惊："你们在干什么?!"

"白总！"宋筱筱脸色通红，赶忙解释，"我是来给您关窗户的。"

白曦看了眼正在被风吹得哗哗作响的窗帘。

宋筱筱手忙脚乱地过去关了窗，几乎是逃出了办公室。

罪魁祸首韩先生笑得云淡风轻："要去总公司吗？"

"真是没看出来，"白曦满脸嫌弃，"你这人怎么一点节操都没有。"

"我真的很无辜。"韩卓帮他把懒人沙发摆好，"会议怎么样？"

"还不错，下午应该没什么问题。"白曦把自己丢进沙发里，享受被柔软细沙包围的放松感，"吃完饭再走吧，外卖。"

韩卓点点头："需要按摩吗？"

"你还真是全能。"白曦嘀咕一句，没形没状地放松伸展，"对了，我警告你，下回不准再骚扰我的女员工，要调情请去隔壁。"

"我真的对宋小姐没兴趣。"韩卓帮他捏肩膀。

"这么快就连人家姓什么都知道了还说没兴趣……"白曦倒吸一口冷气，"喂，你轻一点啊！"

韩卓勾勾嘴角，掌心按过他的肩背，用手指隔着衬衫在他背上画了一颗小星星。

下午两点，韩卓准时把白曦送到了寰辰集团，还对他说："加油。"

白曦指着他的鼻子："再说一遍，注意言行。"

韩卓举手投降："我不上楼，就在这附近逛逛。"

"你不上去吗？"白曦解开安全带，"也行，下午自己安排吧，我不用车，晚上可能还要陪客户吃饭。"

韩卓点头，送他进了电梯才返回，只是没有再开车，而是在路边打了辆车径直去了城西。那里有一条著名的酒吧街，越夜越声色，白天反而很寂静。所以当韩卓推开其中一家的大门时，原本正趴在吧台后昏昏欲睡的酒保差点被那串木质风铃的响声吓出了心脏病。

"一杯薄荷酒。"韩卓坐在木椅上。

酒保摇摇头，取过抹布擦吧台："晚上八点开始营业。"

韩卓往桌上丢了两枚宝石："小费。"

酒保眼睛顿时亮了。他越过吧台，脸几乎要贴到韩卓身上："你是谁？"

“我找你的老板。”韩卓随手抽出一根烟，低头点燃，“她醒了吗？”

酒保看起来有些兴奋，尖尖的指甲在吧台上划出痕迹：“你等一下。”

酒吧老板是一位妖艳美丽的妇人，韩卓进门时她正在研究新一季的时尚单品，地上凌乱地丢满了高跟鞋和手袋。

“看来你今天心情很好。”韩卓坐在她对面。

妇人咯咯笑起来，她竖起戴着钻石指环的手指：“一只名牌包一个问题。”

“生日快乐。”韩卓在她指尖点了点，落下的星芒遮住钻石的光，“黛西小姐。”

“讨厌。”黛西用脚趾挑起高跟鞋，慵懒地躺在十几只最新款的手袋上，“你想问我什么？”

“我没有问题，”韩卓说，“只是想让你帮我的忙。”

黛西摇头：“没兴趣，免谈。”

“可我遇到了一个麻烦。”韩卓态度良好，“只有你能帮我。”

黛西扯了扯胸衣，漫不经心地敷衍道：“什么麻烦？”

“有人要绑架我的客户。”韩卓扯过一条披肩，把她严严实实地围起来，“而他对我很重要。”

“这和我有什么关系。”黛西把钻石戒指摘下来，像丢玻璃一样地丢在地毯上，然后起身站在穿衣镜前，扭动着水蛇腰，抖落披肩，打算为今晚的约会好好准备准备。

“当然和你有关系，我的麻烦就是你的麻烦。”韩卓抓住她的手腕把人生生拽了回来，“妈，你能不能有点做长辈的责任心？”

黛西捂住耳朵尖叫。

韩卓从衣柜里翻出一条裙子丢给她：“五分钟，我在门外等你。”黛西不耐烦地挥挥手，等韩卓出门后，她立刻换衣服穿鞋，手脚并用地从窗户里爬了出去。黛西拍拍身上的灰尘，一抬头，就发现韩卓抱着手臂靠在不远处的树上盯着自己。

黛西：“……”

铺满纯白羊毛地毯的客厅。偷跑失败的黛西靠在沙发上注视着面前的儿子，目光深情柔软，甚至还有几分慈爱——在卸去妖娆的妆容后，她的五官看起来要比刚才柔和许多，如果足够细心，甚至还能发现那双美丽的眼睛周围已经布满了细细的皱纹。

“我已经老了。”她伤感地哭泣道。

韩卓面无表情地伸手撕掉她眼角的皱纹贴。

长大后的儿子是这个世界上最无聊的生物，黛西发自内心地叹了口气，妥协了：

"说吧，谁要绑架你的客户？"

韩卓回答："是地下仓库的人。"

黛西微微迟疑了一下："你确定？"

韩卓点头："我确定。"

远处传来广场的钟声，当当当，敲了七下，宣告着夜色正降临。

酒吧街一下就变得热闹起来，到处都是迷离的灯光、激情的音乐、拥挤的舞池和一排排被注满各色液体的酒杯。人们卸下白天一板一眼的面孔，在这里社交、放松、买醉，哭哭笑笑、吵吵闹闹，世界也在泼洒的红酒里颠倒。

酒保从客人手里接过钞票，却看也不看一眼就塞进了凌乱的抽屉里，像是对待最廉价的草稿。他喜欢的是宝石，事实上，这条街上许多人喜欢的都是宝石，闪着亮光的，璀璨夺目的，冰冷的，华贵的，像星星一样闪烁，也像星星一样遥不可及。

因为在这座城市里并不是只生存着地球人，还有一大群异能者，他们来自另一颗遥远的星球，如果用人类的文字来表达，那颗星球应该叫"宝石和星辰"。

美好的名字，也是永远都回不去的故乡。

一千年前，一艘飞船在遨游星河时发生故障，只好选择地球作为紧急降落点。有人因此丧命，可也有许多人活了下来，他们伤痕累累，艰难地从保护气囊里爬出来，慌乱而又迷茫地打量着周围的陌生世界。

那是一片广袤的草原，闻讯而来的游牧者救了他们，不仅给他们带来了食物和水，还帮忙掩埋了飞船的残骸。从那之后，部族里多了十几顶帐篷，地球上也多了一群河外星系来的客人。他们隐姓埋名，努力又小心地适应着周围的一切，就这样一代一代繁衍下来。初时还有些文字记载，可随着岁月逐渐流逝，到今天已经没有人能够说清楚地球上究竟生活着多少异星人。

而所谓"地下仓库"，则是指一家科研机构，更准确点，是一家非法科研机构。他们一直在孜孜不倦地追踪异能者，寻找着一切可能破解人类和异能者基因壁垒的线索，如同最狂热的粉丝，却拥有最残忍的手段。

"你的客户呢，是异能者？能让地下仓库和你作对，他应该很出名。"

韩卓摇头："他是地球人。"

黛西睁大眼睛："地球人？"

第3颗星

礼物

月下谈心和花园里盛开的花

小车在夜色中疾驰，白曦蜷缩在后座上，浑身冒着冷汗。下午，他在总公司做完报告后，或许是太紧张，又或许是着了凉，总之胃里像是被塞了一台冰冷的搅拌机一样翻腾个不停。他默不吭声地一个人在办公室休息了将近一个小时，又喝了七八杯热水，才觉得舒服了一点。晚上还有饭局，白博阳并没有察觉到儿子的异常，只是听说韩卓不在就把自己的车调给了他。

酒桌上当然要喝酒，虽然白曦已经尽量控制，但还是不可避免地诱发了又一轮胃痛。司机不敢大意，直接送他去了医院。没多久，白博阳和白太太也到了医院。白太太坐在病床前把白先生从头数落到脚。

白曦有气无力，半睡半醒，做梦还在听两人吵架。不知道过了多久，他感觉自己被人抱了起来，想睁开眼睛，却实在没力气。黑甜的梦境如同柔软的羽毛，一层一层温柔地包覆上来，安静而舒适，让他片刻也不想离开。

这个梦很绵长，到处都闪着细碎的光。胃里的不适逐渐消失，白曦躺在被窝里，觉得自己此时正行走在云朵间，耳边似乎有人在轻声笑。

韩卓隔空往他鼻尖弹了弹，落下一团飘浮的荧光。

直到第二天中午，白曦才掀开被子坐起来，顶着一头乱糟糟的头发惬意地伸了个大大的懒腰。

“早。”韩卓站在门口，“可以进来吗？”

白曦打着哈欠问：“家里怎么这么安静？”

“白先生和白太太有约，李阿姨禁止我大声说话。”韩卓帮他把拖鞋拿过来，“针对昨晚的事，她还严肃批评了我一个小时，明令禁止我下次再犯同样的错误。”

“我爸妈不在家？”白曦闻言松了口气，又直挺挺地倒回床上，既然目前没有人能批评自己，那么完全可以再赖半个小时床。

“你该起来吃东西了。”韩卓提醒道。

“没胃口。”白曦拒绝。

“听说你昨天在集团会上的表现很好？”韩卓把他拉起来。

“那当然。”白曦又躺下，还扯过被子裹住自己，“行了行了，我要睡觉。”

“连续饿两顿你又会胃痛的。”韩卓很有耐心，“听话，晚上再睡。”

“救命呀！有坏人！”白曦在这一刻刘春春附体，嗲着嗓子抗议。

门外传来脚步声，韩卓心知不妙，果断一把捂住他的嘴。但显然还是迟了一步，李阿姨宛若神兵天降，举着铲子站在门口用非常震惊又非常生气的语气批评韩先生：“少爷还在生病，你为什么要捂住他的嘴？”话说回来，这人到底是哪家倒霉公司介绍来的，为什么业务水平这么烂也能上岗，还有没有职业道德啦！

白曦虚弱地躺回床上：“嗯。”

“……”韩卓试图为自己的行为辩解，“可是该吃午饭了。”

白曦索性把半张脸都缩回被子里，只露出一双睡意未消的眼睛，他哑着嗓子抱怨：“我不想起床。”

“不想起床我们就不起床。”李阿姨说得铿锵有力，然后居高临下地看着韩先生，“你来端一下少爷的饭，让他在床上吃。”

白曦悄悄做出胜利的手势。

韩先生寡不敌众，只好乖乖去端饭上来，还帮忙撑开了床上桌。桌面画着粉红色的桃心和公主，看起来很可爱，是李阿姨买给孙女的礼物，暂时友情支援给了白曦。

午餐是鱼汤和面条，白曦裹着被子，一边吃一边问他：“你昨天去哪儿了？我看车一直在停车场。”

韩卓说：“我去找一个朋友，她住在七叶路，不方便用白总的车。”

“七叶路？酒吧街啊！”白曦一听，又嫌弃起来，他用筷子头戳戳韩卓，提醒道，“刚来就勾三搭四，小心将来出事。”

韩卓笑着摇头：“只是普通朋友。”

“不管是什么朋友，只要别给我惹麻烦，只要别勾引我的员工，其他随便你。”

白曦抱着碗咕嘟咕嘟喝汤，过了一会儿又想起来一件事：“对了，这周末不准你请假，和我一起去接春春出院。”

韩卓点头，抽出纸巾帮他擦嘴。

周六，天不亮时天上就飘起了小雨，直到清晨依旧沙沙有声。偌大的住院部只偶尔有几名护士推着车经过。九点左右，一辆半旧的轿车开进医院，不多时，十七楼的电梯就叮地一声打开了门，一男一女走了出来。他们像是夫妻，四五十岁的年纪，神情惶急，穿着打扮很朴素。他们没有去护士台咨询，而是直接走向某间病房。

“二位，”身后有人叫住他们，“请问是赵先生和赵太太吗？”

赵跃进停下脚步，回头看着对方。说话的人是一位高贵美丽的妇人，黑色长发一丝不苟地盘着，穿着笔挺的职业套装，脚下踩着细跟尖头鞋，神情高傲，气场全开。

“你们好，我是刘春春的阿姨。”黛西不动声色地打量着面前的这两个人，微微点了个头，道，“刚刚也是我打的电话。”

“该怎么称呼您？”赵跃进迟疑着问。

“我姓刘。”黛西扶了一下鼻梁上的金边眼镜，莞尔一笑，“您可以叫我刘律师。”

医院地下车库里，白曦看着面前的车，奇怪地说：“他怎么来了？”

“谁？”韩卓问。

“之前追尾我的司机，赵跃进，我之前和你提过，还记得吧？这是他的车。”白曦看了眼车牌，“难道他也是来接春春出院的？”

韩卓微微皱眉，伸手按电梯：“俞炯他们来了吗？”

“起晚了，还在路上。”白曦抱着一大束花，完全挡住了自己的视线，眼前只剩一片浪漫到死的粉红色，倒是很符合刘春春的喜好。

“走吧。”韩卓让白曦先进电梯，而在他转身关门的时候，刚好看到赵跃进夫妇跟在一个人身后……黛西？他暗暗吃了一惊，再想看时，三人却已经上车离开了。

出电梯后，韩卓借口去洗手间，把电话打给了黛西：“这到底是怎么回事？”

“张律师啊。”黛西驾着车在车流里灵活穿梭，她语调严肃地说，“关于那个案件，我半小时后给你回电话。”

韩卓：“……”张律师？

病房里，刘春春正在欣赏白曦带来的那一大束粉红色的花，心情非常之好。听到白曦的问话，他也很纳闷：“赵先生？没有啊，我六点就起来了，没看到他。”

“他的车子在楼下。”白曦边说边收拾东西，准备给刘春春办出院手续。

“大概是生病了吧，我看赵太太也不像身体很好的样子。”刘春春说完觉得不妥，连忙“呸”了两声，正色道，“我可没有要诅咒她。”可那位赵太太的脸色的确很差，是一种病态的蜡黄，不像那些跳广场舞的阿姨，一个比一个红润富态，灵活矫健。

不多久，俞炯和王小森也气喘吁吁地赶了过来。两人一进病房就哀号，不是吧，这也要送花，有白公子这种体贴浪漫的富二代在，我们此生果然注定打光棍。

“房子都收拾好了？”白曦丢过去一瓶水。

“搞定。”王小森单手搂住刘春春保证，“哥哥的品位你放心，保证你的闺房是蓬荜生辉的。”

“我的天！”俞炯牙直疼，这种文盲居然也能上B大，这究竟是人性的泯灭还是道德的沦丧。

“办好了。”韩卓办好手续回来了，“现在就走吗？”

“等等！”刘春春坐在轮椅上一抬手，“我有个想法。”

“拒绝！”宿舍其他三人异口同声道。

倒是韩卓笑着问他：“什么想法？”

果然还是韩哥最善良了，但只有你问也没什么用。刘春春感激地看了韩卓一眼，然后一把抱住白曦，宛若甩不掉的狗皮膏药：“我想去KTV。”

“你这也太身残志坚了吧？”白曦踢了一脚他的轮椅，哭笑不得。

“上次说好我请客的。”刘春春替自己心酸，“我都快憋死了，这好不容易出院了，可你们现在都有工作，大家也只有周末才能聚一聚了，在我那破出租屋里待着有什么意思。”

“什么叫我们都有工作！等你好了，抢着要你的企业一大把。”王小森推着轮椅，“行行行，听你的，不过这回可不能喝酒啊。”

俞炯抱着一大堆生活用品先去按电梯，韩卓小声问白曦：“真的要去唱歌？”

“嗯，一起去吧，春春也是好心，想感谢大家照顾了他这么久。”白曦道，“就当周末放松一下。”

韩卓点头：“我还从来没有去过KTV。”

“是吗？”白曦上下打量他，“不信。”

韩卓笑道：“真的，今天是第一次。”

“行，那以后每年的今天就是你的KTV日。”白曦郑重地拍拍他的肩膀，“记住了，要请大家唱歌喝酒吃小龙虾。”

一听就是一个非常好的纪念日，强过情人节一百倍。韩先生欣然答应。

路上的车子不算多，一行人很快就抵达了KTV，韩卓又借口去洗手间给黛西打电话了。“张律师是怎么回事？”他开门见山地问。

“难道你想让我在车里当着赵跃进夫妇的面和你讨论这件事？”黛西站在餐厅外面接电话，说到这里，她回头看了一眼餐厅里的夫妇二人，只见他们搅拌着面前的咖啡，看起来很拘谨。

“妈，我的确是向你求助，但我以为你在行动之前至少会找我商量一下，或者至少是告诉我一声。”韩卓不禁有些咬牙切齿。

“放心吧，我并没有暴露。”黛西扯了一下裙摆，正色道，“我现在是刘律师。”

韩卓：“……”

“而且你猜错了，赵跃进夫妇并没有问题。”黛西继续说，“有问题的是他们的女婿，黄靖远这个人的资料我下午会发到你的邮箱。”

“他是地下仓库的人？”韩卓问。

“如果我没猜错的话，是的。”黛西摘下金边眼镜，“而且他或许还是一个指挥者，身份不会太低。”

包房里音乐轰鸣，王小森举着话筒咆哮：“我是不是你最深爱的人！”

韩卓推门进来，明显受惊不小。

“你为什么不说话！”王小森向韩先生深情伸出手。

“好！”刘春春喝彩鼓掌。

“过来过来。”白曦冲他招手，“点歌。”

“我不会唱的。”韩卓坐在他身边，“你们玩吧。”

“别啊韩哥，你说你不能喝酒又不唱歌，多无聊。”俞炯熟练地在屏幕上点击着，“我给你挑一首啊。”

“我真的不会。”韩卓把求助的目光投向白曦。

“KTV纪念日，怎么能不唱歌？”白公子搂着他，见死不救，幸灾乐祸，“这样吧，你选真心话，我就不强迫你唱歌。”

韩卓点头：“好，什么真心话？”

刘春春举手大声提问：“有没有交过女朋友？”

“嘁！”俞炯和王小森集体唾弃，这是什么破烂问题。

至于韩卓的回答，就更无聊了，他说：“没有。”

“不信。”俞炯摇头。

“不信。”王小森附议。

刘春春说：“我也不信。”因为不管从哪个角度看，韩先生都是品质优良的恋爱对象，长着一副斯文败类的禁欲脸，实际上很能打，声音温和低沉，做事情耐心细致，应该有大把女孩子喜欢才对。

“真的没有。”韩卓看着白曦，“喏，你不也没有？”

其他三个人闻言齐声叹气，这倒是。但白公子不一样，他是盛开在富二代界的一朵奇葩，大一大二玩命念书，大三大四出校创业，早出晚归比谁都忙。不过这倒也有好处，看他先天条件这么优越却还这么拼命，其他三人也是动力倍增，大学四年你追我赶，倒是人人都混成了杰出毕业生，很是风光了一把。

刘春春和王小森还在一首接一首地唱歌，白曦和俞炯在一旁猜拳喝酒，不一会儿他就投降了：“不行不行，我头晕。”

“算你输。”俞炯话刚说完就倒在刘春春肩膀上呼呼大睡。

韩卓扶住白曦，小声道：“我陪你出去透透气？这里太闷了。”

“走吧。”白曦拿起外套，准备顺便去买单。

这家KTV所在的地段很繁华，背后就是步行街。离开沉闷又喧闹的包房，白曦清醒了不少。韩卓在便利店给他买了一杯果汁，还体贴地插好吸管、垫好纸巾，就差先喝一口试甜度。

白曦啧啧摇头：“你这样子，怪不得李阿姨有压力。”

韩卓笑了。他看着橱窗里的小玩意，说：“我很怕她。”

“正常，家里没人不怕她。”白曦压低声音，“包括我爸。”

韩卓微微弯下腰：“你来看这个。”

“嗯？”白曦顺着他的目光看过去。那是一个小小的水晶球八音盒，水晶球里还住着两个牵着手的小人，小人周围星光闪烁，飘浮着无数细碎的金蓝色粉末。

“星光的尽头……”白曦看着商标上的名字，“你喜欢这个？”

韩卓点头。

“我送给你。”白曦很爽快，“感谢你明明没有兴趣却还陪我们干坐在KTV。”

五分钟后，韩先生拥有了第一件来自雇主的礼物，梦幻的，剔透的，充满星光的。

店主是个漂亮的小姑娘，她还特意把缎带系成蝴蝶结的样子，也是星空一样的蓝色。

“饿吗？”韩卓问，“礼尚往来，我请你吃饭。”

“只请我一个可不行，要请四个。”白曦拉着他穿过步行街，一路走到了一家烧饼店前，“打包回去吧。”

“就吃这个？”韩卓看着破旧的招牌，有些不敢相信。

“很出名的，老字号，因为最近要搬了所以才没什么人排队。”白曦掏出手机拍照，打算让KTV里的三个人选餐，结果还没等他按下快门，就有一个人骑着电动车呼啸而来，一把夺过他的手机，又呼啸着远去。

“喂！”白曦猝不及防，差点被巨大的惯性带翻在地。

韩卓伸手扶住他，接着提起放在烧饼店门口的铁桶扔了出去。

“啊！”围观群众尖叫着四散躲避。

沉闷的撞击声后，电动车失控地向一侧倾倒，在地上擦出火花，劫匪则狼狈地滚落在人行道上，捂着腿惨叫。

韩卓上前捡起白曦的手机，检查了之后交回他手里：“没事。”

很快，接到报警的警察过来带走了劫匪，群众自发对勇士报以经久不息的热烈掌声，白曦也严肃地对韩先生说：“谢谢你，烧饼我请！”

“还是我来吧，难得有一个便宜的。”韩卓笑着掏出钱夹，“你想吃什么口味？”

“辣椒酱加蛋。”白曦站在他身边，想了一会儿，又道，“不过话说回来，这还是你第一次发挥保镖的作用。”

“那我表现得怎么样？”韩卓问。

“九十分。”白曦毫不吝啬地夸奖道。在等烧饼的过程中，他试着拎了一下脚边的铁桶，结果差点闪了腰。居然这么沉?!

“装垃圾用的，你拎它做什么。”韩卓哭笑不得，把湿纸巾递给他，“擦手。”

“不是，你力气也太大了吧！”白曦震惊了，铅球运动员丢铅球都要有个准备过程呢，还没见过谁能嗖地一下用垃圾桶轰飞一个贼，而且还挺准，只打车轮不打人。

“不然怎么混饭吃？”韩卓从老板手里接过烧饼，“走吧，回去。”

白曦跟着他走了两步，却又迟疑着停下了。他看着韩卓，有些忐忑地问道：“刚刚的劫匪，会不会和之前跟踪我们的人是一伙的？”

“看起来不太像，他应该只是个普通的飞车党。”韩卓回答，“如果那些人想要你的手机，恐怕不会选择这么明目张胆而又愚蠢的方式。”

白曦“嗯”了一声，没有再说话，不过依旧解锁了手机检查起里面的内容来。

“别多想了。”韩卓遮住他的手机屏幕，温和地笑了笑，“有我在，不用担心。”

“到底发生了什么事？”白曦看着他，“我父母不会愿意说，而你看起来也不像是随随便便就能请到的保镖，所以或许真的发生了很严重的事。”他犹豫了一下，才问，“你会告诉我吗？”

“如果你想知道的话，我会。”韩卓替他把手机装进衣兜，“不过我们马上就要到KTV了，先好好玩，等过了今晚，我们再来谈这件事，嗯？”

“好吧，成交。”白曦和他击了一下掌，警告道，“不准耍赖，否则我就去跟李阿姨告状。”

韩先生立即举起双手投降。

KTV里的三个人已经过了闹腾劲，正横七竖八地瘫坐着聊天。见到两人进来，刘春春向他抗议：“白哥，过分了啊，说好我请客的。”

“等你找到工作，我们一定敲你一顿大的。”白曦搂住他的肩膀说，“走吧，现在去你家？”

“大恩大德，无以为报。”刘春春靠在他肩头，热泪盈眶，“你家还缺人扫地、洗碗、按摩、搓澡、大保健吗？”

“不缺。”白曦冷漠拒绝。

“社会新人，职场受挫，心灰意冷……”刘春春歪倒在轮椅扶手上，“有钱人果然都是万恶的。小炯子，走，起驾回宫。”

俞炯踢了他的轮椅一脚，无情地说：“滚！”

世态炎凉。刘春春嘤嘤啜泣着被韩先生载回了出租屋。

刘春春租的房子虽然不大，但收拾得干净整洁，王小森还斥巨资给他买了一块羊毛地垫，粉红色的，丑得惊世骇俗。

韩卓把几人送到之后就去买了菜，回来后就一直在厨房里忙碌着。白曦站在他身边观察，然后再度确定，李阿姨会有危机感实在是一件很理所应当的事。

“出去等着吧。”韩卓道，“厨房太小，小心撞到头。”

“你也太全能了吧。”白曦侧身让开位置，“有什么是你不会的吗？”

“嗯……”韩先生想了想，“没有吧，即使不会，只要你需要，我也可以学。”

他这句话说得很温柔，也很诚恳，白曦透过他的眼镜片看着他的眼睛，突发奇想：

“你不戴眼镜是什么样子？”

“嗯，”韩卓笑了笑，把锅里的汤盛出来，“普通人的样子。”

“我看一下。”白曦伸手。

韩卓躲开他：“听话。”

见他似乎很在意自己的眼镜，白曦反而更加好奇了，鼻涕虫一般跟在他身后不断骚扰。韩先生淡定地左躲右闪，还一点没耽误做饭。白曦绕了半天都被他用后背挡住了，最后还差点撞了鼻子，于是抗议道：“我要投诉你。”

“投诉的理由呢？”韩卓扬扬嘴角，慢条斯理地切着菜。

“不能满足雇主的要求。”白曦双手揪住他的衬衫，以表示自己的“愤怒”。

韩卓把手擦干净，转身看着他：“真的想看？”白曦立刻点头。“行，看吧。”韩卓微微俯身，配合地闭上了眼睛。

白曦嘿嘿坏笑，伸手捏住他的眼镜腿。

“白哥！”王小森突然出现在厨房门口，“有什么要我帮忙的吗？”

韩卓迅速站直，端着菜走出厨房：“准备吃饭了。”

白曦眼神幽幽，冲王小森勾勾手指，厨房里顿时响起了一片惨叫。

“为春春干杯！”饭桌上，白曦举着果汁兴奋地说道，“前程似锦！”

五只玻璃杯清脆地碰在一起，声音像风铃。

吃过饭后，众人各自回了家。白曦冲完澡后趴在阳台围栏上往下看，韩先生果然又在小花园的露台里。两分钟后，白曦悄悄走到了韩先生的背后。

“下次——”

“哪次我也不会跳楼下来。”白曦再度在他话说完之前就无情拒绝。

“好吧。”韩卓笑着递给他一朵花，“送给你。”

“你白天说过的，”白曦坐在他身边，“只要我想知道，你就会告诉我所有事。”

韩卓点头：“先说说看，你自己对这段时间发生的事情有什么想法？”

白曦认真回忆了一下。一切异常都始于今年五月，不知道为什么，他总觉得有人在跟踪自己，可每每回头却又没什么发现，俞炯甚至还报警调看过监控，也是一无所获。再往后，这种诡异的不安感越来越强烈，于是白曦不得不求助于父母。

“我爸其实是一个很严肃的人，平时总挑我的毛病，”白曦道，“可这次他没有任何质疑，甚至连问也没有多问，没过几天就请来了第一位保镖，据说在业内口碑很好，也很负责，不过奇怪的是没过多久他就辞职了，甚至不惜支付高额的违约金，我猜是有人威胁他。”

“我是你的第二个保镖？”韩卓问。白曦点点头。韩卓打开笔记本电脑把屏幕转向他：“这是我找人查的资料，和那位肇事司机有关，你看看。”

白曦略带疑惑地滑动着鼠标。其实在车祸刚发生的时候，白家就已经查过一次赵跃进了，不过韩卓这份显然更加详细，甚至还多列出了一个人，赵家的女婿，黄靖远。他学历很高，家境优渥，高大英俊，看起来的确是很好的结婚对象。

白曦问：“有什么问题？”

“这些是他曾经交往过的女朋友。”韩卓打开了另一个文件夹。

看着满屏幕的照片，白曦发自内心地“哇”了一声。

“全部都是漂亮的女孩，高挑貌美，身材也好。”韩卓又打开一张照片，“而这是赵跃进的女儿赵小娟，他现在的妻子。”

“……”白曦说，“你这样不对，不能以貌取人。”

“相信我，男人的本性是不会变的。尤其是花花公子。在玩腻之后，他可能会找一个安分朴素的女孩结婚，但对方一定也是漂亮的，何况凭他的条件，这并不是难事。”

“如果不是因为爱情，”白曦想了想，“赵家有什么是他想要的呢，居然愿意用婚姻做代价来交换？”

“婚姻在你心里很神圣，不过对于很多人来说并不是。”韩卓合上电脑，“想要查清楚所有围绕着你的阴谋，这位黄先生是我们目前唯一的突破口。”

“嗯。”白曦点点头，“可我身上究竟有什么能让对方这么大费周章？”对方也绝不是什么商业上的竞争对手，而是隐藏在黑暗中的另一群人，幽灵一般飘忽不定。

“我也不知道。”韩卓摇头，“不过不用担心，我会查清楚，也会保护好你的。”

白曦说：“谢谢。”

“喝完这杯就去休息吧。”韩卓给他倒了一杯酒，并和他碰了一下杯，“别让这些打扰你的生活。”

白曦突然又想起来一件事。

“干什么？”韩卓侧头一躲。

“眼镜。”白曦伸手抢。

“不要。”韩先生改变了主意。

“不要这么小气嘛！”白曦跟在他身后追。韩卓往左边一闪，白曦一头撞在了墙上，很晕眩，很咣当。

五分钟后，白少爷捂着冰袋，盘腿坐在床上，目光哀怨。

韩卓单膝跪在他面前：“我认错，给你看。”

“不看了不看了。”白曦一撇嘴，“没兴趣！”

韩卓忍笑：“确定？”

“又不是美貌如花的姐姐。”白曦趴到床上，“有什么看头……”

韩卓坐在他身边，帮他按住冰袋：“那睡觉吧。”

白曦闭上了眼睛。房间里的灯光渐渐熄灭，只剩下了窗外的一片星与月，那是来自光年外的祝福与拥抱，透过窗纱轻轻落在床上。

见他似乎睡着了，韩卓把冰袋放在一边，用干燥温暖的手背替他压了压那冰冷的伤处，免得第二天头疼。

白曦这次出手很快，等韩先生反应过来的时候，眼镜已经落到了白曦手里。视野的骤然变化让他有些不适应，本能地闭了闭眼睛，直到听见耳边传来的笑声，他才有些无奈地说：“你耍赖。”

“我就是耍赖，怎么样？”白曦不光不讲道理，还挺理直气壮。

韩卓笑着说：“不怎么样，你要是喜欢这样，那我不介意换成隐形眼镜。”

在摘掉眼镜后，他的眼神变得更加温柔湿润，微微翘起的桃花眼梢落满星光，唇角带笑，声音在夜色里也越发低沉磁性，让人听来觉得有爪子在心里轻轻地挠。

白曦呆呆地看了他几秒，果断把眼镜给他戴上了，正色道：“以后不准随随便便摘！”烂桃花知道吗？招蜂引蝶要不得！

“那我可以回去休息了吗？”韩卓笑着看他。

“去吧去吧。”白曦挥挥手，“晚安。”

韩卓替他关上门，转身刚好看到李阿姨握着拖把站在走廊上正狐疑地打量着自己。韩先生礼貌微笑，举起双手以示无辜，背贴着墙缓缓挪下楼梯……

第4颗星

机会

美貌且脾气暴的王经纪上线

虽然最近围绕在自己身边的古怪事情有些多，不过或许是因为有韩卓在，白曦也没太忧心忡忡，每天照旧早出晚归加班工作，只想尽快让刚刚起步的公司步入正轨。

时间很快就过去了一个月，天气也变凉了。凌晨两点，写字楼里一片空寂，韩卓在白曦面前放了杯热牛奶，问道：“又要住在公司吗？”

“已经这么晚了？”白曦看了眼时间，“那睡休息室吧。”

“你最近太累了。”韩卓在他对面坐下，“要注意劳逸结合。”

“嗯。”白曦敷衍了一句，使劲地伸了个懒腰，“腰酸背疼的，明天换张椅子。”

“和椅子没关系。”韩卓把牛奶递过去，“喝完，然后我陪你去楼顶透透气。”

“楼顶？”白曦拒绝，“不去不去，按照电视剧里的套路，三更半夜的，那里不是正发生凶杀案就是有人在偷情，反正都不是什么好事。”

“如果遇到凶杀案，我们就报警；如果有人偷情，那我们就躲起来看热闹。”韩卓拉着他按下电梯，“可你要是再在办公室里待下去，就真的要被闷坏了。”

“躲起来看？”白曦被刷新三观，“这种下流的爱好，就不用说出来了吧？”衣冠禽兽什么样？就你这样。

电梯升到三十九楼，电视剧的烂俗剧情当然没出现，只有洒满天空的清冷星辉和远处璀璨闪烁的都市霓虹。天幕被神奇地一分为二，一半是厚重如蓝丝绒的寂静，另一半则被不灭的灯火染成暗红，银河与云雾相互缭绕，壮阔而恢宏。

在此前二十多年里，白曦从未察觉原来夜晚的天穹也不是只有漆黑，而是有这么多交叠渐变的色彩相融合。

风很大，也很冷，韩卓脱下外套温柔地裹在他身上。“谢谢。”白曦扭头看着他，又问，“可是你不冷吗？”

“我很少感觉到冷。”韩卓回答，“除非生病。”

白曦评价：“你真是一个很奇怪的人。”

“或许吧。”韩卓笑笑，视线落在远处，那是一片浩渺的星河。

又一阵冷风吹来，白曦不自觉地打了个哆嗦。

韩卓回神：“回去吧，这里太冷了。”

“头晕，不想工作。”过了一阵，白曦突然问道，“喂，你经常去的那家酒吧叫什么名字？”

“酒吧？”韩卓一愣，旋即摇头，“你不准去。”

“为什么？”白曦莫名其妙，“我又不是未成年人，喝杯酒还不行了？”

“难得有时间，如果我是你，我会选择好好睡一觉，”韩卓很有耐心，“而不是去酒吧买醉。”

“谁说去酒吧就一定要买醉，喝两杯放松一下行不行？”白曦拖着他走进电梯，“怎么这么别扭？老实交代，你以前都去酒吧做什么了？我要仔细了解一下。”

韩先生：“……”

夜晚的城市，道路畅通无阻，银色跑车轰出低沉声响，在停车场的地面上划出一道漂亮的弧线，最后稳稳停进车位里。“怎么样？”白曦解开安全带，得意地说道，“我开车的技术不比你差吧？”

“很好，不过也很危险。”韩卓回答，“仅此一次，下不为例。”

一推开玻璃门就有巨大的音浪扑面而来，玫瑰色的灯光迷离而又梦幻，天花板上落满星辰般的投影。酒精焚烧理智，每一个人都变得疯狂，他们喝酒、唱歌、尖叫，纵情如同身处另一个世界。

“韩先生，你好。”打扮成吸血鬼模样的酒保从吧台后捧出托盘，笑起来露出了尖尖的獠牙，“两杯特基拉日出，我请客。”

“看来你真是没少光顾。”白曦小声嘀咕，“居然都混出了免费脸卡。”

“小意思。”韩卓又帮他要了薯条和洋葱圈，“不过你不能多喝，明天——”

“明天是周六。”白曦截断话头，和他碰了一下杯，“不过你放心，我是不会让自己醉倒在陌生的地方的。”

“这里不是陌生的地方，小可爱。”身后突然有人接话，然后就是一阵异常柔软的汹涌触感，还没等白曦反应过来，黛西就已经咯咯笑着放开手，又张开双臂热情地拥抱了韩卓，“谢谢你又来照顾我的生意，小帅哥。”

“我刚刚才说过，让你今晚无论如何也不要出现。”韩先生咬牙切齿地说，似乎要把每一个字都吃下去。

“可是小傻瓜，这是我的地盘，所以从理论上来讲我可以出现在这间酒吧的任何一个地方。”黛西在他耳边轻声说道，低胸礼服的视觉效果也很是震撼。

白曦心情复杂，这到底是个什么状况？！

韩卓拉着黛西穿过人群去了另一个角落。

白曦：“……”大哥你知不知道这样很重色轻友啊！

“别理他们，”酒保用小勺敲了敲玻璃杯，“要再来一杯吗？用了蓝橙利口酒，我们叫它星辰。”

“好的，谢谢。”白曦又扭头看了一眼，忍不住问酒保，“他们关系很好？”

“当然。”酒保把蔚蓝色的酒液注入高脚杯里，抬头看着他神秘一笑，“超乎寻常的亲密，是你绝对没有办法想象的关系。”

白曦发自内心地感慨：“我觉得我还是可以想象一下的。”

酒保把酒杯放在他面前，随口道：“三个银币。”

白曦一愣：“什么？”

“咳！”酒保调整了一下表情，露出八颗牙齿的标准微笑，“我是说，我请客。”

“这多不好意思，你还是记在韩先生账上吧。”白曦抿了一口酒，又冲他勾勾手指，“还有没有什么八卦？”

“有很多，不过现在不能说。”酒保趴在吧台上，眼底闪着兴奋的光芒，“如果你愿意给我一个电话——”

“他不愿意。”韩卓冰冷地打断。

酒保嗤了一声，转身去了另一头忙碌。

“怎么就你一个人？”白曦往他身后看了一眼，伸手比画，“那位漂亮姐姐呢？”

“我们在谈正事。”韩卓端起酒杯冰了他一下，“禁止你发散思维。”

“我才不相信。”白曦眼神犀利地八卦道，“老实交代。”

“真的没有。”韩卓哭笑不得，“这件事我将来会告诉你的，一定不会是你现在想的那样，明白了？”

白曦回答："不怎么明白，那你们刚刚在聊什么？"

韩卓不假思索道："聊她最新的男朋友。"

一枚钻戒从二楼的阴暗处飞来，带着高级香水的气味，重重地砸在了韩先生头上。

韩卓面不改色，继续喝酒。

白曦受惊："关系这么混乱啊？"

韩卓实在不想回答他这个问题，于是又叫了一杯酒。

白曦拍拍他的后背，用过来人的语气说："浇愁，我懂。"

韩卓："……"

其实韩卓刚刚去聊的事情的确和白曦有关，或者更确切地说，是和白曦的朋友刘春春有关。

国内一流大学一流专业的优秀应届毕业生，放在哪里都有大把机会随便挑。刘春春自己也清楚这一点，所以压根不着急，养好伤后又回老家陪父母住了半个月，直到昨天才扛着土特产赶回来，打算开始找工作。

"刘春春？"韩卓初听这个名字也有些意外。

"黄靖远曾调取过他的资料。"黛西道，"我觉得有必要提醒你一下，他们或许会开出优厚的条件来接近这位不知道到底是幸运还是倒霉的刘同学。"

"我会注意的。"韩卓把酒杯放回桌上，"谢谢。"

"不客气。"黛西对他吐出一个桃心形状的烟圈，"还有，你的这位雇主，看起来并不像你所说的那样是个普通的地球人。"

"什么意思？"韩卓皱眉。

"他是个不普通的、漂亮的地球人。"黛西笑着陷进柔软的沙发，脚尖挑着镶满钻石的拖鞋，媚眼斜飞，"好好享受这个夜晚，小帅哥，我请客。"

韩卓叫了今晚的第五杯酒，白曦趴在一边吃薯条。

喧嚣声又起，是酒客们在玩游戏，每个人都领到了一个号码牌，酒保站在吧台上随机抽出一个数字："15，谁是15？"

"我！"白曦举手。

"太好了，让我们看看另一个15，另一个……"酒保从裤兜里掏出自己的号码牌，打开之后笑容僵在脸上，46？

韩卓往吧台上拍了一张号码牌，15。

“这不可能！”酒保尖着嗓子叫。

“为什么不可能？”韩卓反问，他语调慵懒，眼底却带着不容挑衅的威严。

酒保缩缩脖子，气焰顿失。

“喝酒！喝酒！喝酒！”酒客们纷纷起哄。

白曦伸手想去端酒杯。“我来。”韩卓挡住他，“从现在开始，你只能喝果汁。”

“不要，”白曦道，“那样会很无聊的。”

韩卓无视抗议，一只手握住他的手腕，另一只手端起巨大的酒杯，一饮而尽。

尖叫声、笑闹声和敲击声连成一片。

“你要喝醉了。”白曦在他耳边大声说。

“不会的。”韩卓把酒杯丢给酒保，揽过他的肩膀，“走吧，我们回家。”

代驾司机是黛西的朋友，一个笑容可掬的胖大叔。白曦把韩卓塞进车里，然后气喘吁吁地说：“星海路978号，谢谢。”

“那是哪里？”韩卓问。

“另一个家。”白曦关上车门，命令他，“坐好！”

“另一个家？”韩卓想了想，“可我真的没有喝醉。”

白曦在他面前竖起一根手指：“这是几？”

韩卓回答：“1。”

“这个呢？”白曦多加了两根手指。

韩先生看了一会儿，然后嘴角一勾：“18。”

白曦帮他扣好安全带，果断对司机说：“星海路978号，谢谢！”

胖大叔兴高采烈地答应着，开着车子拐上高架桥。

四周的光影不断变换，高速飞驰的车子几乎要和夜色融为一体。

白曦不知道从哪里摸出来一个塑料袋，警惕万分地攥在手里，准备随时为保镖服务，好在韩先生很争气，并没有在车里吐出来。

半个小时后，胖大叔把钥匙还给白曦，彬彬有礼地问：“还需要别的帮助吗？”

“不需要了，谢谢你。”韩卓按下关门键，“再见。”

在电梯门关上的刹那，胖大叔对小白总抛了个风情万种的飞吻。

白曦看了一眼身边酒气熏天的韩先生，默默地把视线移开。

两人进门时，时钟的指针刚好指向五点半。整座城市正处于睡和醒的边缘，东方虽然已经露出了些许晨光，天穹却依旧是深沉的蓝色。

白曦从冰箱里拿出一瓶水：“要吗？”

“谢谢，这是你的房子？”韩卓接过，四下打量起这个新的家。

“一年前买的。”白曦坐在沙发上。

他原本打算毕业后就一个人住，结果这个想法一提出来，白太太就开始捂着胸口伤感哭泣，表示心脏病马上要发作，李阿姨也持反对意见，甚至连白博阳都不答应放人。一家人轮番上阵，白曦只好暂时放弃了独居，只在加班时偶尔过来住一住。

“眼光不错。”韩卓站在窗边，“可以看到大半座城市的灯火，像星星一样。”

白曦敷衍鼓掌：“文艺，文艺。”

韩卓笑着拉上窗帘：“谢谢你带我来这里。”

白曦把浴巾塞进他怀里。我是真的很困，所以我们不如改天再来聊路灯和星星。

隔壁浴室水声沙沙，像是落在夏夜田间的一场雨，比催眠曲更能令人放松。白曦把自己丢进被窝，满足而又惬意地闭上了眼睛。连日高强度加班后即将迎来的周末，没有会议，不用早起，血液里的酒精微微燃烧着，带来阵阵酥麻与脱力，舒服得让人不想说话，此时此刻，全世界都是柔软的，似乎只要他闭起眼睛，就能睡到天荒地老。

夜很寂静，也很绵长。梦境的旷野中，有无数星辰闪烁。

下午三点，出租屋。

白曦照旧捧着一大束花进门，还是万年不改的粉红色的。刘春春抱住他的大腿泣血控诉，这两个禽兽居然要叫人均1888元的龙虾套餐，还有没有人性了。

“谁没有人性，你说谁没有人性？！”王小森站在沙发上抖着一张纸，“摩西画廊的邀请函啊！哥哥，他家上次办的画展是世界级大师的啊！你知不知道这意味着什么？”

刘春春有气无力：“不知道。”

“代表着你就是下一个世界级大师！”王小森啪啪拍墙，“听哥一句话，咱往后也不用找工作了，就在家里画龙虾！”

俞炯打着游戏提醒：“画虾的那位没在摩西画廊办过展。”

“白哥……”刘春春悲悲切切，挂在白曦身上不起来。

“到底在闹什么？”白曦哭笑不得，把他拎起来，“你又要办画展？”

“这次和上次不一样。”王小森从沙发上跳下来，“摩西画廊，国内顶尖的艺术机构刚给春春发了邮件，想邀请他开办个人画展，不是骗子，我已经确认过了。”

“行啊！”白曦把刘春春的头发揉成鸡窝，“这么有出息？”

“我、我、我……我害怕。”刘春春牙齿打战。

“出息！”白曦抢过他的手机，正色道，“为了庆祝你终于在艺术界有了一席之地，人均1888元的龙虾套餐不能免。”

“万万没想到，居然连你也欺负我。”刘春春万念俱灰，泪流满面。

“行了行了，别号了，小白点的是烧烤小龙虾。”俞炯用靠垫砸了一下他的脑袋，笑道，“不过说实话，我可真没想到你小子画那些鸡蛋鸟窝居然还真能混出头。”

“真的真的不是骗子吗？”刘春春气若游丝。

“你有什么好骗的，没财没色还没胸。”王小森一脸嫌弃。

“也对。”刘春春一脸娇羞地靠向白曦，“人家只有满腹才华。”

韩卓端着一杯咖啡坐在两人中间，淡定从容。

“韩哥，”刘春春拽拽他，“你觉得呢？靠不靠谱？”

“我不了解这个圈子，摩西画廊，很厉害吗？”韩卓问。

“当然厉害，业内一流水准，春春这次绝对是走了狗屎运。”王小森搂住刘春春，苦口婆心道，“说真的，就算对方真是觊觎你的美色，咱也眼睛一闭认了吧，我可以送你一条性感内裤。”刘春春听了这话，嘿嘿傻笑着，很没节操。

俞炯和王小森还在天南海北地瞎扯，韩卓把咖啡递给白曦：“你有什么看法？”

“我能有什么看法，替春春高兴啊。”白曦压低声音，“你不知道，上回帮他开画展我赔得那叫一个血本无归，这次好不容易有冤大头接盘。”他简直恨不得立刻把人捆上粉红蝴蝶结双手奉送，再附加一句“货物售出，概不退换”。韩卓笑笑，趁几个人打游戏的间隙又把刘春春筛出来的求职回函看了一遍，没发现什么问题。

天色渐暗，小龙虾的香气充满房间的每个角落。刘春春意犹未尽地吮着手指，俞炯和王小森下筷如飞，只有白曦吃得优雅淡定，因为身边坐的韩先生剥虾水准一流。王小森痛心疾首，什么叫万恶的资本家，我们真是一点都不羡慕。

而在城市的另一头，黛西正靠在车里百无聊赖地转着手上的钻戒。在她正对面，矗立着一栋金碧辉煌的建筑物，看起来像是某个高档会所，只有认真寻找，才能在不起眼的地方发现一排小字——摩西，始于星光初始时。

“有消息吗？”画廊贵宾厅里，一个男人打开酒瓶欣赏蓝色酒液里流淌的星辰。

“暂时没有，不过黄先生不用担心。”另一个中年男人回答，“还没有哪个画家能拒绝我们的邀请函。”

黄靖远点头：“抓紧时间。”说着他举起酒杯，和中年男人轻轻碰了一下。

半个小时后，黄靖远离开了画廊，却没有回家，而是驱车去了一家夜总会，厮混到凌晨时分才离开。代驾熟门熟路把他送回家，那是一处幽静的别墅，前来开门的女人面色蜡黄，从司机手里接过满身香水味的丈夫，低声道了谢。

翌日中午，黛西在一家进口小超市里“不小心”把满满一杯果汁洒在了旁边太太的身上。“哦！”她小小地惊呼一声，“真是太抱歉了。”

“没关系。”对方用纸巾擦了擦，似乎并不在意这身昂贵崭新的套装。她看起来很疲惫，毫无血色的脸上除了病态的黄，还有浓浓的黑眼圈，头发也有些干枯，只用廉价的皮筋随意捆着。

“你的手受伤了。”黛西提醒她。

闻言，对方局促地缩了缩胳膊，把缠满纱布的手腕藏进衣袖里：“我没事。”

“虽然这句话可能有些冒昧，但生命是很宝贵的。”黛西握住她的手，语气很真诚，“有时间吗？我们去喝一杯咖啡。”

“抢劫！”白曦用手指顶住韩先生的后背。

“要多少？”韩卓配合地举起双手。

“我全都要。”白曦觉得有些无趣，绕到韩先生对面坐下，“你偷懒。”

“因为你在开会。”韩卓替他倒了杯水，“现在可以下班了吗？”

“一个小时后。”白曦随口问，“刚刚你在和谁打电话？”

“刘春春。”韩卓回答，“他打给你没人接，所以打给了我，我就顺便跟他谈了谈经纪人的事情。”

白曦一愣：“什么？”

韩先生耐心解释了一下。既然要在摩西画廊举办画展，那么必须要有一个经纪人，至少也要有一名助理来和对方沟通，才能让整件事的推进更加顺利。刘春春闻言为难起来，虽然很有道理，但他的银行卡余额实在惨不忍睹，哪里还有钱来找经纪人。韩先生贴心建议：“如果你不嫌弃，我可以帮忙。”

刘春春顿时热泪盈眶：“真的假的，白哥同意吗？”

“他在开会，暂时不能问。你可以相信我，不会有问题的。”

刘春春连声道谢，满口答应。

白曦听完经过之后哭笑不得。他倒是不反对，但还是再三确认了一下："你真的懂吗？千万别给春春谈黄了，那他大概要找你拼命的。"

"放心吧。"韩卓换了张新手机卡，拨通了摩西画廊的电话。

白曦坐在他对面，打算看看这个假冒伪劣的经纪人要怎么表现。

"您好，我是刘春春的经纪人，我姓王。"韩卓很淡定，"请问是摩西画廊的负责人吗？我想和您沟通一下后续的事情。"

白曦冲他竖了竖大拇指，这种装腔作势，很欠揍，很可以。

"对，我们要求提供最高规格的展厅，对外全免费，并且邀请至少五十家媒体。"韩卓慢条斯理地开条件。喂喂喂！白曦顿觉不太妙，扑过去抢手机，大哥你差不多得了，就刘春春那二百五的水准，五家媒体都嫌多。韩卓单手挡住他，敏捷地换了个位置继续说："如果这些条件你们都能满足，那我们再来谈谈酬劳。"

白曦简直欲哭无泪，怎么还要酬劳，免费我们也愿意！

"OK ，我们至少要……500万元。"韩卓靠在窗台上，嘴角微微上扬，"艺术是无价的，这已经是打折后的价格。"

白曦闻言万念俱灰，深深觉得自己八成又要再赔钱办一次画展来安慰刘春春破碎的心。"我要扣你的工资。"他用颤抖的手指指着韩先生小声控诉道。

"好的，我会尽快发账号过来，合同三天内签。"韩卓按下白曦的手，"再见。"

白曦警觉地问："什么意思？"

"对方同意了所有的条件。"韩先生带着温和的笑容看向白曦，"一流展厅，五十家媒体，税后500万元，你觉得刘春春这次会不会愿意请我们吃人均1888元的龙虾？"

白曦收回手，没有被巨大的喜悦淹没，反而犹豫道："不对，这一定有问题。"

韩卓若有所指地问道："你觉得春春不值这个价钱？"

白曦摇头："除非有人想炒作他，但这种可能性微乎其微。"

"不是炒作，是利用。"韩卓拍拍他的肩膀，说，"别忘了，他是你的朋友。"

白曦脑中轰然一响，后背也惊出了冷汗。

"但是没关系。"韩卓笑了笑，用干燥温暖的手轻轻拍了拍他的背，"放松一点，对方既然主动找上门，那我们至少也要好好敲一笔竹杠。"

虽然韩先生似乎对一切都很有把握，但白曦依旧有许多顾虑，其中最关键的一点就是刘春春的安全问题。对方既然会跟踪自己，那么也有可能对刘春春做出一样的事情，更别提这次还被敲了一笔大竹杠，种种理由加起来，他实在很难不担心。

“相信我，没问题的。”韩卓摘下眼镜，擦了擦镜片，眼神是少有的犀利清冷。

“有没有问题，你不能只在嘴上说。”白曦把人按在沙发上坐好，“至少也要把计划告诉我吧，要是春春将来被他们绑走了怎么办？还有，你总不能一直单靠电话和对方沟通，我们要到哪里去找一个姓王又信得过的经纪人？”

“这两个问题，我们可以一起解决。”说着，韩卓拨了一个电话。足足打了两分钟，才有人打着哈欠接起，“有什么事？”

“我需要你暂时换一份工作。”韩卓直入主题，“有一位年轻的画家需要一个姓王的经纪人兼保镖。”

白曦：“……”

对方显然也愣了，片刻后在一片嘈杂里尖叫：“这和我有什么关系？我不姓王，也不是经纪人，更不是保镖！”

“你可以是。”韩卓看了眼挂钟，“五点前来见我，记得带上你的假身份证。”

对方还在大喊着什么，韩卓却已经挂断电话，对白曦说：“搞定。”

小白总心情复杂，如实评价：“你现在看起来连一毛钱的可信度都没有。”

“春春是你的朋友，我当然也会重视他的安全。”韩卓安慰他，“除了这个，你更应该仔细考虑一下，要不要把真相告诉春春，包括你的怀疑和我们的计划。”

白曦沉默了。坦白讲，他当然不愿意刘春春因为自己受到影响，但一切已经发生，不管自己愿不愿意，刘春春都已经被卷了进来，现在是一场画展，将来或许还会有更多事，他并没有把握能一直隐瞒下去。

“想听听我的建议吗？”韩卓问。白曦点头。“告诉他。”韩卓道，“然后我们一起来解决这件事。”

“我会告诉他的。”这样说着，白曦的眉头也不自觉地皱起，“可我还是觉得……有些对不起春春，因为我的事情。”

“所以我们要了500万元作为补偿。”韩卓说，“或者你可以先好好和春春谈一谈，他也可以拒绝，我猜对方应该不会在他身上浪费太多时间。”

白曦答应了，过了一会儿，他又问：“对了，你给春春找的保镖是谁？”

韩卓笑笑：“再过一个小时，你就能亲眼见到他了。”

事实上，仅仅过了二十分钟，助理就来敲门，说前台来了一位凶巴巴的访客，自称姓王，和韩先生有约。“让他进来吧。”白曦放下手里的文件，很期待见到这位据说拥有数百张假证件的王先生。

办公室门被人气势汹汹地一把推开。进来的年轻男人穿着一身白色西装，一直不耐烦地用尖尖的指甲抠拽着领带，稍微有些长的头发被随意束在脑后，几缕垂下来的刘海遮住了他漆黑的眼眸。他的唇色很浅，肤色很白，像是常年见不到日光的某种精灵……呃，脾气不太好的精灵。

白曦眼睁睁地看着他在自己的办公桌上挠出了三四道凹痕。

“王贝贝？”韩卓把一张假身份证丢进垃圾桶，“这个名字不行，换一张。”

男人一拳砸在办公桌上，又狠狠甩出几张。

“王远辰？”韩卓把其中一张塞回他的裤兜，“OK，以后你就是王远辰。”

白曦：“……”如果他没有记错，面前这位新晋的“王远辰”先生应该就是之前在酒吧见过的那位酒保，喜欢贴近客人暧昧呼吸，喜欢戴红色美瞳，喜欢龇出尖尖的吸血鬼獠牙……实在很难不给人留下深刻印象。不过说真的，这人卸妆后看起来倒是的确有几分文艺清冷的气质。但仅仅这样似乎还不够，于是他低声问韩卓：“能打架吗？”

男人面色阴郁地抬起脚，把小白总的进口金属垃圾桶踩成了铁饼。

“放心，我不会让你吃亏的。”韩卓把手机递给王远辰，“这是你的雇主，叫刘春春，我们下班后去见他。”

男人不情不愿地答应了，但到底不甘心，于是眼珠子转了转，貌似漫不经心地把目光投向了白曦。

韩卓挡住他的视线：“做梦。”

男人自讨没趣，嗤了一声，然后就窝在沙发里看资料，同时还不忘用一双白生生的手把屏幕上傻笑的刘春春挠成狗。

“今天是个好日子……”晚上七点，楼下的广场舞大妈已经集合了，刘春春跟着音乐一起哼唱，欢快地从锅里盛出鸡汤。白曦和韩卓两人过来蹭饭，还特意买了大闸蟹。刘春春兴高采烈地问：“画展的事怎么样了？”

“先吃饭，”韩卓替他拉开椅子，“吃完饭我们再谈。”

“白哥，白哥，老三把艺名都帮我想好了，”刘春春搂住白曦，“小大千！你觉得怎么样？”

白曦发自内心地做出评价：“我觉得非常不怎么样。”

“你要是觉得不合适，那我就换一个。”刘春春帮他挑蟹黄，“来来，张嘴。”

白曦笑着拍了他一巴掌，也不知道自己该是什么心情。

好不容易吃完饭，刘春春满怀期待地坐在沙发上，用闪烁而又明亮的眼睛看着韩先生："快说说看，对方是怎么和你沟通的？"

"对方会按照约定帮你举办画展，不过有一件事情，你应该知道。"韩卓的态度很温和，也很认真，"和白总有关。"

"怎么突然这么严肃。"刘春春察觉到异常，他转头去看白曦，"白哥？"

"有人想绑架我，之前的车祸很有可能也是那些人做的，虽然我现在也不知道原因。"白曦没有拐弯抹角，"对方曾经进出过摩西画廊，所以……"他犹豫了一下，"我觉得我应该告诉你。"

"有人要绑架你？"刘春春闻言震惊，"是谁，叔叔阿姨知道吗？"

"嗯，知道。"白曦道，"不过这不是重点，重点是——"

"这怎么就不是重点了。"刘春春一脸正色地打断他，话里话外是藏不住的愤怒和担心，"他们难道想在我的画展上绑架你？这真是太卑鄙了！"

白曦摇头："应该不会，不过我暂时也猜不到他们的下一步计划。"

"你等着，我这就拒绝他们。"刘春春摸出手机，"然后再陪你去报警！"

"先等一下。"韩卓把手机从他手里抽走，"你喜欢画画吗？如果没有这件事，你会接受摩西画廊的邀请吗？"

"那当然啊！"刘春春激动地拍了下沙发，又觉得不妥，于是咳嗽两声，态度诚恳地说道，"但我这水平吧……"他也纳闷，还猜想着莫非自己真有什么奇异的艺术细胞能吸引来业界大佬关注。不过听了白曦的话，他也就明白了事情的真相，白日梦也随之碎成渣。他忧伤地抱住白曦："我大概要明年才能请得起1888元的龙虾套餐了。"

"对不起。"白曦有些内疚，他觉得如果不是自己，刘春春也不会有这些莫名其妙的希望和失望。

"这有什么好对不起的。"刘春春坐直身体，"不过说真的，你以后要注意安全，可别真被人给绑架了。"

韩卓在旁边咳嗽两声："我可以提个建议吗？"白曦和刘春春同时看他。"如果真心喜欢画画，我希望你能接受对方的邀请。"说这话时，韩卓镜片后的眼睛闪着光，整个人看起来有些莫名的邪气。

刘春春立刻拒绝了："那我要是答应了，导致白哥被人绑架了怎么办？"

"有我在，白总不会有事的。"韩卓笑笑，"你只需要考虑以下几件事，是不是真的喜欢画画，将来想不想在这个圈子发展，以及我必须提前声明，这件事有可能会给你带来一些麻烦，包括人身安全方面的威胁。不过我会为你找一个保镖的，并且摩西画廊还会为画展支付你500万元的酬劳。”

刘春春如五雷轰顶般目瞪口呆道：“多、多、多少？”

白曦无奈复述：“500万元，全部给你。”

刘春春结巴了：“是、是、是……是彩票的那个500万元吗？”

“什么彩票的500万。”白曦哭笑不得，“是韩卓给你谈的条件，一流的展厅，五十家媒体，还有500万酬劳，如果你愿意举办画展，这些条件摩西画廊会全部答应。”

刘春春起了满身的鸡皮疙瘩。他抱着头考虑了十分钟，最后哭着抱住白曦：“伟大的友情最终打败了名利妖怪，我还是选择放弃。”

“你可以答应。”韩卓拎他起来坐着，“如果我是你，我也会答应。”

“那白哥呢？”刘春春可怜巴巴地问，“对方明显居心不良。”

“相信我，”韩卓笑了笑，“这场画展不会带给白总任何损失，不管是现在还是将来，而且或许还会对我们有利。它唯一能影响的只有你，所以你必须回答我刚才的问题，是真心喜欢画画吗？”

“这……”刘春春还在犹豫，却已经有人等得不耐烦了。防盗门被人一脚踹开，发出巨大的声响，堪比平地惊雷。刘春春魂飞魄散地举起靠垫：“谁啊？！”

白曦心情复杂：“介绍一下，这位是王远辰王先生。”

一个小时后，物业的老师傅终于修好了防盗门，然后就收拾好工具箱光速逃离了现场，仿佛只要迟走那么一秒，就会被面前这位杀气腾腾的俊美男士拎起来劈头盖脸地暴打一顿。

刘春春躲在白曦身后战战兢兢地带着哭腔说：“我觉得我不是很需要经纪人。”

“如果你打算接受摩西画廊的邀请，那么相信我，你需要。”韩卓一脸真诚，“而这位王先生虽然看起来很凶，但其实非常善良、专业、周到。”

“是吗？”刘春春完全不敢相信。

“是的……吧。”白曦心虚地安慰着他，“但你还没有回答我，究竟要不要接受摩西画廊的邀请。”

刘春春老老实实回答：“我是喜欢画画，可那是业余爱好，而且我已经准备好要找工作了，从没想过要当一个专业画家。”

“那就先接受这次邀请。”王远辰打断两人的话，他用长长的指甲抠开一罐啤酒，漠然地瞥了一眼自己的新雇主，“用假名字、假身份、假照片，只用你那些破破烂烂的作品去换500万元就行了，这绝对是一笔划算的生意，而且也不会影响你找工作。”

白曦冲经纪人王先生竖起了大拇指。虽然你看起来很凶，但进入角色的速度倒是不慢。而且还有一件事要说明，我们春春的画一点都不破烂。

“那就这么定了。”韩卓拍拍王远辰，“你知道该怎么做的，我们先走了。”

“喂喂！”白曦赶紧拉住他，“就这么走了？我们不留在这里让春春和王先生再熟悉一下彼此吗？”

韩卓压低声音：“你以为他们是在相亲？”

白曦：“咳！”

“走吧。”韩卓替他拿起风衣，笑容很温和，“我们该回家了。”

白曦只好在内心深处对刘春春寄予了无限同情。

足足过了十分钟，刘春春还站在门口不敢进屋。

“你。”王远辰跷腿坐在沙发上，用国王般的口吻命令道，“去收拾东西。”

“为啥？”刘春春哽咽着问。

“这里太破，我不想住。”这位新晋的经纪人不耐烦地看了眼挂钟，“五分钟。”

刘春春鼓起勇气，瓮声瓮气地说：“那你可以回家。”也没有哪条法律规定经纪人必须和雇主住在一起，要不要我帮你叫车？

王远辰没有再说话，他只是盯着墙上的粉红挂钟，漂亮的脸上没有任何表情，仿佛是一尊凝固的石膏雕像。刘春春觉得自己有些尿急。

就在他一步一步终于要挪到洗手间的时候，王远辰却站了起来。他随手拎起西装甩到肩上，冷冷地说道：“五分钟已经到了。”

刘春春没反应过来：“啊？”

王远辰直接扯着他的衣领把他拖进了电梯里。很凶残，很暴力。

一个小时后，刘春春哭着给白曦打电话，控诉自己被暴躁经纪人绑到了一间豪华大公寓里，市中心，八十八层，地上铺满了纯白羊绒地垫，根本不敢踩，星星一样的水晶灯太璀璨导致自己眼花，按摩浴缸里的珍珠硌得屁股痛，拖鞋上缀满了沉甸甸的钻石，而那个暴力分子还强迫自己试穿他的高定套装。

白曦单手撑着脑袋，疑惑地问：“你确定自己不是在炫耀？”

刘春春泣不成声：“快点拿走，我不想再喝你1982年的拉菲了！”

白曦淡定地挂断了电话。

“我早就说过，不用担心。”韩卓把玻璃杯递给他，“牛奶，李阿姨说不准你偷偷加糖，否则会长蛀牙。”

“我刚刚在想一件事，”白曦坐起来，“很早之前的事。”

“嗯？”见他表情严肃，韩卓也认真起来，坐在他对面。

“在我大三的时候，曾经遇到过一个很奇怪的人。”白曦回忆。

那是大三寒假，白曦开车把舍友送到火车站，看时间还早，就绕路去了郊区一家工厂，想问问能不能把厂房租下来，结果到了那里才发现，厂子早就废弃了，空空荡荡的，连保安都没一个。

冬天天黑得早，再加上四野呼啸的北风，白曦不自觉地就起了一身鸡皮疙瘩。他快步走到车边，却看见一个老人站在那里。老人穿了一身破旧的西装，花白的头发也有些凌乱脏污。

“他看起来像是有些神志不清，也说不清楚家住在哪里，只说自己坐错了车，想要回市区。”白曦说。

韩卓点头：“你让他上车了？”

“那时候已经很晚了，又冷。我带他回到市区，在路边的店里给他买了件棉衣，另外还给了五百块钱，然后把人送到了派出所。”

韩卓笑笑：“很善良，不过没听出来哪里奇怪。”

“在回来的路上，他一直趴在车窗上，看着外面的星星，像个孩子。”白曦说，“他嘴里一直在哼唱一首歌，没有名字，却很好听。”

“所以？”韩卓继续问。

“那首歌就是今天你给春春找来的经纪人的手机铃声。”白曦说，“一模一样。”

“只是一首歌而已。”韩卓收走空牛奶杯，“你要是喜欢，我可以帮你问歌名。”

“是吗？”白曦微微皱眉，“你觉得这只是巧合？”

“不好说。”韩卓想了想，“或者我们也可以问问他有没有这样一位亲戚。”

白曦看了他一会儿，决定暂时放下这个话题：“好吧，我要工作了。”

“生气了？”韩卓走到他身边，“现在是晚上十一点，你该睡觉，而不是工作。”

白曦打开一个文件，并没有避开韩先生。

“是什么？”韩卓果然被眼前这个花花绿绿的表格吸引了注意力，他帮白曦整理过工作文件，绝对不是这个风格。

“所有我觉得奇怪的事和奇怪的人。”白曦一边回答，一边在表格的最下方加了一条——拥有数十张假身份证的神秘酒保，目前是刘春春的保镖兼经纪人。

韩卓失笑：“你为什么要做这个？”

“因为没有人打算告诉我真相。”白曦点击保存键，“包括你。”

韩卓顿了顿，然后否认：“我没有。”

“你有，而且没有人比你更有。”白曦站起来，“我要休息了，晚安。”

韩卓站在书桌前，看着他离开，然后苦恼地叹了口气。

这个夜晚，露台上没有人看星星，也没有人喝酒。白曦趴在厚厚的被褥里，脑海中跑马灯一般闪过一个又一个画面，那些或温馨或奇怪的往事此时全部涌上他的心头，最后交叠在一起，变成了马赛克一样的混沌碎片，被黑暗的梦境吞噬。

几缕细细的云遮住稀疏的星，整座城市都变得寂静。

清晨六点半，闹钟准时响起，李阿姨起床后快速地洗脸刷牙，然后开始为一家人准备早餐，尤其是少爷的鸡汤小面，要用手擀面才劲道。

“早。”韩卓笑容满面地跟她打招呼。

“怎么这么早就起床了？”李阿姨一边揉面一边问。

“跑步。”韩卓穿着一身运动服，把车钥匙揣进裤兜，“有什么要我带的吗？”

“没有。”李阿姨坚决捍卫自己的采购权。

韩先生点头出门。

半个小时后，保安大叔非常纳闷地看着白家的司机从后窗翻了进去。

白曦在梦里咽了口口水。

“起床啦。”韩卓在他耳边小声叫着，“快一点。”

白曦迷迷糊糊地睁开眼睛，一个纸袋被递到眼前。里面装着金黄酥脆的手抓饼，加了油条、香肠、鸡柳和辣椒酱，中学门口的畅销品，没有铺面，只有一辆脏兮兮的三轮车，要多不卫生就有多不卫生，可也好吃得要死。

“我道歉。”韩卓另一只手拎着塑料袋装的豆浆，“怎么样，冒着被李阿姨批评的风险给你买了你最爱的垃圾食品。”

白曦哭笑不得：“你这人真是无聊透顶。”

“那吃不吃？”韩卓问。

“吃！”白曦从他手里接过手抓饼，“但昨晚的事情不算完。”

“明白。”韩先生态度良好。

“春春那边怎么样了？”白曦一边吃一边问，连牙都懒得刷，只漱了漱口。

“没问题，他们相处得相当不错。”韩卓替他打开豆浆，“早上刚享用完银质盘子里的黑松露和鱼子酱。”

白曦：“……”早知道就不问了。

“张嘴。”韩卓把豆浆递到他嘴边。

“少爷，该起床了。”李阿姨突然来敲门。

韩先生很没出息地手一抖，豆浆一下全部洒了出来。

“啊啊啊！”白曦从床上跳起来，“烫！”手抓饼也掉一地。

“对不起、对不起。”韩卓手忙脚乱地抽出纸巾帮他擦。

李阿姨站在门口看着这一幕，心情复杂：“你们在干什么？”

于是这个清晨，韩卓被迫接受了一个小时的李阿姨科普，关于流动小摊究竟有多脏，大肠埃希氏菌、沙门氏菌、金黄色葡萄球菌、志贺氏菌等等各种菌，从而深刻认识到了自己的错误。

“你说你，都多大人了，还让小韩去帮你买垃圾食品。”楼上，白太太边帮白曦擦药边数落着，“衣服拎起来一点。”

“我真的没有。”白曦觉得自己很无辜。

“那你吃没吃？”白太太问。

白曦：“……”吃了。

白太太又好气又好笑，用手指戳戳他，长不大。

“小白。”刚写完检讨的韩先生来敲门，“等会儿还要出门吗？”

“要。”白曦放下衣服，“你打电话吧，我们准时到。”

“还去公司？”白太太看着他翻衣柜，心疼了，“都烫伤了，在家休息一天吧。”

“我没事。”白曦抓起手机，“约了别人，爽约不礼貌的。”更何况约的那位先生脾气还不怎么样，如果自己不准时出现，大概又会损失一个进口垃圾桶。

第5颗星

觉醒

掌心的炙热温度和咫尺星光

早高峰，路上堵得水泄不通，各种车辆横七竖八地塞在十字路口，远看像是被打翻的积木。车速慢过龟速，白曦看了一眼时间，有些无奈地问："我们至少会迟到半个小时，没关系吧？"

"当然没关系。"韩卓不以为意，"既然答应了我们，他就一定会做到，不会因为这半个小时就改变主意，不用担心。"

话是这么说没错，但那位王先生脾气不是很好，就差把"暴力分子"四个字写在脸上了，如果在办公室等得不耐烦，大概又会强迫刘春春喝1982年的拉菲？想到这，白曦真的不担心了，他很没有同情心地笑出声，但很快又想到了别的事情，于是问韩卓："如果摩西画廊这次真的能让春春出名，那将来等他们觉察到真相，发现被我们摆了一道，会不会反过来报复春春？"

"不会。"韩卓不假思索。

"理由。"

"如果他们足够聪明，那么在吃过一次亏之后，就应该清楚自己该做什么不该做什么了。"韩卓回答，"事后再去报复春春不会给他们带来任何好处，只会制造出无穷无尽的麻烦。"

白曦追问："那……如果他们不够聪明呢？"

"艺术机构应该为艺术服务，而不是被犯罪分子操控。"韩卓道，"如果他们不够聪明，那么一家密谋参与绑架案的画廊也没有存在下去的必要了。"

"话是这么说没错，可对方是摩西画廊，据说背景相当雄厚，怎么可能说消失就消失？"白曦依旧心存疑虑，"你真的有把握？"

“我当然有把握，而且还能保证一定是用合法的手段。”韩卓踩下油门提速，“给我多一点信任，好不好？”

“不好。”白曦一口拒绝，“因为信任是建立在彼此坦诚的基础上的，可你明显隐瞒了我许多事。”

“我将来会全部告诉你。”韩卓举起一只手，“我发誓。”

面对这种明显一毛钱信誉都没有的誓言，白曦完全不想接话。过了一会儿，他问：“既然这样，你为什么不多敲诈一点？500万元对摩西画廊来说根本不算什么，如果背后有阴谋，八位数他们应该也愿意付。”

“因为500万元对春春来说刚刚好。”韩卓开着车缓慢前行，“可以买一套小房子，这样以后就能更加安心地工作，如果还能剩下一点，那么就再来请我们吃一顿人均1888元的龙虾套餐好了。而一旦这个金额变成1000万元，甚至5000万元，对他来说其实并不是什么好事，明白吗？”

白曦想了想，点头说：“原来你考虑问题这么长远的。”

“怎么样，那现在有没有对我多一点信任？”韩卓笑着问。

白曦似乎放心了，说：“没有。”

韩先生遗憾地叹气：“OK，我再接再厉。”

小车也在这时终于驶过了拥堵路段，拐进了畅通的辅路。

就在白曦频频看表的时候，公司休息室里也正上演着一场轰轰烈烈的追逐大战。刘春春泪流满面宁死不屈，坚决不肯脱掉身上刚买的新夹克，王远辰则面色阴郁地坐在沙发上，指尖挂着一枚钻石指环：“我数到三。”

“你数到三十也不行。”刘春春哽咽。世界上为什么会有这种人，光天化日竟然要脱别人的衣服，真是不能再流氓了！

“你们在干什么？”白曦一脸疑惑地站在门口。

刘春春立刻悲愤地控诉：“他强迫我穿最新款的高定西装！”

白曦如实回答：“我实在很难同情你。”

“韩哥……”刘春春弃暗投明，转而抱住韩先生，“救命！”

“好了，好了。”韩卓哭笑不得地拍拍他的头，警告王远辰，“别闹了，不准欺负你的雇主。”

“好吧，你可以不穿。”王远辰拎着西装站起来，“我一个人去摩西画廊。”

求之不得。刘春春躲在韩卓身后，恨不得鼓掌欢送这位暴力分子离开。

“还有什么问题吗？”韩卓问。

“没有。”王远辰瞥了一眼刘春春，刻薄地嗤笑一声，“我也想尽快结束这份糟糕的工作，所以你们大可放心，我一定会百分之百，全力配合。”

嚣张的红色跑车呼啸着远去，刘春春终于松了口气。他靠在白曦肩头感慨不已，高定西装和最贵的红酒，简直就是这世界上最可怕的东西。

韩卓趁在休息室帮两人泡咖啡的间隙在手机上查看的新邮件。是黛西发来的照片，黄靖远的妻子，也是赵跃进的女儿赵小娟，正在美容院里做护理。

“皮肤好多了。”黛西看着镜子里的赵小娟说道，“你自己觉得呢？”

“嗯。”赵小娟笑笑，“谢谢你，刘太太。”她的脸色看起来要比前几天健康许多，新烫了头发，身上穿的也不再是那些昂贵又不合适的套装，而是换成了简洁而又舒适的羊绒外套，让她整个人看起来温和而富有生气。

“今天买了太多衣服，要我送你回家吗？”黛西问。

“不用了。”赵小娟闻言赶忙摇头，又觉得这样似乎不太礼貌，于是小声解释，“我先生不喜欢家里来客人，门口有摄像头。”

“我觉得……他这样稍微有些过分。”黛西挽住她的胳膊，“希望你不要介意。”

“我当然不会介意。”赵小娟勉强地笑了，“是我自己的婚姻出了问题。”

“我之前说过什么？要有自信。”黛西拍拍她不自觉又弓起的后背，“每次提到婚姻，你都显得很自卑、很害怕，是你的先生有暴力倾向吗？”

“他没有打过我。”赵小娟下意识地辩解，又犹豫道，“他只是……只是……”

“只是不理你？”黛西和她手挽手地一起走进咖啡馆，语重心长地说，“亲爱的，冷暴力也是暴力的一种。”

赵小娟并没有否认。

“如果婚姻不幸福，为什么不能考虑分开？”两人坐定后，黛西帮她要了一杯热牛奶，继续说，“你的条件很好，完全没有必要忍受他的冷暴力和这种生活。”

“我们不能离婚。”赵小娟摇头，“他不会答应的，我的父母也不会答应。”

“我真怀疑你活在几百年前。”黛西叹气，“我没有丈夫，照样过得很好，而你还这么年轻，应该比我过得更好。”

“我很羡慕你。”赵小娟扯了扯外套的袖子，像是很在意手腕上的疤痕，她咧着嘴笑了，尽量让自己看起来不那么局促，“等再过两年吧，再过两年，我就考虑离婚。”

“两年不是两天，要是没有感情，那会是一段很漫长的煎熬。”黛西握住她的手，“如果你有顾虑，我认识很好的离婚律师，可以介绍给你。”

“谢谢，不过真的不用。”赵小娟很固执，她用小勺胡乱搅着杯子里的牛奶，发出叮叮当当失礼而又莽撞的声音。过了足足五分钟，又像是想起了什么事情，她突然对黛西说：“我的确需要一个律师，不过不是为了离婚，我想……立一份遗嘱。”

黛西不禁惊讶地睁大眼睛。

韩卓看着黛西发来的新消息微微皱眉，遗嘱？

“又在偷懒。”白曦正好来休息室泡茶，“下次扣你工资。”

“理解一下。”韩卓把手机装进裤兜，帮他撕开茶包，“我也不想回去听春春哭诉红酒和西装。”

“十二点了。”白曦吹了吹杯子里的茶沫，“中午吃什么？”

“我请客？”韩卓提议，“就当是为了早上的豆浆道歉。”

“那我得吃顿贵的。”白曦谈条件，“还要带上春春。”

“吃贵的没问题，不过不准带春春。”韩卓把杯子从他手里拿走，顺手放在桌上，“去吧，换衣服。”

白曦踢踢他：“不是吧，怎么这么小气？”况且我家春春也并不是很能吃。

然而韩先生并不打算改变主意，仍然坚持只带白曦一个人，至于刘春春，则获得了一份外卖咖喱饭，加了双倍猪排的那种。

餐厅里灯光昏暗，全是情侣。

白曦：“……”

侍应生见惯大风大浪，淡定地上前帮两人铺好餐巾，还往餐桌上抛撒新鲜的玫瑰花瓣，最后也不忘彬彬有礼地点燃心形香熏蜡烛。

韩卓：“……”

“你搞什么鬼。”白曦受惊不小。

“我以前真没来过这家店。”韩先生辩解得很没有底气，“只是想请你吃黑松露和鱼子酱。”而点评APP上排名第一的就是这家。

侍应生送上菜单：“请问需要来一杯1982年——”

“不需要，谢谢。”白曦打断他。

侍应生又提议："我们还有招牌玫瑰气泡酒，每一杯都充满了爱情的芬芳。"

"柠檬水。"白曦面无表情地合上菜单，"肉酱意面，还有一份奶油蛤蜊汤，速度越快越好，谢谢了。"

侍应生看向韩先生。

"一样。"韩卓点头，然后在侍应生走后，才问白曦，"你确定要放弃这次敲诈我的机会？"

"你下次请客能不能有点诚意，稍微挑一挑地方？"白曦从牙缝里往外挤字，整个人都充满了浓浓的怨念，这种餐厅也能随便进？！

"我知道错了，我错了……"韩卓吹灭漂浮在水面上的香薰蜡烛，"喏，这样有没有感觉好一点？"

"完全没有。"白曦单手撑着脑袋，抓着一根法棍毫无形象可言地啃着。

虽然用餐的两位客人看起来心情并不是很愉悦，但小提琴手还是来到桌边，面带微笑，尽职尽责地为他们演奏了一首乐曲，浪漫得要死要活。白曦开始后悔，为什么自己没有留在公司里陪刘春春一起吃美味又廉价的咖喱猪排饭。

"开心一点，"韩卓体贴地帮他倒水，"至少食物的味道还不错，是不是？"

"没觉得。"白曦放下餐叉，"这顿不算，四舍五入，你还是欠我一顿饭。"

"很合理。"韩卓欣然答应，又看了看他的餐盘，"不过你没吃多少东西，要不然我们换一家店？"

"算了，回公司吧。"白曦叫来服务生，让对面的韩先生买单，"比起吃饭，我现在更想知道画廊那边的进展。"

韩卓点点头，迅速结账出门，在车上就把电话打给了王远辰。

"一切顺利。"听筒里传来的声音很嚣张，"合同已经签了，画展时间定在一个月后，500万元会在一周内到账，现在唯一需要那位张春春先生做的就是准备好五十幅作品，以及给他自己起一个听起来不那么蠢的名字。"

韩卓笑着提醒他："你的雇主姓刘。"

"没区别。"王远辰不屑地回答，"我现在要去酒吧喝一杯，五点的时候我会准时过来接他回家。"

"没想到啊，"白曦忍不住啧啧称奇，"这位王先生办事还挺靠谱！"

"这下放心了？我早就说过，这件事不会有任何差错的。"韩卓道，"现在你可以和春春商量他用哪个名字出道了。"

小大千当然是不行的，小白石听上去也很欠揍，而就在刘春春犹豫纠结笔名的时候，他的银行账户已经叮的一声多了500万元。看着这条入账短信，刘春春声音颤抖地对王先生说："我是不是在做梦啊？"

王远辰摁灭手里的香烟，裹着亮闪闪的浴袍，慵懒地冲他勾勾手指。

刘春春连忙屁颠屁颠地把脑袋凑过去。

啪！清脆而又响亮的一个巴掌。

痛得要死，不是做梦。刘春春喜极而泣。

俞炯和王小森终于如愿吃到了人均1888元的龙虾套餐，当然也有白曦和跟来蹭饭的韩先生的份，并且在酒足饭饱后，大家一致通过了刘春春出道的新名字——215，也是他们四个大学宿舍的编号。至于215听起来不像人名的这个问题，反正艺术圈里多的是特立独行的家伙，所以完全没关系。

"行！"刘春春傻乐，"我就叫215！"

半个月后，新锐画家215先生即将举办画展的消息铺天盖地地登上了各大媒体的头条。抛开背后的阴谋不谈，摩西画廊在专业领域的影响力确实堪称一流，王远辰的手机几乎每时每刻都在振动，全部都是想要预约采访的媒体打来的，当然，谁也没有打通，一来是因为韩卓说过越神秘越好，二来是王先生懒得接。

刘春春暂时停止了求职，转而忙着准备新画。

晚上十点，王远辰端着一杯红酒，站在充满颜料气味的客厅里，脸色非常的难看。

"我……我去阳台画。"刘春春心虚地打起画架。

"你明知道在某种意义上，这场画展和你没有任何关系。"王远辰晃了晃杯子里猩红的液体，漫不经心道，"哪怕你交五十张白纸，摩西画廊也不会有异议。"

"但还是会有真正的观众来看画展，"刘春春收拾着颜料盘，"为了看我的作品自愿来的，不是白哥花钱请的那种。"

王远辰嗤笑着上前，用指尖挑起一幅画："原来你也知道。这是什么？"

刘春春看了一眼，答道："《炸油条的小贩》，我还没画完。"

王远辰皱眉："不准画！"

刘春春莫名其妙："为啥？"

王远辰回答："因为我不喜欢吃油条。"

刘春春："……"

“你的画真是无聊，怪不得不出名。”王远辰放下酒杯，然后解开了浴袍的腰带，“但是我今天心情好，所以可以让你见识一下什么才是真正的艺术。”

五分钟后，刘春春躲在洗手间里给白曦打电话，声音颤抖虚弱地控诉暴躁经纪人非要当自己的人体模特，神经病一样，拉都拉不住。

白曦很没同情心：“哈哈哈哈哈哈哈。”

刘春春万念俱灰。

“什么事这么高兴？”韩卓敲门进来。

“是春春。”白曦挂断电话，“对了，我刚好有事找你。”

“嗯。”韩卓乖乖在他对面坐了下来。

“你刚刚在阳台上给谁打电话？”白曦一手撑着脑袋，一手闲闲地转着笔。

韩卓失笑：“这个……好像是我的隐私？”

“分明就和我有很大的关系。”白曦用笔头敲敲桌子，“在这件事情上，我拒绝允许你有隐私，说！”

韩卓先是有些疑惑，很快就反应过来，无奈道：“李阿姨告诉你的？”

“嗯。”白曦得意地挑眉，“所以你别想蒙混过关。”韩先生有些哭笑不得。“快点。”白曦催促道。

“好吧，我投降。”韩卓调出邮件，把手机递到他面前，“是为了这件事。”

“赵小娟……黄靖远的妻子？”白曦一张一张地浏览图片，吃惊道，“遗嘱？”

“只看这封遗嘱，你会觉得她有强烈的厌世倾向以及相当严重的抑郁症。”韩卓道，“而且她还特意注明，如果哪天她离开了这个世界，那么所有财产都归她深爱的丈夫黄靖远所有。”

“……深爱吗？”白曦把手机还给韩卓，“可你之前说过，他们的感情并不好。”

“是不好，所以这其实是一封很刻意的遗嘱。”韩卓回答。刻意地表现出抑郁，刻意地表明爱意，如果将来真的发生不幸，那么在不知情者眼中，黄靖远一定是一位体贴顾家的男人，或许还会对他充满同情。

白曦摇头：“我不懂。”

“你可以懂。”韩卓说，“今天下午，赵小娟拿着这份遗嘱去找黄靖远了，很明显是为了讨好他，这已经是普通人无法理解的卑微姿态，所以黄靖远手里一定握有把柄，能毁灭她最在意的人。”

“她的父母？”白曦猜测。

韩卓点头："以及之前那场车祸。我查过许多监控视频，确认当时车后排还有两个模糊的男人的身影，不单单是赵跃进夫妇。"

白曦有些后怕，他实在很难想通，这个叫黄靖远的男人究竟是出于什么目的才要这么处心积虑地来跟踪绑架自己。

韩卓在他面前晃晃手："被吓到了？"

"为什么不能报警？"白曦问。

韩先生温和地笑了笑，一脸无辜地把问题推了出去："这要问白总和白太太，我也不知道原因。"

"我才不信，你分明就和他们是一伙的。"

"我不是，真的。"

"一毛钱的可信度都没有。"白曦撇嘴打开电脑，拒绝再和这个老油条讲话。

"又要列你的悬疑小表格？"韩卓俯身凑过去看屏幕。

白曦噼里啪啦地打着字，初号字、夜光底，在表格最上面加了一条——老奸巨猾的、语焉不详的、来路不明的、装疯卖傻的、毫无诚信的、又矮又矬的保镖兼司机。

韩先生疑惑地问："我矮吗？"

"你果然只否认了最后一条。"白曦目光幽幽。

韩先生："……"为什么还能这样？

白曦干脆不理他了，打着哈欠回卧室休息。

半个小时后，韩卓在花园的小露台上给黛西打电话，不仅要忍受寒风，还要提防神出鬼没的神奇眼线李阿姨。

"真是个可爱的小东西。"黛西泡在漂满玫瑰花瓣的浴缸里，"所以你打算什么时候告诉他事情的真相？"

"我没有这种打算。"韩卓回答，"我一直相信他只是个普通的人类，并不是当初医院里那个变异的婴儿。"

"如果没有足够的把握，地下仓库的人不会大费周章地想要抓他的，他们一定是查到了什么。"黛西闭上眼睛，"你其实知道，只是不想承认而已。"

"我打电话给你，是想知道该怎么安抚他。"韩卓看了眼二楼空荡荡的露台，"而不是跟你讨论地下仓库。"

"我只知道该怎么哄情人，至于该怎么哄雇主，"黛西打着哈欠漫不经心地说，

"抱歉，我完全不知道。"

韩卓："……"

"晚安，小帅哥。"黛西咯咯笑道，"祝你好运。"

听着电话里传来的忙音，韩先生很苦恼。

不过幸好，白曦对他没有怨念到不理不睬的程度，两人照旧一起上班，在路上也能聊两句，但也仅限于聊两句——白曦不再追问关于绑架案的事，也不再和他说说笑笑插科打诨，两人的相处变得格外生分而又公事公办，韩卓觉得自己并不是很适应这种氛围，也不想适应。

就连正好路过上来找白曦的王小森也看出了端倪，他小心翼翼地问韩卓："你惹白哥生气了？"韩先生诚实地点头。"那你完了。"王小森拍拍他的肩膀，"白哥轻易不生气，一生气，日月无光、飞沙走石。"

韩卓："……"

"不好意思，韩先生。"助理恰好在此时找了过来，焦急地问他，"你有见到白总吗？他不在办公室，手机关机，可是客户已经到了，五分钟后开会。"

助理话音刚落，韩卓已经冲了出去。

白曦独自站在走廊尽头。那里有一扇落满灰尘的窗户，本该长年紧闭的，可这时却被人打开了，寒风夹杂着冰冷的雨丝，吹得人连骨头缝都开始发寒。

"白哥，白哥！"王小森和韩卓着急地跑过来，他一把握住白曦的胳膊，气喘吁吁道，"你怎么一个人跑这儿来了？电话也打不通，急死我了。"

"我……我过来吹吹风。"或许是因为天气的原因，白曦的脸色看起来很苍白，眼神也有些茫然。

"不舒服？"韩卓紧张地问道。

白曦这才注意到，原来王小森身后还跟了两个人，除了韩卓，还有自己的助理——她正抱着一摞文件僵硬地站在不远处，看起来也被吓得不轻。

"白总，您没事吧？"助理提心吊胆地开口。她其实并不是很明白当前的状况，原本她只是想请韩先生帮忙找人，却没想到对方会有那么大的反应，搞得她也不自觉地紧张起来，还以为出了大事。

"没事，告诉客户，我马上就过去。"白曦对助理说，"十分钟。"

助理点点头，转身匆匆跑向会议室。

韩卓拍了拍王小森的肩膀，示意他先回去。

等走廊只剩他们两个人的时候，韩卓掏出一块干燥柔软的手帕，帮白曦把脸上冰冷的雨水擦干："要不要休息一下？"

"不用了。"白曦说，"谢谢。"他声音很低，神情也很恍惚，像是还没有完全从噩梦中醒来。

韩卓耐心地问："不打算告诉我刚刚发生了什么事吗？"

白曦摇了摇头："我得去开会了。"

韩卓扶着他的肩膀，让他面对着自己："你现在的状态——"

"我没事。"白曦打断他，又勉强笑了笑，"对不起，我想一个人静一静。"

"可你刚刚还说十分钟后要开会。"韩卓说。

白曦没有再说话。事实上，此时此刻他的脑海里至少塞了十几台搅拌机，它们鲁莽地横冲直撞着，把所有逻辑和思维都狠狠地碾成粉末。

世界开始变得不可思议起来，现实好像也被梦境吞噬了，他不知道自己在说什么，也不知道自己该做什么，只是恍惚听到韩卓打电话让助理取消了今天的会议。

银色跑车穿过市区，却没有开往别墅，而是拐弯上了星海路。

到家以后，韩卓打开公寓里所有的灯，让暖黄色的光芒填满整个房间，又冲了杯热巧克力端给了白曦："想不想喝？"

白曦摇摇头，他坐在地毯上，右手一直插在裤兜里，像是握着一个什么东西。

"虽然我不知道究竟发生了什么事，不过你很早就说过我不是一个普通保镖。"韩卓盘腿坐在他对面，温柔又耐心地劝说着，"所以告诉我好不好？我们一起面对，不管这件事有多么的匪夷所思。"

"你知道？"白曦终于开口说话，他微微皱着眉头，声音也很沙哑。

"我不知道，不过能猜到。"韩卓说，"别怕。"

白曦躲开韩卓的视线，又沉默了很长时间，才把右手缓慢地从裤兜里抽出来。

一个扭曲变形的金属盒随即掉到地毯上，上面布满了焦黑的指印，看起来像是在火里烤过之后又被人用铁锤狠狠砸了十几下。

"公司洗手间的纸巾盒？"韩卓问。

白曦点点头："我今天洗完手之后，突然觉得有点头晕，就随手扶了一下身边的一个东西。”接下来发生的事情远远超出了他的认知范围——坚固的金属盒在接触到他的掌心后，就如掉进岩浆一般，在短短几秒之内就熔化成了一团废铁。

“我以为我在做梦，”白曦语速很慢，艰难地讲述着，“又伸手去扶了一下水龙头……结果也是一样的。”

“那你的身体呢？”韩卓检查他的掌心，“有没有哪里不舒服？”

白曦摇头：“没有。”

“那就没关系。”韩卓把热巧克力塞进他手里，安慰道，“先喝点热的东西休息一下，让自己冷静下来。”

“我是……变异了吗？”白曦问，他很难才找出一个词来形容这一切。

“你没有变异。”韩卓看着他喝热巧克力，“换一个词，这是很多人都想要的超能力，就像……电影里一样。”

白曦把空杯子还给他：“蜘蛛侠吗？”

韩卓笑道：“你喜欢那种超能力？”

“我不喜欢。”白曦追问，“你一定知道些什么。这一切到底是怎么回事？我父母也知道，所以他们才会请你来对不对？还有黄靖远和摩西画廊的人，他们也是因为这个才要绑架我？”

“是。”韩卓这次没有隐瞒。

房间里很安静，安静到连呼吸声都清晰可闻。

过了好一会儿，白曦才抱着膝盖闷闷地说：“我还是觉得自己在做梦。”

“那你介不介意让这个梦更好玩一点？”韩卓问。

“嗯？”白曦没听懂。

韩卓站起来，关掉了房间里的灯光，又拉上了所有窗帘。

房间顿时暗了下来。

白曦在黑暗里看着他。

星光缓缓飘浮起来，随着空气散在房间的每一个角落。那星光无比温柔，像是一团团被棉花包裹起来的融融萤火。

韩卓拉过白曦的右手，在他的掌心里放了一团小小的星光：“礼物。”

“你……”白曦抬头看着他，眼里充满不可思议。

“我会教你怎么控制你的能力，也会好好保护你的。”韩卓笑笑，“所以完全不用有任何的担忧。”

白曦想了想："那位王先生……"

"也是。"韩卓点点头，"不过他没有星星，我也只愿意送给你。"

掌心里的光芒逐渐散去，白曦遗憾地说："没有了。"

"如果你需要的话，"韩卓又在他肩头点了一下，"随时随地都会有小星星。"

"这简直是世界上最不可思议的事。"白曦倒在地毯上感叹道，"我至少需要三天时间来消化。"

"那么在你消化之前，可以先原谅我之前的隐瞒吗？"韩卓把他拉起来，"你看，我不矮，不矬，也没有你表格里写得那么坏。"

白曦拒绝："不可以。"

于是韩先生只好继续送出更多小星星，直到把天花板变成银河。

当然，为了能让白曦更好地接受现实，韩卓并没有一次性告诉他所有的真相，包括另一颗遥远的星球和当年发生在医院里的事。

"你知道吗？"睡觉之前，白曦说，"如果按照电影里的套路，接下来你就要说世界需要我拯救。"

"世界不需要你拯救。"韩卓坐在他的床边帮他整理被子，"你只需要学会控制自己的能力，然后继续做一个普通人就好。"

"那摩西画廊呢？"白曦又问，"春春马上就要举办画展了，可对方到目前为止都表现得很正常，也没有提任何别的要求，他们该不会真的想在画展上绑架我吧？"

"如果真是这样，那他们一定是这世界上最蠢的绑架犯。"韩卓看了眼时间，"你该休息了，我们以后再来讨论这个问题。"

"好吧，那晚安。"白曦把自己裹进被子里，临睡前又提出一个新的要求，"我还想要小星星。"

"晚安，做个好梦。"韩卓笑着替他关掉台灯，在床头洒下一片微光。

窗外车流穿梭，而夜色中的城市才刚刚苏醒。

黛西踩着十五厘米的高跟鞋靠在吧台边和酒客调笑。年轻的女孩们妆容精致，端着酒杯慵懒地闲聊，无视周边男人们或赞赏或露骨的眼光。出租车师傅和代驾司机在门口抽着烟。再往远处，是充溢着海鲜和啤酒香气的夜市大排档。

酒精让神经麻痹，也让一切匪夷所思都变得理所应当，香槟混合着尖叫，暗红色的灯光照在每一张脸上，或年轻或苍老。在此地，在此时，终于不再有人介意你所属的星球和种族，你的年龄和名字。

没有杀戮，没有追捕，没有歧视。

所以说，没有什么时刻能比午夜更美妙，因为它平等、奇幻而又疯狂。

第6颗星

往事

雇主和保镖都是有故事的人

白曦很快就接受了现实，事实上他连二十四小时都没有用到，在第二天清晨醒后就打着哈欠站在厨房里试图用手心的温度煎蛋。

“不行。”韩卓把他拖出厨房，“去刷牙。”

“为什么不行？”白曦问。

“因为你现在……还不稳定。”韩先生选择了一个中性词。

“你才不稳定嘞！”白曦举着电动牙刷，一脸嫌弃道，“昨天晚上说要送给我小星星，结果轰出来的比白炽灯还亮。”

“咳。”韩先生转移话题，“炒面吃吗？”

“不用了。”白曦咕噜咕噜地漱着口，“去咖啡馆随便吃点吧，今天要回家。”

“那我八成又要跟李阿姨做检讨了。”韩卓看着他鼻尖上红彤彤的小痘痘，“她一定会认定我又带着你偷偷吃了很多炸鸡和烤肉串。”

“本来就是，”白曦转身看着他，“而且不止，还有烤冷面、臭豆腐，以及路边三块钱一大根成分可疑的廉价炸香肠。”

韩卓：“……”

见韩先生吃瘪，白曦满意地转身，挤着痘痘控诉：“你这个垃圾食品之王。”

韩先生觉得自己很无辜：“可明明是你自己要吃的。”

“那你也没有拦着我。”白曦趴在镜子前，用胳膊肘推推他，“快给我一个小星星，灯光太暗看不清。”

韩卓配合地伸出一根手指，小星星在指尖闪烁，很白炽，很好用。

两人到家时，李阿姨正在厨房里准备饭菜。正午的阳光穿透窗户，让每一道菜都自带美味滤镜，看起来无比诱人。

“怎么客厅里这么安静？”李阿姨一边忙一边问。

“他们在楼上谈事情。”白曦拿了个小碗给自己盛汤。

“是不是韩先生在告状？”李阿姨压低声音。

“不是，”白曦笑道，“他们在说一件……很好玩的事情。”

书房里很安静，过了很久才听到白博阳深深地叹了口气。

“小白呢？”白太太问，“他的情绪怎么样？”

“刚开始有些惊慌，不过现在已经完全冷静下来了。”韩卓说，“而且也不排斥自己的异能。”

“我还是很担心。”白太太抓住韩卓的手，急切地说道，“你真的不能带小白出国吗？不管去哪里，只要能远离那些危险的人。”

“逃避并没有用。”韩卓摇头，“小白的体质很特殊，我想地下仓库的人应该不会轻易放弃他。”

白太太眼中的光芒黯淡下来。

二十多年前，白曦出生在一家普通的公立医院，在那里工作的医生护士每天都会迎接无数新生命，对一切都见怪不怪，所以面对白先生惊慌失措的“我太太早产了”，他们也只是淡定地安慰了两句，然后娴熟地给那名幼小粉嫩的新生儿戴上手环，在上面写上“小白”两个字后就让他舒舒服服地躺进保温箱里了。

那时候还没有智能手机，白博阳每天都去看他，再讲给太太听，今天说儿子睁开了眼睛，明天说他会啃手指了。

一切都是温馨美满而又充满希望的，直到小白入院的一周后的某一天，上晚班的护士惊恐地发现这名本来应该好好待在保温箱里的小婴儿居然不知道被谁放在了走廊的窗台上，夜风吹得他全身发紫，啼哭也如小猫一样有气无力。

当医院保安闻讯赶来时，又有人发出小小的惊呼——原本坚固的保温箱此时已经扭曲变形，像是被人拧成了麻花后又撕扯出一道长长的口子，焦黑的手印布满床单、地板和墙壁，看起来活像是这名小婴儿踩着火光自己爬到了窗台。

整件事太过匪夷所思，白博阳用尽了方法，也只从一名清洁工嘴里问出了在那天下午五点左右有一个精神恍惚看起来像是流浪汉的人在走廊上待过十分钟左右。

监控尚未普及的年代，有利也有弊。虽然白博阳最终也没能搞清楚当时发生了什么，但他也能顺水推舟地将一切都推给那个神秘的男人。最终这件事被悄无声息地掩盖了过去，白博阳也用最快的速度卖掉房产，带着妻儿举家搬到了另一座城市。

随着时间流逝，白博阳虽表面上看起来已经忘了这件事，但暗地里他从来没放弃过调查真相。最后，他终于震惊地确定了一件事，那就是这个世界上真的有异能者。他们虽然竭力想要隐藏在普通人中，却还是不可避免地留下一些蛛丝马迹，比如说凭空变出火焰，和动物对话，或从数百米外疾步冲刺接住从楼上不慎跌落的小孩。

这类网上疯传的视频被大多数人当成近景魔术，或者干脆被一些人斥为媒体炒作，从未引发过大规模的恐慌和怀疑，顶多算是人们茶余饭后的消遣。但白博阳知道，在那些真假难辨的网络视频里真的有一部分，或者说有很大一部分的主角，是超越人类极限的异能者。

所幸白曦的成长一直都很顺利，顺利到连白太太也开始怀疑当初在医院里是不是真的有个人贩子，费尽心机地烧掉保温箱，制造出恐怖的现场，只为了顺利偷走还是婴儿的小白，而自己的儿子从始至终就是一个普通人。

然而这种侥幸并没有维持太久，在白曦大四的时候，他开始一次又一次地抱怨，说好像有人跟着自己，学校、食堂、操场、公司，甚至在公园里，总感觉身后有一双眼睛，让人毛骨悚然。

于是白家父母又开始担心起来。他们先是重金请来了专业的保镖，对方却在一个月后就辞职了，甚至不惜支付高额违约金。与此同时，白博阳也查到了关于地下仓库的消息，他其实并不知道那究竟是什么，却能肯定这家地下机构对异能者来说绝对是最大的威胁，而唯一能够威胁到地下仓库的人，叫韩卓。

其实韩卓之前不算欺骗白曦，他和白家父母的确是在某个海岛上相识的，但那不是度假的巧合，而是白博阳在打听到韩卓的行踪后专门去找他的，只是没想到上岸就遇到了一场小规模动乱——也正是因为这场意外才让白博阳亲眼确认了韩卓的能力，敏捷、迅速、沉稳、冷静而又寡言，绝对会是这个世界上最好的保镖。

“爸，妈。”白曦在楼下餐厅里叫，“下来准备吃饭啦。”

“你听听，”白太太从沉重的往事中回过神，好气又好笑，“现在这个情况了，小白还嬉皮笑脸的。”

“这样很好。”韩卓也笑道，“小白的接受能力很强，也很……没心没肺。”在他接触异能的第一天，下午还很惊慌失措，晚上就能一次又一次地要看小星星。

吃完饭白博阳把一摞厚厚的关于异能者的资料交给了白曦。每一本资料都细心地标注了年份，从白曦出生的那一年开始，直到上个月结束。

“谢谢爸。”白曦有些内疚，“这么多年，我让你担心了。”

“是我的错，我当时就该一直守在外面，不让任何人靠近你的。”白博阳把烟头摁灭，“那名流浪汉应该有问题，否则你无论如何也不应该……”他在这里停住了，他不想亲口说自己的儿子变异。

“我知道，不过我已经长大了，而且还有韩先生在。”白曦笑了笑，“放心吧，我会保护好自己的。”

白博阳点点头，也没再说话，只是用力拍了拍他的肩膀。

虽然异能来得有些猝不及防，背后的阴谋听起来也不容小觑，但生活总归还要继续，而就目前来说，最重要的无疑是刘春春的画展。虽然名字是假的，年龄是假的，简历一片空白，连照片也只有一张抽象的手绘，但作品却全部都是他用心准备的，所以在开幕第一天，215的四人都紧张兮兮地守在电脑前一次一次地刷新网页看反馈。

有摩西画廊的助力，这次画展无论从哪个方面看都无比高端。媒体收钱办事当然不会乱写，而艺术这种东西，普通观众其实很难分得清什么是天才创作，什么是随笔乱画，并还会先入为主地认为，既然能在这么高端大气的画廊里办画展，那215先生的水平怎么也不会差。更重要的是门票免费，交通便利，那还有什么理由要拒绝这次和艺术亲密接触的机会呢？哪怕只是拍照发到网上也是好的。于是大家纷纷结伴前去看展，场场爆满，进门还要排队。

215先生一跃成为国内最受追捧的新锐画家，甚至连刘春春曾经最爱的美女主播也表示很期待将来能和215先生一起喝咖啡、聊艺术。

“我终于红了吗？”刘春春热泪盈眶地问。

“你没红。”王远辰端着一杯酒坐在他对面，冷冰冰地说，“清醒一点。”

“唔……”过了一会儿，刘春春又说，“像做梦一样。”

“这本来就是一个梦。”王远辰放下酒杯，语调刻薄而又尖锐，“而关于你的部分已经结束了。”

刘春春深深地叹了口气，他蹲在落地窗前看着远处的车流，小声嘀咕着：“真是一个十分现实的家伙……”

王远辰声音一扬：“嗯？什么？”

刘春春快速回答：“你真是无比俊美、优雅、高贵、友善、强大、富有，而且还很慷慨。”

“但真的有人愿意花钱来买我的画。”刘春春又强调。

“那是因为画的主人公是我。”王远辰提醒。

刘春春：“……”哦，你……没错，是你。

“他们要在一起住多久？”在家里，白曦问韩卓。虽然黑松露和鱼子酱的生活听起来的确不错，但是他敢保证，刘春春一定更喜欢便利店的咖喱饭和打折啤酒。

“我猜不会很久。”韩卓把水杯和药片递给他，“在你学会控制自己的异能之前先吃点这个，不用担心，没有任何副作用的。”

“我会不会永远也学不会？”白曦仰头吞下药片。

“当然不会，因为你的老师是我。”韩卓穿着家居服，在卧室昏黄的灯光下，他整个人看起来温暖又柔软，十分值得被信赖。

白曦盘腿坐在床上，郑重道：“谢谢你。”

“怎么了？”韩卓有些意外，“突然这么认真。”

“如果没有你，在这一切刚刚发生的时候我大概会很慌乱。”白曦双手搭上他的肩头，又重复了一遍，“所以，谢谢你。”

“不客气。”韩卓笑了笑，在他鼻头点下一颗融融的、微亮的小星星。

画展的最后一天恰好是周末，白曦原本准备拉上全宿舍的人外加韩先生给215先生庆功的，结果打电话给主角，不料对方接了电话却半天没说话，并在一片混乱的嘈杂中依稀传来了他惨烈而又虚弱的血泪控诉。

“我们几点出发？”韩卓在门口敲了敲门，提醒白曦时间，“已经五点了。”

“算了吧，计划取消。”白曦坐在地毯上，面前摊着一大堆文件，“他好像又在陪那位王先生喝红酒，大概没时间和我们吃火锅。”

“好吧。”韩卓笑着坐在他身边，随手翻了翻文件，“怎么还在看这些资料？”

“在想我自己的事情。”白曦问，“我真的是这么多年以来，唯一一个拥有异能的地球人吗？”

“至少根据已有的记载，你是。”韩卓点头，“我的怀疑和白总一样，当初那名神秘的流浪汉让你拥有了异能，也正是因为这个，地下仓库的人才会对你穷追不舍。”

“要抓我回去做研究？”白曦想起了实验室里的小白鼠，默默打了个冷战。

“我不会让他们带走你的。”韩卓合上他面前的文件，“不过你也要学会自己保护自己，不能什么事都依靠别人，明白吗？”

“明白。”白曦点头。

“走吧。”韩卓拉他起来，“这两天不是在公司看报表，就是在家里看资料，你真的要闷坏了，我请你吃饭。”

“黑松露和鹅肝吗？”

“如果你想吃的话，当然没问题。”韩卓回答，“而且我保证，这次一定找一家靠谱的餐厅。”

银色跑车的引擎轰鸣着潇洒远去，李阿姨围着围裙生气地向白太太告状：“韩先生真是越来越了不得，放着家里的饭菜不吃，天天带着少爷出去吃垃圾食品，没有一点职业道德的呀！”

“人家是出去吃黑松露。”白太太一边涂指甲油一边说，“很高级的。”

“黑松露能有山药炖排骨好吃吗？”李阿姨有理有据，“少爷小时候嘛天天都要啃排骨，也没见他哭着要吃黑松露。”

“行行行，你说得对。”白太太脑袋嗡嗡作响，于是她郑重地说，“等他们回来，我一定严肃批评小韩。”

这次韩先生果然很靠谱，他带白曦去了一家精致的小店，隐藏在城市的角落里，人很少，环境很好，食材也很新鲜。

“喜不喜欢这里？”韩卓帮他调酱油。

“还不错。”白曦压低声音，神神秘秘地问道，“老板也是异能者吗？”

“错，地球人。”韩卓笑了笑，把调好的酱油放在他面前，“见面第一天我带你去的那家小面馆，那里的老板倒真的是来自另一个星球。”

白曦问：“那家黑店？”

“不是黑店，不过老周他们不喜欢我带地球人过去，所以才会漫天要价。”韩卓道，“他们也并不知道你的身份。”

“那碗面究竟是怎么回事？”白曦想了想，“有什么特殊的功能吗？”

“老周那里只卖两种面，或者说是两种药也行。”韩卓说，“一种能让异能更加强悍，另一种恰恰相反，能让异能消失——真正意义上的消失，变得和地球人一样，不过那至少需要二十年时间，而且在整个过程中，异能者会变得体弱多病。”

“有人选择第二种药吗？”白曦不解。

韩卓点头：“不仅有，而且还很多。”

并不是每一个异能者都能够熟练控制自己的异能，他们惧怕自己身体里涌动的力量，惧怕公共场所，惧怕身份暴露后旁人异样的目光，更惧怕会被抓住送往研究机构——不仅仅是地下仓库，还有许许多多的合法或者非法的科学组织——因为那意味着无穷无尽的痛苦和折磨。

“他们想做普通人。”韩卓帮白曦叫了份鹅肝寿司，“所以哪怕整个过程很痛苦、很漫长，也依然有许多人去找老周。”

“可我觉得异能很酷。”白曦看了眼自己的掌心。

“是很酷，所以希望将来有一天大家能够公开身份和睦相处，不过不是现在。”韩卓笑笑，“要喝一杯吗？”

“一定会有那么一天的。”白曦安慰他，“你看，我们就相处得很好。”不仅有鹅肝寿司，还有漫天飞舞的漂亮小星星。

桌上的手机不合时宜地振动起来，韩卓看了一眼屏幕，道：“是春春。”

“你已经错过庆功火锅了。”白曦按下通话键，先发制人，“并且我往后一周都要加班，没空出来。”

“是我。”电话另一头传来王远辰的声音。

隐约还能听到刘春春的控诉：“你这个强盗！”

“呃……有事吗？”白曦下意识地坐直了身体。

“我找你身边那位韩先生。”王远辰嘴里叼着香烟，半湿的头发被随意地拢到耳后，整个人呈现出一种沐浴后的慵懒姿态，语气却很咬牙切齿，“虽然不知道你们在做什么，但是麻烦他，接一下，我的，电话。”

韩卓从兜里掏出手机一看，二十五个未接来电。他举手示意自己是真的没注意，并让白曦开了免提之后把手机放在桌上。

“摩西画廊邀请我的雇主明天一起吃饭。”王远辰开门见山，“据说是一个很盛大的庆功宴，许多社会名流都接到了邀请函。”

韩卓皱眉，想也不想就道：“拒绝。”

“先等一下！”白曦赶紧凑过去问，“春春呢，他自己怎么想？”

“他？”王远辰往墙角的方向看了一眼，鄙视地说，“如果我答应对方的话，他大概会马上跳楼。”

刘春春抱着窗帘，委屈而又㞞包地说：“呜呜呜，我不想去！”一个高定西装男已经很可怕了，更别提是好几百个。

“哦，那没问题了。”白曦淡定地坐回去，你随便拒。

“你一个人去。”韩卓想了想，说，“至少要知道对方的下一步计划。”

王远辰不满地嗤了一声，却因为忌惮韩卓的能力，只能不甘不愿地答应下来。

电话挂断后，白曦立马问道：“不会有问题吗？”

“当然不会。”韩卓道，“他不会把事情搞砸的。”

“我的意思是，王先生不会有危险吗？”白曦换了种表达，“那是摩西画廊举办的聚会，里面一定会有地下仓库的人，而你刚刚才说过，异能者在地球上很危险。”

“可他不会有危险，只会让别人有危险。”韩卓笑了笑，“和别的异能者不同，地下仓库一直就知道他的存在，不过依旧对他束手无策。”

嚣张、暴戾、神秘、奢侈而又残忍，在韩卓到来之前，王远辰绝对是这里最强大的异能者之一，几乎无所畏惧。

白曦突然把掌心贴上他的额头。

“怎么了？”韩卓微微一愣。

“刚刚好像有点烫。”白曦紧张地问他，“你有没有感觉到？”

“有的。”韩卓点头，又提醒他，“但这是能熔化金属的温度，你确定要放在我的脑袋上吗？”

白曦迅速抽回手，略微心虚道：“对不起，我忘了。”

“手伸出来。”韩先生命令。

白曦拒绝，他流利地辩白道：“体罚违反未成年人保护法。”

韩卓失笑：“可你已经到了法定结婚的年龄。”

“那你也不能打我。”虽这么说着，但白曦还是配合地伸出了右手，“喏。”

韩卓从三文鱼的盘子里取了一小块冰，放在他的掌心：“融化它。”

白曦用之前韩卓教的方法，努力让思维都集中在一处，掌心的温度果然迅速升高，冰块很快就化成水，淅淅沥沥地流过指缝。

“好玩吗？”韩卓慢条斯理地吃着东西，“那现在试着重新冻住它。”

白曦迟疑：“可以吗？”

“当然可以，没关系，你可以慢慢来。”韩卓叫来服务生，又帮他要了一瓶波子汽水，“有奖励。”

白曦做了个深呼吸，双眼盯着掌心，用虔诚而又小心翼翼的姿态努力着，终于让手心重新结起了薄薄的一层冰晶，像细碎的雪花，也像白色的小星星。

“很厉害。”韩卓握住他冰冷的手指，“现在还能恢复到正常的体温吗？”

白曦犹豫了一下，摇摇头。

“拜托，这样我会很冷。”韩卓并没有放开手，反而催促道，“快一点。”

“会冻僵你的。”白曦说。

“所以你才要加油。”韩卓用空着那只手帮他打开了汽水，嘣的一声很是清脆，“喏，葡萄味的。”

这次，白曦足足用了五分钟才感受到了对方掌心的温度，他看着韩先生冻得通红僵硬的右手，十分内疚地说：“不然这顿还是我请吧。”

“没关系。”韩卓给自己要了一块热毛巾，“我是你的老师，所以能包容你的一切小错误，你完全不用有任何压力。”

看着对方温柔的眼神，小白觉得很感动。于是他暗自决定，在明年的教师节一定要送给韩先生九十九朵康乃馨，赤橙黄绿青蓝紫的那种，因为他实在是非常谆谆，非常……慈祥。

周一，气象台发布了橙色大风预警，刚过下午三点，整座城市就已经变得昏黄一片，阴沉沉的，如同末日的前奏。白曦让助理通知所有员工提前下班，并嘱咐大家路上注意安全。

“谢谢白总，您还不走吗？”助理帮他把桌上的文件收拾整齐，“广播说今天有寒流，晚上会很冷的。”

“知道了，谢谢。”白曦笑笑，“你也快点回家吧。对了，韩先生呢？”

“他在走廊打电话。”助理回答，“我马上去叫他过来。”

白曦点点头，站在窗边活动了一下筋骨。再过两个小时就是摩西画廊的庆功晚宴，他其实也没什么心情工作了。

五分钟后，韩卓端着两杯微烫的咖啡进来：“要下班吗？”

“晚点吧。”白曦从他手里接过杯子，不是跟韩卓一样的清咖啡，而是加了打发的鲜奶油的新品，上面还漂着一颗猫爪形状的白色棉花糖。

“前台小姐教我的新做法，还有一小杯威士忌打底。配这种冷冰冰、灰沉沉的天气刚刚好。”

“这么少女心？”白曦笑他，小心翼翼地啜饮一口，香醇的咖啡搭配烈酒，口感异常滑爽，的确是奇妙而又不可言说的温暖滋味。

“今天回星海路的公寓呢？”韩卓问他，“我们可以不被打扰地听完晚宴的所有内容。”不用时刻提防神出鬼没的李阿姨平均半小时切一次水果，一小时送一碗炖汤。

“听完？”白曦不解。

“嗯。”韩卓嘴角一弯，“不是只有他们有窃听器。”

市中心的高层公寓里，刘春春蹲在衣帽间门口看自己的经纪人换衣服，眼花缭乱。从衬衫到西装，再到领带和袖扣，不断有衣服被扯出衣柜，却在穿上后不到一分钟又被脱下来随意丢到地上，一件叠一件，很快就堆成了一座小山。

半个小时后，刘春春打着哈欠说：“我觉得你穿每一套都很好看。”

王远辰瞥他一眼，语调高傲而又冷漠：“我当然知道。”

刘春春很茫然：“那你这是在干啥，换装游戏？”

王远辰回答：“闲得无聊。”

刘春春躲在洗手间里给白曦打电话，很笃定地告诉他不用担心今晚即将揭幕的阴谋，八成一点都不可怕，因为王先生直到现在都还在换衣服，并且沉迷于欣赏自己的美貌无法自拔，半个字都没有提摩西画廊，完全没有大战来临前的紧张气氛。

白曦坐在副驾驶座上，看着后排的三个购物袋，若有所思地“嗯”了一句——不紧张的不单单是王远辰，还有韩先生。从公司出来，他也没有直接带自己回公寓，而是开车绕了一大圈路，到超市去买了一大堆零食饮料外带一大盒草莓蛋糕，宛若要去参加少女梦幻茶话会。

“难得脱离李阿姨的掌控，”韩卓系好安全带，心情似乎不错，“炸鸡要吗？我们可以先叫个外卖。”

白曦伸手捞来一包薯片，拆开：“你真的完全不担心吗？”

“担心什么？摩西画廊？”韩卓发动车子，嘴角勾了勾，“之前就说过，我可以随时让他们消失。”

白曦喂给他一块薯片：“我只是不想惹来太多麻烦。”

“现在不是你招惹对方，而是他们试图冒犯你。”韩卓微微皱眉，“我不喜欢黄瓜口味的。”

“你也不喜欢李阿姨做的胡萝卜番茄汁，但还是每天早上都喝掉一大杯。”白曦又递给他一片，“我要求平等待遇。”

韩先生只好张开嘴。

垃圾食品总是能令人心情愉快，即使那是难吃的黄瓜味薯片。车里流淌着节奏舒缓的音乐，是之前白曦听过的老人哼唱，是王先生的手机铃声，也是所有异能者最熟悉的童年歌谣——每一位母亲都曾对着摇篮轻声吟唱，那是来自另一颗遥远星球的祝福，代表着平安、欢乐，以及长久的安稳和幸福。下车时，白曦已经能哼出副歌的旋律了。

双手都被占用，所以他和韩卓不得不费劲地用肩膀顶开家门，进屋后又立即把零食铺满了整个茶几。此时天已经完全暗了下来，夹杂着寒流的狂风嘶吼咆哮着，似乎在下一刻就要破窗而入。可房间里却一点都不冷，窗帘被拉得严严实实的，颜色温暖的小星星挂满客厅，白曦裹着一条大绒毯坐在沙发上，双手捧着热茶，满足到想叹气。

韩卓调高音量，把窃听器放在桌上。

听筒里传来的声音很嘈杂，似乎是有人在远处讲话。

金碧辉煌的大厅里，王远辰靠在柱子上冷漠地看着四周。没有人敢上前搭讪，即便他漂亮得像是一颗耀眼的星辰，因为他整个人所散发出来的阴郁气场足以令所有仰慕者望而却步。

这是一场奇怪到显得有些无厘头的庆功宴，没有画展的主角，唯一能代表他的经纪人看起来心情也相当不愉快，只有摩西画廊的老板，界内赫赫有名的大佬蒋峰峦，在台上尽职尽责地进行开场讲话，全方位地赞美着新锐画家215先生。宾客也尽职尽责地鼓掌，力图冲淡宴会厅里浓浓的尴尬气氛。

王远辰打着哈欠放下红酒杯，他对这种劣质的液体没有任何兴趣，对在场的所谓名流也没有任何兴趣，要不是看在韩卓的面子上，他简直想冲上台去把那个喋喋不休的秃头胖子丢到下水道里去。

“王先生，您好。”身后突然有人说话，“这边请。”王远辰回头瞥了他一眼。对方是个普通的侍应生，见王远辰没动，他低声补充道：“施先生正在等您。”

“施先生？”白曦塞着耳机，不自觉地放低了声音，“我以为今天来的是黄靖远，你上次说他在地下仓库很有地位。”

“很有地位，但不是最有地位。”韩卓说，“对今天的谈判来说，他还不够格。”

“那这位施先生是谁啊？”白曦又问，“黄靖远的上司吗？”

“不只是黄靖远一个人的上司，”韩卓明显迟疑了一下，不过还是诚实地介绍道，“他是整个地下仓库的负责人，之前一直在国外。”

白曦手里的果冻骨碌滚到地上，震惊道："幕后主使？"

韩卓点点头，实际上连他也没有想到，施天会在这个时候出现。

摩西画廊会客厅里，王远辰拉开一把椅子，重重地坐下。他的坐姿不可一世，眼神也很不可一世，他转动着手上的钻石指环，一言不发地看着对面的男人——

大概四十多岁，身材精悍瘦削，身上的西装质地优良，头发梳得整齐油亮，看起来教养良好，笑容也颇为和善，就像是杂志上的那种慈善企业家。

但他却是所有异能者的噩梦，也是多年来一切血腥事件的主谋。

"小宝贝，你还是这么漂亮。"施天亲自给他倒了一杯酒，"试试看，如果不喜欢，我们可以换一瓶。"

"说吧，目的是什么。"王远辰靠着椅背，"我只负责传话。"

"明白，不过我很意外，韩卓会让你来和我谈判。"施天微微俯身，凑到王远辰的耳边说，"他明明知道，我一直就很欣赏你。"

"他大概和我一样，觉得你已经死了。"王远辰语调冰冷而又机械，"滚回你的椅子，否则我就亲自动手让你滚回去。"

"我现在没兴趣和你打架，而且你也不是我的对手。"施天摇头，坐回到座位上，"好吧，其实真的没有什么阴谋，我只是想找个机会和韩卓当面谈一谈，但没想到他居然能控制你。"

"你明明有很多方法可以见到他，"王远辰抬抬眼皮，丝毫不掩饰自己对他的厌恶和嘲讽，"最后却选择了帮一个陌生人开画展？"

"我可以亲自向他解释，"施天提议，"你觉得怎么样？"

王远辰把窃听器丢到他面前。

"谢谢。"施天笑了笑，然后拿起桌上的小话筒，"很遗憾这个小玩意没有视频功能，我们似乎已经很久没见过面了，让我想想，五年？"

耳机里传来的声音沙哑而又阴森，让白曦有些紧张。

韩卓安慰地拍拍他，示意他暂时不要出声。

"我需要先解释一下画展的事情，真的没有任何阴谋，只想单纯地表达友好，因为我确定你在知道后会接手这件事。"施天并没有在意另一头的沉默，主动耐心地说，"这件事要从你的新雇主开始说起，我们之前只是怀疑，但并没有完全确定他就是当年那个幼小的变异者，直到你出现，才间接证实了我的猜测。"

"你想做什么？"韩卓冷冷地问。

“我想让你回家。”听到韩卓的声音，施天明显亢奋起来，他扑在桌子上，看起来恨不得立刻从那小小的话筒里钻过去。颤抖尖锐的嗓音如同铁钉划过玻璃，源源不断地涌向耳机——

“我更想提醒你别忘了自己当初的誓言，会永远留在地下仓库，做这个世界上最好的追捕者。”

客厅里的小星星瞬间熄灭，白曦不禁打了个冷战。

韩卓搂住他，低声说：“别怕。”

“你在和谁说话？”施天警觉地问。

没有人回答他的问题。窃听器里先是传来刺耳的声音，而后又归于寂静，像是已经被彻底损坏了。

“他的誓言从来就不是效忠你。”王远辰轻蔑地嗤笑一声，眼神也逐渐变得危险暴戾，“而是彻底毁灭你。”

星光熄灭后，客厅被黑暗笼罩了。

窃听器被韩卓丢进了饮料里，此时正在被碳酸气泡冲击，发出细碎的声响。

白曦并没有立刻开灯，他在黑暗中仔细分辨着对方的神情，然后才小心翼翼地问道：“你没事吧？”

“没事。”韩卓摸过遥控器，把客厅的灯都打开了，“想起一些过去的事情，所以心情不是很好，抱歉。”

白曦想了想，说：“原来在你心情不好的时候，小星星就会消失。”

韩卓有些好笑：“我以为你会问我过去究竟发生了什么事。”

“你会说吗？”白曦起身去厨房泡了两杯热茶过来，“喏，茉莉花茶。”

“当然，你是我的雇主，也是我的学生，有权利了解我的过去。”韩卓接过茶，回忆道，“施天说得没错，我曾经有很长一段时间都待在地下仓库，六年……还是七年？我已经记不清了。”

白曦明显有些惊讶：“你？”

韩卓点头，坦白道：“这是一个不怎么愉快的故事。”

在最初，异能者刚刚抵达地球的时候，他们的确有过一段相互帮助、相互扶持的美好时光。但随着岁月流逝，纷争和矛盾终于不可避免地凸显出来，而在面对如何解决冲突的问题时，有人选择远离，有人选择暴力，也有人选择背叛种族和人类合作，地下仓库就是在那时有了雏形。

如今，在部分科学机构以及地下研究组织中，异能者已经是半公开的秘密了，人类渴求拥有和异能者一样强大的能量，也羡慕他们神奇的自愈体质，而这种羡慕从一开始就带着血腥和杀戮的气息，因为只有通过大量的个体实验才有可能找出异能者共同基因的奥秘并应用在生物、医药甚至是军事等领域。这是一笔庞大到无法想象的利润。金钱和权力是最可怕的魔鬼，也正是基于这个目的，他们中的一些人和地下仓库的统治者达成了协议，追捕者大量出动，源源不断地把绑架来的异能者送往各处的研究室。

“那政府呢？”白曦问。

“他们是最早探知我们存在的机构之一，为了保护人类自身，也为了未来的发展，他们提出了一些友好的合作计划，但在实行的过程中，有部分执行人被收买了，所以……你也看到了，目前的状况，无论是对我们还是对人类来说，其实都不算好。”

“嗯，那你呢？我是说，你的故事。”

“我从来没有见过我父亲。在十一年前的夏天，我本来想出国去找我的母亲，却被追捕者带到了地下仓库。”

在最开始的时候，没有人把这个看起来斯斯文文的年轻人放在眼里，他被随意关进了一处郊区监牢里，准备在一周后将他和其他倒霉蛋一起送往研究所。可令所有人都没有想到的是，在当天夜里，整座监牢就被这个年轻人徒手拆成了废墟，警报只响了一声就在他的拳头下变得粉碎。被绑架的异能者们争先恐后地冲破电网，在夜色的掩护下逃向密林深处。

听着他的叙述，白曦觉得有些头皮发麻，不仅仅是因为多年前的绑架案，也因为通过这件事，他才第一次真正认识到了异能者在地球上的处境，哪怕拥有合法的身份，这个族群也可以随意被绑架，随意被消失。

就像之前韩卓说的，哪怕已经过了很多年，异能者也永远只是地球的客人，而唯一能把他们变成主人的方式就是让异能彻底消失，变成科研机构眼里的废物——所以老周的面馆才会生意火爆，无论搬到多么偏僻的角落，客人依旧络绎不绝。

“在想什么？”韩卓问他。

“嗯……没有。”白曦回过神，他放下手里凉透的花茶，问道，“你在地下仓库待了好几年，所以那天晚上的越狱失败了吗？”

“其他异能者都逃走了，失败的只有我。”韩卓回答，“施天当时在场，他命令所有的追捕者都来对付我。”

再次被抓到之后，韩卓并没有被送走，而是被长久地留在了地下仓库。

“训练你做新的追捕者吗？”白曦问。

“不止。”韩卓道，“和之前的管理者不同，施天在接手地下仓库后很快就组建了一个庞大的科研机构，他想要的不仅仅是财富。”

白曦猜测：“还有权力？”

“异能者拥有比人类更加强大的力量，却一直无法在地球上占据统治地位，一来是异能者的人数太少，居住太过分散又早已习惯隐藏身份，二来则是一直都没有一个有力的领导者。”韩卓道，“施天想成为这个领导者，或者说不仅仅是异能者的领导者。”

白曦摇头：“我不懂，什么叫不仅仅是领导者？”

“施天的科研机构只做两件事——把异能者变得更疯狂，以及尝试把普通人类改造成异能者。”韩卓道，“他想组建属于自己的军队，应该有更加不可告人的目的。”

白曦微微皱眉：“所以你在那里的时候，也被……”

“在地下仓库的那些年，我被迫接受了无数次改造实验。”韩卓笑笑，“那是真正暗无天日、地狱一般的时光，不过幸好，我的生命力够顽强。”

当时接受改造的不止韩卓一个，但活下来的却只有他。更快的移动速度，更强大的能力，更缓慢的衰老过程，以及更优秀的自愈能力——在那段时间里，施天和他的科研者们把韩卓当成了至宝，他们贪婪地在他身上进行着一次又一次的残酷实验，欣喜地看着他逐渐强大，直至不可战胜。

“在最后一次实验后，我用一颗炸弹彻底夷平了那家地下研究所，从此脱离了施天的控制。”韩卓道，“最初，他恼羞成怒，派出无数追捕者来对付我，不过后来他却逐渐改变了态度，变得像刚才那样，对我有求必应，有时候甚至似乎还有些卑微。”

“可以解释。”白曦点头，“你是他们唯一的成功的案例，让追捕者对付你并不是一个好选择。”无论是追捕者伤亡，还是韩卓伤亡，对地下仓库和施天而言都是损失。

“施天不愿意和我作对，不代表我不会主动去找他麻烦。”韩卓道，“在离开地下仓库后，我曾经无数次从他们手里抢人，也正是因为这样，才有越来越多的人来找我，其中就包括你的父亲。”

这个话题很沉重，白曦心疼地揽住韩卓，笑着安慰，“原来你才是超级英雄。”

“施天这次回来，一半是因为我，一半是因为你。”韩卓转了个身，两人变成面对面，“他的研究其实很失败，想让异能者变得更强大，这么多年也只成功地改造了我一个，至于想让地球人变成异能者，更是一个也没有。”

“所以我们以后要相依为命了。”白曦郑重地说，“一起摧毁邪恶势力，拯救全人类和全部异能者。”

韩卓笑着摇头：“这里不适用电影台词。”

“可我是认真的。”白曦一脸正经地问，“现在我需要做什么吗？”

“你需要先学会控制自己的超能力。”韩卓笑了，语气也变得轻松，“去吧，我要一杯威士忌，加冰。”

白曦蹲在冰箱前，虔诚地捧着玻璃杯，试图让里面的酒液结出冰碴，结果试了整整五分钟也未能如愿，反而冒出了一股热气。

韩卓站在厨房门口似笑非笑地看着他。

“我很紧张的，”白曦辩解道，“你现在简直像个监考老师。”

“OK。”韩先生配合地转过身，给学生留下“作弊空间”。

又过了三分钟，白曦用手指戳戳他的脊背，心虚地递过来一坨棕色的冰，寒气飞舞，宛若刚从零下30℃的仓库里取出来，非常硬。韩卓沉默了。

“要体罚吗？”学生白曦自觉地伸出手，还不忘强调，“但你要轻一点打。”

韩卓抬手在空中虚晃了一下。

白曦闭上眼睛，睁开后发现落了满手一闪一闪的小星星。

在另一处高层公寓里，刘春春正哆哆嗦嗦地给白曦打电话，可没有人接，所以他变得更加忧心忡忡了，继续蹑手蹑脚、做贼一般蹲在浴室门口——里面哗哗的流水至少已经流了一个小时，而且目前听起来完全没有要停的趋势。

出门和对手谈判，回来就黑着脸疯狂洗澡，这种惊天动地的连贯情节经过思维发散……刘春春同情而又悲伤地想，难不成是被人给非礼了？

由于这个假设实在太过惊世骇俗，刘春春也被自己吓得不轻，他在门口背着手转悠了三四圈，终于鼓足勇气准备去关怀询问，浴室里的水声就戛然而止了，门也被人大力拉开。于是他猝不及防地尖叫一声，趴在了地上。

王远辰居高临下地看着他，眼中盛满了疑惑。

这个晚上，刘春春花了很大一番力气，几乎说得口干舌燥，才让王先生勉强相信他真的不是变态偷窥狂。“但你依然吓到我了。”王远辰斜靠在沙发上，表情高深莫测。

“真是太对不起了。”刘春春抓住他昂贵的睡袍边缘，举手发誓，“我下次一定离你的浴室五米远。”

“道歉就完了？”王远辰解开自己的腰带，冲他勾勾手指。刘春春顿时泪流满面，又要画你吗，不然大哥你还是打我一顿吧！“快点！”王远辰眉头一皱。

刘春春立刻连滚带爬地去扛画架，内心落满凄风冷雨。寄人篱下，生不如死。

过了一个小时，白曦终于发现了来自刘春春的七个未接来电，于是把电话回拨过去，问他有什么事。

“白哥，”刘春春抓紧时间控诉，“你不知道，这位王先生实在太过分了，不仅强迫我画他，还要求必须要画得好，不然他就用宝石砸我。”

白曦趴在地毯上，听了这话，他毫不犹豫地把电话递到了韩卓耳边。

“鸽子蛋那么大啊，疼得要死。”刘春春迎风落泪。

“晚安。”韩先生按下挂断键。白曦冲他竖起大拇指。“你也该休息了。”韩卓看了眼时间，“明天下班后，我带你去个地方，绝对比小星星更加闪亮。”

“可我又不喜欢闪亮，”白曦翻了个身，睡在了满室融融的光晕里，冲韩卓弯着眼睛笑了笑，“我只喜欢小星星。”

第7颗星

实验

施天和甜蜜谎言包裹的阴谋

韩卓所谓的亮闪闪的地方就是上次去过的酒吧。

晚上八点，已经过了晚高峰，道路通畅无比。白曦坐在副驾驶座上，双手捧着一个保温杯，想让里面温热的水重新沸腾起来。

在等红灯的间隙，韩卓好笑地看着他："好玩吗？"

"喝一口。"白曦把杯子举到他面前。

韩先生拒绝："很烫。"

"烫就说明你的教学卓有成效。"白曦小心翼翼地吹了吹热气，又问，"为什么要去酒吧？你昨晚说亮闪闪的地方，我还以为是那位王先生的家。"毕竟从刘春春的哭诉内容来看，那间高层公寓何止是亮闪闪，简直是钻石魔窟。

"他从来都不欢迎被外人踏入私人领地。"韩卓道。

白曦奇怪："那他为什么带春春回家？"

"因为他更不喜欢住破房子。"

白曦："……"哪里破！

"我的确要去找他，为了地下仓库的事，不过不是现在。"绿灯亮起，韩卓启动车子，"今晚有更重要的事情做。"

夜晚的酒吧里依旧喧嚣而又热闹，酒保换了人，是一个染着银灰色头发的朋克少女，身材火辣，妆容夸张，穿着超短皮裙。韩卓和白曦进去的时候，她正坐在吧台上和客人调笑。

"眼睛要黏住了。"韩卓强行拧过他的脑袋，"别看，她可不是好惹的。"

"也是异能者吗？"白曦问——他现在最大的爱好，就是在茫茫人海中分辨异能者和普通人，并且乐此不疲。

“是，而且脾气相当不好。”韩卓带着他穿过舞池，走进一条长长的走廊，“所以我们得换个地方。”

仅隔着薄薄一层墙壁，一边灯光绚烂，音乐声几乎震得人耳朵发疼，另一边却安宁沉静，漆黑一片。视觉和听觉仿佛在同一时间被剥夺，脚下是厚厚的地毯，每一步都像是踩在了棉花里，也不知道这条路还有多长，白曦有些不安。

韩卓适时拉住了他的手腕。

“我们要去哪里？”白曦问他。

韩卓用肩膀撞开一扇大门：“新世界。”

眼前骤然变得明亮，白曦不得不闭上眼睛，过了一会儿才慢慢地睁开。

这是一处空旷的大房间，天花板上镶嵌着无数小射灯，像是夜空中闪耀着的细碎星辰，地上铺满了柔软的白色地毯，可以赤脚踩上去。房间正中间是一个迷你吧台，上面的高脚杯闪耀着钻石的光芒。靠墙摆放着三个展示柜，上面凌乱地堆满了各种昂贵的手袋、首饰以及看起来就价格不菲的披肩手套。

白曦立马想起上次来酒吧见到的那个看起来和韩先生关系非同寻常的漂亮姐姐。

“她是我的母亲。”韩卓脱下外套随手丢在一边。

白曦愣了一下：“你为什么每次都能猜到我在想什么?!”

然后他又惊恐地问：“你会读心术?!”

最后他才捕捉到重点：“母亲?!”

韩卓挽起衬衫的袖子，笑道：“我不会读心术，也从没听说过这个世界上有谁可以读心，所以你可以继续保守着自己的小秘密，它保证不会被人偷走。”

“可是她看起来那么年轻，而且……”白曦揉揉鼻子，不敢置信地说，“身材也超正。”韩卓敲了敲他的脑袋。“所以她真的是你母亲吗？”白曦又问了一遍。

“我为什么要在这件事上撒谎？”韩卓替他拉开吧台前的高脚椅，“等她回来我再介绍你们认识，想喝点什么？”

“曼哈顿，谢谢。”白曦摸了摸闪光的吧台，想分辨这究竟是宝石的还是玻璃的，但无论是什么，他觉得自己以后都很难再用扣工资这件事来威胁韩先生了。

韩卓往他面前放了一杯薄荷水：“不准喝烈酒。”

“你带我来这里，难道不是为了喝酒？”白曦有些纳闷。

“我是想让你放松心情，顺便等到午夜看热闹，”韩卓帮他调了一杯甜滋滋的奶油酒，“而不是真的来买醉。”

白曦撑着脑袋意味深长地“哦”了一声。午夜的热闹，可以可以，劲爆劲爆。

“不许胡思乱想。”韩卓则给自己倒了一杯伏特加，笑着问他，“你想继续待在这里，还是想出去找点乐子？”

“等会儿再出去。”白曦端着酒杯四处看了看，“这里应该是阿姨，我是指你母亲的私人酒吧吧？你就这么带我进来，她不会生气吗？”

“当然不会。”韩卓喝了一口酒，就转身开始一瓶一瓶地检查酒的标签，并且把它们按类别整理好，“她对你很感兴趣。”

白曦回答：“受宠若惊。”

“是真的。”韩卓转身看着他，“应该说所有异能者都对你有兴趣。”

话题顿时变得沉重了。白曦明白韩卓的意思，一旦地下仓库找到了让地球人变成异能者的方法，就像自己这样，那么对于隐藏在各处的原生异能者来说，他们的处境反而会变得安全——因为地下仓库可以通过改造地球人来建立军队，而不用费尽心机再去抓捕数量稀少的原生异能者了。

“在想什么？”韩卓又往他面前放了一杯酒，是加了草莓的莫吉托，颜色很可爱。

白曦闷闷地叹气：“昨晚我还在同情异能者，觉得他们很可怜，不过现在我发现，原来我的处境更惨。”至少，异能者和异能者之间还能够相互帮助、相互依赖，而他却永远都是一个人。无论是对地球人还是异能者来说，他都是突兀而又另类的存在，一旦身份暴露，随时都有可能被两方出卖。

“你还有我，”韩卓一边收拾吧台，一边说，“所以你永远都不会是一个人。”

“……”白曦再度确定：“你一定会读心！”

韩先生很无辜：“我真的不会。”

白曦对此表示质疑。于是他暗自想，韩先生是猪头，斯文败类，柜子里有一模一样的十八件难看的灰衬衫，戴上眼镜像禽兽教师，摘了眼镜像午夜牛——

韩卓突然伸手把他扯过吧台。

“啊！”白曦猝不及防地变成一道抛物线，就很慌，遂抱着脑袋嗷嗷叫道，“牛得不行！”

韩卓没听清：“什么？”

“你还说你不会读心术！”白曦自觉掌握了证据，理直气壮起来。变不变态！你自己说你这异能变不变态！

“我真的不会。”韩卓哭笑不得把他放到地上，又道，“妈。”

白曦：“……”谁？

黛西偷袭未遂，也不尴尬，白曦回头时她正坐在高脚椅上饶有兴致地看着两个人。

“阿姨您好。”白曦淡定问好，笑容阳光天真，又乖又懂礼貌。

“我做证，他真的不会读心术，否则也不会因为一些莫名其妙的误会一直和我闹别扭。”黛西敲敲吧台，“我也要这杯可爱的草莓酒，谢谢。”看到韩卓转身去忙了，黛西才继续问白曦，“你为什么会这么想？”

“呃，是说读心术吗？”白曦有些尴尬，但还是坦白，“因为他每次都能猜到我心里的想法，所以……”

黛西笑着说：“这说明你们很有默契，小甜心，而不是因为什么特异功能。”

白曦没有反驳，因为默契总比读心术好，而且是好很多。

“黄太太那头怎么样了？”韩卓往她面前放了一杯酒。

白曦意外。黄太太？黄靖远的太太？

“赵小娟的确是异能者，不过父母都是普通人。”黛西回答，“赵跃进和太太从福利院领养了她，刚开始一切正常，应该是在她二十三岁的时候才出现了一些征兆。”

赵家夫妇都是普通人，当然不会知道异能者和老周的存在，在惊慌之下，他们原本想把女儿送回老家的，可是却遭到了赵小娟的拒绝。

“她的异能是什么？”白曦问。

“穿透。”黛西道，“她会在一种很迷茫的状态下穿过卧室的墙壁到达客厅，或者从二楼掉到一楼，这个异能其实并没有什么杀伤力，可惜没人教她该如何控制。”

“黄靖远呢？”韩卓道，“赵小娟看起来胆子很小，按理来说她在最慌张的时候，应该很愿意回老家躲避才对，既然她拒绝了，那理由是黄靖远吗？”

黛西点头。

那是在市图书馆的古籍室，赵小娟原本想查一些旧书，看看能不能找到关于特异能力的记载，结果却在一阵突如其来的昏沉里梦游一般径直穿过三四个堆满旧书的铁架，出现在了同样在找书的黄靖远面前。接下来发生的事情就很顺理成章了，惊慌失措的年轻女孩和大度体贴、愿意帮她保守秘密的男人，如同童话故事的开端，两人很快就开始交往，赵小娟也因此拒绝了搬去山村的建议。

“黄靖远成为地下仓库的小头目是在他和赵小娟结婚前还是结婚后？”韩卓问。

黛西放下空酒杯：“你猜？”

白曦不假思索："之后。"

黛西点点头："赵小娟身上的那些伤痕并不是因为厌世或抑郁症。这场婚姻是黄靖远向上爬的垫脚石，还没过蜜月，他就亲自把妻子送到地下仓库，使她变成了实验体之一，而且是假借爱的名义。"

听到这里，白曦觉得有些毛骨悚然。

黛西也不禁叹了口气："还有，她已经怀孕了，今天下午刚刚拿到的医院诊断。"

听到"怀孕"两个字，白曦和韩卓都有些吃惊，因为这明显是一段危险而又畸形的婚姻，如此也意味着这个新生命的来临或许并不是什么好事。

"黄靖远知道这件事吗？"白曦问。

黛西摇头："我和赵小娟谈过，她应该会暂时保密。"

"可是之前在她身上进行的那些实验呢？"白曦想了想，又问道，"不会影响到她肚子里的孩子吗？"

"会，而且结合黄靖远之前的种种表现来看，这个孩子应该也是那些实验的目的之一。"黛西道，"不过赵小娟似乎想留下这个孩子，在这件事情上她非常固执。"

"这种坚持和黄靖远有关？"韩卓又问。

"她真是一位非常可怜的女士。"黛西忍不住又叹了一口气，"在婚礼后的第五天，黄靖远就骗她说可以通过科学手段使异能消失，并且还说服了她的父母，让他们跟自己一起把她送到了所谓的朋友的实验室。"

在那之后，就是一次又一次的实验与改造，或者干脆说是折磨。在每一个最痛苦的时刻，黄靖远都会鼓励她坚持下去并描述两人未来的生活——不再提心吊胆，不再惶惶不安，而是能像一个普通人一样上班、遛狗、烹饪、接送小孩，拥有一个无比平凡而又幸福圆满的家庭。

"那现在他们的关系呢？"白曦问，"之前已经调查到黄靖远经常流连夜店，是不是说明他已经忘记了往日的甜言蜜语？"

"在一次又一次失败的实验后，丈夫终于对妻子失望了，他开始用酒精麻痹自己，并且拈花惹草、夜不归宿。"黛西道，"而那位自卑又内疚的妻子，只会更加怨恨自己不争气，甚至主动要求接受更多的实验。"

光是听到这些事，白曦就心底发悸。

"还有更糟糕的，连她的父母也站在黄靖远这边。"黛西继续说，"不过并不是因为麻木或残忍，而是因为他们太爱这个女儿了，所以才会被蒙蔽，想用尽一切办法让她变回普通人。”

在每次接受完实验后，赵小娟的异能总是会消失一段日子，一周、一个月，甚至更久，而这段时间对于赵跃进夫妻来说也成了最欣喜也最忐忑的煎熬——当然，所有的希望到最后都会被黄靖远的一个电话击得粉碎。

“她现在还爱黄靖远吗？”白曦继续问。

“爱，不过还要再加上内疚、仰慕、怨恨和恐惧，是一种相当复杂的情感，外人很难理解或者体会。”黛西道，“我很愿意帮她从魔鬼手中脱身，不过她得自己先醒过来，或者有个人叫醒她。”

空荡荡的别墅里，赵小娟正站在洗手台前看着镜子里的自己。

经过美容护理后，她的脸色不再枯瘦蜡黄，头发整整齐齐地盘在脑后，整个人清爽又端庄。她喜欢此时此刻的自己，喜欢这种无人打扰的寂静。华丽精致的家、二十出头的年纪、即将到来的新生命，每一样听起来都是那么令人羡慕，甚至连她自己也有些恍惚，似乎这一切就是自己生命的全部。

她把双手放在小腹上，轻轻闭上眼睛，想要聆听来自血脉的声音，门铃却不适时地响起，拖长了的沉闷尾调在黑夜里显得尤为刺耳。

赵小娟的脸色瞬间变得煞白，镜子里那个宁静而又幸福的少妇消失不见了，取而代之的是外人熟悉的黄太太——她懦弱而又胆怯地打开家门，从司机手里接过酒气熏天的丈夫，然后低声向对方道谢。

铁门重新落锁，别墅里的灯光很快就熄灭了，一切又恢复到了往常的寂静。

七叶路的酒吧依旧热闹。

黛西打了个大大的哈欠，懒洋洋地说：“我真的得回去休息了，祝你今晚能找到乐子，小帅哥。”

“我已经找到了。”韩卓把闪亮的手袋塞到她怀里，“晚安，少抽烟。”

黛西离开后，韩卓才小声对白曦说：“你看，虽然身材超正，但她有时候的表现也很中老年。”

“当心我下次告状。”白曦笑着推开他，“一杯烈酒，不加奶油和糖浆，谢谢。”

“小酒鬼。”韩卓摇摇头，不过还是帮他调了一杯蓝色的酒液，还在杯口点缀了一颗漂亮的小星星，用两根手指推到他面前，“试试看。”

“有名字吗？”白曦问。

“有，叫‘下不为例’。”

杯子里有蓝白色的亮片流动，还有粉红色的云环缭绕，再加上那一颗小星星，是最梦幻又少女的颜色，只是入口却有着浓烈的辛辣和刺激。白曦晕头晕脑地皱起眉头，感觉自己像是挨了一个两百斤魁梧糙汉迎面挥来的一闷拳。

“怎么了？”韩卓问，“是不是发现自己还是更喜欢甜奶油？”

“你这人真无聊，调个酒还作弊。”白曦把酒杯推回去，嫌弃道，“你自己喝。”

韩卓当着他的面轻松地一饮而尽。

白曦：“……”

“现在承认自己是小朋友了？”韩卓好笑地看着他，“走吧，快午夜了，我带你去看热闹。”

“会有丢掉水晶鞋的辛德瑞拉吗？”白曦跟在他身后。

“不仅仅有水晶鞋，”韩卓打开二楼的小门，“还有满世界的水晶。”

午夜的钟声恰好在此时敲响，整间酒吧的灯光在一瞬间变了颜色，由之前暧昧的紫红色变成了一种更深沉也更高远的蓝，隐藏在天花板里的水晶射灯投映出成百上千颗小小的星辰，光影流动变换着，只要稍微眯起眼睛，每一个人都能在瞬间置身于茫茫宇宙与浩瀚星海之中。

白曦拿着一瓶啤酒靠在栏杆上，听着酒吧歌手高亢而又孤独的歌声，很冷，也很寂寞，喧嚣的世界在这一刻缓缓沉淀，如同黎明时分海和天宁静地相接。

“在想什么？”韩卓问。

“你想过要回去吗？”白曦和他对视，“回到你的星球。”

“想过。”韩卓说，“这么多年，不仅仅是我，每一个异能者都想过。”

遥远的故乡啊——哪怕从未谋面，也从未踏足，只是听一听、想一想，心里都会变得柔软异常。

“别放弃，”白曦环着他的肩膀，“或许有一天真的会有人来接你回家呢！”

韩卓笑笑，和他碰了碰啤酒瓶。

梦境散场时，两人都有些微醺，还是上次的代驾司机，他熟门熟路地把他们送回了星海路的公寓。

浴缸里放满了热水，白曦把自己丢在里面，满足得不想动。

“还好吗？”半个小时后，韩卓来敲门叫他。

白曦穿着浴袍，叼着牙刷开门，含糊道：“有事？”

“你这次洗澡的时间很长。”韩卓解释，“我有些担心，所以过来看看。”

“泡在水里很舒服。”白曦回到镜子前刷牙，头发乱糟糟地翘着，发梢上还挂着摇摇欲坠的小水珠。

韩卓拿起一边的毛巾帮他把头发仔细擦干。

这个夜晚，白曦躺在云朵般的被窝里困倦而又昏沉地想，如果将来有一天韩先生真的走了，那自己一定会很想他，并且会很期待下一次再相见。可那是遥远的另一颗星球，相隔不知几光年，于是连梦境都变得惆怅起来。

韩卓帮他关好房门，轻声道：“晚安。”

第二天是周三，白曦依旧是满满一天的工作。韩卓在休息室里打开电脑，又调出了白曦列的表格，上面记录了所有他遇到的奇怪的人和事——当然，已经删掉了对来路不明而又语焉不详的神秘保镖韩先生的一系列备注，并在他的名字前面标注了一排黄色的小星星。

还没看两行，他面前突然大咧咧地坐下一个人，带着一身寒冷空气。

“春春呢？”韩卓往他身后看了一眼。

“在家。”王远辰不满地说，“我以为你会来找我。”

“现在才早上十点。”韩卓仍旧盯着电脑屏幕，“如果我没记错的话，我和你约的是晚上八点。”

“施天回来了，他的目标明显是你。”王远辰烦躁地扯开西装纽扣，“而你居然还在这里无所事事地盯着电脑。”

“否则呢？去决斗？”韩卓笑笑，“我和他之间的无聊游戏已经进行了很多年，不介意再多一段时间。”

“可我介意。”王远辰重重地按着茶几，咬牙切齿地说，“我不想再接到哪怕半个骚扰电话，所以你最好尽快让他滚到国外去！”

客厅的电话响起，刘春春丢下画笔接起来：“喂？”

施天问：“你是谁？”

“保姆。”刘春春流利地回答道，“王先生现在不在家，你可以打他的手机。”

施天饶有兴致："保姆？"

"对。"刘春春又提议，"或者我可以帮您转达。"

"不用了。"施天伸手按响门铃，"他之前从没有带人回家过，所以我要亲自看看你到底是谁。"

门铃骤然响起，刘春春被吓了一跳，不过他很快就反应过来，快速把电话打给了王远辰。"对方没有自我介绍，而且语气相当不好。"刘春春如实描述，"你是亲自回来处理，还是我现在就报警？"

王远辰几乎是在一瞬间就消失在了韩卓眼前。

刘春春听着听筒里传来的忙音，表情和心情都很一言难尽。虽然他知道这位经纪人的脾气向来暴躁，对自己也很不耐烦，但对方明显是他的熟人，都找上门了，是不是至少也要说一声该怎么处理，一言不发地挂断电话是个什么情况?!

门铃声在此时停了下来，只是刘春春还没来得及松一口气，身后就又传来了脚步声，音效堪比顶级恐怖电影的。

世界仿佛在这一刻凝固了。刘春春惊魂未定地转过身，见鬼一般看着面前莫名出现的中年男人。

与此同时，施天也在打量他，如同在审视一件家具，一件无论如何也不该出现在这间豪华公寓里的廉价家具。

一阵狂风无端而起，把防盗门吹得砰砰撞墙，加了三重保险的指纹电子锁像是被高温刀切割过，断口漆黑而又整齐，还隐隐冒着红光——但刘春春显然不会注意到这个对他来说有些遥远的细节，既然对方能大摇大摆地轻松闯入，那他唯一能想到的合理解释就是电子锁里八成早就录有这个人的指纹。是熟人？于是他态度良好地说："您请坐。"

施天："……"

"喝茶吗？"刘春春又问。

客厅里横七竖八地摆着许多画架，或许是担心油彩会溅到地上，所以那些昂贵的羊毛地垫都被卷到了墙角，亮晶晶的地板上铺着过期杂志。看着眼前这个穿着油彩脏围裙的白痴年轻人，施天摇头："你真应该立刻从这里消失。"

刘春春回答："我也这么想。"

"你知道我是谁吗？"施天坐到了沙发上，仿佛他是这个家的主人。

刘春春当然不知道，不过他依旧从冰箱里取出一听饮料，以示好客："王先生要很晚才会回来，你确定要在这里等他吗？”

施天没有回答这个问题，他的视线又落到墙角，那里凌乱地堆着许多画，其中有很多都是他熟悉的那个人，年轻的、放松的、妩媚的、慵懒而又随意地躺在沙发上的……像是一只自由而又任性的漂亮天鹅。

“咳！”刘春春快步走过去，扯了一块布遮住了画里的经纪人先生。

“知道你为什么能开画展吗？”施天看着他，“因为有我。”

在说这句话时，他的表情并没有显得太反派，甚至还可以说是随和，不过他的这些话落在刘春春的耳朵里却像是同时引爆了十吨TNT①，因为他记得之前白曦说过的隐藏在摩西画廊背后的阴谋。

于是刘春春说：“您是摩西画廊的老板？”施天并没有否认。“如果是的话，那真是太感谢了。”刘春春摆出一副感激涕零的样子，他拉过一把椅子坐在施天对面，嘴里假装抱怨着，“不过不知道为什么，我的经纪人和朋友都不允许我露面，说要保持神秘感。”他殷勤地帮对方打开饮料，又问，“您今天来，是为了我吗？”

施天道：“你们关系很亲密。”

“……和王先生？”刘春春果断否认，“我们只是商业合作关系。”施天又扫了一眼那堆被遮挡起来的画。刘春春领会到了他的意思，解释说：“我是一个画家。”

“我本来对你没有任何兴趣，”施天看着他，声音里逐渐渗出凉意，“不过因为这些画，我不介意对你多一点了解。”

“真的吗？”刘春春站起来，他看起来激动难耐，笑得也十分阳光，“您喜欢哪一幅？我这就去包好，马上叫车给您送到画廊。”

施天冲他伸出手。

“还有一些画在楼下参加社区画展，我去搬回来。”刘春春往门口走去，“稍等十分钟……不，五分钟！我立刻就回来。”

他走得镇定而又快速，好像没有觉察出任何异常。可惜这种掩饰并没有太大作用，在他即将踏出门的一刹那，一股巨大的力量突然从他身后袭来，如同海啸时咆哮的巨浪，不等他做出反应就把他重重卷起并抛到了半空中。

在短促的惊呼声中，刘春春“大”字形落地，把画框砸得粉碎。剧痛蔓延至身体的各处，他眼前发黑，觉得自己又回到了当初那个遭遇车祸的倒霉夜晚。

---

①TNT：三硝基甲苯的英文缩写，一种烈性的炸药。

耳边又传来砰的一声巨响，刘春春一脸痛苦地睁开眼睛，刚好看到王远辰一拳把那名不速之客捶进了墙里。

“立刻从我家里滚出去！”王远辰揪着施天的衣领，咬牙切齿地说道。

“为什么不肯和我回家？”施天叹了口气，他鼻子在流血，脸上也有些青肿，却神情自若，像是完全没有痛觉一般。

王远辰把他狠狠丢到门外，大力甩上门，任由那扇沉重的防盗门在风力和惯性的作用下不断发出令人烦躁的撞击声。

刘春春艰难地挪动着，挣扎着用最后一丝力气按响室内警报，然后就白眼一翻晕了过去。于是心情烂到极点的王先生不仅要带他去医院，还要负责向大厦保安和闻讯赶来的警察解释家里的一片狼藉到底是怎么一回事。“我也不知道这个贼是怎么闯进来的，”王远辰面无表情地伸手指着漆黑的门锁，“也不知道这是什么高级的切割工具造成的痕迹。”

保安满头冷汗，连声道歉，表示一定会加强安保工作，绝对不再放陌生人上来。

晚些时候，韩卓和白曦也赶到了医院。

刘春春已经做完所有检查，除了腰部有些扭伤之外，其他的都很好，也不用住院。

“白哥！”刘春春僵着身子委屈地抱住白曦，嘴瘪得像鸭子，“你不知道，那个变态简直会喷火。”

“真的？”白曦震惊无比，他仔细看了看刘春春的脸，“喷哪儿了，烧到你没？”

“呃？”刘春春有些没转过弯，“我就是随便比喻一下，怎么可能有人真喷火，白哥你脑子没事吧？”

白曦：“……”

“咳！”王远辰在旁边咳嗽了一声。

白曦不解地看向他——对方都强闯民宅伤人了，难不成春春还没察觉？

对于这一点，王远辰也很佩服。他因此怀疑这个人的脑袋里八成住了一群羊驼，时不时就会出来搅一搅，才能让他看起来随时都这么的蠢。

“把事情的经过一五一十告诉我。”白曦命令。

刘春春立刻将来龙去脉流利地讲了一遍，包括施天的每一句话，一字不差。

听完之后，白曦心里生出一些疑惑——其实刘春春心里也有同样的疑问，什么叫“不肯跟我回家”？

王远辰烦躁地扯了一下领带，从裤兜里摸出来一盒烟。“那个，”刘春春提醒他，

“这是医院。”于是烟盒又被装了回去。

病房里再度陷入了诡异的沉默中，直到韩卓办好手续开车把他们送了回去——不是王远辰的华丽公寓，而是七叶路酒吧后的一个小区。

一切安排妥当，只剩下自己和韩卓两个人了，白曦才问：“施天——”

“他们曾经是一家人。”韩卓打断他，“所以我之前才会说他不喜欢自己的真名，尤其不喜欢自己的姓氏。”

在尚没有记忆的时候，王远辰就被施天的父亲收养，从小在施家长大。那是一个表面上和睦慈爱、背地里各怀鬼胎的家庭。虽然物质条件优渥，但他没有感受过家庭的温暖。王远辰在那样的环境下度过懵懂的岁月，冰冷而孤独地长大。到他十岁时，地下仓库的残酷杀戮、施父的血腥筹划，以及施天油腻的心思，一切的肮脏终于开始日渐明显，王远辰也是在那之后选择离开，隐姓埋名躲了起来。等他再度出现时，已经是黛西酒吧的酒保了，漂亮又残忍，强大又暴戾，是所有异能者想交往的对象，也是所有客人的梦中情人。

“原来是这样。”白曦道，“很意外。”

“我先要向你道歉。”韩卓态度很认真，“我之前向你保证过不会让春春遇到任何危险的，但我没有做到。”

白曦道：“嗯。”

“我真的没想到施天居然会对春春下手，我原本以为春春他根本……不够格。”韩卓道，“总之，对不起。”

“那还会有下次吗？”白曦问道，“我不生气，更明白这件事不能怪你，可我真的很内疚，也很担心春春。”

“我知道。”韩卓再一次保证，“我一定会尽快解决地下仓库的事，至少会把他们的注意力引到我身上，让危险远离你们。”

“什么叫吸引到你身上？”白曦闻言瞪大眼睛，“春春不能受伤，你也不能出事，实在不行就先出国，总之不管怎么样都不准冒险，记没记住？”

韩卓点头：“记住了。”他的回答很标准，也很不假思索，但有时候太不假思索也不好，因为那样看起来实在没有任何可信度。

白曦在心里摇头，却没再说什么，自己系好安全带：“走吧，回家。”

韩卓发动车子，问道：“生我的气了？”

“没有。”说完，白曦又补充，“但我今天不想要小星星。”

韩先生的计划还没来得及实施就流产，他只好把双手放回方向盘上乖乖开车。跑车沉默地驶向高速公路，过了一会儿，韩卓试探道："那你明天想要星星吗？"

"不要。"

"后天？"

"也不要。"

"小星星是无辜的。"韩卓耐心地分析给白曦听，"如果它们见不到你，就会很伤心，变成伤心小星星。"

白曦："……"

韩卓往他面前弹了一团小小的亮光，果然很黯淡，几乎是在几秒内就消失了，和它的主人一样充满挫败感，无精打采。

白曦发自内心地说："你和你的小星星简直狼狈为奸。"

韩卓没忍住："噗。"

"明天帮我约个人。"白曦闭上眼睛，靠在椅背上说。

"约人？这种事难道不应该交给助理吗？"韩卓问，"约谁？"

白曦回答："你妈。"

韩卓心情很复杂，他说："我以为我已经过了被请家长的年龄。"

"明天下午三点到五点，还有，记得订一家热闹的餐厅。"白曦闭着眼睛加了一句，"两位，不包括你。"

韩先生："……"是吗？

接到韩卓的电话后，黛西爽快地就答应了白曦的邀约，并没有提出任何疑问。

"那我可以申请旁听吗？"韩先生再次为自己争取一下。

白曦拒绝："不能。"

于是伤心小星星就变得更加伤心起来。

与此同时，刘春春也很伤心，因为王远辰在扶着他回家后就一个人去阳台喝酒了，看起来大有醉生梦死一整夜的架势——当然，如果放在平时，这也不算大事，但今天刚刚直面了闯入者，环境似乎变得很危险，况且他连地址都没搞清楚，外卖是不能叫了……刘春春深吸一口气，艰难而僵硬地挪到厨房，打算看看冰箱里有没有什么食物。

哐啷啷的声音从厨房传来，王远辰微微皱眉，往屋里看了一眼，就见刘春春正扶着腰，缓慢而又痛苦地往下蹲，那姿势宛若怀孕八个月。他忍不住走过去诧异地问道：

"你在做什么？"

刘春春回答："捡东西。"

王远辰："……"

刘春春诚恳地补充道："我想找点东西吃，结果不小心打翻了碗筷架。"

王远辰把酒瓶放下，问他："想吃什么？"

刘春春赶紧说："蛋炒饭。"

王远辰回答："我不会做蛋炒饭。"

刘春春闻言顿时悲伤起来，你连蛋炒饭都不会做，我还能有啥指望？但肚子一直在咕咕叫，于是他只好退而求其次："那方便面呢？"

王远辰仍旧摇头，同时拨了个电话出去，语调冷漠高贵："勃艮第红酒牛仔骨加奶油洋葱酱、黑松露香槟烩饭、陈年帕尔玛火腿配马苏里拉芝士汁、香煎海鲈鱼、蓝龙虾意式沙拉。甜点要意大利冰激凌浇草莓巧克力酱坚果碎，还有慕斯杧果塔，谢谢。"

刘春春："……"

"你现在可以去坐着了。"王远辰拉开空荡荡的冰箱门，"这里面什么都没有。"

刘春春乖乖转身："哦。"

王远辰靠在厨房门口，看着他一步一步笨拙地挪回去，画面有些小小的滑稽，可他却没能够笑出来。

其实韩卓之前的猜测并没有错，无论是摩西画廊还是地下仓库，原本都不应该对这个普通平凡的年轻人感兴趣，所以所有人都在等，等着画展结束后浮出水面的阴谋，却没想到居然会等来施天。

那是个绝对的疯子，而疯子的可怕之处就在于他们做事根本没有任何逻辑，并且杀伤力惊人。

如果没有那些画，刘春春或许永远都只是个安全的局外人，但是现在……这件事的起因全在自己，想到这里，王远辰再度开始烦躁，漂亮的脸上结满冰霜。

刘春春却没有注意到这些，他正握着手机认真搜索，究竟是什么武器能把自己突然轰飞到半空，还没有任何还手的余地。

夜很安静。

凌晨十二点，韩先生坐在小花园的露台里，看着远处黯淡的星河出神。

冬天的风很凉，吹得满地枯叶沙沙作响。二楼卧室的灯光此时还没有熄灭，融融暖光从窗户里透出来，看起来像是一块飘浮在夜空里的甜橙味棉花糖，在这个寒冷的夜里显得分外温暖、柔软而又美好。

片刻之后，几颗小星星悄悄爬上窗户，一闪一闪的，做贼心虚似的。

白曦视若无睹，他淡定地扯过大被子，把脑袋严严实实捂了起来。

于是韩先生只好一个人待在楼下继续苦恼地叹气。

而在七叶路的酒吧，黛西的心情倒是很好。她在自己的收藏里翻拣了足足一个小时才勉强挑出一件合意的礼物，打算送给白曦——那是一颗镶满碎钻的、华贵而又精致的小星星。

白曦和黛西约在一家海盗主题的餐厅见面，这里可以一直从下午茶吃到晚餐。卡座是蓝色的月亮船，侍应生打扮成了水手，音乐也很有海盗风格，气氛感觉比深夜的酒吧更加奇幻热闹。黛西果然很喜欢这里。

“我真的不能参加吗？”韩卓帮两人倒水。

“小可怜，你的老板说不可以。”黛西充满同情地建议道，“或者你可以去儿童区消磨时间，那里看起来非常好玩。”

不远处，一群平均年龄大约五岁的小朋友正在海洋球池里尖叫。韩卓举手投降，自觉去了隔壁的咖啡厅。

“虽然有些冒昧，但是我想知道更多关于地下仓库的事。”韩卓离开后，白曦开门见山道，“越详细越好。”

“就为了这个？你为什么不直接去问韩呢？他知道的内幕远比我多得多。”

“他不打算告诉我实情，甚至还打算一个人去面对地下仓库。”白曦说，“但施天这次回国有一半是因为我，我不能什么都不知道。”

“那是因为韩想保护你。”黛西把茶杯递给他，“有些凉。”

白曦接过来握在手里，不到一分钟，杯子里就开始冒出雾腾腾的热气。

“好吧。”黛西笑出声，“看来你也不像……咳，做得相当不错。”

“不像什么？”白曦好奇地问，“他是怎么向您描述我的？”

“他说你很可爱、很认真，也很单纯。”黛西拍拍他的手，“不过现在看来，还可以加上很努力。”

“那我可以知道更多事情了吗？”白曦放下茶杯，有些不好意思地问。

“可以。”黛西不忘提醒他，“不过，所有和地下仓库有关的事情都充满了杀戮、血腥和暴力，你要有心理准备。”

白曦点头：“我知道，谢谢您。”

城市被一分为二，不过不是被白天和黑夜，而是被地下仓库。发生在五星级酒店里的失踪案、伪装成精神病院的秘密监牢、隐藏在母婴医院里的血腥实验室，甚至是游乐场、超市、学校和养老院……那些对普通人来说再平常不过的地方，对异能者来说却极有可能是布满陷阱的魔窟。

比死亡本身更恐怖的，是时时刻刻都被死亡的阴影笼罩。

白曦完全无法想象，这么多年来，异能者们究竟是在怎样的胆战心惊与惴惴不安中惶惶度过每一天的。

“地下仓库虽然势力庞大，可未必就不可战胜。”黛西说，“这些年来，韩一直就想彻底摧毁它。”

“那您呢，您怎么看？”白曦问。

“我当然支持我儿子，不过我也有一点自己的看法。”黛西坦率地说，“就算摧毁了地下仓库，只要异能者还在，就还会有新的机构出现，继续蒙蔽人类获得支持，进行下一轮的实验。”

听起来很残酷，一切努力都是无用功，但显然现实很可能就是如此。异能者对一些贪婪的人来说有着巨大的研究价值，他们的基因秘密、生命、能源、财富、战争息息相关。没有地下仓库，没有施天，也还会有别人，杀戮是永无止境的。

“所以……”白曦犹豫道。

“所以最好将来有一天，我们能回到属于我们自己的星球，这是最完美的解决方案。当然，这种可能性并不是很高，我也依然支持韩的决定，摧毁地下仓库，那样至少能让我们获得短暂的安全感。”

“嗯。”白曦不自觉地握住一旁的那杯草莓牛奶，“那您能不能告诉他，让他不要总是把事情都藏在心里，也不要一个人去面对地下仓库？他分明还可以找许多帮手。”

“帮手……包括你吗？”黛西笑着提醒他，“牛奶煮沸了。”

草莓牛奶正咕嘟咕嘟地冒着气泡并不断地溢出杯口，白曦撤回手，面红耳赤道：“对不起，我刚刚没注意。”

“我答应你，不过你也要答应我，无论什么时候，都不能一个人去找施天。”黛西抽了些纸巾递给他，“好好忙你的工作，至于地下仓库，我保证韩以后的每一次行动都会和你商量的。”

白曦点头："谢谢您。"

韩先生在获悉自己母亲的这个承诺后无奈问道："我可以不遵守吗？"

"不能。"黛西把打火机还给他，"你得教他成长，而不是把人关在家里冰完伏特加后再热牛奶。"

韩卓："……"

"我得走了。"黛西拍拍他的肩膀，"相信我，你的学生资质很优秀，虽然他今天差点让草莓牛奶变成糖浆，但仍然很优秀。"

在长久的沉默后，韩卓最终还是点点头，并且叹了口气。

隔壁餐厅，白曦叫来侍应生买单，他原本想去咖啡厅找韩卓的，结果推门就看见韩先生正靠着墙默默地抽烟。

这时天色已经完全暗了下来，路灯昏黄，餐厅里的灯光却很明亮，交替的光晕铺满了他的肩头发梢，有一种奇妙而又赏心悦目的美感。

白曦停下脚步，打算先拍个照。韩卓却正好扭头，一阵突如其来的寒风卷起他的风衣，橙红色的烟头忽明忽灭，黑发凌乱，眼神温柔，完全就是插画里的景和人。

白曦把双手插进衣兜里，装作无事发生的样子问他："阿姨走了？"

"嗯。"韩卓把烟头摁灭丢进垃圾桶，走上前道，"她说不需要我送回家。"白曦盯着他，没说话。"我答应你的要求。"韩卓伸手扶住他的肩膀，态度很郑重，"所以，不生气了好不好？"

白曦回答："考虑一下。"

韩卓看着他笑了。

这个夜晚，卧室里又多了很多很多小星星，因为韩先生昨天欠下来了不少，今天需要加倍补偿，并且没有一颗是沮丧、失落、伤心的小星星。所有小星星都很可爱，很温暖，很闪烁，它们挂在天花板上，藏进地毯里，直到梦境里挂了一条闪亮的银河。

第8颗星

生日

替我守护这颗漂亮的小星球

虽然地下仓库的问题很棘手，不过对于目前的白曦来说，最担心的却不是施天，而是刘春春。

画展已经结束，新锐画家215先生再次站在了人生的十字路口。他当然可以继续留在艺术圈，而且在摩西画廊的影响力的加持下应该还能再风光很长一段时间，但这毕竟不是长远之计。身为名牌大学的优秀毕业生，刘春春挺热爱自己的专业的，也挺想和其他同学一样过上朝九晚五的上班族生活。

“怎么办？”白曦问，“在施天的问题解决之前，春春是不是需要一直待在那位王先生身边？”韩卓默认。白曦很头疼，那岂不是要许多年？

与此同时，刘春春正坐在电脑前一封一封地筛选自己收到的面试回执——许多都过期了，剩下的里面愿意等的公司也寥寥无几——他终于有了些许危机感，即便银行卡里有天降巨款500万元。

“今晚要吃什么？”王远辰准时出现在卧室门口，虽然语气一如既往的相当烂，态度也不能算是友好，甚至看起来随时都有可能拎起刘春春胖揍一顿，但不得不承认他还是相当有责任心的，尤其是在发生了闯入事件后。

“我自己煮点粥行吗？”刘春春苦兮兮地问。

王远辰：“……”

一见他陷入沉默，刘春春心里就发麻，他悲伤地想，难道今晚又要吃牛排松露深海鳕鱼大龙虾了吗？王远辰上前伸手，用尖尖的指甲掐住他的脸，使劲一扭。刘春春立刻泪流满面，他哽咽着说：“蓝龙虾很好，我们还是继续吃它吧。”

“走。”王远辰拎着他站起来，“去蹭饭。”

“去哪里蹭？”刘春春扶着墙，“我腰疼。”

“不需要走路。”王远辰扯过风衣裹住他，“而且还有别的事情要谈。”

“可是……啊！”刘春春骤然双脚离地，吓得他惊慌失措地大喊，“你这个大力怪，快放我下来！”

王先生置若罔闻，扛着他大步出了家门。

蹭饭的地点是白家别墅。

刘春春毕恭毕敬地跟人打招呼：“叔叔阿姨好。”

“哟，春春这是怎么了？”白太太很吃惊，她赶忙扶着他坐下，“怎么扭伤了腰还到处乱跑，要不要现在请医生来看看？”

“不用了，谢谢阿姨。”刘春春赶紧摆手，“我正好路过，就来看看白哥。”

对于他们的突然来访，白曦也很诧异，他低声问王远辰：“又出事了？”

“没有。”王先生扯了扯领带，“我的雇主不愿意继续吃黑松露和牛排，我只好带他来你家喝粥。”

白曦转身看着韩卓，发自内心地说：“我好后悔问他这个问题。”

只有李阿姨很高兴，因为又有新客人可以让她施展本领了，即便这两位客人的本意是来忆苦思甜的。

饭桌上，刘春春喝着香喷喷的皮蛋瘦肉粥，几乎热泪盈眶。这才是食物该有的美好味道！

对此，王先生很不屑，他用小勺子优雅地搅着碗里的白粥，就好像摆在面前的是一杯刚煮好的早餐咖啡，然后就被李阿姨扣了满满一大勺红烧排骨，浓油赤酱，都是肉。

“太瘦了，秋冬要补一补，对身体好，知道吗？”她慈爱地说。

在所有人关怀的目光下，王远辰艰难地吃完了一整盘食物，觉得自己下辈子也不想再碰排骨了。好不容易等到晚餐结束，一行人刚转移到二楼小客厅，王先生做的第一件事就是冲到洗手间，抱着马桶吐了个天昏地暗。

屋外一片沉默。

足足过了十五分钟，王先生才虚弱憔悴地飘了出来——真的是飘，双腿绵软，双眼发红，可怜到即便是行动艰难如刘春春也很想站起来去扶他一把。

“真是太抱歉了。”白曦举着茶杯和纸巾递到他面前，“但是下次如果你不想吃，其实可以剩在盘子里，完全没关系。”

“我现在不想说话。”王远辰有气无力地说。

“你们不会真是单纯来蹭饭的吧？”韩卓问，“究竟出了什么事？”

“我、我也不知道啊。”刘春春无辜地看向王先生，所以你看，你不能不说话。

王远辰缓了口气，伸手指着刘春春，问白曦：“为什么不让他去你的公司工作？”

刘春春吃惊道：“啊？”

“我的公司？我当然想啊。”白曦笑了，他把靠垫塞进刘春春的后腰，“可以春春的能力，有大把的好企业等着他挑，而我现在是摸着石头过河，每天提心吊胆的，哪里有底气再拉朋友入伙呢。”

“可现在情况不一样。”王远辰扯住刘春春的一撮头发，如同商铺老板在向客人粗暴地展示货物一般，“他不能一直待在家里，也不能去陌生的公司。”那么毫无疑问，就只剩下最后一条路了。

刘春春倒吸一口冷气：“疼疼疼！”

“可……”白曦依然有些犹豫，他看着刘春春问道，“你愿意吗？”

“我当然愿意啊！”刘春春好不容易才从经纪人手里逃脱，他一挪屁股凑过去抱住白曦，“不过白哥，你可千万别有压力，有500万元呢，我白干五年都不亏！”

白曦又看了韩卓一眼。

韩先生勾勾嘴角，表示赞成。

如果刘春春不愿意做个职业画家，那么暂时让他留在自己身边显然是目前最好的选择。这样一来能积累工作经验，二来也能减少发生危险的可能性。

“那行，”想到这里，白曦环住刘春春的肩膀，正式做出决定，“等你的腰好了，你就来和我一起工作！”

新工作来得没有一点点防备，刘春春也很激动，恨不得明天就生龙活虎，立刻拥抱新生活。

送走两人后，韩卓对白曦说：“我还有个提议，要听吗？”

“当然，是什么？”白曦问。

“找个机会告诉春春有关异能者的事，至少让他知道这个群体的存在。”韩卓道，“既然已经被卷了进来，那他就有权知道事情的真相，而且换个角度来看，这其实对我们也有利。”

“我会考虑的。”白曦点点头，过了一会儿，又有些无奈地说道，“不过春春的胆子一直就很小，我觉得他大概会被惊掉下巴。”

“也未必，或许他会很惊喜呢？”韩卓笑笑，“毕竟那是一个完全不同的新世界，像电影里的场景。”

“那你也会让他看小星星吗？”白曦问。

韩卓摇头：“不会。”

接着他又说：“因为小星星是你一个人的。”

白曦伸出右手，掌心朝上。韩先生轻轻点了点，这次落下的光芒闪烁得很缓慢，像是一颗没睡醒的迷糊小星星。

时间很快就过去了一周。刘春春的腰伤还没有痊愈，白曦正在给他布置办公室，却又发生了一件大事——赵小娟失踪了，没有人知道她去了哪里。

“失踪？”白曦吃惊地问：“报警了吗？”

“据说赵跃进夫妇原本想报警的，却被黄靖远拦了下来。”黛西说，“所以目前除了他们，应该还没有人知道这件事。”

“会不会是被黄靖远送到了实验室？”白曦迟疑地猜测道。他原本不愿意做出这么残忍的假设，可赵小娟肚子里已经有了孩子，而且是地下仓库一直想要的。

“刚开始我也以为是这样，不过后来发现黄靖远似乎也在找她。”黛西说，“看起来相当气急败坏，他没必要演戏，所以失踪应该是真的。”

整条街区的监控录像都被秘密调了出来，只看到赵小娟出门后先后去了两家小便利店，然后就彻底消失在了镜头里。

不在黄靖远手中，不在娘家，黛西这个唯一的“朋友”也丝毫不知情，没带钱包，没带手机，没带身份证，没带换洗衣物，没有人能猜到她究竟是出于一种什么样的目的选择了离开，或者究竟是不是她自己选择了离开。

“确定人还活着吗？”韩卓又问。

“她很在意那个宝宝，按理来说应该会很珍惜自己的生命的。”黛西说，“我猜她也没有把孩子的事告诉黄靖远，否则不可能还有机会单独行动。”

一个内向自卑、不善交际的少妇就这样消失在了满是摄像头的街区。这事听起来有些匪夷所思，可事实却是即便是地下仓库的人集体出动，也没能找到赵小娟。

黛西很后悔，她觉得自己当时就应该把赵小娟带回家，而不是放任她回到恶魔身边，让她继续遭受摧残，以至于现在消失得毫无痕迹。

“也有可能是被人救了呢。”白曦给她倒了杯热茶，“异能者那么多，和黄靖远或地下仓库作对的肯定不止我们，所以未必就是坏事。”

黛西叹气：“可我几乎认识这座城市里所有的异能者，他们不大可能做出这种事。”白曦听了微微皱眉。“另外，”黛西拍拍他的手，提醒道，“最近你要更加注意周围的环境，不要轻易离开韩，我有预感，这将是一切阴谋的开始。”

白曦点头：“知道的，您也要注意安全。”

城郊，高新区。近两年，这一块发展迅速，耸立起了许多高级写字楼。白天，这里人声鼎沸、热闹非凡，可一到了夜晚，这里就又变成了另外一个样子，如同矗立在薄雾中的森森鬼城，无比寂静冷清。

这附近虽然也有新建的住宅，并且销售情况火爆，但是由于周边配套还不完善，所以大多都空置着等升值，真正住进来的人很少。就像不远处那栋三十一层的公寓楼那样，只有一户人家的窗户透出了光。

赵小娟正呆呆地站在落地窗前。她看着眼前漆黑而又鸦雀无声的环境，心里极度不安，手指不自觉地紧紧绞在一起，骨节处几乎要露出森白来。

她的身后突然传来脚步声。

来人是个五十来岁的男人，面容枯瘦，身材适中，一头长发，脸上还蓄着络腮胡，不过精神倒是不见颓废，穿着一件在年轻人里很流行的发白的牛仔夹克，很时尚。

“你别过来！”赵小娟惊恐地后退两步。

“OK，我不过来。”他举起双手表示妥协，又无奈地叹了口气，“我以为在做过自我介绍之后我们之间的关系会变得很和谐，至少不会像这么紧张。”

“我不认识你。”赵小娟缩在墙角。

“可血缘是客观存在的事实，这和你承不承认以及认不认识我无关。”男人帮她倒了一杯热茶，“我想你需要先冷静一下。”

赵小娟并没有任何动作，依旧满怀戒备。事实上，她到现在也没有能力分辨面前这个男人究竟真的是自己的亲生父亲，还是仅仅只是一个花言巧语的绑架犯。

“想想看，我是怎么把你带到这里来的。”男人坐在沙发上耐心地解释着，“和你一样的异能，这就是最好的证据。”

赵小娟没有说话，也回想起那时的情景。当时自己从便利店出来，就去了附近的街心小公园散步。突然一个男人冲了过来，一把揽住自己并用极快的速度撞向了围墙——预料中的鼻青脸肿并没有发生，只是一个恍惚的瞬间，两人就穿到了墙的另一边，那里正停着一辆不起眼的黑色小车。

在他面前，赵小娟几乎毫无反抗能力，很快，她就从黄太太变成了失踪人口。

男人自称是她的父亲，名叫吴子刚，是一名医学博士。

"当年不是我遗弃了你，而是你母亲和我吵架，带着你离家出走了，从此你们母女便没了消息。"吴子刚叹了口气，"我也找了你们很多年。"

"那……她呢？"赵小娟犹豫地问道。

"不知道。希望有一天我也能像找到你一样找到你母亲。"吴子刚看着她，满脸真诚，"其实我早在几个月前就已经确认了你的身份，但我并没有想过要做什么，因为你看起来过得很好。"

赵小娟低着头，她觉得最后一句话听起来有些讽刺。

"不过后来我发现，你仅仅是'看起来'过得很好。"吴子刚示意她坐到自己身边，"所以我觉得我应该想办法让你离开黄靖远和那对夫妇，越远越好。"

赵小娟抬头和他对视："那对夫妇？"

吴子刚敏锐地捕捉到了她的不满，于是又安抚道："如果你不喜欢这四个字，我可以换个称呼。请你相信，我真的没有任何恶意。"

赵小娟没有出声。

吴子刚继续说道："他们抚养你长大，我当然很感激，至于现在会做出那样的事，也只是因为被黄靖远蒙蔽，本质上他们还是关心你的，我很明白。"

"你究竟想干什么？"赵小娟问。

"我刚才就说了，要让你离开黄靖远。他是地下仓库的负责人之一，你知道那是一个什么样的组织吗？"吴子刚问。赵小娟摇头。"真相或许很残忍，不过你必须接受。"吴子刚从电脑上调出一些资料，无声地叹了口气，"你先看看吧。"

赵小娟迟疑着伸出手。

一阵狂风呼啸着刮过，吹得路灯也摇摇晃晃的，光晕变得模糊起来，世界也跟着模糊起来。

白曦捧着热牛奶坐在床上出神。

"在想什么？"韩卓敲敲门，"我可以进来吗？"

"当然。"白曦点点头，顺手把杯子放在床头柜上，"我在想赵小娟。"

"深夜十一点了，应该是休息时间了。"韩卓坐到白曦身边，"赵小娟的事情我也在查，不用太担心，她会穿墙，从理论上来说，没有任何人能囚禁她。”

“她一定不是自己逃走的，而是被人胁迫的。”白曦道，“毕竟她那么关心自己的父母，怎么可能一个人偷偷离开。”

“我同意你的观点，而且，目前看来赵跃进夫妇还不会有危险。”韩卓帮他摆好枕头，突然说，“睡衣很可爱。”

白曦没反应过来：“啊？”

韩卓笑着说：“有很多小星星。”

“我妈买的，她就喜欢这些幼稚又粉红的东西，和春春倒是品位一致。”白曦扯着睡衣抱怨，“不过也没外人看到，无所谓了，她开心就好。”

“这么可爱温暖的小睡衣，应该配一个可爱温暖的夜晚和美梦，而不应该担心地下仓库和失踪案。”韩卓温和地笑了笑，“况且明天是春春第一天上班，你不能迟到，要给员工应有的尊重。”

“你呢？”白曦问，“又要去楼下看星星吗？”

韩卓点头：“这是我每天最放松的时刻。”

“好吧，晚安。”白曦躺平。

“晚安。”韩卓站起来。

“等一下！”白曦突然扯住他的衣袖。

“又想要小星星？”韩先生笑着看他。

“不是，帮我把牛奶喝完，不能浪费。”白曦把牛奶递给韩卓，“不然李阿姨明天又要唠叨我了。”

韩卓试图拒绝：“我不喜欢喝牛奶。”

但白曦的眼神很恳切，他说：“睡前一杯奶，强壮外星人。”

韩先生哭笑不得，认输地接过牛奶：“好吧，下不为例。”

白曦冲他比了个胜利的手势，满意地躺了回去：“祝你放松愉快！”

牛奶加了糖，韩卓打算先刷牙再放松，不料在下楼时碰到了白太太。

“嘘——小白还没睡吗？”她轻声问。

“应该还没睡着。”韩卓回头看了一眼，“您有事？”

“你猜明天是什么日子？”白太太走进厨房，那里的电炖盅里正炖煮着一只老母鸡，是她打算用来熬高汤吊鲜的。

“白太太亲自下厨，应该是个很隆重的日子。”韩卓站在厨房门口，“可我猜不到究竟是什么？”

“是小白的生日。”白太太笑道，“他没有告诉你？”

“……没有。”韩卓有些意外，“对不起，我没有准备礼物。”

“你不需要准备礼物，小白不在意这些。”白太太把锅盖轻轻盖好，又叮嘱他，“明天记得准时回家吃饭就好，不要加班。”

韩卓点头：“好的，您也早点休息。”

这个季节的小花园里已经没有了任何绿色，很萧条很冷清，不过也能让人更加清醒。清亮而又高远的天穹上繁星闪烁成片，明天应该是很晴朗的一天。

韩卓没有喝酒，他在露台上待了一会儿，抬头发现二楼的某间房里依旧亮着昏黄的灯光。还有一分钟就是午夜十二点。他盯着腕表上的指针，看那细细长长的秒针走完一圈，最后落在了数字“12”上。

一串漂亮的小星星飘上阳台，却被玻璃门阻断路线，可怜巴巴地停在原地，只有微弱的亮光透过了窗帘，照了进去。

白曦欢快地掀开被子，赤脚跑过去打开阳台门。

小星星哗啦一下散开在空气里，像是悬浮了满满一个世界的萤火虫。

“你又没有好好睡觉。”韩卓笑着看他，“生日快乐。”

“原来你知道啦。”白曦趴在阳台的栏杆上，眼睛里闪着光，“那除了小星星，还有别的礼物吗？”

“嗯？”韩卓想了想，挑眉道，“有，明天再送给你。”

“这是我收到的第一份来自外星球的礼物。”白曦小声强调。

韩先生点头：“所以我一定会好好准备，不辜负你的期望。”

白曦笑了：“那我睡觉了，你也早点休息。”

“明天见。”韩卓的嘴角不自觉地带上笑，“做个棉花糖一样的好梦。”

第二天一大早，厨房里就传来清脆的锅碗碰撞声，李阿姨充分发挥大厨本色，身手矫健，几乎扯出了一根一米长的面条。白曦见了，小声地跟韩先生感慨道：“我觉得我能活两百岁。”

“那很好啊。”韩卓帮他拉开椅子，也小声地打趣道，“变成一个小老头之后，你还会喜欢小星星吗？”

白曦伸出手，韩先生迅速在他手里放下一片细碎的光晕。

“咳！”李阿姨突然出现在厨房门口。

“早安！”白曦迅速把小星星装进衣兜里，表情又阳光又无辜。

“你又在干什么？”李阿姨目光狐疑，上下打量着韩先生。

“我……什么也没干。”韩卓站在白曦身后，笑容温良，“真的。”

连个借口都找不出来吗？李阿姨深深地叹了口气，她对这位保镖先生哦，真的是失望得不行了呢。

两人到公司时，刘春春已经早早等在了会客厅。虽然是来白曦的公司上班，但是他依然态度严谨认真对待，从穿着谈吐到日后怎么和同事相处，每一个细节都做得格外得体而有分寸。

“不错啊。”在只有两个人的时候，白曦表扬他，“进步惊人！”

“那是，总不能给咱215丢脸。”刘春春眉飞色舞，拖过椅子坐到他对面，“白哥，我现在真觉得跟你干挺好的，你放心，我一定对得起工资。”

“那就拜托了。”白曦揽着他的肩膀，认真地许下空头支票，“加油工作，以后有机会，我介绍隔壁公司的漂亮姐姐给你认识。”

刘春春顿时心花怒放，漂亮姐姐好！

“好了，去工作吧。”白曦吩咐，“准备一下，五分钟后开会。”

“好的。”刘春春站起来，突然又想起一件事，于是笑着说，“对了白哥，生日快乐，今天就不打扰了，别忘了周末一起吃饭。”

“喂，礼物呢？”白曦伸手，“一句生日快乐就完啦？”

“得先等你请完客。”刘春春很有原则，临出门前又压低声音补充了一句，“我保证，今年一定不是那种杂志。”

韩先生端着两杯咖啡站在他身后问：“什么杂志？”

“我的天，韩哥你走路怎么也没个声音的！”刘春春被吓了一跳。

“分明就是你自己没注意。”韩卓笑着问，“咖啡要吗？”

“不要了，我要去准备开会用的资料。你们慢慢聊。”

韩卓进屋把咖啡递给白曦，依旧加了威士忌和鲜奶油，是温暖滑爽的冬日特饮。

“我刚刚还在想，那位王先生……怎么说呢，挺厉害的。”白曦喝了一口咖啡，“他把春春送过来，对我当然有好处，对春春也是，他自己也有了更多的自由时间，一举三得，不过唯一吃亏的就是你。”毕竟之前只需要保护一个，现在却要保护两个。

“无所谓。”韩卓倚坐在桌上，“我可以保护更多人。”

这句话听起来有点帅，白曦刚打算鼓掌，前台小姑娘就过来敲门，说有一位叫黛西的女士来找韩先生。

“阿姨来了？”白曦站起来，“我去打个招呼。”

“不用。”韩卓把他按回椅子上，淡定道，“她这次是来找我的，为了私事。”

“是吗？”白曦狐疑，“有多私？”

“私事怎么可以随便说？”韩卓帮他合上电脑，“而且你该开会了，白总。”

“神神秘秘的……”白曦妥协，“好吧，那你记得代我问候阿姨。”

韩卓点头答应，态度良好。

黛西这次来真的是为了私事——给韩先生送白曦的生日礼物，一颗漂亮的星球模型。这个模型虽然只有拳头大小，但上面的山川河流却被刻画得异常精致而又详细，其间还零散地镶嵌着许多亮晶晶的宝石，都不大，有的甚至只有芝麻一般的大小，却都很亮，在灯光下流光溢彩，不停地发出璀璨的光。

“我以为你会一直保留着它。”黛西又问了一次，“想好了，真的要送出去吗？”

“没关系。”韩卓笑笑，“可以让另一个人继续守护它。”

“看来你是真的很欣赏那个小朋友。他的确很可爱，你眼光不错。”

韩先生警告般地说道：“收起你夸张的眼神和语调。”

“完全没有夸张，是你自己过度解读了。”黛西拍拍他的肩膀，“本来我也打算送礼物的，但现在我改主意了，因为你才是唯一的主角，就好像雪山之巅的阳光。”

韩卓塞给她一块棉花糖：“从现在开始保持安静。”

“好吧。”黛西勾起沙发上的手袋，咯咯地笑着走出休息室，“再见，小帅哥，好好享受这个生日夜。”

所有人都在往这边看，韩卓只好解释：“不是我过生日。”

而黛西的背影已经消失在了电梯里，她打算自己去喝一杯，以示庆祝。

临近下班的点，李阿姨特意打来电话，三令五申不准韩先生再给少爷买垃圾食品，包括但不限于手抓饼、炸鸡腿、麻辣烫和烤冷面。

手机开了免提，白曦趴在办公桌上闷笑。

“幸灾乐祸。”韩卓挂断电话，也跟着笑起来，“走吧，今天谢绝垃圾食品，我们回家吃大餐。”

虽然只有自家人在，但李阿姨还是煎炒烹炸，做了满满一大桌菜出来，都是白曦从小到大最爱的。蛋糕则是一颗粉红色的玫瑰奶油心，浪漫可爱得不得了，其实它似乎更适合当婚礼蛋糕，但由于白太太很喜欢，所以也没有人提出异议，能插生日蜡烛并且好吃就行。

“礼物礼物。”许完愿望后，白曦朝大家伸出手。

“没有。”白博阳回答。

“爸……”白曦绕到他身后抱住他的脖子，“快点拿出来，不然我就向我妈告状，说你藏私房钱。”

白太太立刻警觉地问：“藏在哪里？”

“你听这小兔崽子胡说八道。”白博阳笑着骂了一句，然后去书房拿了一沓合同出来，“生日礼物，也算是对你这段时间认真工作的奖励。”

“谢谢爸。”白曦把自己的生日帽戴到他头上，“我一定会继续努力的！”

白太太的礼物是一支签字笔，蓝色宝石镶嵌在银黑色的金属杆里，笔帽上还用外文刻上了白曦名字的首字母，寓意很美好，希望他以后签合同越来越顺利。

李阿姨的礼物体积比较大，是托女儿从西北寄过来的一床新棉被，又暖和又厚实，除了大红大绿的有点丑之外，基本没有缺点，盖上就恨不得睡三天。

至于韩先生的礼物，白曦把精致的蓝色丝绒盒攥在手里，说：“我要上楼再拆。”

白太太忍不住打趣他：“这么神秘？看来小韩是送了了不得的好东西，都舍不得给我们看。”

李阿姨心里警铃大作，再度觉得韩先生实在很狡猾。

“那我先上楼了，晚安。”白曦扯下餐巾，看来很有几分迫不及待——事实上他也的确是迫不及待，因为这是来自另一颗星球的礼物，之前从来没有过。

“慢一点，”在上楼时，韩卓提醒他，“小心摔倒。”

“里面是什么？”进了卧室，白曦直接坐在地毯上，仔细观察着盒子，问，“我可以对着礼物许愿吗？”

“当然可以。”韩卓微笑着点头，“不过一定要大声地说出来，还要说三遍，否则就不灵了。”

“是吗？”白曦表示怀疑。

韩先生面不改色：“当然，骗你做什么。”

“……少来，我才不信。”白曦没有上当，并且鄙视了一下韩先生的恶趣味。

韩卓忍不住笑了。

缎带和丝绒盒一件一件地落在地上，最后只有漂亮的小星球留在了白曦的掌心，随着角度变换，每一颗细碎的宝石都折射出流转夺目的光。

“喜欢吗？”韩卓问。

“这是……你的家乡？”白曦目不转睛，满心惊叹，甚至都不舍得大声说话。

“是我想象中的家乡。”韩卓坐在他身边，“八岁到十岁，我花了三年的时间把它做完，后来又修整了许多次，才有了现在的样子。”

“这么珍贵的礼物，”白曦听完之后反而迟疑起来，“你确定要送给我吗？”

韩卓点点头：“我确定。”

“好吧。”白曦郑重许诺：“那我也保证，一定会好好保护你的小星球。”

“时间还早，要不要喝一杯？”韩卓发出邀请，“最近刚拿到的酒，应该还不错。懂不懂酒不要紧，有好心情就够了。”

白曦答应：“要！”

酒色清亮，入口偏甜，香气也很浓郁。

白曦和韩卓碰了一下杯。在清脆的声音中，白曦暗自想，这真是一个奇妙而又美好的夜晚，因为有很好的酒，很好的小星球，还有很好的韩先生。

同一时间，在郊区的高层公寓里，赵小娟正坐在床上独自出神，整个人看起来没有任何喜悲和生气。其实吴子刚在下午的时候就已经答应她会保护赵家夫妇了，也答应会提供最好的照顾让宝宝健康出生，按理来说一切都是很好的，但不知道为什么，她总觉得这里面所隐藏的阴谋和危险并不比黄靖远那边的少。

桌上堆满了关于地下仓库的资料，说明那的确是个恐怖而血腥的地方，可她甚至还来不及追究黄靖远的欺骗，就已经先一步凭借母亲的本能想到了肚子里的孩子——如果那些残忍的实验是真的，那么早已经被无数次送上实验台、注射过各种药物的自己，真的还有足够的资本去孕育一个健康的孩子吗？

“小娟。”吴子刚过来找她，“该休息了。”

“好的，”赵小娟回神，“我马上就去睡了。”

门口的脚步声逐渐远去，但她经历的这一切却留下了不散的阴影，让这房间里的一切都笼罩在了黑色雾霾里，冷得刺骨。

凌晨三点，白曦打着哈欠摸出手机，把电话打给了刘春春。刘春春头晕眼花弱弱地谴责，这都几点了，周扒皮都比不过无情的你。

“你说，”白曦睡眼蒙眬地问他，“韩卓好不好？”

“啊？”刘春春没听清。

“好不好啊？！”白曦提高音量。

“好，特别好！”刘春春的回答很上道，然后问，“白哥，你是不是喝醉了？”

嗯，是很好。白曦听到了满意的答案，迷迷糊糊间睡了过去，无比惬意。

刘春春足足等了一分钟，听着手机里传来的绵长呼吸，忍不住潸然泪下。他宁可真的被周扒皮传唤加班，因为那至少还有工资可拿，也好过午夜梦回，接到老板的惊魂来电，只是为了向自己炫耀他的保镖司机韩先生很好！还有没有人性了？！

第9颗星

计划

孤注一掷的绝情疯狂梦想家

那颗漂亮的小星球被白曦郑重地摆在了床头柜，每晚睡前都能看到。

“这么喜欢？”韩卓笑着问他。

“那当然，这是我收到过的最酷的礼物。”白曦态度认真，“礼尚往来，我也会为你准备一份很酷的生日礼物的。”

“我的生日在六月。”韩卓道，“距离现在还有很长一段时间，我可以申请提前收礼物吗？”

“不可以。”白曦拒绝，然后又问，“六月几号？”

然而韩先生并没有回答这个问题，他说：“你该上班了。”

白曦目光狐疑，韩卓笑容淡定。白曦想了想：“六月一号？”韩先生沉默。白曦说：“哈哈哈哈哈哈哈哈！”儿童节！

“这么高兴？”韩卓无奈。

“其实仔细想想也不错，”白曦伸手搭着他的肩膀，“哪怕将来七老八十，也还是要和小朋友一起欢度儿童节。”

“看在它让你这么高兴的分上，那我申请要两份礼物。”韩卓帮他打开车门，笑着说，“另一份是为了儿童节。”白曦慷慨答应。

中午的时候，刘春春睡眼惺忪地站在咖啡机前打哈欠。

“怎么这么困？”韩卓也过来泡茶，见状便打趣道，“又被经纪人欺负了？”

“别提了。”刘春春跟他吐槽，“半夜三点啊，白哥跟个神经病一样给我打电话，你猜他干什么？”

韩卓摇头：“猜不到。”

刘春春说："夸你。"

韩卓："……"

接着，他忍不住又问："夸我什么？"

刘春春如实回答："夸你是个好人。"

莫名其妙就收到了一张好人卡，韩先生心情很复杂。

而同时，公司的女生们正凑在一起叽叽喳喳地分享着刚拍到的照片——落满枯叶的顶楼，韩卓靠着围栏抽烟，骨节分明的手指，凌乱的头发，飞卷的衣角，双腿笔直修长，侧脸轮廓鲜明，透着一种清俊冷酷的气质。整个画面无比协调，像是时尚杂志的封面。女生堆里传出一阵花痴尖叫声，男同事悻悻曰："吸烟有害健康。"

"你抽烟的样子才叫有害健康。"女生们异口同声地反驳。至于韩先生，无论他是抽烟、喝酒、打哈欠，还是原地摔倒，全部都赏心悦目，性质完全不一样。

一不小心成了大众情人，对此，韩卓表示，毫不意外。

白曦一脸嫌弃，你还能不能更自恋一点。

一天很快就过去了，天色暗了下来，白曦还在全神贯注地看文件，直到屏幕上落下一颗小星星才被转移了注意力。

"晚上八点了，小超人。"韩卓伸手帮他放松肩膀，"你不饿吗？"

"外卖？"白曦伸了个懒腰，问，"你刚去哪儿了，消失了整整一个小时。"

"我以为你不会察觉。"韩先生的按摩手法很到位，"接了个电话，至于电话内容，我们可以等你工作结束后再讨论。"

"和赵小娟有关吗？"白曦的雷达很敏锐。

韩卓点头："黛西接到了她的电话。"

电话里，赵小娟的声音听起来很紧张也很慌乱，她甚至说不清楚自己目前在哪里，只匆匆说了关于所谓亲生父亲的事情，又恳求黛西，希望她能够帮忙去探望一下自己的父母，以确认他们目前真的没有受到任何威胁。

"需要向他们转达你的近况吗？"黛西问她。

"说……说我很好，让他们不用担心。"赵小娟犹豫了一下，又说，"只有这些，请一定不要告诉他们我失踪的原因和怀孕的事，拜托了。"

"那位吴先生，真的是赵小娟的亲生父亲吗？"白曦不放心，"不会是地下仓库的人假扮的吧？又或者是另一个阴谋？"

“我不知道。我猜连赵小娟自己也不能确定。”韩卓道，“医学博士吴子刚，的确是有这么一个人，在G市一所大学任教，根据网上的资料来看，口碑还不错。”

“可他却鼓励赵小娟生下孩子。”白曦说。

“这就是关键所在。”韩卓道。要知道吴子刚不是普通人，而是医学博士，他应该比任何人都清楚异能者改造实验会给孕妇和胎儿带来怎样的影响，如果他真的是一位慈爱的父亲，就应该劝说女儿放弃这个孩子，好好调理身体。吴子刚并不属于地下仓库，所以目前最坏的可能就是有两拨人正在争夺赵小娟以及她肚子里的孩子。

“我们得想个办法帮帮她。”白曦道，“你的意见呢？”

“我的意见是先按兵不动，”韩卓回答，“他会主动找我们的。”

白曦不懂：“为什么？”

“因为他给了赵小娟一个手机。”韩卓道，“这说明他并不想真的阻断赵小娟和外界的联系，或者说，他反而很想知道赵小娟会向谁寻求帮助。”

“而她只能把电话打给黛西。”白曦叹气，“真希望她能平安地从这件事里脱身，交到真正的朋友，找到真正的爱人。”

在往后几天里，黛西又接到了赵小娟的几个电话，问的都是赵家夫妇的事。“他们很好。”黛西语调很温柔，“黄靖远并没有为难他们，我也已经按照你的要求，匿名告诉赵先生和赵太太你目前过得很好，也很安全。”

“谢谢。”赵小娟充满感激地说道。

“你还是不知道自己在哪里吗？”黛西又问。

“我只有一部老式手机，并不能定位。”

“好吧，那你要好好照顾自己。”黛西说，“我也会继续帮你留意赵先生和赵太太的，不用担心。”

“老板。”酒保少女嚼着口香糖，吊儿郎当地过来敲门，“有位先生想要见你，自称姓吴。”

黛西当即挂断电话：“带他去会客厅。”

拜访者就是吴子刚。

见到黛西后，他没有任何拘谨，而是坦然地做着自我介绍：“您好，我是吴子刚，赵小娟的亲生父亲。”

“毫不负责的、老奸巨猾的、居心叵测的亲生父亲。”黛西斜靠在沙发上打量着吴子刚——他今天穿了一件飞行夹克，搭配了牛仔衬衫和登山靴——“您看起来可不像是医学博士，倒更像是个花花公子。”还是上了年纪的花花公子。

“一个人可以有很多身份，就像您一样。”吴子刚并没有因为黛西的讽刺而生气，反而儒雅地笑了笑，“虽然用了一些小手段，但我相信您应该能理解我，这完全是出自一位可怜父亲对唯一女儿的关心，我真的很想知道谁才是她最信任的人。”

“你就不怕她把电话打给黄靖远，或者跃进夫妇？”黛西抖出一根女士烟点燃，“地下仓库，那可不是好惹的。”

“我相信自己的判断。”吴子刚说，“同时也非常高兴地看到是您一直在暗中给她提供帮助。”

“说吧，目的是什么？”黛西没有兴趣和他兜圈子。

“她的确是我的亲生女儿，我想带走她。”吴子刚道。

黛西冷冷地嗤笑一声：“鼓励自己的女儿生下一个百分之九十九会畸形的孩子，这就是所谓的亲生父亲？”

“我会好好补偿她的，但这个孩子对我来说意义重大。”吴子刚道，“或者说不单单是对我，而是对整个研究所和所有异能者。”

黛西对他的这些话不置可否。

“这是我的计划。”吴子刚递给她一摞资料，“看完或许您会改变您的想法。”

这是相当厚的一摞资料，足以证明吴子刚的诚意。

“这个世界上的异能者研究所不仅仅只有地下仓库。”吴子刚解释，“而地下仓库之所以能发展出庞大的势力和规模，最关键的一点就是因为施天利用花言巧语四处游说、欺骗以获得不明真相的各种组织的支持。”

“你渴望取代地下仓库的位置？”黛西问。

“是。”吴子刚并没有隐瞒自己的想法和野心，“我渴望得到那些支持，而这需要用有价值的实验成果来换。”

“利用你的女儿和外孙得到的实验成果？”黛西和他对视。

“与整个计划和未来比起来，这点牺牲微不足道。”说到这里，吴子刚的眼睛里闪动着激动的光，“我渴望取代地下仓库的位置，最终目的却和施天截然不同，他想留在这里获得权力，我却想回家，带着所有人一起。”而这个梦想，仅仅依靠他现在的力量是远远无法实现的。

“您也想要离开这里，不是吗？”吴子刚继续说，“地球很美，但永远不会是异能者的故乡。”

“我承认，你看起来是要比施天强一点，这份计划很有可行性，重返故土听上去也相当有吸引力。”黛西话锋一转，犀利地指出了吴子刚故意淡化的问题，“但这依然不能掩盖这过程中的血腥和杀戮，每一间异能者研究所都是魔鬼建造的地狱，你的也不例外，而我绝对不会充当魔鬼的帮凶。”

“实验体也并非都是被迫，我们更愿意征召志愿者。”吴子刚仍然尝试说服她，“您必须要相信，为了种族的未来，总有人甘愿流血牺牲，那些人对整个族群来说，是最伟大的英雄。”

房间里陷入了长久的沉默。

就在这种难挨的沉默中，吴子刚的双眼变得赤红，呼吸也因为情绪的极端波动而变得剧烈起来。他目不转睛地看着黛西，似乎很渴望能得到她一句肯定。

“我同意你最后的话，”黛西抖了抖烟灰，“所有甘愿为了种族、梦想和拯救而做出牺牲的人，都是英雄。但很明显，小娟直到现在还依然被蒙在鼓里，她之所以愿意留在你身边，完全是因为她想让这个孩子安全健康地生下来。吴博士，这就是你所谓的‘自愿’？”

“因为小娟目前并不信任我，甚至对我依然抱有敌意，所以现在并不是一个坦诚的好时机。”吴子刚说，“我需要先让她冷静下来。”

黛西恍然大悟：“怪不得你处心积虑地想找到一个你女儿最信任的人……你想让我去充当说客？”

吴子刚没有否认，他说：“至少您能让小娟更加安心，让她更加信任我。”

“你和小娟谈起过我吗？”黛西突然问。

吴子刚摇头：“从来没有。”

“那么让我来告诉你真相。”黛西看着他的双眼，声音中是难掩的怒意，“你的女儿根本就不知道我是谁，更不知道我儿子是谁。她从开始到现在，一直都以为我只是一名普通的人类律师，你明白了吗？”

听她这么说，吴子刚果然皱起眉头，有些不可置信：“可是——”

“可是她在最无助的时候，却选择把电话打给了我，一个‘普通人’。”黛西毫不留情地打断他的话，“那是因为她只想拜托我去看看她的父母，也是因为她只有我一个所谓的朋友。”

在二十三岁之前，赵小娟或许和其他女孩一样，有过很多好姐妹，不过在异能出现后，一切都变了。不受控制的奇异能力让她整个人都像被乌云笼罩着，焦虑、惊慌、疑神疑鬼、不知所措，恨不得远离这个世界上的所有人。

“这个孩子对你来说有多重要？”黛西问。

“很重要。”吴子刚声音变得沙哑，情绪也比刚才低落了许多，不过还是向黛西解释道，“我得到消息，地下仓库在小娟身上进行了大量实验，其中最重要的目的就是这个孩子，所以只要这个孩子出世，他就是我们最完美的活体样本，可以用来论证地下仓库的研究成果。”

黛西摇摇头，叹了口气，说：“你女儿真可怜。”

吴子刚脸部的肌肉僵硬地抽动几下，似乎是恼羞成怒，又似乎是想反驳些什么。

“除了你的野心和阴谋，也想想你的女儿吧，她真的很不幸。”对话进行到这里，黛西终于收起了语调里的嘲讽和轻蔑，变得真诚而又尖锐起来，“我不否认，她有可能会愿意生下孩子，甚至愿意为了你和这个星球上的所有异能者做出伟大牺牲，但这实在太残忍了，吴博士。她已经受尽了暴力虐待，精神也濒临崩溃，你却还在用谎言欺骗她，让她充满期待、满心欢喜地等着迎接新生命的降生。可事实上呢？没有人能比你更清楚孩子出生后等待着她的是什么。身为一个父亲，你真的忍心这样残忍地对待自己的亲生女儿吗？”

吴子刚没有回答她的这个问题，他面无表情地收起桌上的资料站了起来：“我希望您能再郑重考虑一下关于我们的合作，这对异能者很重要。”

“我也希望你能郑重考虑一下放过小娟，至少告诉她真相，让她自己选。”黛西说，“她是一个活生生的人，不是工具，也没有义务为种族的未来做出任何牺牲。”

吴子刚用更快的脚步走向门口。

“三天之内给我答复，告诉我你的决定，或者你女儿的决定。”这一次，黛西的声音里明显带上了威胁的意味，“否则你一定会后悔的，吴博士。”

吴子刚迟疑了一下，然后咬牙切齿地说：“如果没有合作，那这一切都和您无关。夫人，请不要多管闲事。”

“你错了。”黛西对着他的背影说，“她是我的朋友。”

吴子刚大力地拉开门，骤然灌进来的寒风让他的夹克变得鼓胀，看上去就像是一只畸形的怪兽。

晚些时候，韩卓把这件事告诉白曦了。

“吴子刚会被威胁到吗？”白曦皱着眉头，觉得情况不容乐观，“听起来，他完全就是个疯子，愿意为了所谓的梦想不顾一切的那种。”

“别人的威胁或许没有用，不过黛西再加上我，他应该会好好斟酌一下。”韩卓目前也没有更好的办法，只好说，“到时再看吧。”

“那黄靖远和赵跃进夫妇那边怎么样了？”白曦继续问。

“黄靖远仍然在找人，赵跃进夫妇暂时也很安全，毕竟他们和赵小娟的失踪毫无关系，黄靖远也不会蠢到拿他们泄愤，给自己找麻烦。”韩卓说，“不用担心。”

“这些是什么？”白曦又指着他手里的文件。

“吴子刚和他的异能者研究所的资料。”韩卓递给他，“要看吗？”

白曦点点头。

吴子刚的研究所并没有一个正式的名字，因为最初是在一所大学的三号楼创立的，所以异能者们习惯性地称它为“第三实验室”。根据文件上的记载，倒是真的有许多志愿者加入，光是名字就列了整整两页。

“取代地下仓库的位置，和人类合作，从而获取资金、技术和场地的支持，向外太空发射信号，就这么简单？”白曦合上文件夹，疑惑地说，“可是这么多年来，人类一直就没有停下过对外星的探索，却并没有得到任何回音。”

韩卓笑了笑：“你怎么知道是真的没有呢？”

白曦闻言不禁瞪大了眼睛。

“吴子刚所设想的未来未必是天方夜谭，而他的确能力卓越，这一点不可否认。”韩卓说，“所以或许有一天，那真的会实现。”

白曦惊讶地说：“你的意思是，或许用不了多久，异能者们真的能离开地球，回到故乡？”韩卓点头。白曦停顿了片刻，才又问他：“也包括你吗？”

韩卓说：“不想我走？”

当然不想啊！白曦心想，这种问题简直明知故问。

“也有可能是很久很久以后。”韩卓倚着他的办公桌，温和地笑着，“总之，至少在这三年里，我会一直待在你的身边的。”

白曦丢下手里的笔，瞬间没了继续工作的心情。

“我又惹你生气了？”韩卓仔细看了他一会儿，然后学着白曦平时的样子伸出了手说，“要体罚吗？”

“不要。”白曦拒绝。

“那请问我要做点什么才能让你心情变好呢？”韩先生态度诚恳，虚心求教。

白曦撑着脑袋，用浓厚的鼻音哼了一声："不知道。"

韩卓只好自力更生。他做出非常愁苦的思考表情，维持了足足五分钟，然后一口气打了十几个喷嚏。

白曦："……"

"抱歉。"韩卓抽出纸巾，擦了擦鼻子，"我不是故意的。"

"不是装的吗？"白曦凑近仔细打量他，通红的鼻头以及双眼里的水雾，似乎足以证明韩卓的确不是在演戏，于是他变得有些担心和紧张，因为韩卓之前说过，他很少生病，也很少喝醉。

"我没发烧。"韩先生说。

"不要说话。"白曦制止他，用掌心贴着他的额头测温——倒是的确没有发烫。

"你继续工作吧，我去休息室。"韩卓站起来，"一小时后下班，可以吗？"

白曦敷衍地点点头，等他走后，立刻就把电话打给了黛西。

"哦，打喷嚏？那真的很严重了。"黛西正站在镜子前百无聊赖地试戴最新款的珠宝，但声音却表现得很惊慌，"电话里说不清楚，我们见面聊。对了，请务必不要把我和你见面的事告诉我那苍白脆弱又可怜弱小的儿子。"

挂断电话后，白曦显而易见地变得更加紧张了。他的思维一路发散狂奔，除了考虑了地下仓库投毒的可能，还猜测过难道是地球日益恶化的生态环境和这座城市里隔三岔五的雾霾让外星人的无敌体质终于发生了变化。

简直就是末日灾难片一般的前奏。

又足足过了半个小时，黛西才躲过儿子，蹑手蹑脚地溜进了办公室。

白曦说："阿姨——"

"嘘，先别出声。"黛西竖起手指放在嘴边，"你有没有看过一部电影，里面的那个来自外星的男孩只要和心爱的女孩接吻就会发烧？"

白曦摇摇头说："没看过。"

紧接着，他又无比震惊："所以他和别人接吻了？!"

黛西："……"

然而白曦还沉浸在凌乱的思绪中，一时半会很难自拔。他拼命想回忆着，想弄清楚，这个吻究竟可能发生在什么时候。

在办公室死一般的寂静中，黛西静静地看了他五分钟，最后不得不沮丧地承认自己的确开了一个冷场的玩笑。她只好拍一拍白曦的手，慈爱地说："这只是个电影而已，我仅仅是随口一说，不要放在心上。”

白曦却不相信：“真的？”

“当然。”黛西说，“最近降温了，他或许有些着凉，多喝些热水就没事了。”

但白曦依旧不放心，他强调：“可是您刚刚在电话里明明就表现得很着急。”

黛西闻言陷入了沉默。是吗，我不记得了。

白曦又问了一次：“所以接吻——”

“真没有。”黛西打断他，并且别有深意地说，“如果不信，你可以问问看。”

这回轮到白曦沉默了。这种事，我还是不问了吧。

黛西决定找个别的话题来缓解目前这种莫名其妙的尴尬。她看了看四周，故作轻松地说：“你喜欢植物？哦，这颗小多肉非常可爱，好像一只胖乎乎的小兔子。”

“是很可爱，不过不是我喜欢，而是韩先生喜欢。”白曦果然被转移了注意力，“他觉得我办公室里缺少生机，所以买了很多，阳台上还有一整排绿萝，您要去看看吗？”

“哦？”黛西闻言燃起了兴趣，“看起来他经常送东西给你。”

“也不是很经常，不过送的我都很喜欢。”白曦想了想，忍不住称赞起韩先生来，“他真的是一个非常好的人。”

黛西脸上的笑容更加真诚灿烂了，又问：“那颗小星球呢？喜欢吗？”

“超级喜欢。”提到这个，白曦有些兴奋，“我把它放在了床头，那种感觉很美妙，就像摆了一整个小宇宙在那儿。”

“还可以有更美妙的感觉，小可爱。”黛西握住他的手，“你觉得——”

办公室的门突然被人推开，打断了两个人的对话。

黛西震惊地看着门口，门口的人也震惊地看着她。

“那个，”房间里的空气再度凝滞，白曦觉得自己有必要缓和一下气氛，于是他说，“阿姨只是刚好经过，我就请她上来喝杯咖啡。”

韩卓冷静地说：“哦，是吗？”从七叶路到这里是遥远且拥堵的一段路程，他想不出有任何路线能够“刚好经过”，这实在是个很糟糕的借口。

但是韩先生并没有心情来深究这一切，因为此时此刻，他的两只胳膊下分别夹着一大束漂亮的鲜花和餐具包，左手则举着包装精美的草莓慕斯蛋糕，右手的食指和大拇指还艰难地圈着一瓶香槟，剩下的三个指间则挂了两个华丽的香槟杯。西装随意搭在肩头，额前的头发微微凌乱，看起来完全就是个忙碌而又生疏的实习服务生。

“我帮你！”白曦反应过来，迎了上去。

“为什么不打电话告诉我。”韩卓压低声音，从牙缝里往外挤字。

“阿姨来喝杯咖啡而已，为什么要提前通知你？”白曦的声音比他的更低，“好了好了，没事了，你出去吧。”

韩卓：“……”

“不不不，他不用出去，反而是我，我得走了。”黛西抓起自己的手袋站起来，快速而妖娆地走到韩卓面前，对他抛了个媚眼，“再见，小帅哥，祝你工作愉快。对了，这瓶酒看起来很不错。”

韩卓侧身让路，面无表情。

“好好享受你的小蛋糕。”走之前，黛西又和白曦拥抱了一下，同时在他耳边低声快语，“还有，你如果真的好奇的话，我觉得韩应该不会介意。”

但我很介意啊！白曦心情复杂，只好假装没听懂，用灿烂而又天真的笑容连哄带骗地把她送到了电梯口。

白曦回到办公室时，韩卓正坐在沙发上用手里银色闪亮的餐叉随意地戳着慕斯蛋糕上的草莓。

“吃独食变胖子！”白曦伸手去抢。

韩卓侧身避开他，端着蛋糕坐到另一边，扬扬下巴道：“说。”

“什么态度！”白曦抗议，“我是你的老板！”

“现在是下班时间。”韩先生提醒他，“所以，我是你的老师。”

白曦：“……”

“黛西来干什么？”韩卓问道，末了，又加了一句，“不许撒谎，我会生气的。”

白曦撇嘴：“那你不能告诉黛西，因为我们是盟友。”

“我才是你的盟友，唯一的，永远的。”韩卓把蛋糕递到他面前，“她只会唯恐天下不乱，记住了？”

没记住，白曦在心里回答，但嘴上却说：“蛋糕很好吃。”

“因为我是非常诚恳地想要道歉，所以特地买了最好吃的蛋糕。”韩卓又递给他一杯气泡香槟，“哪怕只是作为交换，你也应该同样坦诚地对待我。”

听起来很有道理，白曦只好说：“这是一个和喷嚏以及接吻有关的故事，没有任何阴谋，我真的只是担心你。”

韩先生隐隐觉得不太妙，于是他的鼻子又开始隐隐发痒。

白曦将事件描述得很简洁，但是杀伤力却相当惊人，至少对于韩卓来说是这样。他从来就不知道，原来自己打喷嚏是因为和别人接了吻?!

“事情就是这样了。”白曦说，“但你的身体真的没关系吗，要不要去老周那里再吃一碗面？”

“你相信黛西的话？”韩卓哭笑不得地看着他，“关于我打喷嚏的原因。”

“听起来是很离奇，但是在认识你之前我也不会想到有人会变出小星星。”白曦回答，所以再离奇也不离奇。

韩先生无语地叹了口气。

“总之你没事就好了。”白曦搂着他的肩膀拍了拍，“蛋糕很好吃，谢谢。”

“那你还生气吗？”韩卓问。

“不生气了。”白曦摇头，过了一会儿又强调，“就算真的有一天你要离开，如果还有机会，你一定要回来看我。”

韩卓笑了笑，伸手揉乱了他的头发：“好。”

第10颗星

真相

昏迷的春春和夜风中的哭泣

这个夜晚深沉而又宁静，刘春春在厨房里忙碌着。自从那件事后，他和王远辰就再也没有回过那间豪华的高层公寓，而是暂时住在了酒吧后的普通小区。王远辰并不想就此发表意见，而刘春春在拥有了一份正式的工作后，紧接着又拥有了自己买菜煮饭的权利，生活总算回归了平凡和舒适，他挺满意的。

王远辰对他做的食物没有任何兴趣，晚餐依旧是一杯红酒。刘春春端着碗路过时还特地友好地同他打了声招呼：“我马上吃完，然后就去收拾厨房。”

“过来。”王远辰摆弄着酒杯，叫住刘春春，“我有话要问你。”

刘春春只好坐到他对面，小心翼翼地把粥碗放在那光可鉴人的水晶餐桌上：“请问有什么问题？”

“最近有没有人骚扰你，”王远辰问，“或者是跟踪你？”刘春春还没来得及回答，王远辰又道，“算了，即使真的有，凭你的智商大概也发现不了。”

刘春春心情复杂地想，那你为什么还要问我。

“你自己多小心，不要离开韩卓的视线。”王远辰一仰头，把杯子里的红色液体一饮而尽，“那个疯子很危险，他应该还有下一步计划。”

“我知道，不过你好像喝醉了。”刘春春看了眼餐厅角落的那堆空瓶，又仔细观察了一下王远辰的脸色，“要回去休息吗？”

王远辰没理他，摇摇晃晃地站起来去开酒柜的门。

刘春春不得不拉住他：“你不能再喝了。”

王远辰不耐烦地看着他，一对漂亮的眉毛紧紧地皱了起来。

刘春春怂怂地缩了缩脖子，但还是坚持道：“不如明天再喝吧。”

王远辰一言不发，他用尖尖的指甲扯开衬衫领扣。

刘春春趁机扶着他往卧室走，边走边哄："明天喝明天喝，睡了睡了。"

王远辰把衬衫丢在一边，整个人歪靠在床头，闭上了眼睛。见状，刘春春拉过团在床脚的被子大力抖开，准备给王远辰盖上，结果耳边嗖的一声，像是有什么东西飞速擦过。于是刘春春惊恐地停住，警惕地环顾四周，暗想：有暗器？

王远辰稳稳地接住杯子，又动动手指，一瓶水飞到了刘春春的手里。王远辰毫无察觉，还用国王般的语调命令刘春春："拧开。"

水瓶不轻不重地落到了地毯上，又骨碌碌地滚了几圈。但是并没有人把它捡起来，因为刚才那宛若劣质鬼片一般的场景此时已经彻底占据了刘春春的思绪，让他的大脑暂时有些宕机——

一个杯子，一瓶水，从客厅，直直地，飞到了，自己经纪人的，手里。

那不是魔术，也不是幻觉。他觉得自己八成是疯了，又或者是这个世界疯了。

王远辰觉得有些冷，于是他又烦躁地隔空一抓，巨大的被子骤然腾空，却不小心把刘春春严严实实地罩了进去。

一切都安静了，因为刘春春晕了过去。

而同一时间，在白家的别墅里，异能却在发挥着它美妙而又梦幻的作用。亮闪闪的小星星被装进了杯子里，隔着伏特加调成的鸡尾酒温柔地发着光，剔透的酒液仿佛成了一汪绮丽的泉水。

"喜不喜欢？"韩卓问。

由于天气很冷，所以两人将闲聊的地点暂时改在了小会客厅，虽然不能像在花园露台上那样吹风看星星，但这样也完全没有关系，因为韩先生只要动一动手，就会有满世界的星光。

"会喝醉吗？"白曦问，"好像很烈。"

"只是一小杯，应该不会。"韩卓先自己尝了一口，"味道还不错。"

白曦从他手里接过杯子，仔细地观察着那颗浸泡在酒液里的醉酒的小星星。

"冰一点会更好喝。"韩卓说。白曦点点头，水杯里迅速弥漫起一层白雾。韩卓笑着称赞道："很厉害。"

"奖励。"白曦向他伸出手，毕竟幼儿园里都有鼓励的小红花，我总不能连五岁小朋友都不如吧。

韩先生说："可我只有小星星。"

白曦回答："我也只喜欢小星星。"

韩卓摇头："你明明就喜欢很多东西，最近还新加了网球、生存游戏和李阿姨亲手做的酸笋鸡汤。"

"你这样说话是不对的，"白曦教育他，"太直接，天会被聊死。"

韩先生想了想，虚心地接受了批评："那我们再来一次。"

白曦清清嗓子："我也只喜欢小星星。"

韩先生配合地做出受宠若惊的夸张表情，并问他："我需要哭出来吗？"

"无聊。"白曦笑着推了他一把。只是不等他端起酒杯，他的手机就如警报般响了起来。夜晚小酌气氛顿时被破坏得一干二净，但来电显示是刘春春，白曦只好接了。

听筒里传来的却是王远辰毫无感情的声音："你朋友刚刚被我吓晕了。"

白曦吃惊万分，连忙追问："发生了什么事？"

床上的刘春春恰好在此时有气无力地呻吟了一句。

于是王远辰继续描述："稍等一下，他好像又昏迷到了自然醒。"

白曦："……"

刘春春有气无力地转醒时，王远辰正坐在床边盘着腿吃冰激凌。精致的银色调羹碰撞着玻璃杯壁，发出叮叮当当的清脆声音，在午夜的房间里显得尤为诡异，仿佛下一秒就会有女鬼顺着这个节奏飘出。于是可怜的刘春春差点又晕了过去。

但说老实话，经纪人先生这次真的不是故意想吓他，而是有些紧张，所以必须做些什么来缓和焦虑的心情。别看经纪人先生平时嚣张又高傲，但他对普通人向来友好，更不会在不知情者面前暴露身份，所以此时此刻，面对缩在被子里的刘春春，他酝酿了足足十分钟，直到冰激凌化成奶昔，才居高临下地说了一句："继续睡。"

刘春春哆哆嗦嗦地说道："你、你、你……"

"你现在不会有危险，将来也不会有。"王远辰把玻璃杯放在床头柜上，尽量让自己的语气听起来不那么咬牙切齿，以免这个倒霉蛋再度昏迷，"白曦和韩卓马上就过来了，他们会向你解释一切的，而我目前不想说话，所以你最好保持百分之百的沉默，懂了吗？"

刘春春如同溺水的人抓住了救命稻草，他激动地问："白哥要来了吗？"王远辰沉默地看着。"好好好，我沉默。"刘春春识趣地闭上嘴，想了一会儿，干脆扯高被子把脑袋也严严实实捂了进去，沉默得十分彻底。

王远辰："……"自己究竟是怎么和这蠢货一起住这么久的？

房间里恢复了寂静，只有床头柜上的闹钟在嘀嗒嘀嗒地走着。刘春春在被子里闭上眼睛，又睁开，再闭上，再睁开，眼前的一切依旧没有任何改变。

所以说，都是真的。杯子会飞，矿泉水也会飞，自己的经纪人，大概也会飞？想到这，他不安地动了一下，想找一个舒服点的姿势思考，却陷进了更深的柔软里。

鼻尖传来的香水味浓到窒息，被子轻如羽絮，枕头和床单更是丝滑得不像话。刘春春直到这时才终于发现了一件了不得的事——这不是自己的床，而是王先生的那张宛若宫廷电影布景的豪华大圆床！自己居然没有被丢到地上吗？他情不自禁地想，毕竟王先生平时那么凶，都不让自己坐一坐床沿。

过了一阵，王远辰终于忍不住了，他冷冷地问："你打算把自己闷死吗？"

几秒钟后，刘春春缓慢又胆战心惊地探出头。王先生还是那个王先生，并没有变成什么未知或恐怖的生物，眼神也依旧冷漠、高傲、不耐烦，但又多了一丝恼怒和不知所措——而且这种情绪似乎还维持了很长一段时间。于是刘春春就莫名其妙地多了几分安全感，因为至少目前他还好好地躺在豪华床上，并没有被绑架，也没有被吃掉。

和他完全相反，暴躁的经纪人先生此时却正在强忍打人的冲动，要不是担心这个无知的人类会逃跑，他几乎想亲自开车去接白曦，好让整件事情快点结束。

气氛太尴尬了，每一秒都长似一年，所以可想而知，当楼道里终于传来咚咚的脚步声时，房里的两个人有多么如释重负，他们甚至不约而同地大大松了口气。

"春春！"白曦一进门，也顾不上别的，就匆匆往里面跑。

"白哥！"刘春春泪流满面地坐在床上，怀里紧紧地抱着被子，哽咽地说道，"你一定不敢相信我刚刚看到了什么，那场面简直就是奥特曼。"

白曦被"奥特曼"震了一下，但谈话讲究艺术，不能一上来就扼命运的咽喉，于是他配合地问："你看到什么了？"

刘春春瓮声瓮气地回答："会飞的矿泉水，会飞的杯子，会飞的被子，如果你再来晚一点，我猜酒柜里那瓶1982年的拉菲也能飞。"

白曦温柔地拍了拍他的背："只有这些？"

刘春春擦了一把鼻涕，表情略茫然："这样还不够吗？"为什么你一点都不惊讶？

"虽然有些不可思议，但仔细想想，这其实不算恐怖，也并不是坏事，对不对？"白曦整理了一下语言，"至少看起来很酷，也很实用。"

"白哥，你是不是早就知道了？"刘春春迟疑着问道。他刚刚虽然受惊过度，但这时也找回了一些判断力，能听懂白曦的意思。

“是，我早就知道了。”白曦没有选择继续隐瞒他，“因为摩西画廊不好对付，而王先生是最好的保镖，我要为你的安全负责。”

“那他怎么……怎么会做那样的事？”刘春春说话像做贼，还学着王远辰的样子悄悄地动了动手指。

门外的王远辰听得想呕血，自己究竟做了什么“那样的事”？

韩卓拍了拍王先生的肩膀，示意他冷静。

“我可以告诉你真相，但你必须要做好心理准备，并且百分之百保密。你能做到吗？”白曦问。

刘春春先是点头如捣蒜，紧接着又小声问：“是来自另一个世界的朋友吗？”毕竟电视剧里都这么演的。

“是另一个世界，不过不是你想的那个世界，或者更确切地说，是另一颗星球。”白曦的表情很认真，“距离地球很远很远，听懂我的意思了吗？”

另一颗星球，外星人？

意料之中的，刘春春再度陷入了恐慌和震惊，他脑海里不断闪过各种经典科幻电影的画面，他原以为那永远都只存在于电影中的场景，但现在……自己身边？

“是哪颗星球？”过了一会儿，他问。

白曦回答：“宝石和星辰。”

这个名字真是浪漫得要死掉了。

刘春春恍然大悟，怪不得经纪人先生那么喜欢钻石，原来是在思念故乡。

“情况大概就是这样。”考虑到刘春春脆弱的小心灵，白曦并没有说太多细节，只是问他，“你现在还愿意和王先生一起住吗？”

王远辰靠在墙上，面色铁青。为什么选择权会被移交出去？难道不应该先问自己愿不愿意纡尊降贵当这个蠢货的室友吗？幸好，刘春春此时突然和他有了默契，只听他擦了擦鼻涕，然后蔫蔫地说：“你先去问问王先生吧，我刚才的表现有点夸张，而他一直对我很好。”

王远辰不屑地嗤了一声。

“放心吧，他很愿意继续和你一起住。”韩卓把王远辰推进卧室，语调淡定得像是在推销一件商品，“误会既然已经解除，那生活也该回到正轨了，这样很好，我们就先告辞了。”

“喂喂，等一下！”白曦赶紧拉住他，“我们就这么走了？不然再坐一个小时吧。”

“放心吧。”韩卓拉着他往外走，“这两个人虽然看起来都不怎么样，但做事情其实都相当靠谱，更何况我们是过来负责解释的，又不是来探病陪床的。”

白曦依旧不放心，他边走边回头，试图判断一下当前情势。只见刘春春也冲他挥着手，还叮嘱他开车小心，并没有像前几次那样凄惨而又执着地想让他留下来。白曦顿时有一种儿子长大了的欣慰感。

白曦和韩卓两人离开后，还没等刘春春整理出头绪，王远辰就大步踏进卧室，弯腰一揽，就把床上的人和被子全部捞了起来，然后抱着径直走向隔壁卧室。

“我可以自己走……啊！”刘春春一句话还没说完，整个人就以抛物线的轨迹被丢了出去，咚的一声，硬板床硌得他屁股痛。“怎么这么不友好啊？”刘春春哭着抗议。你这种凶巴巴的外星人放在电影里，票房是要惨败的，应该和人类相亲相爱大团圆才能冲击国际大奖，知道吗！

王远辰根本不理刘春春，高傲地转身离开。只是不到一分钟，他又带着腾腾杀气折返，一把把被子抽走了。

刘春春再度泣不成声，他凄风冷雨地裹着自己的被子心说，我到底造了什么孽！

同一时间，在回去的路上，白曦四下看了看，然后疑惑地说：“这是回家的路吗？”

韩卓回答：“不是。”

“那我们要去哪儿？”白曦不解，“已经过了凌晨两点，很晚了。”

“你困了吗？”韩卓看着他，“想不想睡觉？”

白曦摇头，这么来回一折腾，再被刀子般的冷风一吹，谁还能有困意啊！

“所以，既然睡不着，不如去个好玩的地方。”韩卓重重踩下油门，嘴角微微上扬，“系好安全带。”

耳边风声飒飒，跑车在高架桥上一路轰出巨响，惹得两边居民楼里有人骂出声：“深夜飙车，有钱了不起啦，还要不要别人睡觉了！”

白曦听了也只是靠在椅子上笑，他难得当一回浪荡公子，也没问韩卓具体的目的地，就只安心地感受一路飞驰的痛快感觉。跑车穿过许多条街道与小巷，最后停在了一栋上百层的写字楼前。

“这里？”白曦不懂，“来做什么？”

“下车。”韩卓解开安全带，又探身过去帮他解开安全带并打开车门，表情高深莫测，似乎在暗示他那里隐藏着一个巨大的惊喜。

“这么神秘？”白曦被他撩得好奇心骤起，像个期待礼物的小朋友，乖乖下车，站在了写字楼门口的小花园旁。

“你是不是真的以为我只会变小星星？”韩卓站在他面前。

“怎么会？”白曦打趣道，“你还会和李阿姨抢厨房。”那也算是异能的一种，而且相当令人钦佩。

韩卓笑了笑，伸手抓住白曦，道：“闭上眼睛，然后想一个你最喜欢的地方。”

白曦依言照做。

脚下的土地晃了晃，像是最轻微的地震，等白曦再度睁开眼睛的时候，两人已经转移到了……呃，垃圾场，而且是正中央。

韩卓：“……”

白曦：“……”

周围恶臭熏天，韩先生的心情一言难尽，为什么白曦最喜欢的地方会是个垃圾场？

意料之中的，白曦也震惊了，一来是因为韩先生的神奇异能，二来则是因为这个巨大的垃圾场——他实在很不想承认，自己人生中第一次酷炫的瞬间移动居然贡献给了废旧塑料瓶和破书烂报。

一阵阴风迎面刮来，这次带来的除了难以忍受的气味外，还有冰窟般的寒冷。寒风刮得人连骨头缝隙都开始生疼，白曦忍不住小声咳了两声。

韩卓脱下风衣给他，不敢置信地问道：“这就是你最喜欢的地方？”

即使两个人目前处境很尴尬，但他的语调里依然没有责备，只有不解和疑惑，甚至连这疑惑也是极其温柔的。白曦立刻否认，你才最喜欢垃圾场。韩卓又将目光投向他手里的空矿泉水瓶。于是白曦就略略心虚，因为在思考最想去、最喜欢的地方之前，他的确有一个短暂的瞬间想了一下要把垃圾丢在哪里。

看着对方闪烁不定的眼神，韩先生哭笑不得，只好说：“下不为例。”

下次的事可以等下次再说，但这次能不能先离开，毕竟环境实在恶劣。想到这里，白曦果断抱住韩卓，把脸埋进他好闻的毛衣里以隔绝周遭的难闻气味，闷闷地说：“我现在就想家里的浴室，你来负责转移，一二三，开始！”

韩卓：“……”

四野一片空旷，只有呼啸而至的风，尖锐如鬼号。

半分钟后，白曦迟疑着睁开眼睛，发现自己依旧站在原地，距离家里那温暖干净的浴室仿佛还有十万八千里。“你的异能失灵了吗？”他小心地问，牙齿冻得直打战。

韩卓替他系好风衣扣："只有在靠近那栋大楼时，我才能带你去一些地方。"

白曦这才明白，原来韩卓这能力还有空间限制。但现在要怎么办?

"来。"韩卓一手举着手机的电筒照亮，一手拉着白曦，"当心脚下。"

白曦小心翼翼地跟在他身后往外走。走了一阵后，不知道为什么，他突然就不那么沮丧了，甚至觉得眼下的情况还有点酷——月朗星稀的夜晚，狂风咆哮，四野寂静诡谲，世界似乎在这一刻变成了虚幻的颠倒魔方，万物都是那么违和与不真实，而唯一能够被感知和信任的只有同伴。

"在想什么？"韩卓问，"你看起来心情很好。"

"这像不像世界末日，我们在结伴逃亡？"白曦裹紧风衣，"或者是准备用异能者的身份去拯救世界。"

"我之前就说过，世界不需要被拯救。"韩卓摇头，"异能者从来就没想过要征服地球，更不具备那么强大的能力。"

但想一想总是可以的，苦中作乐嘛。过了一会儿，白曦好奇地问他："除了小星星和瞬间移动，你还有什么异能呢？"

"嗯？"韩卓想了想，然后一挑眉，"不告诉你。"

白曦撇撇嘴，没有小星星，说话还卖关子，今天的韩先生是不讨喜的小气韩先生。

一个小时后，月色下的徒步还在继续。

白曦的脸颊被风吹得冰冷，腿也像是灌满了铅，路途漫长到似乎永远也不会有尽头，要不是有手机定位，他几乎要怀疑自己是瞬间移动到了陌生的垃圾星球。

"走路都这么累，现在还想拯救世界吗，小超人？"韩卓笑着停住脚步，在他面前微微蹲下，"上来。"

"不了……"白曦先是愣了愣，然后赶紧摆手，"这怎么好意思，我没问题的。"

"越来越凉了，"韩卓皱眉，"你会感冒的。"

白曦摇头："不会的，我完全不冷。"

"真的不要背？"韩卓又问了一次。

白曦依旧坚持。

"好吧。"韩卓站直身体，又冲他勾勾手指。

"什么？"白曦配合地凑上前，以为他要说些什么，结果韩先生伸手一揽，把他轻松地抱了起来，然后夹在臂弯里大步向前走去。

“喂喂！”白曦受惊不小，“你快放我下来。”

韩卓嘴角一勾，却并没有停下脚步，他的手臂如同一道铁箍，任凭白曦耗尽了全部力气也没能成功挣脱。

“你这人简直……变态大力怪。”白曦扯着他的头发吐槽。

“别闹。”韩卓赶紧用另一只稳住他的身体，“要掉下去了。”

“等等，等等！”白曦突然捂住他的嘴。

“嗯？”韩卓不解。

“好像有声音，你有没有听到？”白曦压低声音。

韩卓仔细地听了一会儿，可自始至终耳边都只有风在呜咽的声音，于是他摇了摇头，问白曦：“你听见什么了？”

“好像有人在哭。”白曦迟疑着说道，说完又觉得有些瘆得慌，于是呸呸道，“大概是风吧，我们快点走。”

韩卓笑了笑，扛着他继续走。

似乎他们俩谁都没注意到，在不远处围墙的隐蔽地方，有几只摄像头正悄无声息地追随热源转动，红色的黯淡光晕像是一双双飘浮在夜色中的眼睛，诡异而又血腥。

这晚，两人到家时已经接近清晨四点。白曦洗完澡后倒头就睡了，直到第二天中午才醒。他都来不及洗脸刷牙就先打电话给在家休息的刘春春，充分表现出了“父子”间应有的爱和关怀。

“我我我……感觉还可以。”刘春春声音带着明显哭腔，听起来十分惊慌，“就是家里的东西在到处乱飞，我害怕。”

白曦打着哈欠说：“再见。”

刘春春丢掉手机，张开双臂抱住了迎面飞来的茶壶，刚手忙脚乱地把它放回原位，抬眼就看到又嗖嗖飞来一只调羹，后面还跟着咣当咣当的糖罐。

之所以会这般兵荒马乱，全是因为王先生正在享用午餐。

经历了身份暴露的最初焦虑后，他已经完全恢复了平静，并且懒得再做任何掩饰，于是刘春春就被迫观赏了会飞的浴袍、会飞的咖啡机、会飞的盘子，会飞的所有东西，并且还在一个小时内连续被十八只调羹打了头。王远辰则一手撑着脑袋，一只手端着没有小勺的咖啡杯，面无表情地表示：“挡路。”

刘春春心力交瘁地抗议，外星友人也要讲礼貌，至少给我一点适应的时间吧。

王先生像是被刘春春可怜的样子取悦了，他勾勾手指，漂亮又闪亮的宝石哗啦啦落下，像是落了一场璀璨而又华丽的星辰雨。

刘春春阻拦不及，只好目瞪口呆地看着这一切发生，然后认命地蹲在地毯上老眼昏花地捡宝石，辛苦宛若在炉灰里捡豆的辛德瑞拉。“不捡不行啊。”晚些时候，他哭着打电话向韩卓告状，“硌脚。”

白曦在旁边端着冰激凌：“哈哈哈哈哈哈哈哈。”

“你也不管管白哥！”刘春春悲愤谴责。

“大概不行。”韩先生看了眼手表，态度真诚地解释道，“现在还不到六点，白总依旧是我的老板，我没有权利管他。”

刘春春气闷：“现在是五点五十九分。”

“差一分钟也不行。”韩卓挂断电话，秒针也刚好和“12”重叠，于是他说，“OK，现在可以了，最近天气太冷，以后少吃冰激凌。”

“是，韩老师！”白曦把最后一口送进嘴里，“晚上叫外卖吧，我得加班。”

“回去工作好不好？”韩卓合上他的电脑，“今晚有寒流，会非常冷的。”

“是吗？”白曦没有多想，既然韩卓这么说了，他也就很爽快地答应下来，抱起文件准备回家喝着鸡汤加班。

路上，韩卓告诉白曦他今晚要去一趟七叶路，找黛西商量一下赵小娟的事情。

白曦说：“那你直接去酒吧吧，我自己回家就好了。

韩卓摇头：“保护你是我的首要责任。先回家。”

话说到这份上，白曦也只能说好。虽然他很想让韩先生早点去办正事，可寒流再加上晚高峰，他们到家的时间还是比平常晚了一些。

李阿姨得知少爷这个点了还没吃饭，心疼得不行，忙前忙后，用最快的速度准备好了饭菜，端了出来。

别墅里灯火明亮，李阿姨弄好饭菜后就坐在餐桌边，一边织着毛衣，一边看白曦吃饭，一边教育他：“钱是赚不完的，还是身体健康最要紧，天天加班加班，亚健康知道吧？专家说的。”

“知道的，知道的！”白曦最会哄她，一边喝汤，一边点头如捣蒜，“我以后一定注意。”

“这样才听话。”李阿姨果然很满意，又问，“韩先生呢？”

“出去了。”白曦啃着鸡腿含糊道，“要去找个朋友。”

但李阿姨只是说："哦。"他爱去哪里去哪里，她完全没有兴趣。

一辆出租车稳稳地停在了写字楼附近，韩卓递给司机一张大票，不等找零就下了车，很是匆忙。他打算再去垃圾场看看，根据资料显示，那原本是个叫十水的小镇，后来因为电子元件厂造成了很严重的环境污染，居民集体搬迁了，十水镇也就变成了现在的十水垃圾场。

昨晚白曦听到的哭声并没有错，那声呜咽夹在风里，韩卓很轻易地就捕捉到了，而且他几乎已经确定了声音是从何而来。但他还是决定亲自去看看，并找出那家隐蔽研究所背后的势力，是施天的地下仓库、吴子刚的第三实验室，又或者是其他什么人的。

周围景色微微晃动，等韩卓再睁眼时，他已经身处巨大的垃圾山之上了。这次只有他孤身一人，韩先生一刻也不想忍受这里恶心的气味，更别说讲笑话和讲故事了，他从兜里掏出手巾捂住口鼻，快步走了下来。

风依旧很冷，吹得成千上万个垃圾袋沙沙作响。它们在黑暗中堆积成山，在地上投下异形般的丑陋阴影。韩卓不由自主地打了个喷嚏，不是感冒，不是发烧，就是单纯的，鼻子极不舒服。与此同时，又有哭声传来，只是这次声音听起来像是个小小的婴儿发出的。

韩卓隐在黑暗中，悄无声息地走了过去。

这是一个很冷的夜晚，寒风几乎冻住了月亮。

婴儿的啼哭断断续续地到韩卓的耳朵里，并且随着距离接近，那声音也变得越发清晰，干涸的、撕裂的、痛苦的，如同正在遭受魔鬼的折磨。然而恐怖却远不止于此。在韩卓匆匆绕过一处厂房时，一声尖锐的号叫突然在他耳边响起，紧接着就是一双冰冷而又干枯的手大力拽住了他的风衣。

"求求您，救我！"对方惊慌地哭泣着，海藻般的粉色长发垂落在地，仰起头时，月光下的面容显得苍白而又扭曲，是名十分年轻的女性。

一声枪响自她身后破风传来。

韩卓眼底闪过寒光，他左手揽着女孩的腰肢，将她向逆时针方向轻轻一带，同时右手迅速伸到她背后，握住了那支冰冷的针剂。

虽然没有被麻醉弹射中，可女孩的身体依旧不断抽搐着，绵软得如同一条细长濒死的鱼。她身上只裹了一条脏污的被单，鲜血顺着她的腿不断流下，在水泥地上蜿蜒出刺眼的痕迹。

韩卓抱起她，问道："你是谁？有没有家人？"

女孩却只顾着挣扎呜咽，纤细的双腿不断乱踢，无法再说一个字。她连头发上都沾满了血迹，并且一直张着嘴大声喘息，双眼里写满了对死亡的恐惧，最终却还是被死亡渐渐侵染，直至最后一缕光芒也散去，彻底归于寂静。

面前照来一束光。

韩卓抱着女孩的尸体，抬起头冷冷地看向来人。

吴子刚发自内心地叹了口气，他说："很遗憾我们的初次见面是以这种方式……你好，韩先生。"

"这果然是你的地方。"韩卓并没有多意外，他脸上甚至都没有什么表情。他向前走了几步，弯下腰，把怀里的女孩轻轻地放在长椅上，又脱下自己的风衣，盖住了那几近赤裸的身体。

"我会让她拥有一个安静而体面的葬礼的。"吴子刚说。

"在解剖台上吗？"韩卓冷笑着问。

"我并没有打算解剖她，"吴子刚否认，想了想又补道，"因为她的身体已经没有任何价值了，不值得我去浪费资源。"

"她没有价值，有价值的是她刚生下的孩子？"韩卓拔出手枪，指着吴子刚，"看来黛西的判断有些失误，你和施天并没有任何区别。"

"我和他截然不同。"吴子刚把电筒放在地上，慢条斯理地脱下了手上那双血淋淋的手套，似乎并没有被对面黑洞洞的枪口吓到，"不管你愿不愿意相信，我对这位可怜的女孩没有任何恶意，但同时我也承认，她的孩子的确非常……适合。"

"适合成为实验体？"韩卓说，"坦率的小人和虚伪的君子并没有本质上的区别，即使愿意承认所有事，你也并不比施天高尚。"

"你对我充满了偏见，韩先生，"吴子刚摇摇头，他捡起地上的电筒，向韩卓发出邀请，"而我是真的很有诚意。为了证明这种诚意，我甚至愿意请你进入我的领域，随意调看第三实验室的所有计划和秘密。"

"这个女孩是谁？"韩卓问了另一个问题。

"异能者，十八岁，人类眼里不学无术的小混混，早恋、辍学……"吴子刚说，"这是她第三次怀孕，她和男朋友没有实力去正规的医院或诊所，所以找到了我。"

"而你却选择了欺骗她，用花言巧语安抚她，只为了能得到那个孩子。"韩卓说，"我丝毫不意外，你也会这样对待你的亲生女儿。"

“我并没有欺骗她，也确实和她约好了手术的时间。”吴子刚解释，“但这个胚胎的发育速度快得超乎寻常，从受孕到生产，只有两个月不到的时间。”

韩卓道：“所以你就为之疯狂？”

“你也应该为此兴奋，韩先生。这对族群的繁衍壮大有着里程碑式的意义！我们完全可以用这点威胁人类，让他们迫不及待地想要送走异能者，以免家园被攻陷。”说到这里，吴子刚的眼里再度散发出扭曲的黑色光焰，他看了一眼长椅上的女孩，解释道，“我比任何人都更渴望她能活下来，今晚是她自己的错，在看到新生的畸形怪物后就惊叫着挣扎逃离，才引发了大出血。”

韩卓问：“新生的畸形怪物？”

“你可以亲自看看他。”吴子刚转身往回走，“入口在这里，请跟我来。”

“你的女儿呢？”韩卓走在他身后。

“我没有忘记黛西夫人的忠告，但现在还没到约定的时间。”吴子刚按下开门的按钮，仿佛一位真正的慈父，“小娟目前很好，也开始慢慢接受现实，谢谢你的关心。”

别墅里，白曦处理完手头上的工作，抬头看了眼时间。已经凌晨三点多了，韩先生谈什么事情要这么久？

白曦有些担心，虽然韩卓事先说过有可能会夜不归宿，但他依旧给他打了一通电话，却发现韩卓的手机关机了。三更半夜失去联络，发生在谁身上都是一件令人不安的事，即便那个人是强大而又无敌的异能者韩先生。白曦想了想，又把电话打到了七叶路的酒吧。

“您好，我找黛西夫人，请问她现在方便接电话吗？”

听筒里传来的声音嘈杂而又混乱，酒保少女嚼着口香糖，大声问道：“你是谁？有预约吗？”

“我姓白，或许——”

“你姓白？OK，OK，她非常有空。”酒保少女没有耐心多说，她打了个呼哨，欢快而又嚣张地大喊，“老板，你的小甜心来电话了。”

白曦：“……”

黛西对白曦的这个深夜来电很意外，她接过电话，咯咯笑着问道：“是不是韩又做了什么惹你不高兴的事？不要着急，慢慢说，我一定帮你好好教训他——或者你干脆让他接电话，这个提议怎么样？”

白曦疑惑了："他今晚没有来找您吗？"

"嗯？"黛西稍微愣了愣，但是很快就反应过来，连忙找补，"当然有，一分钟前刚刚离开。"

"阿姨，"白曦哪里不明白发生了什么事情，他难得严肃地说道，"我没有开玩笑。现在我很担心他，也不希望您骗我。"

黛西："……"这么快就被发现了吗？

"他说今晚要过来和您商量赵小娟的事，但离开家后直到现在也没有回来。"白曦说，"现在连手机也关机了，完全联系不上。"

"好好好，你先不要着急。"黛西摁灭香烟，也认真起来，"让我来想一下他有可能去哪里，十五分钟后给你答复，可以吗？"

"嗯。"白曦又问，"那有什么是需要我做的？"

"你现在需要做的唯一一件事就是不要到处乱跑，因为那有可能会招惹来新的麻烦。"黛西回答，"放松一点，等我的电话。"

白曦答应了，声音听起来紧绷无比，担忧得很。

挂断电话后，黛西也给韩卓打了个电话，果然提示关机。会去哪里呢？她微微皱起眉头，虽然疑惑，但没有太多担心，因为按照韩卓的习惯，如果他要做的事情有危险，一定会提前告诉自己，而不是悄无声息地消失。

吴子刚？黛西用猩红的指甲叩了叩桌面，认为除此之外似乎也没有什么别的事情值得韩卓在意甚至冒险的了——而事实也很快就证明了她的猜测，因为仅仅过了五分钟，韩卓就瞬间移动到了酒吧。

"发生了什么事？"黛西起身走近韩卓，"很难闻的气味，鞋上也有血迹，你到底去做什么了？"

"我去找吴子刚了，"韩卓把衬衣丢在地上，"也是他开车送我到瞬间移动的地点的。晚点说，我先去洗个澡。"

浴室里水声哗哗，黛西背靠着浴室门，不紧不慢地问他："不打算和我说一下今晚究竟发生了什么吗？"

"我洗澡只要十分钟。"韩卓关掉花洒，往身上抹沐浴露，"你可以先去喝杯酒，然后我们再来谈一整夜。"

"十分钟对目前的你来说都很奢侈，小帅哥。"黛西敲敲门，"我的建议是，你用五分钟的时间迅速洗澡以及说完所有事，然后就回去找小白。因为他刚刚给我打电话了，听起来非常担心，以及生气。”

浴室里的所有动静都停了下来，韩卓迟疑地说：“出门前我已经请了假，并且说明很有可能会夜不归宿。”

“但是你请假的借口非常拙劣，并且还关掉了手机。”黛西完美隐瞒了自己露馅的事，淡定而又冷静地谴责韩卓，“这真是非常不应该。”

韩先生：“……”

白曦按约定等了十五分钟，但黛西没有如约回电，所以他把电话又打了过来。

“抱歉，我依旧没有理出头绪。”黛西站在阳台上状似忧愁地说道，“可以再给我半个小时吗？”

“他会有危险吗？”白曦的声音听起来焦虑而沮丧，“我实在想不出自己能帮忙做些什么。”

“他一定不会有危险的。”黛西的声音里充满了煽情的因子，“因为韩是这个星球上最强大的异能者之一。他是那么的潇洒、冷酷、高大、迷人、富有，同时又非常优雅而值得信赖，唔……在夜晚，简直就是一头健壮的黑色小猎豹……”

白曦完全没有心情听这个，也是第一次这样不礼貌地打断黛西：“那您能问一问吴博士吗？我刚刚想了一下，吴博士那里应该是他目前最有可能去的地方。”

“没问题。”黛西往浴室的方向看了一眼，手指随意一划，立刻就有衣服飞出衣柜，挂在了刚刚走出来的韩先生身上。

韩卓匆匆套好外衣和裤子。

“现在，立刻回家。”黛西上前帮他整理衣领，同时不忘提醒他，“如果时间超过半个小时，我打赌，小甜心一定会自己跑来酒吧的。”

韩卓没有选择开车回去，他先打车去了能让他瞬间移动的写字楼，然后下一秒就直接出现在了挂满星星灯的卧室——为了节省时间。

房间里平白无故多了个人，白曦被吓了一大跳。

“我回来了。”在他开口之前，韩卓抢先说，“刚刚出门手机就没电关机了，你有没有打过我的电话？”

白曦没有回答这个问题，他看着眼前毫发无伤的韩先生，悬在嗓子眼的心总算是落了回去，紧张感也随之消散。也是到了这时，他才发现自己的双腿已经站到麻木了。他挪到床边坐下，郁闷而又哭笑不得地说：“我明天一定送你十块充电宝。”

韩卓蹲在他面前，态度良好："让你担心了，我认错。"

然而白曦很快就发现了异常，他狐疑地说："你怎么出一趟门连衣服都换了？"

韩卓原本正在给他按摩小腿，听到问话后，手下的动作稍微顿了顿，然后抬起头笑道："因为——"

"事先声明，我知道你根本没去找阿姨，所以也别说是酒吧里有人打翻了酒杯弄脏了你的衣服。"白曦把腿收回来，盘坐在床上，"我讨厌别人撒谎，尤其是你。"

"我知道。"韩卓坐到他身边："我并没打算撒谎，只是想明天再告诉你。喏，我们之前拉过钩的，在大事上不准欺骗或者隐瞒对方，否则就吃火锅没牛肉，上厕所没有纸，对不对？"

原来你还记得。白曦瞥他一眼，又问："那为什么一定要明天？"

"因为我不想让你听任何不好的睡前故事。"韩卓摇动手指，在他面前落下一颗小星星，"不生气了？"

"你总是把我当小孩子。"白曦不满。

"因为你吃薯条要加蛋黄酱，睡衣上有小鸭子，还喜欢各种小星星。"韩卓回答，"而且我是你的老师，从理论上来说，把你当成小朋友并没有错。"

"那我宁可你训练我去拯救地球。"白曦把枕头丢进他怀里，"魔鬼教练，有难同当的那种。"

"你确定？"韩卓问。

白曦不假思索："确定！"

"很好。"韩卓点点头，依旧看着他的眼睛，脸上的笑意却逐渐消退，"如果真的要求魔鬼训练，那么首先回答我第一个问题，针对刚才的顶撞、冒犯和失礼，你打算接受什么样的惩罚？"

房间里的气氛陡然发生变化，白曦有些惊讶，不过在迟疑片刻后，还是反驳了一句："明明是你先欺骗我的。"

"第二次顶撞。"韩卓提醒他，"所以惩罚也加倍。"

白曦："……"这不公平。

"跟我来。"说完，韩卓就大步走出了卧室。

白曦来不及换衣服，只在睡衣外面套了件大衣就匆匆跟了出去。

天气预报说得没错，来自北方的寒流的确很冷，午夜尤甚。

韩卓没有开车，他步行穿过小区花园，径直走出了大门。白曦紧紧跟在他身后。

保安诧异地看着两个人，过去询问："白先生，您这是要去哪里？需要帮助吗？"

白曦摇头，勉强笑了笑，低声道："谢谢，我们只是出去见个朋友。"

"还是带一件外套吧，天气很冷的。"说着，保安就匆匆转身进门卫室拿了一件军大衣出来，可白曦的背影已经消失在了街道拐角。

街道上很安静，除了呜咽的寒风与沙沙的落叶，再也听不到任何别的声音。

韩卓没有说要去哪里，白曦也没有问，他只是裹紧身上的大衣，一直默不作声地跟在对方后面。

走过大街又穿过小巷，沿途经过昏黄的路灯、挂着节日装饰的橱窗、用油布遮盖起来的流动早餐车，最后两人走进了一座空荡荡的寂静公园。

单薄的睡裤根本不能御寒，寒风像利刃一般，早就让他的双脚失去了知觉。白曦把双手凑近嘴边，哈了口热气取暖。

"过来。"韩卓叫他。

白曦走上前，那里并没有什么特别的东西，只有几盏巨大的景观灯。

韩卓抓住他左手的手腕，直接把他的掌心按在了景观灯上，事前没有任何提醒。

白曦被吓了一跳，超过200℃的高温在一瞬间袭来，他本能地想缩回手，可手被韩卓牢牢地压着，他只能继续忍受那细密如针扎般的刺痛与灼热。

"这是你可以完全接受的温度。"韩卓松开手，命令道，"一个小时。"

在强光的刺激下，白曦根本就无法睁开眼睛，掌心的灼烧和双腿的僵寒形成了鲜明对比，短暂失去的视觉也让他有些无措，但他却依旧倔强地没有出声，一动不动站在那里，跟种种不适对峙。

韩卓解下领带，走上前去用领带遮住了白曦的双眼，好让他不再被强光干扰。

一个小时并不算短，尤其是对目前的白曦而言，每一秒都漫长得宛若一个世纪。

韩卓说得并没有错，这的确是他可以承受的温度，但承受起来也绝不轻松。近些年，社会新闻多有儿童被景观灯烫伤的报道，还有记者做过现场实验，也证实这种灯的表面温度高到可以轻易地煎熟牛排。

刚开始，白曦还在心里默数秒数，可是仅仅过了一会儿，他就不得不集中精力来让自己掌心的温度尽量和灯罩的表面一致。因为如果太低，那他的手毫无疑问会被烫伤，而如果温度过高，他又不敢保证脆弱的灯罩不会熔化、漏电，或者爆裂成渣。

寒冷的天气、高度紧绷的神经、剧痛的掌心、灼烧的高温、僵硬的身体和双腿，以及四周死一般的寂静，每一样都是很糟糕的事情。

白曦咬着下唇极力忍耐着这一切，心里像是被填满了一团委屈而又饱胀的乌云，酸涩到无以复加。他可以接受严酷的训练，但完全不想以这样的方式——以自己的担心开始，又以自己被惩罚结束。

韩卓自始至终都没有说话。他坐在不远处的长椅上，直到手表时针缓慢地走完一格，那个包裹在强光里的身影也开始摇晃，才走了过去。

白曦满头都是汗，领带也因为被汗水浸湿而滑落了。他把牙紧紧咬在一起，嘴唇也已经干裂出血。

“先别睁开眼睛。”韩卓说。

白曦迷迷糊糊地答应着，只觉得自己被打横抱起了，然后就失去了神志，好像是在梦里听到有人说了一句“星海路”。

“不去医院吗？”出租车司机不放心地问，“你这朋友似乎病得很重啊。”

“没关系，就去星海路。”韩卓用自己的外套裹住白曦冰冷的双腿，然后对司机说，“麻烦空调温度调高一点，谢谢。”

出租车司机答应一声，一脚油门踩到底，用媲美赛车的速度把两人送到了目的地，生怕后座那位看起来半死不活的客人会在自己车上出事。

虽然被放回了温暖柔软的床上，白曦还是昏迷不醒，直到掌心再度传来刺痛，才皱眉闷哼着渐渐找回神志。

韩卓正在帮他处理烫伤。即使是有着异于常人的体质，但经历了长时间的高温炙烤后，白曦的掌心还是被烫出了不少水泡，状况看起来有些惨烈。

“嘶……”他倒吸了一口冷气。

“别动。”韩卓仔细地在伤口上涂好药膏，又用干净的绷带将伤口包起来，“最近不要沾水。”

白曦抽回手，闷声闷气地回答了一句：“是。”

“不想看见我？”韩卓问他。

白曦抬头，面无表情地和他对视。

韩卓用拇指帮他擦掉睫毛下的湿意，声音很温和：“男人不准哭。”

“我要睡了。”白曦扭过头，又瓮声问他，“明天几点起床？”

“你可以睡到自然醒。”韩卓站起来，“然后我们再来讨论今晚的事情。”

白曦用被子裹住自己，背对着门口躺下。

韩卓体贴地帮他关了灯，房间里重新陷入一片黑暗。

虽然熬了夜，白曦却一点儿都不困，在床上辗转反侧半个小时后，索性起来了。他打算去冰箱里拿一瓶水喝，走到客厅却发现韩卓也没有睡，正在阳台上抽烟。

白曦避开他的视线，径直走到厨房拉开冰箱门。

韩卓把烟头摁灭，快步走过来抽走他手里的冰水：“我去帮你加热。”

“不用了。”白曦嗓音沙哑，“我有点渴。”

韩卓试了试他额头的温度，皱眉：“你有点发烧。”

白曦垂下手，对自己的强悍体质感到不满，寒热交加一个多小时，居然只是低烧，为什么不能是昏迷不醒高烧不退，那样至少不用尴尬地站在这里面对这一切。

“晚安。”白曦说，然后转身回了卧室，闷不吭声地爬回床上。

厨房里传来轻微的声响，五分钟后，韩卓端着一杯水进来了，温热而又微甜，加了一点点蜂蜜。

白曦端着杯子，一直低着头：“谢谢。”

韩卓看着他：“嗯？”

白曦抬起被缠成小粽子的左手，使劲在自己脸上蹭了蹭。

韩卓握住他的手腕，拿过纸巾帮他擦眼泪。

白曦把水杯胡乱地塞到他怀里，然后抢过纸巾自己擤鼻涕。因为双眼很丢人的通红，所以他死都不肯抬起头。

“委屈吗？”韩卓问他。

白曦带着浓厚的鼻音，第三次顶撞了他：“你就是不讲道理！”

“你自己要求的魔鬼训练。”韩卓微微挑眉，伸手帮他擦掉眼泪，“谁会试图和魔鬼讲道理？”

白曦：“……”

“我们到此为止好不好？”韩卓看着他，感到十分内疚，“事实也证明，你似乎并不是很适合这种训练方式。”

白曦拍掉他的手，依旧不肯说话。

“伤口还疼吗？”韩卓又问。

白曦裹着被子躺回床上，拒绝和他交流。

片刻后，身边突然光线一暗，床也被重力压下去一块。

“喂！”白曦坐起来，瞪大眼睛不满道，“谁允许你睡在我床上了？”

“既然你不想睡，那我们就把谈话时间提前。”韩先生摘掉眼镜，随手放在了床头柜上，“关于我在消失的这一段时间里都去干了些什么，又看到了什么。”

白曦果然被吸引了注意力：“你去找吴子刚了？”

韩卓点头：“黛西告诉你的？”

“我自己猜的。”白曦说，“所以你真的去找他了，在哪里？”

“在我们去过的垃圾场，你那晚并没有听错，是真的有哭声。”韩卓说，“那里有一个秘密实验中心，由第三实验室操控。”

惨死的少女、畸形的婴儿，还有无数冰冷的异能者尸体，一旦没有研究价值就会被焚烧殆净，只剩一盒盒骨灰整齐地摆在最底层的仓库里。那或许就是吴子刚自我吹捧的良知与人性——至少他们不会像地下仓库的实验体那样，连灰烬也不留有半分。

“你是说，那女孩死在了你面前？”白曦有些头皮发麻。

“还有她的孩子，也没能坚持一个小时，而且还……”韩卓没有说完这后半句话，没有告诉白曦自己看到的那些畸形而又血腥的画面，只是说，“现实真的很残酷，连我也不知道你将来会遇到什么。”

白曦不自觉地握紧了拳头。

“所以我才不介意让你尝试一下什么才是真正严酷的训练，虽然那点程度离真正的魔鬼还差得很远，甚至更像是小孩子过家家。”韩卓握住他左手的手腕，“但到了真正需要面对生死的时候，没有人会帮你遮住眼睛，也没有人会帮你处理伤口，一切都要靠你自己，明白吗？”

白曦抽了抽鼻子：“嗯。”

“那还生气吗？”韩卓问。

白曦想了想：“对老师还是对朋友？”

为什么还要分这个？安静片刻后，韩卓说：“老师。”

白曦摇头：“不生气。”

韩卓又试探：“朋友呢？”

白曦又哽咽了，他愤怒地说：“你现在就给我出去！”

韩先生忍着笑，淡定道：“哦。”

白曦抓起枕头狂拍他。

“小心伤口。”韩卓用手臂抵挡这毫无杀伤力的攻击，“好好好，我认错，以朋友的身份，嗯？”

白曦拉过他的衣服擦鼻涕，又强烈地控诉道：“你居然穿着坐过公园椅的脏裤子坐到我的床上来！”

“我道歉。”韩先生扯过自己湿漉漉的衬衫，态度良好，“可你现在看起来也不像有洁癖的样子。”

白曦抱着枕头下床，径直去了客房。今晚换床睡！

“小星星要吗？”没一会儿，韩先生又出现在了客房门口。

“不要！”白曦拒绝。

韩先生提醒他：“可是这样的话，小星星真的会伤心哦。”

白曦扯过被子捂住头，把自己裹成了一只严严实实的、受伤的、郁闷的、生气的小蚕茧——

去你的小星星！

第11颗星

乔装

是时候展现小白真正实力了

虽然被拒绝了，但小星星还是顽强地溜进了白曦的梦境里。它们一闪一闪的，发出温柔而又俏皮的光，就好像小时候看的动画片，汇聚连绵成银幕里的银河。

白曦躺在洒满星光的帐篷里惬意地享受着花香微风，耳边似乎还响起了欢快的圆舞曲。一切都太美好，只差一对公主和王子来配合这可爱浪漫的林中童话夜。像是猜到了他心中所想，树林中突然传来了马蹄声，白曦一骨碌坐起来。伴随着激昂的音乐，韩卓骑着白马从容出现，优雅微笑着向他伸出右手，就像一位温和的绅士。

白曦好奇地问他："我们要去哪儿？"

韩先生沉默地从怀里掏出了一个巨大的景观灯，它发出了刺目的白色强光。

白曦是在一身冷汗中醒来的。他在床上坐了整整五分钟，才逐渐恢复了清醒。

床头点着精油蜡烛，客厅里的音响播放着悠扬的圆舞曲，窗帘没有拉严，一束耀眼的阳光照进来，正好落在枕头上。

幸好是做梦……白曦大大地松了口气，又倒了下去。

韩卓在厨房里忙碌着，透明的玻璃汤煲里咕嘟咕嘟地煮着排骨和玉米，散发出诱人的香气。白曦穿着拖鞋，站在门口看着他。

"醒了？"韩先生调小灶火，走上来试了试他的额温，"36.8℃，没事了。"

"这么精确？"白曦表示怀疑。

"你以后也可以做到。"韩卓又把食指递到他嘴边，"当然，口腔温度最准确，如果你不介意，我——嘶！"

"我完全不介意。"白曦松开嘴，越过他去冰箱里拿果汁喝。

韩卓看着自己手指上的一圈牙印："这算报仇吗？"

"你指为了这个？"白曦把自己的木乃伊左手伸出来，"那我至少要咬一个月。"

"只要你喜欢，"韩卓做了个深呼吸，然后从容微笑，"那我也不介意。"

白曦懒得和他贫嘴，干脆坐在窗台上继续看韩先生煮饭。

午后洒满阳光的厨房，有食物的香气，还有忙碌的韩先生。他的手指很修长，无论是冲洗番茄，还是把蘑菇切成片，那画面温馨得都可以直接拿来做家居用品广告。

"在想什么？"韩卓盖上锅盖，对他笑了笑，"你看了我整整十五分钟。"

"在想你所做的事情，我是指和地下仓库对抗，就是为了让更多的异能者过上这种生活吗？"白曦问，"有一个温暖的家，喝上一锅好喝的汤。"

韩卓有些意外："我还以为你在想午饭，没想到居然是这么深刻的事情。"

"还想了一会儿李阿姨。"白曦再度举起自己的左手，你死定了。

"早上我已经给白太太打电话报备过了。"韩卓走近和他面对面，"在往后的一个月里我们都会住在这里，坚决不给你任何告状的机会。"

白曦哭笑不得，揪住他的衣领抗议："你这也太贼了吧?!"

"拜托，我真的很怕李阿姨。"韩卓握住他的手，虔诚地请求，"救我一命好不好？我可以等价交换。"

"拿什么交换？"白曦问。

韩卓回答："你可以向我提任何一个要求，只要我能做到。"

这么爽快？白曦揽过他的肩膀坐地起价："三个。"

韩卓还价："两个。"

白曦啧啧提醒："李阿姨。"

"OK。"韩先生投降，"四个，成交。"

突然拥有了四个心愿的额度，白曦满意地走出了厨房。他跷着腿躺在客厅的沙发上认真地思考着自己要怎么无理取闹来欺负一下"灯神"韩先生。

"我命令你吻我，就现在！"电视剧里的女主在雨中疯狂落泪。

白曦："……"噫!

"看什么呢，这么认真？"韩卓从厨房走出来。白曦迅速切换频道。韩先生笑得意味深长："嗯？"

"我看个电视，你有什么好嗯的。"白曦推着他走回餐厅，转移了话题，"快吃饭，下午还要去公司。"

"晚上去酒吧？"韩卓帮他拉开椅子，"今天是三天期限的最后一天，吴子刚应该会去见黛西。"

白曦点头："好。"

不过还没等到下班，黛西就打电话过来说吴子刚把见面的地点改在了赵小娟目前的住处，理由是不想让女儿太累。

"会有危险吗？"白曦问。

"你是说我们？不至于。"韩卓开车一路驶向高新区，"他目前很想和我们合作，即使遭到拒绝，他也绝不想把我们变成敌人，所以主动权并不在他手里，明白了吗？"

"明白。"白曦想了想又问，"那你和阿姨的看法呢？我们要和他合作吗？"

"谈不上合作，不过我不介意先和他联手让地下仓库彻底消失。"韩卓回答，"但在此之前，我必须对第三实验室做一次彻底的调查，好确定我们究竟要用什么样的心态来面对那位偏执而又冷血的吴博士。"

高新区的公寓里，赵小娟坐在沙发上，看着前方堆积如山的婴儿服装和玩具出神。这些东西都是吴子刚买回来的，他说这个孩子有百分之五的可能是一个健康的婴儿，如果是这样，那么他或她就会用上这些粉嫩卡通的小东西，而如果不幸是另外的百分之九十五……

"如果婴儿真的不健康……对你来说的确是一件很伤痛的事。"吴子刚握住赵小娟的手，眼底闪动着慑人的光，诚恳的，却也是冰冷而又狂喜的，"但是对我们的种族，对我们的未来而言，却很可能是一件非常好的事情，意义非凡，你懂吗？"

赵小娟没有说话，只是又说了一遍："我要见黛西。"她已经知道对方的真实身份了，却依旧无比渴望能见到她。她需要一个朋友，能在这痛苦且漫无边际的迷雾中拉她一把，哪怕最终她也无法逃脱，哪怕只能短暂地感知一下对方的温度也是好的。

吴子刚深深叹了口气："我会让你见她，事实上，即使我不愿意，我也必须让你见她，赫赫有名的黛西夫人和韩卓，第三实验室不需要这样的敌人。"

赵小娟没有再说话，她就那么一直坐在客厅，直到门铃声响起，她那双死鱼般的眼睛里才再度闪现出些许光亮。

"天哪，你怎么憔悴成这样？"黛西一看到赵小娟就不禁低声惊呼，她上前把对方揽到怀里，轻轻拍了拍她的背，"你还好吗？"

赵小娟全身瘫软，在这么多天里第一次哭了出来。

韩卓拍拍吴子刚的肩膀，示意他先回避一下。

“不先听听小娟的想法吗？”吴子刚说。

“你觉得还需要听吗？”韩卓摇头，“我觉得没必要。”

吴子刚眉头紧皱，他想再看一眼女儿，却被挡在面前的白曦阻断了视线。

“答应我，别被任何人欺骗，包括我和其他你亲近的人。”黛西抽出纸巾替她擦了擦眼泪，“吴博士说得或许没错，你的确有可能生出一个健康的孩子，但那概率绝对不会是百分之五，而是百分之零点五，或者更少。”

“可是万一……”赵小娟咬着下唇。

“你是一个母亲，要为孩子负责，而负责的方式绝不仅仅是生下他。”黛西也觉得残忍，但有些真相赵小娟必须知道，“要是他真的不健康，你想过吗，他会受到什么样的对待？我们退一步讲，即使孩子不被吴博士带走，你能好好照顾他一辈子吗？还是要一辈子都将他养在房间里，不让他看见太阳，并躲避着黄靖远或更多人的追杀？”

赵小娟的哭声变得嘶哑。

“相信自己，你将来还会有很多孩子，健康的孩子。”黛西也心疼得放软了声音，“或许这条小生命会再次回来找你，但是首先你得保持头脑清醒，并且振作起来。”

赵小娟哽咽着点头：“好。”

在听完女儿的决定后，吴子刚陷入了长时间的沉默。

“我希望你能信守承诺。”黛西提醒他，“至少做一个合格的父亲。”

“好的。”吴子刚的表情有些僵硬，不过依旧咬着牙点头，“为了您，夫人。”

“是为了你的女儿，博士。”黛西看了眼时间，“你打算把手术安排在几点？”

吴子刚：“……”

“明早九点，市医院，我亲自带小娟去，”黛西站起来，“怎么样？”

“不行！”吴子刚断然拒绝，“她不能去普通的医院。”

赵小娟不自觉地往黛西身后躲了躲。

“理由。”黛西冷冷地和吴子刚对视。

房间里的气氛再度变得压抑寂静，空气像胶水般凝结成团。似乎过了很长一段时间，吴子刚才深深叹了口气，用干哑又几不可闻的声音承认：“胚胎是干瘪的，孩子的确在一天天长大，不过没有任何渠道为其输送营养。”

赵小娟闻言，脸色顿时变得如同死人般苍白，她膝盖一软，重重瘫坐在沙发上。

白曦也有些震惊，这就是地下仓库的最新研究？

“我可以为她安排手术，”吴子刚拿起电话，手有些颤抖，“但这仍然是为了您，夫人。我希望您和韩先生能看见我的诚意，因为放弃这个孩子，对第三实验室和所有异能者来说，都是巨大的损失。”

白曦看着面前的中年男人，只觉得毛骨悚然。他认为在某种程度上，面前这个人甚至比施天和黄靖远更恐怖——地下仓库至少知道他们做的事情是错的，是有悖法律和道德的，而吴子刚却恰恰相反，他全身心都沉浸在自己以为正确和伟大的事业中，这种自以为是的荣耀感和使命感足以蒙蔽他的理智，让他把所有血腥、残忍和违反伦常的无情剥削都视为征途上的光荣牺牲。

“明天早上十点，贝宁诊所。”吴子刚挂断电话，“我会安排好一切的。”

“明天上午十点，我的诊所。”城市的另一个角落，一个穿着白大褂的男人看着面前的屏幕，脸上的表情高深莫测，“虽然听起来有些不可思议，不过吴博士似乎想毁了那个孩子。施先生，你觉得这条信息值多少钱？”

“至少七位数。”施天挂断电话，对站在自己面前的黄靖远微微一笑，“看来明天你得亲自去把你那位不听话的太太接回家了。”

为了避免出现更多的意外，黛西把赵小娟带回了酒吧。吴子刚对此并没有异议，事实上，此刻他心里正在进行一场极其激烈的挣扎与对抗——他极度渴望得到那个诡异的胎儿，却也不愿意和韩卓为敌，权衡再三，他最终只是僵坐在沙发上用几乎要渗血的双眼目送韩卓一行人离开。

“你呢？”坐在车后排，韩卓小声问白曦，“今晚想回哪里？”

“除了星海路，我还有别的选择吗？”白曦不解。

“当然！你可以来酒吧，那里有许多华丽的客房，像童话故事里公主的城堡。”黛西一边开车，一边说，“这个提议怎么样？”

“谢谢，可是我不喜欢公主的城堡。”白曦笑着回答。

“你也可以假装很喜欢。”黛西踩下油门，愉快地替他做出了决定。

韩先生感到很头疼，白曦却没意见，觉得正好还能顺便去喝上一杯，非常不错。他从包里摸出几颗奶糖，微微前倾身子伸手递给坐在副驾驶座的赵小娟：“吃吗？”

“谢谢，不用了。”赵小娟摇摇头，又怯生生地问，“你们都是异能者吗？”

“对，我们是同类，所以你完全不用担心，也不用害怕。”白曦坐了回去，打了个清脆的响指，“过了明天，等待你的就是全新的生活了。”在说这句话时，他的笑容是那么年轻而又真诚，充满了蓬勃的感染力，似乎只是坐在那里就是朝气和希望。

于是赵小娟也跟着笑了笑，但那轻松的神情也只停留了一秒钟，阴云又重新布满她的脸。她担忧地问：“黄靖远和地下仓库，他们也想抓你们吗？”

白曦看了眼韩卓，见韩先生微微点头，他才说：“想，而且是疯了一样地想。不过他忌惮我们的能力，所以一直不敢和我们正面发生冲突。”

“是忌惮我的能力，暂时还与你无关。”韩先生伸手揉乱他的头发，眼神虽然温柔，但语气却非常欠揍。

白曦怒曰：“我允许你说话了吗？”韩卓自觉做了个噤声的手势。白曦表示很满意，于是转身继续扒着椅子背和赵小娟聊天。

黛西从后视镜里看着这一切，笑得很灿烂，觉得一切都是那么可爱。

“这位女士，”韩先生目不斜视地提醒她，“拜托您开车时专心一些。”

小车腾空一跃，以漂移的姿态拐进了七叶路，落地之后，车轮在地上摩擦出明显的痕迹，如果要配特效，应该可以来一串火石电光。

足足缓了一分钟，白曦才解开安全带慢腾腾地挪下车，并且生平第一次意识到了韩先生的可靠，他绝对是一位技术过硬、性格沉稳的优良老司机，至少在他驾驶时，自己不会有被甩出车窗的错觉，更不会被迫听一路的重金属摇滚。

比起他的狼狈，赵小娟则平静多了，她说：“晚安。”

“太不公平了吧。”等她走远后，白曦有气无力蹲在地上，“为什么孕妇都没事啊？”而他却差点吐出来。

“体质的差异，还有不同的心事。”韩卓回答，“她受过太多痛苦和折磨，所以这点晕眩根本不足以影响她。”

白曦戳戳他的肩膀：“你的小星星，要是真能许愿就好了。”

“愿地球和平？”韩卓笑。

“愿宇宙和平。”白曦回答。

不同于酒吧的喧嚣，黛西的别墅很安静，安静到只有风的声音。白曦靠着墙坐在走廊上，又想起了之前韩卓说过的话——

人类的军队，永远只会为了人类的和平而战。

这其实一点错都没有。对于地球而言，异能者是强大而又充满威胁的入侵者，双方能和平相处到今天已经算是极大的幸运，至于往后会发生什么，势力失衡、争夺资源、屠杀、战争，或某一族群的彻底消亡……目前没有谁能说得清。

人类本就应该对异能者充满警惕，因为那是种族延续和保护种族利益的责任使然，只是相对现状而言，如果双方能心平气和地坐下来，在不受任何蒙蔽、不带任何偏见的情况下共同商讨对策，显然会更好。

“在想什么？”韩卓坐在他身边。

“如果吴子刚不这么偏执就好了。”白曦无不感慨地说道，“和人类合作，借助我们的力量让所有异能者回家，如果真有那么一天的话，那场景一定是前所未有的辉煌盛大，会被永远载入宇宙史册。”

“吴子刚……其实他的梦想并没有错，错的是手段。”韩卓道，“所以我们目前要做两件事，第一件是协助他完成梦想，因为那也是绝大部分异能者的梦想，至于第二件，就是在保证能完成梦想的前提下提前终止第三实验室的所有实验。”

“我懂。”白曦点头，又迟疑道，“可是没有实验，没有数据，吴子刚要用什么做筹码来交换呢？”

“还有地下仓库。我了解施天，他这些年交出来的东西大概只是地下仓库所有实验数据的三成。”

白曦眼前一亮：“真的吗？”

“真的。”韩卓笑了笑，“所以你看，你不是非要去拯救地球，可是我必须要拯救异能者。”

“我陪着你。”白曦很仗义。

韩先生又问：“要是遇到危险怎么办？”

白曦郑重地说：“我保护你。”

我保护你。

这是这么多年来韩卓第一次从别人嘴里听到这句话，不知道为什么，他眼眶竟然有些不受控地发热，并且这温热很快就蔓延到了心底。于是韩先生伸手抱住白曦，笑着说了一句：“好，那就拜托你，以后一定要好好保护我。”

需要这么隆重吗？

白曦虽然是猝不及防地被拥住，但还是配合地拍了拍他的背："嗯。"

韩卓却并没有要放开他的意思，锁在他身上的双臂依旧如同铁箍。

过了整整五分钟，白曦才迟疑着问："你……不会在哭吧？"

韩先生没有回答。

原来拯救宇宙的星球战士也会有这么脆弱的时候吗？想到这，白曦的心顿时胀得一塌糊涂，又柔软又酸涩，就像是烤箱里突然膨胀起来的柠檬蛋糕。他轻抚着对方的头发，像是哄小孩一样揉了揉，轻声道："没事的，有我呢。"

韩卓问："你能做什么？"

"瞧不起人是不是？"白曦很不服气，"除了打架和做饭，我还有哪里不如你了？我连李阿姨都不怕。"

韩卓嘴角忍不住上扬："单说不怕李阿姨这一点，你简直是厉害得不得了。"

萦绕在韩卓周身的沉重空气终于消散，两人在十分温馨和谐的气氛中互道了晚安。

回到房间，白曦抖开被子准备数羊入睡，顺便又打量了一遍自己的房间。这的确是一间又公主又梦幻的客房，到处都是浅淡的粉红和奶油白，兔子拖鞋上有珍珠，甚至床上还有像酒店一样用浴巾折的小象。所有客房都是这样吗？白曦躺在蕾丝被子里想，也包括韩先生的卧室吗？哈哈哈哈哈。

"妈咪对你真的很失望。"黛西穿着浴袍，跷脚坐在沙发上抽烟。

韩卓自觉转身："我去隔壁睡，这里让给你。"

"知道我为什么对你失望吗？"黛西悠然吐出烟圈。

韩卓无奈摇头："我和小白——"

"和小白没关系。"黛西起身打开身后的巨大电子屏，"我对你失望是因为你居然能忽略了这么重要的事。"

韩卓看着屏幕皱眉："这是什么？"

"是那位贝宁诊所的主治医生，钱宁，今晚的通话记录。记录显示他今晚的其中一通电话打给了施天，两人之间的通话长达十五分钟，而且发生在和吴博士通完话之后。"黛西磕掉烟灰，抬头一笑，"你觉得明天会发生什么事？"

"他们要来抢人？"韩卓问。

"光明正大地从你手里抢人？我想地下仓库应该还没有这个胆量，更何况施天一直就想拉拢你和那位坏脾气的前任小酒保。对了，他现在叫什么名字？"

“王远辰。”韩卓回答。

“所以，除非你哪天彻底激怒他，否则，对你，施天脸上永远都只会是那副虚伪的、令人作呕的假笑。”黛西道，“我猜明天黄靖远会想办法偷偷把人带走，即使带不走，也要彻底毁灭胚胎，不会给吴子刚留下任何研究的可能。施天的药完全能做到这一点，你应该最清楚不过。”

“还有可靠的诊所吗？”韩卓问。

“我今晚就带着小娟去找你的姨母。”黛西回答，“飞机在三个小时后起飞。”

“还需要我做什么吗？”韩卓点头。

“你只需要在明早向吴子刚解释一下原委，并且隐瞒该隐瞒的就行。”黛西回答，“另外，如果我是你，我会把这次当成除掉黄靖远的好机会。”

韩卓微微一顿：“嗯？”

黛西替他整理了一下衣领：“自己动动脑子，小帅哥。”

翌日清晨，白曦起床时，韩卓已经在厨房里准备早餐了，他甚至还用烤箱做了一颗漂亮的云朵蛋，摆在盘子里像是童话里的甜点。

“这是给我的吗？”白曦很喜欢它的造型。

“为了搭配你梦幻的公主套房。”韩卓又榨了杯橙汁给他，“昨晚睡得好不好？”

“还不错。”白曦喝了一口，鼻子眉毛皱成一团，“但是你的果汁太酸了，在酒店里要被投诉的那种酸。”

“酸才可以让你快速清醒。”韩先生嘴角一弯，拉开椅子坐在了他的对面，“慢慢享用，我们一个半小时后出发。”

“阿姨她们呢？”白曦问。

“你猜。”

白曦闻言不解，为什么要猜这个？可接下来韩卓所说的事情大大出乎他的意料——深受吴子刚信赖的贝宁诊所实际上受控于地下仓库，黛西和赵小娟所乘的飞机此时早已越过国境线飞向了大洋彼岸。

“安全吗？”白曦问，“我是指阿姨她们。”

“当然安全。”韩卓说，“黛西会安排好一切，包括赵小娟即将进行的手术，以及手术后应有的照顾和休息，你完全不用担心。”

“那我们接下来要做什么呢？依旧要去贝宁诊所？”

"黛西在出发前曾说，她认为这是一个绝佳的机会，可以除掉黄靖远。"韩卓说，"所以我不打算取消行程。"

"除掉？"白曦停下咀嚼的动作，认真思考起来。

"你可以留在这里，不过我还是希望你跟着我。"韩卓说，"这是一次难得的机会，算是为将来可能遇到的麻烦做一次演练。"

"我知道了。"白曦回答道。

他的神情很认真，语调也很平静，韩卓还因此愣了一下。

"一切都有可能会发生。"见他这样郑重，韩卓下意识地补充道，不过在说完这句话之后，他又笑了，"但你也不要有心理压力，因为我不会让你有危险的。"

白曦"嗯"了一声。话题进行到这里，他其实已经没有食欲了，不过他还是强迫自己吃完了一整盘三明治，还喝了两杯很酸的橙汁。

"做得不错。"韩卓收拾了餐具，"相信我，食物绝对是好东西，它能让你温暖，也能给你勇气。"

"不打算告诉我整个计划吗？"白曦跟在他身后，"我也要去诊所的。"

"当然要告诉你，而且你也是计划中的一环。"韩卓强调，"很重要的一环。"

白曦有些糊涂："可你刚刚还说，我可以自由地选择去或者不去。"为什么现在他又变成了一个不可或缺的重要环节？

"因为我有计划A和计划B。"

韩卓把餐具放进洗碗机，又把厨房收拾干净，最后才端着咖啡回到客厅，说："我需要你伪装成赵小娟。"

白曦闻言心情很是复杂。他其实已经做好了打架甚至受伤的准备，但男扮女装？

"你身高多少？"韩卓问。

白曦回答："一米七八。"

"赵小娟比你矮两厘米，但是没关系。"韩卓说，"你不用穿裙子，也不用化妆，我已经准备好了衣服和口罩，以刘春春的粉红色起誓，绝不花里胡哨。"

白曦哭笑不得，伸手推他了一把："说正事！"

韩卓的计划其实并不复杂，但出门前他还是又问了白曦一遍："还有疑问吗？"

"有一个。"白曦拉下口罩，"你能确定来的人一定是黄靖远而且只有他吗？如果施天也一起呢？"那可是个相当不好对付的变态老魔头。

“相信我，施天这次一定不会出现。”韩卓按下电梯，“对于这件事，我有百分之百的把握。”

是吗？白曦将信将疑。

早上九点半，LIAN咖啡厅。

刘春春胡乱地搅拌着面前的缤纷奶油杯。他现在实在没有心情享用这道昂贵的招牌甜点，因为此刻，他的所有注意力都集中在前方另一桌客人——王远辰和施天身上。

侍应生恰好在这时送过去一道甜点，做成桃心形状的红丝绒蛋糕上面点缀着玫瑰花瓣和金箔，漂亮完美得像是一件艺术品。“试试看。”施天把盘子推到王远辰面前，“应该是你喜欢的口味。”

王远辰表情冷漠，像是没听到他说话，连头都没抬，只是一直哗啦哗啦地翻看着手里的过期杂志——他丝毫没有掩饰自己的厌恶和不甘，以至于连侍应生在送餐时都自觉地轻声细语、小心翼翼，生怕这位漂亮的年轻人会突然发怒。

“是你约我出来的。”施天看起来并不生气，反而笑着提醒他，“我以为即使是演戏，你也会注意一下自己的态度。”

“我找你是有事。”王远辰总算肯抬头了。

不等他说下一句话，施天就抬手制止：“我知道你向来懒得找借口，所以不用勉强自己。是韩卓让你来的，对不对？”

王远辰冷冷地说：“不是。”

“好吧，你说不是就不是。”施天换掉他的苦咖啡，“韩卓很聪明，不过我现在不想讨论别人，只希望你能记住，即使我明知这一切都是计谋，目的只是为了拖延我的时间，我也依旧愿意装作毫不知情，只要能让你高兴。”

“OK。”内情既然被挑明，王远辰也懒得再演，他重新拿起杂志，“坐满四个小时，我会放你走。”

“我可以陪你坐一整天。”施天笑了笑，丝毫不介意他的态度，“毕竟这种机会，对我来说真的很难得。”

施天的这句话说得暧昧又油腻，王远辰听了果然面色阴沉，看得出来心情相当不好。不过即便如此，他还是容忍了对方那不加掩饰的赤裸目光，只是用力握住杂志，连手背都暴起了青筋。

施天从容地端起咖啡杯，饶有兴致地欣赏着他的仇恨、战栗和排斥，如同在观赏一头狂躁的小老虎，嘴角甚至还露出了一丝满足的笑意。

刘春春看在眼里，火冒三丈。他已经把漂亮的奶油杯搅得一塌糊涂了，犹不满足，最后索性丢掉餐叉站起来，三步并作两步走过去一屁股坐在了王远辰身边。

空气顿时凝滞了，甚至连施天都愣住了。其实他早就发现了刘春春的存在，但他无论如何也没想到这个手无缚鸡之力的人类居然会冲过来。

“看什么看！”刘春春瞪着施天，语调凶狠。死变态！

王远辰：“……”

“你没事吧？”刘春春转头小声问王远辰，“要不要去医院？”

王远辰没说话，他觉得有些头疼。

但刘春春却没有要走的意思，非但没有，特意往王远辰的方向挤了挤，好把他完全藏在自己身后，让他不再被对面那下流油腻的目光骚扰。

施天冷笑一声。

刘春春也跟着冷笑，还抖了抖肩膀，我不当大哥许多年。

施天：“……”疯子。

墙上的挂钟嘀嗒走着，时针终于缓缓靠近了数字“10”。

“你确定韩卓会来？”钱宁，也就是贝宁诊所的主治医生，此时正从冰箱里往外拿试剂，“如果他真的和第三实验室搭上了关系，对我们而言可不是好事。”

“一个标榜自己是为了正义而战的拯救者，仅仅因为第三实验室表面上看起来更和平自愿就选择了和对方合作？”黄靖远摇了摇头，“如果韩卓真是这种智商，那我们真该谢天谢地。”

“可是施先生被拖住了。”钱宁提醒他。

“没有施先生，我照样能带回我的太太。”黄靖远笑容阴森，“这次我一定得教会她怎么样才算是一名听话乖巧又懂事的妻子。”

“好吧。”钱宁仰头喝下一支蓝色的试剂，“祝你成功。”

早上十点整，韩卓抱着白曦从车上下来，抬头看着面前这栋白绿相间的建筑以及那块“贝宁诊所”的指示牌，一动不动。白曦蜷在他怀里，身上穿着灰色的休闲装，头上戴着的假发被故意揉乱后再用皮筋捆起来了，大口罩加墨镜把他的脸挡得严严实实，就算黄靖远站在面前，只怕一时片刻也分辨不出来。

“韩先生？”钱宁准时在诊所门口迎接，表情看起来很惊讶，“您怎么会来？”

“很意外吗？”韩卓问。

“稍微有一些，毕竟想见您一面非常难。”钱宁笑笑，又向他身后的人打招呼，“吴博士。”

吴子刚点点头，他的脸色很难看，甚至连话也不愿意多说，只是简短地问了一句：“都准备好了？”

“请跟我来。”钱宁双手插在兜里，边走边说，“所有工具和药物都已经准备好了，我将亲自——”

“你不用亲自了。”吴子刚打断他，“我来。”

钱宁对这个结果并不意外，很爽快地就答应了——毕竟这个胚胎在离开母体后，如果能得到妥善处理，应该还能获取一些有用的数据，而那对吴子刚而言，无疑有着致命的吸引力。

手术室里很整洁，各种器械、药品也一应俱全。

“你可以离开了。”吴子刚在水龙头下洗手，头也不抬地对钱宁说。

“好的。”钱宁替他摆好拖鞋，又招呼韩卓，“韩先生，我们出去吧。”

“是你出去。”韩卓纠正他，“我要留在这里，直到手术结束。”

“你确定？”钱宁吃惊道，“可这对女士来说很尴尬。”

韩卓把目光投向手术台。

“女士”侧身躺着，并没有对此提任何意见。

钱宁叹了口气：“好吧，我就在门外，有需要的话，随时按铃。”

钱宁出去了，手术室彻底安静了下来。白曦紧闭着双眼，他感觉有人抖开了一条毯子，然后自己的上半身和头部都被遮住了。这真是非常标准的手术流程，白曦此前无论如何也不会想到，自己居然会有这种一言难尽的体验。

“别怕。”韩卓在他耳边轻声说。

想都不用想，所有人都清楚这间手术室里必然有隐藏的摄像头，因此吴子刚并没有忽略任何一个步骤，他有条不紊地做着每一项术前准备。

白曦深陷在一片昏暗里，对外界活动的感知也因此更加敏锐了。一阵轻微的响声过后，他觉得布帘被拉上，然后有一双手伸过来脱自己的裤子。

虽然事先已经清楚每一个步骤，但生平第一次经历这种事，白曦还是很想问候一下施天和黄靖远全家。他心情复杂却又无暇思考，只能紧绷着全身的每一条神经提防着随时可能发生的变故与袭击。

韩卓把他的裤子丢在地上。

而几乎是在同一时间，数十颗子弹突然出现在空气里。它们以双倍于音速的穿透效率从不同方向飞射而来，织成一张尖锐而细密的网，仿佛要将在场的所有人一网打尽，却依旧输给了韩卓的应变能力。

吴子刚尚未反应过来究竟发生了什么就被推倒，器械被撞翻在地，发出了巨大的声响。白曦心知不妙，却依旧记得韩卓之前说过的话——除非接到指令，否则只能一直装晕。身下发出些许异样的声音，白曦很快就意识到接下来将会发生什么，他本能地想去抓两侧，不过还没来得及动就被韩卓拎着衣领拽到了怀里。

手术台在白曦离开的瞬间裂开，变成了一个漆黑的洞口，阴森而又潮湿的风从里面呼啸而出。

"走！"吴子刚狼狈地从地上爬起来往门的方向跑去。

韩卓搂着白曦，一脚踢开了面前的沉重铁门。

枪声由远及近，各种嘈杂声也越来越明显，形势已经相当危急。但韩卓没有说任何一个之前商量好的指令，白曦也只好继续装晕——在寒冷的冬天假扮成女性，下半身只穿了一条秋裤，还要被迫参加一场激烈的外星人厮杀，这听起来简直就是天方夜谭，可偏偏就是这种天方夜谭般的场景在此刻无比真实地发生在了自己身上。白曦紧紧闭着眼睛，他的大脑已经趋于空白，还有些不可控制的慌乱。他只能在心里一遍又一遍地默念，等自己被放开后一定要迅速调整状态，紧紧跟在韩卓身边，保护好他。

韩卓停下脚步，看着挡在面前的数十名追捕者以及站在最前面的黄靖远，脸上布满阴云。吴子刚则把冰冷的目光投向了钱宁。

"很抱歉，吴博士。"钱宁的脸上看不到任何自责与愧疚，反而写满了狂妄，"但你不得不承认，对于我这种科学怪人来说，地下仓库远比第三实验室要更有吸引力。"

"韩先生，"黄靖远则笑得真诚，"请问现在可以把我可怜的妻子还给我了吗？我觉得她很需要丈夫的安慰，也很需要家的温——"他的"暖"字还没来得及说出口，韩卓手里的枪口就已经冒出青烟，不过黄靖远的反应速度也相当快，在子弹出膛的前一瞬他就已经闪身移到了另一侧。

眼看新一轮枪战一触即发，吴子刚果断放弃了继续留在原地的想法，他疾步冲向左侧的围墙，一个闪身，就穿过围墙到了外面的巷子里，那里停着一辆黑色的轿车。"快走！”吴子刚一上车就大喊。司机迅速踩下油门，车子呼啸着远去了。

这一变故发生在短短几秒钟之内。

对于他的这个举动，黄靖远倒是十分意外，因为不管是作为父亲，还是作为第三实验室的负责人，吴子刚似乎都没有理由就这么放弃赵小娟。

而就在这个时候，韩卓怀里的人动了一下，在他耳边说了些什么。

韩卓微微皱眉：“你确定？”

“小娟？”黄靖远也叫了一句。

“不，你不需要和他有任何接触。”韩卓对怀中的人说，然后就更用力地搂紧那细瘦的腰，抱着人大步向外走去。

“这是我的太太，韩先生。”黄靖远迎面拦了上去，“施先生并不希望我们为敌，更不想让追捕者对你开枪。”

“那刚刚是什么？礼花？”韩卓冷笑。

“我们纯属自卫，因为你必须得承认，这些子弹对你根本构不成任何威胁，就像你手里的那把枪对我也无法造成任何伤害一样。”黄靖远伸出手，试图把赵小娟从韩卓怀里夺回来，他的声音里充满了蛊惑和温柔，“娟娟，我觉得我们应该好好——”

他的声音戛然而止，剩下的半句话被永远截断在了嘴里。

白曦突然出手，用堪比子弹的速度猛地掐住了他的喉咙，数千度的高温足以熔化铁板，黄靖远的脖颈在瞬间变得焦黑，身体也很快就瘫软下来。

这一切实在发生得太快了，快到连一众追捕者都来不及反应。

韩卓把白曦护在怀里冲出了包围，用肩膀硬生生撞破了围墙。

“这边！”在一片飞扬掉落的碎石与灰尘里，吴子刚大力地向他们招手——他事先准备了两辆车，在离开大家的视线之后又独自绕回到这里等着。

韩卓带着白曦疾步冲过去，在上车的瞬间，他还不忘回身开了一枪，没有任何事先瞄准的过程，子弹却依旧精准地击中了钱宁。

追捕者们直到这时才如梦初醒，纷纷举枪去追，却只吃了满嘴的汽车尾气。

“松手！”韩卓命令道。

白曦和他对视，眼神空洞，像是根本无法理解韩卓的话。

“松开手！”韩卓重复了一次。

白曦这才胡乱答应着，也终于察觉到了异样。他的目光顺着自己的手臂下移——车门大开，黄靖远被拖行在车外，双眼直勾勾瞪着前方，脖颈焦黑处也散发出令人作呕的气味。白曦惊恐地尖叫出声，麻木许久的手猛地松开，黄靖远咚地一声跌在路面上。

韩卓一只手在白曦背上轻拍安抚，另一只手拿起手机发了条消息。

“走吧。”咖啡馆里，王远辰放下手机，面无表情地站了起来。

刘春春如释重负，因为再瞪下去，他觉得自己八成会瞎，而且还很尿急。

“韩卓做了什么？”施天见他们这样子，反而兴致勃勃地问起来。

“你应该问自己做了什么。”王远辰拉着刘春春头也不回地出了咖啡厅。

施天的手机也在两人离开后响了起来。他按下通话键，听着对面传来的嘈杂声音，脸上却没有什么表情。“的确是赵小娟出的手。”追捕者们如实汇报，“那是种超乎寻常的可怕力量，杀伤力相当惊人。”

“不、不回去处理一下吗？”车里，白曦声音虚弱嘶哑，眼眶也有些泛红，能看出来他的确是受了极大的惊吓。

“施天会处理的。就算有警方介入，他们也会很快明白这些人不属于地球。”韩卓回答，“只要人类没有伤亡，事件就会移交给专门的部门处理了。”

白曦点头：“嗯。”

“别担心，我们马上就到家了。”韩卓搂着他，“别想刚才的事，乖。”

白曦闭起眼睛，身体却依旧不受控制地战栗着。刚才的画面以及右手那恐怖的麻木触感无一不在刺激着他的神经，以至于车子刚一停稳，白曦就踉跄地冲向路边的花坛吐了个天昏地暗，过往的路人都奇怪地看他。

韩卓脱下自己的风衣，轻柔地裹在他身上：“乖，没事的。”

吴子刚去便利店帮他买了热饮，还问他需不需要镇静剂。

“不用了。”韩卓扶着白曦站起来，“今天到此为止吧，有什么事明天再说。”

吴子刚点点头，目送他们进了公寓大楼。

两人回的是星海路，白曦一进门就开始脱衣服，然后对韩卓说：“烧掉。”

韩卓点头：“好。”

白曦大力地关上浴室门，胡乱地拧开水龙头，他甚至都来不及等热水流出来就迫不及待地站在了花洒下，让那冰冷刺骨的水将自己从头到脚浇了个透。

其间，韩卓一直守在门外，听着浴室里的水声不绝。

足足过了一个多小时，白曦才裹着浴袍打开了门。黑色的短发凌乱地翘着，完全没有擦，水不断地往下滴，通红的眼睛里装满了挥之不去的茫然和恐惧，嘴唇苍白而冰冷。即使浴室里充满了热腾腾的蒸汽，看起来也没能给他带去任何温暖。

“小白。”韩卓试探着叫了他一句。

“你去洗澡！”白曦本能地后退一步，他不想再沾染一丝刚才的气息了。

“OK，我去冲个澡，你乖乖站在这里。”韩卓后退两步，叮嘱道，“听话。”

白曦没有理他，转身回到浴室里疯狂洗手，或者干脆说是自虐。

韩卓用最快的速度洗完澡，再回来时，白曦的双手已经被他自己搓得通红，连左手上已经愈合的伤口都岌岌可危，但他依旧没有停下。

“我们先出去好不好？”韩卓语调很温柔，动作也很轻缓，尽量让自己看起来没有压迫感。他关掉水龙头，拿过旁边柔软的兔子印花的毛巾把白曦的双手裹了起来。

在这个过程中，白曦始终没出声。

“乖，要听话。”韩卓把白曦带到卧室，扶着他躺进了柔软的被子里。

“我……我没事。”白曦咽了咽口水，想缓解一下情绪，“你让我一个人冷静一下，我过一会儿就没事了。”

“我知道你没事，而且等你冷静下来之后，你就会发现自己其实做了一件非常勇敢的事。”韩卓帮他把头发一点点擦干，“但是不要紧，我们现在可以先不说这些，说点别的，好不好？”

白曦依旧死死攥着右手。

韩卓捧起他的右手，用轻柔的力度一根一根地掰开手指，然后在他的掌心落下一颗暖融融的小星星：“这样会不会好一点？”

白曦摇头。

“那你想让我做什么？”韩卓坐到离他更近的位置，想给他多一些支持。

“你有没有……你认不认识什么，谁，异能者……”白曦尽量调整着自己的语序，“能消除记忆？”

韩卓不禁有些哑然：“消除记忆？”

“你还……”白曦一句话没说完就被自己呛到，咳嗽了老半天。

“我们先不讨论有没有。就算有，你确定要抹掉这段记忆？”韩卓仍旧捧着他的右手，“我们早上就讨论过这个可能，而且这种事在将来很可能会继续出现，所以你是想每一次都让记忆消失，每一次都沉浸在这种前所未有的恐慌里，还是想和我一样，逐渐麻木，对这些见怪不怪？”

“我都不想。”白曦如实回答。

“那就先不想了。”韩卓轻轻地按了按他通红的眼眶，帮他擦掉了眼角的泪，“现在你是想休息一会儿，还是先吃点东西？”

白曦忍着泪凑过去抱住他，就好像小时候看完恐怖片后一定要抱着大狗熊玩偶才能平复：“你先别走。”

韩卓帮他把被子掖好，温柔地说：“好，我不走。”

房间里很明亮，被子里很温暖。白曦把脸埋在他怀里，世界似乎也在这一刻增加了一些安全感。

过了一会儿，白曦抬起头看他。

“要听睡前故事吗？”韩先生笑道，“我会讲的故事还不少。”

“你第一次……的时候，也像我这样吗？”

“我，第一次的时候……”韩卓靠在他身边，似乎在回忆。

白曦躺在被子里，静静地等待着。

“我没有。”韩卓笑笑，好像有些苦涩，“我当时很平静，也明白自己在做什么，以至于在后来相当长的一段时间里，我都怀疑自己究竟是不是生来就是屠杀机器。”

“你才不是。”白曦想了想，认真道，“你是个好人。”

床头柜上的手机，突然响了起来，白曦被吓了一大跳。

“是黛西。”韩卓拿起手机看了一眼，“你先睡，我很快就回来。”

白曦坐在床上，看着他站在阳台上接电话。

“是小白？”黛西意料之中的无比震惊。

“我也很意外，因为按计划，他只需要安静地待着吸引黄靖远过来。”韩卓忍不住叹了口气，“但是他出手的速度很快，我怀疑那几乎是他下意识的动作，但即便如此，那也相当有杀伤力。”

“真是个厉害又嚣张的小家伙。”黛西简短地表扬了一句，又问，“所以你们现在是在庆功吗？”

“没有。”韩卓回答，“他被吓坏了，瑟瑟发抖，直到现在还躲在床上。”

黛西：“……”

“赵小娟呢？”韩卓问。

“她彻底安全了。”黛西说，“并且你姨母的医院里至少有二十名高大威猛的英俊男护士，我相信她一定很快就会爱上这里的。”

韩卓笑着摇摇头：“好吧，那祝你们度假愉快。”

“当心施天。”黛西忍不住又提醒了一句，“因为黄靖远……”

“不是我，也不是小白，是他的妻子。”韩卓强调，“在这件事情上，我们是完完全全被牵连的，所以即使他不找我，我也会去找他的。”

韩卓打完电话后又特意去浴室洗干净手了才回到卧室。一进门，他就看见白曦围着被子坐在床上，双手捧着水杯，一口一口地吞咽着温热的蜂蜜水。韩卓不禁有些担心：“怎么了，是嗓子不舒服吗？”

“不是嗓子不舒服，”白曦抽了抽鼻子，“是全身都不舒服。”僵硬的、冰冷的、颤抖的，至少需要十天的恢复期。

韩卓笑了笑，耐心地看着他用蜗牛速度喝完蜂蜜水：“还要吗？”

白曦摇头。

韩卓接过空水杯，又在他躺下后帮他整理好被子，才重新坐到他身边：“那还要不要抱？”

“不要了。”白曦缩进被子里，哑着嗓子说，“你不如史蒂夫老师手感好。”

莫名输给一个素未谋面的同行，韩先生皱起眉，心情很不愉快：“史蒂夫老师是？”

“是我的熊。”白曦伸手比画了一下，“这么大。”

熊？韩先生眉头顿时舒展：“OK，我可以容忍自己输给它。”

第12颗星

成长

不救人时超人就要认真生活

虽然韩先生不是史蒂夫老师，但在一个小时后，白曦还是在他的陪伴下沉沉睡了过去。他蜷在被子里，眼睫上依旧挂着潮湿的水雾，看起来像是一只委屈的小兽。

韩卓坐在一旁回想着发生在贝宁诊所里的所有事，以及白曦在那时的表现——迅速、果断、凶狠、准确的判断力和强大的攻击性，跟平时的他相比完全就是两个人。

手机屏幕亮起，来电显示是刘春春。

“韩哥。”电话另一头的声音听起来有些不安，“我们回家后，王先生就一直待在阳台上抽烟，不说话也不吃东西。我想问一下，今天没出什么事吧？还有，白哥的手机也一直打不通。”

“小白在公寓这边，他有些累了，正在睡觉。”韩卓道，“远辰应该也没有大问题，他向来厌恶施天，今天被迫在咖啡厅里和他共处了好几个小时，可能有些心理阴影，休息两天就没事了。”

“那我需要做些什么吗？”刘春春又问。

“你什么都不用做，”韩卓回答，“让他一个人安静一下吧。”

刘春春表示知道了，挂了电话却依旧不放心，于是偷偷往阳台看了一眼。

王远辰还在那里，他的姿势就没有变过，靠在栏杆上看着远方出神，任由风吹起他那棕色的微长的头发，然后又柔软地贴回脸上。

黄昏的太阳和天气一样寒冷。

刘春春自认没胆子去安慰他，只好抱着电脑到客厅来，一边工作，一边留意阳台上的动静。一个小时、两个小时……直到天色完全暗下来，王远辰才回到屋里。

“你——”刘春春连忙站起来，但不等他把话说完，王远辰就径直进了浴室。

刘春春在浴室门口背着手转了好几圈，像是一只陀螺。王远辰站在花洒下，一边打沐浴露，一边面无表情地盯着磨砂玻璃门外那晃来晃去的身影。

“咳咳！”足足过了五分钟，刘春春才终于鼓足了勇气。他清清嗓子，尽量让自己的声音听起来随意又轻松，“你晚上想吃什么吗？我打电话叫外卖。”

王远辰回答：“不吃。”

“可是你今天一整天都没吃东西。”刘春春苦口婆心道。

王远辰对他的回应是把水调到最大，然后转过身去背对着门，明摆着不打算再搭理他了。

刘春春：“……”

为什么会有脾气这么烂的人呢？刘春春拉开冰箱门，一边往外拿食材，一边想。虽然王先生已经明确拒绝了吃晚餐，但刘春春还是打算多做一份以防万一。他手起刀落，把王先生的顶级安格斯牛排切块入水，打算做个酱香焖锅。

食物在锅里冒出诱人的香气，这香气袅袅地飘出厨房，入侵到了刚打开门的浴室里。王远辰抓过洗脸台上的香水，对着厨房方向就是一顿狂喷，然后狂躁地回了卧室。

“阿嚏！”在经过这片区域时，刘春春足足打了十几个喷嚏。他在门口做贼一般观察再三，确认王先生真的没睡才回到厨房盛饭，然后蹑手蹑脚地端进了卧室。

“吃点东西吧。”刘春春说。

王远辰靠在床头闭着眼睛说：“出去。”

“要饿坏的。”刘春春把饭菜放到床头柜上，“只吃两口也行，我先出去了。”

“我不在卧室吃东西。”王远辰说。

“也行。”刘春春本来都走到门口了，一听这话又重新折回来，端起饭菜道，“那我去餐厅等你。”

五分钟后，王先生坐在餐厅里吃下了此生第一口刘春春亲手煮的食物。

“好吃吗？”刘春春用非常期待的眼神看着他。

王远辰说：“难吃。”

刘春春嘿嘿一笑。意料之中的答案，但王先生没把食物吐出来，就表明现在的情况其实还挺和谐的。

王远辰又夹了一筷子番茄炒蛋，还是一样的评价，难吃。

菜式都是家常口味，但刘春春吃得很安静很满意。能把这尊漂亮、古怪又脆弱的暴躁外星人召唤出来吃晚餐他就觉得自己已经达成了伟大的成就，更何况他从来也没奢望能其乐融融地和对方交谈。

吃到一半，王远辰端起盘子，把剩下的番茄炒蛋都倒进了自己的碗里。

刘春春受宠若惊道："我以后天天给你炒。"

"这个，"王远辰指了指蒜蓉白菜，"难吃，以后不要做。"

"好的。"刘春春爽快点头，似乎不用经过训练他就能准确地分辨出"难吃"和"难吃"之间的区别，知道哪道菜以后可以经常做，哪道菜是王远辰真的不喜欢，不用再出现。

这个夜晚，王远辰吃完了半锅米饭。饭后，他就躺在沙发上消食，又觉得有点无聊，于是懒洋洋地扯着嗓子叫刘春春："过来。"

"洗碗呢。"刘春春穿着围裙从厨房探出头，"怎么了？"

"给我画幅画。"王远辰命令。

"画板都没带过来，颜料也没有。"刘春春甩了甩手上的水，企图商量，"明天，明天好不好？"

"不好。"

眼看王远辰坐起来脱衣服了，刘春春只好赶紧跑出来，找出硬壳笔记本，又削好铅笔，端着小板凳坐到了他的对面。

王远辰衣扣解到一半就僵住了。他看着自己微微凸出来的胃，心情复杂。刘春春不明就里，还在说来吧，他准备好了。王远辰顾不上自己衣衫不整，满屋子追着他打。

刘春春魂飞魄散，泪流满面，嗷嗷大喊："我是无辜的，是自己人！"

王远辰呼了他一巴掌，刘春春委屈无比。

看着这个倒霉的、皱巴巴的人类，王远辰觉得自己原本糟糕的心情莫名好了很多。

"我还穿着围裙呢。"刘春春缓慢地挪动着，试图逃走。王远辰用指尖在他围裙上虚划一下。尖尖的指甲虽被修剪成椭圆的了，不过依然具有锋利刀片一般的杀伤力。

"别别！"刘春春缩了缩，"我很喜欢这条围裙的。"

王远辰一撇嘴："廉价。"

"廉价我也喜欢。"刘春春趁机退后，与王远辰保持安全距离，"我洗了碗还要工作，你要喝果汁吗？冰箱里有猕猴桃和橙子。"

王远辰摇摇头，随手一挥，一串不知道什么东西从客厅飞来。

刘春春躲闪不及，意料之中地被接二连三地砸中头，遂眼泪汪汪，凄楚无比。这人怎么如此喜怒无常，不喝果汁就不喝，为什么又打我？

“路线失误。”王先生连这个不算道歉的道歉都说得很没诚意，他拉过刘春春的手啪地一下拍下一串钥匙，“送给你了。”

刘春春受惊：“啊？”

“以后你做饭，这是工资。”王远辰说，“三辆跑车，全部都是最新款。”

刘春春赶紧拒绝：“我、我、我不选。”

“选什么？”王远辰皱眉，“都送给你。”

刘春春觉得自己下一秒就要晕了。当然，最后他还是拒绝了这件疯狂的礼物，代价是再次被坏脾气的王先生从卧室追到客厅，又从客厅追到厨房，最后双方终于达成和解，一起在橙黄色的灯光下喝完了两大杯酸酸甜甜的猕猴桃橙汁。

“好喝吗？”韩卓问。

“辣椒籽？”白曦嚼了嚼，“好喝。”

“好不容易有机会，我得向李阿姨证明，不是只有她一个人能喂胖你。”韩卓笑笑，又帮他盛了一碗辣乎乎、香喷喷的鲫鱼豆腐汤，“慢慢吃。”

经过充足的休息后，白曦的精神已经恢复了不少，他安安静静地吃完晚餐，又帮韩卓把餐厅和厨房收拾干净：“你早点休息吧，很晚了。”

“我休息，你呢？”韩卓问。

“我休息够了。”白曦回答，“去回几封邮件。”

韩卓意外地看着他：“还要工作？”

“不然呢？”白曦揉了揉鼻子，“白天拯救地球，晚上赚钱养家，超人都这样。”

“知道吗？”韩卓伸手拍了拍他的肩膀，郑重地说，“你真的让我很意外。”

“好还是不好？”白曦问。

“很好，可是又有点……”韩卓斟酌了一下用词，“心疼。”这些原本都不是他要面对的东西。

“可至少还有你在，所以我不至于对新世界一无所知。”白曦说，“没事的，我会尽快调整好心态的。”

韩卓点点头：“加油。”

深夜，整座城市都变得沉静起来。

星海路的公寓里，白曦专心地处理着工作，韩卓坐在他对面的沙发上随意翻看着杂志，两人偶尔交换一个眼神，韩先生就会默契地起身，帮他泡一杯茶，准备一小块点心，热一杯牛奶，或者送出一颗昏黄的小星星。

“要多一点。”白曦申请。

韩卓依言照做，一颗，两颗，许多许多颗，地上很快就滚满了小星星，它们一闪一闪地连接成片，看起来像是在低空悬浮着的一张暖床。

“它们可以接住我吗？”白曦突发奇想。

“嗯？”韩先生想了想，然后点头，“可以。”

“真的？”白曦有点不敢相信。

“真的。”韩卓笑着说，“试试看。”

白曦站在椅子上：“我要是摔了，你要负责的。”

韩卓指尖转了转，让小星星彼此之间连接得更加紧密。

真是一张舒服又温暖的床——至少看起来是这样的，而且充满了梦幻的童话气息。

白曦深吸一口气，带着一丝紧张和兴奋向后倒了下去。韩卓拉过一边的羊毛毯，哗啦一下抖开，把他准确无误地裹住。

白曦笑拍了他一下：“你果然是骗我。”

“小星星虽然不可以接住你，但是小星星的主人可以。”韩卓把他放在地上，让他站稳，“还想玩吗？”

“你又不是软绵绵的小星星。”白曦拒绝，不玩了。

韩先生仔细思考了一下，发现白曦似乎很喜欢软绵绵的东西？比如说小星星，再比如说史蒂夫老师。

“你困了吗？”白曦问。看着他亮闪闪的眼睛，韩卓摇头。“那你介意我问你一些关于施天的事情吗？”白曦的态度很认真。

韩卓顿了一下，叹气道：“我能重复一遍我之前说过的话吗？你真的真的让我很意外。”意外的坚强，也意外的主动。

“以后他会找我们的麻烦吗？”白曦问得很直接，“包括我的父母，还有春春和王先生他们。”

“只要我还在，他就不会。”韩卓说，“至少不会是因为这次的事。”

“我要求详细说明。”白曦举起手，就像个好好学生的模样。

“吴子刚不愿意与我为敌，施天同样不愿意。”韩卓说，“对他来说，十个黄靖远加起来也没有我重要，更别提还有王远辰，他可不是单单只有一副漂亮精致的皮囊而已，更是强悍而又凶残的异能者，万里挑一。”

“那将来呢？”白曦又问，“总有一天，他会发现自己并不能说服你和王先生，到那时候要怎么办？”

“我会在那一切发生之前就安排白总和白太太离开这里的，以及李阿姨，”韩卓说，“还有你的史蒂夫老师。”

白曦纠正：“史蒂夫老师我要留下。”

韩先生：“……”也行吧。

“那他会因为这次的事来找你吗？”白曦接着问。

“不是他找我，而是我找他。”韩卓说，“明天下午五点。”

白曦吃惊道：“你怎么不和我商量一下？”

韩卓说：“别担心。”

白曦眼神幽幽地看着他。韩先生很快就意识到了自己的错误，于是自觉补充：“明白，即使我一个人去，也要先和你商量。”

“在哪里？”白曦问。

“魔之翼酒吧。”韩卓回答。白曦摇头，他之前并没有听过这个地方。“老板也是异能者。”韩卓笑了笑，“不过品行相当不端，喜欢骚扰漂亮的客人，克扣员工工资，总之他小气、虚荣、卑鄙，并且热衷不正当竞争。”这人品，听起来就很适合在他的地盘接待和他一样卑鄙的施天。

于是在第二天下午，正在吧台后整理银币的胖老板突然感觉自己周围刮起了一阵小规模飓风。抬头看时，食客已经四散逃离，如同见到了最凶残的追捕者——哦不，真的就是最凶残的追捕者！看着不请而入的施天，可怜的老板两眼一翻，惨烈地晕了过去。

韩卓看了眼腕表。

“五分钟之内不算迟到。”施天坐到韩卓的对面，“这个地方真的很糟糕，不过你愿意主动打电话给我，我可以不介意这点，甚至还感到开心，或者说欣喜若狂。”他说这话时，视线一直落在韩卓的脸上，就像是在欣赏一件艺术品，又或者，韩卓本来就可以说成是他的作品，强大到不可思议，也失败到不可思议——他根本就不知道，韩卓身上那些多出来的仁慈和叛逆究竟是从何而来。

“在此之前，我完全不知道你和吴子刚的女儿是朋友。”施天说，“还是说，你已经选择了和第三实验室合作，决定要加入那个只能像老鼠一样躲在阴暗处，得不到人类信任的穷困组织？”

"我对你没兴趣，对吴子刚也没有兴趣。"韩卓端起酒杯，"我的目标从始至终就只有一个，终止所有残忍血腥的实验，不管是哪一方的。"

"相当好。"施天点头，"虽然你还是固执地要与我为敌，但我依旧很高兴，因为至少我们还能一起对付吴子刚。我不知道他究竟在进行什么实验，不过今天中午十二点，他的前下属，那位疯狂冷血的科学怪人钱宁，在我的实验室里复活了。"

韩卓眉头微微皱起。

"我知道这听起来很天方夜谭，不过……"施天把手机推到他面前——

白色的手术台上，钱宁正坐在上面，他的额头上有一个血洞，双眼也有些僵直，但胸口的确有起伏，看起来像是活着的，活得诡异而又令人毛骨悚然。

"我得感谢你。"施天笑了笑，"如果没有你，我大概永远也没机会探究第三实验室的新实验。他们虽然渺小，但小而多的蟑螂，也一样令人烦躁，不是吗？"

韩卓没有回答他。

"这个世界上，在所有强大的异能者里，大概只有你是正义的，又或者说是自以为正义的。"施天收回手机，"我等你醒悟的那一天。"

街对面的酒吧里，白曦频频看着时间，看到最后，连他对面的酒保少女都开始头晕了，于是她倒了一大杯冰水，咚地一声放在他面前："要么你喝掉它冷静一下，要么把你的手机丢进去，让我冷静一下。"

白曦："……"这家酒吧在招聘酒保时是不是都特别备注了要脾气宇宙无敌烂的？

"还是你想要来一杯马天尼？"看在他是黛西小甜心的分上，酒保少女还是收敛了一下脾气，"又或者特基拉日出？"

"我想要……我不知道那是什么名字。"白曦说，"咖啡打底，加了奶油和威士忌，应该也是鸡尾酒？"

"爱尔兰咖啡？"酒保少女吹了声口哨，转身从柜台上取下来两只杯子，"有一个关于它的故事，要听吗？"

白曦问："是吗？"

"配方是咖啡、奶油、威士忌和爱情的眼泪。"酒保少女利落地打发鲜奶油，"但是抱歉，我不能贡献眼泪，所以你只能得到一杯普通的爱尔兰咖啡，要多来点糖吗？你看起来很甜。"

"双倍糖，谢谢你。"白曦笑着问她，"我能知道你的名字吗？"

"琳达。"酒保少女一边把砂糖加入威士忌，一边对他眨眼一笑，"不是每个人都能知道我叫什么，不过你可以，因为很明显，你真的对我没有任何兴趣。”

看着砂糖被酒精灯慢慢烤至融化，白曦有感而发：“原来调制一杯酒居然需要这么烦琐的步骤。”

“当然。”琳达点燃酒杯中的威士忌。

韩卓恰好在这时从外面走了进来。

“事情怎么样？”白曦连忙从高脚椅上跳下来迎了上去。

“他已经走了。”韩卓只是简短地回答了这五个字就换了一个新话题，“外面下雪了，晚上想不想去我们之前提过的那家玻璃餐厅吃饭？景色一定很漂亮。”

“好。”白曦点头答应，拉着他坐到了吧台边，“要喝点什么吗？”

“热水，谢谢。”韩卓解下围巾，“我等会儿还要开车。”

琳达撇嘴，往他面前放了一大杯热茶：“这么遵守人类的法律？”

“我不想惹麻烦。”韩卓回答，他看着琳达往咖啡上加满奶油，有些意外地转头问白曦，“你点的酒？”

“是爱尔兰咖啡。”琳达把玻璃杯推给白曦，“享用愉快，小甜心。”

这应该是爱尔兰咖啡专用的酒杯，有着圆润的形态和精致的金线，精确地标注了每一种原料的用量。白曦小心翼翼地喝了一小口，微烫的咖啡和冰凉的奶油融在一起，带来滑顺而又香甜的口感，酒味很浓，比他之前在办公室喝过的任何一杯都要浓。

这是一杯毫无缺点的调酒，但是在琳达去了后厨后，白曦还是小声地对韩先生说：“我觉得你给我做的更好喝。”

“可琳达是这个世界上最好的调酒师之一。”韩卓笑着说道，“你这样会很打击她的信心的。”

“我又没有当面讲……”白曦把杯子轻轻推到他面前，“喝吗？晚上我们可以打车去餐厅。”

韩卓点头，端起已经微凉的酒一饮而尽后就钻进到吧台里帮白曦重新调了一杯新的——没有任何烤制的过程，只是单纯地把几种原材料混在一起，连杯子都是最普通的咖啡杯，却是白曦最喜欢的味道。他笑眯眯地说：“好喝。”

过了一会儿，白曦又忍不住问他：“不打算告诉我你和施天都说了些什么吗？”

“绝大部分都是废话，只有一件事让我比较在意。”韩卓把吧台擦干净，“钱宁，还记得吧？他在施天的实验室里复活了，看起来很像是……僵尸。”

白曦听了，觉得毛骨悚然。

“他肯定在生前就接受过改造，或者服用过某种药物，施天认为那是第三实验室正在进行的秘密实验。”韩卓继续说道。

白曦闻言皱起了眉头。如果真是这样，那吴子刚一直标榜的“梦想和人性”的可信度也就颇为堪忧了，毕竟让死去的人重新获得生命，而且是僵尸般的生命，听起来实在不像是什么积极向上的好事。

“我们的确需要和他讨论一下这个问题，不过那是明天的事了。”韩先生笑了笑，“今晚只有一个任务，好好享受晚餐，也算是奖励你最近所有的优秀表现。”

“韩先生，”琳达正好端着一盘洋葱圈出来，她一边吮着手指，一边说，“请允许我科普一下，一般人庆功都会选择去热闹的大排档，或者至少也是一个能大声起哄喝酒的地方，而不会选择有玫瑰花和香槟的烛——光——晚——餐。”

白曦：“……”

“和香槟或烛光都没有关系，小白只是单纯地喜欢那间餐厅，也喜欢透过玻璃看城市夜景。”韩卓往柜台上丢了两枚漂亮的宝石，“买单，我们该离开了。”

“不事先预约一下玻璃餐厅吗？”琳达在他们身后大声问，“毕竟那里的位置每天都很紧俏哦。”

“别听她乱说。”韩卓拉开车门，“我们喜欢就随时可以去。”白曦沉默地系好安全带。“还是说你也想去一个热闹的地方？”见他没有说话，韩卓也有点不确定了。

“我还是想去玻璃餐厅。”白曦提醒他，“对了，刚刚你喝酒了。”虽然并不会醉，但依然会被交警查出酒驾，总不能解释说你们人类管不着，我是个外星人吧？车里的空气顿时变得安静。过了一会儿，白曦问：“你是在紧张吗？”

韩卓回答：“我没有。”

白曦说：“哦。”你说不紧张，然后空气就变得更加尴尬起来。过了一会儿，白曦又提议：“要不然我们还是打车去大排档吧，我突然有点想吃炒花蛤了。”

于是两人下车站到了路边，韩先生默默地打开软件叫车。幸好接单的师傅是个话痨，从两人上车开始，就喋喋不休地说东扯西，从时政要闻到明星绯闻再到自己年轻时候的风流韵事，说得津津有味，唾沫飞溅，硬是把车厢变成了单口相声馆。白曦被他逗得直乐，韩卓坐在他旁边，悄悄地松了一口气。

虽然天上在飘雪，不过户外大排档的生意还是相当好的，两人等了十多分钟才有座位。炒花蛤、炒虾蛄、烤扇贝，还有老板推荐的豪华葱姜波士顿大龙虾，比起玻璃餐厅似乎也不差。

一片雪花飘进白曦的衣领里，冰得他打了个激灵。

韩卓问："围巾要不要？"

"不要，我现在满身都是汗。"白曦把难咬的蟹钳丢进他碗里，然后又问老板要了一打生蚝。

蟹钳上有几个咬出来的整齐小洞，不用想也知道，他刚才和这个大钳子进行过怎样艰苦的斗争，想到这里，韩卓忍不住笑出了声。

韩卓用两个手指轻轻一搓，蟹钳的坚硬外壳就裂开了。他仔细地把软乎乎的肉挑出来，放进了白曦的碗里。

白曦大喜，他好像又发现了韩先生了不得的新用法。

过了一会儿，雪渐渐大了起来。雪花绕着路灯飞舞，像是一片片剔透的宝石，又像一朵朵白色的花。

白曦喝完最后一口啤酒，心满意足地让韩先生买单。

"冷吗？要不要直接叫车回家？"韩卓又问。

白曦摇头："我想走一会儿，我们走去前面的十字路口再打车。"

说完，他一个人晃晃悠悠地踩着路沿石往前走，韩卓则跑便利店买了瓶热饮后才大步追了上去。果然，还没过五分钟，白曦就开始到处找商店要买水喝。韩卓不慌不忙地从大衣口袋里掏出一瓶温热的抹茶饮料。

白曦："……"

韩卓替他拧开瓶盖，插好吸管，就差喂到嘴里了。白曦却看着他没说话，也没动。

"不喜欢这个口味？"韩卓问，"那菠萝汁呢？"

白曦抿抿嘴："也不要。"

"草莓？"

"不要。"

"桃子？"

"不要。"

"好的，明白了。"看着他被笑意浸染的眼睛，韩卓了然地点点头，转身又去了便利店。他回来时，手上拎着一个巨大的购物袋，里面装了便利店里所有口味的果汁，简直就是一整个四季果园。

"你可以慢慢考虑要喝哪一个。"韩卓态度良好，服务周到，"24小时全年无休，无限供应各种软饮。"

所以说万能的韩先生，简直就是这个世界上最厉害的人。

苹果、猕猴桃、甜橙、百香果、番石榴。

水蜜桃、葡萄柚、提子、草莓、西瓜。

各种缤纷的色彩和味道塞满了家里的冰箱。

白曦趴在床上浏览着黛西发过来的图片，主角都是小时候的韩先生，看起来分外老成持重、一板一眼，甚至连满月时的光屁屁照也是阴沉着脸的。

“牛奶还要不要喝？”韩卓出现在卧室门口。

“不要！”白曦迅速把手机塞进被子底下。

韩卓微微皱眉：“你在看什么？”

“我在看……要一起吗？”白曦话锋一转，突然向韩卓发出邀请。

韩卓摇头，很警惕：“睡前看东西并不是一个好习惯，会影响休息的。”

“好吧，我愿意检讨。”白曦态度积极地承认错误，并且主动伸出手，“那要不要体罚一下？”

这原本是两人之间经常开的玩笑，换作平时，韩卓要么配合地轻打他一下，要么就是往他手心放一颗小星星。但这次他却没有，他伸手拍了拍白曦那看起来手感就很好的毛茸茸的脑袋——或许是因为白曦刚洗完澡，他整个人看起来像一颗香甜的小奶糖，头发也乱得有些可爱，在暖橙色的灯光下，还调皮地翘起来一小撮。韩先生蓦地心里一软，说：“晚安。”

白曦说：“哦。”

这确实是一个很奇妙又有些无眠的夜晚。

白曦躲在被子里，一直在和黛西聊天。

韩先生则独自在阳台上待到清晨才回到卧室——他并没有像往常一样抽烟，就只是看着远处的天穹，让星河落满眼底。

第13颗星

情绪

久违的“少年韩卓”之烦恼

清晨六点的天空，是丝绒一样厚重的深蓝色。

韩卓回房简单地冲了个澡，之后就出门买了食材回来做早餐。

其实在他出门的时候白曦就已经醒了，不过他并没有起床，只是懒洋洋地趴在床上，仔细地听着外面传来的所有声响——韩先生拎着塑料袋回家，锅铲和平底锅碰撞，咖啡机嗡嗡转动，碗柜被打开，哗哗的水流冲洗着什么。

当食物的香气开始弥漫时，黛西正好打来电话。

“早安。”她愉快地问，“我的小甜心醒了吗？”

“你的小甜心还在赖床。”韩卓擦干手，“我正准备去叫他起来吃早餐。”

“我认为你可以让他多睡一个小时，因为他昨晚直到凌晨四点都还在打电话。”

韩卓微微皱眉：“你怎么会知道？”

“因为陪他聊天的人是我。”黛西对着镜子整理了下头发，感觉十分满意，“我们分享了许多可爱的小秘密，其中甚至包括了你从小学一年级到六年级的全部绯闻女友，唔，平均每年三个。”

韩先生觉得自己像是听了一个鬼故事。然而惊悚远未就此结束，因为黛西紧接着又说：“小白似乎对这个话题很感兴趣，他还问我要了你每一年的班级合影。”

“你为什么要和他聊这个？”韩卓从牙缝里往外挤字。

黛西庄重而又深情地回答他：“因为每一位慈爱的母亲都热衷于同别人分享她优秀的儿子。”

韩先生完全不想理她。他伸手解开两颗衬衫的领扣，用深呼吸稳定情绪，然后咬牙切齿地说：“以后禁止你私下联系小白。”

"真凶。"黛西给自己倒了半杯红酒，用鲜红的指甲敲了敲玻璃杯，"此时此刻，你的妈咪感到很伤心。"

"此时此刻，你的儿子感到很生气。"韩卓关了火，"我以为你这么早打来电话是要说赵小娟的事。"

"哦，她很好。"黛西说，"手术在今天下午完成了，很顺利，她的情绪也相当稳定，除了仍然有些担心赵跃进夫妇之外，已经没有什么能阻碍她拥抱新生活了。"

"那你打算什么时候回来？"韩卓又问。

"我？"黛西想了想，"如果你缺少一个人生导师，那么——"

"不缺。"韩卓打断她，"OK，你可以在姨母那里待到明年。"

"明年？"黛西还没来得及回复，一个尖锐的女声突然响起，震惊、恼怒、失望地控诉着，"可是你刚才说，我外甥的婚礼会在今年圣诞节举行！"

"明年，明年圣诞节。"黛西轻声安抚着对方，然后才悲伤地对儿子说，"听到了吗？你姨母非常的生气，所以你介意在圣诞节的时候顺便结个婚吗？"

回答她的是电话的忙音。黛西遗憾地叹了口气，也放下了电话。

韩卓在阳台上一连抽了半包烟也没能驱散刚才那通电话带来的心理阴影，关于小学时代的绯闻女友——如果借一块橡皮也算早恋的话，那他也是相当多了。他原本想向白曦解释，却又觉得这种解释很多余，毕竟这实在不是什么了不得的大事，完全没有必要特意去说，但如果什么都不说，似乎又有些……怪异地不甘？

如果放在一个月前，韩先生无论如何也不会相信自己居然会被这种幼稚的小事困扰，然而事实无情地摆在眼前，他此时的确相当心神不宁。

"早安。"隐约的说话声之后外面突然又变得安静了，白曦决定起床看看。

看到白曦起床，韩卓摁灭了手里的半截香烟。

白曦看着半烟灰缸的烟头，有些吃惊："你怎么了？"

"没事。"韩卓走进厨房洗手，"准备吃早餐吧。"

"没事你还抽这么多烟？"白曦明显不相信，并且担心起来。他跟在韩卓身后追问道，"是地下仓库那边又出了什么事吗？还是吴子刚？你昨天说今天要去找他的，约好时间了吗？"

"和吴子刚约了今天下午三点，在垃圾场，我可以带你一起过去。"韩卓把汤盛出来，"地下仓库也没出事，施天虽然损失了黄靖远和赵小娟，不过却得到了钱宁，这对他而言不算是一次亏本的买卖，我想他还不至于因此做出什么疯狂的事。”

“那你究竟在担心什么？”白曦越发不解。

“我真的没有担心。”韩卓把盘子递给他，“只是单纯地想抽烟。”

白曦：“……”

早午餐在沉默的气氛中进行，两个人看起来都有些心事。

“那个——”

“我——”

同时开口，又同时戛然而止，气氛更尴尬了。

“你先说。”韩卓示意。

“也没什么，我就是想问，等会儿我们还是瞬间移动去垃圾场吗？”白曦问，“就像第一次那样。”

“如果你愿意的话。”韩卓点头。

“我还有一个问题。”白曦又举起了手。

韩卓笑着把他的手压下去：“这里不是课堂，你可以随便问很多个问题，只要我知道答案，一定全部告诉你。”

“任何问题哦？”白曦挑眉。

韩先生心里泛起一丝丝不祥，莫名又想起了所谓小学时的绯闻女朋友。于是他郑重地警告对方：“但不许无理取闹。”

白曦眼睛一弯：“哦。”

韩卓捏住他的鼻子：“也不准出现这种表情。”

“你真是一个很不讲道理的老师。”白曦笑着挣脱他，“我是想问关于瞬间移动的事，为什么只有在那栋大楼附近才可以？还有，要是上次我心里想的地方是美洲、非洲、大洋洲，那我们要怎么回来？”

“第一个问题，”韩卓说，“我也不知道为什么瞬间移动只能在那栋大楼附近进行，最早发现这件事的时候，我在读小学三年级。”

不想上语文课，所以背着书包翻出学校一个人到处乱逛，最后不知道怎么的就走到了那栋大楼，那时还没有大楼，只有一片低矮的厂房。

“那里有很多很大的水泥管，像是一个个隧道，我觉得很好玩，就在里面爬来爬去，不知不觉就玩到了天黑。我当时有些害怕，也不知道要怎么回去，就坐在水泥管上想，要是能立刻回家就好了。”

结果他就真的从天而降，突然出现在了黛西面前。

“阿姨一定很惊慌。”白曦猜测。

“她的确惊慌，但也仅仅只慌了几秒。”然后就变得不敢置信和欣喜若狂。

白曦：“……”

从那之后，黛西就带着年幼的儿子开始在城市的各个角落试验，却再也没有找到第二个能让韩卓瞬间移动的地方。具体原因他们亦无从得知，只知道那处厂房虽然先后经历了三次拆迁改建，从工厂到公园再到现在的写字楼，但都没有对韩卓的瞬间移动产生任何影响。

“所以那里应该是有一股来自地底深处的力量，又或者说磁场？”韩卓向白曦分享着自己的推测，“而且我一直觉得这样的地方不止一处，只是我们还没找到而已。”

“只有你能瞬间移动吗？”白曦继续问，“我是说，在所有异能者中，只有你能感知这股力量？”

韩卓点头。

“那第二个问题呢？理论上来说，你岂不是可以直接用瞬间移动回另一个星球？”

“我甚至都不能用瞬间移动去另一个国家。”韩卓笑着回答，“我和黛西试验了大概几百次，最后确定瞬间移动的范围是以那座大楼为原点向周围扩展一百六十公里左右，而且必须是我或者是参与瞬间移动的人曾经去过的地方，至少要能在心里勾勒出目标地的大致场景。”

“但是那个垃圾场是怎么回事？”白曦疑惑，“我并没有去过那里，更没有想过那里的场景。”

“但你当时在想要去哪里扔垃圾。”韩卓说，“没有明确目的地又很想做一件事时，结果就是这样。”

“随机的，任何一个可以扔垃圾的地方。”白曦点头，“OK，我懂了。”

“要再来点茶吗？”韩卓看着他的空杯子。

“不要，我去煮杯咖啡。”白曦打了个哈欠。

“怎么这么困？”韩卓随口说道，然而话音刚落，他就后悔了。

果然在下一刻，他就听到白曦回答：“因为我昨晚一直在和黛西打电话。”

韩先生尽量毫不心虚地和他对视：“嗯。”

“‘嗯’是什么意思？你想不想知道我们的谈话内容？”白曦很是兴致勃勃。

“不想，你可以自己独享这个小秘密。”韩卓站起来，“我去帮你煮咖啡。”

“拜托，可是我很想说。”白曦跟在他身后，“而且今天是周末，老板下班，老师也下班，所以我们是平等的。”

韩卓充耳不闻，利落地取出咖啡豆。

“咳。”白曦清了清嗓子，“你——呀！”

韩先生一手捂住他的嘴，另一只手轻松环过他的腰，把他抱了起来。

“你放我下来！”白曦笑着挣扎。

韩卓大步走到客厅，把他按在沙发上，命令道：“好好看电视。”

白曦憋笑：“哦。”

看着他得意又幸灾乐祸的表情，韩先生觉得很是头疼，连他自己也搞不清楚为什么，突然就像是有一个把柄被眼前这个小坏蛋抓在手中了。

下午三点，两人准时到了垃圾场，依旧是难以忍受的气味和死一般的压抑沉寂。

吴子刚双手插在牛仔裤兜里，看起来心情很好：“我接到了黛西夫人的电话，感谢她为小娟所做的一切。”

“只有感谢？”韩卓问，“我以为你还会有别的情绪。”

“的确有，遗憾、不甘，以及深深的惋惜。”吴子刚按下密码，实验室的大门悄然开启，“但是没关系，对于已经注定要失去的东西我向来不会过多留恋。”

第一次来到传闻中的异能者实验室，再联想到之前听过的种种恐怖传闻，白曦多少有些紧张。幸好韩卓及时发现了这一点，他主动伸手过去，温柔地说：“拉着我。”

白曦没有任何犹豫，自然而然地抓住了他的手，掌心传来熟悉的温度，是只有对方才能给的安全感。

吴子刚走在前面带路：“马上就到了。”

“里面有异能者吗？”白曦问，“我是指那些自愿参加实验的……”

“他们不在这里，在G城。”吴子刚笑笑，“这里只用来存放数据，以及进行一些个别的小型实验。”

最后一道门被打开，眼前的世界也豁然明亮起来。

如果没有事先被告知，白曦一定不会把这里当成实验室，反而会觉得这里是一个巨大的储存冷库——白色的冰柜、白色的房间、白色的实验台，还有穿梭忙碌其中身穿白色制服的工作人员。

“不用担心，这里没有任何血腥的气息。”三人坐下后，吴子刚亲自为两人泡了茶，“要来点糖吗？”

“不用了，谢谢。”白曦说，“我们来是有正事。”

“当然。”吴子刚放下茶杯，做出洗耳恭听的模样。

“你的前下属，钱宁。”白曦道，“有他的简历吗？”

“有。”吴子刚很快就从电脑上调出他的相关资料，并投影在了大屏幕上，“你可以随便看。”

三十三岁，来自遥远的北方小城，从小成绩优异，医科大学毕业后先是在公立医院工作了两年，然后就辞职开了自己的诊所，并在同年加入了吴子刚的第三实验室。

对于异能者来说，这是一份相当正常的履历。

“他自称科学怪人，也的确是，为了能获得最精准的实验结果，甚至可以在实验室里待上半年。”吴子刚道，“抛开其他事情不谈，钱宁的确贡献了许多珍贵的实验数据，所以对于他的背叛和离开，我至今仍深感痛心。”

“他加入第三实验室，仅仅是为了研究别的异能者吗？”韩卓问。

吴子刚微微皱眉：“我不是很明白你的意思。”

“我是说，他除了研究实验体之外，有没有可能也在同时研究他自己？”

“绝对不会。”吴子刚断然否定，“这种行为在第三实验室是被明令禁止的，研究者就是研究者，实验体就是实验体，二者的身份绝对不能混淆。”

“理由呢？”白曦问。

“理由很简单。”吴子刚回答，“没有人能预知实验的结果，如果一个研究者往他自己的身体里注射了药物，那么他就变成了不稳定的、随时都有可能爆炸的移动炸弹，在这种情况下，他进行的实验、提供的数据都变成了无用的垃圾，因为我无法确认他在进行实验时究竟处于一种什么样的状态。”

吴子刚的这番话确实很有道理。白曦看了一眼韩卓，想知道他的想法。

“所以到底出了什么事？”吴子刚皱眉，“看两位的表情，似乎不太妙。”

“钱宁在地下仓库复活了。”韩卓没有隐瞒，“我看过施天录的视频，他完全就是僵尸的形态。”

“僵尸？”听了韩卓的话，吴子刚颇为震惊，“你确定？”

“我确定，施天也没有必要在这件事情上对我撒谎。”韩卓说，“我原本以为那是你的研究项目。”

“不是！绝对不可能！”吴子刚激动地否认道，并且开始变得焦虑起来，但他焦虑的原因并非死而复生的钱宁本身，而是这些年来钱宁所提供的实验数据。

白曦继续看钱宁的简历，上面写着他在加入第三实验室的头两年曾带领其他研究者进行过数百场的实验，得到了大量珍贵数据，而这些数据也被吴子刚直接拿去用作其他实验的前提和基础。换言之，如果钱宁一开始就是一个不稳定的实验体，那么他所得出的数据就失去了参考价值，这也导致第三实验室至少最近五年内的大多数实验数据都成了无用的垃圾。

“对不起，我现在心情相当糟糕。”吴子刚站起来，“所以两位大概得离开了。”

“可如果钱宁从一开始就是施天的人，即使他没有对自己进行改造，他提供的实验数据也一样不可信。”白曦犹豫片刻，还是说出了这句话，因为他有些想不通，为什么吴子刚会直到现在才开始狂躁。

“不，我了解他。”吴子刚摇头，“至少在最开始的三年，他都不会和地下仓库有关系，至于之后的背叛，应该和一个女孩的死亡有关。”

“一个女孩的死亡？”白曦不解。

“这是一个相当长的故事，或者你可以亲自去问他，又或者我们可以将来再聊。”吴子刚打开大门匆匆说道，“但现在我必须马上回G城去检查近些年所有的实验数据，所以，非常抱歉！”

“明白。”韩卓点头，“祝你好运，吴博士。”

吴子刚拉开车门钻进车里。白曦清楚地看到他的嘴唇在轻微地颤抖着，脸色也煞白，的确是受惊过度的表现。“所以，你相信吗？”车子远去后，白曦问韩卓，“他并没有在钱宁身上进行任何实验，事先也并不知情。”

“可信度颇高。”韩卓带着他往外走，“不过如果这件事是真的，那么对第三实验室来说绝对是自建立以来遭到的最大的打击。”

“那吴子刚会因此发疯吗？”白曦有些担心。

“不至于，他应该会想尽一切办法来弥补这次重大失误。”韩卓道，“除非第三实验室真的被彻底毁灭，否则他不会允许自己发疯的。”

白曦点点头：“嗯。”

冬天白昼很短，刚刚过了晚上六点，天就完全黑了。

“想不想吃点东西？”韩卓看了看时间，问道。

白曦摇摇头，虽然他的确是饥肠辘辘，但从四面八方传来的垃圾气味足以让任何食欲都荡然无存。

“那要不要去公司？”韩卓又问，“我陪你加会儿班。”

白曦闻言有些哭笑不得，他说：“你怎么跟我爸似的，老赶着我去上班。”

“因为我发现你在工作的时候最专心，也最……无忧无虑？”韩先生找了一个自认为很合适的词，当然，工作中必然也会有生意场上的算计和苦恼，但同地下仓库和眼下这些事比起来，那些明显不值一提。

“我现在既不想工作，也不想回家，”白曦蹲在路边，像个耍赖的小朋友，“也不想走路。”

“那要不要去海洋馆？”韩卓提议，“白太太说你小时候很喜欢看海豚。”

“不去，看腻了。”白曦拒绝。

“水上乐园？”

“冬天不能玩水上项目。”

“那……看电影呢？”韩卓把他拉起来，“可以消磨掉至少两个小时，回家的时候正好可以睡觉。”

“最近有什么大片吗？”白曦问。

“很多。”韩卓在路边拦了一辆出租车，“到了电影院再挑也不迟。”

白曦勉强接受了这个提议。

韩先生说得没错，最近果然有许多大片上映。但问题是，大片太多，又是周末，所以电影院的生意相当好，绝大多数人都是一早就在APP上买好了票，而韩先生这样特意到售票点排队买票的老古董只能看着一排排的“满座”陷入沉默。

“什么电影都没有啦？”白曦挤在旁边问。

“有的，我们还有一部国产大片。”售票小姐很喜欢这两位帅哥，于是热情地介绍道，“厅是空的，现在还能选到最好的位置。”

那这电影得多烂啊。白曦抽抽嘴角，问：“叫什么名字？”

售票小姐回答：“《爱的大山楂》。”

“好吧。”白曦摸出钱包，“我要两张票，谢谢。”

韩先生：“……”

大概是因为这部电影的票房实在太惨淡了，所以还有优惠促销，双人观影就送双人套餐，包含两杯成分可疑的粉红汽水，以及一份用心形桶装着的草莓奶油爆米花。

观影厅门口的检票小哥百无聊赖地打了个哈欠，见居然还真有观众来，顿时精神抖擞地一鞠躬："欢迎光临！这是您的3D眼镜，请拿好。"

"这种电影，有什么必要3D？"韩卓找到座位，放好饮料，"小心。"

"当然有必要了，2D票价38元，3D多了整整60元。"白曦四下看看，稀稀拉拉的观众加起来也不到十个人，并且每一个人看起来都充满怨念，目光很是幽幽。

"和我们一样，买不到别的票了。"白曦抓了一把爆米花塞进嘴里，"既然来都来了，只好贡献200元巨款给它了。"

"我们也可以现在就去楼下吃那家你最喜欢的麻辣锅，或者去看音乐喷泉。"韩卓把插好吸管的饮料递给他，"总之现在走还来得及。"

"不行，我想看电影。"白曦戴好眼镜，"你不准打扰我。"

放映厅里暗了下来，韩先生只好乖乖坐着专心致志地吃起了爆米花。

音响里突然传来一声凄厉的尖叫，白曦被吓得一个激灵，差点丢掉手里的汽水。直到这时，两人才发现原来《爱的大山楂》根本就不是什么淳朴的乡村爱情文艺片，而是一部恐怖片，效果堪比《午夜大榛子》。

白曦倒吸冷气，一把抓住韩先生的手。

"没事的，不怕。"韩卓小声安慰他，"要不然我们换一家电影院吧？肯定还有别的片子能看的。"

"不去。"白曦想都不想就拒绝了。

韩卓："……"

导演用实际行动证明，票价高达98元的3D电影并不是为了骗钱，其间，他安排女主无数次凶神恶煞地爬出屏幕，效果逼真，制作精良，堪称业界良心。

白曦看得一惊一乍，心肝乱颤，把韩卓的手掐得青紫一片。

韩先生哭笑不得，于是在下一个恐怖镜头出现时，他伸出右手挡在了白曦眼前。

"听话。"他轻声说，"这电影没意思，我真的不想看了。"

看着屏幕上张开血盆大口的午夜厉鬼，白曦终于接受了韩先生的提议，打算提前结束这场惊悚恐怖的观影活动。然而还没等两人走出放映厅，音响里就热热闹闹地响起了片尾曲，屏幕上，一大群凄惨的女鬼腰上系着红绸带，载歌载舞，齐唱"今天是个好日子，用吉祥的锣鼓敲出了年年的喜庆"。白曦忍无可忍地表示，这简直是自己有生以来看过的最烂的一部电影。

韩卓把笑憋了回去："好了好了，我们去吃楼下的海鲜砂锅粥，暖和一下。"

白曦有气无力地答道："嗯。"

这家粥店挺有名的，上菜的速度也很快。韩卓帮他盛了一小碗热乎乎的粥：“慢慢吃，小心烫。”

“你这是怎么搞——”看到他惨不忍睹的手，白曦先是震惊万分，然而还没等震惊完，就已经迅速意识到这是自己的错误，于是心虚地坐直，哼唧道：“对不起。”

“说句对不起就完了？”韩卓逗他。

“那还要怎么办？”白曦把手伸到他面前，“要么你掐回来？”

突然，啪的一声，有人往白曦伸着的手里拍了两张电影票。

白曦：“……”

韩卓：“……”

来人是一个三十多岁的男人，扎着半长不短的马尾，脸上挂着销售员的职业笑容，说的话也很销售：“两位先生，这边送二位两张免费的电影票，去楼上影院观影的话还送山楂汽水和草莓奶油爆米花。”

白曦心头涌上不祥的预感，果然就听对方热情洋溢地说道：“马克李导演最新力作，国产校园恐怖悬疑爱情动作片巅峰《爱的大山楂》。”

白曦果断把电影票塞回了男人的衣兜：“谢谢，我们已经看过了。”

对方的表情顿时更加如魔似幻起来：“是自己掏钱看的吗？”

“不然呢？”白曦往后退了退，“您还是把票送给别人吧，都快过期了。”

“不着急！”对方拉开椅子，直接坐到了白曦身边，也不知从哪里掏出来一根录音笔，直直地戳到白曦嘴边，“请问你对这部电影有什么看法？”

白曦：“……”

韩卓坐在对面低头玩手机，似乎并没有在听两个人的谈话。

“别紧张，您可以慢慢说。”对方眼底充满期待，几乎要闪烁出灼灼华光来。

“我——”

“我们觉得特别棒。”白曦刚开口，一旁的韩先生突然插嘴了，他推了推鼻梁上的无框眼镜，整个人看起来分外斯文、优雅、可信，“其中的悬疑部分甚至超越了国内外的许多著名大导演。”

白曦用相当佩服的眼神看着韩卓。这也能昧着良心扯出来？

男人哽咽着泪流满面：“真的吗？”

“真的。”韩先生说，“所以你得尽快把这两张电影票送出去，好让更多的人能欣赏到这部优秀的电影。”

“谢谢！”男人站起来，向两人鞠了个躬，然后就风一般消失在了粥店门口。

“到底是怎么回事？”白曦莫名其妙。

韩卓把手机推到他面前：“刚搜到的。”

屏幕上赫然就是刚才那个长发男人的照片，照片中的他一脸深沉，照片下方还有简短的文字介绍——马克李，《爱的大山楂》导演。

白曦吃惊道：“导演啊？”

“嗯。”韩卓帮他夹菜，“吃饭。”

“怪不得他那么认真。”白曦用勺子搅了两下粥，然后又问，“那你为什么要骗他电影很好看？”

“他刚才很高兴。”韩卓不以为意。

“是很高兴，可你知道那不是真的，电影简直糟糕透了。”白曦强调，“你应该诚实地说出所有缺点，这样他将来才有可能进步。”而不是一直拍这种烂片。

“可我根本就没有关心过电影内容，再说你一直在掐我的手。”韩卓笑了笑，“放心吧，这是一个现实的世界，就算有我不负责任的谎言，观众和票房也会让他清醒的。”

白曦说：“唔。”

“你真的很善良。”韩卓把剥好的蟹钳放进他碗里，“奖励。”

抛开这个小插曲不提，这顿饭还是相当不错的。粥很鲜甜，小菜也很爽口，恐怖电影带来的阴霾总算被驱散了些。白曦拉着韩卓逛了下商场，打算给李阿姨的小孙女买个生日礼物，结果在路过电影院时又好巧不巧地碰到了马克李——他可怜巴巴地蹲在门口，羡慕地看着蜂拥而出的刚刚看完国外大片的观众们，手里捏着皱巴巴的、送不出去的电影票，双眼通红，看起来快要哭了。

白曦小跑到马克李面前：“给我！”对方明显有些震惊。

“小白！”韩卓皱着眉头叫他。

“我还想再看一遍。”白曦说。

韩卓：“……”

马克李用袖子擦了把脸：“真的吗？”

“走！”霸道小白总从他手里抽走电影票，“我陪你看！”

马克李屁颠屁颠地跟了上去。

韩先生哭笑不得，只好再次贡献出98元巨款买了张票也跟了进去。

很快，熟悉的放映厅里又响起了熟悉的尖叫声。

两个小时后，马克李郑重地对白曦表达了自己的感激：“谢谢你。”

“也谢谢你请我看电影。”白曦和他握了一下手，“希望你以后能拍出真正受欢迎的好作品。”

“我一定会努力的。”马克李像是想起了什么，从包里掏出一个精致的小盒子硬塞进了白曦手中，“送给你，谢谢！”

“喂！”白曦根本来不及拒绝，对方就狂奔进了电梯，只留下一句“不值钱的，今晚真的很感谢，以后有缘再见！”

“好吧。”白曦笑了笑，“再见。”

“是什么？”韩卓问。

白曦小心地拉开那精致的蝴蝶结缎带，礼盒自动向四面打开，露出《爱的大山楂》限量周边——眼珠子漆黑，张着血盆大口的凶残女主。

白曦：“啊啊啊啊啊啊！”

连续看了两遍恐怖电影，又收到了一个诅咒般的礼物，这些事情带来的后遗症也很直接——只要一闭上眼睛，白曦就觉得自己也变成了一颗午夜大山楂。于是当晚，他在洗完澡后果断前往了韩先生的卧室：“打游戏吗？”

“不打。”拒绝第一次。

“喜剧片呢？”

“不看。”拒绝第二次。

“斗地主？”

“不斗。”拒绝第三次。

在不知道被拒绝多少次之后，白曦说：“哦。”

韩卓靠在床头，手里捧着一本书，笑容和蔼地说：“你该回去睡觉了。”

白曦抱着枕头，缓慢而又不甘愿地向后挪动，速度堪比龟爬。

韩卓说：“请帮我关下门。”

白曦伸手握住门把手，冰冷，宛若大山楂！于是下一秒，他淡定地走到床边，掀开被子爬了进去躺平，并且说：“晚安。”

谁能拒绝一颗主动钻进被窝里的香喷喷的小奶糖？

韩先生不能。他撑着脑袋，饶有兴致地看着身边的人。

“拜托，那烂电影真的太恐怖了。”白曦哭丧着脸请求。

“好吧，借给你半张床。”韩卓笑道，“好好睡。”

白曦如释重负：“嗯。”

床头灯被调到最暗，星光透过窗纱倾泻进来。有韩先生陪在身边的夜晚是最有安全感的夜晚。白曦睡得很熟，那些恐怖的、不好的画面都没有侵入他的梦。

后半夜时，一颗晕晕的小星星落在枕头上，散发出暖黄的光，像是燃起了一支跳跃的小蜡烛，昏黄的微光让白曦的五官更加清晰柔和，他的睫毛很长，鼻梁挺直，介乎少年和青年之间的气质让他整个人看起来像是一颗饱满而又鲜润的水果，充满了年轻的朝气与活力。

白曦在梦里翻了个身，韩先生手指一捏，小星星迅速熄灭。

这个午夜无比寂静。

与此同时，地球的另一边，海浪一下一下地冲刷着细白沙滩，海风阵阵吹来，让人觉得心旷神怡。

黛西躺在遮阳伞下，端着鸡尾酒，惬意地享受着这悠闲的时光。在她旁边，坐着一位戴着黑框眼镜的干练女性，即使身处海边，她也依旧整齐地穿着白衬衫和套装衣裙，膝盖上放了一台笔记本电脑，饮料是健康的无糖茉莉茶。

这是一对没有任何相似之处的姐妹，她们拥有迥异的外貌、爱好和性格。格温对姐姐满屋子的奢侈品没有任何兴趣，黛西则认定自己这个工作狂妹妹的人生毫无乐趣。但这些分歧与差异并没有影响两个人的感情，她们仍然视彼此为世界上最亲近的人。

“哦！”在工作了半个小时后，格温看起来似乎有些疲惫，她合上电脑，伸手揉了揉太阳穴，然后担忧地说，“韩的心情似乎不是很好？”

黛西闻言睁开眼睛，不满地说：“他不喜欢你偷偷感知他的情绪。”

“我当然知道，但是拜托，”格温推了推眼镜，给自己的失礼行为找了个正当理由，“难道你不好奇吗，我们严肃而又正直的小野兽现在的情绪？我以为会是草莓棉花糖一样的感觉。”

“实际上呢？”黛西喝了一口鸡尾酒。

“实际上他心里布满了阴云，这可不是一个好兆头。”格温担忧地说道，“完全没有任何快乐或甜蜜，似乎还很……忧愁。”

这种挥之不去的忧愁持续了好几个小时，直到白曦被清晨的阳光唤醒。

身边空空荡荡，厨房里也没有人，白曦穿着拖鞋蹲在地上打电话。

“临时有点事。”韩卓一边开车一边说，“大概中午回家，早餐已经做好了，吃之前记得热一下。"

"是什么事？"白曦问，"可以告诉我吗？"

"别担心，是我的一个朋友。"韩卓笑笑，"他的家庭纠纷。"

"好吧，那你中午早点回来，我下午再去公司。"白曦说，"开车小心。"

韩卓答应了，然后迅速结束了这次通话。他当然没有朋友在闹家庭纠纷，就算是有，也轮不到他去做调解。

韩卓驾着车穿过大街小巷，最后停在了那栋熟悉的写字楼前，韩先生这次瞬间移动的目标地是一栋精致的两层小洋楼。

一位老先生正在修剪长青柏，面前突然出现一个人，他被吓得眼镜都险些掉了。

"老师。"韩卓说。

"我已经一把年纪了，不再经受得起这种把戏了。"老先生扶正眼镜，"希望下次你可以按门铃。"

"抱歉。"韩卓坐在他对面，"我能喝一杯茶吗？"

"当然可以，但你看起来也不像是专门来我这里喝茶的。"老先生坐到躺椅上，"几个月前，我就听老周说你回来了，这次是为了什么事？"

"为了保护一个人，他是地下仓库的目标。"韩卓说，"体质很特殊。"

老先生点点头："那么现在呢？"

"现在，"韩卓顿了一下，似乎是在斟酌用词，在长达一分钟的沉默后，他说，"我还是想先喝杯茶。"

老先生笑着点头："自便。"

这位头发银白的朴素老者名叫陶玺，是韩卓的大学老师，也是隐藏在普通人类里的众多异能者之一。

茶是今年的新茶，韩卓看着玻璃杯里的茶叶沉浮，半天也没说话。

"看来你真是遇到了很大的麻烦。"陶玺把茶杯从他面前端走，然后去冰箱拿了一瓶冰镇果汁给他，"那别喝热茶了，你需要用这个来冷静一下。让我猜猜看，是施天又有什么新动作了？"

"和地下仓库无关。"韩卓否认。

"哦？"陶玺很惊讶，"那还有什么能让你这么魂不守舍？"

"我们真的能回去吗？"韩卓问，"回到自己的星球。"

"如果能获得人类的支持，理论上来说完全可以，他们的航天力量相当强大。"陶玺点头，“只是目前异能者的代表，我是指施天，他完全不想促成这件事。”这也是意料之中的，毕竟通过地下仓库，施天拥有了巨额的财富、显赫的地位和一张四通八达的情报网，让他放弃这奢华的一切重回一无所有的母星，无异于白日做梦。

“我最近接触了另一个实验机构，他们有一套完整的计划，如果能顺利实施，那么代表异能者与人类接洽的将不再是施天。”韩卓说，“新代表是一个偏执的英雄主义者，他拥有狂热而强烈的梦想，希望能让所有异能者重回家园，永远离开这里。”

“那很好啊。”陶玺的眼睛里亮起一道光，“我已经老了，然而地球上还有许多新生的异能者，他们需要家园，属于自己的家园，这件事很有意义。”

“是很有意义，我也在积极推进这件事。”韩卓握着冰冷的果汁瓶，“但是出现了一点小意外。”

“说说看。”陶玺点头鼓励他。

“我遇到了一个人类。”韩卓回答，“他很特别。”

“特别？”陶玺放下手里的茶杯，“那听起来可不太妙。”

白曦擦了擦手指上的酱汁，继续看菜谱。在今天之前，他完全没有下过厨房，但是为了报答韩先生昨晚的收留之恩，再加上一个人在家实在无聊，所以他还是决定来挑战一下人生新高度。

刘春春正在家里欢快地拖地，突然接到老板视频电话，顿时很心虚，接通后立刻解释道：“白哥，我今天正当调休，已经跟人事请假了。”

“调什么休，今天算你加班。”白曦手一挥，很豪爽，“教我怎么做饭就行。”

“真的假的？”刘春春喜出望外，“那行，你想做什么？”

白曦回忆着韩先生喜欢吃的菜说：“酱爆排骨、酥炸全鸭、栗子红烧肉。”

“恕我直言，”刘春春坐到沙发上，“对新手来说，我还是建议西红柿炒鸡蛋、拍黄瓜，以及皮蛋拌豆腐。”

“爸爸是那么毫无天分的人吗？”白曦用刀咣咣剁砧板，“快点！”

刘春春屈服于原寝室恶霸的淫威，脖子一缩，认输道：“行行行，但我必须提醒你，你做这几道菜的失败率可能高达百分之八十。”

白曦把手机摄像头对准烹饪台，刘春春抓起一个苹果开啃：“排骨焯水，对对对，就是放进凉水里。不错啊白哥！有天分！”

马屁怎么拍？就这么拍！自然、舒适、轻薄、不留痕迹。

“新南方九级！”

“五星级饭店行政总厨！”

“国宴大手！”

“刀工精湛！”

“停停停！”刘春春把苹果丢到一边，“快住手！”

白曦：“……”

“不能加凉水，要开水，开水。”刘春春纠正。

白曦被他吵得头晕眼花，一听要开水，就伸手去贴陶瓷水壶，准备手动加热。

“白哥，你摸什么呢？这一脸饥渴的。”刘春春满脸茫然。

白曦脑袋上炸开一道雷。他火速收回手，故做冷静地说：“手感不错。”

“我觉得你还是找个女朋友吧。”刘春春良心建议。摸个水壶都能手感不错，简直闻者落泪。

韩卓突然出现了，伸手挂断了视频电话。

白曦被他吓得一哆嗦：“你什么时候回来的？”

“一分钟前。”韩卓把锅铲从他手里拿走，“不过你似乎很忙，所以没听到我开门进屋的声音。”

“你中止了我的远程教学，所以剩下的步骤只能你自己来。”白曦把围裙解下来，挂在他脖子上，“我还想吃芥末白菜和清炒虾仁。”

韩卓笑笑：“为什么突然要自己做饭？厨房都被你搞成了灾难现场。”

“因为我饿了，而你一直不回来。”白曦站在灶边看他忙碌，“你朋友的家庭纠纷解决了吗？”

韩卓想了想，说：“解决了一半。”

“那还有一半呢？”白曦帮他把小葱洗干净。

“还有一半，需要再给我一点时间。”韩卓说，“好不好？”

“你问我啊？”白曦指着自己的鼻子问。

韩卓往他嘴里塞了一颗小番茄：“去客厅吧。”

“不要。”白曦拒绝，他要在厨房里做一个蹭吃蹭喝的跟屁虫。

大洋彼岸的沙滩疗养院，格温正在向黛西描述自己小外甥的情绪变化，目前已经平稳了许多，而且终于有了一丝轻松的迹象。

“他似乎在做一件很愉快、很放松的事情。”格温说。

黛西倒吸一口冷气。

韩先生动作熟练地把菜倒进锅里。

愉快的、享受的、毫无压力的烹饪过程。

虽然这么说会有些对不起李阿姨，但是白曦发现，自己的确更喜欢韩先生烧的饭菜，即使他并不能把胡萝卜雕成小花，也不会炸花篮形状的鱼。

这顿饭有了韩先生的加入，总算是按时吃上了。

“又在发什么呆？”韩卓帮白曦盛汤，提醒他，“饭要吃到鼻子里去了。”

“在想刚才春春说过的话。”白曦回答。他撑着脑袋，再次陷入了深深的思考，甚至都忽视了韩先生放在自己面前的有一个大鸡腿的豪华山珍土鸡汤。

“然后，结果呢？”几分钟后，韩卓终于忍不住问了。

“我觉得这事儿的确要提上日程了，一直这样下去也不是办法。”白曦放下勺子，看起来态度很认真，“你说对不对？”

餐厅里很安静。

韩卓说：“乖，好好吃饭。”

第14颗星

深入

感动和阴谋不停交织的日常

蓝天白云，阳光明媚。不冷，不堵车，环境完美，心情却不怎么完美。白曦坐在副驾驶座上，拿着薯片熊孩子[①]附体般哐哐乱摇。

摇到第五分钟的时候，韩卓把车停在了路边，扭头诧异地问他："怎么了？"

"你终于注意到我啦？"白曦有点好笑，"韩先生，开车走神很容易出事故的，扣你奖金哦。"

"不会。"韩卓摇头，"我可以一心二用。"

"重点不是一心二用，而是从今天中午吃饭开始你就一直心不在焉。"白曦把他的手从方向盘上拿下来让他面对自己，"所以一定是出了什么事。你真的不打算告诉我吗？我们之前约定过的，在大事上不许隐瞒彼此，否则吃火锅没有肉。"

"在关于异能者和地下仓库的大事上不准隐瞒彼此，现在还可以再加上第三实验室。"韩卓纠正，"但这件事和他们都无关，纯属……我的私人问题。"

"私人问题？"白曦对这个答案有些意外。

"对不起，但我真的不想说。"韩卓歉意地看着他，"就让这件事永远留在我心里，好不好？"

车里很安静。过了很久，白曦才点点头："嗯。"

"谢谢。"韩卓笑了笑，轻声道，"走吧，开会要迟到了。"

车子重新汇入马路上的车流中，CD机里播放着和往日一样的欢快的钢琴曲，到了公司后，韩卓照例帮白曦拿外套和电脑、送他进办公室，似乎一切都和从前一样。

---

①熊孩子：网络用语，形容非常调皮的、不懂事的孩子，常用作贬义。

会议室里，合作方推过来一份文件："我们赵总觉得这份合同还可以再改一改，具体条款都已经圈出来了，请白总过目。"

白曦靠在椅背上，手里转着笔，说："哦。"

会议室里鸦雀无声。

"除了这些，还有哪里要改吗？"白曦问。他的语气冷淡漠然，态度吊儿郎当，脸上似乎乱糟糟地写着八个血淋淋的鲜红大字——爸爸现在心情不好。

合作方识趣地收回合同："那我们再和赵总商量一下。"他们当然不怕白曦这个初入江湖的毛头小子，但架不住对方头上还有个爹，白博阳，那可是业内数一数二的大佬，没有人愿意得罪。

会议提前结束。几名女员工在休息室里冲咖啡，兴奋地讨论着刚才白总开会时的表现，一致认为那简直帅到爆炸，一低头一抬眼，对方立刻溃不成军，主动认输。

"就是，那份合同已经改了多少次，都快赔本给他们做了还不满意。"宋筱筱说，"也就仗着白总脾气好才这样，换成是我，早就回家告状了。"

"你不是白总，但你可以追白总呀！"有人笑着推推她打趣道，"哎，说真的，有没有这个贼心？"

"我才没有呢，明明就是你自己对白总心怀不轨！"

"你！"

"你、你、你！"

"闭嘴啦！哎呀，被人听到了，小声一点，小声一点！"

青春萌动的女孩们叽叽喳喳地分享着自己心中青涩而又让人脸红的小秘密，休息室里洋溢着年轻的活力和暗恋的粉红，太过酸甜美好，连路过的韩先生都忍不住笑了。

白曦站在对面幽幽地看着他。

"要喝咖啡吗？"韩卓停住脚步，看着他手里的咖啡杯。

"你在笑什么？"白曦问。

韩卓想了想："时刻保持微笑，这是公司规定。"

那是给前台的规定！白曦很想用咖啡杯敲韩先生的头。但是他没有，因为无论是哪种身份，保镖、司机、老师或是朋友，要求拥有隐私都是一件非常合情合理的事情，没道理的是自己。

韩卓突然后退两步。

白曦纳闷："你干吗？"

韩卓如实回答："我觉得你要打我。"

白曦觉得一阵胸闷。他果断回了办公室，短期内——至少是在两个小时之内，他都不想再看到韩先生了。

刘春春热心地帮他分析原因："会不会是你的饭做得实在太难吃了？你看，韩哥在刚回家时还好好的，吃过饭就有隐私了。"那八成是要吐槽老板的厨艺。

白曦说："滚。"

刘春春放下电话，心碎一地。

这天晚上，白曦直到凌晨还坐在办公室里，但他其实并没有在加班，而是利用这段时间认真反思了一下自己的无理取闹。

"已经很晚了。"韩卓过来找他，"真的打算通宵？"

"过来。"白曦冲他勾勾手指，宛若哄骗小红帽的大灰狼。

韩卓："……"

"算了，回家再说。"白曦临时改变了主意，他风风火火地抄起外套和电脑，说，"待会儿我开车！"

韩先生惊疑不定地被他绑架一般挟持到了停车场。

白曦系好安全带后问他："想要来点什么音乐？"

韩卓试探道："我要被解雇了吗？"

白曦被他逗乐，弯着眼睛摇头。

熟悉的笑容，熟悉的孩子气，于是韩先生也跟着笑起来，温柔道："你上班很累了，我来开车吧。"

白曦直接踩下油门。伴随着狂野的午夜重金属音乐，白曦风驰电掣地把车开回了家。他从冰箱里取出两罐啤酒，拉着韩卓坐到了沙发上。

谈话正式开始。

韩卓伸手试了试他额头的温度。

"我没发烧。"白曦躲开他，郑重道，"我道歉。"

"你道什么歉？"韩卓不解。

"你当然能有自己的隐私，我不能因为这个不高兴。"白曦用双手把啤酒递到他面前，"对不起。"

韩卓看着他亮晶晶的眼睛，笑着摇摇头："没关系。"

白曦打开另一罐啤酒："但是我们现在要说好，以后要是有什么需要我帮忙的地方，尽管开口。"

韩卓点头："好。"

白天的小摩擦被消除，白曦突然又想起了另一件事："对了，我今天说要考虑一下春春的事，你到底是什么看法？要怎么样才能让他平静地接受我也是奥特曼这个惨烈的事实呢？"

听到他又提起刘春春，韩先生难得愣了片刻，然后不确定地问："你要告诉春春你是异能者吗？"

"对啊，你不知道，我白天差点露馅儿了。"白曦把靠垫抱在怀里，"与其再把他吓晕一次，还不如早点坦白。"

韩卓看着他没说话。

房间里再度陷入长久的沉默，长久到连白曦都开始心虚，于是他主动说道："那个，你要是不愿意，我不说也行。"有事好商量。

"所以这就是你说的要考虑的事情？"韩卓又问了一次。

"对啊，不然呢？你是不知道，春春胆子可小了。大学时我们一起打球，回来时连近路都不让抄，那时才晚上十点，他非说巷子里有正在接头的不法分子。"

韩先生看着他笑。

"你又在高兴什么？"白曦莫名其妙。

韩卓突然问："我可以抱你一下吗？"

白曦默默往后挪了挪："理由呢？"

"没有理由。"韩卓回答。

没有理由为什么要抱一下？白曦考虑了一下："我——喂！"

"拜托。"韩卓抱住他，低声笑道，"这个月我不要薪水，可不可以？"

"我才值一个月？"白曦讨价还价，"至少半年。"

韩卓点头："成交。"

韩先生的月薪很高，所以这个昂贵的拥抱，至少要五分钟才够本，或者更久一点。久到白曦觉得自己听见的那一小声"谢谢"仿佛是个幻觉。

这实在是一个很美好的夜晚，没有任何多余的打扰，沙发很软，空气里的精油花香也很温柔。

"你会走吗？"过了一会儿，白曦问韩卓，"以后，将来。"说不清到底是哪一天，可或许迟早会有那一天。

韩卓犹豫了一下，摇头："不知道。"

白曦一撇嘴。

"对不起。"韩卓有些抱歉，虽然明知道这个问题的标准回答是什么，不过他依旧选择坦诚，"我还没来得及考虑这件事。"

白曦很大度："算了，原谅你了。"

"会生气吗？"韩卓看着他。

"一点点，但是没关系。"白曦想了想，"如果有一天你真的走了，那我的人生无非也就再多加一段悲伤的回忆罢了。"听起来似乎也并不是多么严重的事，而且至少在那之前，还有很多很好的时光可以让他享受与留存。

外面又飘起了雪，一片一片，纯白剔透，像是夜空中飞舞的精灵。

白曦问："那你呢？"

韩先生回答："不知道。"

只知道每一天的朝夕相处，每一次对视，每一句话，每一个笑容，都仿佛在心里落下了一颗闪烁而又明亮的小星辰，它们飘浮在连绵旷野中，最终汇聚成宁静的海，平时无波无澜，不被察觉，可一旦被风唤醒，就是势不可当的惊涛骇浪。

这个夜晚，白曦趴在床上在群里发消息，一口气发了一百多个"哈"，看起来相当有震撼。

王小森回复："虽然我实在想装睡，但白哥你脑子没事吧，中邪了？"

俞炯哈欠连天地跟了一条："大概是拨打午夜热线后，终于治好了困扰多年的隐疾，可喜可贺。"

刘春春反驳："滚，你才有隐疾，我白哥威猛刚强，谁不知道。"

白曦继续回复"哈哈哈哈哈哈哈哈哈哈哈哈"。然后才补了一句："周末爸爸请你们吃豪华大餐！"

"到底有什么好事啊？"宿舍三个人顶着黑眼圈一起问。

白曦却潇洒地关掉手机，卷着被子呼呼大睡起来，留下群里另外三个人哀号一片，齐叹富二代果然没人性。

清晨，寒风凛冽，韩卓关上厨房的窗户，慢条斯理地做着早餐。他一个苹果都还没有削好，手机却不识趣地响了起来，来电显示是吴子刚。"最坏的状况。"对方声音低沉嘶哑，听起来相当颓废，“我大概要作废这三年里至少百分之八十的实验数据。”

“很遗憾。”韩卓回答，“不过你应该清楚，我向来不赞成任何针对异能者的活体实验，不管是自愿的还是被迫的，所以也很难对你的心情感同身受。”

“不过我找到了一些和钱宁有关的资料，”吴子刚继续道，“关于他为什么可以复活以及复活后的种种异状。他私下进行着一项实验，代号Mummy，木乃伊。”

像木乃伊一样干枯而僵硬，也像木乃伊一样神秘与不灭。

或许按照实际的实验结果，称之为“丧尸病毒”更加合适。

“这个实验，我和实验室方面完全不知情。”吴子刚说，“现在他既然已经落到了施天手里，那么地下仓库就可以在短时间内复刻出实验结果并制造出无数跟钱宁一样的木乃伊。”

“正常人应该不会对木乃伊有兴趣，不过他还可以卖给那些唯恐天下不乱的家伙，比如说毒贩或者非法武装集团去培养不死不灭的恐怖部队。”韩卓关掉打蛋器，“这种事施天经常做，已经轻车熟路了。”

“所以呢？”吴子刚问，“你就只打算听我说一说就算了？”

韩卓笑了：“那你想让我做什么？冲进地下仓库救人，替你彻底除掉钱宁，还是炸毁施天的所有实验室？”

“我想让你去找一个人。”吴子刚说，“他叫周勇，是今年六月退伍的军人。”

“早安。”白曦突然出现在厨房门口，“你在和谁打电话？”

韩卓朝他招手，继续打着电话：“之后呢？”

“退伍后，他被安排进北斗研究所担任副主任，上个月刚刚入职。”吴子刚回答。

北斗研究所，在外界看来就是一个毫不起眼的农产品研究院，但只有极少数人知道那其实是人类负责和异能者沟通的机构，换言之，他们应该和施天关系匪浅。

“周勇的性格和你很像，我觉得你们应该能成为朋友。”吴子刚继续说道。

韩卓对他的说辞不置可否，只问道：“所以你打这个电话就是想让我去告知北斗研究所施天这些年的所作所为，以及现在还有可能要卖木乃伊给境外集团？”

白曦皱眉看着他，木乃伊是怎么回事？

韩卓朝他做了个“嘘”的手势。“你和我都能知道的事情，北斗研究所里的人没有理由不知道。”韩卓说，“然而施天仍旧如此肆无忌惮，所以我觉得并不需要再多此一举了。”毕竟在现实的世界里没有哪件事是可以纯粹地分对错的，只要利大于弊，那么一切都可以商量。

“钱宁的确是个科学狂人，他的研究成果不局限于数量稀少的异能者，”吴子刚说，“还有人类，我是指普通人，所有人。”

韩卓的神情微微一顿。人类可能不清楚，但异能者们都知道，这么多年来地下仓库所进行的大部分血腥实验都是为了同一个目的，把普通人也变成异能者，但实际成果有目共睹——几乎一无所获——否则施天他们也不会疯了一般想要得到白曦。而现在，如果吴子刚说的是真话，钱宁已经做到了这件事，那么从理论上来说，大街上的任何一个人，都有可能在下一刻被强制变成没有灵魂、只会机械杀戮的木乃伊。

普通人当然不会想要这些，但这世界上还有数以万计的非法集团，他们贩毒、抢劫、发动战争、贩卖军火……简直无恶不作。

“我希望你能考虑一下，韩先生。”吴子刚叹了口气，“所有资料我都已经发到你的邮箱了。”

韩卓沉默地挂断了电话，转身走向书房。

“到底出了什么事？”白曦跟了过去，忍不住问道。

“和钱宁有关。”韩卓点开邮件，里面果然有详细的实验步骤。

白曦凑在他旁边看着，最后吃惊道：“在普通人身上进行实验？”

“嗯……”韩卓合上电脑，表情凝重，“他的实验从严格意义上来说，不能算成功地将人类变成了异能者。实验是先杀死了实验体的大脑，再让实验体复活，最终变成病态的机械。”

“所以意义是什么？”白曦身上起了些鸡皮疙瘩。

“对你来说没有任何意义，不过对于很多人来说这是难得的机会，嗯，制造暴乱的机会。”韩卓点开另一封邮件，“至于周勇，他是——”

“咦，周叔叔。”白曦看着屏幕，有点吃惊。

韩卓：“……”认识？

“这是我大学同学的爸爸。”白曦补充，“一个高高的女同学。”

韩先生挑眉。

“别误会，我和她可没故事，人家喜欢春春。”白曦嘿嘿笑道，“不过后来没成，她现在在国外，有个两米高的未婚夫，一个能打春春十个。”

“那看来这位周小姐也没什么眼光，居然不喜欢你。”韩卓立场鲜明，“下个问题，你和这位周叔叔的关系好吗？”

“完全不熟。”白曦说，“就是有一次周静低血糖，我送她回家时和周叔叔聊了会儿，大概半个小时吧，感觉是个很……死板的人。”

“人家女孩喜欢的是刘春春，为什么是你送她回家？”韩卓不解。

“春春尿啊，自从知道周静喜欢他，就随时随地跑得比狗都快！”白曦恨铁不成钢地郁闷道，“结果毕业的时候周静才说她那次低血糖是装的，还怪我多管闲事。那位姐，一米八五，当时背得我差点吐血，结果居然两头不讨好。”

韩卓没忍住：“噗。”

“周叔叔怎么了？”白曦又问，“你要找他吗？”

“事情有些棘手。”韩卓说，“现在他是人类一方的代表之一，跟地下仓库以及施天有联系，你觉得他会愿意坐下来和我心平气和地聊一聊换一个合作对象的事吗？”

白曦很诚实地摇了摇头，不知道。

“想个理由。”韩卓戳戳他的脸蛋，“我们先就用女儿的大学同学的这层关系，想办法去结交一下这位正直的周先生。”

“这好办！”白曦毫不犹豫地掏出手机给周静发消息。

突然接到白曦的消息，周静明显是有些意外的，不过还是很快地就回了一串笑脸，还问他有什么事。

“我就不和你绕圈子了。”白曦打了个语音电话过去，“我听说，叔叔退役之后进了一所农产品研究院？”

“对啊，怎么了？”周静问。

“我能约叔叔吃个饭吗？”白曦说，“正好有这方面的问题想请教一下。”

“不是吧，农产品你也感兴趣？我妈天天为这事抱怨呢。”周静说，“行，那我帮你问一下我爸，不过你可别送礼啊，只是咨询的话应该没什么问题。”

白曦连声道谢，对韩先生一扬眉毛，搞定！

韩卓冲他竖起了大拇指。

“有没有奖励？”白曦问。

“有，你想要什么？”韩卓思索片刻，“你是老板，我都听你的。”

“你说的哦，不许反悔。”白曦很满意，认真思考起要什么奖励比较好。

“每天从起床到出门，这段时间随便你闹。”韩卓赶紧跟他约法三章，“但是除了这段时间，我还是会像以前一样严格要求你，怎么样？”

“颠倒黑白，分明就是你一直在闹。”白曦穿上外套，“我同意，并且严肃声明，起床后这两个小时算你的福利，我内心深处真的很想拒绝。”

韩卓笑着帮他拿上文件，两个人刚到停车场，周静就打电话来了。白曦按下免提键。出乎意料的，对方有些支支吾吾的，绕了半天圈子才试探着说："白曦，你是不是和我爸有什么矛盾？"

白曦皱起眉头，和韩卓交换了一个眼神。

"我还挺欣赏你的，所以有话就直说了啊。"周静道，"我刚打电话给我爸，说我有个同学想约他吃饭的时候他还挺高兴的，可是后来一听是你吧，他就、就……怎么说呢，倒也不是生气，但明显情绪有点不对。"

白曦心里叹气，得，看来这位周叔叔早就知道自己的事了。

"不过最后他还是答应和你见面了，时间、地点我稍后发你。"周静说，"唉，我还是得提醒你，我爸这人吧，虽然看着闷不吭声的，但脾气挺大，也很固执，你可千万注意点啊，别真和他闹得不愉快。"

"我知道，谢谢你。"白曦说，"这次添麻烦了，实在对不住。"

"没事，举手之劳。"周静说，"那我先挂了。"

白曦再次向周静表示了感谢，一挂电话就对韩卓说："施天把我的事告诉他们了？"

"如果这位周勇先生已经知情，那么很有可能。"韩卓说，"毕竟在我出现之后，施天不用实验也能确认你的身份了，而破解异能者的基因密码并造福人类——当然施天绝不是这么认为的——是他与人类合作的核心基础。这么多年来，这个项目一直毫无进展，那么供出你的名字也算是有了突破，至少能让地下仓库看起来不那么废物。"

"所以现在，我的人类同胞也要来抓我吗？"白曦问。

"不会。"韩卓笑了笑，探身过去帮他系好安全带，"我们先去和你的周叔叔谈一谈，至少他没有拒绝这场见面，算是一个不错的开端。"

白曦敷衍地答应着，明显心神不宁。韩卓见状，停下发动车子，解开安全带，伸手揽住了白曦的肩膀。白曦感受到对方的鼓励，于是也默默地给自己打气，想要振作起来。两人全程没有说话，但他们的默契却像是已经培养了整整一千年一样，对彼此的想法和心意都了如指掌。

"别怕。"等白曦彻底恢复精神之后，韩卓才开口安抚，声音很温和，"你现在有我，而我是无敌的奥特曼。"

白曦笑着回应道："嗯。"

周静发来短消息，周三晚上八点，黄槐路的飞鸟咖啡厅。

根据吴子刚的资料，这位周勇先生是典型的军人个性，作风严谨，为人沉稳，屡建奇功，而且最重要的一点，他似乎非常不喜欢施天。

周三下班后，白曦在办公室里待到七点多才和韩卓下楼。他坐在车里整了整领带：“虽然有你陪着，但说真的，我还是很紧张。他不会当场就把我带走吧？”

“目前施天还有些投鼠忌器，所以没人敢碰你。”韩卓说，“放轻松。”

白曦向后靠在椅背上：“从这里到飞鸟咖啡厅要多久？”

“二十分钟。”韩卓挑了一首舒缓的曲子，“睡一会儿吧，现在还有些堵车，我们绕一条路过去。”

白曦闭上眼睛，短暂沉浸在了自己脑内的小世界里。不得不说，韩先生的音乐品位真的很不错，总是能淘到好货。同样，他挑酒的水准，挑咖啡的水准，做糖醋鳜鱼的水准，以及当奥特曼的水准也都相当高。白曦弯弯嘴角，心情总算轻松了些。

半个小时后，两人顺利抵达黄槐路，时间是七点五十五分。已经有人等在卡座2-8那里了。那人身材高大，坐姿挺拔，留着寸头，穿了一身休闲西装，面前摆了杯清水。

“周叔叔，”白曦快步走到那人面前，“您好。”

周勇抬头，看了眼他身边的韩卓，微微点了点头：“先坐。”

其实，抱着“说不定施天并没有把关于自己的事告诉北斗研究所”的想法，白曦在来之前还特意花两个小时准备了一些关于农产品合作的计划，结果还没等他坐稳，周勇就已经开口：“我希望你以后不要再和静静联系了。”

白曦沉默了一下，然后点头：“好。”严格说起来，这应该算是他第一次真正感受“被歧视的异能者”的滋味，的确不好受。

“这位就是赫赫有名的韩先生吗？”说完女儿的事，周勇也收起了敌意，甚至还主动向韩卓伸手示好。

“看来我们也没有绕圈子的必要了。”韩卓没有理会他伸过来的手，“不过我很好奇，施天是怎么向您描述我的？”

周勇收回手：“你似乎对我很有敌意。”

韩卓没有回答，只是看了一眼自己身边的白曦。

“我可以道歉。”周勇明白他的意思，“只不过身为父亲，我不希望自己的女儿有任何危险。”

“没关系，”白曦说，“我也不希望同学被牵扯进来。事实上，直到现在，我自己也不能完全接受这件事，好像大学才刚刚毕业全世界就都变了，像做梦一样。”

“所以两年前，你送静静回来的时候还没有发现自己的异能？”周勇问。

韩卓想要说话，却被白曦在桌下握住了手。白曦笑着对周勇说：“我们今天来，是为了和您商量别的事。”

“施天想抓你。”周勇提醒白曦。

“我知道，他不仅要抓我，还要抓很多异能者，无辜的异能者。”白曦说，“您应该清楚，那些消失的异能者并没有做过任何错事，可他们的存在就是原罪，所以只能一直活在死亡的阴影之下。”

“我们不会干涉地下仓库的事，那是你们自己的族群纷争。”周勇回答，“国家之间的法律都不通用，更何况是星球之间呢？”

“但人性是共通的。”白曦说，“不管在哪个星球，绑架、杀戮和活体实验都是不合法的，或许为了保护无数无辜人，现在的确需要一个理由来掩盖这一切不合理的情况，但恕我直言，这个理由不堪一击。”

“你们约我出来，就是为了说这个？”周勇问。

“不是。”白曦摇了摇头，“我知道，改变现状是一件很难的事，而我们今天来找您却是因为我们想改变现在的这一切。如果有另一家研究机构能提供更多的实验数据，甚至超过以往地下仓库所提供数据的总和，那么你们有没有可能放弃施天，换一个合作对象呢？”

周勇上下打量着他，然后转头看向韩卓：“韩先生对研究所有兴趣？”

“我对这种事永远也不会有兴趣，并且反对所有活体实验。”韩卓说，“数据是现成的，我只是个中间人。”

“在这件事上，我并不能做主，而今天的见面，我也不觉得是浪费时间。”周勇推过来一张名片，“很高兴认识二位，不过我得走了。”

“明白。”韩卓站起来，“我们也很高兴认识您。”

周勇匆匆下了楼梯。白曦看着那张没有任何头衔，只有一串电话号码的卡纸，道：“私人电话？”韩卓点头。“这么信任我们？”白曦问，“这才第一次正式见面。”

“才见一次也未必就是陌生人。你愿意送昏迷的同学回家，如果不是因为异能，我想每一个长辈都会很喜欢你。至于我，他既然能当上北斗研究所的副主任，应该对异能者族群很了解，而这些年我所做的事情，大多数听起来都很……奥特曼。”

“所以我们是正义的一方。”白曦说，“什么时候再和周叔叔联系？”

“先等半个月。”韩卓叫来侍应生买单，“说不定他会主动联系我们。”

“现在就走啊？”白曦说，“我还想吃蛋糕。”

“打包。”韩卓拿起外套，“还有正事要做。”

什么正事？白曦稀里糊涂地被他拉上车。

韩先生一路风驰电掣，回答说：“还没想好。”

白曦长叹一声，四仰八叉地瘫在座椅上。骗子，放我回去吃甜点。

虽然甜点没吃到，但真正的正事做完了，白曦也终于有心情翻看被自己冷落了一天的群聊。215群的消息不断，舍友纷纷表示既然白总这么高兴，那就要吃人均5000元的法式大餐，电视里介绍的撒金箔的那种。白曦大手一挥豪爽答曰：“没问题。”

群里顿时哀号四起，刘春春首先认输，哭着表示自己是开玩笑的，才不吃法餐，要拆成十顿人均500元的火锅！王小森恨铁不成钢，骂他没出息，然后兴致勃勃地上网查了一下高级法餐的流程和环境，转头就毅然决然加入了火锅大军。俞炯连连叹气，认为这两个家伙简直是他通往上流社会的绊脚石，火锅一定要番茄锅底。

白曦乐不可支，抱着手机感慨：“还是大学时的朋友最好了。”

“他们三个都很可爱。”韩卓笑了笑，“当然，全世界你最可爱。”

在买星海路的高层公寓时，白曦只是很喜欢那片大落地窗，但他从来没有想过，落地窗还会有这么特别的时刻——可以两个人并肩坐在地毯上，身边摆着红酒和甜点，耳边的音乐轻柔舒缓，眼前是天穹和终夜不灭的灯火。

“在想什么？”韩卓抬手和他轻轻碰了碰酒杯。

“什么都没想。”白曦回答，“在放空。”

窗外灯火璀璨，夜色撩人，两人都没有再说话，只是安静地看着远方，连身边的静谧空气都生出温暖的光彩来。

刘春春坐在床上认认真真地补袜子。

王远辰站在门口看了一分钟，然后说：“你知道现在我最想送你什么吗？”

刘春春心虚地问：“跑车或者别墅？”

王远辰回答：“老花镜。”

刘春春：“……”

“我本来是想请你喝酒的，但是现在完全没有了心情。”王远辰又说。

那可真是太好了，刘春春松了口气，以后一定天天晚上补袜子。但该有的流程还是得有，于是他失落地说：“啊，是吗，真的不能喝酒吗？哦，好遗憾！”

王远辰转身，轻描淡写地说：“那来吧。”

刘春春闻言泪流满面，为什么不按套路走？

王远辰嘴角勾了勾，露出一个相当欠揍的笑容。

五分钟后，刘春春穿着睡衣来了，桌上却并没有酒，王远辰靠在沙发上，看起来像是睡了过去。刘春春小心翼翼地观察了一会儿，然后抱来被子，轻手轻脚地盖在他身上，再抬头时，就发现王远辰不知何时已经睁开了眼睛，正用黑洞洞的眼睛看着自己，惊悚程度堪比《爱的大山楂》。刘春春受惊不浅，啊啊惨叫着。王远辰毫不手软，兜头就给了他一个栗暴。刘春春委屈地闭上了嘴。

“房子的手续都办好了，装修下个月开始，”王远辰坐起来，“工期三个月。”

刘春春诚恳地说：“谢谢。”装修的事一直是王远辰在跑，虽然他平均每天无数次地表现出对自己这个50平方米小公寓的鄙视——没办法，七叶路的房子要装修，所以两人又搬到了刘春春之前的出租屋——但好在王远辰做事相当有效率，并且居然还具备砍价能力，专挑中年美艳老板娘下手，效果相当惊人，每次都能顺利拿到最低价。

“还有一件事，”王远辰想起了之前韩卓的电话，于是问刘春春，“你觉得在这个世界上一共有多少个外星人？”

“很、很多个吗？”刘春春猜测。

接受能力这么好？王远辰倒是很意外他的这个回答，因为按照韩卓的要求，是要一步一步让他意识到“身边还有别的外星人”这件事，不过现在他既然都已经知道了有很多个，那么王先生也懒得再兜圈子，干脆直白地说：“对，有很多个，韩卓和白曦，以及我之前工作的酒吧里大概百分之八十的客人，都是外星人。”

刘春春：“……”

王远辰警觉：“喂。”

“喂！”

刘春春眼前一黑，再度五雷轰顶地晕倒在了王先生新买的昂贵的沙发上。好在王先生已经有经验了，他没有再打电话给白曦，而是直接把刘春春扛回了卧室。

大批外星人从天而降，昔日温馨的家园战火四起，地球母亲千疮百孔，满目疮痍，而在这千钧一发的关键时刻，刘春春有气无力地呻吟了一下，从梦中蔫蔫惊醒。眼前的景象虚幻飘浮，仿佛电影里的迷幻空间，足足过了五分钟，混沌的大脑才逐渐恢复清明。王远辰站在旁边，眼神很是居高临下。刘春春不自觉地一缩脖子。

“不会说话了？”王远辰掐住他的脸，拧了拧。

刘春春痛得眉毛皱成一团，终于确认自己已经从梦里醒来，于是他忍不住又问了一次：“白哥真的是外星人吗？”

“大概……算一半？”王远辰想了想，笃定地说，“总之他肯定不是和你一样的普通地球人。”

这真是太可怕了，刘春春把脑袋埋进枕头里，自己居然和奥特曼做了四年室友。

世界太过疯狂，疯狂到远远超乎想象。于是这个夜晚，刘春春难得主动要求喝酒，王远辰撑着脑袋靠在小吧台上看着他一个人把一整瓶洋酒喝了个精光。

当然，白曦还不知道这件事，他此时正坐在韩先生的床上，抱着韩先生的电脑看吴子刚发给韩先生的邮件——旧的邮件，里面有周勇的所有资料。

“再看下去，你就能熟练地背诵全文了。”韩卓凑过来，“还不打算休息？”

“不困。”白曦侧了身子，顺便赶人，“你怎么还在这里，快点去洗澡。”

“OK，再给你半个小时。”韩卓说完就起身去了浴室。

电脑也在此时叮了一声，显示有新邮件送达。发件人是吴子刚，白曦也没多想，滑动鼠标就点开了邮件附件，结果第一页就是一张血淋淋的图片！图里人表情痛苦、手指弯曲地躺在地上，一双散开的瞳孔本应没有任何焦距，却又像是在死死地盯着天空。

白曦没有任何心理准备，猛然遭受如此强烈的视觉冲击，险些惊呼出声。他本能地把电脑丢到一边，心脏怦怦狂跳。原本他想先等韩卓出来再说，可脑子里又忘不了刚才匆匆瞥到的文件名——那些文件记录了被地下仓库抓走的异能者和他们曾经遭受的实验与折磨。犹豫片刻，白曦重新点开了那个附件，在搜索栏里敲下了韩卓的名字，显示相关记录七十六条，后面还标注有一个醒目的括号，括号里写着——部分。

七十六条记录就是七十六次实验。

白曦滑动鼠标，他甚至都没有勇气仔细阅读那些实验步骤，只是草草地浏览着图片——白色的实验室和被束缚在手术台上的韩卓，被切开的皮肤、暴露的组织、药物的腐蚀、强光、高温、急冻……各种残酷又毫无人性的测试，只是为了观察韩卓在经历过不同实验的改造后究竟能超越多少自身的极限。

白曦的手有些发抖，在此之前，他从来就没有仔细想过地下仓库所进行的那些实验的具体内容和流程，只知道那是残忍又不人道的，可是当这些“残忍”以如此具体的方式展现在面前时，他才真正感受到了切实的恐惧，那是从心底渗出的寒意，一丝一缕攀咬住骨骼，切断了感官，世界只剩下黑暗和寂静。

直到一双温暖而又干燥的手覆上他的眼睛，白曦才从噩梦中惊醒。

“谁允许你看这些的？”韩卓合上电脑，半跪在床上，把白曦温柔地拥进怀里，“没事了，乖。”

白曦满身冷汗，他用力地抱住韩卓，想要找回一些安全感，脑海中却不自觉地闪过那些画面，心里翻滚过冰冷的利刃，让他的脸色比白纸更白。

“什么都别想。”韩卓不得不命令他。

“是吴子刚发过来的。”白曦总算说话了。

“我知道，他想让我把这些资料送给周勇，只是没想到会被你先点开。”韩卓有些无奈，轻轻地拍着他的背安抚，“没关系的，都过去了。”

“我能做些什么？”白曦问道。

“很多，但目前你得先让自己冷静下来。喝点水吗？”

白曦摇头。

“那就好好休息。”韩卓扶着他躺好，“今晚允许你蹭床。”

白曦怔怔地看着他的侧脸很久。

韩卓笑了笑，用拇指擦过他泛红的眼眶：“你已经很累了，数羊给你听？”

床头灯被调到最暗，精油蜡烛的香气若有似无，被窝很舒服也很温暖。白曦胃里的不适感总算是减少了些，他闭起眼睛，认真听耳边温柔的声音。

一只小绵羊，两只小绵羊，一直到三百只小绵羊。

“晚安。”韩卓关掉床头灯，“不许做梦。”

白曦呼吸绵长，果真度过了一个很安静的夜晚。他没有梦到任何不好的事情，只梦到了一艘巨大的宇宙飞船降落在茫茫无人的沙漠中，在那里，所有的异能者都在排队准备回家，现场处处都是欢声笑语，氛围轻松而又愉快。

白曦远远地看着这一切，也发自内心地替他们高兴。直到一阵狂风卷起漫天沙尘，他才想起另一件事——韩卓呢？他在哪里？他也要一起回去吗？心跳在瞬间停了半拍，偏偏在人群中又看不见韩卓的身影，他踮起脚尖想要看得更清楚，却没留神一脚踩空了，整个人向前滚去……

“小白。”韩卓拍拍他的脸，“醒一醒，做噩梦了？”

白曦惊魂未定地睁开眼睛，窗外刺目的阳光大片大片地洒进来，照得整间卧室都暖融融的。

“你该起床了。”韩卓把闹钟递到他面前，“十点还要开会。”

闹钟显示九点二十分。白曦瞬间清醒，踩着拖鞋冲进浴室。就算是奥特曼，在没有怪兽的时候，也要勤恳工作赚钱养家。

上班路上，白曦一边看文件，一边又不自觉地想起了清晨的那个梦，不过这回他的想法却有了新变化——如果有一天，韩卓真的和其他异能者一起离开，那他就是拯救族人的超级英雄，闪闪发光，又帅又勇敢。

“为什么一直盯着我？”等红灯间隙，韩卓终于忍不住问。

“因为你是奥特曼。”白曦理直气壮地回答。

韩先生：“……”

白曦继续说：“所以你不能有任何意见，不能拒绝，不能生气，最重要的是，也不能收费。”

韩卓好脾气地点头：“有道理。”

从星海路到公司，短短的路程里吴子刚又发来了三封邮件，内容基本一致，都是催促他们尽快联系周勇，不要再耽误时间。

白曦有些担心：“如果我们不配合，他会不会变成另一个施天？”

“更糟，他或许会变得比施天更加疯狂。”韩卓说，“毕竟施天所做的一切都是为了利益，所以会权衡一下利弊，而他纯粹是为了所谓的信仰和梦想。”

那是足以成就一切或者毁灭一切的力量。

白曦点点头，敲了一封简短的回信，只有一句话——我们会抓紧时间。也确实是如此，在当天晚上，两人就把资料交给了周勇——在一处漆黑的小巷里。

“拜托了。”白曦态度很真诚，“不管最终的结果是什么，我都希望您能通过这些资料对地下仓库的暴行有更多了解。”

“看来你们的确很急。”周勇接过资料，“但这或许是一段很漫长的路。”

“我知道，不过哪怕能提前一天也是好的。”白曦笑了笑，“谢谢您。”

周勇裹紧大衣，转身离开了，高大的背影在月色下就像是移动的山峦。

“也是春春不争气，”白曦遗憾叹气，恨铁不成钢道，“周静性格多好，长得又甜，都没有嫌他矮，他居然还嫌人家高。”

韩卓很是赞同，一边走一边道：“你最甜。”

“我发现你真的很肉麻。”白曦抖了抖肩膀，拿出手机，点开周静自己发在社交平台上的照片，“喏，你看，春春是不是很没眼光？”

“你确定她只有一米八五？”韩卓凑近，“我怎么觉得说是两米也不过分。”

“女生拍照都要修一修图吧，”白曦说，“大概她们喜欢脖子以下都是腿。”

韩卓笑笑，表示理解。

另一头，周勇回到家里，给他开门的是个身材娇小的妇人，大概只有一米五高，神色似乎有些慌乱。

“怎么了？”周勇担心地问。

“没事，刚刚静静打来电话，我没注意打碎了一个水壶。”周太太替他挂好外套，“这么晚了，是谁来找你？”

“一个朋友。”周勇说，“你快去睡吧，最近身体不舒服就别等我了。”

周太太点点头，又坚持给他热了杯牛奶，才回了卧室。

往后几天都过得很平静，周末的时候，刘春春紧张地在屋里转圈，然后问王先生：“我要怎么样迂回地向白哥表明我已经知道了他是奥特曼这件事？”

“为什么要迂回？”王远辰不解。

“因为他并没有打算要告诉我啊！”刘春春说。

王远辰说：“那你就假装不知道。”

“不行。”刘春春正色拒绝，“我不能欺骗白哥。”

王远辰凶巴巴地掐住他的脸，不悦道：“你为什么对他这么好？”

“对白哥好也不行？”刘春春莫名其妙。

“不行。”王远辰高傲地回答，“至少我要排在他前面。”

凭什么！刘春春在心里无声咆哮，你连袜子都不让我补！但鉴于腮帮子上的肉已经快被这人拧下来，实在痛得要死，所以刘春春还是识时务地皱着脸求饶道：“行行行，让你排第一。”

王远辰满意地松手，打算给这个地球人一点奖励。于是他拨通了白曦的电话，直白地说：“春春已经知道你不是人了。”

刘春春：“……”

咦？白曦纳闷道：“什么？”

电话另一头响起刘春春的哀号：“白哥你听我解释！”

但王远辰已经挂了电话，并且心情很好地揉了揉他的脸蛋：“现在你不用纠结了，早餐我要吃班尼迪克蛋。”

刘春春一头撞在厨房门上，生不如死，班你个头。

韩卓打来电话表达关心：“刘春春晕了吗？”

“没有。”王远辰坐在沙发上，一心一意地等着自己的班尼迪克蛋，难得安分，

“他已经晕完醒来了。”

韩卓简短地表扬了一句：“干得不错。”

白曦哭笑不得，抓着韩先生肩膀摇晃：“完了，我们今天还要出去吃火锅，但我还没有准备好。”

“有我在了，怕什么。”韩卓一手挽住他，用另一只手拉开身前的餐椅，“你只需要好好吃饭，然后假装一切都没发生过就行了。其实本来也没发生什么大不了的事情，对不对？”

白曦心不在焉地答应了。他握着牛奶杯，原本只想稍微温一下，结果回神时牛奶已经咕嘟咕嘟蒸发了一大半——可见是真的很紧张。于是在临出门前，韩先生不得不用数不清的小星星来换取他短暂的平静，并且在出门后播放了一路的舒缓钢琴曲。

周末的美食街有些拥堵，等两人到火锅店时，其他三个人已经到了，正在包厢里无聊兮兮地嗑着瓜子。“白哥，韩哥。”俞炯和王小森抬头跟他们打招呼，只有刘春春比较激动，腾地站了起来。

“哎哟，你神经病似的傻笑什么呢？”王小森莫名其妙。

刘春春毕恭毕敬地给奥特曼拉椅子：“您请坐。”

白曦：“……”

“您要喝茶吗？”刘春春抖开餐巾纸帮白曦垫在领口，以免弄脏他高贵的战斗服。

“虽然小白是你的老板，但你这马屁拍得也太赤裸了吧？”俞炯叹为观止双手抱拳，“服。”

白曦一把揽住刘春春，笑容满面地从牙缝里往外挤字：“你给我正常点！”

刘春春双眼热切：“嗯！”

白曦抓过菜单：“除了这个这个和这个，其他的全要。”

刘春春由衷地鼓起了掌，很激烈。服务生抿着笑走出包厢，俞炯和王小森一头磕在桌子上，齐声哀叹能不能把刘春春除名215，为什么吃个火锅他也能这么丢人！

韩卓坐在一旁笑着看他们打打闹闹，顺便帮白曦处理工作：“下周二还要去H市吗？对方回复说他们老总愿意和你当面谈一谈。”

“我看看。”白曦把手机接过来，扫了一眼之后点头，“去，做生意本来就是到处跑着见客户的，更别提我这才刚起步。”

“行，那我们坐火车过去？”韩卓说，“也就三个小时，比飞机方便很多。”

“你安排就好。”白曦道，“争取当天来回。”

刘春春问：“我要一起去吗？”

“你就不用了。”白曦还没说话，韩卓已经笑了笑，“我们还要见个朋友。”

刘春春肃然点头，我懂，那一定是别的奥特曼。

白曦揉揉太阳穴，打算抽个时间和他好好谈一谈。

韩卓所说的朋友白曦也算认识，就是开面馆的周金山，他现在转移到了H市，在那里继续做生意，不过这次开的是一家小酒馆。

由于非出行旺季又是工作日，所以这天火车上的人并不多，座椅也挺舒服。白曦拆开一桶薯片，又分给韩先生一只耳机，打算用电影消磨掉这三小时。

“你想看什么？”白曦问。

韩先生回答：“动画片。”

白曦拒绝：“不行，动画片留着回家看，当着别人的面要有深度一点。”

于是韩先生又说：“《海底好几万里》。”果然深得一塌糊涂。

白曦笑着用手肘撞了撞他，还没来得及说话，又上来了一个人。是一位大概五十岁出头的妇人，衣着朴素，气质娴静。

白曦惊讶地看着对方：“周阿姨？”

“……你是？”对方有些迟疑。

“我姓白，是周静的同学。”白曦没想到会在这里碰到她，于是连忙自我介绍道，“我们大概两三年前见过的。”

“是小白啊。”周太太也想起来，笑着说，“你看我这记性，当时多亏你把静静送回家。”

“阿姨您坐。”韩卓拎起她的手提行李，放在了上面的行李架上，“我是小白的同事，姓韩，您叫我小韩就行。”

“谢谢韩先生。”意外遇到女儿的同学，周太太的心情似乎好了许多，也笑着跟两人寒暄，“是要去旅游吗？”

“出差，上班了哪还有时间旅游。”白曦递给她一瓶饮料，“阿姨您呢？”

“我去看个朋友。”周太太回答。只是在说这句话的时候，她的眼神不自觉地闪了一下，像是要隐藏什么秘密。

第15颗星

阴影

幸福是乌云之下的美好假象

列车在旷野中穿行，速度越来越快，车道两侧的景物逐渐变成了大片斑斓的彩线。

周太太从随身的手提包里取出一本书，戴上眼镜认真地看了起来。见对方似乎并不是很愿意交谈，白曦也就识趣地没有再说话，虽然他很关心计划的进展，但很明显，这种高级机密周勇肯定不会透露给不相关者——哪怕那个人是他最亲近的妻子。

韩卓把耳机递给白曦，随手点开了一部电影。

有零食、有电影，这段旅途原本应该是轻松而又惬意的，只是对面坐着的人是周太太，所以白曦不可避免地又开始想一些异能者的事，以至于他虽然双眼一直盯着屏幕，却根本不知道自己究竟都看了些什么，直到两个多小时后火车到站，他才被韩卓从乱七八糟的思绪中拉了回来。

周太太合上书，从韩卓手里接过自己的行李，再度道了谢。

“您住在哪里？”白曦问，“我们租了车，挺方便的，不然先送您去酒店吧。”

“不用了，我有朋友来接。”周太太笑了笑，“再见。”

“周阿姨再见。”白曦目送她下了火车，然后才对韩卓说道，“那我们也走吧？”

“心不在焉了整整一路。”韩卓把东西收拾好。

“我在想异能者和周叔叔的事，实在没心情看电影。”白曦老老实实承认。

“我是说周太太。”韩卓道，“她看起来比你更不在状态，手里的那本书一共就翻了两次，而且一直是忧虑重重的表情。”

“是吗？”白曦有些担忧，“不会是家里出了什么事吧？又或者……地下仓库知道我们在求助周叔叔，所以干脆威胁她了？”

“后者的可能性不是很大。”韩卓带着他找到租车行，很快就提到了车子，“地下仓库这么多年来都维持着和人类和平共处的假象，就算施天对周勇有所不满，也可以直接越过他去向更高级别的人员反映问题，没必要威胁一位普通女性。”

“也对。”白曦点点头。如果真的和异能者有关，那周勇应该也不会让太太独自出门。想通了其中的关节，白曦暂时放心地把这件事抛在了脑后，开始一心一意准备一会儿的会议。

在火车站的出租车候车点，周太太戴着口罩夹在人群中排着队。并没有什么朋友来接她，她也不想在这趟行程中遇到更多的熟人，所以即便排队打车的队伍蜿蜒连绵，她也依旧在寒风中站了一个多小时。上车后，她轻声说了一句“迈阿密酒店”。

白曦的肚子饿得咕咕叫，他从韩卓手里接过三明治，对着墙狼吞虎咽地吃完，然后一擦嘴一转身，又是衣冠楚楚、沉稳淡定的青年才俊——合作方还在开会，他们只能先在外面等着。

“早知道这样，该先带你去吃饭，也好过站在这里干等。”韩卓小声道。

“这可不是干等。”白曦道，“我站在这里也算是诚意的表现，如果他真愿意签合同，我再站一个小时也行。”

“工作这么努力，我心疼了怎么办？”韩卓问。

白曦想了想：“那我们晚上回家吃豪华大餐。”

韩卓点头，拿出手机打算先挑几家出来让他选，却在此时接到了周金山的电话。

“你打算什么时候过来？”对方问，“我好提前安排。”

“不用这么麻烦。”韩卓走到走廊尽头，“我只是想过来喝一杯，顺便也介绍小白和你正式认识一下。”

“我很期待。”周金山歪着头，用肩膀把手机牢牢地抵在耳边，一边摆弄着料理机和食材，一边招呼一位刚进门的客人，“请问要来点什么？”

“石榴汁，谢谢。”对方低声回答。

韩卓眉头微微一皱：“刚刚是谁在说话？”

“没谁啊，”周金山不知道他为什么要这么问，“只是一位普通的客人。”

“韩卓！”白曦向他招手，示意他和自己一起进会议室。

于是韩卓只好匆匆叮嘱周金山了两句，就挂了电话大步往会议室走去。

一分钟后，周金山的手机屏幕再度亮了起来，显示有新消息。他关掉料理机，走到那位客人身边低声说道：“对不起，如果您只需要石榴汁的话，可能还要等一下，明天早上九点起开始贩售。”

“是出了什么问题吗？”客人看起来有些紧张。

周金山道：“没有，只是单纯因为销量好而已，最近点它的客人很多，所以我们有些备货不足。”

“没关系，那我明早再来。”听到他这么解释，客人明显松了口气，拎起桌上的手提包，低着头急急地走出了酒馆。

三个小时后，白曦合上电脑，诚恳地说：“我真的很希望能和您合作。”

“我们再回去考虑一下，应该没什么问题。”对方老总主动伸出手，笑道，“白总果然是青年才俊，怪不得你父亲天天在我们面前夸你。晚上能一起吃个饭吗？小芸前天刚刚回国，我也想多让她认识一些同龄人。”

白曦心里响起警报。这个年龄的长辈最喜欢做的事情是什么？安排相亲。哪怕只是一个简单的饭局，只要有同龄单身男女，也绝对能吃得胜似相亲局。于是白曦赶紧一脸笑容地婉拒，表示自己晚上已经有别的安排了，要立刻赶回去，实在对不住。韩先生也适时地看了一眼手表，装模作样地提醒说火车还有一个半小时发车。见白曦这么忙，对方自然也不好强留，只能点头放行。

白曦一路保持神色匆匆，直到进到车里才笑着伸手拍韩卓：“要是这次合作谈不成，那一定是因为我拒绝了今晚的饭局，你得负全责。”

“饿不饿？”韩卓帮他系好安全带，“不然先带你去吃点东西吧。”

“现在？”白曦看了眼时间，“不去老周那儿了？”

韩卓摇头：“计划有变，我们大概需要在这里多待一天了。”

白曦问：“出了什么事？”

韩卓把手机递到他面前，屏幕上是周金山发过来的照片。照片里，周太太坐在吧台边，看起来有些憔悴和忧虑。

“她是异能者。”韩卓简短地说。

白曦震惊道：“你确定？”

韩卓点头：“确定。”

据老周说，这位周太太和其他许多异能者一样，都渴望用药物把自己变成“正常人”，而且因为她从刚出生就开始服用抑制异能的药物，所以她从来没有出现过任何异常，直到一个多月前。

“这也太戏剧化了。”白曦觉得不可思议，“北斗研究所副主任的妻子居然是异能者？”而且这对夫妇很有可能还在相互隐瞒，一个隐瞒自己真实的工作内容，却不知道自己的妻子就是异能者；而另外一个，或许更是连做梦都不会想到自己的丈夫不仅知晓异能者的存在，甚至还和自己噩梦的根源——施天有着密不可分的联系。

白曦很快想到了另一个问题，如果周太太并没有成功地用药物消除异能就和周勇这个普通人类结婚生子，那么，从理论上来说周静也极有可能是异能者。“我们是不是得想办法提醒周静？”白曦问，“她肯定对这一切毫不知情，万一哪天她突然出现了异能，比如说像赵小娟那样大白天穿过墙，那……”

那后果简直不敢想。

“要去和周太太聊一下吗？明早。”韩卓说，“由她来提醒自己的女儿，比我们突兀地出现要合适很多。”

白曦点头：“嗯。”

“那么现在就先别想这件事了。”韩卓说，“辛苦工作了好几个小时，应该得到大餐奖励，想吃什么？”

“没胃口。”白曦蔫蔫地说。

“好吧，”韩卓发动车子，“那先带你去找老周。你愿意住在小酒馆里吗？那里有很多干净的小房间。”

H市算是国内最繁华的城市之一，建设得很漂亮，就算是在阴沉而又冷冽的冬天，街道两旁的常青树与商店看起来也是生机勃勃地。老周这次的店铺选址要比之前面馆的强上许多，虽然也位于污水横流的背巷，但至少不用开车穿越大半个城市了。

“小华清按摩馆、男士浴足、迈阿密酒店？”白曦一家家招牌看过去，然后对韩先生说，“我怎么觉得这里有点像非法娱乐一条街啊。”

“人越杂才越容易隐瞒身份，而且老周向来偏爱这种乌烟瘴气的地方，在这一点上他喜好成谜。”韩卓停稳车，“走吧，我们上去。”

两人进店的时候周金山正在吧台后忙碌，看到两人进来，他只是微微向两人点了点头。由于火车站“英勇救贼”事件，白曦其实对这位周先生很有几分心理阴影，不过鉴于对方看起来好像已经忘了那件事，所以他也就能淡定从容地跟对方打招呼了：“你好，我姓白。”

“喝点什么？”老周问。

“看来这个时间点的生意很好。”韩卓四下看看，说，“算了，我和小白还是先去住的地方吧。”

“不是这个时间点，是最近每一天的客人都很多。”老周把生意交给帮手，自己则带着他们俩从后门离开，“你知道原因的。”

地下仓库最近似乎又在进行什么新计划了，更多的追捕者被放了出来。在这种压抑的环境下，每每有一名异能者消失，就会有更多的异能者蜂拥来到小酒馆，带着恐惧的心情喝下一杯杯石榴汁，希望自己能尽快失去研究价值，以获得平静的生活。

“到了。”周金山把钥匙递给二人，“那么明早见。”

白曦点点头：“谢谢。”

周金山为他们准备的住处是一间小套房，大概四十多平方米，收拾得很干净，抛开对面霓虹闪烁的各种按摩院不谈，单单就房子本身而言，算是相当不错的了，而且还有厨房，锅碗瓢盆一应俱全。

“真的不饿？”韩卓问，“实在懒得出门的话，我还可以煮饭给你吃。”

“泡面。”白曦说。

韩卓皱眉：“不健康。”

但就是因为不健康，所以才超好吃，尤其是考试前夜的那碗红烧牛肉面，简直是记忆中最好的美味之一。“可是我想吃。”白曦说。他抱着靠垫窝在沙发里，眼神看起来分外讨好。

韩先生举手投降：“好吧，我承认，你的表情很有说服力。”

小套房的楼下就是网吧和小卖部，最不缺的就是各种方便食品。计划中的大餐变成了泡面火腿肠，韩卓在厨房里忙碌，想让晚餐品种尽可能地丰富一些。由于身高的缘故，他的脑袋经常会碰到低矮的橱柜，每当这时，他就会皱着眉头揉一揉，然后接着切菜。那画面实在很可爱，虽然这个词听起来和韩先生有些不搭，但至少在白曦看来，现在韩先生的可爱程度简直无与伦比。

窗外突然传来咚的一声闷响，然后就是一阵惊叫。

一个大腹便便的男人几近赤裸地在街上打滚，似乎摔得不轻。根据水果摊的老板描述，男人是从迈阿密酒店的二楼径直飞出来的。

“黑帮寻仇吗？”白曦站在窗边往下看。

“这种地方，打架斗殴不奇怪。”韩卓只大概看了一眼就回厨房继续忙活了，“大冬天只穿一条内裤，你应该能猜到他要在酒店里做什么吧？”

白曦扫了眼这条街上大大小小十几家洗浴中心和按摩院，说：“哦。”

警车和救护车在几分钟之内就都来了，显然对这一带也是很熟悉。倒霉的中年男人被抬上了担架，几名警察进到迈阿密酒店里，片刻之后从里面带出来一个人——由于围观群众众多，所以用黑布袋遮住了嫌疑人的面容，但白曦还是一眼就认出来了是谁。他被吓了一大跳，也来不及做解释，冲进厨房拖着韩卓就往外跑。

警车呼啸着远去，周太太坐在警车里全身不住地哆嗦，脸色比白纸还苍白。

老周很快就打听到了一些消息。那名中年男性并不是异能者，只是个来这儿找乐子的猎艳客，却不知道为什么被住在迈阿密酒店的周太太推出了窗外。所幸这一摔并没有危及他的生命，只是跌断了左腿。

“交给我吧。”周金山拿起电话，“不管出了什么事，先把人捞出来再说。”

周金山在当地路子颇广，很快就摆平了这件事，仅仅过了两个小时，他就亲自开车去警察局把周太太接到了酒馆。

安静的小包间里，周太太捧着杯热茶，身体却还是有些不可抑制地颤抖着，除了因为刚刚受到的惊吓，也因为对面坐着的白曦和韩卓——四十多年来，她早就习惯了在所有人面前隐藏自己的真实身份，而从未出现过的异能也会让她产生自己是普通人的错觉，过往的岁月太过舒适安稳，所以当意外来临时，她甚至没有任何心理准备，只能站在原地，眼睁睁看着幻想被现实一击粉碎。

自己的身份暴露了，而且暴露在了女儿的同学面前，这是她目前唯一的想法。

白曦安慰她：“周阿姨，您别担心，警察那边不会留下什么记录的，也不会有更多的人知道这件事。”

“那、那个男人呢？”周太太不安地绞紧了手指，无力地辩解道，“我只是轻轻地推了他一下。”

“他骨折了，我们去医院道了歉，并且付了一大笔赔偿金，他的家属表示愿意接受这种处理方式，也保证不会再追究。”白曦说，“而且他当时喝醉了酒，所以并不清楚自己是怎么掉下去的。”

听到白曦这么说，周太太总算是稍微安心了些。她犹豫了一下，又问白曦：“你也是异能者吗？”在场的人都注意到，哪怕只是提起“异能者”这三个字，她都表现得相当纠结和难堪，像是极度排斥这个身份，并且深深以之为耻。

白曦也注意到了这点，所以他爽快地点了点头：“是。”

“我们都是一类人，所以您完全不用这么紧张。”韩卓笑了笑，他的声音很温和，

"不管有什么问题，我和小白都很愿意帮你。"

"我……我没有问题，可是我女儿完全不知道这件事。"提起周静，周太太明显变得更加焦虑了，"我很担心她。"

"这么多年来，周静曾经出现过什么有异能的征兆吗？"白曦问。

"没有，从来没有。"周太太说，"她一直都很正常。"

"那您呢？"白曦又问，"在迈阿密酒店发生了什么？那里是半公开的色情场所，评价相当差，这附近分明就有很多酒店可以选，您为什么偏偏要住在迈阿密？"

"我不知道。"周太太局促地说，"我从来没有独自出过远门，平时一直都是我先生在做这些事，这次我不想让他知道，就自己找了一家离酒馆最近的酒店——我以为所有的酒店都是一样的。"

至于那名倒霉的猎艳客，纯粹是因为喝了太多酒，一出电梯就醉眼昏花地误闯周太太的房间并猴急地脱着衣服，于是他就被惊慌失措的周太太"轻轻"推出了窗外。

"您没有关房门吗？"白曦不解地问。

"房间里有很浓的烟味，我想透透气。"周太太回答。

白曦和韩卓对视了一眼，同时确定了一件事，这位周太太应该真的和她的先生很相爱，也真的被当成公主捧在手心里呵护了二十多年，以至于现在她没有任何独自出门的经验——不会在APP上查询酒店客评，对迈阿密色情露骨的装潢也完全不设防，甚至都不知道入住后要关紧房门。

"我还想外带一瓶石榴汁给静静。"周太太又说。

"当然可以，不过我认为您最好还是向您的女儿坦白所有事。"韩卓说，"这样至少可以让她有个心理准备。"

周太太摇摇头，没有说话。

他们也没催她，毕竟按照她的性格，应该还要挣扎好长一段时间。

周金山帮她准备了新的住处，就在白曦和韩卓的隔壁。

等一切都被安排妥当后，夜也深了，锅里的泡面已经变成了黏糊糊的一坨，只配进垃圾桶。韩卓问："我重新做一份？"

白曦食欲全无，哑着嗓子说："我想睡一会儿。"

"泡面也不想吃吗？"韩卓问，"你最心爱的垃圾食品。"白曦依旧摇头。韩卓拍拍他的后背，无声地安慰着。

而在另一座城市，刘春春倒是食欲很好，身边的塑料桶里乱七八糟地插了几百根竹签，面前的盘子里还摆着没吃完的烤羊肉和芝士扇贝——这是一场美好的、公司报销费用的、没有大老板白总在的同事聚餐。

“春春，帮我开一下。”对面的女同事递过来一瓶啤酒。

刘春春接过来，不费吹灰之力地就在桌角磕开了。

“我们的鱼为什么还没有上？”又有人问。

于是刘春春立马跑到后厨催菜。

“春春，我想吃你面前的烤蘑菇。”

“春春，来帮我们拍个照！”

“春春，我想和你合影！”

换作刚来的食客，只怕会认为这个叫春春的人是这里的服务员。

其实桌上还有很多男同事，但刘春春无疑是最受欢迎的一个。刚从名牌大学毕业的小伙子，智商情商双优，性子软脾气好，乐于助人，是白总的铁哥们儿，最重要的是长得也清秀好看——打扮一下就能直接去拍公司宣传画册的那种好看。

手机嗡嗡振动，但刘春春正专心致志地啃着螃蟹，完全没注意到。

王先生面无表情地挂断电话，继续盯着对面人行道上那片非法搭建的、偏偏还很嚣张的、灯火辉煌的、人声鼎沸的烧烤摊，又替自己叫了一杯咖啡。咖啡馆的老板受宠若惊，主动提出这杯免单，买8送1。王远辰对这种促销手段没有任何兴趣，他看了眼时间，已经深夜十一点了。王先生耐心告罄，喝了口咖啡，起身走出了咖啡馆。

“不想散的人一起去唱歌啊。”有人提议，“离这儿挺近的，我还有优惠券。”

“不去。”女生们纷纷拒绝，大半夜唱什么歌，明天还要上班呢。

“春春要去！怎么样，你们去不去？”一名男同事见势不妙，当机立断地把刘春春从椅子上拎了起来。

“喂喂，我什么时候说要去了？”刘春春感到莫名其妙。

“拜托，我暗恋筱筱很久了。”男同事搂住他的肩膀，压低声音请求，“给哥们儿创造个机会。”

“暗恋你就去追，拉我做什么？”刘春春再度拒绝，“我没空的，过了十二点就得回家，还有朋友在对面等我呢。”

“你能有什么事？”男同事不光不肯罢休，甚至还要八卦，“什么朋友啊？女朋友？带来让大家看看呗。”

刘春春突然紧张地说："快松手，快松手。"

"就不松！"对方借着几分酒意，搂着刘春春就想去路边打车，结果刚一转身就和一个人撞了个满怀。

王先生面色不善，伸手掸了掸身上并不存在的灰尘，似乎很嫌弃对方的接触。

刘春春笑容尴尬，迅速甩开同事的胳膊，心虚道："你来啦。"

王远辰高贵地"嗯"了一声，也不知道从哪里抽出了一条手帕，抖开，带着浓浓的香风，啪地一下拍在了刘春春油乎乎的嘴上。

刘春春委屈地说："唔。"疼。

烧烤摊上灯火通明，十几个堆满了食物的烤架一起转动着，地上油腻又脏乱，空气里满是浓浓的孜然和辣椒的香味，食客们大声地说笑划拳，啤酒瓶滚得到处都是……这实在是一处充满了世俗烟火气的地方，所以就更显王先生的格格不入了。他今天穿了一件白色大衣，就像童话中的白马王子，双手插在兜里，微长的栗色头发在脑后随意地扎了个小鬏，原本就很精致的五官在灯火下显得异常深邃漂亮，也异常冷漠冰凉。

刘春春的同事都愣住了。男同事都在莫名其妙，女同事都想花痴尖叫——这是谁?

"我们先走啦！"刘春春经验丰富，赶在王先生展现他超级恶劣的脾气以及超级强大的破坏力之前，当机立断地把人塞进了出租车。

王远辰一语不发，只眼神幽幽地盯着他。

刘春春可怜巴巴地双手抱拳，无声乞求。拜托拜托，有话回去再说，不能在车上打架，会进派出所的。

王远辰冷漠地"哼"了一句，靠在了椅背上。更令刘春春意外的是，在接下来的路途中，王先生居然真的保持了百分之百的安静。但安静不代表没有压迫感，抛开刘春春不谈，就连司机师傅都隐隐觉得不太妙，于是猛踩油门飙得飞快，只用了不到平时一半的时间就把两个人送到了目的地。

"我错了。"刘春春很有觉悟，一进门，还没脱鞋就主动道歉。

"错在哪儿了？"王远辰双手插在衣兜里，居高临下地看着他。

刘春春非常诚恳地反思了一下，但并没有找到自己的错误——王先生允许他在外面晃荡到十二点，而现在才十一点四十。可站在自己对面的人明显心情很不好，于是他还是识趣而又敷衍地说："哪里都错了。"

意料之中的，王远辰对这个答案并不满意，于是他伸手掐着刘春春的脸，把人扯到了客厅。

刘春春觉得自己迟早有一天会被他捏成国字脸。

王远辰脱下自己的大衣随手甩在旁边，坐在沙发上的他如同国王，修长笔直的双腿架在茶几上，下巴微微一扬，命令：“说。”

说什么？刘春春觉得自己很无辜，他毫无底气地辩解道：“是你自己不想和我一起去吃烧烤，我昨晚邀请过你的。”

是邀请过没错，甚至王远辰也做好了纡尊降贵陪他去油腻烧烤摊的准备，但谁知刘春春紧接着就来了一句：“我的同事们一定都很愿意认识你。”于是王先生又不动声色地把打算踏入地球人生活圈的一只脚收了回来，面无表情地说：“我不去。”

刘春春很遗憾地“哦”了一句，那就不去吧。

没有得到再三邀请的待遇，王远辰心情愈发不善，但还是颇有职业道德地履行了保镖职责，一直坐在烧烤摊对面的咖啡馆里不远不近地保护刘春春——保护他被众多女生环绕还傻笑着对着镜头比剪刀手，保护他和别人勾肩搭背地要打车离开，似乎已经完全忘了自己的存在。

见他半天不说话，刘春春又问：“你吃晚饭了吗？”

王远辰仰头靠在沙发上，闭着眼睛没有回答。买8送1的九杯咖啡当然不能算作晚饭，而且实际上现在他的胃很不舒服。

刘春春抖开羊毛绒毯盖在他身上，然后悄悄去了厨房。

熟悉的锅碗瓢盆声响了起来。小火咕嘟，锅里的青菜和肉丝散发出诱人的香味，打底的鸡汤是现成的，冰箱里还冻着一把一把手擀面，是刘春春上周末做的——事实上，两个人都说不清楚，究竟是从什么时候开始，冰箱里的牛排、龙虾、鱼子酱和松露变成了满当当的排骨、咸菜、牛腩和牛奶、果汁、面包加蔬菜。

高级餐厅损失了一个外卖大户，刘春春却收获了一个挑剔而又不挑剔的食客，其中挑剔体现在嘴上，不挑剔体现在实际行动上——虽然王先生似乎永远都在嫌弃他做的每一样食物，但每天到了吃饭的时间还是会准时出现在餐桌旁。

深夜，一碗温暖的鸡汤肉丝青菜面和两碟小凉菜被一起摆上了餐桌。

“去洗手啦，”刘春春又倒了杯温柠檬水，“然后过来吃饭。”

王远辰还是刚才那个姿势没有变，甚至连眼睛都没有睁开。

刘春春胆大包天地凑过去，伸手戳了一下他脑袋后的小鬏鬏。

王远辰：“……”

“真的不吃啊？”刘春春把地上的毯子捡起来，“加了鸡油松茸，很香的。”

王远辰瓮声瓮气地问：“那是什么？”

刘春春回答：“你吃了就知道了。”

短暂考虑后，王先生接受了这个建议。一口温暖的鸡汤喝下去，被咖啡凌虐的胃也舒服了很多。

刘春春坐在一边打着哈欠陪他吃饭，看起来困得要死，也衰得要死。

王远辰吃到一半，突然伸手在他脸上揉了揉，然后又重重拍了拍。

刘春春睁开眼睛，迷迷糊糊地问：“还要吃什么？”

“你有很多朋友吗？”王远辰问。

“是啊，很多个。”刘春春回答，他从小就人缘好，刚出生就被护士抢着抱。

王远辰收回手，低头继续吃饭，房间里的气氛又变得压抑起来。

虽然困得快要昏迷，但刘春春还是敏锐地觉察到了这一切，于是他瞬间坐直，又加了一句：“但是所有朋友里，你排第一。”

王远辰扫了他一眼：“白曦呢？”他确实很了解谁才是自己的头号竞争对手。

“白哥和你并列第一。”刘春春回答。

王远辰停下筷子，考虑自己接下来是继续凶神恶煞地欺负对方以保证绝对第一的位置，还是暂时忽略这个问题。他其实也有些累，也没有太多说话的心情，如果此时此刻对面坐着的不是刘春春，而是其他人，哪怕那是大名鼎鼎的韩卓，他大概也已经早就不耐烦地回了卧室。

“又生气啦？”刘春春搬着椅子往他那边挪了挪，“行行行，那你排第一。”

王远辰问：“你知道我现在想干什么吗？”

刘春春很上道：“送我最新款的跑车。”

王远辰回答：“把你的脑袋按进碗里。”

刘春春配合地一脑袋磕在餐桌上，等他抬头的时候，王远辰已经回了卧室，只留下一个连汤都不剩一滴的碗和两个光光的盘子。

刘春春认命，起身收拾。当他全都弄好，打着哈欠路过主卧时，停了一下。“晚安。”他说。

王先生没有回答，五分钟后，一阵珍珠雨噼里啪啦地落在了隔壁卧室的床上。

深夜煮面的酬劳虽然不菲，却也很让人忧伤。辛德瑞拉春再度上线，在寂静的午夜时分，端着小筐，睡眼蒙眬地跪在床上捡珍珠，窗外夜色如水。

韩卓问："你以前也这样失眠过吗？我是指在发现异能之前，遇到我之前。"

"嗯。"白曦窝被窝里，"大三的时候自己创业，经常会睡不着，以前考试的时候太紧张了，也会醒一夜。"

"然后呢，怎么解决？"韩先生想了想，"用你手感很好的史蒂夫老师？"

"我怎么会把史蒂夫老师带到学校。"白曦笑着说，"我满八岁了之后它就被收进了柜子里，只有每年夏天才会被拿出来晒一晒。"

韩卓表示，它以后可以继续享受这种待遇。

白曦又说："可史蒂夫老师还会唱《铃儿响叮当》。"

韩先生顿时很有危机感："它怎么这么多才多艺？"

白曦闷闷地笑出声，然后闭上了眼睛。他想抓紧感受这种温暖而悠闲的感觉，因为他明白，明早起床后，他们要面对的大概又是一地令人焦头烂额的鸡毛，但至少在这个夜里，一切都是美好的。

韩卓的手在他背上轻拍，一直到白曦沉沉睡去，才熄灭了床头的小灯。

天已经蒙蒙亮了，透过薄薄的窗帘可以看到微白的天光。

隔壁房间的周太太已经洗漱完毕。她是一个很安静的人，虽然心里还是焦急又忧虑，却并没有去隔壁找白曦和韩卓，也没有打电话给周金山，只是独自吃完了早餐，然后就坐在床边翻看着手机里丈夫和女儿的照片。

早上八点半，周勇准时打电话来关心妻子和她的旅行情况。

"这边很好的。"周太太眼底泛出动人的光彩，她笑着说，"我们还吃了鱼，今天打算去游湖。"

"不要总是让你同学买单，记住了吗？"周勇蹲下来穿鞋，"如果抢不过她们，就买一点礼物送给人家。"

"我知道。"周太太埋怨，"我又不是健忘症，这些事你都叮嘱过多少次了。"

"你不是健忘症，你是小姑娘。"周勇笑着说，"我去上班了，注意安全。"

周太太"嗯"了一声，直到听筒里传来忙音才把电话从自己耳朵边移开。

这条街上住的都是夜行动物，因此直到中午才逐渐热闹起来。周太太躲在窗帘后看着酒馆里进出的客人。穿着得体的西装男士、扎着彩色发圈的中学少女，还有衣冠楚楚、被儿女搀扶的老人……各种身份，各种年龄，他们看上去都是那么的衣着体面，又那么的神色匆匆，眉宇间难掩焦虑与不安。周太太知道，这些人是自己的同类，哪怕拥有再富足的生活、再蓬勃的年岁，也注定被笼罩在永恒不灭的死亡阴影里。

她不禁从骨子里生出了些悲伤。

从窗外传来一阵哄笑，一群小痞子在故意抖威风，想吸引街上异性的注意力。

白曦在睡梦中皱了皱眉："怎么了？"

"没什么，街上的人在说话而已。"韩卓走过去捂住他的耳朵，"睡吧。"

"周太太呢？"白曦心里有事，醒了就不想睡了。

"在隔壁休息。"韩卓说，"她需要时间来考虑，我们不用着急过去打扰。"

"你猜她要考虑多久？"白曦彻底没了睡意，干脆坐了起来，"那么柔弱又没有主见，现在一定很无助。"

"她的确很柔弱，但同时她也是一位母亲，这个世界上不会有柔弱的母亲。"韩卓说，"哪怕只是为了周静，她也会强迫自己尽快做出最好的选择。"

床头柜上的手机嗡嗡响起，来电显示是王远辰。

"怎么了？"白曦很有危机感地接通电话，"不会是春春又晕了吧？"

"没什么。"王远辰回答，"打错了。"

白曦松了口气，问："春春呢？"

王先生往房间门口的方向看了一眼，眉梢一挑，说："他很好。"

是很好，除了有些蠢。因为此时刘春春正在王远辰紧闭的房门前溜达着大声打电话，装模作样地说："对对对，白哥，我就是想通知你一下，你在我心里已经跌出了前三……第一？第一当然是王先生，对对对，他的地位没人可以撼动。"

王远辰把手机丢到一边，拉高被子捂住了头。

五分钟后，刘春春说得口干舌燥，可面前的卧室门却依旧紧闭，于是他蹲在门口衰衰地想，为什么都在他心里排第一了还不肯起床？他看了眼挂钟，已经十二点半了，于是他鼓足勇气小心翼翼地打开门，把脑袋伸了进去："我只请了上午的假，下午要去公司，你想吃什么？我做好放在厨房。"

王远辰深吸一口气，掀开被子坐起来："我送你。"

刘春春却被他吓了一跳："你脸色怎么这么难看？"

王远辰疲惫地回答："胃疼。"九杯咖啡，一碗鸡汤面，还有被咖啡因摧残到彻夜亢奋的失眠神经，这些都让他在今天早上的好几个小时里哆嗦得如同掉进冰冷的洞窟。

"怎么不早点叫我？"刘春春着急了，"严不严重？吃药了吗？要不要去医院？"

王远辰回答："严重，没吃，不去。"

刘春春拿过一边的外套披在了王远辰身上："起来，我们去楼下的诊所看看。"王远辰直接躺了回去。刘春春掀开被子，拉着他的胳膊一反身，硬生生把人背了起来。

王远辰："……"

"自己穿好衣服。"刘春春回头叮嘱。

王远辰用行动代替了回答。他轻轻松松一错手，刘春春就嗷嗷叫着趴在了地毯上，甚至都没反应过来到底发生了什么事。王先生坐回床上，脸色更白了几分，松垮柔软的睡袍被蹭开，露出漂亮的肌肉。大概有很多人都会因此喷血，但那其中一定不包括刘春春，因为他已经纯洁地画了很多次王先生，相当心无杂念。

"我不去医院。"王远辰说，"睡一觉就好了。"

"……好吧，那我们就再观察一个小时。"刘春春扶着他躺好，"除了咖啡和面，昨晚你还吃了什么？"

王远辰说："酒。"

刘春春："……"什么？

"凌晨四点。"王先生补充。

刘春春实在想不通："你为什么要半夜喝酒？"

因为失眠。王远辰重新闭上眼睛，不想再说话。

刘春春在心里叹气，一心一意地照顾病号。他先从小药箱里翻出胃药和体温计，又从衣柜里找出一套厚实的睡衣，再把王先生身上那套没有任何保暖功效的睡袍扒下来，最后把不知道从哪里翻出来的三片暖宝宝强行给他贴了上去。

寒意被一点一点驱逐，指尖也逐渐恢复了温度。王远辰躺在被子里，看着刘春春一边冲药一边打电话："对，下午我也请假，我周末加班补回来，谢谢。"

"你能不能吃我们的药？"挂了电话，刘春春端着杯子过来，不确定地问，"还是说有专门的奥特曼医院？"王远辰幽幽和他对视，刘春春了然，双手递药，"哦。"

药很涩，也很苦，但是却异常有效。三片暖宝宝如同三颗小小的太阳，源源不断地散发出灼灼热度。王远辰有些冒汗燥热，在被子里滚来滚去，好不容易熬了半个小时，暖宝宝的温度才稍微变凉，刘春春就神一般从天而降，把手伸进被窝准确一摸，说："不热了，换新的。"

王先生忍无可忍："你敢！"

刘春春被吓了一跳，难不成是和这几个暖宝宝产生了感情？可看到王远辰唇色苍白，目光凶残，刘春春赶紧投降。

周太太用小勺搅拌了一下咖啡，可爱的拉花变成了抽象的图案。出乎韩卓的意料，她这次并没有犹豫太久就采纳了他们的建议——把所有的事情都告诉女儿，让她能提前做好心理准备。“但我还有一个请求。”周太太说，“请不要让我的丈夫知道这件事，他是个很老实的男人，工作养家，生活得很单纯，对异能者的存在一无所知……他会被吓坏的。”

白曦点点头：“好。”他并不打算把周勇的身份透露给周太太，至少不会选择现在，这应该是他们夫妻间的事情。不过他还是试探性地问了一句：“如果有一天，周叔叔知道了异能者存在，你会告诉他真相吗？”

“不知道。”周太太摇摇头，又说，“应该会吧，我很依赖他。”

白曦笑了笑：“能看出来。”

“那就这么说定了，我会让静静尽快回国，然后带她来找周老板。”周太太说。

“到时候我和小白也会过来。”韩卓点点头，“所以不用担心，万一出了问题，我们来一起想办法解决。”

周太太感激地向他们道谢，虽然还有担忧，但也比来时多了许多安全感。她定了晚上七点的票回去，而白曦和韩卓也放下心来，决定干脆多待两天，把合作敲定。

“晚上真的不用送我了。”周太太很过意不去，“我可以自己打车去火车站的。”

“我们闲着也没事。”白曦笑道，“正好还能一起吃个晚饭，不麻烦的。”

虽然这次出门所做的事和旅游相去甚远，但周太太还是去商场里选了几个温馨可爱的小摆件，打算送给自己的丈夫。白曦笑道：“周叔叔会喜欢这些吗？”

“我不知道呀。”周太太有些不好意思，在说起自己丈夫的时候，她笑得依然像个少女，“结婚这么多年，他总说我喜欢的他就喜欢。”

“真好。”白曦帮她拎着购物篮，忍不住感叹，“怪不得周静在谈恋爱的时候也这样快乐真诚。”不在乎旁人眼中不搭的身高，不顾刘春春抱头鼠窜的不配合，依然喜欢得轰轰烈烈全校皆知。

周太太给女儿也选了一个小礼物，柜台小姐说：“我们的手链是有不同的尺寸的，请问您女儿的手围是多少？”

“呀，我不知道。”周太太打算打电话去问一问，却听到关机的语音提示。“抱歉，我女儿在上班，可能不方便接电话。”周太太遗憾地说，“大概的尺寸可以吗？”

"可以呀。"柜台小姐极想促成这笔生意，笑靥如花地说，"我们店是全国连锁的，您只要不拆商标保留好发票，三个月内在任何一家专柜都可以免费换尺寸的。"周太太很爽快地买了单。

一下午逛下来，零零碎碎的，三人都有不少收获。在去火车站的路上，白曦和周太太聊天说笑，韩卓开车绕了三条街，又往后视镜里看了一眼，眉头微微皱了起来。

另一座城市，周勇提前下了班，去超市买了新鲜的鱼虾和蔬菜，打算亲自下厨做几个菜来迎接妻子回来。活蹦乱跳的虾在水槽里跳跃，恰巧这时有电话打来了。

"喂？"周勇在围裙上擦干手，拿起桌上的手机。

"你去哪里了？"对方是北斗研究所的副所长，也是周勇的直属上司，名叫冯起，一上来就不客气地发问。

"我今天补休两个小时。"周勇问，"出了什么事吗？"

"马上来单位。"冯起说完就挂了电话，明显来者不善。

周勇匆匆赶到研究所，一进会议室就感觉不妙——几乎所有与异能者有关的领导都在，看来的确是出了了不得的大事。

"先坐。"冯起点头示意周勇，然后就直白地问他，"你的妻子和女儿呢？"

"她们？"周勇心里涌起不祥的预感，"到底出了什么事？"

冯起把一摞资料推到周勇面前。

那是一摞很厚的资料，看得出来是经过了充分的调查，里面详细记录了周太太最近几个月的行踪和异常——在菜市场里买菜，却在穿过小巷时不小心摔了一下，挥出去的胳膊碰到围墙时，那些坚硬的石块就如同巧克力威化一般以酥脆的状态坍塌在地；通话记录里有很多个相同的号码，通话对象是周金山；还有她这次所谓的"短途旅行"，在小酒馆里的影像，发生在迈阿密酒店里的事情，如何被警察带走，又如何被周金山接了出来……全都清晰而又真实地被记录在了纸上。

会议室里鸦雀无声，周勇双手微微颤抖，沉默了足足五分钟才猛然起身向外走去。

"你要去哪儿?!"冯起大声问。

"给我的太太打电话。"周勇回答。陪伴在自己身边二十多年的人突然变成了异能者，他虽然感到震惊和不可思议，但更多的却是担忧和焦急——他不敢想象，自己的妻子在这些年究竟经历了什么样的忐忑与不安，更不知道在那该死的酒店里究竟发生了什么，他想打电话给她，让她快点回家。

“周主任啊，你先别太激动。”冯起追过去拍拍他的肩膀，“我知道你的为人，也相信你一定毫不知情，本来这些也不算什么大事，不过施先生在下午的时候打来电话，说你的太太和韩卓一起出现在商场。”

既然选择了和地下仓库合作，那么韩卓对于北斗研究所而言，即使称不上敌对，但毫无疑问的，他也算是个不大不小的麻烦，用冯起的话来说，异能者并不需要太多领袖，一个施天就已经足够了。因此，周太太与韩卓有交集这件事就显得不怎么妙了。

“我要给我的太太打电话。”周勇脸色阴沉地重复了一次。

“你随意。”冯起后退两步，象征性地做出妥协。

电话铃却先一步响起。“是你的太太吗？”冯起问。

来电显示是一串陌生的数字，周勇按下接听键。

“爸！”周静在电话那头哭喊着，“朴光说、说他想和你谈谈。”

周静惊恐地大叫，周勇瞳孔猛然紧缩。

朴光是周静男朋友，一个身材高大的橄榄球运动员。“周叔叔，”电话那头传来了男声，带着不怀好意的笑，“静静暂时没事，她很安全，我也会好好照顾她。”

“你想做什么？”周勇问。

“想和你做笔交易。”对方回答。

周太太找到自己的座位一坐好就给白曦打去电话：“谢谢你，我已经上车了。”

“不客气，祝您一路顺风。”白曦说，“到家之后给我们发个消息。”

“好的。”周太太笑了笑，“也替我谢谢周老板，再见。”

火车缓缓驶离站台，两名铁路乘务员朝周太太走过来，微笑着小声问道：“请问是周主任的太太吗？”

“是我，你们是谁？”周太太有些疑惑。

“我们是这趟列车上的工作人员，刚刚周主任打电话来，让我们帮您换到高一级的车厢。”乘务员笑着说，“请问您有行李吗？我们帮您拿过去。”

周太太摇摇头，紧张地攥住手袋：“谢谢，这里挺好的，不用麻烦了。”

“这真的是周主任的要求。”看到周太太如此紧张，乘务员也将声音放得更低更轻柔，“您不信的话，可以打电话问他。”

周太太看看四周的乘客，犹豫着拨通了周勇的电话。电话里，周勇的声音温和：“是我要求的，普通车厢的人多，我怕太吵，你会休息不好。”

“你说你也真是的。”周太太压低声音抱怨，“麻烦别人多不好意思。”

“快去吧。”周勇笑笑，“我会准时在火车站接你。”

周太太答应一声，终于放心地跟着乘务员离开了。

白曦站在街边等着糖油糕出锅——在寒冷的冬夜，垃圾食品的魅力实在无法抵挡。

“明天脸上会不会起痘？”韩卓站在他身后为他挡风并建议，“不然我带你去吃海鲜粥吧。”

“不会的。”白曦不肯走。

韩卓哭笑不得，只好带着他站到了稍微避风一点的地方。

然后，白曦就接到了刘春春在王先生的压迫下不情不愿地打来的电话：“白哥。”

“怎么啦？”白曦问。

“没事。”刘春春做了一番心理斗争，但一考虑到不说就会挨打，于是弱弱地哼唧道，“一个重磅消息，你目前在我心里已经下滑到了第二名。”

“第一名是谁？”白总果然很怒，“这个世界上有谁能比爸爸我对你更好？”

刘春春沉默地把电话递到王先生耳边。“我。”王远辰吃着刘春春的玉米片，喝着刘春春的番茄汁，踩着刘春春的桃红色靠垫，悠闲地回答道。

一个小时后，刘春春发来了一条字数堪比高考作文的短信，全方位承认了自己的错误，并且在结尾再度点题，声泪俱下地表示自己最爱的还是白曦。白曦回复他：“对不起，五分钟前不小心把短信转给了王先生。”

刘春春吓得魂飞魄散，立马冲进卧室，泪流满面地抱住王远辰道：“我错了！”

王远辰莫名其妙：“你又哪儿错了？”

刘春春茫然地说：“啊？”

王远辰倒是难得心情很好，伸手摸摸他柔软的发丝：“周末想不想出去玩？”

刘春春受宠若惊：“去哪儿玩？”

王远辰嘴角一勾，兴致勃勃地说：“好地方。”

火车慢慢进站停稳，周太太还在收拾行李，周勇就已经冲进了车厢，看到安然无恙的妻子，他提着的心终于放下了。

周太太吃惊道：“咦，你这么快就来了？”

“刚好找列车长有些事。”车厢里还有别人，周勇就没有多说，他一手拎过行李袋，另一只手拉起自己的妻子，“走吧，先回家。”

两人之间的气氛恩爱又融洽，他们下车后，乘务员都在窃窃私语，羡慕周太太嫁了个好男人，不过同时又有些担心——他们是在火车开动后才接到上级指示要把周太太重点保护起来的，听起来像是出了不小的乱子。

从各个车厢出来的人汇聚在一起，如同流沙般慢慢地向出站口涌动，周勇把妻子环在自己臂弯里，牢牢地保护了起来。他一路都在留意四周的动向，直到回到车里也仍旧没有放松警惕。

“是出了什么事吗？”周太太小声而又不安地问。

“回家再说。”周勇对她笑了笑，“先闭上眼睛休息一下。”

周太太点点头，手却不自觉地揪紧了衣袖。

车里很安静，安静得有些压抑。周太太心里的不安也越来越强烈，她脸上的血色不知何时已经褪得干干净净，只余下纸一般的苍白，直到跟着丈夫回到了温暖的家中，她的身体还在不由自主地颤抖着，在蹲下换拖鞋的时候更是险些跌坐在地。

周勇把她紧紧搂在怀里，结实的臂膀像是一道铁箍。

在长久的沉默中，周太太感到了刺骨的寒冷，她隐隐意识到了什么，恐怕那是她从骨子里不想承认的事情。又或者说，其实从异能出现的一天开始她就已经预想到了这一天，只是没想到会来得这么快。

“没事的。”周勇嗓音嘶哑，“不用怕。”

“你都知道了什么？”周太太问，牙齿不自觉地打着战。

周勇犹豫了片刻，回答她：“所有的事。”

周太太双腿一软，整个人跌坐在地上。许久之后，她捂着脸呜呜哭了起来。

窗外的狂风咆哮着，肆意地撞击着窗户，带来令人心悸的噪音。白雪与黄尘也被狂风卷起，弥漫了天与地。

第16颗星

交换

在无奈的现实中的绝望冒险

韩卓用大衣裹紧白曦，带着他几步跑回了住处。

“咳咳！”白曦被走廊里的烟味呛得直咳嗽，他揉了揉通红的鼻头，“我明天会不会感冒？”

“在油炸小摊旁站了半个多小时，又吃了一堆不卫生的垃圾食品，即使不感冒，你嗓子发炎的概率也高于百分之五十。”韩卓回答。

白曦抽出纸巾擦鼻涕：“你知不知道这种问题的标准答案是什么？”

“嗯？”韩先生想了想，诚心道，“不知道。”

“反正一定不会是有理有据的科学分析。”白曦躺在沙发上回答。

韩卓被逗笑，给他拿了温水和感冒药，又榨了一杯清火的梨汁端到了客厅，就见白曦在到处找手机。“已经快要十一点了。”韩卓提醒他，“要打给谁？”

“我之前发了短信给周太太，可是她没有回复。”白曦说，“火车应该早就到了，我有点担心。”

“不用打了，”韩卓把手机从他手里抽走，“她没事。”

“你怎么知道？”白曦有点纳闷。

韩卓在他身边坐下：“在去火车站的路上，有车跟着我们。”

白曦闻言吃惊：“你确定？”

韩卓点点头。在刚开始的时候，他也以为是自己想多了，于是特意换了一条路，之前的黑车虽然没有再跟来，但一辆红车却尾随而来，看来对方是老手且早有准备。

“然后我就给周先生发了一条短信。”韩卓从口袋里摸出来一个老式直板手机，“新的卡，提醒他周太太已经上了火车。”

“就只有这一句话？”白曦问。

“他能明白这句话的意思。”韩卓说，“即便不懂，一个深爱妻子的丈夫也绝不会简单地看完了事。以他的身份地位，想在火车上把人保护起来要比我们容易很多。”

像是为了佐证韩卓的想法似的，他话音刚落，白曦就接到了周太太的电话。她的声音听起来有些疲倦，也一如既往地平静，她充满歉意地说：“我已经到家了。真是对不起，才看到短信。”

“没关系。”白曦松了口气，“那您好好休息。”

“再见。”周太太匆匆说，赶在情绪崩溃前按下了挂断键。

白曦看着韩卓，心里涌出不祥的预感。在报忧不报喜方面，他的第六感向来准确如雷达。虽然有些乌鸦嘴，但联系到周勇夫妇的身份、跟踪以及周太太刚才在电话里所表现出来的失败的故作镇定，白曦的第一反应就是给周静打电话。韩卓这次没有阻拦他。可听筒里传来的却是甜美的语音提示：“您所拨打的电话已关机。”

“完了。”白曦这次是真的有些慌了，“是地下仓库吗？还是吴子刚？”

“不大可能是吴子刚，我们最近一直在积极接触周勇，在结果出来之前，他没必要铤而走险做这种事。”韩卓说，“地下仓库倒是很有可能用周太太和周静来威胁周勇，也很符合施天一贯的行事风格。”

“那我们现在能做什么？”白曦又问。

“如果真是地下仓库做的，那周静应该暂时不会有生命危险。”韩卓拍拍他的肩膀，把电话打给了王远辰，跟他同步了现在的情况并提醒他最近要看好刘春春。

“是谁的电话？”刘春春刚好端着两杯牛奶出来。

王远辰却问他：“周静是你的大学同学？”

冷不丁听到周静的名字，刘春春手一软，差点把牛奶泼到王先生心爱的真皮沙发上。他既惊讶又尴尬，还有一丝因被冒犯而产生的不满，于是难得直白地提出意见：“未经允许，你为什么要向白哥打听我大学时候的事？”

王远辰有些莫名其妙，不过他还是敏锐觉察出这其中或许还有别的内幕，于是也不否认，而是眉一挑似是而非地说：“哦？”

“周静已经有男朋友了，而我也不喜欢别人拿这件事来开玩笑，麻烦你以后不要再提了。”刘春春态度严肃。

这次轮到王先生表情一凛：“怎么，她是你的前女友？”

刘春春被“前女友”三个字吓得头皮发麻，然而还没等他解释，王远辰抓着他的肩膀，泥里拔萝卜一般把人拎了起来。王远辰就这样地直直举着他穿过客厅，然后把人架在了阳台的窗沿上简短地命令道：“说。”

看着对方幽怨森然的目光，刘春春觉得自己如果不配合，大概下一秒就会被丢出窗外，至少也会被挂在晾衣竿上。和一个暴躁的外星人讲道理，成功率不会太高。于是刘春春暂时舍弃了地球人的尊严，一五一十地“招认”了大学里发生的事。

“没有交往过？”王远辰的语气稍微和缓了些，“理由呢？”

“这还能有什么理由，不喜欢呗。”刘春春吸吸鼻子，“就因为这茬儿吧，我一直还觉得挺对不起周静的。对了，你还没说为什么会突然提起这件事呢。”

“因为她被绑架了。”王远辰轻描淡写地回答。

刘春春差点被震掉下巴：“啥？”

“目前只有怀疑对象，还不能确定究竟是谁干的。”王远辰把人拎回了沙发，“所以刚刚韩卓打电话来让我注意你的安全。”

“报警了吗？”刘春春紧张地问。

王远辰反问：“报警有用吗？”

“当然有用啊，保护人民群众是……等一下，”刘春春突然意识到了不对，“有人绑架周静，你们怎么会知道？”王远辰挑了一下眉。刘春春五雷轰顶地悟了：“难道她也是外星人？”

王远辰伸手拍拍他的脸，以示认同。

刘春春觉得自己的三观再度崩塌，他甚至惊悚地想，会不会地球其实早就已经被外星人占领，人类只占极少数——否则为什么自己身边几乎所有人都好像是奥特曼？

“又在发什么呆？”王远辰打断他的胡思乱想。

“周静不会真的出事吧？”刘春春问，“我能做些什么吗？”

“你什么都不能做，也不要做。”王远辰从酒柜里抽出一瓶酒，态度有些敷衍，“老老实实地待在我身边就好。”

刘春春闷闷地答应一声，依旧忧心忡忡。

白曦捧着手机，等了整整一个小时也没等来周勇的电话。

“周勇的身份特殊，而地下仓库是他们的合作对象，”韩卓冷静地分析道，“就算周勇想联系我们，你猜他的手机现在是不是还没有被监听？”

“那我们就只能这么被动吗？”白曦问，“我真的很自责，会不会是因为我们联系了周叔叔，地下仓库才会对周静下手？”

“想要听实话？”韩卓点头，“有可能。”

白曦不自觉地握紧了拳头。

茶几上的电话又毫无征兆地响了起来。“是谁？”韩卓微微皱眉。

白曦拿起来只看了一眼，旋即就像被火燎一般把手机塞进了韩先生手里，头疼程度堪比连看五遍《爱的大山楂》。“马克李？”韩卓也觉得有些活见鬼，“他为什么会有你的电话？”

手机还在嗡嗡振动，看起来完全没有要停下的意思。白曦只好老实交代：“之前在电影院里，我们互换了名片。”那个时候韩先生正好去了洗手间，于是马克李见缝插针地迅速塞过来一张皱巴巴的名片，能看出来已经在手里紧张地攥了许久。他眼底颇有几分忐忑和期待，灼灼地看着身边的白曦，配上恰好响起的电影女主角的凄惨尖叫声，结结巴巴地说：“不……如……留……个……手……机……号……啊……”

白曦起了一身鸡皮疙瘩：“你是故意挑这个时间的吧？”

马克李赶紧摇头，表示：“人生难得一知己，兄弟绝对没有别的意思，就是有点害怕你的保镖。”

“他人很好的。”白曦打开名片夹，抽出一张递过去，“喏，我姓白。”

马克李如获至宝，乐颠颠地把名片塞进了衣兜里。

“之前我们偶尔会一起讨论电影。”白曦蔫蔫地窝在沙发上，闷闷道，“但是我现在不想说话。”

“我真是很佩服你的社交能力。”韩卓按下免提键。

马克李那感情充沛的声音立马响了起来：“一个个鬼魂四散地奔返殡宫，还有那横死的幽灵抱恨长终，道旁水底有他们的白骨成丛，为怕白昼揭露了丑恶的形容①……”

韩先生脸色铁青：“打错了。”

“……”马克李小心翼翼地试探：“喂？”

“是我。”白曦凑过去说，“对不起，我今天很累了。”

“没关系，刚刚那位是韩先生吧？”听到白曦的声音，马克李立刻忘记了恐惧，关心起挚友来，“你的声音听起来很疲倦，是生病了？”

“没有，在外面出差。”白曦靠在沙发上，“有什么事吗？”

---

①出自莎士比亚的《仲夏夜之梦》。

“我是想邀请你参加一场假面舞会。”提起这个，马克李顿时变得兴致勃勃，“主题是仲夏夜之梦，你一定会喜欢的。”

“可我最近很忙。”白曦鼻子有些堵，“抱歉，你还是邀请别人吧。”

“不要紧，舞会是在平安夜。”马克李不想就这样放弃，“我已经为你准备好了华美的礼服。”

白曦：“……”

“对不起，李导演。”韩卓把手机从白曦耳朵边拿过来，“我——”

“我姓马。”对方纠正道。

韩先生顿了一下，然后说：“马导演，白总他真的非常非常忙，所以我建议你邀请一位美丽的女伴来参加这场假面舞会。”

但是我并不需要女伴，马克李在心里回答。不过面对铁血冰冷的保镖先生，他只能选择退让并态度良好地说：“那请白总先好好休息，我过两天再打过来，再见。”

韩卓把手机还给白曦：“以后禁止再接听这种骚扰电话。”

“他其实还挺有才华的。”白曦说，“每次和他打完电话，我都会有新收获，所以不算是骚扰电话，也不能说是浪费时间。”

“新收获？”韩卓实在是好奇，“你们都聊了什么？”

“什么都有，最近聊的是《仲夏夜之梦》，所以他才会邀请我参加派对。”白曦问韩卓，“你喜欢这部戏剧吗？”

韩先生考虑了一下，含蓄地问道：“史蒂夫老师喜欢吗？”如果它也不喜欢，那我至少不算输。白曦总算是笑了出来。

“别胡思乱想了。”韩卓拍拍他，“地下仓库只是想威胁周勇，应该不会伤害周太太和周静。”

白曦点点头，深吸了一口气：“我有点困了。”

韩卓尽职尽责地把人送进浴室。

在微烫的水里，白曦紧绷的神经总算放松下来，他闭着眼睛，想将自己从纷乱的思绪里抽离。

卧室里，韩卓正帮白曦准备明天的衣服，手机却响了起来——熟悉的号码。

“知道我要说什么吗？”施天一如既往地打着哑谜。

韩卓站在窗边，语调冰冷：“不知道。”

施天轻轻地叹了一口气：“我一直都很希望你能回来，也再三强调过地下仓库不会和你作对，我甚至可以容忍你一再干扰追捕者的行动，但这不代表你可以肆无忌惮，越来越过界。”

“所以？”韩卓问。

“所以这次只是个小小的警告。”施天放下手里的酒杯，“你当然可以继续胡闹，但是从现在开始，你必须为自己的每一次行动付出代价。”他说这句话的时候，面前的屏幕里正同步播放着一间实验室的画面。画面里，周静闭着眼睛安静地躺在实验台上，她的四肢看起来分外修长——那绝对不是普通人能有的比例。

“你打算对她做什么？”韩卓问。

“我原本什么都不打算做，她其实并没有太多研究价值。”施天似乎很替她惋惜，“但是现在，一切都要看你的表现。”至于所谓表现的具体形式，施天说，“周六下午三点，你来老地方抽点血，我就放了这个可怜的女孩，并且保证再也不去骚扰周勇一家，怎么样？”

韩卓握着手机的手微微一紧，没有说话。

此时窗外霓虹闪烁，迈阿密酒店传来吵闹的歌舞乐声，街道上的小摊刚出锅了热气腾腾的炸串和烧烤，啤酒瓶滚落一地，伴随着小痞子的哄笑，眼前的一切都显得那么世俗而又喧嚣，和远方冰冷寂静的实验室形成了鲜明对比。

施天很有耐心，他惬意地闭起眼睛，在死一般的寂静里，听着时间一秒一秒地流逝，直到对面的人说了一句“好”。

韩卓挂断电话时，白曦正好从浴室里出来，他裹着睡袍，不好意思地说：“对不起，我睡着了。”

“没事。”韩卓关上窗户，把冰冷的寒风隔绝在外，“要喝牛奶吗？”

“我已经刷过牙了。”白曦走过去，带着暖乎乎的热气，“你怎么站在这里吹冷风，刚刚是谁打来的电话？”

韩卓犹豫了一下，还是选择告诉他实情：“是施天做的，周静在他手里，目前应该不会出什么事。”

“只是目前吗？”白曦担忧道，“那以后呢？他提了什么要求？”

“周六，用我的血来换周静和她家人的平安。”韩卓回答，“他在我身上做过实验，因此需要记录一些后续数据。”

“不行。”白曦闻言一惊，下意识抓住他的手，“我不答应。”

韩卓有些内疚：“对不起，我又让你担心了。”

“不要对不起。”白曦按了按他皱起的眉头，“你没有对不起任何人。”

韩卓点点头，他想让自己看起来轻松一些，却依旧难掩眼底的疲倦，宇宙无敌奥特曼也会有情绪低落的时刻，也会需要别的帮助和安慰——哪怕只是一个温暖的拥抱。

虽然周勇一家的事情还没有解决，但是生活总得继续，所以两人还是按计划，在签完合同后才坐上了返程的火车。

“想不想要奖励？”韩卓问他，“你看，随随便便一出门，就是这么大一个合同，厉害得不得了。”

“一半都是我爸的面子。”白曦回答。

韩卓安慰他：“那至少还有另一半是因为你。”

“另一半里的百分之八十是拜我的相貌所赐。”白曦揽住他的肩膀，“你有没有觉得，按照钱总的热情程度，就差握着我的手叫女婿了？”

“觉得。”韩卓点头：“但是没关系，赚钱要紧。”

白曦冲他竖起赞赏的大拇指，有格局。

铁道两旁雨雪潇潇，看起来有种特别的沧桑的美感。车厢里坐满了乘客，也不能讨论地下仓库和施天，反而给了两个人难得的轻松时间，于是他们在薯片和可乐里看了三个小时的动画片。

另一座城市的天气倒是很晴朗，晴朗到连王先生这种漂亮暴躁的时髦年轻人都想学退休老人去公园里晒太阳，于是他心情上佳地把电话打给了自己的雇主。

“不行啊，我今天要加班。”刘春春塞着耳机，一只手翻文件，另一只手滑动鼠标，“可能要晚上十点半才能下班。”

王远辰意料之中的很不满：“为什么你每天都要加班？”

刘春春老老实实回答：“因为我这周请了一天假，而白哥又谈成了一个新项目，等他回来事情只会更多，再加上——”后面的话还没说完，听筒里已经传来不耐烦的嘟嘟声。刘春春有些郁闷，他默默地想，再加上你周末要出去玩，那我也不能加班，所以只能在今天做完所有的事。

“春春，”临下班前，一杯热气腾腾的咖啡被放在了他面前，“新品。”然后就是一张楚楚可怜的漂亮脸庞，“拜托，真的不能给我那位绝世大帅哥的电话吗？我真的很想认识他。”

“真的不行。”刘春春回赠女同事一袋话梅，充满同情地说道，“你还是换个目标吧，他的脾气绝对是你无法想象的烂，是连多喝热水都不会说的那种烂。”

"没关系，再烂我也可以接受！"对方一拍桌子展现了片刻的豪迈，然后又小女人状地捧住脸颊，"求求你了，春春……全世界最好的春春……"

刘春春哭笑不得，生平第一次知道了什么叫"蓝颜祸水"——这种招蜂引蝶的程度远超大学时的系草①白曦数十倍。他举手投降："我请大家看电影怎么样？"

对方还是不想就这样放弃，用双手端起咖啡送到刘春春嘴边，继续争取着："真的不行吗？全部门的女生都在等着我的回复。"

"真的不行，听话啊。"刘春春站起身，推着对方的背把人推回了隔壁办公室，"周末我请你们全部门的女生吃比萨加看电影，这样总可以了吧？"

王远辰靠在门口，闲闲地说："不可以。"

刘春春："……"

王先生嘴角一勾，在一秒钟之内就变脸成了七叶路的浪荡酒保，笑得又专业又妩媚，眼神无邪面容漂亮，整个人像是一块璀璨发光的巨大宝石，立刻就让刘春春变得毫无存在感了。他微微弯下腰，对旁边的女生小声抱怨："我能要杯水吗，这位美丽的小姐？今天真的很冷。"

刘春春目瞪口呆，觉得自己八成是出现了幻觉。

仅仅过了五分钟，王远辰面前的小茶几上就堆满了热饮和零食，他彬彬有礼地道谢，王子一般风度翩翩，直到把所有女孩都哄得心花怒放回到座位上工作，才折返刘春春的办公室，反手一关门，凶相毕露。

"我、我、我要求得到和她们同等的待遇。"刘春春蹲在墙角抗议道。

"那是陌生人才有的待遇，你确定要？"王远辰双手插兜，凉凉地瞥了他一眼。

"……唔。"刘春春转移话题，"你怎么来了？"

"恰好路过。"王远辰从他桌上端起咖啡。

"别喝。"刘春春阻止，"那是别人送我的。"

王远辰果然就放下了杯子——他不介意用刘春春的水杯，也不介意喝刘春春买的咖啡，但如果是别人买的，哪怕是全新未动地摆在他面前，他也没兴趣喝一口。

刘春春也不知道自己是从什么时候开始掌握了对方这个奇怪的烂毛病。他打开柜子，翻出一包豆奶粉，在自己的巴斯光年水杯里冲开，吹了吹热气，然后递给王远辰："等半个小时，我们一起去吃饭。"

---

①系草：指大学各系中被大家公认或选出的最帅气的男学生。

王先生一脸嫌弃地看着桌上的粉红包装袋："女士豆浆？"

刘春春实诚道："这个打折。"反正味道一模一样。

王远辰嗤了一声，又从他桌上没收了一包字母饼干才高傲地接过豆浆。

刘春春见"熊孩子"终于安分了，连忙投入工作中。他噼里啪啦地敲着键盘，双目炯炯专心致志，工作效率成倍增长，如果被小白总知道，一定会很愿意付工资请王先生做监工。

这天，两人离开公司时，天色已经完全暗了下来。原本说好的半个小时最后翻成六倍，刘春春于心有愧，主动提出要请王先生吃大餐。王远辰开着拉风的红色跑车，在写字楼区绕了一圈，然后问："你说的大餐，是指黄焖鸡还是麻辣烫？"

"也不是非要在这里吃啊。"刘春春笑道，"这附近什么都没有的，除了小吃街就是食堂，你一定不会感兴趣。"

王远辰漫不经心地问："那你觉得我应该对什么感兴趣？"

"……法式大餐吗？"刘春春发挥了一下自己贫瘠想象力，最后老实承认，"我从没去过高级餐厅。"

王远辰忍不住微微一笑，开着小车耀武扬威地驶上了高架，在寂静无人的夜路上跑出了飞一般的速度。

刘春春很有请客的诚意，还特意发短信问白曦到底哪里才算是"高级餐厅"，以及需不需要预约。

"原来他们相处得这么融洽吗？"白曦回复完消息，继续让韩卓帮自己擦湿漉漉的头发，"我一直以为春春很惨的，每天都要含泪接受钻石和高级西装，结果他现在居然要和王远辰一起去吃大餐。"

"我也没想到。"韩卓笑了笑，"但今晚听起来是个很可爱的夜晚，所以关于施天的事我们暂时不告诉他，明天再说也不迟。"

王先生开车径直回了家，说好的大餐再度变成家常菜。刘春春系着围裙，站在锅边专心致志地炸丸子。一粒粒金黄饱满的肉球在沸油中上下翻滚，散发出迷人的香气，引得王先生和邻居家的阿咪一起心痒难耐，一人一猫的表现方式竟还出奇一致，都是别扭而又矜持，一个蜷着尾巴趴在窝里，另一个站在厨房门口宛若静止的古典雕像。

丸子要炸两遍，先炸熟再炸酥，等炸好后，刘春春才勾勾手指："进来。"

王远辰放下凉透的咖啡，表情肃然地走过去，还没等丸子递过来就已经张开了嘴。

刘春春吹了吹，小心翼翼地喂到他嘴里，然后问："又很难吃，对不对？"

丸子外酥里嫩，汁水充沛，舌尖和牙齿都得到了极大的享受。王远辰点头，说："嗯，难吃。"刘春春笑着盛给他一小碗炸丸子，自己又去忙别的菜。

厨房窗台上摆着一排卡通奥特曼，那是他在得知白曦的身份后网购回来的小摆件，但是却遭到了王先生的强烈嫌弃，甚至都不允许他摆在客房，最后只好委屈这些拯救地球的超级英雄暂时蹲在厨房里，天天陪着抽油烟机一起工作。

王远辰问："哪个是我？"

刘春春回头："啊？"

"有三个，"王远辰指着那排奥特曼，"没有我吗？"

"唔……"刘春春在选购的时候其实并没有深想，单纯因为三个一套，但是既然王先生特意问起，他也就机智而又懂事地说，"没有你，你比这些都好看。"

王远辰不屑："嘁。"

"是真的，我没骗你。"刘春春一边切菜一边说，说完自己也忍不住笑起来，觉得这种对话实在幼稚。

王远辰悠闲地踱到他跟前，伸手戳了戳那包在毛绒家居服里的腰。

白色的雾气，玻璃上的笑脸和桃心，食物的香味，窗台上的奥特曼，还有忙碌的两个人——一个忙着做，一个忙着吃——所有这些加起来就是冬天里最温情的画面。

王远辰对现在的这一切都感到满意，当然，如果隔天清晨没有接到韩卓的电话，他会更满意。

"我去实验室的时候，小白就暂时待在你那里。"韩卓说，"有情况的话随时联系黛西。"

"你确定要去？"王远辰烦躁地问，"为什么要向那个混蛋妥协？"

"因为我得确保周静的安全。"韩卓说，"她是无辜的，而且身份特殊。"

"你的退让只会让那个混蛋得寸进尺。"王远辰提醒韩卓，"至少也要让你的血里带一些干扰素。"

"施天没那么好骗，我也不想再有任何意外。"韩卓摇头。

"那以后呢？"王远辰问，"仍然被他胁迫吗？"韩卓没有回答。在这大段压抑的沉默里，王远辰叹了口气，终于善心大发，把尖锐的语调收起三分："你自己小心。"

"谢谢。"韩卓点点头，挂断了电话，转头就发现白曦抱着外套站在自己身后。他笑眯眯地弯着眼睛，像是并没有听到刚才对话的内容。

“不安慰我一下吗？”韩卓从他手里接过衣服。

“没关系。”白曦道，“无论你做什么决定我都支持，而且，来日方长。”

很快就到了周六，仿佛是一瞬。

韩卓开车去了施天所说的“老地方”，一家隐匿在市中心的实验室，外面是客流如云的咖啡店，深处却是恐怖寂静的白色监牢。

门口的指纹锁并没有换，韩卓一路畅通无阻，实验室里的员工见他进来也没有丝毫讶异，而是像以前一样低头叫一声“韩先生”。时间仿佛在此时此地凝滞了，熟悉的场景，熟悉的人，熟悉的声音，无一不在唤醒着之前熟悉的回忆，再刺鼻的药水也掩盖不住空气里的血腥……这一切都让韩卓从心里生出厌恶。

公寓里，刘春春在厨房里张罗着食物，他偷偷看了一眼坐在沙发上的白曦，忧心忡忡地问王远辰：“白哥没事吧？”

“你以为他是谁，苦情少女还是电视剧里悲情主角？”王远辰舔了舔手指上的饼干渣，“当然不会有事。”

“至少也会心情不好吧？”刘春春把面包从烤箱里端出来，“虽然我不懂你们奥特曼的事，但是很明显，目前邪恶怪兽的势力要强大许多。”因为连传说中的韩卓都只能被迫妥协。

“很多年了，一直都是这样。”王远辰说，“其实吴子刚的想法并没有错，第三实验室需要人类的支持，哪怕只有一小股力量，至少也能让地下仓库心存忌惮，不会像现在这样嚣张。”

“周勇那边还有戏吗？”刘春春问。

“有戏。”王远辰点头，“所以我不反对韩卓用自己的血去换周静，虽然听起来很失败，但这真的不算亏本生意。”

“嗯。”刘春春想让白曦心情好一点，于是用果酱在刚出炉的面包上画了个桃心。

王远辰说：“我不吃草莓酱。”

“我知道你不吃，白哥喜欢。”刘春春把盘子递给王远辰，“端到客厅去。”

王远辰略略不满，他高傲地说：“我突然又想吃草莓酱了。”

“那你就吃呗。”刘春春擦擦手，反正烤了很多，随便吃。

自己微妙的小情绪没有被对方关怀到，这让王先生稍微有些不悦，不过看在客人的面子上，他没有现在就动手把刘春春的脸蛋扯成方形的。他把面包端到客厅，丢了一个给白曦："在想什么？"

"在想周勇。"白曦说，"他只是副主任，根据吴子刚提供的资料来看，他也并没有什么深厚的身份背景，那在这次事件之后他会不会被撤职？"

"不会。"王远辰擦了擦手指上的果酱，"他非但不会被撤，反而马上就要升职，我猜应该是对于他女儿被绑架的安抚。"

白曦意外地说："你怎么会知道这些？"

"这事又不是什么了不得的秘密，北斗研究所的网页上就挂着公告。"王远辰说，"当然，人们只会以为他是研究小麦和水稻的。"

白曦抬手打断他："等一下，我现在脑子有点乱。"

"没关系，你慢慢梳理，我不会打扰你的。"王远辰欣然回了厨房并反手关了门。

刘春春吃惊道："怎么了？"

"你老板，"王远辰无辜道，"他说想要一个安静的空间。"

"是吗？"刘春春安慰他，"那我们就在厨房待着，这里挺暖和的。喝不喝茶？"

王远辰满意地说："嗯。"

白曦拿了纸笔，将信息一条一条地列出来。

毫无背景的周勇，在退伍后没有像一般人那样回老家，而是进入了最高保密机构出任异能者研究所副主任一职。

妻子是异能者，这原本属于严重失职的行为，他却升职了。

如果是因为上级很器重他，那么这一切尚可以解释，不过就目前的资料来看，研究所的副所长，也是实际掌权的一把手冯起，对这个直肠子可谓是相当厌烦，甚至三番两次打报告要求把周勇调到别处，不过最后都没有下文。

所以……周勇背后应该还有人？而且至少是可以威慑到冯起的人。想到这一点，白曦茅塞顿开，三两步跑到厨房门口，推开门："我——"

他的声音戛然而止，因为眼前的画面略微惊人。刘春春举着勺子，正准备将已经吹凉的雪梨汤喂给对面的人，而一向冰冷漠然的王先生，此时此刻看起来分外享受，不仅张着嘴，还闭上了眼睛。

"白哥。"看到白曦，刘春春举着碗勺过来，"尝尝看，我专门给你炖的。"

王远辰懒洋洋地靠在窗台上，目光凶残，为了半路飞走的甜汤。

"北斗研究所的所长是谁？"白曦没管刘春春，反而看向王远辰。

"外界知道的只有一个名字，不过我猜连名字也是假的。"王远辰回答，"没有人知道他究竟是谁，他从来没有在公共场合出现过，更查不到任何资料。”

白曦微微皱眉，这么神秘？

韩卓自己抽了血，然后将采血管放在了托盘里。施天点点头，示意实验员把血液带去化验室。十分钟后对方发来消息，说检测结果一切正常。

“很高兴你愿意配合。说真的，在此之前我一直担心你会提前给自己注射一些无用的药物。”施天按了一个键，面前的屏幕立马同步了远程画面。

韩卓目不转睛地盯着屏幕，看着周静被抬上担架，然后被送上了面包车。

“半个小时后，这位可怜的女孩就会回到自己的家了。”施天说，“不过我不希望你们以后再见面，明白吗？”

“她的骨骼是怎么回事？”韩卓放下袖子。

“只是常见的异能失控，这和她母亲在怀孕的时候曾经大量服用过抑制药物有关。说得通俗一点，这位周小姐是迟来的畸形儿。”施天给自己倒了一杯酒，“我早就说过，老周的店铺并没有存在的必要，他的那些药物并不能百分之百确保异能消失，只会干扰我们的研究，并制造出越来越多的怪异胎儿。”

“你才是造成这一切的罪魁祸首。”韩卓站起来冷冷地说，“还有，所有的异能者都知道老周并没有研制出完全无风险的药物，不过他们还是选择用自己的健康去赌，因为只有这样才能让自己失去研究价值，从你的追捕者手中逃脱。”

“听起来有些残忍，不过世界就是这样，弱肉强食。”施天递给他一杯酒，微微一笑，“等你目睹了更多的现实，迟早会回到这里，我相信一定会有那一天。”

韩卓却直接转身走出了实验室，他步履匆匆，很快就消失在了监控里。

第17颗星

梁佚

神秘的大佬们总是扎堆出现

如王远辰所言，在网上基本查不到任何关于北斗研究所所长的资料，只能找到一个孤零零的名字——梁佚，看起来也很像是佚名的意思。

“会是高层吗，所以才不方便透露？”刘春春端来一盘水果放在白曦面前，空着的手朝天指了指。

“有可能。”白曦单手撑着脑袋，“不过不管他是谁，只要他是副所长冯起的反对者、周勇的支持者就够了。我得找到他。”

“你打算怎么找，网络搜索还是上街贴寻人启事？”王远辰端着自己的茶杯过来，咚地一声放在刘春春面前，“恕我直言，你的计划看起来毫无条理。”

“可目前至少已经有了两个知情者。”白曦说，“冯起，还有周勇。”别人或许对内幕一无所知，但他们一定知道梁佚是谁。

“好吧。”王远辰点头，“就算他们知情，你打算去找哪一个？”

一个是敌对者，另一个此时正遭受着人生中最大的考验，以后对异能者的态度也不得而知——而且还有周静在，按照施天一贯的行事作风，八成会用她去威胁周勇，让他从此夹着尾巴做人。

白曦皱起眉头，没有再说话。

刘春春悄悄掐了一把王远辰的背，你这人能不能稍微委婉一点。

王先生睚眦必报，把刘春春的头发揉成了愤怒的鸡窝。

半个小时后，韩卓来接白曦，两人一起回了星海路的公寓。

“饿不饿？”进门之后，白曦帮他把外套挂好，“我煮饭给你吃。”

“你？”韩卓笑，“你什么时候学会做饭了？”

“也不算很难，”白曦把他按在沙发上坐好，又倒了杯热茶过来，“至少煮碗面是没什么问题的。”

“我没事。”韩卓说。

“我当然知道你没事。怎么，我难得主动做一次饭，就一定得是你有事？”

韩卓笑了笑，没说话。糟糕的一天，幸好有很好的人。

冬天的天黑得很早，但房间里明亮又安静，墙上的星星挂钟摇摇摆摆的，秒针转一圈，分针又转一圈。白曦取出毛毯，轻手轻脚地盖在了睡着的韩卓身上，然后溜进厨房，继续折腾面条。他想给这个人更多的温暖，更多安慰，更多的安全感——虽然听起来有些天方夜谭，不过在某些时候，叛逆的小怪兽也想保护强大的奥特曼。

一个小时后，厨房里一片狼藉，白曦叫醒沙发上的韩卓，虔诚地捧着一碗面，如同交假期作业的小学生，等着老师表扬。

“下次可以叫外卖的。”韩卓看着他手上的创可贴，哭笑不得，“为什么你煮青菜面也能切到手？”

“实不相瞒，其实还有一盘炒肉丝，但是煳了，所以垃圾桶帮你享用了它。”说着，白曦把筷子递给韩卓。

韩卓喝了口汤，点头，“还不错。”

白曦问：“还不错？”

韩先生熟练地改正：“我从来就没有吃过这么好吃的东西。”

白曦趴在餐桌上笑。

一颗小星星跌落在餐桌上，代替飘浮的烛光，让这顿晚餐更加温馨浪漫。当然，饭后的厨房还是归韩先生收拾，他洗干净焦煳的锅底，擦干净台面上的油渍，把放乱的调料瓶重新归位，再看看地上形迹可疑的焦黑污渍，然后认命地拿起拖把。

而捣乱分子此时已经钻进了被窝，正翻看手里的旧文件，那是之前白博阳找来的异能者资料，不过里面没有提到梁佚，甚至连相似的名字也找不到。

“在看什么？也不怕闷坏。”

被子被人掀开，原来是韩卓收拾完厨房找了过来。白曦连忙坐起来：“没什么，一些老资料而已。你怎么收拾了这么久？”

“你摔坏了我三个碗。”韩卓戳戳他的脸，“而且还把它们偷偷藏了起来。”

白曦眼神飘了飘：“哦。”

“小坏蛋。”韩卓哭笑不得，他摘下眼镜，凑过去打算和他一起看资料，不料白曦的手机却在此时振动起来。

“马导演，白总对莎士比亚的化装舞会真的没有兴趣。”韩卓接起电话冷静地说，“而且他最近很忙。”

马克李觉得活见鬼了，而且郁闷非常，为什么最近自己每次打给白曦的电话总是被这位凶巴巴的保镖先生接起——现在分明都已经过了十一点。

“我觉得类似这种骚扰电话，在目前的情况下我们可以不接。所以你介意我拉黑他吗？”韩先生问。

“相当介意。”白曦抢回自己的手机，“等所有事情都结束之后，我还要和他一起讨论文学和电影。”

韩卓：“……”哦。

卧室里的灯光暗了下来。在这个乱哄哄的夜晚，白曦并没有说出自己的猜测，而是选择先让韩卓好好睡一觉。直到第二天下午，他才重提了这件事。

“梁佚？”韩卓说，“我之前也查过这个人，不过毫无线索，包括一直在密切关注研究所动向的吴子刚都不知道他到底是何方神圣，所以大家都默认这只是一个代号。”

“你的看法呢？”白曦问，“你觉得我的推测有没有道理？”

韩卓点头：“逻辑上的确说得通。”

“那要不要再联系一下周叔叔？”白曦说，“目前他是我们唯一的突破口。”

“可周静的状况非常不好。”韩卓道，“她那已经不单单是身高异常的问题，而是连骨骼都开始僵硬变形了，并且很有可能会危及生命。”

“有办法医治吗？”白曦皱眉。

“不知道，至少我们没有，第三实验室也没有。”韩卓说，“至于施天和北斗研究所有没有，暂时还不好说。”

而除了这个，目前还有一个最大的问题是周勇全家都处于失联的状态，既打不通电话，也见不到人，更别提要从他那里打探梁佚的身份了。

白曦突发奇想：“我去过周静的卧室，要不我们用瞬间移动过去？”

韩卓：“……”

“至少得先见个面吧。”白曦说。

“先过了这周吧，”韩卓无奈，“至少得让我弄清楚周勇家目前是什么状况。”

瞬间移动当然可以，但如果瞬间移动过去之后，面对的是满屋子的研究员、医生和警察，那就有点棘手了。而事实也证明韩卓的猜测并没有错，在周静回家的当晚，北斗研究所就抽调了三名员工24小时值守周家。

夜深人静，周太太坐在床边痴痴地看着昏睡的女儿。她原本灵俏的双眼已经干涸枯萎，再也流不出一滴眼泪，她万分懊悔自己当年的选择，懊悔草率吞服那一把把药物，却又无法做出任何弥补，短短几天时间，她的鬓边已经生出了大片灰白的头发。

“要喝水吗？”周勇搂着她，轻声问道。

周太太茫然地摇了摇头，她现在已经知晓丈夫的真实身份，甚至有些迁怒他——要是没有北斗研究所，没有地下仓库，没有凶残的追捕者，那异能者就不用惶惶不可终日，不用吃药，当然也就不会生出畸形的孩子。

她觉得很冷，浸透到骨髓里的那种冷。她想尖叫，想要像每一个愤怒且失去理智的妻子那样对丈夫喊出自己的想法，却又发不出哪怕是一个音节。

她不知道该怎么骂人，她只想女儿恢复健康。

“周主任，”值守人员敲了敲卧室门，“有你的电话。”虽然对方并没有表明身份，但是这个时候能打进内线电话的都不是外人，而且那声音听起来相当有威严，他们也不敢掉以轻心。

“梁老师。”周勇站在阳台上接电话，叹气道，“我太太的情绪真的很差，我很担心她会坚持不下去。”

“先别担心。”梁佚说，“我已经跟冯起谈过了，他会尽快安排，大概三天左右，就能让静静到我这里来了。”

“您事先也完全不知情吗，”周勇问，“关于我太太的身份？”

“不知道，她隐瞒得很好。”梁佚说，“有一件事我希望你知道，对于异能者而言，骨骼生长也并非不可逆的，所以我会尽快找出让静静恢复健康的办法的。”

“谢谢。”周勇嗓音嘶哑，这也算是近日来唯一的好消息了。

“前段时间来找过你的那名异能者，韩卓，”梁佚换了个话题，“你怎么看？”

周勇微微皱眉：“老师。”

“放心，他们没胆子监听我打给你的电话。”梁佚道，“尽管说。”

周勇这才斟酌着开口：“他似乎在异能者中很有威信。”

“只有这个？”梁佚笑道，“好吧，看来你过分谨慎的习惯还没有改过来。那我们三天后见。”梁佚挂断电话，又对着穿衣镜整理了一下睡衣才回到卧室。

卧室床边坐着一位风韵犹存的中年女性，看起来明艳又热情，尤其是她还穿着一条雍容华贵的蓬蓬裙，宛若从油画里走出来的贵妇。梁佚忍不住发出惊叹：“哦?!”

“不要哦了，快过来帮我整理一下背后的绑带。”美丽的贵妇站了起来，一边抱怨，一边拼命地收腹，“儿子下个月要举办化装舞会了，你觉得这条裙子怎么样？有没有非常的仲夏夜之梦？”

梁佚点头：“很好。”

“你也要参加的，这段时间记得多看几本戏剧。”贵妇又说，“小马能不能答应我们的事，就看你的表现了。”

梁佚诚惶诚恐：“那当然，那当然。”

贵妇名叫庄妍，孀居多年，是导演马克李的亲妈。她早年从过世的丈夫那继承了丰厚的遗产，由于经营得当，如今名下有数十家公司。梁佚在某酒店大堂对她一见钟情，于是两人之间上演了一场夕阳红版的《站住，我的霸道女总裁》。过程虽很坎坷，所幸结局相当喜人，两人目前已经进入了同居阶段，就等着过了儿子这一关，正式由两家人变成一家人。

当然，和所有任职于保密机关的人一样，梁佚并没有告诉庄妍自己的真实身份，甚至他对外的所有身份信息都是假的——牛大翔，53岁，一直单身，拥有一家经营状况良好的私人医院。虽说他的个人资料是假的，但他对庄女士的感情是相当真诚且炽热的，这也算是他多年来第一次发现研究之外的乐趣，所以很是为之亢奋。

三天之后，韩卓说：“周静被接走了。”

“被接走了是什么意思？”白曦问，“地下仓库还是北斗研究所？”

“都不是，是一家私人医院。”韩卓道，“离星海路很近。”

“所以那家医院也是隐蔽的异能者研究所吗？”白曦对这种事已经见怪不怪了，“属于施天吗？”

“接她的是北斗研究所的人，所以我猜那家医院应该和施天没关系。”韩卓递给他一张纸，“这是院长的资料，目前看不出有什么异常。”

“但也一定是顶尖的科研人员，否则周静不会被送到他那里。”白曦快速地过了一遍资料，“牛大翔……未婚？”

“他把一生都奉献给了自己所热爱的事业。”韩卓说，“不过最近这位牛院长找到了生命中的另一半，俏丽美艳的庄妍女士，你应该听过这个名字。”

“知道，知名霸道女总裁。”白曦点点头，又有些苦恼地说道，“我发现我现在多了个毛病，看谁都像奥特曼。”包括这位在业内叱咤风云的庄总。这身玫瑰红的宽肩西装，普通人穿就是山炮①，但是她穿就很像威风凛凛、从天而降的外星女王。

白曦在搜索APP里敲下“庄妍”这两个字，立刻出来了大量的照片，都是丰满艳丽、高调张扬的风格，鸽子蛋的钻戒、十五厘米的高跟鞋以及拥有数量庞大到足以媲美车展的豪华跑车。页面草草划过去，白曦突然震惊道：“马克李被她包养过？”

韩卓一口水全部喝进了气管里。

白曦说的是一则不起眼的花边新闻，主要论据就在于庄女士刚提回家不到一周的奢华新车转头就被马克李导演开进了片场当拖拉机，拉完道具拉盒饭，刮擦成了抽象画也不心疼——完全就是恃宠而骄。只可惜如今的网友已经不再像之前那样听风就是雨，再加上马克李导演本身不出名，还不修边幅得有些过分，满脸胡楂，毫无姿色可言，着实没有被包养的资本，所以这条新闻并没有激起任何水花，发出来一年了，底下评论也才两条，还都是增高广告。

“至少能说明他们认识吧，而且关系应该不错，否则马克李也不会用庄总的新车去拉黄焖鸡和榴梿蛋糕。”白曦说，“要不要联系一下他？”

韩先生：“……”

“听话。”白曦摸摸他的头，像安抚某种大型动物，然后就拨通了马导演的电话。

“您好？”马克李的声音相当小心翼翼，十分担心是冷酷保镖发现了自己偷偷摸摸发的短信，所以致电斥责。

“是我。”白曦说。

马克李顿时泪流满面，他心酸地说：“我真的很想你。”

韩先生面容冷酷。

“不好意思，我最近太忙了。”白曦说，“今天下午好不容易才有了点空。”

“没关系，我理解。”马克李感同身受，“这年头做什么都不容易，你也辛苦。”

“关于那场化装舞会——”

“你愿意来吗？”白曦的话还没说完，马克李就迫不及待地打断道。

“呃……”白曦看了一眼韩先生，犹豫道，“我可以考虑一下。”

马克李热泪盈眶道：“好好好。”

“你最近在忙什么？”白曦又问，“除了舞会之外，还有别的工作吗？”

“没了，所以我相当空闲，如果那位冷酷保镖不在，我甚至可以去你公司找你喝

---

①山炮：东北方言，现用来调侃某人没有见识。

茶。”马克李说。

“那你来吧，就现在。”白曦说，“他临时有事，明天才来上班。”

韩先生用眼神表示了无声的、深沉的抗议。

然而电话那头的马克李已经欢呼雀跃地满口答应，并保证会在半个小时之内到达。

“怎么样，”白曦挂断电话，“可以配合吗？”

韩卓说：“我就在隔壁，你可以和马导演慢慢聊。”

白曦从抽屉里摸出一包字母饼干，把韩先生打发去了隔壁休息室。

二十分钟后，刘春春在公司门口差点被撞倒。他满脸震惊地看着那一大捧彩虹玫瑰以及掩映在玫瑰丛中的络腮胡男人，问：“你找白总？这花是送给白总的？”

“对！”对方回答。

刘春春八卦之心骤起，做贼一般打听：“谁送的？是对面模特公司的姐姐吗？”

“什么模特姐姐？这是我送的，白总约我来喝下午茶。”络腮胡男人，也就是马克李强调道，“我已经预约过了，请问白总的办公室在哪儿？”

“你送的？”刘春春再度被震惊了，他还从来没见过哪位客户来喝下午茶会带一大束七彩玫瑰的。

白曦的助理过来把人带到了白曦办公室。刘春春虽然十分想跟过去探听八卦，但手里的工作还没做完，只好暂时把这件事放在了一边，打算下班后再去盘问。

白曦本人也被这一束玛丽苏[①]照进现实的玫瑰惊了一把，他说：“来就来吧，为什么还要买花？”

“空手多不好意思。”马克李把花塞进空花瓶，“而且这是舞会的主题花束，今天刚打样出来，我就带来当礼物了，怎么样？”

“挺好的。”白曦闻言松了口气，“看来你的舞会的确很隆重。”

“不是很隆重，是相当隆重。”马克李从破背包里掏出来一张巨大的图纸，哗啦一下抖开，铺在了白曦的办公桌上，“先给你看场地布设图，我觉得这一块太单调了，打算换成九十九根水晶梦幻廊柱，其他的倒是还可以。”

白曦看着那如同梦幻水晶森林的布设图，心情复杂地说：“你管这叫还可以？”

忍了又忍，白曦还是没忍住，说：“这也太浪费了吧？只是一场化装舞会而已，还是说因为有什么特别人物出席，所以关键词是穷奢极欲？”

---

①玛丽苏：出自国外同人小说，一般指超出正常逻辑的完美主角，这里指含有这类角色的小说。

“没事，我有金主撑腰。”马克李从包里摸了个苹果出来，咔咔地啃了几口，“我花得越多她越高兴，要什么给什么，有求必应。”

白曦立刻就想到了那位霸道女总裁，于是他问：“这么好？是谁啊？”

“暂时还不能告诉你。”马克李回答得很谨慎，不过他又说，“等我们的感情升华到了一定的程度，我就介绍她给你认识。”

白曦一拍桌子，怒曰：“难道我们之间的感情还要升华吗？！”

马克李被他吓了一跳，险些噎到。他郑重地想了想，说：“还差一点。”

办公室变得安静了，白曦眼神幽怨凄楚，颇有几分大山楂之神韵。马克李脊背发麻，又从包里摸出来一个苹果，战战兢兢地递到小白总面前：“消消气。”

白曦问：“你们文艺圈的人都这么薄情寡义吗？”

“薄情寡义的明明是你。”马克李振振有词，“商人重利轻别离，有诗为证。”

“那现在是谁在隐瞒？”白曦问，“我都没有隐瞒我的金主。”

你当然不用隐瞒了，全世界都知道你的金主是亲爹啊！马克李神情凝重地想，而我就不一样了，因为我的金主是我亲妈。

白曦说：“我不参加你的舞会了。”

“别别别，我都没邀请女伴，就等着和你一起入场。”马克李闻言，吃惊地扑过去抱住白曦的胳膊，大有被打死也不松手的势头，并且感情充沛地说，“我们是高洁的灵魂挚友，每一次沟通都充满了文学和电影的纯美芬芳。”

“灵魂挚友也需要挣钱养家。”白曦啃了一口象征友谊的苹果，“你再不介绍几个有钱人给我认识，我就该饿死了。”

“……行，就在舞会上，我介绍你们认识。”马克李退让一步，“不过我得先回家征求一下她的意见。”

白曦心花怒放，大力地握住他的手：“成交！”

鉴于这位灵魂挚友的表现不错，所以小白总丢下工作，心甘情愿地陪他聊了整整两个小时的戏剧，才让司机把人送了回去。

韩先生回来看着那一大束彩虹玫瑰，发表了评论：“俗气。”

白曦忍住笑，换了话题：“不过我今天也算是见识到了什么叫一切皆有可能。不过马克李的金主不会真的是庄总吧？那牛大翔又是怎么回事？”

“不知道，”韩卓摇摇头，说，“毕竟我和马导演之间又没有什么感情可以升华。”所以猜不透对方在想什么也很正常。

为了感谢韩先生配合演出，白曦当即就让助理预订了玻璃餐厅的双人豪华晚餐。刘春春得到消息后忍不住来确认：“是要和那位络腮胡子客户一起去吗？”

白曦被这种奇思妙想震了一下：“我为什么要和他一起去玻璃餐厅吃晚餐？”

“那是和谁？”刘春春很有种追根究底的执着。

“没有谁，就我和韩卓。”白曦挽住他胳膊邀请道，“怎么样，要不要一起？”

“不是吧，你们两个大冷天跑到那种地方去吃晚餐？”刘春春连连拒绝，“我才不去，我家里还炖着鸡。”鸡旁边还蹲着王先生。同时，他也完全无法想象四个大男人在玻璃餐厅吃晚餐的神奇场景，而且在这种寒冷的冬夜里本来就该早点回家吃饭看电视，只有无聊的可恶的有钱人才会西装革履地去什么玻璃餐厅。

下班的时候，王远辰准时来接刘春春，途中他开车绕去商场买了些小装饰物打算等装修好了摆在新家——之前那栋奢华璀璨的高层公寓由于施天进去过，他想起来实在恶心，所以挂牌卖了，又把在七叶路临时住的小区买下来整整一层，准备以后长住。

“那我们顺便去一下对面吧，”刘春春说，“我想买一双运动鞋。”

“这里就有，为什么要去对面？”王远辰停下脚步。

刘春春看着面前的奢侈品牌开始胃疼，他说：“我不要！”

“好吧，不要这家的。”王先生这次出人意料的好说话，他放过左边的那家，带着刘春春径直进了右边的更贵的。

店员立刻笑容满面地迎上来，接过了两人手里的购物袋。

刘春春欲哭无泪，又弱得根本不敢提反对意见，生怕这个暴躁的外星人会先拆店后拆自己，只好细声细气地说：“我打算买一双运动鞋。”看你们装修得这么金碧辉煌，应该没有吧?

结果店员一下子捧出五双来。

刘春春认命地坐在椅子上，准备听从命运的安排，真正拥有人生的第一件奢侈品。

店员服务态度上佳，利落地下蹲，托住他的脚踝就要帮他脱鞋。

刘春春实在不适应这种待遇，慌忙道：“我还是自己——”他的话还没说完，王先生就把店员拎走了，然后单膝跪地，亲自为刘春春挑了双他看着最顺眼的鞋。

刘春春被吓得不轻，赶紧说：“我自己来。”

“喜欢吗？”王远辰问。刘春春毫不犹豫地点头。王远辰嫌弃道：“我就知道，越土的你越喜欢。”

刘春春感觉很冤枉，其实他真的不喜欢，可他并不敢说实话。

王先生爽快地买了单，在回去的路上，刘春春悄悄给他转了钱。直到两人吃完香浓的鸡汤，王远辰才看到通知短信，于是二话不说就冲到厨房把他扛出来揍了一顿。

“我、我、我刚吃完饭！”刘春春嗷嗷抗议道，“会胃疼！”王远辰果然消停了，还伸手象征性地揉了揉他软绵绵的肚子。“我买东西我付钱，这是理所当然的事情。”刘春春诚惶诚恐地给王先生递茶，“来来来，消消气。”

“你在意的东西很奇怪。”王远辰摇头。

“我自己觉得不奇怪就行。”斟完茶，刘春春又帮他捏肩膀，“不过还是谢谢你带我见识了一下传说中的品牌。”果然是有钱人的世界，纸醉金迷，又贵又难看。

同样纸醉金迷的，还有玻璃餐厅里的晚餐。这个晚上其实并没有星光，不过餐厅的楼外射灯打开之后，整个世界仿佛都变成了银河，透明的、梦幻的，让人仿佛置身星海之中，美得一塌糊涂。

这实在是个很好的夜晚，所以白曦和韩卓谁都没有再提不好的事，只专心致志地享用着眼前的美食，暂时忘记了那些阴暗的杀戮和冰冷的实验室。

周勇问：“怎么样？”

“还有希望。”梁佚说，“不过我也必须告诉你，静静的身体状况并不算太好，她的发育情况相当古怪。”

“我知道，谢谢老师。”周勇又问，“那和我太太早年服用的药物有关吗？”

梁佚点头：“所以至少在这一点上我和冯起持相同的意见，周金山的存在对于异能者来说并不是一件纯粹幸运的事。”

“那当年您为什么阻止施天？”周勇皱眉，“听说他原本打算对周金山下手的。”

“因为异能者需要一个庇护所，哪怕那个庇护所本身也充满了危险。”梁佚道，“否则我不知道这个族群会做出什么疯狂的举动。”

无论是地球人还是外星人，其实都有一样的弱点——只要哪怕有一点点安稳偷生的可能，都足以令他们中的绝大多数丧失抗争的勇气转而选择安于现状。从这个层面上来说，周金山和他那些不安全的药物在一定程度上反倒帮助了地下仓库，可以让他们更加从容地选择实验体，就好像在面对一群永远都不会反抗的肉鸡。

这就是讽刺而又残酷的现实。

“说说看，你对韩卓的看法，”梁佚把手套脱在一边，“还有他身边的那个小朋友，也是你女儿的大学同学白曦，听说他曾送昏迷的静静回家？”

“您果然什么都知道。”周勇叹了口气，“是，如果没有异能者的这层身份，我想我会很喜欢他，他是个谦逊又懂礼貌的年轻人。”

“他们想让异能者回到自己的家园。”梁佚道，“你觉得这个想法怎么样？”

“仅仅依靠我们的航天能力应该还做不到。”周勇回答。

“但是我们可以发射信号，再度和那些来自宇宙的神秘电波建立联系。”梁佚说，“所以说这件事也并非完全不可能。”

“如果是这样……”周勇犹豫了一下，“当然很好。”无论是对异能者还是人类来说，这都将是轰动而恢宏的一笔，当然，唯一被动滞后的可能就只有人类的科学研究。

“老师怎么看？”他又问。

“我保留意见。”梁佚回答，“我既反对冯起和施天的血腥杀戮，也不想失去实验数据，同时又很期待在有生之年能见证这场盛大的回家仪式。”

周勇点点头，说：“对了，施天借冯起传话，他们用静静威胁我，禁止我再和韩卓私下联系。”

“很正常，不过我倒是很期待能认识他。”梁佚说，“传奇一般的异能者，无论是身体机能、思想，还是行为，都很令人尊敬。”这时，庄女士打来电话问他什么时候回家。“马上。”梁佚正色道，“我正在书店里买书呢。”

“老师要走了吗？”周勇问。

“至少再过一个小时。”梁佚挂断电话，看着屏幕上各项数据，“我得先确认静静没事。另外，你太太需要我为她看一看吗？”

“她很自责，情绪相当差，说除非静静没事，否则她也不会吃药。”周勇叹了一口气，“而且她还是不愿意和我说话，不愿意见任何人，每天就只坐在那里默默地哭。”

“她不应该自责的，她也是受害者。”梁佚开导他，“很多事情原本就没有绝对的对错，比如说老周，再比如说你太太当初的选择。你正好也可以借这段时间来仔细想一下整件事以及今后要用什么样的态度来工作。我依旧不建议你和冯起完全敌对。”

周勇点点头：“我明白，老师放心。”

“去休息一下吧。”梁佚拍拍他的肩膀，“静静交给我。”

身材高瘦的女孩安静地躺在床上，由于骨骼骤然生长，所以她的皮肤被撑得有些透亮。之所以会出现这些异状，除了她本身的异能者基因以及在母体内的病态发育外，还有一个重要原因就是她被男朋友注射了实验药物，所以身体变异才会超速失控。

施天宣称对这一切毫不知情，冯起也表示以后会让地下仓库加强药物管控，并且请他不要把这件事告诉周勇，以免那位痛苦的父亲会因此发疯——至于他究竟是真的不知情，还是两人根本就是为了给周勇一些教训，所以假装不知情，谁又知道呢。

梁佚在心里摇头，隔着玻璃罩轻轻抚摸了一下这位可怜女孩的脸庞。

外面下起雪来，夹杂着细细的雨丝，空气变得寒冷而又清新。

白曦裹着厚厚的羽绒服，踩着路沿石晃晃悠悠地走着。

“小心摔倒。”韩卓握住他的胳膊。

白曦抱怨道：“手冷。”

韩卓纠正他：“从理论上来说，你的手可以融化南极冰层。”

“从理论上来说，绝大多数人都不喜欢听到‘从理论上来说’。”白曦回答。

韩先生知错就改，立刻把他冰冷的手塞进了衣兜。

街道两旁的橱窗里挂满了金银色的装饰彩球，商店张贴出的海报里驯鹿拉着雪橇从远处飞奔而来，这是独属于即将到来的节日的欢快氛围。

在遇到韩先生之前，平安夜对白曦来说就是215的聚餐日，主题包括啤酒、火锅和烧烤。而在遇到韩先生之后，他本来期待着这应该是第一个很特别的平安夜，如今却只能眼睁睁地任由它泡汤，因为它也是马克李的舞会举办日。

在寒风呼啸的料峭寒冬，去参加一场主题为“仲夏夜之梦”的派对，而且还肩负着拯救外星人的光荣任务，白曦觉得自己将来可以把这段经历拍成一部奇幻的传记电影。

周末下午，韩卓拎起沙发上马克李送来的古希腊风格的华丽绣金礼服，不解地问道：“你打算去应聘酒店门童吗？”

“你能不能放过这套衣服？”白曦坐在地毯上处理工作，头也不抬地说，“它真的很无辜，并且也不会说话。”

“不能。”韩先生回答。

白曦抱着文件转过身，拒绝继续这种毫无营养的对话。

韩卓笑了笑，坐到他身边继续看电脑里的资料。就目前来看，周家的一切似乎都已经恢复如初，周勇正常上班，周太太也重新出现在了超市和菜市场，虽然她看起来依旧形容疲惫，可至少说明周静已经脱离危险，她才重拾了生活的勇气。

阳光洒进窗户，照得整片地毯都是暖融融的。

白曦手一松，歪着头沉沉睡去，梦里也飘满了金色。

这一年的平安夜很贴心，恰好是飘着小雪的周末。

215的聚会只有两个人能出席，于是俞炯和王小森叫好外卖，打算用加班的方式欢度佳节。

刘春春则一大早去超市买了猪肉、虾仁和大白菜，打算包饺子。

王先生对此很费解："为什么今天要吃饺子？"

"唔，"刘春春问，"那你想吃什么？"

王远辰仔细想了想，又疑惑地说："你好像什么节日都要吃饺子。"没有节日也要单独吃饺子。

"我爸妈就是这样的，逢年过节吃饺子，不过他们不过这个节。"刘春春拍拍手上的面粉，"不然我请你出去吃？"

"不。"王先生断然拒绝，"我就要吃饺子，肉多一点。"

刘春春笑出小虎牙，手上继续忙碌着。王远辰端着巴斯光年的水杯，里面装的是打折的女士豆浆——刘春春友情赠送的办公室同款——在这种寒冷的天气，豆浆要比用咖啡豆研磨出来的咖啡更加温暖香甜。

比起这间温馨的小厨房，白曦目前的情况就比较糟心了。他站在镜子前看着里面那件可笑的、融合了神话风格、巴洛克建筑风格，以及五星级酒店门童风格的神奇礼服，完全不想出门。

韩卓贴心地帮他整理了一下衣领。

白曦万分幽怨地说："你居然在笑？"

韩卓马上绷住表情，故作僵硬地说："对不起，实在忍不住。"

"我拒绝穿这套衣服。"白曦蹲在地上，"这和仲夏夜之梦完全没有任何关系。"

韩先生深以为然，表示心情很好，求之不得。

化装舞会在一处巨大的宴会厅举行。人工铺出的粉黛草丛上矗立着九十九根剔透的长柱，纱幔和水晶相互辉映，在灯光亮起来的刹那，漂亮得仿佛奇幻森林。

马克李在接到白曦电话的瞬间就迫不及待地狂奔到停车场等候自己的灵魂挚友，他甚至再度捧起了七彩玫瑰。

"能不能商量一件事？"白曦后退一步，让自己和他以及他的花都保持着一定的距离，"不要随随便便送玫瑰给我，很有歧义的。"

"可我是真的爱你。"马克李充满感情地说，并且在韩先生发怒之前补充道，"但这爱仅因为文学与电影上的共鸣，至于肉体与爱情上的忠诚，请恕我无法给予，因为那属于一位优雅神秘的公主。”

“你不是要介绍金主给我认识的吗？”白曦完全不想听他分享他的爱情故事，于是毫不留情地换了话题。

马克李顿时感觉很受伤，你至少也要等我朗诵完“夜与明月的光流”，这就是商人和文学的不和谐之处。

白曦按开电梯，把他推了进去。

在从一楼到第十八楼的这段时间里，马克李还抱怨了一下灵魂挚友的着装，为什么没有穿着华丽的礼服来，这身白西装真的很像要参加婚礼，而不是舞会。

“因为尺寸不合适。”韩先生替他回答，在说这句话的时候，他的笑容其实很和善，也并没有想过要威胁可怜的导演，但由于两人气场实在相差太多，所以马克李还是后背一凉，默默躲到了白曦身后。

韩卓：“……”

三人走出电梯的时候，台上的演员正在表演林中的第二幕，猎人正在伴着晨光一起游巡，恶灵无处可遁，阳光在海面上洒下一万道金色的针。

梁佚端着酒杯，十分没底气地问庄妍：“小马真的会喜欢我这副打扮吗？”

“当然，因为你是仙王奥布朗。”说完，庄妍还不忘提醒他，“这是化装舞会，不是你的手术室，请尽量活泼一点，小马不喜欢死气沉沉的感觉。”

梁佚赶紧露出一个无比灿烂的笑容。

隆重的乐曲奏响，马克李带着白曦一起穿过热烈鼓掌的人群，笑容满面，如同正在参加森林中的花车巡游。

梁佚的表情僵硬了瞬间，他敏锐地看向别处，果然在不远处发现了酒台旁边的韩卓的身影。

“小马过来了，你准备一下。”庄妍扯了一下他的衣袖。

“小马旁边的男人是谁啊？”梁佚装作漫不经心地问道，“他的朋友？”

“哦，那是小白，寰辰集团的少东家，我也是刚知道小马和他是好朋友。”庄妍说，“他想通过小马认识我，是个刻苦努力的年轻人。”

梁佚点点头，又不动声色地瞄了韩卓一眼，却见他一直没动，视线也自始至终没有离开过白曦。

“金主呢？”小白总又问了一次。

马克李哀怨地说：“我恨你们这些充满铜臭的商人。”

白曦面不改色地重重踩了他一脚。马克李唰啦流下了眼泪，因为他穿的是非常原始的麻绳拖鞋，完全不是小白总牛皮鞋的对手。

“快点！”白曦催促道。

“行行行，你在这里等一下，我先去打个招呼。”马克李把野蛮的灵魂挚友安顿在了卡座里，“五分钟。”

白曦挥挥手，爽快放行。

马克李手拿权杖，态度郑重地走向了自己的母亲。

梁佚慌张地问：“小马拖着根棍子，是要来打我吗？”

庄妍头痛地叹气，天天加班看戏剧，为什么还是这么土？

“妈。”马克李说。

梁佚露出慈祥而又和蔼的微笑来。

“叔叔好。”马克李矜持又冷淡地冲他点点头，然后不等梁佚回答，拉起庄妍就走，“我朋友想认识你。”

梁佚：“……”

“小马！”庄妍踉跄着不满道，“你这孩子，怎么一点礼貌都没有！”

“考验一下他。”马克李压低声音，“顺便再看看没有你在身边的时候，他会不会被舞会上的小姑娘迷晕了眼。”

庄妍强调：“你牛叔叔不是那种人。”

“上次你也说那个朱叔叔是老实人，结果呢？”马克李表情一凶，“是不是又想上小报头条了？！”

霸道女总裁立刻说：“都听你的。”

马克李把她按在卡座的沙发上：“介绍一下，这是我深爱的灵魂挚友，白曦。”

“小白嘛，我知道的。”庄妍笑容端庄，恢复了平时的高贵姿态，“你好。”

“庄总。”白曦双手递上自己的名片，恭恭敬敬地说，“早就听马导演说他背后有人支持，没想到居然是您。”

“一般人都想不到。”庄妍让侍应生端过来三杯酒，拿了一杯给白曦，自己又端起一杯，才对他慈爱地说，“小马也一直都不想让别人知道我和他之间的关系，担心那些小报头条会乱写，所以这次他愿意把我介绍给你，可见是真的把你当成了好朋友，还请白总以后多多照顾我儿子。”

在听前半段的时候，白曦还在脑补[1]霸道女总裁和落魄小导演之间的狗血[2]恋情，可庄妍的最后一句话直接让他的所有猜想都掉在地上摔得稀烂。他是发自内心地吃惊，不过在吃惊之外又有些深刻自我检讨的心态——他们居然是母子？

“那你们就算互相认识了。妈，你以后要多关照小白。”马克李迫不及待地说，“接下来是美好的舞会时间，请收起你们的铜臭味，我需要大森林的纯净芬芳。”

“没问题。”庄妍站起来，又和白曦亲切地握了一下手，“有什么需要帮忙的地方，随时打电话给我。”

“谢谢。”白曦点头。

庄妍抚弄了一下自己的头发，转身想看看男朋友在哪儿，却半天都没找到人。

“不是吧？”马克李倒吸一口冷气，“这么快就被人勾走了？”

庄妍优雅地抬起脚，用高跟鞋鞋跟给了儿子的原始右脚致命一击。马克李血溅当场，泪流满面。这么多年了，你重色轻儿的毛病什么时候才能改?!

香烟燃烧到尽头，冒出最后一缕青色的呛人烟雾。韩卓把烟头丢进垃圾桶，打算回宴会厅，转身却发现有一个人正站在阳台门口看着自己——五十多岁的年纪，面容很慈祥，虽然穿着夸张滑稽的戏剧礼服，却还是掩盖不了身上浓浓的知识分子的书卷气质。

“请问您有事找我吗？”韩卓问。

“难道不应该是你有事找我？”梁佚笑道，“韩先生，久仰大名。”

韩卓勾了勾嘴角，对这句话不置可否。

“我猜你应该很关注静静的动向，并且早就对我做过背景调查。”梁佚走近他，“所以我们最好能节省时间开诚布公，因为，第一，阳台上真的很冷，第二，我的女朋友在等我回去。”

“您到底想说什么？”韩卓往他身后看了一眼，暂时没发现什么异常。

“我想告诉你，静静已经脱离了生命危险，并且我也制定好了治疗方案，能让她畸形的骨骼逐渐恢复。”梁佚说，“如果一切顺利，大概只需要三年的时间她就能回归正常的生活。”他在说这些话的时候，语调相当随意，似乎这是一件很轻松的事情，不过任何一个异能者研究员都清楚，这绝对是一项爆炸性的轰动成就，甚至连地下仓库和第

---

①脑补：网络用语，指在头脑中对某些情节进行补充。

②狗血：在网络语境中指某些小说或影视剧等作品中的剧情恶俗或者过度夸张、煽情。

三实验室都不能做到。

“我一直很欣赏韩先生。”梁佚再度向韩卓示好，“甚至可以说是久仰大名。”

“这里并不是一个说话的好地方。”韩卓摇头。

“没关系，这里不会有令人讨厌的家伙出现。”梁佚笑笑，“不过我理解你的顾虑，所以明天下午四点，很期待能在我的医院见到你。”他一边说，一边将一张照片塞进韩卓的手中，“别担心，我也不喜欢地下仓库，不喜欢北斗研究所里的某些人。唔，还有一件事，如果你愿意，明天我想叫上周主任，你们关系亟待缓和，而我很乐意当这个中间人。”

韩卓扫了一眼手里的照片，拍的是一间办公室，并没有什么特殊之处，不过却清晰他拍出了每一个方位的布局，目的很明显——方便他瞬间移动，而他的这项异能是只有极少数人才知道的秘密。

“我的确知道很多事情。”在他发问之前梁佚就主动承认了，又像小孩发誓一样举起手，“不过我保证没有告诉过任何一个人，包括周勇。”

“你到底是谁？”韩卓和他对视。

“你可能已经猜到了，我来自北斗研究所，”寒风阵阵，梁佚忍不住打了个哆嗦，他用手搓了搓冰凉的胳膊，重新挤出一个冻僵而又不失热情的笑容，“是那个没有任何资料的所长，梁佚。”

在这种场景下见到北斗研究所的负责人，对方还如此坦率，的确是相当出乎韩卓的预料，不过就像他刚才说的那样，这里的确不是一个谈话的好地方：“有人来了。”

“嗯？”梁佚转过身。

庄妍踩着十五厘米的高跟鞋出现在阳台门口，神情十分疑惑：“你们在聊什么？”她刚刚已经从儿子那里得知这位斯文男士是白曦的保镖，可就算再斯文，他也是保镖，看起来实在不像能和医生有共同话题。

韩卓笑道：“这位先生在劝我戒烟。”

梁佚无辜地说：“对不起，职业习惯。”

“年轻人抽烟关你什么事？站在这里也不怕着凉。”庄妍走过来，拉住他的胳膊小声地埋怨着。

“好好，我们这就回去。”梁佚拍拍她的手，转头笑道，“韩先生也进去吧，外面的确太冷了。”

韩卓悄悄把照片装进裤兜，跟他们一起回了宴会厅。

舞会还在继续。年轻英俊又谦和有礼的白曦毫无疑问是漂亮女孩们争相邀请的对象，就算是这场派对的主人，马克李也只能充满心酸地站在酒台旁眼睁睁看着自己深爱的灵魂挚友被别人抢走。

韩卓找了个视野开阔的位置坐着，一边喝果汁，一边照看白曦。

过了足足半个小时，白曦才回到他身边，小声抱怨道："为什么不来救我？"

"因为你玩得很开心，那些女孩也很可爱。"韩卓递给他一张纸巾，"要喝饮料吗？这里的凤梨汁很甜。"

"您好。"这时又有一位年轻的小姐走过来，勇气十足但又不失羞涩地说，"可以请你跳一支舞吗？"

韩卓意外道："我？"

对方点了点头。

"对不起，我不会跳舞，而且我也不是客人。"韩卓站起来，温和而又坚定地拒绝了，"我是保镖，不能离开我的雇主。"

"那……打扰了。"对方脸很红，转身匆匆离开。

白曦捧着果汁抿了一口，生硬地转移了话题："我已经拿到了庄总的名片，她对我的印象似乎还不错，我们是不是先和她接触几次，再找机会认识那位牛院长？"

"不用了。"韩卓却摇了摇头。

白曦不解："为什么？"

韩卓回答："因为在你跳舞的时候我已经和牛院长聊过了，他不单单是博爱私人医院的院长，也是北斗研究所的所长。"

白曦张大嘴："你确定？"

"应该能，因为是他自己亲口承认的，爽快得有些让人震惊。"韩卓说，"他还约我明天下午四点去他的办公室。"

"小白！"马克李突然从天而降，喜气洋洋地说道，"接下来是一幕欢乐的林中舞蹈，你一定会非常喜欢的。"

"我……呃？"白曦犹豫了一下，他原本想说自己突然有事要立刻离开，但又觉得很对不起这位挚友——毕竟自己是通过他才顺利认识了庄妍和梁佚，算是欠了他一个巨大的人情，哪怕只是出于礼貌也该做些让他高兴的事情。

就在他犹豫的空当，马克李已经爆发出无穷神力和勇气，当着保镖韩先生的面拖着小白总站到了舞池的中央。

韩卓：“……”

乐曲的确很轻快，天花板上的投影灯不断变换着角度和颜色，整座宴会厅变成了童话里的绿野，充满了奇妙而又欢乐的因子。

看着马导演心花怒放的脸，韩先生招来侍应生，给自己要了一杯冰水。

这是最欢乐的一幕舞蹈，也是最漫长的一幕舞蹈，长达整整十五分钟。

梁佚扶着腰气喘吁吁，马克李小声又难掩担忧地对庄妍说：“妈，你这男朋友看起来……不太行啊。”

庄妍眼底闪过一丝凶光。马克李大惊失色，敏捷地缩回脚，飞奔着去找自己的灵魂挚友诉苦——但白曦已经消失在了宴会厅里，只委托侍应生递给他一张纸条，表达了自己的感谢和不告而别的歉意，并约他改天再一起吃饭。

马克李捂着胸口蹲在地上，啊，失落！

第18颗星

节日

用今天的温暖治愈昨日伤痛

白曦拖着韩卓，一路笑着跑出电梯，钻进了车里。

“你知不知道自己像什么？”韩卓问。

白曦想了想：“从舞会上逃走的灰姑娘？”

“嗯，很可爱。”韩先生帮他系好安全带。

“等一下，先不回家，”白曦把手机递到他面前，“我们去这家店吃饭。”

“吃饭？”韩卓有些意外，“我以为你会很想知道我和梁佚的聊天内容。”

“是很想知道，可今天过节。既然你不着急告诉我，那就说明其实也没有多紧迫，所以我猜应该可以拖到晚一点再说。”白曦看着韩先生笑着说，“每一个节日都很重要，对不对？”

“好。”韩卓答应一声，笑着发动了引擎。

锅里翻腾起热乎乎的水花，刘春春吹凉一个饺子，放在胡萝卜形状的碗里——那是超市酸奶促销的赠品——递给了王先生。

“这次熟了。”王远辰点头，“可以吃。”

“我小时候也像你一样，”刘春春一边拿碗筷，一边笑着回忆，“喜欢站在厨房里等我妈煮饺子煮排骨，在出锅前我就能吃饱。还有啊，我和我爸都爱啃鸡爪，每次炖鸡的时候我都端着板凳去厨房等着，生怕吃不到，直到上了大学才明白，我爸哪是真要和我抢，就是逗逗我而已。”

王远辰敲敲他的脑袋，没说话，只是拿着醋和酱油去了餐厅。

刘春春愣了愣，才反应过来“家人”这种存在对王远辰来说大概是到死也不愿意去触碰的禁区，于是又懊恼又自责。他解下围裙，端着饺子蹑手蹑脚地走出厨房，想先刺探一下“敌情”。

王远辰拿出一瓶酒放在餐桌上，又恢复了居高临下的神态：“过来。”

“我……那个，辣椒油要不要？”刘春春搓搓手。

王远辰扯住他的脸，不悦道：“你傻笑什么？”

“我没傻笑啊。”刘春春含糊不清地辩解着，“这是友谊的微笑。”

王远辰嗤了一声，松开了手：“吃饭！”

刘春春赶紧帮他拉开椅子，又主动调好醋汁，把胡萝卜碗递了过去。

饺子很好吃，热腾腾又胖乎乎，不过和刚出锅的那一个比起来，又似乎变了味道。

虽然王远辰并不想暴露出自己的真实情绪，奈何刘春春心细如发，不管是从王先生的表情、眼神，还是食量，都能看出端倪。这个节日的晚餐，并不像预想的那样轻松愉快，甚至有些沉闷。刘春春偷偷摸摸地发消息紧急求助场外亲友，但是白曦正在忙着吃饭过节，并没有理他。

饭吃到一半，王远辰放下筷子起身离开。一分钟后，他拿过来一个打着漂亮缎带的蓝色盒子，咚地一下放在了餐桌上，冷冰冰对刘春春说：“你的礼物。”

刘春春受惊：“啊？”

但是王先生已经回卧室——这份礼物他其实准备很久了，也打定主意要把刘春春欺负到皱巴巴再送给他，可是突然就没有了心情。

看着紧闭的卧室门，刘春春很想捶自己的脑袋。偏偏215的群里，王小森还在鬼哭狼嚎，表示自己加班加得很难受，很想哭，需要大家疯狂的亲亲来安慰。

俞炯：“没有，滚。”

白曦：“没有，滚。”

刘春春：“白哥！！！救命！！！”

装瞎失败，白曦不得不在用餐间隙打来电话，对他进行短暂的人道主义关怀。

“他是不是真的生气了？”阐述完前因，刘春春委屈巴巴地问，“我该做什——啊呀！”话音未落，卧室门骤然被打开，刘春春整个人被一股巨大的力量拖起，嗖地一下就飞了起来。

当然，嗖的速度很和缓，因为王远辰并没有松开手，而是直接把人拎到了卧室里。他咬牙切齿地说：“下次打电话就找一个我听不见的地方。”

刘春春抱着脑袋嗷嗷认错。

“我没事。”王远辰高傲地说，“你可以走了。”

刘春春笑容可掬：“既然没事，那我们去看电视吧。”

“不看。”王先生拒绝。

刘春春又提议：“打游戏？”

“不打。”提起这件事，王远辰觉得相当愤怒。他从来就没有见过这么小气的人，居然连游戏里的道具子弹也舍不得用，自己被一群人围攻，而他居然还只挥舞着一把豁口的道具镰刀！

刘春春自知理亏，举手保证：“走嘛，这次我捡到的装备都归你！”

耳边嗡嗡声不断，王远辰深吸一口气，尽量让自己心平气和：“你知不知道，我随时都可以让你飞出窗户？”

刘春春缩了缩脖子：“那就没人给你包饺子了。”

王远辰森然和他对视。

刘春春心虚地退后：“别……你这样我有点害怕。”王远辰冲他勾勾手指。刘春春果断站起来：“我去拆礼物——救命啊！”

王远辰用力扯住他的脸颊，把人按倒在松软而又宽大的床上，另一只手扯过被子，像搓汤圆一样把人裹住，“凶残暴躁”地将人从头揉到脚，最后又狠狠咬了一口，当然，全部咬在了鹅绒和棉花上。发泄完情绪之后，王先生才嫌弃地说：“你怎么叫得和杀猪一样。”

刘春春欲哭无泪，那是因为我又挨打又挨掐，并且直到现在还被裹在被子里不能动弹。他艰难地咳嗽：“拜托，你能不能先起来。”

王远辰却没有动，非但没有动，也没有说话。

刘春春可怜地奄奄一息着，觉得自己八成要昏过去，也没有力气再抗议了。不过就在这一片寂静与黑暗里，他反而又敏锐地感觉到王先生的情绪真的不太对。

五分钟后，刘春春五雷轰顶、战战兢兢地在被子里给白曦发短信：“怎么办？是我出现了幻觉，还是他真的在哭？”

手机嗡嗡振动着，但白曦完全没有注意到，他正坐在闪烁而又梦幻的餐厅里和韩先生享用节日的晚餐。这并不是什么高级餐厅，所以也没有必要刻意放低声音，广播里的歌曲、戴着驯鹿角发箍的服务生，还有额外赠送的栗子蛋糕，都让人心情愉快。

黛西恰巧在这时打来电话提醒韩先生：“今天本应该是你的婚礼前夜。”

韩卓不动声色地把手机递给白曦，自己继续享用美食。

白曦不明所以地接过电话，乖巧又热情地问好：“阿姨好……嗯？结婚？”

韩先生嘴角一扬，毫不掩饰地幸灾乐祸着。

“暂时还没有这个打算。”白曦有些尴尬，“对……明年也没有……后年？呃……阿姨，喂？哎，这里信号不好，再见！”

等他挂断电话，韩卓明目张胆地笑得相当没有同情心。

远处隐约传来了广场的钟声，已经八点了。刘春春在厨房里一边热牛奶，一边竭力压低声音地对手机另一头的白曦抱怨：“你怎么现在才想起我……已经没事了……不不不，他没有揍我，是我弄哭了他……什么吹牛？我真的没有吹牛。”

“那还要我过来吗？”白曦问。

“千万别。”刘春春挂断电话，把热乎乎的牛奶倒进杯子里，又加了一点点糖，好让滋味更加香甜。

王远辰此时已经恢复了平静，刘春春进房的时候他正捧着手机打游戏——他不想面对也不想承认自己心底的脆弱，于是就用更加高傲和冷漠的表情来掩饰。卧室的灯光是比月光更冷的寒白，让他整个人看起来安静又薄凉，像是一块不会动也不会笑的冰。

刘春春把牛奶放在他面前。

“端走。”王远辰看着手机屏幕，冷冷地说。

“……那你早点休息。”

刘春春不想在这时候惹他生气，识趣地答应一声，转身就要离开。王远辰却已经不耐烦地丢下手机站了起来，两条长腿在撤下时不小心地扫落了水杯，巴斯光年在桌脚上磕掉握把，牛奶打湿地毯，洇出一大片难看的深色水渍。

王远辰并没有理会这一切。他径直走进浴室，把花洒开到了最大。哗哗的热水冲刷着地面，溅起一片氤氲热气，很快就让镜子里的人变得模糊起来——至少不会再狼狈得那么明显。记忆深处的，不愿触碰的，如同黑色藤蔓一般攀附上骨骼和神经，带着尖锐的利刺把他身与心的每一寸都扎得鲜血淋漓，千疮百孔。

王远辰握紧拳头，整条手臂都暴起可怖的青筋。

等这股焦躁的情绪褪去，他终于能走出浴室的时候，卧室地面已经被收拾干净，那块湿漉漉的地毯也搭在了阳台栏杆旁。房间里很安静，走廊里的灯也暗着，刘春春大概已经回他自己的卧室了，而那个打着漂亮缎带的礼物却并没有被带走，依旧孤零零地待在餐桌上，看起来分外可怜。

王远辰枕着手臂躺在床上，看着天花板上明晃晃的灯，听耳边时间飞速溜走，一秒钟，一分钟，一个小时，三个小时……

他的听觉实在太发达，发达到甚至可以称为异能，尤其是在这种万籁俱静的深夜，简直敏锐得堪比雷达，以至于从那间卧室中传出的所有声响在此刻都清晰无比地落到了他的耳朵里。

刘春春裹着毯子，坐在地毯上专心地看着手机。他的卧室和主卧是截然不同的两种风格，灯被换成了暖色调，床单是橙黄色，床上还摆着两只熊，是几天前他和王远辰一起逛超市买的巧克力饼干的赠品。那时候的王先生脾气很好，会去排队称苹果，会挑拣洋葱，会买冰激凌，也会帮忙拎购物袋。想到这，刘春春再度深深地叹了口气。

一直徘徊在门外的王远辰终于忍不住，他大步上前，一把推开了卧室门。

刘春春吃惊地看着他："有事吗？"

王远辰拿着礼物，天神降临一般站在他面前。

"……"刘春春指了指墙上的挂钟："都快一点了。"

王远辰当然不会在乎现在是几点。他在刘春春身边坐下，面无表情地问："你在生气吗？"刘春春摇头。王远辰眉毛一皱："我允许你生气。"

生平第一次遇到这么自负、倨傲、坏脾气又盛气凌人的室友，刘春春深感哭笑不得。他倒也真不生气，只是说："我想睡觉了。"

王远辰把礼物递到他面前，刘春春却并没有要接到手里的意思。气氛又变得尴尬起来。看着他闪烁不定却又不肯看自己的样子，王远辰把礼物收回来，轻描淡写地问道："你想知道我小时候的事吗？"

刘春春意外："啊？"

王远辰脱掉T恤，露出线条优美而结实的上半身——不过刘春春已经画过无数次，所以并不觉得有什么特殊——直到王远辰转身背对他，生平第一次，主动向别人展露那些交错的丑陋伤疤。

刘春春吃惊道："这……"

"这就是我的童年。"王远辰回答。

十几年前，孤儿院的所有小伙伴都羡慕他，羡慕他能被赫赫有名的富豪施达龙，也就是施天的父亲收养，一夜之间从无依无靠的孤儿变成吃穿不愁的少爷。在刚开始的时候，他也的确是忐忑而又欣喜的，只是这种欣喜并没有维持多久，仅仅过了三个月，他就在生日当天被带到了地下仓库，亲眼看见了那些扭曲而又残酷的实验。

“玻璃很厚，我其实听不到任何惨叫声，可我却忘不掉他们的表情。”王远辰说，“而那个收养我的男人，他就抱着我站在走廊上，像是参观动物园一样，一间一间地走过所有的房间，还有说有笑地做着介绍。”

那些残忍的画面扭曲了世界，扭曲了所有人的面容，也扭曲了王远辰的五脏六腑。当天晚上，年幼的他蹲在洗手间里吐得胆汁倒流、天翻地覆，并高烧了整整三天。可即便都这样了，他也没有逃过第四天的噩梦——施达龙再次带着他去了实验室，握住他瘦弱稚嫩的小手，强行把他的手掌按在了一名垂死的异能者胸口上。

看着对方那浑浊又血红的双眼，年幼的王远辰只感觉毛骨悚然。他本能地想要抽回手，却意外释放出重若千钧的力量，很快就夺走了对方最后一缕呼吸。

“表现得不错，宝贝。”施达龙抱着他走在长廊上，像一名真正的慈父那样夸奖着，“相信我，假以时日，你将会是这个星球上最强大的异能者之一。”

年幼的王远辰全身发抖，掌心里挥之不去的痉挛感和对方那骤然停止的心跳成了他未来所有噩梦的开端。

而黑暗远不止于此。

面对这个幼嫩的、漂亮苍白又冷漠得如同冰雪娃娃的弟弟，施天丝毫没有掩饰自己的畸形癖好，他痴迷这个既脆弱又强大的存在，不单单是异能，还有更多的、肮脏的、独属于成年男人的乐趣。

“只要施达龙不在，他就会来我的卧室。”王远辰说，“不过我学会了尖叫，所以每次他进门后不到半分钟就会有一个女人冲进来。”

那女人是施达龙的妻子，施天的母亲，一个暴戾残忍的异能者。她没有工作，自卑又多疑，既惧怕自己的丈夫、宠溺自己的儿子，又极端厌恶这个凭空出现的小男孩，甚至还阴险地怀疑过他根本就是丈夫的私生子。

“虽然是施天的错，可她打的都是我，用皮带和钢尺，最狠的一次是板凳。”说到这里时，王远辰稍微停顿了一下，才继续道，“在刚开始的时候，我觉得我会死，可是后来我却明白了，我不会死，那个男人收养我就是因为我不会死。”超乎寻常的复原能力，甚至能媲美改造后的韩卓，而他是天生的。

“等再长大一些，我就从那个家里逃走了。”王远辰看着他，“怎么样，是不是和你的童年完全不同？”

刘春春不知道该说什么，震惊、心疼、同情，以及骤然触摸到世界另一面的无措与恐惧，把他所有的话都堵在了咽喉。

“我今晚的情绪实在很差，不过不该拿你发泄。”王远辰问，“还生气吗？”刘春春摇摇头。王远辰笑了笑，又把那个漂亮的盒子递过来：“那，节日快乐。”

“谢谢。”刘春春捧在手里，“我要现在打开吗？”

王远辰回答：“随便。”

刘春春抽开缎带，打开盒子，发现里面是一个篮球，还是巨星签名版的。

所以说，其实王先生也并不算很粗心，至少在他无数次端着茶杯经过客厅并且对电视里的球赛嗤之以鼻时，还是顺便记住了刘春春最喜欢的球星。

“这是我收到过的最酷的礼物。”刘春春果然喜欢得要命。

“那下个周末还要出去玩吗，去上次没去成的刺激的好地方？”王远辰又问。

他原本只是想象征性地民主一下，并没想过对方会拒绝，谁知刘春春居然还真的摇头，并且解释：“我下周末要回家，刚刚才订好机票。”

“刚和我吵完架就回家？”王先生闻言很是不悦，用力揪住他的脸颊，“是要找谁去告状吗？”

“什么告状！”刘春春的腮帮子被他扯变形了，说话也变得含糊不清，“我爷爷过生日呢，他今年八十大寿，全家人都回去。”

哦，是吗？王远辰松开手：“什么时候回来？”

“周二吧，我打算请两天半假，周五下午的飞机。”刘春春说。

王远辰点头：“哪个航班？帮我也订一张票。”

刘春春受惊不浅：“你？”

“我是你的保镖。”王远辰提醒他。

刘春春：“……”

王远辰的脸色一暗：“你居然还要犹豫？”

刘春春后背凉飕飕的，立刻抓过手机打开订票的APP：“怎么会呢，你可以和我睡一个卧室。”

王先生考虑了一下，勉强点头：“可以。”

“但是你要把脾气收一收。”刘春春又说，“我家七大姑八大姨很多的，又唠叨，她们特别喜欢给人介绍对象，话多得跟查户口似的，你不能不耐烦，更不能动手。”

王远辰：“……”

“还有我爷爷，是个古板的老知识分子，到时候你的耳钉不能戴，戒指不能戴，手腕上的文身要遮掉。”刘春春一边说，一边后退半步保平安，“平时可以不管，但这次是他过生日，你必须要配合，否则他一定会以为我和一个流氓小痞子混在一起了。”

王远辰把他拎到自己面前，斤斤计较地问：“那我可以获得什么补偿？”

“回来我给你蒸包子。”刘春春利诱道，“你没吃过的，猪肉白菜虾皮馅儿的。”

王先生考虑了一下，点头：“成交。”

星海路的公寓里，白曦裹着被子焦虑而失眠了，满脑子都是梁佚和牛大翔。能坦率面对韩卓，还大方表明了自己的真实身份，又对韩卓隐藏的异能了如指掌，甚至还有本事让周静恢复健康……这位北斗研究所的神秘所长实在不像是个普通人，而越不普通就意味着危险系数可能就越高。

韩卓突然打开门走了进来。白曦被吓了一跳，下意识道歉：“我吵醒你了？”

“还在想明天的事？”韩卓问。

白曦点点头，说：“你真的要去吗？我们甚至都不知道对方是敌是友。”

“担心我被扣在那里？”韩卓一笑。

光是听他说这句话，白曦就后背发麻——因为这种可能性的确存在。那是人类的科研机构，不会惧怕异能者，有北斗研究所的背景，也意味着他们行事不需要顾忌地下仓库和施天的想法。“我不准你去。”说完，白曦就紧紧地抓住了韩卓的胳膊。

“可他是我们一直想要接近的对象。”韩卓拍拍他的背，“好不容易才有了机会，现在却要临阵脱逃？”

“不一样。”白曦说，“不管计划是什么，我都得先确保你的绝对安全。”而在目前这种不知底细的状况下，他甚至觉得，只要韩卓一出现在对方的地盘上就立刻会被天罗地网截断退路并被抓住送往实验室。

“那所医院一定也进行过异能者实验，否则单凭地下仓库送往研究所的数据，梁佚不可能找出治疗周静的办法。”白曦冷静地分析着眼下的情况，“就算要谈，也要换一个相对安全的地方，凭什么非要去他的地盘不可？”

韩卓回答：“因为我要去看周静。”

“我也想去探望她，可是现在不行。”白曦很坚持。

感受到自己被抓得越来越紧，像是小朋友正在努力捍卫他的史蒂夫老师，韩卓有些好笑，更多的却是温暖和……幸福。这是一个很老派的词，同时也是无比珍贵而又奢侈的感受。

“那你觉得在哪里合适？”韩卓问他，“要绝对私密。”

白曦不假思索："酒店。"随便哪一家，随便哪间房，都安静又私密。等确定了对方的目的，再去医院探望周静也不迟。

"好吧。"韩卓笑了笑，"我听你的。"

"真的？"白曦抬起头。

"当然是真的，"韩卓说得十分真诚，"我为什么要在这种事情上骗你？"

"不单这种事，是任何一件事，你都不准骗我。"白曦纠正他。

韩先生点点头，道："我保证。"

当然，这并不是一个多么有分量的誓言，至少白曦不会相信，韩卓自己也不相信。绝对的坦诚，大概只存在于童话的想象里——不过只要今晚这件事确定了，那对白曦来说，以后种种也可以暂时不去想。

韩卓把他裹进被子里，低头道了声晚安。

第19颗星

合作

朝着大团圆的幸福目标努力

翌日清晨，梁佚看着短信息，笑着摇了摇头："看来韩卓依旧对我们心存戒备，他提出要修改见面的时间地点。哦？在一家酒店。"

"可我们并没想过要对他做什么。"周勇坐在他对面。

"这很正常，毕竟我们和韩卓此前从未打过交道。"梁佚放下咖啡杯，"诚意要一步一步地慢慢体现在行动和言谈里，而且我们准备得相当充分，所以我相信迟早有一天，这位强大的异能者会愿意对我们敞开心扉。"

梁佚的确很有诚意，第二天下午，他和周勇比约定的时间提前十分钟到了酒店，不过韩卓比他们到得更早。

"很高兴认识你，韩先生。"梁佚主动伸出手，"希望我们之间能有一个不错的开端，我是指将来的种种合作。"

"合作？"韩卓笑笑，"你知道我想要什么？"

"当然知道。"梁佚点头，"你之前交给周主任的资料他都转交给了我。比起地下仓库和施天，我想我更愿意与你合作，帮助所有异能者回到故乡。"

"理由。"韩卓说得很直白，他不相信对方毫无私心，哪怕这世间真的有圣人，也不应该是北斗研究所的负责人。

"因为这么多年来，地下仓库送来的实验数据在我看来几乎没有任何价值。"梁佚说，"我完全相信你的判断，施天私吞了大量科研经费，隐瞒了至少百分之八十的实验结果，他是一个毫无诚意的合作者。"

"然而你们并没有要舍弃他的意思。"韩卓道，"至少现在还没有。"

因为事情发展到现在，地下仓库已经不单单是一家地下科研机构了，更是笼罩在广大异能者头上的阴影，让他们如履薄冰，提心吊胆，无暇产生更多别的想法——比如反抗、争斗，抑或是统治人类。

“原本我也想对这件事睁一只眼闭一只眼，因为我并不需要他的实验数据，这些年里我在异能者研究上所取得的成果已经远超过地下仓库和你那位吴姓朋友的第三实验室。”梁佚道，“不过最近施天的胃口似乎越来越大，有人在他的实验所里看到了僵尸，这和你送来的报告中提到钱宁的木乃伊的实验很吻合。”

“为了阻止木乃伊实验，你不但要放弃合作了多年的地下仓库，还要把异能者送回家？”韩卓摇头，“对不起，对于我而言，这个理由没什么说服力。”

“你必须相信，除了那些反人类的残暴分子，没有谁想看到自己身边出现大批僵尸，所以施天的实验，我们一定不会同意，也明白了他的野心和这些年来的欺骗。”梁佚说，“当然，这是上层的考虑，对我个人来说，我自认对异能者的研究已经达到了我能力的极限，很难再取得突破性进展了，所以我更愿意用这些散落在地球上的异能者来向另一颗高度文明的星球换取他们现成的科研成果。”

这番话他说得十分恳切，并且也合情合理，但韩卓还是不置可否。

“我已经五十多岁了，时间对我来说无比珍贵。”梁佚继续道，“与其在实验室里苦守着瓶颈期，不如换一条路。这就是我全部的想法和动机。”

韩卓问：“全部？”

“当然，还有一点点隐藏的私心，不过这是属于我的秘密。”梁佚一笑，“我知道你在担心什么，那位姓白的小朋友，他对于我来说的确具有莫大的吸引力。”

韩卓眼底骤然寒凉，他从来不掩饰自己对白曦的保护欲，因为只有这样才能让别人心生忌惮。

“但我可以发誓，只要我们能达成合作，那么无论是我、北斗研究所，还是这地球上的其他异能者研究机构，将永远不会伤害他。”梁佚说，“我以我所有最珍贵的东西做担保。”

“我考虑一下。”韩卓终于点头。

“三天够吗？”梁佚问，“就像刚才说的，余下的每一天对我而言都无比珍贵，我实在不想浪费太多。”

“可以。”韩卓起身离开，临出门时又问，“周静怎么样了？小白很关心她。”

“目前她的一切体征都很平稳，并且手指的骨骼已经成功回缩了一毫米。”周勇道，“谢谢你们关心我的女儿，还有在H城时照顾我的太太。”

“不客气。”韩卓笑了笑，“再见。”

他走出酒店时，外面的阳光正好，暖融融的光线让世界看起来是那么干净，人流与车流交汇，一切充满了新的生命力，也像是新的开始。

公司里，刘春春正在休息室冲咖啡。由于韩卓不在，所以王先生就临时担任一下白曦的保镖，此时他正坐在总裁办公室里，无聊地翻看着白曦公司的内刊。

“你为什么要撕我的书？”白曦抬头看到王远辰的行为，十分费解。

王远辰回答：“因为手闲。”

白曦：“……”

被王远辰撕下来的那一页上是表彰优秀员工的报道，第一个就是刘春春。大头照当然不会帅到哪里去，但刘春春咧着嘴傻笑起来也颇有一番……美感。王远辰把书页放进包里，觉得勉强可以抵了这一天的保镖工资。

“要不要吃小饼干？”刘春春端着托盘进来。

“不用了，谢谢。”白曦从他手里接过杯子，“辛苦啦。”

“客气什么。”刘春春把另一杯咖啡递给王远辰，杯子是他特意从库房领的新杯子，绝对没有任何人用过，杯口还有连成线的北斗七星，非常符合王先生高冷凌人的贵族气质！但是王远辰并不满意，因为他看到白曦的咖啡杯居然是巴斯光年！

“你又想干什么？”白曦被他两道如炬的目光盯得后背发毛。

“杯子哪儿来的？”王远辰问。

白曦回答：“春春送的呀。”

刘春春赶紧解释：“是我送的，上次去迪士尼，我买了十来个。”好朋友都有，王先生也有，当然，昨晚被他亲手给摔了。

王远辰凌空一捏拳头，哗啦一声，震飞了烟灰缸。

刘春春果断后退两步保平安。

白曦越发莫名其妙：“春春送我一个杯子怎么了？！”

“不准用！”王先生幼稚地命令道。

但是霸道小白总显然不会被他威胁。他非但没有放下杯子，反而撑着腮帮子挑衅地说：“除了这个水杯，你坐的沙发也是春春送的，还有这个台灯，还有我身后柜子里的书，而且每周五下班前春春都会请我喝凤梨多多。”

王远辰重重一拍桌子，玻璃台面顿时裂出蛛网般的密密纹路。他整个人都散发出强烈的不满，巨大的压迫感几乎要填满整间办公室。

刘春春欲哭无泪，也不知道自己好端端的怎么就成了挑起两个男人战争的“蓝颜祸水”，他一边用眼神示意白曦别生气，一边把王先生按回沙发上，哄道：“我回家立刻就给你买新杯子，买两个。”王远辰目光幽幽地看着他。刘春春伸出手指：“三个。”

身后的白曦：“噗。”

王远辰手一挥，白曦桌上的文件和书籍立马飞出一阵龙卷旋风。

“你们在做什么？”韩卓刚好走进办公室，伸手接住了迎面飞来的砖头字典。

“管好你的人！”王远辰愤怒地丢下这句话就拖着刘春春回到了隔壁。

白曦趴在桌上笑，看起来像是捣蛋成功的小朋友。

“你又欺负他了？”韩卓把外套丢在沙发上，一页页地收起到处乱飞的文件。

“我真的没有，是他一点就炸。”白曦说，“话说回来，第一次在酒吧见到这位王先生，我还以为他是个浪荡的情场高手。”毕竟又是问自己要电话，又是在游戏时作弊，调酒时媚眼横生，和每一位客人都相处得如同情人，但万万没想到在他花花公子的外表下居然还隐藏着一副这么暴躁而又幼稚的灵魂。

“说明他现在已经不再把你当成陌生人。”韩卓把文件放回桌上，“比起酒保的样子，我更愿意看到现在的他。”

“喝咖啡。”白曦把杯子递给韩卓。他之前已经通过电话大概了解了韩卓和梁佚他们谈话的内容，于是问：“你怎么看？”

“我能接受梁佚的理由。”韩卓说，“所以有百分之八十的可能性我会答应和他合作，不过对方具体还有哪些要求，又要制订什么样的计划，那将是许多冗杂的工作，需要足够的耐心和时间去处理。”

“算是柳暗花明吗？”白曦靠在椅背上发出感叹，“就好像是电影里演的那样，到了关键时刻，总有帮手加入主角拯救世界的阵营。”

“或许吧。”韩卓点点头，笑道，“想庆祝一下吗？”

“想，所以今晚我们回家。”白曦拍拍他的肩膀，“李阿姨刚刚打来电话，说煮了羊肉汤，驱寒气……对了，春春和那位暴躁的王先生也要去。”

韩卓不由自主地想起了上次王远辰在吃完李阿姨牌爱心排骨后上吐下泻的惨烈场景，于是他发自内心地说：“无限同情。”

晚上七点，别墅里弥漫着腾腾的热气。李阿姨在厨房里忙得热火朝天，白太太则坐在沙发上整理着白曦小时候的照片。

“爸妈，我们回来啦！”白曦拖着韩卓进门，怀里抱着一大束花，手里还提着许多点心和水果，看起来颇有某种隆重的仪式感。

刘春春则拖着有些不情愿的王先生热情地跟大家问好。

对韩先生担任保镖短短几个月就把少爷从家里拐了出去这件事，李阿姨很不满。她围着白曦看了好几圈，试图找出一些饿瘦了、憔悴了、睡眠不足了、衣服穿少了之类的蛛丝马迹，结果居然是没有，于是她越发不高兴了，悻悻地回到厨房里继续做饭。

“小白。”刚跟白太太说完话的韩卓过来找他，“白总和白太太正在书房等你。”

“可以不去吗？”白曦心情复杂，很想蹲在地上抱住栏杆。

“不行。”韩卓忍笑，“听话，来。”

白曦不甘不愿，几乎是用蜗牛一般的速度爬上了楼梯。

“白哥要去干什么？”刘春春觉得很好奇。

王远辰在他身边一脸冷漠地正襟危坐着，没有回答这个问题。上次红烧排骨所带来的阴霾还没有散去就又迎来了羊肉汤，他觉得自己需要一些时间来做心理建设。

身边的每一个人看起来都充满了秘密，于是刘春春忍不住开始发散思维，他觉得此时此刻在楼上的书房里一定正在进行一场严肃深沉且充满哲学意义的讨论，主题是人类的命运和地球的未来。

“来。”白太太把保温杯塞进白曦手里，眼底充满期待和疼爱，连一向对儿子严厉挑剔的白博阳在此时看起来也非常迫不及待。

白曦站在房间最中间，双手捧着保温杯，心里觉得很苦，恍惚又回到了小时候，每次家里来了亲朋好友，自己都会被叫到客厅里站好，在一众宾客面前充满感情地表演古诗朗诵、现代诗朗诵和外语诗朗诵。

韩先生靠在窗边，笑得幸灾乐祸、肩膀直抖，很没有同情心。

白曦深吸一口气，认命地盯着水杯，仅仅过了十几秒钟，杯子里原本冰冷的水就咕嘟咕嘟翻腾起来，冒出腾腾热气。

白太太率先开始鼓掌。

“妈！”白曦终于忍无可忍，觉得异常丢人——虽然房间里都是自己最亲近的人。

“好好！你看，都是爸爸非要看。我们不理他了，”白太太亲热地拉起他的手，“下楼吃水果。”

白博阳：“……”我要看？

“小白真的进步得很快。”等到两人下楼后，韩卓收起笑容，对白博阳道，“而且他的心态很好，完全没有被自己的异能干扰，还很享受这种生活。”

“在这件事上，我们真该好好感谢你。”白博阳颇为庆幸，却依旧有些担忧，“那地下仓库呢？最近施天似乎并没有什么大动作，可又有风声说他在接下来会有很多抓捕和屠杀的行动。”

“白总放心，我一定会尽到自己的责任的。”韩卓道，“而且施天最近的目标不是小白，而是别的实验。”

“那就好。”白博阳松了口气，又叹道，“我已经老了，又只有这么一个儿子，真不知道该怎么做才能让他彻底远离危险。”

“小白应该更希望您和白太太能好好享受生活，而不是为了他的事让自己每一天都被担忧和自责的阴影笼罩。”韩卓道，“他已经长大了，而且强大又聪明，完全有能力保护自己和家人。”

“你对他的评价很高。”白博阳笑着说，眉头总算舒展了些。

韩卓也跟着笑了笑，语调温和而又肯定：“他值得一切表扬。”

任何一个父亲听到外人称赞自己儿子心情都不会差，更何况这称赞还是来自韩卓。于是这晚在餐桌上，白博阳破天荒地开了一瓶酒，还和韩卓干了一杯。

“行了行了，高血压还要不要顾了，让年轻人自己喝。”白太太把酒瓶放在韩卓面前，忍不住取笑他，“你看看，你们一回家，给他高兴的。”

白曦叼着筷子，冲韩先生挑了挑眉毛——说什么了，哄得我爸这么高兴？

韩卓笑得人畜无害，一脸斯文败类相，然后继续专心致志地啃羊排。

李阿姨的厨艺当然没得挑，但王先生很快就发现自己其实并没有适应油腻腻的羊排和洒满香菜葱花的汤，只是适应了刘春春做的油腻腻的羊排和洒满香菜葱花的汤。

“不想吃吗？”刘春春小声问他，“给我吧。”王远辰把自己碗里的肉都拨了过去。“青菜要不要？”刘春春又问道。

“这么大的个子只吃菜怎么行哦，要营养不良的。”王远辰还没来得及解释，李阿姨就担忧地埋怨起来，“现在嘛，小姑娘减肥，怎么男人也减肥？来，尝尝这个。”

眼睁睁看着对面又飞来一块巨大的肘子肉，王远辰脑袋一嗡，差点掀了桌子——当然，最后还是没有掀，一来因为这是在白曦家，二来则是因为刘春春反应神速，一手按住王先生，一手端着自己的碗把那块肉接了下来。

“谢谢阿姨。”刘春春说，“他最近在吃中药，要清淡，戒荤腥。”

“是吗？”李阿姨闻言仔细观察了一下王远辰的脸色，觉得似乎的确是白得过分，顿时就心疼起来，又去做了一碗清淡的扇贝蒸蛋，叮嘱他慢慢吃。

王远辰有些不自在，他实在不知道该怎么面对这种铺天盖地的长辈关怀，但对方毫无疑问是出自善意，他也就没有任何理由可以起身离开，所以就算心里不愿意，他还是接过粉红小勺，缓慢而又凝重地吃起来。

韩卓看在眼里，低头一笑，向刘春春竖了竖大拇指。

白曦在桌子下踢了他一脚，好好吃你的饭！

或许是因为有刘春春在旁边照顾着，所以王先生这顿饭吃得还勉强算舒心，在告别的时候，他甚至还接受了李阿姨特意准备的一大保温盒的羊肉汤。

“我拿着吧。”走出小区花园后，刘春春伸出手。

王远辰想也不想，直接就握住了他的手。

刘春春：“欸？”

王远辰面色一僵，又迅速甩开，如同那是一块会灼伤自己的烧红木炭。他表情颇为凶恶：“我拿！”

刘春春：“……”行行，你拿。

深蓝色的夜幕上，有几颗小星星一闪一闪地在周围晕染出透明的光晕来。

刘春春说：“你走慢一点啊！”

王远辰置若罔闻，反而还加快了脚步，两条大长腿嗖嗖地迈动开来，像是一只白色的暴走天鹅。

刘春春欲哭无泪，顶着寒风小跑着追上去，心想：为什么会有这种保镖啊？

书房里，白曦正在帮白博阳处理公司的文件。父子俩说说笑笑，本来气氛还挺好，直到白博阳问了一句：“听说你最近和钱总合作得不错？”

“是啊，钱叔叔挺照顾我的，但是我不想和钱小芸谈恋爱。”白曦面不改色地回答，“他来找你了吧？”

“咳！”白博阳说，“没有没有。”

当晚，白太太关心地问：“怎么样？”

白博阳靠在床头，捧着杂志无奈地说：“你儿子说他五年内不想谈恋爱。”

白太太遗憾地叹了口气，眼光这么高可怎么得了，一点恋爱经验都没有，将来可千万别被哪个小狐狸精给迷惑哟。

而在对面的卧室里，白曦正捂着被子看着从窗口溜进来的一颗接一颗的小星星。上百颗小星星慢慢升上天花板，温柔地一闪一闪着，很快就挂满了整个房间。

童话一样的世界，童话一样的人，或者说比童话更加奇妙，因为王子只有白马和城堡，而韩先生拥有全世界的小星星。它们一闪一闪地落在枕被间和地毯上，偷偷露出一点昏黄的光，像是害羞的小精灵飘浮在璀璨浩渺的银河间，很近的距离，美好的梦境。微亮的星辰从被子上滑落，纷纷扬扬地落到地上，像是倾下了一场金色的雨。

韩卓隔空让一颗星星轻轻停在白曦的掌心，已经有答案在他的心里生根发芽，关于遥远的故乡和近在眼前的人。

三天之后，梁佚得到了自己想要的回复，他似乎对这个结果毫不意外。他伸出手笑着说道："一起喝一杯吗？我想这对我们双方来说都是一个好消息。"

"抱歉，我没兴趣喝酒。"韩卓和他握了下手，"而且我迫切地想知道梁先生将要做些什么来表现出合作的诚意。"

"先让地下仓库彻底消失，怎么样？"梁佚给自己倒了杯酒，"我知道这是你一直想做的事情，也是我现在不得不做的事。如果继续放任施天在暗中发展势力，那将来就不单单是木乃伊了，还会有更多的麻烦和阻碍。"

"他是个十足的疯子。"韩卓提醒道。

"没关系。"梁佚笑了笑，"从某种意义上来说，我也是疯子，你也是疯子，所以谁也没有处于劣势。"

"那你有什么计划？"韩卓追问，"向上级汇报，动员更多的力量？"

"我本来也要向上级汇报，所以这样做也很合理。"梁佚点点头，又道，"不过在那之前，我们得先让施天自己惹出一些麻烦——至少要让他看起来不再那么安分，并且还贪得无厌野心勃勃。"

"这本来就是他的个性。"韩卓回答。

"我知道，但高层不知道，又或者说即使有些人知道了，在没有闹出大麻烦的时候，他们也会想方设法先隐瞒下来。"梁佚这段话说得有些像绕口令，不过意思倒是表达得很清楚——先让施天变成一颗不稳定的炸弹，那么自然会有人想要移除他。

"韩先生怎么不说话？"梁佚递给他一杯热茶，"我以为你会建议我把有关木乃伊计划的信息交给上级。”

韩卓接过茶杯，直白地问：“你想让我做什么？”由北斗研究所的所长向上提交一份报告，这当然是一件轻而易举的事，但即使上层如他所愿地因此做出反应，也依然有太多问题需要解决——施天可能会做出的反击、人类世界的安定，以及将来由哪个组织来接替地下仓库等，这些绝不是一份报告就能解决的事。

见韩卓这么直接，梁佚也就没有再绕弯子，他回答：“我想让你帮我拿到施天这些年所隐瞒的数据。”大量的异能者和大量的实验，绝对不可能毫无成果——哪怕真的没有，他也要亲眼看过了才安心。

韩卓挑眉：“这和我们刚才说的计划有关？”

“无关，但是和我有关。”梁佚坦白道，“在上次见面的时候，我就已经承认了自己对于异能者基因秘密的渴望，如果施天手里的确有大量的实验成果，我当然不想它们就这样被销毁。”

“拿到之后呢？”韩卓又问。

“拿到之后我就可以如你所愿，让吴子刚的第三实验室取代地下仓库获得人类的信任和支持，我会尽我所能来促进这件事顺利达成。”梁佚道，“你应该明白，我不可能亲自出面和上级谈条件，说服他们去和外星球取得联系，不过吴子刚可以，但这一切的前提是他有取代施天的能力。”

“梁先生真的很会做生意。”韩卓笑着摇摇头，“OK，那就先祝我们合作愉快。”

梁佚欣然端起酒杯，和他的茶杯轻轻碰了一下：“合作愉快。”

第20颗星

家庭

矛盾又让人沉迷的温暖港湾

“小白！”热情的马克李再度来电。

“我不想聊戏剧和文学了，”白曦回答，“而且我十分钟后要开会。”

马克李沮丧地说：“为什么你永远都在开会？”

白曦道：“因为我是充满铜臭味的商人，你说的。有什么事吗？”

“我想拍新电影。”提到这个，马克李又兴致勃勃起来，“关于星球大战。”

白曦闻言沉默了一下，然后才问：“关于什么？”

马克李回答：“星球大战。”白曦按下内线电话，让秘书把会议时间延迟半个小时。“你这么有兴趣？”马克李受宠若惊。

白曦问：“外星人大战谁？”

马克李回答：“那当然是地球人。”

白曦一拍桌子：“不准拍！”

马克李一愣：“为什么？”

“因为这是别人早就拍过的题材。”白曦说，“你为什么不试着创新一下？”

“比如呢？”马克李赶紧掏出小本本。

“比如外星人和地球人相亲相爱。”白曦说，“大家其乐融融，在经济、文化、生物、科学领域相互学习，最后走上了全宇宙共同发展的和谐道路。”

马克李委婉地指出：“小白，你这种想法虽然很好，但我觉得票房可能要血亏。”

白曦又说：“那就拍一部浪漫的爱情片！”

马克李脑中灵光一闪：“这个好！”

“那就这么定了。”白曦收拾桌上的文件，“你马上构思具体情节，越浪漫越好，现在的小姑娘都喜欢浪漫，知道吧？”

“知道，知道！”马克李点头如捣蒜，又滔滔不绝地自我发挥，“不仅仅要浪漫，还要悲剧，要催泪，要让外星人最终回到自己的故乡，留下女主角穿着长长的白纱裙，站在冰面上独自仰望璀璨的星光深处，并流下一滴晶莹的泪水！”就问你美不美！悲不悲！催泪不催泪！

白曦听完一阵气闷：“为什么要悲剧，我喜欢大团圆。”

“大团圆太俗，经典电影百分之九十八都是悲剧。”马克李心潮澎湃，“先不说了，我要赶紧写个大纲出来。”

白曦试图最后抗争一下：“但是现在的年轻女性观众都喜欢大团圆。”但听筒里已经传来冰冷的嘟嘟声。白曦无语，这么喜欢狗血剧情，你为什么不去拍婆媳伦理剧。

经白曦一启发，马克李如同打开了新世界的大门，整日沉迷于异星者之间惊天动地的凄美恋情中，他甚至在研究了近些年大火的狗血爱情剧后打电话给白曦进行学术探讨：“你觉得外星人有没有可能得绝症？”白曦没有一丝犹豫地把他拉进了黑名单。

马克李觉得很委屈，他虽然不知道自己错在哪里，但灵魂挚友在他生命中的重要性不言而喻，就算无理取闹也只能忍受，于是他又扛着一大束玫瑰来道歉，一如既往的赤橙黄绿青蓝紫。看着他满含泪水的双眼，白曦觉得自己头疼欲裂。

同样头疼的还有刘春春，因为他正在苦口婆心地对电话另一头解释自己这次要带回家的不是女朋友，也不是未来的女朋友，而是室友，纯洁的室友。

“我们在这边一起租房子住。”刘春春说。

王远辰在旁边嗤了一下。

“你记住了？”刘春春暂时顾不上他的嗤声，挂掉电话后又跟王远辰强调了一遍，“我们是合租室友，都是打工人，到时候千万不要说漏嘴。”否则，要是让家人知道自己和奥特曼是室友，那大概世界都要爆炸了。

王远辰不以为意地坐在沙发上继续吃番茄味薯片，准备等刘春春下班后一起去菜市场买一只鸡回去爆炒。

快下班的时候，白曦亲自送过来一个礼盒。他有些歉意地表示，因为时间太紧了，所以没有挑到什么好东西，只好让助理帮忙买了件大衣给爷爷做生日礼物。

“谢谢白哥。”刘春春赶紧接过来，笑着说，“可惜你这两天太忙了，刚刚我妈还在问你会不会也一起回去，她还挺想你的。”

王远辰不满地咳嗽了一下，烦躁地说道：“你妈为什么会想他？”

白曦瞥了他一眼，淡定地回答："哦，因为我在大二假期的时候就去过春春家并且还住了整整一个月。"

王先生眼底果然泛出凶光来，他手指一捏，半袋薯片瞬间就变成了渣渣。

咦？白曦心里一乐，唯恐天下不乱地补充："而且——"

可别而且了！刘春春眼前发黑，一把捂住白曦的嘴，将他连推带哄地送回了隔壁，哭笑不得道："白哥我求求你了，别再招惹他了行不行？"

"很可以啊。"白曦勾住他的肩膀，深沉叹气，"爸爸疼了你四年也没发现，你居然还有红颜祸水的潜质。"

隔壁传来清脆的杯子碎裂声，刘春春反应不小，吓得连头发都快要竖起来了。他火速回到自己的办公室，只见墙角那果然可怜巴巴地躺着一堆玻璃碎碴，而摆在王先生面前的、刚才由白总亲自送来的那个木质礼盒的表面已经被挠得如同世界名画，盒子周围还散落着一圈白色碎屑。

"快住手！"刘春春觉得自己心很累。

王远辰眼神一暗，三根手指生生插进了木盒里。

"别把你的手弄伤了。"刘春春紧张地过去检查，又抱怨，"你抠它做什么。"

王先生觉得自己心情好了一点，他高傲而又冷漠地说："嗯。"想抠。

"好了好了，我今天早退，我们现在就回家好不好？"刘春春说。然而他的话音刚落，下班的铃声就响了起来，很不给他面子。早退未遂，刘春春嘿嘿笑道："那我们到菜市场买鸡去。"

王远辰拒绝："不去。"

刘春春哭丧着脸："你不会又生气了吧？"

王远辰单手拎着他，在全公司同事的注视下，如同绑架犯一般迅速把人挟持到了电梯里。他说："我们去商场。"

下楼上车一气呵成。刘春春系好安全带，问："你又要去买衣服吗？"

王远辰回答："给你爷爷买生日礼物。"

刘春春说："啊？"

跑车轰鸣着，带着几分耀武扬威和迫不及待一头冲进了滚滚车流里。那个千疮百孔的木质礼盒无疑刺激了王先生，却也提醒了他。王先生并不想在这方面输给别人，尤其是输给可恶的白曦。

刘春春还在客气："真的不用了，我已经买好礼物了。"

“是什么？”王远辰问。

刘春春回答：“围脖、帽子、手套和一个红包，我还要订蛋糕。”

“那他还缺什么？”王远辰又问。

刘春春原本想说什么都不缺，但又怕身边的暴力奥特曼再度狂躁，于是想了想，回答道：“嗯，我们去买一点吃的吧，软烂的点心和肉食，他很喜欢的。”

王先生对这个答案并不是很满意，但是刘春春紧接着又说：“反正，不准你买那些奢侈品……所有太贵的东西都不准买，我爷爷这辈子也没见过奢侈品，会吓坏他的。”

王远辰总算心情好点了，他说：“是吗？”

“走啦，我们前面那家商场，一楼就有土特产和熟食卖。”刘春春拉拉他的衣袖，“也不用走远了，到处都堵车。”

王先生考虑了一下，最终听取了刘春春的意见，还因为晚高峰，不得不把车停在了商场对面的露天停车场里。

和他经常去的商场不同，这家拥挤又热闹的购物中心的一楼熟食区里到处弥漫着食物的香气，每一样商品看起来都相当诱人，戴着白袖套的售货员阿姨一听是给老人过生日还送了个篮子，食物装进去的满当当，颇有几分老一辈都喜欢的丰收感。

“这下好啦。”刘春春拉着他挤出商场，笑着说道，“先谢谢你，我爷爷一定会很高兴的。”

王远辰纳闷：“那你哆嗦什么？”

刘春春牙齿打战：“因为冷啊。”

此时天色已经完全暗了下来，晚风虽然不至于像刀，但刮在脸上也有些刺痛。刘春春有过敏性鼻炎，一受冷就会流泪打喷嚏。眼见他已经眼泪汪汪了，王远辰解下自己的围巾，严严实实地裹住了他大半张脸。围巾有着略高于常人的温度和高级香水的味道，刘春春第一反应就是暖和又好闻。然后在他还没来得及有第二反应之前，就又有一件温暖的大衣罩在身上了，彻底阻隔了所有夜晚的寒风。

王远辰上身只剩了一件单薄的白色衬衫，却还是用衣服裹着刘春春，带着他往停车场走去。又一阵冷风刮来，吹乱了王远辰微长的头发，路灯似乎也在这个瞬间被吹得更亮了，映出了他眼底难得安静的光，就奇迹般地，温暖了整个世界。

刘春春说：“你会感冒的。”

王远辰没理他，而是直接拉开车门让他坐了进去。空调温度调高之后，刘春春堵塞的鼻子通畅了很多，他扭头感激地说：“谢谢。”

车里弥漫着肉类熟食的浓烈香气，王先生的肚子不合时宜地咕咕叫起来，和平日里不食烟火的贵族形象完全不相符，毕竟就连白曦都觉得他八成靠喝风就能活。

刘春春在篮子里翻了翻，打开一包卤鸭舌递给他。王远辰脸上露出嫌恶的神情。

“尝一尝嘛。”刘春春耐心地哄道，“很好吃的。”

经过激烈的思想斗争，王先生终于不甘不愿地张开了嘴——那实在是很奇怪的部位，但香味又实在诱人得有些过分。过了一会儿，刘春春又递过来第二根，王先生顺利接受。这真是了不得的进步。

而就在刘春春和王先生买完东西回到家还吃完了晚餐，坐在客厅看电视的时候，白曦才刚刚下班。他头昏脑涨地靠在座椅背上不满地抱怨：“我爸就喜欢塞一些奇怪的客户过来。”

“但你都处理得很好。”韩卓摸摸他的脑袋，安慰道，“睡一会儿吧，现在已经不堵车了，我们马上就能到家。”

“对了，你今天说要找王远辰做什么？”白曦坐直身体，“我刚刚没听清。”

“找他问一下地下仓库的事。”韩卓回答，“虽然我曾经在那里待了很多年，不过都是作为实验体，而他不一样。”

“你是说身份不同吗？”白曦微微皱眉，“他的确是所谓的继承者之一，但那已经是很多年前的事情了，而且他也从来没有掩饰过对于地下仓库的厌恶以及和施天之间赤裸裸的敌对关系。”

“可是如果他愿意改变，我们就能获得很多机会。”韩卓说，“表面上的改变。”

“那位王先生？”白曦摇摇头，“算了吧，我对此完全不抱希望，他拒绝的可能性高达百分之百。”

“他的确性格暴躁，专横冷漠的同时又很高高在上，但那只是在朋友前面。”韩卓道，“别忘了，你第一次见他是在酒吧，面对陌生人时，他可以把所有真实的情绪都隐藏起来，表现出十足的贪婪和热情，只要客人愿意乖乖交出口袋里的宝石。”

“听起来朋友的待遇还不如陌生人。”白曦抱着靠垫想了想，又问，“所以你今天已经找他商量过了吗？我看到你们在走廊上聊天。”

韩卓摇头：“暂时没有。”

“为什么？”白曦不解。

“因为他很期待去参加刘春春的家庭聚会。”韩卓笑了笑，“所以我打算让他先悠闲快乐地度过这个周末再说。”

刘春春的老家在北方一座不大不小的城市，有山有海风景宜人，算是度假胜地。下飞机后，两人打车前往位于郊区的刘家。北方本来就天黑得早，再加上冬天夜长昼短，才刚过下午六点，车窗外就已经亮起了路灯。“你看，我们家以前就住在那儿。”刘春春往外指了指，“这是我的小学，不过听说要拆迁了。”

窗外的景象一闪而逝，王远辰显然没有看清那栋建筑是什么，不过总算后知后觉地意识到了一件事——这里是刘春春从小生活的地方，每一条胡同、每一棵老树，或许都和他有着千丝万缕的关系。这个不算发现的发现让王远辰的心莫名平静下来，因为他觉得自己好像在不经意间就凭空握住了身边这个人童年的一部分——珍贵的、皱巴巴的、泛着微黄陈旧的光。

刘春春的父母都是普通的退休职工，住在郊区的一栋自建的两层小楼里，院子里还有一大块地，每年春天都会种上些花和瓜果。此时厨房里锅碗瓢盆响成一片，刘妈妈一边炒菜，一边打发老公出去接儿子他们，怕黑灯瞎火的给摔了。

两人正说着话，院子里已经欢欢喜喜地响起了一声“爸妈”。刘春春拉着王远辰跑进门，笑着埋怨：“都下雪了，怎么也没人接我们。”

“叔叔阿姨好。”王先生这次总算知道要打招呼了，这也是韩卓昨天在公司走廊上的义务教学内容，关于登门拜访要注意些什么，相当实用。

“这么精神的大小伙子啊！”刘妈妈连围裙都顾不上解下，就拉着王远辰到客厅坐下，眉开眼笑地说道，“春春说他是租你的房子住，平时没添麻烦吧？”然后还没等王远辰回答，她又端来一碗微烫的糖水雪梨，叮嘱他慢慢吃，晚饭马上就好。刘爸爸也把果盘端过来，五花八门地摆了满满一桌，嘴里催促道：“屋里这么热，还穿着外套做什么？快点脱了，叔叔给你挂起来。”

“我自己来就好。”王远辰站起来，结果衣服还没脱完就被接走，刚坐下又被塞了个苹果，说是当地的，纯天然无污染，喜欢吃的话柜子里还有两箱。

“爸，爸，你冷静一点。”刘春春实在看不过去了，“去厨房帮忙吧，行不行？”

但是这个提议遭到了刘爸爸的拒绝，因为他很喜欢王先生，觉得对方又高又帅又闪光，很像电影明星。如果说李阿姨的关怀是迎面扑来的，那刘家父母的关怀就让人觉得像是突然掉入了温泉中，毫无防备地被温情包裹浸透，无处可逃。王远辰也并不想逃，或许是由于刘春春的关系，他觉得这种相处方式也还算可以接受，而且刘妈妈做的饭菜挺好吃，从清淡的白灼虾到酸甜的菠萝肉，都是他喜欢的口味，合意到不可思议。

这当然是刘春春提前发过的无数条短信详细说明了王先生的口味、脾气、性格的缘故，他甚至还翻来覆去地叮嘱家人千万不要试图给王先生介绍女朋友。

晚餐结束在了愉快轻松的氛围里，洗碗的活儿本来应该归刘春春的，但被刘爸爸抢走了，还撵他们俩赶紧上楼休息。

“你家人平时就是这么相处的？”回到卧室后，王远辰问。

“也不是，可能是因为你来了，所以他们分外热情。”刘春春笑着说，“你别不习惯就好。”

王远辰没有说话，他打量着这间粉色的小卧室，嫌弃之情溢于言表。不过幸好刘春春已经适应了他的挑剔，把新的洗漱用具塞进他怀里就将人打发去了浴室了。

午夜时分，外面的风雪越发肆虐，砰砰地撞击着玻璃，像是有盗匪要破窗而入。两个人并排躺在床上，过了一会儿，刘春春小声问王远辰：“你睡着了吗？”

王先生：“……”

刘春春将床头柜里摸了半天才摸出来两个耳塞轻轻地塞进了王先生的耳朵里。在他心里，王先生基本等同于高贵而又矜持的豌豆公主，能睡出十八床鸭绒被下藏着的那粒豌豆，当然也很有可能会因为这嘶吼的风声而焦躁失眠。

王远辰转头看着他，面无表情地命令道：“从现在开始，你彻底闭嘴。”

刘春春听话道：“哦。”不要就不要吧，那晚安。

王远辰转身背对他，露出一截光洁的脖颈。刘春春大胆地看了起来，毕竟奥特曼就算再无敌，也不可能在后脑勺上长眼睛。王先生的头发似乎很软，和他的性格截然相反，皮肤又白皙又光滑，甚至都找不到一颗小痣，不过想到他后背上那些交错狰狞的伤疤，刘春春突然又生出无限同情，越发觉得这个人像落难公主，不仅漂亮高傲得像天鹅，又有钻石和珍珠，连恶毒的皇后继母都很现成。

王远辰皱起眉头，感觉到身后的人正捏着被子试图往自己肩头多盖一些。那动作虽然很小心翼翼，却一样驱赶走了他所有的瞌睡虫。只可惜罪魁祸首并没有觉察到这一点，还在继续思索，如果王先生是公主，那自己是什么。是矮人、仙女教母这类无足轻重的角色，还是屠龙的勇士？他关掉床头灯，在这种颇具童话色彩的假设里满足地睡了过去。当然，至于为什么第二天早上起床后，他的头发会变得异常蓬乱，如同被暴风揉搓了一整夜，就很令人费解了。

另一边，在这天的白天，白曦和韩卓一起去了梁佚的私人医院。周静已经醒了，不过依旧不能说话，只能躺在隔离室里透过玻璃看外面的人。白曦冲她挥了挥手，笑得一脸阳光，像是在大学里一样。那实在是一段很美好的岁月，于是周静鼻子发酸，也对他笑了笑。

站在一边的周勇看见女儿的变化，脸上虽然没有太多表情，心里却大大松了口气，他原本以为至少这三四年都无法再从女儿脸上看到熟悉的笑容了。

“静静是个很可爱的小姑娘。”梁佚说，“再过几个月，她就可以说话了。”

“周太太呢？”白曦问。

“她也会定期过来接受治疗，我的药物不像周金山的那么粗暴，而是更注重安全，当然，这也意味着要花费更多的精力和时间，不过很值得。”梁佚道，“让静静休息吧，我得先去手术室看看，今天有两起预约好的胆囊手术。更详细的情况我们可以晚上吃饭的时候再说，当然，如果两位还想继续逛一逛，周主任会是一名很好的导游。”

他看起来对这两个人已经完全信任了，连一句多的叮嘱也没有就转身匆匆离开。

周勇又看了一眼周静，她已经闭上眼睛重新陷入了昏睡，不过不知道是不是因为心理作用，他总觉得在见过白曦之后，女儿似乎变得坚强乐观了些。

周勇带着两人在医院里逛了一圈。白曦发现这家医院的布局很精巧，像是一座迷你公园。这个时间，有许多病人正在院子里晒太阳，也有附近小区的老爷爷牵着老婆婆过来散步。“我以前不觉得，”站在二楼休息室的玻璃窗后，白曦看着院子里悠闲的人群感慨，“直到现在才发现，如果医院能就是医院，学校能就是学校，面馆能就是面馆，那该是多好的一件事。”

“除了这些，我还希望导演能就是导演。”韩卓补充，而不是什么诗人、朗诵家、送玫瑰狂人、戏剧爱好者。至于他为什么会突然想起马克李，那是因为半分钟前，他看到一辆熟悉的豪华跑车驶入了医院大门，太过目难忘的颜色，从狗仔到普通市民都知道那是俏丽美艳的霸道女总裁庄妍的车，韩卓当然更会记得。

庄总这次是特意抽空来探望自己男朋友的。她不光带来了家政阿姨煲的靓汤，还带上了不甘不愿的儿子。

梁佚喜出望外，发消息提醒了韩卓和白曦别和他们母子撞见后，就把庄妍和马克李领进了办公室。

“小马最近在做什么呀？”梁佚笑容满面地发起话题，试图跟马克李加深感情。

“打算启动一部新电影，最近在找人敲定剧本。”马克李回答。

“新电影好啊。”梁佚殷勤地帮他倒茶，“又是恐怖片吗？叔叔特别喜欢你拍的大山楂，翻来覆去看了十几遍。”

“这次是星际动作爱情片。”看在亲妈的面子上，马克李的态度还算好，基本有问必答，“外星人男主角和地球人女主角的恋爱故事，主要走凄美的浪漫路线。”

“浪漫路线好！”梁佚大力称赞，他至今也不能忘却被十几遍包场大山楂支配的恐惧，生怕这位小兄弟会拍续集。此时一听是浪漫的爱情片，他顿时心生向往，甚至已经脑补出自己在漆黑空旷的电影院里和女友深情相拥的情景。由此可见，男人的幼稚无关年龄，从年轻力壮的韩先生到马克李眼中已经开始“不太行”的梁先生，他们在看电影的时候，都一样会不动声色地去欣赏贝儿的玫瑰花、辛德瑞拉的水晶鞋。

太阳渐渐落下山，风重新变得刺骨起来，晒太阳的病人们也三三两两地结伴回了病房。他们的神情都很轻松，和护工有说有笑，看起来的确是在这家医院得到了很好的治疗和照顾。白曦好奇地问：“他们中间真的有异能者吗？”

“异能者不能从外表上区分，不过梁佚既然说有，那他也没必要说谎。”韩卓说，“毕竟如果我们想查，也是轻而易举的事情。”

“打扰了，”不久前离开的周勇过来了，“老师让我来表达歉意，说他今晚要陪家人吃饭，可能要请两位提前离开了。”

“家人？”韩卓和白曦对视一眼，笑道，“好吧，我们这就走。”

“还有一件事，是我私人的请求。”周勇看起来有些犹豫，但还是开了口，“是我太太，在静静脱离生命危险后，她虽然不再像以前那么崩溃自责，却变得很少说话，整天心事重重的，我怕她会把自己闷出毛病来，所以想请韩先生去开导她一下。”

“我？”韩卓很意外，“周主任为什么会觉得我有能力去开导你的太太？”

“因为我不知道还能找谁。”周勇向他坦白，“她现在拒绝跟任何人沟通，也很怕我，每天当她望着窗户发呆时，我都会觉得要是没有女儿，她或许下一刻就要从那里跳出去。”

先是女儿的变异，紧接着，深爱着的丈夫有第二重身份——她做梦都不会想到，丈夫竟然会是地下仓库那个残暴血腥机构的幕后支持者之一——这两件事加起来，已经足以让这个单纯的、被宠爱了几十年的小女人精神崩溃。

“而你是最强大的异能者，在这个族群里拥有相当高的威望。”周勇对韩卓说，“所以，至少应该能对我太太产生一些正面的影响。”

“我并不擅长和人谈心，”韩卓摇摇头，在周勇开口之前，他把白曦推了出来，“不过小白可以。上次在H城的时候他和周太太聊得很开心，似乎有很多共同话题。”

虽然是毫无防备地被推出来的，但白曦的反应速度也不慢，他没有任何犹豫就点头答应了："我也很希望周太太能尽快走出心理阴影。"他的这句话完全出于真心，哪怕将来不能和周勇合作，他也想帮周太太和周静回到正常的生活中来。

"谢谢。"周勇闻言松了口气，接着，他又说，"研究所的人在上周已经撤走了，我家也没有安装任何摄像头，至于我太太，她只有每天早上会出去买些菜，十点之后基本上都在家，你们随时可以去。"

白曦问："需要提前给你打个电话吗？"

"都可以。"周勇道，"不打也没关系，老师曾经说过，你们是这个世界上为数不多的绝对不会伤害她的人。"这算是个相当高信任的评价了。

周勇走后，白曦看了眼照片，问道："要按这个照片瞬间移动过去吗？"

"现在？"韩先生看了眼时间，"下午四点？"

"我很担心周太太。"白曦如实说道。

"好吧。"韩卓笑着看他，"你说了算。"

小车在路上平稳行驶着，白曦坐在副驾驶座上出神，除了在想即将要见到的周太太之外，他还在想梁佚。他原本以为对方是和吴子刚一样的科学狂人，但现在看来他们两人之间还是有区别的——至少前者还懂得享受爱情和生活，会为了陪女朋友而放弃和最强大的异能者共进晚餐。

"你最近经常发呆。"韩卓一边开车，一边说。

"梁先生真的会和庄总结婚吗？"白曦问，"那他岂不是会变成马克李的继父？"

"但我们的事情和那位马导演没有任何关系。"韩卓道。

"我觉得在某些时候，他还是能帮上忙的。"白曦诚恳建议，"不如你先试着抛下对他的成见，我们再来讨论这件事？"

韩先生不假思索地说："抛不下。"不仅抛不下，他还很想把马克李打包丢到外太空去，让他专心致志地去拍几百集宇宙版的苦情生死恋，同时带走七彩玫瑰和戏剧，还世界一片安静。

白曦一撇嘴："小气鬼。"

韩卓不理会他的评价。他停下车，解开安全带，探身过去，双臂发力抱紧白曦，低声笑道："这件事我们以后再慢慢讨论。走吧，先做正事。"

几秒钟后，两人到了周家的客厅。

"是谁？"卧室里传来惊慌的询问，然后就走出来一位身材娇小的妇人。

"周太太。"白曦赶紧笑着打招呼，"是我们。"

“……我刚刚接到了阿勇的电话。”看清来人是谁后，周太太脸上的不安也褪去了一些，她拧着衣角道，“不过没有想到，你们这么快就过来了。”

“正好没事，我们就来蹭饭了。”白曦笑得真诚，热情地问她，“您在做什么？”

“我在收拾静静的东西，一些日记和照片。”周太太转身，从卧室里抱出来一个文件箱，“阿勇说这是医生的建议，让我找一些她喜欢和珍惜的东西带到医院。”

“这是我们大学时候的照片。”白曦帮她把照片摆好，一张张看过去，“这是图书馆，这是运动会……咦？这是我，可惜拍模糊了。”

“她是在拍这个男孩子。”周太太指着白曦身边的刘春春，“家里有很多他的照片，那时候静静很喜欢他的，或许现在也很喜欢。”

第一次知道周静拍了刘春春这么多照片，白曦也很惊讶。虽然当时几乎全院都知道周静在追刘春春，不过大多是把这件事当花边新闻谈论，包括215宿舍几个人在内，甚至还嘻嘻哈哈地掩护过兄弟逃离。白曦原以为那只是大学生活里的一段插曲，却从来没有想过，原来周静会喜欢得这么认真——不光照片里的一大半都是刘春春的，还有从校报上剪下来的采访、一起做的小组作业……虽然这段单恋毫无结果，刘春春也拒绝得相当坚决，可周静却没有把这些东西丢掉，反而还保存得很好。

“他最近怎么样了？”周太太又问，“谈恋爱了吗，喜欢什么样的女孩子？”

“春春吗？”白曦说，“没有谈恋爱，也没说过喜欢什么样的女孩子。”倒是在大四那一年迷过几个月的美女主播，但又很快就被广场舞阿姨吸引，可见不是真爱。

周太太犹豫道：“如果他还没有女朋友，能请他到医院里看一下静静吗？我是说，只告诉他静静生病了，不让他看到人，这样也不会暴露秘密。就隔着门说几句话，鼓励一下静静，可以吗？”

“这……”白曦想了想，说，“春春回老家了，等他回来我先问问他，您也再和周叔叔商量一下，好吗？”

“好。”周太太连忙点头，其实她也是突然冒出来的这个想法，可毕竟静静的身份特殊，的确需要先征求一下丈夫的意见。

遥远的北方小城里，刘春春正在带着王先生欢喜地吃着寿宴。刘家子孙挺多，老人八十大寿又是大事，所以赶回来的亲戚朋友能坐满半个饭店大堂，闹哄哄的，到处都是酒味和饭菜的香气。耳边划拳声不断，在叔叔伯伯的哄堂大笑中刘春春稍微有些紧张并且深感失策，因为只要稍微想一下就能明白王先生一定不会喜欢这种俗气又无聊的场合，而自己居然就这么把人给带来了，不掀桌已经算是相当给面子了。

王远辰坐在一边，果然没有吃任何东西。这一桌都是小孩子，他实在没有勇气把筷子伸进那一盘盘刚端上就被刨得稀烂的菜肴里。不过不吃归不吃，筷子倒是一直握在手里了，因为他只要一放下筷子，身后立刻就会冒出来个陌生姑妈或者婶娘，把手搭在他肩膀上，一脸关切地问他你怎么了，是不是不舒服，为什么不吃饭。真的很令人崩溃。

这场寿宴，唯一令刘春春感到欣慰的就是真的没有阿姨给王先生介绍女朋友——这完全要归功于他的机智，早早就群发消息通知到位了，说自己这次带回来的朋友已经有了未婚妻，感情还很好，所以根本没有这方面的需求。

但俗话说得好，百密终有一疏。即使王先生已经有了未婚妻，但他实在英俊漂亮得有些过分，穿着一件中长的白色大衣，灰色围巾看起来材质良好，连扎在脑后的小鬏鬏看起来都分外迷人。不管处于哪个年龄段，女性对帅哥的兴趣都不会消减，于是她们纷纷过来照顾小王，生怕这个南方来的漂亮男孩会在北方水土不服。

“你未婚妻是做什么的呀？”终于有人问出了这个惊世骇俗的问题。

刘春春脑袋里轰的一声，手里的勺子差点掉在地上。现在去捂肇事者的嘴显然已经太迟，于是他只好战战兢兢地扭头，用非常不安的眼神看着王远辰。

听到“未婚妻”三个字，王远辰也有些疑惑，不过也就仅仅疑惑了不到两秒，在对上刘春春蠢兮兮的认错眼神后，他很快就明白过来这究竟是怎么回事。于是他嘴角一弯，云淡风轻地回道：“我的未婚妻？她是一位公主。”

“咳！”刘春春被汤呛了一口，弯着腰咳了半天。你还能再扯一点！

周围的阿姨们也很震惊，毕竟“公主”这个词听起来实在太不切实际了。但说这话的人是王先生，他本人又相当闪闪发光、华丽高贵，说是王子也不过分，所以还是有人相信了这个说辞，问他：“是欧洲的公主吗？”

王先生摇摇头，回答：“是我心里的公主。”这话说得深情款款，现场好似瞬间飘散出了无数粉红色的桃心，来源是听到这句话的所有女性，从八岁到六十八岁。

暴走天鹅王先生暂时下线，换七叶路夜场里的迷人酒保顶班。他端着果汁，如同是最昂贵的葡萄酒，慵懒地靠在椅子上称赞对面阿姨的项链非常好看。阿姨眉开眼笑，表示这是自己老公买的，不值钱，也就一万多。“您的老公非常有眼光。”王远辰说，“不单单是因为他挑中了这条项链，更因为他挑中了美丽的您。”

刘春春单手扶额，欲哭无泪。但周围的气氛却很欢快，那欢快甚至快要淹没了他。平时回家最受欢迎的高才生此番备受亲友冷遇，这究竟是道德的沦丧还是人性的泯灭，实在是令人深思。

寿宴接近尾声，八十高龄的爷爷已经乐呵呵地被儿孙们拥了回去，王远辰也就越发肆无忌惮。他从掌心里变出一枝鲜艳的红色玫瑰，送给了面前的小女孩："请问你几岁了，我的小公主？"但是对方并没有回答她，只是咿咿呀呀地咬着小胖手傻笑。

八个月的婴儿也要撩一撩吗？！刘春春的脑袋嗡嗡作响，他实在忍无可忍，于是冲进层层人群，把还在那里变魔术的王先生强行拖出来，拉着他的胳膊就跑。

"小王啊，我们还没有加好友！"身后有人恋恋不舍地呼唤。

刘春春把王远辰塞进了出租车，如同塞一床大棉被。"海岛路8号，谢谢。"他气喘吁吁地说，并且迅速拉上了车门。

王远辰靠在椅背上，嘴角微微上翘，瞥了他一眼，问："未婚妻？"

"我愿意为此道歉。"刘春春诚恳地说，"但我是好心，我真的很怕阿姨们给你介绍女朋友，然后你就会感觉被冒犯，会生气。"

"所以你就未雨绸缪，给我安排了一个未婚妻？"王远辰掐住他的脸蛋，就好像那是一块超级柔软的橡皮泥。刘春春痛得皱起眉毛，看起来越发可怜了。王远辰大发慈悲地放开他，说："下次提前告诉我。"

"下次？"刘春春很意外，"下次你还愿意来吗？"他原以为这位高傲的奥特曼先生会从心底厌恶这种嘈杂又俗气的地球社交场合，没想到他居然主动提到了下一次？

王远辰顿了两秒，然后凶恶道："当然不愿意。"

"哦。"刘春春嘴一撇。我就说。

接下来的路途陷入了沉默里，出租车司机大概也觉得车里气压太低，于是打开广播，放了一首喜气洋洋的《好日子》，"阳光的油彩涂红了今天的日子哟，生活的花朵是我们的笑容"。刘春春双手捂住脸，觉得这一天很是精疲力竭。

晚上，刘家爸妈要去大伯家打通宵麻将，早早就嘱咐刘春春要他和小王早点休息，行李已经收拾好了，冰箱里有现成的包子，明早吃完饭再去机场。

两人进了家门，刘春春还在开灯，王先生已经脱着衣服上二楼了。寿宴上浓烈的饭菜香和酒气，还有出租车里乘客留下的烟味，让他觉得自己整个人都乌烟瘴气的，一秒钟都不愿意耽误地要洗澡。刘春春认命地跟在后面收拾了一路，然后从柜子里取出睡衣，敲门问他："睡衣要吗？"王远辰打开门，刘春春双手直直往前一伸："拿好。"

王先生邪恶地眯起眼睛，突然伸出手抓过面前的人就势压在了花洒下方。热水哗啦啦地当头浇下，刘春春猝不及防地被淋了个透，惊呼一声，手忙脚乱地四处摸索了好一阵，才终于按到了水龙头的开关。身上的厚毛衣被水浇透，让刘春春整个人都处于崩溃的边缘。他草草地擦了一把脸上的水就跑了出去，只留下一行湿漉漉的脚印。

生气了？王远辰往门口扫了一眼，然后一撇嘴，继续慢条斯理地洗澡。沐浴露打了足足六七遍，直到听到卧室那边传来声响，他才冲洗擦干，走出浴室。

刘春春正坐在床上玩游戏，他穿着一件粉色的家居服，分外廉价又分外可爱。王远辰的指尖划过屏幕，带领小人顺利闯过了关卡。“你赢了。”他说。

刘春春把手机丢在一旁，一声不吭。

“只是个玩笑而已。”王远辰揉乱他的头发，理直气壮地说道，“我喜欢看你湿漉漉的样子，像只小鸭子。”

刘春春也不知道是该生气还是该笑，他没底气地怒道：“有你这么道歉的吗？”

“我并没有道歉。”王先生否认。刘春春觉得很无语。

“你需要道歉吗？”王远辰又问。

刘春春盯着他看了十几秒，突然就觉得很无力，他摆摆手道：“算了，不需要。”

王远辰说：“我饿了。”刘春春用枕头捂住头，想假装自己没听到。王远辰蹲在他身边，扯住那颗有些松动的衣扣，又说了一遍：“我饿了。”

耳边如同复读机在响，刘春春坐起来，头发像鸡窝，眼眶也通红，他屈服于命运地问：“你想吃什么？”

王远辰想了想，回答说：“方便面。”

“不要吃那种垃圾食品。”刘春春起身下楼，“等着。”

在这方面，王远辰向来非常听话，他把双手放在膝盖上，说：“嗯。”

冰箱里有现成的包子，不过刘春春并没有把它拿出来热一热敷衍了事，而是重新煮了一碗龙须面，加上肉丝和葱花，虽简单，但可口。

在寒冷的风雪天里，王先生穿着厚厚的家居服，坐在卧室的小桌子旁，把卡通小碗里的面吃了个精光，因为刘春春说这是夜宵，垫垫肚子就好，所以拒绝再加量。

王远辰对此很不满，但也只能乖乖放下碗筷去刷牙。他站在洗漱台前，嫌弃地看了眼牙刷上那草莓味的粉红牙膏，勉强伸进了自己的嘴里。

刘春春则勤劳地洗好了碗又铺好了床，等到终于能放松躺平时，已经是腰酸背痛，比搬了一整天砖还要累。王先生良心发现，主动问他：“需要按摩吗？”

“不需要。”刘春春很警觉。然而他这种拒绝并没有任何作用，王远辰拉着他的胳膊，轻而易举就把人翻了个身，下一秒，他的双手就卡住了那软乎乎的腰。“痒啊！”

刘春春惨叫。

“放松。”王远辰命令。

刘春春委屈得将嘴瘪成鸭子嘴：“唔。”

“我让你放松。”王远辰放轻动作，仔细按过那些紧绷的肌肉，“如果不知道要干什么，就闭上眼睛睡觉。”

“会疼吗？”刘春春问。

“按摩为什么会疼？”王远辰很纳闷。

很难说啊，毕竟按摩师是你。刘春春在心里默默反驳，不过并没有真的说出口，以免又被暴力对待。而随着对方的动作，他骨头缝里不断传来酸酸涩涩的感觉，真的是很舒服。于是刘春春彻底放下戒备，安心地闭上了眼睛。

这次王远辰没有欺负刘春春，他仔细地帮对方按揉每一个紧绷的部位，确定肌肉彻底放松明天也不会酸痛之后才停下动作，用被子把人裹住。这时，刘春春已经睡着了，他趴在床上，侧脸被压得扁扁的，嘴巴微微张开，像是动画片里被拍飞的滑稽反派。

王远辰盯着他看了一会儿，不由自主地伸手想戳戳对方滑稽的脸蛋，却在半空停了下来。他有些迷惑自己的行为，也有些迷惑此时内心深处的那份安宁，似乎所有不幸过往所带来的阴影都在这个瞬间因为这个皱巴巴的人类而淡化了。在意识到这一点后，他的脸色并不好看，如同窗外风雪漫漫的天气。可在这沉沉阴霾里又多了一丝平日没有的晴朗，莫名的，他窘迫得就像偷糖被抓包的小朋友，还没来得及消化甜蜜的滋味，就已经心跳如擂鼓，紧张得要失去味觉。

罪魁祸首刘春春浑然不知，他还在梦境里徜徉，并且露出了傻乎乎的笑容，并把所有被子都踢到了地上。

王远辰捡起被子随意丢在他露出来的肚皮上，然后就去了阳台，在肆虐吼叫的北风中抽了整整大半夜的烟。

第21颗星

决心

面对或逃离真的都需要勇气

周二下午照例要开每周的分析会。白曦正在办公室里准备着，助理在这时敲门进来说："白总，刚刚王先生打来电话说春春感冒发烧，可能要请三百天假。"

白曦以为自己幻听了："多少天？"

秘书回答："三百天。"

"……算了，先开会吧。"白曦无奈地揉了揉太阳穴，打算先处理工作，之后再来头疼这件事。

而韩卓打给王远辰的电话，也在意料之中的被不耐烦地接起来："我很忙。"

"我想不出来你有什么可忙的。"韩卓笑了，"我找你有正事。"

"你每次找我都不叫正事，而是坏事。"王远辰烦躁地说，"又怎么了？"

"和施天有关。"韩卓道，"我需要你的帮助。"

"该死！"王远辰骂了句脏话，"几点？"

"晚上七点？到时候我和小白一起过来。"韩卓又问，"春春呢？他今天好像都没有找小白。"

"OK，七点。"王远辰并没有回答他关于刘春春的问题，匆匆挂断电话后又夹了一块酒精棉帮刘春春擦拭发烫的额头。刚才他已经带刘春春去小区诊所那打过针了，这是医生教的办法，可以降温。

白曦开完会后还惦记着要请三百天假的刘春春，于是特意打电话过去关心他。

"就普通的感冒。"刘春春扯了扯领口，王远辰也不知道从哪里弄来了一件高领秋衣非要他穿上，他现在都有些呼吸困难了，"明天就能来上班了。"

"别，嗓子都哑成什么样了。"白曦赶紧劝阻，"晚上想吃什么，我下班给你带过来。王先生在吗？”

“在，不用带饭了。”刘春春往厨房看了一眼，不敢置信地小声说道，“他好像在帮我煮粥。”

“……”白曦道，“啧。”

“算了算了，白哥你还是带点吃的给我吧。”刘春春改变主意了，继续压低着声音说道，“我对晚餐基本不抱希望。”然而白曦已经挂了电话，十分薄情寡义。刘春春又晕又委屈，为什么生病了都得不到慰问。厨房里传来清脆的碎裂声，刘春春“大”字形直挺挺地躺在床上，绝望地、深深地叹了一口气。

晚上七点，白曦和韩卓准时登门。事实证明白曦还是很疼刘春春的，嘴上虽然说不管，但依旧拎来了鸡汤和水果，还有一大束花。

“谢谢白哥。”刘春春说，“但是我已经吃饱了。”

白曦背着手去厨房审视了一圈，虽然台面上一片狼藉，但锅里的粥还算正常，甚至还加了肉末和蔬菜。

“我去倒茶。”刘春春咳嗽着站起来。王远辰面无表情地把他按在了沙发上，并顺手用毛毯把人包成了粽子。“那你去。”刘春春吸溜了一下鼻子，“白哥喜欢白桃乌龙茶，就是我平常喝的那种。”

王先生站起来去了厨房，然后端过来三杯威士忌和一杯热水。

刘春春：“……”算了，有总比没有强。

“施天又怎么了？”王远辰把双腿架上茶几，神情还算轻松。

“这件事说起来很复杂。”韩卓把资料丢给王远辰，“这是大概的计划，以及你要做的事情。”

王远辰草草扫了一遍，原本玩世不恭的脸上瞬间挂满阴云，甚至隐隐有打雷闪电的迹象，他几乎是在咬牙切齿地咆哮：“你让我去接近他？”

刘春春缩了缩脖子，有些担心地看向白曦——怎么了？

“没有人比你更合适。”韩卓说，“我们必须在最短的时间里拿到数据。”

王远辰把资料重重地甩到茶几上，没有再说话，不过他内心的抗拒与厌恶倒是很明白地写在了脸上，就好像对面是一大群令人作呕的苍蝇。

“彻底毁灭地下仓库一直就是我们想做的事，现在是最好的时机。”韩卓拍拍他的肩膀，“我希望你能慎重考虑一下，当然，我也绝不会勉强你，三天够吗？”

在他们说话的时候，刘春春小心翼翼地摸过茶几上的文件，只是还没来得及看，就被人劈手夺去。

王远辰把文件夹丢进白曦怀里，阴郁地说："我考虑一下。"

韩卓松了口气，虽然和王远辰认识的时间不算长，但他知道，这句话至少代表着对方百分之八十的妥协。他也惊讶于对方的爽快，却没有多问，只是点头道："谢谢。"

客厅里的气氛很压抑。刘春春觉得在场的似乎只有自己不清楚究竟出了什么事，他内心忐忑不安，却也知道现在不是问话的好时机，所以直到韩卓和白曦离开，他也没有开口。倒是白曦在离开后很快就发了语音消息过来，大致说明了事情的原委。

刘春春听完就删掉了消息，又看了一眼枯坐在客厅里的人。

王远辰依旧坐在沙发上，指间夹了一根未点燃的香烟，一语不发。许久之后，他突然狂躁地站起来，如同困兽一般，似乎想要做些什么事情来发泄情绪。

刘春春站在卧室门口看着他，犹豫道："那个……"

王远辰停下脚步，扭头看他。

用一种刘春春之前从没见过的眼神。冰冷、漠然、桀骜，还有血腥与仇恨，一起翻涌在深渊一般的眼眸里，带着雷电轰鸣与惊涛骇浪。

这或许是刘春春第一次见到真正意义上暴怒的王远辰，他不自觉地后退两步，想着要不要给白曦打个电话。

"你怎么了？"王远辰问，声音却不像眼神那么冷。

"我……我该吃药了。"刘春春端着空水杯，那是他刚才找的道具，可现在却有些端不稳了。

王远辰走上前，把杯子从他手里抽走，到厨房接了一杯水后端过来递给他。

"谢谢。"刘春春接过杯子道谢。他内心忐忑又恐惧，视线也变得飘忽不定，显然他并没有足够的胆量去看王远辰那双猩红的眼眸。

"害怕我？"王远辰又问。

"对不起。"刘春春终于抬起头，"我很想帮你，可是……"可是他似乎并不能做任何事情，施天、吴子刚、梁佚，这些都是离他太远太远的人，就算他想触碰，中间也像隔了数百光年。

王远辰吩咐他："吃药。"刘春春乖乖吞下药片。"你不需要帮我什么。"王远辰的掌心贴上他的额头，但他却没有在试完额温后把手移开，反而顺手揉了揉刘春春那毛茸茸的短发，"不管发生什么，保持安静就好。"

刘春春说："嗯。"

王远辰把人抱到了自己怀里，闭上了眼睛。每次在事情变得很糟糕的时候，他就需要做一些事情来转移注意力，比如说去反杀追捕者、酗酒、砸碎手边所有能接触到的东西，现在或许可以再加一件事，那就是抱住眼前这个正在发烧的地球人。

刘春春坐在床边，脸埋在王远辰的腰间。这算是个相当别扭而又尴尬的拥抱姿势，可是他并没有挣开——同情也好、恐惧也好、安慰也好，此时此刻，他都想尽自己所能地给面前暴躁的奥特曼先生一点温暖和依靠。

由于深知王远辰对施天的厌恶程度，所以在回到家后，即使已经交代过事情的原委，白曦还是第一时间就把电话打给了刘春春，可刘春春却把他的电话直接挂断了。没一会儿，白曦收到了刘春春躲在被子里发来的消息，说王远辰和自己没事，不用担心，其他的等明天见了面再说。

刘春春把静音的手机放在床头柜上，动作相当小心翼翼，因为王远辰就在他身旁。在刚刚那个长时间的拥抱过后，王先生就靠在刘春春的床头出神，并非常理所当然地卷走了一半被子。

“睡吧。”他说。

刘春春说：“哦。”

幸好两人前几天已经有过同挤一张床的经验了，所以现在也并没有觉得很突兀。刘春春关掉床头灯，背对着王远辰，很识趣地只占了大床的一小块，留下近四分之三的空间给王先生。

王远辰却没有睡。他闭着眼睛，强迫自己暂时不去理会灵魂深处翻腾的那些情绪。

有一个施天挡在路中间，那绝对是一件恶心而又倒胃口的事情，在期待任何未来之前，他需要先解决掉这个麻烦。

白曦拉好窗帘，转身说：“我不困。”

“嗯？”韩卓放下手里的书，把眼镜也放在床头柜上，“你想要听哪一种睡前故事？刺激一点的、体贴一点的、有安全感的——”

“严肃认真的。”白曦打断他。

“好吧，最无聊的一种。”韩卓笑笑，“还在想春春的事？”

白曦问：“将来有一天，王远辰也会回去吗？”特意强调了“也”字。

他说这话时其实很平静，也很小心翼翼，但恰恰是由于他太平静了，反而多出几分欲盖弥彰的味道。在此之前，他和韩卓很少主动提及这个话题，可白曦知道，自己是不愿意和韩卓分开的。白曦有时候甚至忍不住会想，如果计划一直无法实施，那么韩卓是不是就会永远留在地球上？但这种想法往往只是一闪而过，就会被更复杂的内心挣扎所代替。他变得有些患得患失，不过暂时没人发现。

“或许吧。”韩卓说，“每个人的想法都是不一样的。”

白曦说：“嗯。”

韩卓问：“为什么不看我？”

“我累了。”白曦说，“睡吧，晚安。”

“担心我会走？”韩卓又问。

白曦默认了这个问题，但没有给出自己的回答。“睡吧。”白曦又说了一遍，不过这时他的声音却明显染上了更多的情绪，又闷又堵，甚至还有些颤音，像个受了委屈却又死犟着不肯承认的小朋友。

韩卓抬高白曦的下巴，直白而又坦诚地注视着那双泛红的眼睛。

隐秘的心事被发现，白曦索性破罐子破摔，让悲伤来得更加理直气壮又气势汹汹。

“不要胡思乱想。”韩卓微微皱着眉，“就这么确定我一定会离开你？”

“难道你还想带走我？”

韩卓摇头：“我不能带走你，但是你可以试着留下我。”

白曦没说话，他从来就没有想过韩卓会在计划成功的前提下主动留在地球，这听起来有些天方夜谭。

“对自己多点信心。”韩卓说，“至少在目前，你在我心里的地位无人可比。”

这个答案听起来不太合格，所以这个夜晚，白曦裹着被子不情不愿地睡着了，甚至忘了另一件重要的事，直到第二天中午周太太打来电话才猛然想起来。

“呃……对，春春感冒了，所以我昨天就没有和他说。”白曦道，“他没事，已经来上班了，开完这个会，我就问一问他。”

刘春春抱着文件站在他旁边，有些莫名其妙，他警惕地问：“白哥，你不会也要给我介绍女朋友吧？”

“你想得美。”白曦挂断电话，示意他坐到自己对面，“周静的妈妈打来的。”

刘春春点了点头，并没有表现得有多意外，因为之前白曦已经告诉过他周静被绑架又被解救的事。

“我前两天去探望周阿姨，发现她家里有很多你的照片，还有一些乱七八糟的剪报，都是周静收藏的，甚至连小组作业都留了下来。”白曦问他，“怎么样，你感动不感动？”

“是挺感动的，但是吧，我看你这表情不像是有什么好事。”刘春春如实回答。

一直在窗边默默关注着两人的韩卓听到这里，忍不住笑出了声。白曦瞪了他一眼，然后才和颜悦色地对刘春春说：“周阿姨原本不让我告诉你，不过你既然已经知道了异能者的存在，那我就实话实说了，周静也是异能者，她被人注射了药物，再加上本身基因的问题，现在她已经长到了两米五左右。”

刘春春大吃一惊：“那怎么办？”

“有最好的医生在为她治疗，就是之前我说过的那个人，北斗研究所所长。”白曦说，“她目前状况良好，并且有至少百分之七十的可能性会康复，但因为治疗过程漫长又痛苦，所以周阿姨想请你去鼓励一下周静，隔着门，在病房外面跟她说几句话就行，没意见吧？”

“安慰同学当然可以，我一直觉得挺对不起她的。”刘春春有自己的顾虑，“但周静真的需要我的安慰吗？万一她早就痛下决心要和我一刀两断，我又跑过去挥洒关怀，不会起到反作用吧？”

白曦摇头：“家里收着你上百张照片和剪报，我觉得没什么一刀两断的可能性。”

“那……万一她又……我呢？”刘春春这句话说得显得有些自恋，但又确实存在这种可能，但他到底不忍心眼睁睁地看着同学受苦自己却袖手旁观，于是又赶紧补充道，“我倒是不介意隔着病房门演两三年的男朋友，但会不会有点像感情骗子？”而且周静康复之后的第一件事就是面对假男友，那也实在太糟心了。

“咳。”白曦想了想，商量道，“至少先去看她一次吧？然后我们就说你出国了，以后都用手机或邮件联系？你注意一下分寸，周静那么聪明，总不会还对你死缠烂打第二次的。”

“……行吧，白哥我听你的。”刘春春答应了，“什么时候？”

白曦道：“今晚。”

“今晚？”刘春春果断摇头，“不行。”

“为什么？”白曦问，“你有约？”

刘春春往隔壁办公室指了指——因为担心王远辰一个人在家会胡思乱想，所以他今天是带着大号熊孩子来上班的，而此时，大号熊孩子正在沙发上嗑着五香瓜子。

“王先生会反对你去安慰周静吗？”小白总装出一脸的天真无邪。

刘春春果然被问住，他挠了挠脑袋，说：“呃？”

在离开白曦的办公室后，刘春春站在走廊上思考了一下带熊孩子王先生同去且他不捣乱的可能性，直觉告诉他很低。

“春春。”财务抱着文件过来，在他耳边小声道，“白总是不是心情不好啊？”

“没有啊，你听谁说的？”刘春春回过神，诧异地反问。

“看你站在这面壁，我以为你挨骂了。”财务松了一口气，“那我进去找白总了，你也别再罚站了，下班前记得把报表签字返给我。”

刘春春答应了，然后郁闷地拍了拍脑袋。但当他回到办公室，却只看见满垃圾桶的瓜子壳，王远辰则不知道跑哪里去了，刘春春想，他或许又在对面花式撩妹也说不定。

人不在，刘春春反而松了口气，他打开电脑准备处理文件，却被屏幕上的照片惊得一跳。他的电脑桌面背景原本是宿舍四个人的合照，但现在被换成了王先生的自拍，一如既往的高高在上，情绪不佳，又蔑视又别扭，似乎相当不愿意出现在他这个地球人的电脑桌面上。刘春春虽哭笑不得，但也不敢换掉，只好顶着王先生的不悦神情，认命地开始工作。

晚些时候，韩卓端了两块蛋糕来找白曦，说王远辰请全公司的女生喝下午茶。

“怪不得刚刚外面那么吵。”白曦无奈，“他这算不算扰乱正常上班秩序？”

“没那么糟。”韩卓道，“换个角度想，他这是自费帮你发放员工福利，据说还可以合影，连隔壁公司的模特也很羡慕。”

“春春还没有告诉王先生周静的事。”白曦吃了一口蛋糕，“不过他刚刚倒是打了个电话给周太太，约好这周五下班后去医院。”

“所以他打算瞒着远辰？”韩卓笑着摇了摇头，“好吧，这个计划似乎很刺激，我相当期待 。”

“我发现你才是最唯恐天下不乱的那一个。”白曦凑近他“审问”，“说，刚刚消失的一个小时去哪里了？”

韩卓默契配合他的剧本，说：“给一个漂亮性感的火辣女孩打电话去了。”

白曦眼睛一眯，用银质蛋糕叉柄在桌上敲了敲，假装很严肃的样子，命令道：“这位先生，请你站起来！老实交代问题。态度端正一点。”

“你见过的，”韩卓配合地站起来，“琳达，酒吧的新酒保。”

平均三天换一个发色的暴躁朋克少女，夸张的烟熏妆和满身铆钉的装扮。白曦觉得有些奇怪：“你为什么突然打电话给她？”

“为了能让王远辰有理由名正言顺地接近施天。”韩卓向白曦发出邀请，“晚上想放松一下吗？我请你去喝一杯。”

白曦点头：“成交。”

午夜的七叶路，妖精与魔鬼同时苏醒，世界再度变得灯红酒绿。

酒吧里客人很多，琳达嘴里叼着棒棒糖，手上如同在变魔术，不过即使这样，也依旧有些跟不上点单的速度。

“Hi，小妞。”顶着牛角头饰的侍应生过来，靠在吧台上打趣道，“Aspis的速度可要比你快上许多。”那是上一任酒保王先生的代号，他没有名字，只叫Aspis，传说中剧毒致命而又贪婪守财的怪蛇。

酒保少女把酒杯重重地放在他面前的托盘里，顺便翻了一个几乎要上天的白眼。

韩卓脱掉外套，从侍应生手里接过新的点酒单钻进了吧台。

“谢谢你还记得自己是这里的老板。”琳达扔给他一瓶酒，没好气地说，“我以为你会一直坐在椅子上看热闹。”

韩卓挽起衣袖，笑着看了白曦一眼：“想要喝点什么？”

“冰水就好。”白曦敲敲桌子提醒，你还记不记得自己是来做正事的！

“没关系。”韩卓推给他一杯蜜桃口味的气泡酒，然后从自己头顶上取下一排水晶酒杯。他今天穿了一件白色衬衫，外面套着黑色的西装马甲，袖子整整齐齐地挽到手肘上方，再加上俊美的五官，禁欲的气质，和时时刻刻满含桃花的双眼，即使只是用手指抚过酒瓶，也让人觉得性感。

“喂喂喂！”白曦低声警告，“你收敛一点！”

韩卓抬起头，对他微微挑眉，顺手拉松领带，妖孽气质更上一层楼。

周围响起惊呼声，显然已经有人发现了韩卓。

白曦忍无可忍，拉着人气势汹汹地穿过走廊，很快就消失在了客人的视线里。

最终，还是韩卓带着白曦进入了一间闪耀着温暖宝石光芒的房间。

跟温暖毫不沾边的朋克少女也紧随而来，并朝韩卓扬了扬手里澄亮的琥珀色液体：“要来一点吗？”

“不了，谢谢。”韩卓关上门，帮白曦拉开椅子，“我找你来是为了施天的事。”

“就像你在电话里说的那样，我先故意被地下仓库抓住，”琳达吮着棒棒糖，兴致不高，“然后Aspis就会来救我……你确定他会？我一点儿也不想再自己跑出来了，每次都要断几根骨头。”

白曦眼底划过一丝惊讶，他原以为琳达只是个有些叛逆的失学少女，却没想到对方居然和韩卓一样，也曾经是地下仓库里的实验体。

“他会的。”韩卓点头。

“成交。”琳达朝韩卓举起一只手，“事先说好，如果不是Aspis，那我拒绝其他任何人来解救。”

韩卓笑了笑，也举起一只手：“我也不行？”

“不行。”琳达伸手和他击了一下掌，“你只是偶像，而Aspis是梦中情人。”她撑着下巴，脸上浮现出少女带有的梦幻的期待，“公主一定要骑着白马的王子来拯救，而不是你，老国王。”

白曦：“……”

“谢谢。”韩卓丢给她一块闪亮的钻石，“如果事情顺利，国王还会为公主和王子安排一顿浪漫的双人晚餐。”

“那我巴不得现在就被那些杂碎抓走。”琳达将棒棒糖嚼碎，跳下椅子站起来，“我去继续工作了，有事打电话，希望你的计划能顺利。”

韩卓点点头，目送她的背影消失在了门口。

“所以这就是你的计划？”白曦很不解，“让一个年轻女孩做诱饵，还要让她真的被地下仓库的人抓走？”

“否则呢？”韩卓好笑，“换成我，还是换成你的史蒂夫老师？我倾向后者。”

“别闹，”白曦抓着韩卓的肩膀摇晃着他，试图让话题回到正轨，“好好说话！”

“她不是普通的异能少女，而且在来这里当酒保之前，她已经被地下仓库抓过不下二十次了。”韩卓解释，“最重要的是，每一次她都能顺利逃离，最后几次她甚至故意将自己的行踪暴露给对方。”

“自投罗网？”白曦略微一愣，“为什么？”那里也不是什么美妙的好地方，难不成还能住上瘾？

琳达不是普通的异能少女，她的身体至少有三分之一是由各种零件和金属组成。这种听起来相当科幻的现实显然再度远远超出了白曦的想象，他果断给自己倒了杯酒，想冷静一下：“未来战士还是机器人？”

“她刚出生的时候是个可怜的畸形儿。”韩卓说，“只有一半颅骨，视力受损，心脏没有发育完全，骨骼也脆得像玻璃，总之是个倒霉透顶的小家伙。”

残忍而又意料之中的，她被遗弃在了垃圾堆旁边，不过顽强的生命力让她在寒风中坚持了整整一夜，然后被一个男人捡回了家。

那是抚养琳达长大的人，不过琳达却从来没有叫过他一声“父亲”，在向黛西描述自己的过去时，她也只是嚼着口香糖漫不经心地用“那个该死的男人”来代替。

“他对你不好吗？”黛西担忧地问。

“没有，他对我很好，非常好，但那是因为他要用我做实验。”琳达坐在吧台上，粉红色的头发贴着侧脸，“他修复了我，或者干脆说是重新创造了我。”

少女拒绝向任何人透露那个男人是谁，但是从她的话里黛西和韩卓也能依稀推断出对方应该是一位医术相当高明的医生，而且对这个捡来的女儿也很好，甚至可以称得上是毫无原则地溺爱她——任由她辍学，然后独自到另一个城市组建地下乐队。

“她原本是乐队的主唱。”韩卓道，“不过因为心爱的Aspis，所以自愿来酒吧接手他的工作。”

“那地下仓库呢？”白曦又问。

“琳达刚到这里时就曾经被他们抓到过。她身体里的秘密让实验者们惊讶，因为即使是地下仓库也无法让金属和人体组织这么完美地融合在一起，他们试图切断琳达的左臂，却在那个时刻被一股巨大的力量击晕。”

白曦说：“爆炸冲击波？”

“你的词汇量很丰富。”韩卓笑着端过他的酒杯一饮而尽，“我不知道那是什么，但并不是爆炸，实验室里的一切都完好无损，除了人——等他们醒来的时候，琳达已经消失无踪了。”

这是对地下仓库号称最严密安保措施的公然挑衅，却也让施天对琳达产生了极大的兴趣。在他的授意下，琳达一次又一次地被追捕者们带回去，却也一次又一次地逃脱。实验者们发现，在这个女孩的身体里似乎蕴藏着一股巨大的能量，只有在她感受到生命威胁时才会被释放出来，即使在那时她已经失去了意识。

“从来没有过关于这种异能的记载。”韩卓道，“在平时，她只是个普通的，也许有些暴力的少女，不过一旦落到地下仓库手里，她的力量就足以毁天灭地。”

“会不会和那位改造她的人有关？”白曦猜测。

“有可能，所以地下仓库才会一直纠缠着她。”韩卓说到这里的时候，心情也有些复杂，“在经过很多次的逃脱后，对琳达而言，那已经变成了比当主唱或者酒保更刺激的游戏，被抓捕、被麻醉、在危险逼近的一刻爆发能量，然后在所有人都昏迷的时候抄起椅子砸毁实验器材，再打走角落里的一口袋钻石。”

“等等，”白曦说，“一口袋钻石？”

“施天送给她的礼物。”韩卓点头，“他称呼她为可爱的小魔术师，并且相当喜欢在监控里看她突破不同的防线，最后大摇大摆地离开。”既然暂时无法控制住这个怪异的金属少女，那么仔细观察她的逃离反应也算是实验的一种。

“是很神奇。”白曦道，“不管是她的体质，还是整件事情，都很神奇。”

“她喜欢Aspis，这是所有人都知道的事情。”韩卓道，“不过由于对方比她更加暴躁凶残且高高在上，所以这份感情完全没有得到过任何回应。”

“但是你刚刚答应了王子和公主的晚餐。”白曦提醒他。

“一顿饭而已。”韩卓不以为意。

琳达站在吧台上尖叫大笑，她手里的香槟喷溅折射着灯光落在每一个狂欢者身上。这间灯红酒绿的酒吧是他们的天堂，也是最后的庇护所。

第22颗星

行动

万事开头难这句话很有道理

第二天上班的时候，刘春春小心翼翼地问白曦，王远辰有没有答应韩卓去接近施天拷贝数据。“还没有，怎么了？”白曦把他的脑袋推开，正色道，“爸爸平时都是怎么教育你的？站直！”

“嘘！”刘春春赶紧对他做了个噤声的手势，花容失色的程度如同两个人做什么见不得人的坏事。

“他又揍你了？”白曦唯恐天下不乱，扯开刘春春的衬衫领往里看，还把人压在沙发上揉成一团，才满意地说道，“说吧，那位王先生又怎么了？”

刘春春欲哭无泪，很想蹲在墙角啜泣，这些暴力的坏奥特曼。

其实王先生没做什么，只是从昨天下班到今天上班这段时间里始终一言不发。“所以我就在想，会不会是因为他真的不愿意参与呢？”刘春春道，“地下仓库和施天，对他来说是巨大的心理阴影，现在却要他主动揭开伤疤，我有些担心。”

“我不知道。”白曦说，“但如果他不愿意，也可以拒绝，我们再想别的办法。”

“但是他为难呀！”刘春春已经脑补出了一场波澜壮阔的关于牺牲自我和成全种族，以及捍卫全宇宙和平的科幻巨制，因为超级英雄都这样，先经历前期的挣扎和退却，才能蜕变重生，拯救世界。

白曦凑近打量他：“我怎么觉得，你比王先生更为难？”

刘春春回答：“因为我们是室友。”而王先生的低气压显然不会只存在于他的卧室，从昨晚到现在，客厅、厨房、书房，到处都是暗沉沉的雾霾，肉眼可见。

白曦冲他勾勾手指，刘春春刚要凑过去，办公室的门就被人推开了。韩先生走了进来，他手里拎着装咖啡的纸袋，上下打量了一番衣衫不整、头发蓬乱的刘春春，好心提醒道：“衬衫扣子开了。”

“韩哥。”刘春春嘴一瘪，“白哥打我。”

“爱莫能助，他是雇主，我也经常被虐待。”韩卓递给他一杯咖啡以示同病相怜，“对了，刚刚远辰打来电话，他已经答应了所有计划，要和我们一起对抗施天。”

“是吗？”刘春春惊讶道。

“当然，我为什么要在这种事上说谎？”韩卓笑道，“如果我没猜错，你们刚刚也是在讨论这个？”

“是。”刘春春点头，“谢谢韩哥。”

暴力的王先生最终选择了和朋友合作，一起做超级英雄，刘春春心情有些复杂，不知道自己是该庆幸家里的雾霾终于散去，还是该担心以后对方会遇到种种危险。这样忐忑地度过了一个下午，到了下班时间，他才发现自己的庆幸纯属多余——因为雾霾根本就没有散，反而更加严重了。

红色跑车里如同被人倒进了一大罐糨糊，连空气都凝滞了。刘春春清清嗓子，尽量让自己看起来不那么刻意：“今天韩哥来找我了，他说你已经答应了。”

王远辰说 ：“嗯。”语调冰冷，漫不经心。心情不好，心情不好！

刘春春耐心地开导闹着脾气的高贵天鹅：“如果，我是说如果你不愿意，其实可以拒绝的，我们再一起想别的办法。”

“谁说我不愿意了？”王远辰皱着眉，终于扭头扫了他一眼，“虽然韩卓有时候很欠揍，但这个计划并没有什么问题，为什么你要这么反对？”

我反对？刘春春目瞪口呆无语凝噎，分明就是你自己一直阴着脸，害得我昨晚连冰箱都不敢开。

“不想让我接近施天？”王远辰问。

“当然不想。”刘春春回答，又忍不住问，“那你为什么还这么不高兴？”

此时红灯，王先生的心情不好，抬眼和刘春春对视了十几秒。

刘春春眼神无辜，但还是不安地往后缩了缩：“怎、怎么了嘛？”

“没什么。”王远辰转头看着前方霓虹闪烁的街道，看起来毫无情绪。

很快两个人就到家了，刘春春特意做了满满一桌菜，试图用美食安慰并顺便试试能不能迷惑王先生，以此换取周五下班后的自由时间。

“要去参加大学同学聚会？”王远辰吮了吮手指上的排骨酱，微微抬眼看向他。

这分明就是很平常的举动，但或许是由于刘春春做贼心虚，他居然从中感受到了几分惊悚。

“白曦会去吗？”王远辰又问。

“当然要去。”刘春春点头如捣蒜，顺便帮他盛了一碗好喝的汤。

王远辰继续盯了他一会儿。刘春春胆战心惊，他觉得这一顿饭吃下来，自己一定会胃痉挛。所幸这种充满审视意味的目光并没有持续很久，王远辰点点头说：“好吧，要我跟着吗？”

“不用了。”刘春春连忙说，“韩哥也会去，就不麻烦你了。”在王先生开口之前，他又主动保证，“我九点之前一定回来。”

王远辰漫不经心地应了一声，就继续用餐叉分割盘子里的红烧排骨了。过了一会儿，王远辰又问起刘春春大学同学聚会的具体内容。“我没有大学同学，”他说，“也没有参加过聚会。”

“其实也没什么，就是一起吃饭唱歌，吹吹牛，聊聊近况。”刘春春抽出一张纸巾递给他，示意他擦嘴，“下次有不吵闹的安静小聚会，我带你一起去。”

“我发现在你心里我很像老年人。”王远辰接过纸巾站起来，在路过刘春春的椅子时顺手揪了一下对方那软绵绵的脸蛋，“关键词是安静、不吵闹、不抽烟喝酒，最好连吃饭的地方都是人也没几个的。”

刘春春在他身后解释道：“我只是觉得我们的生活环境差距有些大。”不管是大学同学吃火锅喝酒吹牛皮，还是七大姑八大姨在饭桌上询问工资多少有没有对象，这些都和闪光高贵的王先生相隔甚远，距离等同于地球和宝石星球。

王远辰关上了卧室门，并没有对这句话发表意见。

第二天清晨，刘春春特意提前半个小时起床，帮王先生煮了他喜欢吃的班尼迪克蛋，还煎了桃心形状的培根搭配着碧绿的芦笋，尽量靠近五星级酒店水平。

王远辰慢条斯理地享用完，然后点点头：“勉强及格。”

刘春春受宠若惊地说：“这是你第一次夸我。”

“那你对‘夸奖’的理解有误。”王远辰跷着二郎腿，道，“去换衣服。”

“换衣服？”刘春春不解，他低头看了一眼自己。衬衫加套头毛衣，很普通，并没有什么不妥的地方。

王远辰喝完最后一口咖啡后起来，拎着他走到了衣帽间。当然，这里的百分之九十的空间属于王先生，刘春春只分到一个可怜巴巴的小柜子。而此时，王远辰就在属于刘春春的那个小柜子里翻捡，最后找出来一件棕熊一样的毛绒棉袄和一件墨绿色的毛衣丢给他，道："穿这个。"

"这是我扫地买菜穿的衣服。"刘春春拒绝，"太丑了。"

"所以才说你毫无审美可言。"王远辰手指一错，刘春春后背立刻嗖嗖地灌进凉风，一眨眼，他的上身就只剩一件灰色的秋衣了。

"不要在这种时候使用你的超能力啊！"刘春春崩溃道。

然而王先生心情很好。他满意地看着面前穿着绿毛衣棕外套，头发凌乱如鸟窝的刘春春，用手背拍拍他的胸口："相当时髦。"

刘春春被他唬得一愣一愣的，他看了一眼镜子，开始对自己的审美产生了怀疑。然而事实证明他的审美并没有出错，不仅是公司同事，就连白曦看到他这副打扮也很吃惊："你这是穿越回80年代了吗？"

"不知道啊。"刘春春也很无辜，除了这一身丑绝人寰的衣服，他还被迫换上了黑色的灯芯绒裤子和棕色的牛皮大头鞋，头上顶着的是用发胶和摩丝堆出来的油亮大背头，七级大风也吹不散的那种。

白曦实在忍不住了，他说："哈哈哈哈哈哈哈哈哈。"

刘春春："……"

"没什么，挺好的。"白曦笑完之后又昧着良心安慰他，"快去工作吧。"

刘春春蔫蔫地答应着，转身离开了白曦的办公室。

虽然梁佚再三表示自己的医院附近不会有人敢来盯梢，不过韩卓还是选择带白曦和刘春春瞬间移动过去。刘春春坐在车里，僵硬又迫不及待，他紧紧握住白曦的手，几乎要在他的皮肤上烙下自己的指痕。

"说真的，我觉得你快生了。"白曦叫苦不迭，挣都挣不开。

"这和男人会生孩子的科幻程度也差不多了。"刘春春直视前方，不停地做着深呼吸，"我们会穿越一条色彩斑斓的时空隧道吗，周围飘满了陨石和物理公式的那种？"

白曦费力地掰开他的手指，倒吸冷气道："我要是骨折了，你下个月奖金全扣。"

然而刘春春此时已经跳出了低俗的工资奖金圈，全身心准备迎接未来战士的召唤。他刚想着要不要掏出手机来记录这一刻，觉得至少也要录个音什么的，就感觉眼前一晃，如同失重一般跌坐在了地上。

这一跤摔得有些惨烈，刘春春皱着眉头倒吸着冷气，觉得屁股很痛。但空间真的发生了改变。刘春春看着眼前这间陌生的办公室，战战兢兢地说："白、白、白、白、白哥，你、你打我一巴掌。”

白曦向来就乐意做这种事，甚至还可以买一送一。

当手背上传来真实的痛感时，刘春春落下了激动的泪水。虽然都是奥特曼，但瞬间移动的酷炫程度显然远超下珍珠雨，他很想再体验一次。

“你先冷静一点。”白曦拍了一张纸巾在他脸上，压低声音严肃地提醒道，“虽然你不喜欢周静，可也不能让周阿姨觉得自己女儿眼光有问题。”穿得像80年代的迪斯科舞王也就算了，至少不能一把鼻涕一把泪的，否则简直就是给母校和215丢人。

刘春春吸溜了一下鼻子：“嗯！”

梁佚很快就带着周太太过来了。他笑着和韩卓握手，说：“谢谢，辛苦了。”

“不客气。”韩卓侧过身，向刘春春介绍道，“这位就是周静的母亲。”

“阿姨好。”刘春春很规矩。

“真是麻烦你了。”周太太握住他的手，语带恳求和感激，“静静就在病房里，不过外人暂时不能进去，你能隔着门鼓励一下她吗？她很喜欢你的。”

“当然。”刘春春点头，又道，“阿姨你别难过，周静一定会康复的。”

“来。”周太太拉着他的手，一路到了最高层。

这一层是高级病房，目前只住了周静一个人。病房的窗帘被拉上了，看起来像是棕色实木材质的房门也紧紧关着，里面的人却能透过它清楚地看到外面。

周静最初在知道刘春春要来时是强烈反对的，不过后来知道他不会看到自己，只站在门外跟自己说话，也就在犹豫中答应了下来——那是她少女时代最好的梦，穿着白衬衫的男生坐在图书馆里，阳光洒在他的肩头和侧脸，清秀又干净，即使是站在耀眼的白曦身边也没有减少半分光芒。她对自己的身体并不抱希望，也想在离开这个世界之前再见一见喜欢了四年的男生。

“周静。”刘春春站在病房门前，低头看着手里的粉红兔子布偶，“那个，我刚知道你生病了，所以过来看一看。”

病房里的女孩被束缚住了四肢，也不能说话，只能透过房门看着距离自己不到五米远的刘春春。王先生花费力气堆出来的造型并没有起到任何作用，在她眼里，那依然是全世界最好看的少年。

白曦扶着周太太坐在了走廊尽头的椅子上。“静静最近的情况怎么样？”他问。

“很好的，医生说她的身体素质很好。”周太太说，“在小刘看过她之后，应该会更好……你觉得在静静康复后，小刘还有没有可能和她在一起？医生说如果恢复得好，静静的身高也不会太突兀，大概一米八，我看小刘也不矮。”她的语调很急切，足以体现一位母亲对女儿的关怀。

白曦拍拍她的手，委婉地说：“这种事情和身高没关系的。”

周太太的眼神黯淡下来，过了好一会儿，她说：“对不起，是我太失礼了。”

“怎么会。其实是春春没什么品位。你看他，不光是衣服不会穿，连那么好的女生也不会欣赏。”

由于周静身体虚弱，所以刘春春并没有打扰她太久，在离开之前，还留下了一个粉红色的小兔子，那是他下午在公司楼下的小超市买的，不是昂贵的礼物，却憨态可掬，很讨人喜欢。周太太再次很诚恳地感谢了刘春春，并有些忐忑地问以后能不能再麻烦他过来。“如果你忙的话，我可以支付费用的。”或许是觉得这个要求有些不合理，她连忙补充道。刘春春当然不会接受酬金，也答应周太太有空就会过来看周静。

离开医院后，白曦揽住刘春春，说：“辛苦了，走，我请你吃饭。”

“别，你还是快送我回家吧。”刘春春看了眼时间，距离九点还有半个小时。

“干吗这么着急回去，”白曦唯恐天下不乱，故意说，“今天你要是不陪爸爸吃饭，这个月工资奖金全扣。”

刘春春痛苦地挣扎了一下，最后艰难地做出选择：“那我还是想回家。”

白曦被噎住了，发狠道：“下个月的奖金也没了。”

“韩哥！”刘春春哭丧着脸求助场内亲友。

“不好意思，无能为力。”韩先生见死不救，和小白总狼狈为奸。

刘春春凄楚地说：“唔。”

当然，恶作剧归恶作剧，白曦还是在晚上八点五十六分的时候把刘春春准时送回了家，并目送他狂奔进了电梯。“看到没有，啧啧。”白曦打趣道。

韩卓却说：“虽然我们的目的都是对抗地下仓库，但远辰这次显然牺牲巨大，不仅仅要面对施天，还要面对狂热少女。”而这二者都是他之前竭力想要远离的人。

“你为什么不叫他Aspis？”白曦问，“王远辰只是一个假名字。”

“Aspis也只是一个代号。在凶残又贪婪的毒蛇和一颗挂在遥远天边的星辰之间，”韩卓笑了笑，“我选后者。”

“这说明你老了。”白曦说，“年轻人都更喜欢毒蛇，因为听起来很酷。”

“我老了吗？”韩卓挑眉，“你今晚要不要跟我去特训来测试一下？”

“还是不了。”白曦后背一凉，干笑着把他的脑袋摆正，“听话，我们开车。”

韩卓微微扬起嘴角，没有再说话。不过就是这个仿佛能看透一切的笑容让白曦颇为受挫。他从来就不是一个嘴笨的人，唯独在面对眼前这个人时却频繁吃瘪，因为韩先生强势得如同奥特曼……不对，他就是奥特曼。和外星人过招，小白总觉得自己很吃亏。

不过刘春春倒是觉得自己很赚，因为他这次不仅安慰了同学，体验了充满未来感的瞬间移动，还在回家之后发现王远辰居然并没有生气——虽然对方也似乎并没有什么理由生气，不过在推开门的一刹那，看到王先生就坐在沙发上老老实实地看电视的时候，刘春春还是颇有几分忙碌一天的家长回家后看到家里熊孩子很乖的欣慰感。

"同学聚会好玩吗？"王远辰问。

刘春春心虚道："还可以。"他并不是一个擅长撒谎的人，更不想对着王先生天花乱坠地编一些同学会的欢乐场景，于是索性逃避谈话，躲进厨房，假装自己很忙。

王远辰把电话打给了韩卓。韩先生对此毫不意外，因为这两个人在这方面的经验完全不属于同一等级，也只有刘春春觉得他已经顺利骗过了王先生。

"你可以让他去见同学，但我不希望他再被施天注意到。"王远辰冷冷地提醒道。

"春春做的事情只要与你无关，那施天的注意力就不会落在他身上，而我这里不会出问题。"韩卓回答。

"OK。"王远辰说。

他刚想挂电话，韩卓又说："正好我也要找你，明天下午两点有空吗？"

"没空。"王远辰皱着眉回答。

"好的，两点见。"韩卓笑了，挂了电话后随手把手机丢在一边。

王先生有些暴躁，不过那暴躁并不是因为韩卓，而是因为他真的没空。在他原本的计划里，明天该是周末狂欢日，他打算带刘春春去那个已经提起过很多次的却一直都没去成的刺激的好地方。

"要不要吃夜宵？"刘春春从厨房里探出脑袋。

王远辰冲他勾勾手指。

"怎么了？"刘春春很警觉，并不轻易地上前。

王先生阴阴地回答："心情不好。"

刘春春果断退到厨房里，打算锁上厨房门绝地求生，可惜并没有如愿。他甚至还没搞清楚究竟发生了什么就被拎到了沙发上，以一种非常扭曲的姿态被压制着。

王远辰从身后抱着他，像是小朋友因为心情不好而随意蹂躏自己的玩偶一样，刘春春因此疼得嗷嗷叫。

明亮的灯光，播放着卖药广告的大电视，黑风煞气的王先生，以及泪流满面的刘春春，眼下的场景距离温馨的家有十万八千里。

而更可怜的是，连王远辰的这种非典型的温馨家庭时光居然都要被打扰。

第二天下午两点，韩卓带着白曦准时登门，还带来了一大束五颜六色的玫瑰花，那是马克李送给自己灵魂挚友的礼物，被韩先生顺手拿来碍王远辰的眼。

“谁？”王远辰问。

韩卓回答：“琳达。”

王远辰咬牙切齿地说：“除了施天，你是这世界上第二个每次出现对我来说都是一场灾难的人。”

“对此我也很抱歉。”韩先生拍拍他的肩膀，“需要什么补偿吗？”

王远辰往书房的方向看了一眼。

“不行。”韩卓摇头，“那不属于我……”

“当然不属于你。”王远辰不悦地打断他，那是我的雇主，和你没有任何关系。

“这是琳达的电话。”韩卓把一张散发着香气的卡片塞进他的上衣口袋，“今晚十点，你可以去酒吧和她进行第一场……会面。”他本来想说“约会”，但是看到王先生满脸的阴沉，于是好心地没有再刺激他。

“白哥。”书房里，刘春春说，“晚上一起吃饭吧。”

“不行，我得回我爸妈家。”白曦拍拍他的胳膊，“快松手。”

“不松，”刘春春树袋熊一般挂在他身上，哭丧着脸小声说，“我害怕。”王先生从早上起床心情就很不好，他实在很需要人陪自己一起对抗低气压。

白曦充满同情地拒绝了他并表示：“我也害怕。”

怎么这么不负责任呢！刘春春怒曰：“还想不想当爸爸了？”

“想。”白曦拍拍他的后背，正色道，“但是儿子，你已经长大了，拥有了丰满的羽翼，要学会自己飞翔，不能什么事都依靠爸爸。”

“我一点都不丰满。”刘春春利落地否认。

王远辰走到书房门口，先是看到刘春春猴子一般挂在白曦身上，又听到这么一句惊天动地的话，心情不由得就变得很复杂。沉默片刻，他大步走过去把人拎了起来。

“救命！”刘春春魂飞魄散。

白曦迅速抄起沙发上的大衣：“走了！”王先生总算对这个一直跟自己作对的家伙稍微顺眼了一点点。“不要欺负春春。”临出门前，白曦又补了一句。刚才的“稍微顺眼”荡然无存。

王先生不悦地问刘春春：“我有欺负过你吗？”

“没有没有。”刘春春很没有节操，“你对我一直很好。”说完还觉得不够，于是补充道，“全世界最好。”

“和他比呢？”王远辰伸手往门外一指。

刘春春果断说：“那当然是你赢！”

大概是很满意这个答案，王远辰把他轻轻放在沙发上：“晚上陪我去酒吧。”

刘春春习惯性地就想说要加班，不过及时刹住了。他嘿嘿干笑道：“好啊，我们一起去。”

白曦陪爸妈吃完晚饭也说有事，和韩先生一起去了七叶路。

晚上八点，正是这条街刚刚开始热闹的时候，因为Aspis回归，所有客人都小小地激动了一下，他们纷纷拥上来点单，并且要求Aspis亲自调制。

“他今天是我的客人。”琳达嚼着口香糖，不耐烦地把人赶开。

“我从来都不是你的客人。”王远辰俯身和她对视，漂亮的眼睛里闪过一丝威胁。然后他右手一挥，眨眼就排开了十几个酒杯，又顺手打开一瓶酒，冲面前的女孩们一笑，“今天我请客。”意料之中的，尖叫声和欢呼声响成一片，以及闪光灯——王先生来者不拒，就好像是公园门口敬业的合影人偶，对每一位顾客都彬彬有礼、有求必应。

琳达没好气地翻了个白眼，转身去忙自己的事了。

卡座里，白曦把剥好的开心果放在刘春春面前，问道：“感觉怎么样？”

“还行。”刘春春如实回答，“就是有点吵。”

不远处，被绚烂光辉笼罩的舞池里有大批美女，而他竟然只是觉得有点吵。白曦无语凝噎，转头看向吧台。

冰块在飞速旋转，利口酒和白可可混合出了丝绒般的奇妙口感，王远辰把这杯用艳红的玫瑰花点缀的乳白色的鸡尾酒推到了顾客的面前：“爱尔兰妖精，和你一样美。”

“谢谢。”性感火辣的美女从手袋里拿出来一块亮晶晶的宝石，用一种非常露骨的姿态放在了王先生的手里，红彤彤的指甲顺势划过对方的掌心，嘴里抱怨道，“自从你辞职之后，这家酒吧少了很多乐趣。”

“真是抱歉。”王远辰握住她的手，隔空落下一个吻，眼神脉脉含光，迷倒一片。

刘春春出身小康家庭，从没见过此等腐化堕落的场景，一时间很是叹为观止，甚至连美味的开心果也忘了吃。他仔细观察许久，最后得出结论，王远辰真的只有对女生才会这么耐心又温柔，至于同性，无论韩卓、白曦还是自己，都只能得到暴力凶残的待遇。看他分析得头头是道，白曦哑口无言，不由得深深叹了口气。

“别坐在这儿了，来喝一杯。”韩卓放下手里的饮料对他们说，然后大步走向吧台，压低声音警告王先生，“如果你不想惹麻烦，现在就收敛一点。”

“为什么要收敛，又有什么麻烦？”漂亮高傲的Aspis十分不屑，漫不经心往卡座的方向看了一眼，就见白曦正拖着刘春春，似乎要把他硬扯到吧台。

“我还是坐在这吧。”刘春春不肯挪窝，他不想去打扰王远辰和那些漂亮姐姐的纸醉金迷，他趴在白曦的耳边说，“他最近情绪真的很烂，难得今晚这么有心情，不如你去把韩哥也叫回来？”白曦被完全打败，这么贴心，不见你对爸爸也这样。

最后还是琳达看不过去了，伸手夺下美女手里的酒杯，把吧台暂时交给韩卓，自己则拎着王远辰穿过走廊，把起哄声和音乐声一起关在了木门另一边。

“小妞，”王远辰第一百次重复，“我对你这种干瘪的身材没有任何兴趣。”

“在我第一次来这里的时候你可不是这么说的。”琳达把口香糖吐到一边，眼神赤裸直白，像是要透过衬衫看清那结实漂亮的肌肉，最后歪着脑袋一笑，“但是不重要，我喜欢高难度的挑战。”

“没什么挑战能比让地下仓库消失难度更高。”王远辰感应到了琳达炙热的眼神，往后退了两步，主动拉开两人之间的距离，“祝你成功。”

“成功之后呢？”琳达靠着墙壁，双手抱在胸前，“你会答应和我约会吗？”

“对于约会和爱情，我的承诺没有任何可信度。”王远辰点燃一根烟，“在这家酒吧里，我至少向三百个人表达过爱意，但他们都比你聪明，没有一个人当真。”

“没关系。”琳达拉开自己的上衣领，先低头看了看，又抬头看着他，“反正我有三分之一的身体都是人造的，你要是喜欢胸，那无非是一些脂肪，还有什么来着，让我想想看……肌肉？”王远辰的脸色陡然变冷，眼底闪过一丝警告。琳达却因为他神情的改变而咯咯笑起来，她飞快地凑近，在那俊美如神祇的脸上落下一个亲吻，然后转身跑开，大声道：“我答应了，成交！”

娇小的身影隐没在门后，光短暂地照进来一瞬间，她粉红色的头发看起来像是落了一层雪，变成了蝶翼一般的银白，然后就消失在了一片黑暗里。

四周很寂静，王远辰在心里摇了摇头。一盒烟抽了一半，他才推开门走出去。

震耳欲聋的音乐声再度迎面扑来，刘春春小心地问他：“你去抽烟了？”

“想喝什么？”王远辰没有回答他的问题，而是拉着人坐在了吧台边，“橙汁还是胡萝卜番茄汁？”

吧台边的酒客都笑嘻嘻地看了过来，想弄清楚是谁家的小朋友跑来酒吧买果汁。

刘春春眯着眼睛看吧台黑板上的酒单，不过灯光实在太迷离，以至于他还没结结巴巴地念完“冰霜西瓜得奇利”这几个字，面前就已经摆了一杯酒。圆润的高脚杯里装着混合了红石榴糖浆、酸奶和白朗姆酒的液体，是非常可爱的粉红色。

“谢谢。”刘春春喝了一口，又酸又甜，的确比胡萝卜番茄汁更好喝，于是他问，“这叫什么名字？”

“叫小蠢货。”王远辰在他耳边说，每一个字都是从牙缝里挤出来的。

刘春春：“……”

韩卓和白曦已经离开了酒吧，不过两人也没有回家，而是沿着热闹的街道慢慢悠悠地走着，白曦还不时踩着路沿石玩保持平衡的小游戏。

“在想什么？”过了一会儿，白曦问他。

“在想你。”韩先生回答。

“骗人。”白曦双手插在兜里，边倒退着走，边对他笑，“你想我的时候不应该是刚刚那副表情，老实交代，到底在想什么?!”

韩卓举手投降：“你真的很聪明。”白曦得意扬扬地一挑眉。

“在想琳达。”韩卓如实道，“我真的很好奇她的父亲是谁，黛西也曾经调查过，不过毫无线索。”

“很厉害的异能研究者。”白曦若有所思地停下脚步，猜测道，“会是梁佚吗？”从琳达零零碎碎透露出来的年龄、婚姻状况、卓越的能力以及对外星生物的痴迷程度来看，那位拥有双重身份的知名院长牛大翔其实很符合。

“我曾经也这么想过。”韩卓点点头，“不过有一点对不上，琳达自称从小就生活在西北，直到十六岁辍学才离开，而梁佚一直在这里。”

“不过也有可能是她在说谎。”韩卓又道，“她是一个相当狡猾的小姑娘，从来不会完全相信任何一个人，包括我，黛西说她的性格就像是狐狸。”

“如果不是梁佚，那这个世界，还真是隐藏了太多我们不知道的厉害角色。”白曦坐在街旁的长椅上问，“所以你想要把他找出来吗？应该是个很厉害的帮手。”

“如果他愿意主动出现当然最好。”韩卓在自动贩卖机里买了一罐热饮，“但如果对方不愿意，那么只要不给我们添乱，想一直隐藏着也没关系。”

其实他想找出琳达的父亲还有另一个理由。把一个重度畸形的异能婴儿复原和把一个普通婴儿变成异能者，这些在之前都是几乎不可能做到的事，因此韩卓隐隐觉得琳达的父亲和当初出现在白曦身边的那名流浪汉应该存在着某种特殊联系，甚至很有可能是同一个人。当然，这种猜测毫无根据，所以他暂时没有告诉白曦。

“明天一起去个地方吧。”韩卓突然道。

“哪里？”白曦好奇。

韩先生笑了笑：“你去了就会知道。”

他说这句话的时候，天上正好飘了些雪花下来。纷扬的雪花被路灯照成金色后才轻轻落在他的发梢，画面如同绘本里最清新的插画，看得白曦也不由得笑起来。

“在笑什么？”韩卓问。

“没什么。”白曦可不想让韩先生知道自己刚刚觉得他很英俊，于是打岔，“走吧，我们回家。”

雪越下越大，韩卓用大衣裹紧他后就在路边打了辆车。司机大叔也相当有情调，配着午夜的这场雪，车里播放着一首节奏舒缓的钢琴小夜曲。小白总很满意这种巧合，在下车的时候，他从钱包里抽出一张大钞，爽快地付了小费。

“希望你的心情每天都能这么好。”回家之后，韩卓打趣道。

“要喝一杯吗？”白曦邀请。

“不可以。”韩卓摇头，“现在已经过了午夜，你不准再吃任何东西。”

这也是一个完全不青春的回答，所以说韩先生在某些方面真的很像老年人——包括喜欢养花种草，喜欢看报纸，过了午夜就不吃东西，早睡早起，喝茶还要放枸杞。

二十分钟后，黛西打来电话，关心了一下自己可爱的小甜心。

“我在浴室，准备过一会儿就去休息。”白曦嘴很甜，“阿姨吃过饭了吗？”

“刚刚结束午餐。”黛西笑着回答，仔细分辨了一下他声音里的情绪，确认是很欢快活泼的，似乎没有发生什么值得忧虑的事。于是她又试探道：“最近在忙什么？”

“正常的工作，还有很多和异能者有关的事情。”白曦小声回答，“嗯，不过明天我们给自己放假。”他忍不住就要炫耀这件事，即使对面的人是黛西。

“要去干什么？”黛西的情绪果然也被调动起来，她说，“让我猜猜看，逛街、短途旅游、看电影，还是什么别的有趣的事？”

“不是，就简简单单吃个饭吧，可能。”白曦半真半假地抱怨，“最近太忙了。”

“好吧，小可爱。”黛西被他的喜悦心情感染，刚才的担忧也烟消云散。在挂了电话后，她忍不住对自己的妹妹提出质疑：“你确定韩的情绪在刚刚一瞬间很复杂？他们明天分明是放假，应该是充满花的芬芳和百灵鸟的鸣叫才对。”

“是吗？”格温双手抱着咖啡杯，歪着头又仔细感应了一下，最后承认：“好吧，我们小猎豹的确心情很好，刚刚大概是我失误了。”

事实的确如此，韩先生此刻的心情真的很不错，因为白曦在洗完澡后，就出来找他耍赖：“真的不能提前预告一下明天的行程吗？”

“现在是凌晨两点。”韩卓推他回房间，“你得休息了。”

“明天是周末。”白曦强调。

“但明天你得保持良好的体力和状态。”韩卓很坚持，“乖，听话。”

要去登山吗？白曦很疑惑，他之前从来没有参加过需要保持好体力的假期活动。

“晚安。”韩卓关掉床头灯。

白曦窝在被子里提要求：“那我要小星星。”

话音刚落，卧室里就飘浮起了十几颗小星星。它们轻快而又灵巧地排成一排，就好像是被一条线穿了起来，然后落在了软绵绵的被子上，恰好是一颗星星的形状。

白曦笑了，心满意足道：“晚安。”

“晚安。”韩卓轻声回应他，“做个好梦。”

这句话如同有魔力一般，白曦真的做了一整晚很好的梦，直到第二天早上八点，才恋恋不舍地睁开了眼睛。“早。”他使劲地打着哈欠。

“早。”韩卓把叠好的衣服放在他被子上，“我们八点半出发。”

“不吃早餐吗？”白曦问，“怎么这么赶时间？”

韩卓点头：“办完正事我请你吃大餐。”

白曦因为这句话警觉起来：“什么正事？”

“昨晚说过的事。”韩卓含糊地解释道，“你到了就会知道。”

白曦又问：“好玩吗？”

“嗯……”韩卓稍微犹豫了一下。

然而就是这几秒钟的犹豫让白曦意识到今天韩卓的安排根本就不是放假……鬼知道是什么。

“听话。”韩卓很贴心，帮他挤好牙膏接好热水，“刷牙洗脸，我在客厅等你。”

白曦很想深沉地叹一口气，他看着镜子里那张垂头丧气的脸，觉得相当挫败。但挫败归挫败，事情还是要做。于是在收拾整齐后，他就跟着韩卓一起出门了。

“你刚刚在跟谁讲电话？”大洋彼岸，黛西一边涂着指甲，一边问格温。

“哦，是韩。”格温姨妈喝着睡前的褪黑素，“他说他现在要去一趟知识书屋，问我门禁密码有没有改。”

白曦跟着韩卓，一路穿过大大小小的街巷。如果说在刚刚出门的时候他的心情是稍微有些失望的话，那此时就已经完全被好奇所替代，不过韩先生似乎并不打算提前告诉他答案，直到最后两人停在一所学校的门口。

“葫芦街第三中学？”白曦小声问，“这里面也藏着异能者研究所吗？”

韩卓示意他把视线投向左侧：“和学校没关系，这才是我们今天的目的地。”

一间不起眼的书店挤在角落里，和许多学校附近的店铺一样，这家店的门口摆着几张钢丝床，上面堆着各种零食和明星海报，再往里才是各种教辅书和文具，由于是周末，所以并没有什么生意。“知识书屋？”白曦不解，“来这里做什么？”

“见一个人。”韩卓带着他走进店里，和正在打盹的店员打了个招呼，就径直向后走去。

空气里弥漫着油墨和纸张的味道，他们去的地方是一间很大的仓库，堆满了教辅书和模拟卷。白曦从地上捡起几本散落的书放好，觉得这里有些暗，他环顾四周，刚想看看有没有灯，面前就悄无声息地开启了一道门。一股冷风迎面吹来，其中还夹杂着一丝淡淡的消毒水味。白曦微微皱眉，猜测这或许又是一家异能者研究所。韩卓像是看穿了他的想法，伸手揽住他的肩膀，小声说了一句：“没有实验体，别怕。”

越往里走，消毒水的味道就越浓烈，不过走廊两边的墙壁却丝毫没有医疗与科研的严肃气氛，粉色的墙纸上有许多稚嫩的图画，题材是关于翅膀、星辰，以及宇宙飞船——飞船上的小小驾驶员很眼熟。

“这是小时候的你吗？”白曦问。

韩卓咳了一下，尴尬道：“你能认出来？”

“能。”白曦笑着说，“很童趣。”

“欢迎伟大的国王陛下，”两人正在说话，一个头发花白的男人突然出现在身后，他打量了一下白曦，又补充道，“以及这位可爱的小女仆，今天是你要来抽血吗？”

白曦：“……”

“注意你的措辞，他是我的雇主。”韩卓丢过去一颗钻石，“东西呢？”

“都准备好了。”男人侧身，做出侍者邀请的姿势，又对白曦挤弄了一下眼睛，低声道，“别怕，针头并不粗，我们也只要你大概……呃，1000毫升的血？”

白曦看向韩卓。韩先生反手把门关上，把那喋喋不休的男人拍在了门外。

托盘里摆着消毒用具和针管，白曦这才明白过来："我要抽血吗？"

"这里是格温的实验室。"韩卓道，"我想对你做一个血液检测。"这是他昨晚突然冒出来的想法，如果白曦和琳达身后真的站着同一个人，那么从血液里或许能找出一些联系。

"为什么不在昨晚告诉我？"白曦解开袖口，撸起袖子，"你担心我会拒绝？"

"当然不是，为什么会这么想呢？"韩卓有些意外，"如果你不愿意的话，我当然不会勉强。"

白曦把胳膊放在软垫上："抽吧，1000毫升。"

"只需要5毫升，但这不是重点。"韩卓摇头，把他的衣袖拉下来，道，"你看起来很不高兴，是我哪里做错了吗？"

白曦盯着他看了一会儿，有些哭笑不得，于是重申："我真的没有生气。"

然而韩先生还在解释，他说："我只想让你好好休息，所以才没有在昨晚告诉你，而且我觉得这并不是什么大事。当然，如果你不愿意，我们就马上离开这里。"

白曦头昏脑涨，他伸着胳膊趴在实验台上："你到底抽不抽？"

韩卓果断回答："不抽了，我们回家。"说着就从沙发上拿起外套要带他走。

事情发展到这种地步，白曦的心情也很一言难尽，他不得不拉住韩卓，又一次郑重声明："我真的，完全，没有，因为抽血的事情，生气。"

韩卓却看着他道："可你生气总得有个理由，我想知道，以后才能做得更好。"

他的态度很真诚，真诚到让人不忍拒绝。白曦在这一刻由衷地觉得无力。韩卓依旧是一脸内疚，似乎已经反省了一百次，但他其实并没有做错任何事，实在不应该遭受这种"惩罚"，白曦只好认命而又垂头丧气地说："我没有因为抽血生气，你没有提前告诉我也完全没关系，只不过之前我都以为今天是单纯放假，会有什么别的惊喜。"

这次轮到韩先生沉默了，不过他的沉默显然并不沉重，甚至还藏有几分笑意，镜片后的双眼也闪着温柔的亮光，就好像聚集了许多特意赶来看热闹的小星星。"所以说，这件事最后还是我的错。"韩卓握住他的手，再也藏不住笑意，"我们现在就去。"

"先抽血吧。"白曦撸起袖子："你轻一点。"

针头刺破皮肤，却没有太多刺痛感，韩卓用棉球压住针孔，问："疼吗？"

"不疼。"白曦回答，"我申请等会儿补全假期。"

韩卓低着头，一边帮他按压伤口，一边不受控地扬起嘴角说："好。"

五分钟后，两人正要离开书店时，店员还恶作剧地学白曦关于放假的幼稚发言，羞得白曦面红耳赤，扯着韩卓的衣服，几乎是把人拖出了书店。

“走错路了。”韩卓忍笑提醒他，“我们去左边。”

“要去哪里？”白曦总算停下了脚步。

“放假。”韩卓从小摊上拿了包薯片给他，“我带你去游乐场。”

有鬼屋有过山车，书里电影里都说那里实在是个享受假期的好地方。

中午十二点，在持续不断的门铃声中，琳达睡眼惺忪地从床上爬起来，打开门，接过外卖小哥手里的纸袋。她头发垂软，只穿着纱制吊带和粉红的可爱内裤，赤脚踩在凌乱的地毯上，打着哈欠说了一句“谢谢”。

少女这副又清纯又性感的打扮显然把外卖小哥吓了一跳，他还在结结巴巴地说“不用谢”，琳达就已经关上了门，边走边用尖锐的牙齿撕开饮料包装——她今天有很重要的事情要做，得抓紧时间，暂时没有心情去搭理别的男人。

食物的包装袋和吊带被同时丢在地上，仅仅过了半个小时，先前那个没有睡醒的学生气女生已经消失不见，取而代之的是酒吧里的叛逆少女，涂着夸张的红唇，穿着一件单薄的T恤外搭一件机车皮衣，脸颊苍白如鬼魅——她要去的地方是摩西画廊。

“小姐，请您在这里稍微等一下。”工作人员把她带到会客室，彬彬有礼地对她说，“我马上帮您预约老板。”

琳达单手插在皮衣兜里，抬头看了一圈，果不其然，在房间角落有一个黑漆漆的摄像头。她冲那个闪烁的红点勾了勾手指，然后做了一个“出来”的口型。

施天在屏幕前笑着摇摇头，侧身对站在一边的人道：“带她进来。”

虽然已经被抓了无数次，不过这是琳达第一次主动来找施天。她嘴里叼着棒棒糖，看着房间四周的监控屏幕，不屑道：“你活得可真谨慎。”

“那是因为像你这样不听话的小怪兽太多。”施天亲自帮她倒了一杯果汁，“否则我也不想这么累。”

“我喜欢Aspis。”琳达坐在高高的椅子上，两条腿晃来晃去。

“很出人意料的开场白。”施天和她碰杯，“所有人都知道你喜欢他，这不是秘密，就像所有人都知道我喜欢他一样。这也是我欣赏你的地方，至少我们品位相似。”

“我不会允许你抢走他的。”琳达抽出嘴里的棒棒糖，“但我可以用别的事和你做交易。我的父亲，你想认识他吗？”

“你愿意告诉我他是谁了？”施天眯起眼睛，“我要先知道具体交易内容。”

“我要Aspis。”琳达直白道，“你帮我得到他，我就带你去见我父亲。”

“很遗憾，他是我的。”施天用手背蹭过少女毫无血色的脸颊，眼底甚至有些怜悯，他维持着虚伪而又绅士的笑，“要一起喝一杯吗？为了悼念你那无疾而终的、青春期的可怜爱情。”

“该遗憾的人是你，因为他也喜欢我。”琳达把他的手打落，高傲地说，“我们甚至接过吻。”

“在那间该死的酒吧里，他和一万个人谈过恋爱。”施天不以为意，“你可以和他做任何事，只要你喜欢，但最终他还是会回到我身边，这一点毋庸置疑。”

“我和别人不一样。”琳达踢翻了面前的椅子。

“所以你今天来画廊就是为了炫耀你对他的爱？”施天并没有介意她的失礼，他伸手把椅子扶了起来，“冷静一点，小怪兽，我的忍耐是有限度的。”

“你觉得他会来救我吗？”琳达问。

施天勾了勾嘴角，他饶有兴致地看着面前的少女，然后摇了摇头：“不会。”琳达把自己的手机丢给他。“我很欣赏你的勇气，但这次你大概要后悔。”

施天按下扶手上的按钮，立刻就有一群人进来把琳达结结实实地捆了起来。

“你知道吗，现在我也十分好奇Aspis对此会有何种反应，顺便说一句，我很喜欢这个代号。”施天蹲下来，把琳达那头粉红泛黄的头发精心抚弄整齐，就好像在呵护自己漂亮的女儿。然后他站起来，用坚硬的牛皮鞋底踩住她的脸，用手机拍了张照：“别介意，顺便再说一句，我原本就打算过段时间就去找你的，但是没想到你居然会自己送上门。”他脸上再度露出那狰狞而又虚假的笑，单手穿过绳结，轻轻松松就把人拎了起来，一路走向实验室。

“喂！”琳达挣扎着说，“你不先给Aspis打个电话吗？”

“我们也可以看看他会在几个小时之内发现你失踪。”施天瞥了一眼手里可怜的女孩，阴恻恻地笑道，“不用担心，最迟也不过是今晚八点，毕竟你现在可是酒吧里最受欢迎的小暴力狂。”

云霄飞车垂直冲向高空，然后又失重俯落，所有人都在尖叫，除了坐在排头的韩先生和小白总，因为他们是奥特曼和小奥特曼，连瞬间移动都尝试过，这种速度对他们而言简直就是学步车。

周末的游乐场人山人海，每一个热门项目都要排队，连卖冰激凌的小车也被围得水泄不通。白曦和韩卓坐在长椅上沉默无语，像两个在公园晒太阳的退休小老头一样。

“我们接下来干什么？”白曦问。

韩先生审时度势，回答：“摩天轮。”

果然，白曦对这个提议毫无异议，他抿抿嘴，笑着“嗯”了一声。

实验台上，琳达不断挣扎着，激烈的情绪让她的脸很快涨红起来，血液也不断冲向心脏。但奇怪的是，这次却没有人理她，施天、实验员，甚至连看守也不见踪迹，四周静得可怕。冰冷的空气刺破肌肤，一丝一丝渗入骨髓里，蚂蚁般啃咬着每一条神经……她的身体逐渐变得麻痹僵硬。

琳达很快就精疲力竭了，她看着头顶那明晃晃的手术灯，突然从心里生出几分恐惧来。她开始后悔，后悔自己任性地率先实施了计划并且没有事先告知任何人，Aspis、韩卓，或者是那个该死的老男人。然而现在才意识到这一点显然有些太晚，她眼前浮起无数条黑色的细线，然后飘动闪烁着连绵成片，最终一切都陷入了沉寂。

看着屏幕里的女孩逐渐安静下来，施天放下酒杯，扫了一眼沙发上的手机。屏幕意料之中的一直暗着，事实上，如果不是韩卓要求，王远辰大概一万年都不会想起来给琳达打电话，更别提他现在还在当模特。退隐画家215先生再度被迫创作，他叼着画笔，相当专心致志、心无旁骛。

“画得这么认真，你是打算去卖钱吗？”半个小时后，王先生终于开始变得不满，以及还有些许的烦躁。

“啊？”刘春春果然没有意识到这一点。

“我累了。”王远辰又道。

“那你休息一下，我们改天再画。”刘春春如释重负，锅里还煨着鸡汤，衣柜里的衣服也没收拾，他是真的很忙。王远辰裹上睡袍，冲他勾勾手指。刘春春小步挪过去，他身上还穿着脏兮兮的围裙，所以并不怕会被洁癖王先生残忍蹂躏。

“你觉得我身材怎么样？”王远辰心平气和地问道，用尽了最后一丝好脾气。

谈话居然来得如此爱与和平，刘春春受宠若惊，于是赶紧称赞：“很好。”王先生看着他。刘春春的表现一如往常，就像是一位称职而又智障的小保姆。他伸手帮他把腰带系紧，关怀备至地说：“别感冒了。”

房间里鸦雀无声，许久之后，王远辰掐住他的一侧脸颊，缓缓扯向一边。

刘春春疼得倒吸冷气，再度委屈起来，眉毛鼻子都皱在一起。

王远辰眼底的光芒逐渐变得混沌起来，说不出是什么原因，或许是因为在此之前他从来就没有想过要去依赖谁，所以在遇到刘春春之后，心底生出的陌生的感情让他毫无防备，甚至有些手足无措。越来越多的不安和焦虑涌上心头，在这个寂静的午后，种种因素交叠，加上刚刚喝下去的半瓶烈酒，让残暴危险的急躁本性重新在他的血液里翻涌并很快沸腾起来。

虽然不知道那究竟代表着什么，但刘春春显然看出了他眼底迅速扩张的暗黑情绪，于是他小心翼翼地握住王远辰的手腕，轻声哄道："你先在这里坐一下，我去厨房倒杯水给你。"

王远辰没有说话，也没有移开目光。

"喏，你最爱的征婚节目马上要开始了。"刘春春又说。他把不安遮掩得很好，直到进了厨房，他才惊魂未定地拿起手机，哆哆嗦嗦地拨通了白曦的电话。

数百米的城市上空，白曦正一张一张地翻看着手机里的照片，并有些嫌弃地对韩卓说道："你拍照居然比剪刀手。"

"不好看吗？"韩卓从他身后看过去，问话再度暴露了他的老年人属性。

白曦回过头，刚打算和他亲切交换一下年轻人的拍照经验，手机却开始不识趣地嗡嗡振动，来电显示是刘春春。

"白哥，你快来救我。"刘春春竭力压低声音，但他说的每一个字都充满了恐慌和担忧，"我觉得——"

他话还没说完，一阵巨大而又清脆的碎裂声就冲出了听筒，像是碎了整片玻璃，然后就是刘春春受惊的声音："你、你、你……干什么？"

"春春？春春！"白曦被吓了一跳。然而对方的手机似乎已经被摔坏，只留下了一片嘈杂与之后长久的寂静。"完了。"白曦脸色煞白，抓住韩卓的胳膊，惊慌道，"好像出事了，我们得赶紧去救春春，摩天轮什么时候才能降落？"

韩卓看了眼手表，皱眉道："十五分钟后。"

你在星光深处

下册

语笑阑珊 著

关于遥远的故乡，和近在眼前的人。

中国致公出版社　知音动漫

图书在版编目（CIP）数据

你在星光深处 ： 全二册 / 语笑阑珊著 . -- 北京 ：
中国致公出版社， 2023
ISBN 978-7-5145-2048-4

Ⅰ. ①你… Ⅱ. ①语… Ⅲ. ①长篇小说－中国－当代
Ⅳ. ① I247.5

中国版本图书馆 CIP 数据核字（2022）第 213132 号

你在星光深处：全二册 / 语笑阑珊 著
NI ZAI XINGGUANG SHENCHU: QUAN ER CE

出　　版	中国致公出版社 （北京市朝阳区八里庄西里 100 号住邦 2000 大厦 1 号楼西区 21 层）
出　　品	湖北知音动漫有限公司 （武汉市东湖路 179 号）
发　　行	中国致公出版社（010-66121708）
作品企划	知音动漫图书・少女心诊所
责任编辑	林　颖
责任校对	魏志军
装帧设计	刘　宝 余婧雯
责任印制	程　磊
印　　刷	长沙鸿发印务实业有限公司
版　　次	2023 年 7 月第 1 版
印　　次	2023 年 7 月第 1 次印刷
开　　本	710mm×1000mm　1/16
印　　张	44
字　　数	850 千字
书　　号	ISBN 978-7-5145-2048-4
定　　价	89.8 元（全二册）

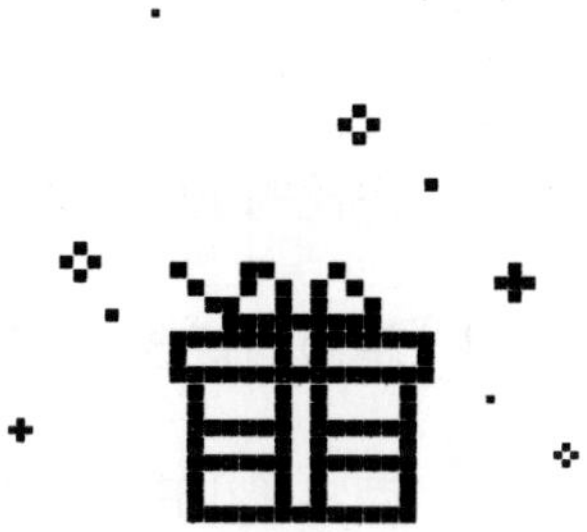

PASSWORD 421282

ENTER »

目录

CONTENTS

第 23 颗星	情绪 · 失控的王先生让春春很受伤	1
第 24 颗星	生日 · 蹭饭的新方式和难得的线索	15
第 25 颗星	父亲 · 奥特曼小白总是如何炼成的	31
第 26 颗星	两地 · 小小的身躯绽放大大的奇迹	49
第 27 颗星	回家 · 被吓坏的春春由王先生负责	63
第 28 颗星	营救 · 梦幻的少女心从来坚不可摧	77
第 29 颗星	启明 · 温情里酝酿着无限的新希望	95
第 30 颗星	暗流 · 深藏在日常之中的不散阴影	115
第 31 颗星	前夜 · 真的英雄就敢把话说在前面	129
第 32 颗星	惊变 · 琳达韩卓遇险白曦英勇救援	143
第 33 颗星	休整 · 父母之爱是最坚硬的保护盾	161
第 34 颗星	午夜 · 反派尚未认输英雄仍需努力	171

目录

CONTENTS

第 35 颗星	明暗 · 山雨欲来平静的假象被撕裂	195
第 36 颗星	危急 · 在暗处蛰伏的毒蛇疯狂反扑	207
第 37 颗星	决战 · 大奥特曼以一当百率队营救	233
第 38 颗星	暂别 · 小奥特曼和沉睡着的老国王	245
第 39 颗星	归途 · 光年之外的大奥特曼回来啦	263
第 40 颗星	尾声 · 倒掉的伪君子和星光的深处	279

番外篇

星之番外 1	温馨海岛游	319
星之番外 2	酒吧狂欢夜	329
星之番外 3	穿梭星河的风	335
星之番外 4	了不起的六一	341

第23颗星

情绪

失控的王先生让春春很受伤

在被丢到床上时，刘春春是近乎惊惧地看着王远辰的，也看着他眼底的猩红色血丝弥漫扩张……他的样子和平时生气的、暴戾的，甚至是因为施天而狂躁的都截然不同，此刻，他就像是一头没有理智的野兽，强大的压迫感足以让每一个面对他的人都胆战心惊，刘春春当然也不例外。所幸在魂飞魄散之余，他还残存了一些逻辑和思维能力，不至于像电影里的角色那样挣扎和喊叫，一味地激怒对方。

王远辰单手卡着刘春春的脖颈。他的动作很粗暴，似乎并不想伤害刘春春，而是要宣示自己的所有权——这段时间的生活在他熟悉的混乱与陌生的安稳之间来回跳转，巨大的反差撕扯着他，于是他本能地选择了一贯的做法，彻底地拥有或者毁掉点什么，好让一直以来堵塞在心里的那浮躁而又茫然的情绪有一个宣泄口。

刘春春的胃底不断泛上冰冷的剧痛，却又无法挣脱禁锢，卡在脖子上的手像是一道铁箍，让他产生了下一刻就会昏迷的窒息感。

趁着对方稍有松动的片刻，刘春春艰难地侧过头去，勉强呼吸到了一丝新鲜空气，嗓子里的刺痛因而越发明显。他费力地喘了几口气，然后强打起精神，用好不容易才维持住的平静语调对王远辰说："求你，先冷静一下。"

王远辰没有说话，也没有移开手的意思。他依旧牢牢地钳制着刘春春，居高临下地盯着他。

"我想……去趟医院。"刘春春说。他的生理和心理产生了双重不适，脸色苍白如纸，嗓音嘶哑，脖颈处的指印更是触目惊心。

王远辰顿了顿，用指腹抚过那些可怕的伤痕。

刘春春不自觉地哆嗦了一下，皮肤上也浮起一层鸡皮疙瘩。

刘春春的反应更多是因为恐惧，不过王远辰理解错了，他轻声地问："很疼吗？"

刘春春点点头。

王远辰继续用手指摩挲着刘春春脖颈上的伤痕，他的神情很专注，最后还用掌心托住对方那冰冷的侧脸。

刘春春不知从哪里生出一股勇气，推开身上的人撑着坐了起来，觉得头痛欲裂。

"你要走吗？"王远辰问。

刘春春坐在床边背对着王远辰。听了问话，他摇摇头，声音里是藏不住的疲惫："我想去喝点水。"

王远辰按住他的肩膀示意他别动，自己去厨房端了一杯水进来，然后不由分说地塞到了他手里。

房间里鸦雀无声，甚至连小区的欢迎音乐也被阻隔在了玻璃窗外。

客厅里的电话铃声停了又响，同时嗡嗡振动的还有王远辰的手机，十几个未接来电，全部来自韩卓。

"喂？"就在白曦几乎要报警的时候，刘春春总算是接起了客厅的座机电话，他朝卧室里看了一眼，然后说，"没事了。"

"没事了？"白曦拉着韩卓急匆匆地跑向停车场，仍然放心不下，"刚刚是谁，是施天吗？"

"没有，不是他。"刘春春不断地咳嗽着，"家里没有别人。"

"你别挂电话，我们马上就到。"白曦看了眼时间，"大概二十分钟。"

刘春春答应了。

他其实并不想让别人知道这件事，但如果没有白曦和韩卓，他又很怀疑光凭自己究竟能不能顺利离开这里——虽然卧室里的人此时看起来已经恢复了平静，可谁也不能保证他不会在下一刻又重新变得狂躁而又充满攻击性。

时间一秒一秒飞速而逝，偏偏周日进城的路还很堵，白曦心急如焚，差点就要弃车去找个摩托开。

韩卓一边安慰他，一边抓住一切机会在车流里穿梭，总算在半个小时内把车开到了七叶路。

“春春！”白曦哐哐砸门，把隔壁邻居吓了一跳，还以为是讨债公司找来了。

恰巧刘春春此刻的状态也很像身欠巨债的可怜鬼。虽然他已经换了衣服整理了头发，不过依旧很是狼狈，就连高领毛衣也不能完全遮住脖子上刺目的瘀肿。

白曦虽然经常开玩笑说他被揍，但真见到刘春春身上这些触目惊心的伤痕，还是腾地一下火冒三丈：“他居然真的打你了?!”

“没……没打我。”刘春春后退两步，“白哥，你先别激动。”

“先告诉我是怎么回事。”白曦很有护犊子的架势，拉着他的胳膊怒道，“从头到尾，一五一十。”

刘春春：“……”他只想离开，并不想重复刚才的状况。

王远辰雕塑一般靠在卧室门上一动不动。

他一直在听外面的人说话，直到听见刘春春说“我想重新找个房子住”的时候，他才猛然握紧拳头，却很快又松开，无力地重新垂下手臂。

他低着头，半张脸都隐没在了黑暗里。

片刻之后，韩卓过来敲门：“你没事吧？”

王远辰打开门，侧过身让韩卓进来。他瞥了韩卓一眼，沉默了片刻后说：“你是来问我究竟发生了什么事的吗？”

韩卓看了眼凌乱的房间，摇头道：“不用问，我能猜到。”

“被我搞砸了，我知道。”王远辰抽出一根烟叼在嘴里，有些不耐烦地说，“你不用和我讲道理。”

“我没有义务教育你，但你这种行为相当可耻。”韩卓把打火机丢给王远辰，“我也很后悔找你来保护他。”

王远辰抬起头，眼神空洞而又阴森。

“我要先带春春离开这里。”韩卓道，“至于将来他还愿不愿意回来，那得看你自己的表现。”

“他不会再回来了。”王远辰说。

“如果你真的这么想，那我无权干涉，也无话可说。”见王远辰似乎不为所动，韩卓点点头，“好吧，先走了。”

“等一下！”王远辰叫住他。

韩卓停下脚步。

“带他去医院看一下。”许久之后，王远辰低声说，“还有，请转告他，我愿意付出任何代价来补偿他。”

韩卓摇摇头，没有再说话。他头也不回地走出房间，拉过刘春春放在客厅的行李箱，和白曦一起带他离开了。

窗外的天色已经渐渐暗了下来，灯火投映到窗户玻璃上，变成了一片七彩斑斓的霓虹光影。

王远辰一直坐在床边，没有动，也没有表情。

他不想用酒精当借口来解释自己白天的可怕行径，那半瓶洋酒只能让他血液沸腾，却远远不足以焚烧他的理智——性格的缺陷，或者说是人格的缺陷，才是导致这一切失控的根本原因。

他一直就是个生活得很混乱的人。他暴力、凶残，从来就不会顾及别人的感受，同时又用滥情轻佻的态度和漂亮的外貌来掩盖这一切。施家所带给他扭曲的心理和伤疤以及黛西教给他的善良仁慈和思维能力，两方相互纠缠攀附，最终造就了他飘忽不定的情绪和逻辑，让他整个人就像是一辆超速行驶在盘山公路上的卡车，不知道什么时候就会冲出弯道。

晚上八点，韩卓过来了，还帮他带了食物和饮料。

“他还好吗？”王远辰问。

“医生说可能需要休息两周。”韩卓回答，“至于心理上的创伤，大概会跟随他很久，甚至是一辈子。”

王远辰的喉结滚动了一下。

“想想看，施天带给你的压力有多大。”韩卓拍拍王远辰的肩膀，并且在他发怒之前补充道，“有的时候，你和施天并没有任何区别，一样自私而又残忍，丝毫不顾及别人的感受。”

王远辰没有吭声，却不自觉地用力攥紧了拳头，像是在极力忍耐着什么，几乎把手里的烟盒攥成粉末。

“先吃饭吧。”韩卓掏出手机，打算先给琳达打个电话，原本今晚他们三个人约好要见面的，但王远辰的状态显然很不适合再做任何事。

不过在他拨号之前，王远辰的手机却先响了起来，来电显示是酒吧的座机。

“Aspis！”打电话来的是熟悉的侍应生，他大声地抱怨道，“琳达终于来找你谈恋爱了吗？为什么我们所有人都打不通她的电话，而且今晚还有调酒表演，客人们已经在抗议了。”

侍应生的声音很大，所以这些话也清晰地传到了韩卓的耳朵里。

两人眉头同时一皱，交换了一个眼神。

弥漫着福尔马林气味的地下仓库。

施天抖落雪茄上长长的烟灰，盯着手边再度亮起来的手机屏幕——这次的来电号码他倒是很熟悉，不过显示的姓名却很陌生，“Honey、王子、夜礼服假面①”，如果不是字数限制，这后面或许还会有几百个浪漫的形容词。

施天嗤笑一声，按下了接通键。

“你在哪里？”王远辰问。

施天的语调微微上扬：“你猜？”

意料之中的结果，王远辰在心里狠狠骂了句脏话：“你想干什么？”

“我什么也不想干，是她主动跑到我这儿表示愿意接受实验的。”施天看了眼电子屏幕上的女孩，又补充道，“现在她只是接受了麻醉注射，暂时没有任何生命危险。所以你要过来吗，为了这个不知天高地厚居然想和你谈恋爱的小丫头来和我当面心平气和地谈一谈？”

“你在哪儿？”王远辰问。

施天回答：“老地方。”

熟悉的刺目灯光，熟悉的玻璃窗。

王远辰双手插在风衣口袋里，表情漠然地穿过白色的长廊，这是他小时候经常会来的地方，也是所有噩梦的开端。

地下一楼，戴着眼镜的助理小姐正在等他，脸上挂着职业的笑容，恭敬地对王远辰说：“施先生已经等了您很久，少爷。”

王远辰看了眼面前紧闭的门。

---

①夜礼服假面：名为地场卫，是漫画《美少女战士》中的男主角。

“您的内设密码一直就没有变过。”助理小姐提示道。

王远辰后退半步，然后猛然抬脚踹了过去。

特殊规格的防弹门顿时如同被烈性炸药轰爆的脆玻璃般开了一个大洞，摇摇欲坠，而刺耳的警报声也在同一时间响起，那尖锐的声响像是要震破所有人的耳膜。

“我更喜欢你把异能用在别的地方。”施天关掉警报，示意助理离开，“告诉其他人，这里没什么事。”

“琳达呢？”王远辰走了进去，并没有和他废话。

“我很意外，你竟然真的会来救她。”施天递给他一杯酒，“能知道理由吗？按你的性格你应该不会管这种闲事，所以……”说到这里，他稍微停顿了一下，然后才继续道，“别告诉我，你真的在和她谈恋爱。”

对方的语调很平稳，不过王远辰知道，如果自己给了肯定的答案，那么用不了多久，那个任性的女孩或许就会变成一具僵硬的标本。

王远辰说：“你抢了韩卓的人。”

“他也对这个小丫头感兴趣？”施天点点头，“不意外，像她这种珍稀的变异体，每一个科研机构都想得到。”

“所以你不打算放了她？”王远辰问。

“如果你愿意回来，那么我可以考虑。”施天伸出手，试图触碰王远辰的脸颊，结果在距离他的脸还有三十厘米的时候差点被折断了骨头。

“你真是让我恶心透顶。”王远辰飞起一脚，沙发连同上面坐着的施天一起滑到了房间的角落里。

施天举起双手表示这个话题到此为止，然后提议道：“你可以让韩卓自己来找我，为了这个女孩，我有一些别的交易想和他做。”

“求之不得。”王远辰说完这句话后起身就走，就好像这里是一处脏污的泥淖，多待一秒他都会窒息。

“你不留下一起吗？”施天在他身后发出邀请，“我很期望来一场三个人的碰面，三个世界上最优秀的……”

然而，“异能者”这三个字他还没来得及说出口，王远辰的背影就已经消失在了走廊的尽头。

这时，残破的防弹门摇摇晃晃，最后带着闷响落在了地上。这扇门由实验室里最坚固、柔韧的材料制成，足以抵挡密如雨点的猛烈扫射，然而在王远辰面前，它也只等同于一块酥脆的威化饼干。

眼前这狼藉一片的实验室就是最好的证明，证明随着年龄的增长，王远辰体内的异能也在与日俱增。

“你知道吗？”施天接通手边的电话，感慨道，“他真是珍宝一般的存在，无论是外貌还是能力。”

“你的‘爱意’可以留着对Aspis当面剖露。”韩卓在另一头道，“说吧，要怎么样你才肯放了琳达。”

“吴子刚也想要她？”施天啧啧地表示不屑，“我以为在经过钱宁的打击之后，第三实验室已经彻底毁了。”

“和第三实验室无关。”韩卓不悦地强调，“我希望你能搞清楚这件事情的重点，无论在此之前琳达被你抓走过多少次，但现在她是我的调酒师。”

“我无意挑衅你。”施天看着屏幕上的琳达，“这个女孩的确很罕见，但是比起你和Aspis，她根本不值一提。”

“放了她。”韩卓道。

“没问题。”施天欣然答应，“但我需要当面和你谈一谈。”

星海路的公寓，白曦戴着眼镜，正全神贯注地给刘春春的喉咙滴药。

稀释后的药水滑过喉管，又麻又痒，偶尔有一些落在舌根，顷刻就炸开了几万个酸苦的小炸弹，引得刘春春眉毛鼻子皱成一团，还不能喝水——对于目前的他来说，咽口水都如同上刀山下火海。

好不容易滴完了最后一点，白曦已经满身都是汗了，他紧张地问刘春春：“有没有感觉好一点？”

“还不如刚才。”刘春春坦诚地回答道。小白总这种对他关怀备至的精神虽然可嘉，但他的护理水平确实不怎么样，不仅眼花，还手抖。

“明天就好了。”白曦大约也明白其中的关节，收好药水之后还不忘十分粗糙地安慰了一下他，“今晚好好休息。”

“那韩哥睡哪儿啊？”刘春春环顾了一下房间，知道自己这算是鸠占鹊巢了，觉得很不好意思。

“他？”白曦理所当然地回答，“沙发。”

“哦。”刘春春答应了一声，就没再说话。

其实从医院回来之后，他和白曦就再也没有聊过白天发生的事情了，毕竟那实在是尴尬到无法言说。

然而，不等刘春春在心里面庆幸完，盘着腿坐在床边的白曦就开口了："要不要心理辅导？"

刘春春连忙摇头。

白曦仔细观察了一下他的神情，问："确定？"

"我脑子有点乱。"刘春春老老实实地说，"想一个人安静一会儿。"

"好吧。"白曦拍拍他的肩膀，"有什么事随时叫我。"

白曦从客卧出来的时候，韩卓正坐在客厅的沙发上等他。

白曦轻手轻脚地关上客卧的门，拉着韩卓去了书房。

"怎么样？"他问，"琳达没事吧？"

韩卓把手机递到白曦面前。

屏幕上实时显示着琳达的状况——她正在实验台上昏睡着，旁边的仪表数据显示她的一切身体指标都还正常。

"深度昏迷着，不过暂时没有生命危险。"韩卓道，"明天上午九点，我会去和施天当面谈一谈。"

"只有你吗？"白曦小声地问，"可是按照我们之前的计划，是要让王远辰去接近施天的。"

"计划的确是这样，可是这世上没有哪件事情的发展会分毫不差地按照计划进行。"韩卓道，"况且他现在的状态也不算好，能主动去找一次施天已经远远超出了我的预料。"

"春春的情绪看起来还算稳定，除了脖子和喉咙的伤有点糟糕。"过了一会儿，白曦又道，"他说要自己冷静一下。"

"是我的失误。"韩卓道，"远辰的确是一个合格的保镖，但那只是在单纯的雇佣关系的前提下。"

"这也不完全算是你的失误。"白曦摇头，"我做梦都不会想到他居然会做出这种事，完全就是一个失去理智的疯子。"

"去休息吧。"韩卓帮他把衣领整理好，"我先和他谈一谈，关于春春、琳达，还有我们的计划。"

“现在吗？”白曦问，“他在哪？”

“如果我没猜错的话，他应该就在附近。”韩卓拨通了他的电话。

果然，十分钟后王远辰就出现在了公寓楼下。他嘴里叼着烟，头发被寒风吹得凌乱不堪，衣领也敞开着，公寓管理员起初还以为他是哪里来的流浪汉。

这栋公寓的十楼有一间自助咖啡厅，二十四小时开放。

王远辰坐在沙发上，问道：“他还好吗？”

“吃过药已经休息了。”韩卓往他面前放了杯热水，“而且他还说想要自己一个人冷静一下。”

“谢谢。”王远辰垂着眼睛。

“他并没有对你破口大骂，也没有自怨自艾哭哭啼啼，而是在好好地吃药休息，努力恢复。”韩卓道，“所以我希望你也能像个男人一样，暂时把注意力和情绪从这件糟糕的事情里抽离。”

王远辰抬头看着他，微微皱眉。

“小白会照顾好春春的，而这个才是我们现在应该去做的事。”韩卓把手机推到王远辰面前，“救她出来。”

“她可以自己出来。”王远辰扫了一眼屏幕上的女孩。

“她的确可以自己出来，但是你确定要浪费这次难得的机会吗？”韩卓提醒他，“只有地下仓库消失了，春春才会安全，你也才能像普通人那样去光明正大地道歉，去争取他的原谅。”

“还有可能吗？”王远辰哑着嗓子问。

“这一切看你的表现。”韩卓靠在沙发上，意有所指地说，“不过如果是像现在这样的话，那肯定没戏。”

王远辰端起水一饮而尽。

“琳达只是表现出了对你的好感而已，但春春是你自己做出的选择。”韩卓继续说道，“如果你坚定这个选择，那么施天是绕不开的。你是想一直对他抱有歉意地避而不见，还是想一劳永逸地解决麻烦的根源，让他彻底远离危险？”

“你有什么想法？”王远辰终于问。

“明天上午九点，我会去一趟地下仓库。”韩卓道，“你来这里保护小白和春春，不过最好别露面。”

王远辰点头：“好。”

韩卓又丢给他一张卡。

“这是什么？”王远辰拿起来。

“公寓大楼的门禁卡。另外，小白隔壁的公寓我已经在一个小时前租了下来。”韩卓道，“暂时只有简单的家具，房门密码是8707。”

午夜时分，窗外刮起了寒风，把天边黯淡的星辰也吹得无影无踪。

白曦悄悄地走过来，晃晃韩卓，问：“你睡了吗？”

“睡着了。”韩先生平和地回答。

白曦捂住他的鼻子，命令道：“不准睡。”

韩卓只好睁开眼睛。

“我真的觉得很对不起春春，”白曦深深地叹了口气，“他的生活好像已经完全被我搅乱了。”

“那要怎么办呢？”韩卓很配合地愁眉苦脸，眉毛也皱成了“八”字。

白曦哭笑不得，伸手拍了他一巴掌：“我是在很认真地内疚。”

“我也是在很认真地陪你内疚。”韩卓说，“但是很明显，大半夜不睡觉也并不能安慰到春春，嗯？”

“我需要心理辅导。”白曦盘着腿坐在他对面。

“好吧。”韩先生点头，“先付诊疗费。”

白曦随手摸了一个靠垫，朝他丢过去。

韩卓笑着接住：“春春在生你的气吗？”

白曦摇头。

“我们先抛开今天的事情不谈，客观地说，在此之前，你带给春春的改变也并不都是坏的。”韩卓耐心地解释道，“当然，如果没有你带来的这一切，他应该会和你的另外两个室友一样，毕业后去某知名公司实习，做一个朝九晚五的小白领，生活普通而又安稳。而现在呢，他虽然失去了前一种生活，却办了一场小范围内还算轰动的画展，获得了一笔不菲的报酬，更不用说和你一起创业，还知道了很多其他人不知道的秘密，把一半的生活变成了科幻电影。虽然有时候是过分刺激了一些，但其实也没有差到哪里去，对不对？”

白曦迟疑：“是吗？”

“如果你还有疑虑，明天可以去问一下春春对这件事的看法。”韩卓道，“而不是在这里忧心忡忡，愁眉苦脸。”

白曦说：“嗯。”

“那现在可以睡觉了吗？”韩卓拍拍枕头，几颗小星星随着他的动作落了下来，然后又跳到白曦的睡衣上，挂在那里不肯下去。

“明天你也要小心。”白曦又不放心地叮嘱了一句。

韩卓点点头：“好。”

夜很寂静，也很绵长。

客卧里，刘春春睡得很熟。医生开的药里有安定成分，让他并没有时间和精力去思考白天发生的事情，他昏昏沉沉地闭起眼睛，一觉就睡到了大天亮。

第二天，当他醒来时，家里只有白曦一个人，而且对方正在书房里处理工作。

“韩哥不在吗？”刘春春问。

“你怎么跑出来了？”白曦被他的突然出现吓了一跳，也顾不上手里的工作，快步走过去催促道，“快回去躺着。”

“我已经没事了。”刘春春道，“就嗓子还有点不舒服。”

“那还要不要去医院？”白曦拉着他站到窗边的明亮处，仔细观察了一下他喉咙和脖子的情况，“好像是比昨天要好一点，等着，我去给你煮粥。”

“还是我自己去吧！”刘春春果断拒绝。一来是他对小白总的厨艺完全不抱希望，二来也是因为这种无微不至的对待病号式的关怀很容易让他产生一种错觉，仿佛自己真的已经把日子过得凄风冷雨，迫切需要人人都献出一点爱。

其实，韩卓早在出门之前就已经为刘春春准备好了病号早餐，不仅有稀饭，还有蒸蛋和鱼肉羹。

刘春春一边把东西放进微波炉，一边觉得后背隐隐汗毛倒竖，因为宿舍恶霸小白总正站在那里，眼神赤诚直白，蕴含着万语千言。

五分钟过后，刘春春两手各端着一个碗，嘴里叼着包子表情镇定地和小白总擦肩而过，视他如无物。

白曦不屈不挠不放弃，转而拉开椅子坐在餐桌的另一头，正对着刘春春，双手如同绿叶托着花朵一般托着腮帮子，饱含深情地看着对方。

刘春春忍不住悲从中来，泪流满面，实在搞不明白为什么他都受伤了还不能好好地吃一顿饭。

但小白总谈心的愿望很拳拳，就算刘春春吃早饭的速度慢到天怒人怨，他也依旧耐心地陪完了全场，甚至还主动承担了把碗放进洗碗机这种粗活。

刘春春倒在沙发上，面带痛苦地用双手卡住自己的脖子，故意艰难而又嘶哑地号叫着："啊，疼得要死。"

白曦一拍茶几，训斥道："好好说话！"

刘春春实在是演技欠佳，被白曦这么一唬，他也只好放弃挣扎，苦着脸坐直："我不想谈昨天的事。"

"我没打算和你谈昨天的事。"白曦坐在他旁边，态度很诚恳，"我是想说，你有没有觉得自己挺倒霉的，因为认识了我？"

"为什么啊？"刘春春被此等清奇①的谈话内容惊着了。

"你看，要是没有我的话，你现在也不至于变成这样。"白曦揉了揉他的脖子，做出专家一般的权威分析。

可惜刘春春的思维有些跑偏，他警觉无比道："我看出来了，你拐弯抹角还是想说昨天的事，所以我拒绝继续这场谈话。"

小白总横遭不白冤屈，剩下满腔的深情道歉都被生生憋了回去，胸闷非常，遂怒道："我没有！"

刘春春站起来："我去工作了。"

"你给我回来！"白曦气得拍沙发。

但是刘春春跑得比狗都快。

想象中的那深沉而又感人的谈心活动变成了"暴力互殴"，白曦追着病号刘春春满屋子乱跑。

刘春春欲哭无泪，倍感悲伤，扑在沙发上生不如死地祈祷着韩卓快点回来，好把这个变态奥特曼赶紧带走。

不过刘春春不知道的是，仅仅隔着一面墙的隔壁就是王先生的卧室。

此时，他正坐在地毯上仔细听着从隔壁公寓传来的所有声响，当然也听到了刘春春

---

①清奇：网络词汇，意为清新奇妙，也指让人难以理解。

那句很衰的“你居然还当着我的面吃薯片！”。

他不由自主地笑出了声，对白曦也多了几分好感——要是没有他这种看似捣乱的安慰和陪伴，事情或许会变得更糟。

第24颗星

生日

蹭饭的新方式和难得的线索

韩卓把车停在路边，步行进入了一条小巷。

这个地方他再熟悉不过了，闭着眼睛也能来回穿梭。

施天看着监控里的身影越来越近，示意身边的助理去接人。

这次施天并没有等在会客厅，而是让助理把韩卓直接带到了实验室——琳达正在那里昏睡不醒。

“你看，”施天像是在展示什么令他骄傲的收藏品，“她睡得多乖，现在看起来完全就像一个讨人喜欢的小女孩。”

“这是什么？”韩卓拉过一边的淡蓝色输液管。

“我新研制的药剂。”施天回答，“从实验数据来看，她的身体到目前为止还没有出现什么大的排异反应，如果我每天都加大剂量并持续一段时间的话，说不定就可以绕过她体内那股强大的能量，让她在睡眠中彻底停止心跳，以方便我们做后续的研究。”

“当然，既然她是你的调酒师，那么这个实验方案也就不会再推进下去了。”说完这些，施天示意候在门外的实验员进来把那些流动着淡蓝色药剂的输液管从琳达身上移除，然后才继续自己的宣讲，“我只是想向你证明，这个小丫头并非不可战胜，我随时都可以让她消失。”

“我从来就没有怀疑过地下仓库的能力，以及你的卑鄙程度。”韩卓冷冷地说，“我要带她走。”

“Aspis似乎很信任你。”施天没有反驳韩卓的话，也没有再对琳达的事发表看法，而是换了个话题，“无论是去当人类的保镖，还是最近几次主动来见我，都是因为你要求的。”

“你想让我去说服他接受你，还是想让我去劝他重新回到地下仓库？”韩卓语调里有着明显的嘲讽。

“我知道这些事是不可能的，毕竟我连你都无法说服。”施天摇了摇头，又看了一眼躺在实验台上昏睡的女孩，终于说出了自己的条件，“我只想知道她的制造者是谁，或者至少能知道那个人在西北的哪一座城市。别人或许问不出答案，但是我相信Aspis一定可以。”

“那你还真是机关算尽，煞费苦心。”韩卓嘲讽一笑，“你这个提议的逻辑是什么？Aspis不会拒绝我，而琳达也不会拒绝Aspis？可我为什么要答应你？”

“她体内金属元素的分布真的很完美，那已经不仅仅是科学研究了，甚至可以被称为艺术品。”施天点了点屏幕，空气里立马浮现出了琳达身体构造的三维立体示意图，银白色的未知金属紧紧贴着骨头，接口处毫无缝隙，整个骨骼架构就好像是未来世界的合金战士的。

“不仅仅是这些，这是她的血检报告。”施天又调出来一张化验单，“看到这些小圆球了吗？它们可以吞噬掉大多数已知的病毒，就好像是生长在血管里的可循环的滤网，而这一切都是人造的。”

虽然每一次被追捕者抓到后琳达都能顺利逃脱，但在逃脱的同时她也总是给地下仓库留下一些新的实验数据——她就好像是一个神秘的矿藏，每一滴血液、每一次扫描都能带来新的惊喜。

“这些是钱宁的研究成果，我稍微做了一些改进。”施天又用手指点了点那残余的半袋淡蓝色药剂，“如果今天你没有出现的话，那么我会先利用这些病毒让她处于麻痹状态，然后在保留她生命的前提下对她进行后续的解剖研究，这样我们就能得到许多珍贵的资料和全新的数据了。”

“而现在你对她的父亲更感兴趣。”韩卓道。

“我是真的很好奇。”施天敲了敲实验台的隔离罩，丝毫不掩饰自己的野心，“好奇在这个世界上到底还有多少我不知道的异能者研究员，当然，像吴子刚那样的废物不计在内。”

“我可以强行带走她。”韩卓提醒他。

“你的确可以这么做，甚至还可以强行带走更多人。”施天笑着摇摇头，叫助理端进来了两杯酒，“可他们都已经被注射了这种全新的药物，尤其是这个金属小怪物，如果没有KH-09仪器台维持生命，那么她的脑干马上就会被病毒控制，变成一具……僵尸，或者干尸。”

“韩先生，”助理适时弯下腰，毕恭毕敬地把托盘递到韩卓面前，“这是你最喜欢的伏特加。”

“我一直记得你的喜好，当然还有Aspis的，虽然你们都极度调皮任性。”施天坐在韩卓对面施施然侃侃而谈，“怎么样，愿意接受我的提议，让Aspis每天来这里陪这个可怜的小女孩聊聊天吗？这是一笔很公平的交易，我只需要知道她的制造者是谁，而作为交换条件，我可以保证，至少在最近三年内你的雇主和他的朋友都不会再有来自地下仓库方面的任何骚扰。”

“如果我拒绝呢？”韩卓问。

“那我也不会伤害你，更不会伤害Aspis。”施天把空酒杯放在托盘上，示意助理加满，“不过这个昏睡不醒的小可怜就会成为我最重要的实验体，或许我该往好的方面想，她的制造者也许会因此主动找上门呢。”

说到这里，施天像是想到了什么一样，稍微停顿了一下才继续说道：“还是说……你想要强行带她走？带这样一个拥有巨大能量的僵尸炸弹回到人类社会，除非你亲手结束她的生命，否则她一定会引发不小的骚乱，到那时候，人类和异能者之间的关系只怕你和我都很难再去掌控了。”

“你真的很会做生意。”韩卓摇头。

“那是因为我对你向来态度诚恳。”施天端起酒杯，隔空和他碰了一下，“放心，钱宁的病毒并非不可逆，我随时都可以让她恢复如初。”

韩卓回到星海路的公寓时，白曦正在厨房里看热闹。

案板上整整齐齐摆了近百个饺子，胖乎乎、圆滚滚，全都出自刘春春之手。见韩卓进来了，刘春春马上招呼道：“韩哥，你回来了！马上就能吃饭了。”

“事先声明，我阻止了，但是他拒绝回房睡觉。”白曦在韩卓开口询问之前先一步替自己洗清了虐待病患的嫌疑，然后把对方拉到书房里，压低声音问道，“怎么样？”

“我刚刚已经去过隔壁了。”韩卓道，“很好，所有的家具都完好无损，也没有绝食，还知道给自己点龙虾外卖。”

白曦哭笑不得：“我在和你说正事。”

“你是说地下仓库那边？”韩卓点点头，说起正事，“情况和我们预想的差不多，远辰有了可以每天去实验室的借口，唯一不太妙的就是琳达似乎丧失了她的超能力，彻底昏睡了过去。”

“那怎么办？”白曦担心道，“她会有危险吗？”

“我会尽量把危险值降到最低。”韩卓扶着白曦的肩膀让他面对自己，转而说起了另外一件事，“我们晚上再来聊这个，现在该吃饭了，你负责转移春春的注意力，我来偷一些饺子送去隔壁。”

“……”白曦说，“但我还在生那位王先生的气。”

“你可以对他进行严肃的批评教育，但是至少得先让人填饱肚子。”韩卓诚恳地分析利弊给他听，“想想看，如果邻居先生一不小心饿晕了，我们还得送他去医院，那得多闹心。”

“我看出来了，”小白总幽幽道，“你们就是狼狈为奸。”

“没有，我保证绝对忠诚于你。”

韩卓把白曦推到餐厅并按在椅子上坐好，自己则主动去厨房帮忙刘春春煮饺子，还直接又温和地问刘春春：“饺子我可以拿走一些吗？”

喂喂喂！白曦闻言瞪大眼睛，为什么我还没转移厨师的注意力，你就已经开始了光明正大地偷饺子了?!

“……当然可以，但是你要拿到哪里去？”刘春春很不解。

白曦趴在餐桌上震耳欲聋道：“咳！”

“送去楼下，八楼住了一位可怜的独居老人。”韩先生回答得颇为淡定，“我和小白经常会送点吃的过去。”

白曦：“……”

“老人家一个人住在这么时髦的科技公寓里吗？”刘春春吃惊道，“他为什么不换一个安静的公园小区？”

“可能是因为思念儿女吧。”韩卓同情地发出叹息。

“那我送下去好了，韩哥你也忙了一整天，怪累的。八楼几号？”刘春春在围裙上擦了擦手，就准备出门去。

千万别！

白曦猛然坐直，出声阻止：“我去！”

“就让小白去吧，”韩先生也在一旁温柔地附和着，“他们很熟，还可以顺便……

嗯，谈谈心。”

煮好的饺子被装进了餐盒里，热腾腾地散发着诱人的香味，刘春春还特意煮了一碗鸡蛋汤，说是给孤独的老人家补充营养。

“好了好了，不要太惯着他。”白曦拍拍他的肩膀，示意够了。

刘春春道：“啊？”

“老年人不好吃太多的，容易三高。”

白曦拎着装得满满的饭盒出了门。他先装模作样地在电梯口晃了一圈，见刘春春关了门后才做贼一般绕回来轻轻地敲响了隔壁的大门。

餐桌上胡乱地堆着之前的外卖盒，龙虾和蛤蜊被凝固的酱汁包裹，看起来脏乱不堪又奢侈浪费。

王先生的状态也不怎么样。

他好像是刚刚洗完澡，半干的头发被他胡乱地束在脑后，还在往下滴水，穿的是宽大的白色毛衣和宽松的家居裤，整个人看起来无精打采的。

“吃饭了。”白曦把饭盒递给他，“春春煮的。”

“谢谢。”王远辰并不意外，他刚刚已经听到了隔壁的对话。

白曦没有马上回去，而是拉开椅子坐在了他对面。

“你可以骂我，但是我不想谈心，也不需要。”王远辰的声音很平静，但在平静里却又透着一股莫名的颓废，接着他又说道，“我知道自己的问题出在哪里。”

“在哪儿？”白曦趁机问。

王远辰指了指自己的心。

“心理缺陷啊？”白曦撑着脑袋看着他，“我也觉得你是。”

“还有救吗？”王远辰漫不经心地答话，他从龙虾盘子下面抽出银亮的餐叉，叉了一个饺子送进嘴里。

饺子是最朴素的莲藕鲜肉馅的，之前他和刘春春两个人一起住的时候，吃过很多次。熟悉的味道重新激活味蕾，让他空空荡荡的胃终于温暖起来，那一直持续的细锐的刺痛也随之消失无踪。

“总之，在你通过健康心理测试之前，别想再和春春见面。”白曦强调。

王远辰只是笑了笑：“谢谢你。”

白曦一愣：“谢我什么？”

“我知道这件事我做得很糟糕，谢谢你陪着他。”王远辰很认真地说，“在解决掉手头的麻烦之后，我会亲自去向他道歉的。”

见惯了嚣张跋扈而又高调张扬的王先生，突然间对方变得这么沉稳谦逊彬彬有礼，白曦有点不太习惯。

房间里很安静，只有银制餐叉偶尔碰到饭盒的细小声音。

白曦又看着他吃了两个饺子。之前准备了一肚子要说的话，但此刻的他却像泄了气的皮球一样，完全丧失了说出来的动力——就像王远辰说的那样，他自己其实深刻地知道这件事的问题出在哪里，根本就不需要别人的开导和教育。

“那我先回去了。”白曦站起来，“你好好吃……已经吃完了啊！”他看着那个以秒速空下来的饭盒，觉得很是震惊，“还要吗？”

“吃饱了，谢谢。”王远辰把饭盒推到白曦面前。

小白总和他“深情”地对视。

三秒钟之后，王先生又把饭盒无声地收了回来。

自己洗。

吃晚餐的时候，刘春春主动提议每天都给孤独的可怜老人送温暖。

韩卓欣然答应：“我代他谢谢你。”

白曦在桌下猛踢一脚。

刘春春双眼含泪：“白哥，你踢我做什么？”

“……”不好意思，踢歪了，白曦便强行换了个话题：“这段时间不准你上班了，在家工作也是一样的。”

“在家工作倒是没问题，但我总不能老住在这里，让韩哥天天睡沙发。”刘春春放下筷子，贴心地说出了自己的打算，“白哥，我想自己租个房子，就在公司附近的小区，你觉得怎么样？”

他没有说想自己买套房子或者搬回七叶路，一来因为从天而降的500万总是缺乏真实感，二来是因为七叶路那里到处都是亮闪闪的钻石和水晶，满眼都是无法忽视的某个人的痕迹，除此之外，从那里到公司要换三次地铁，也很不方便。

“我一点都不介意睡沙发。”韩先生这次在白曦踢错之前主动开口，“在你来之前我也经常睡沙发，客厅透气。”

“对。”白曦也道，“你就住在这里。”

“你们是不是担心我一个人住外面，之前那个变态又会找上门？”刘春春退让一步，“或者我把隔壁租下来，至少不会太打扰你们的生活，它现在还空着吗？”

小白总和韩先生很有默契，双双摇头。

刘春春：“……”

他还想再说什么，白曦却撑着脑袋，憔悴而又疲惫地叹了口气，“夕阳红”般地说道：“老韩，有句老话怎么说来着，儿大不中留。”

“别走了。”韩卓心领神会地给白曦助攻，对刘春春说道，“你再这样倔下去，小白该不高兴了。”

刘春春哭笑不得，但又莫名很感动，心情太过复杂，以至于鼻子一发酸，居然差点哭出来。

“别别别，别煽情。”白曦一把揽住他的肩膀，用力地晃了晃，“这样吧，你至少再住一个月，帮我交交水电费和物业费，等你的伤彻底好了我们再来讨论你搬出去住的事，怎么样？这栋楼里空公寓多的是，大不了我们在别的楼层再租一套。”

疲惫伤感的“老父亲”小白总这次的提议很诚恳，刘春春也总算肯点头：“嗯，谢谢白哥。”

此后的几天，王先生果然每天都能收到来自隔壁的温暖晚餐，大多煮得很软烂，味道也很清淡，不过就算是这样，他也觉得这些明显照顾老年人口味的食物要比中午的外卖美味许多，他每次都会毫不挑剔地好好吃完。

刘春春的喉咙已经逐渐消肿，不再需要药物治疗了，小白总举着滴管遗憾地说：“我才刚刚练顺手。”

韩先生友好提议：“你可以给史蒂夫老师滴。”

白曦看了他一眼，觉得自己不是很想说话。

周六下午。

王远辰如同施天所要求的那样，一个人去了地下仓库。他裹着一件厚厚的羽绒大衣，头发也染回了纯粹的黑色，没有扎起来，而是任它们散乱地垂下来遮住耳钉，只偶尔透出一些细小的微光。

“我其实可以安排车去接你。”施天站在入口处等他，眼底是毫不掩饰地浓浓关心，“外面很冷。”

“你变态的程度真是愈演愈烈，现在居然发展到了要看我和别的女人谈恋爱。”王远辰不耐烦地打落他伸过来的手，“滚！”

“那不是恋爱，我只需要你问她几个问题。”施天不悦地强调，并还在他耳边阴森地说道，“如果你真的想和这个小怪物谈恋爱，那么无论她身后站着谁，会带来多大的利益，我都会一起撕碎。”

王远辰冷冷地瞥了他一眼，漂亮的眼睛里像是结了一层冰霜。

“我真是嫉妒韩卓。”施天识趣地后退两步，又有些牙痒痒，“他居然能让你对他如此地言听计从。”

“因为他是异能者的领袖。”王远辰回答。

“是我，创造出来的领袖。”施天纠正他，“没有我的话，他永远也不会是最强大的异能者。”

王远辰不屑地轻嗤一声，绕过他径直去了实验室。

琳达已经注射过苏醒的药物了，此刻正规规矩矩地躺在病床上等待王子的到来，其间她甚至还抽空把那头凌乱的粉红色的头发捆成了整齐的小扫把。

“这是我们第一次约会。”她说。

“小姐，这不是约会，我完全是被迫的。”王远辰坐在床边，冷淡地说道，“我希望你能搞清楚这一点。”

“被迫来亲吻我吗？”琳达问。

“被迫来问你父亲的身份，以及他目前住在哪里。”王远辰回答。

“只是这些？”琳达冲他勾勾手指，还模仿着那些脱衣舞娘的样子风情万种地舔了舔嘴唇。

王远辰用眼神对她发出警告。

都不用想就知道这间房子里必然到处都是摄像头，琳达如果不想被施天剁成肉酱就最好老实一点。

“不敢过来吗？”琳达似乎完全不把施天放在眼里，即使她已经昏迷了将近一周，现在也只顾着没心没肺地在王子面前努力散发着少女的魅力。

王远辰难得因为女人头疼了一回。

而就在他犹豫的时候，琳达已经拖着输液管凑了过来，并以异能者独有的闪电速度在他脸上落下了一个浅吻，然后就笑嘻嘻地躺了回去。

王远辰擦了擦脸，面无表情地看着她。

“我喜欢你。”琳达用被子遮住下巴，眼神却毫不闪躲紧紧地盯着他，同时用趾高气扬的语气说道，“所以你至少要和我约会十次，我才会考虑告诉你那个该死的老头到底是谁和他在哪儿。”

“十次？没有问题。”王远辰面无表情地站起来，“今天就算是第一次，我已经完成了任务，再见。”

“喂，这怎么行！”琳达猛地坐起来，在他身后不悦地反驳，“今天最多只能算半次，或者三分之一次！”

然而王远辰并没有停下脚步，甚至都没回头，因为他知道，自己表现得越薄情、越冰冷，对方就会越安全。

“对今天的这个结果我丝毫不意外。”施天在走廊尽头等他，“她是个相当狡猾的小怪物，好不容易才获得了和你约会的机会，当然要好好利用。”

“我先走了。”王远辰的声音冷如寒霜，从施天身边经过时，甚至连一丝余光都没有给他。

“我已经准备好了晚餐，”施天在他身后发出邀请，“不留下一起吗？今天是个很特殊的日子。”

“今天没有什么特殊的。”王远辰冷冷地回答道，“再说，对着你，我恐怕不会有任何食欲。”

“至少也为了你的小粉丝想一想。”施天继续说道，“如果你现在走了，或许我会很生气。”

王远辰闻言微微皱眉，果然停下了脚步：“你想做什么？”

他转过身，眼底隐隐裹挟着暴风。

“我只想和你一起吃顿饭。”施天张开双手，向王远辰表现出自己友好的姿态，“我保证，只要你愿意多留一个小时，她将会少受很多苦。”

“只要还活着，我对她要受多少苦没兴趣。”王远辰回答。

“万一她被折磨死了呢？”施天压低声音提醒他，“到时候我们都很难向韩卓交代，毕竟那小怪物是黛西的酒保。而且我敢打赌，他也一定很想知道她父亲是谁。”

在星海路的公寓里，白曦正在书房加班工作，刘春春则站在卧室窗边看着小区里的游泳池愣愣地出神。

最近几天，他故意把自己弄得很忙，好让大脑没有时间再去想别的事，这个方法在刚开始的时候效果很好，但人毕竟不是高速旋转的陀螺，总有空闲下来的时候，比如说现在，他就不受控制地又有些胡思乱想了……

自从那件事之后，王远辰就再也没有出现过了，也没有用电话或短信和他联络，就好像彻底从世界上消失了一样。

他当然知道这当中有白曦和韩卓在两头跑的缘故，却也不想主动去问，毕竟那件事对他来说实在是一个相当大的心理阴影，即使最终他并没有受到什么实质性的身体伤害，但只要回想起当时的情形和心情，他的头还是会疼上好半天。

就在刘春春愁眉苦脸的时候，韩先生恰好过来敲响了他的房门，还带了点不好意思地问他："你在厨房烤面包吗？"

"嗯，应该马上就好了。"刘春春从一地鸡毛中回过神，说道，"白哥刚才说想吃草莓果酱卷。"

"听起来不错，我也想吃。"韩卓补充，"楼下那位可怜的老人家也想吃一点，今天是他的生日。"

"是吗？"刘春春有些意外。

韩卓点点头。他并不担心刘春春会从生日上觉察到对方是谁，毕竟今天距离王远辰假身份证上的出生日期还有好几个月。

"那我去烤个蜂蜜蛋糕吧。"刘春春说，"反正闲着也没事。"说完，他就去了厨房，穿上围裙，忙碌起来了。

白曦在听说这件事后，拉着韩先生小声抱怨："我们都不知道春春现在的想法，平时送点饭也就算了，现在还骗他专门做蛋糕，不太好吧？"

"我原本没想过要蛋糕，只想拿几个面包就好，是春春自己提出要做的。"韩先生双手扶住他的肩膀，郑重地说道，"而且今天真的是远辰的生日，那个遗弃他的人把这个日期写在了箱子上。虽然他从来没有庆祝过，也很不以为然，但是在生日这天却要被迫去面对施天，换谁都会心情爆炸，所以就让他吃一个蛋糕吧，好不好？"

"干吗把他说得这么惨？"白曦叹气，"那我们要不要送一份礼物给他？"

"你的礼物对远辰来说并不算什么。"韩卓十分熟练地继续开导他，"不过可以给我当福利。"

烤箱恰好叮的一声响，白曦拍开韩先生的手，冲进厨房打算拿面包吃，结果一进门就见刘春春在专心致志地裱花，虽然蛋糕很小，但他还是挤上了一个粉红色寿桃和"寿比南山”四个字。

白曦：“……”

“寓意好就行。”刘春春也对这个裱花装饰没啥底气，弱弱地辩解道。

白曦拍拍他的肩膀：“等会儿还是让老韩送下去吧。大好的日子收到这么一个蛋糕，我觉得你八成会挨打。”

动物奶油没有什么硬度，仅仅过了五分钟，在丑的基础上它还稍微往下又塌了塌。这下连刘春春自己都觉得这个蛋糕有些不忍直视了，于是又从柜子里翻出来一条新围巾递给白曦：“把这个也一起送给老人家吧。”

“可以。”小白总迅速把围巾揣进怀里。这围巾看着就很蓬松柔软，一定能温暖孤独老人那颗如冬天般严酷寒冷的心。

直到晚上八点，王远辰才到家里。

他并没有在那场豪华晚宴上吃任何食物，施天倒也没有在这件事上勉强他，只是在晚餐结束后又带着他重新在实验区走了一圈，一边走，还一边指给他看那些他童年时曾经去过的地方。

“在这里，你杀了一个垂死的实验体，那是你第一次杀人，你还记得吗？当时你的手就按在他的心口处。”施天似乎很怀念那场景，“连父亲都经常称赞你，说你很快就让那个可怜人从痛苦中解脱了，他在临死之前内心一定是充满感激的。”

王远辰双手插在衣兜里，表情淡漠，像是根本就没有在听他说话，可是那些施天看不到的地方——比如说紧紧握成拳头的双手，后背的冷汗，以及几乎要痉挛的心，都让他的神经尖锐地疼了起来。但他并没有离开，因为他还记得自己和韩卓的计划，要在最短的时间里找到地下仓库的研究资料储存处——那可不仅仅是几台电脑而已，必定还有许多标本和实验体。

“你不舒服？”走到一半，施天突然停下脚步望向他。

“我快吐了。”看着眼前浸泡在福尔马林里的器官，王远辰回答。

“看来你这些年的确缺乏应有的训练。我早就说了，那个酒吧不是什么好地方。”施天仔细观察了一下他苍白的脸色，不无遗憾地叹息道，“好吧，今天就到此为止，我让人送你回去。”

热水冲刷过身体，弥漫蒸腾的水雾驱散了一部分骨髓深处的酸痛与寒冷，也让他的脸上浮现出了些许血色。

王远辰伴着潮湿的水汽从浴室里走出来，抬眼就看见韩卓正坐在餐桌旁，他的面前还摆着一个蛋糕和一碗面。

“再加几根蜡烛和一个可笑的纸质王冠，你就能拍着手唱生日歌了。”王远辰把毛巾丢在一边，也坐了下来。

“那画面有些难以想象。”韩卓想了想，“我可以叫小白来完成这个环节吗？”

“石老师，L大学。”王远辰并没有理会他的调侃。

“这是什么？”韩卓微微皱眉。

“应该是琳达的制造者，她的父亲。”王远辰回答。下午在实验室时，少女在亲吻他的瞬间趁机在他耳边低声说了这几个字。

“她很聪明。”王远辰继续道，“连施天也被骗了过去，认定她会利用这件事换取更多的约会机会，不会想到我们见面还不到两分钟她就已经说出了一切。”

那或许是石老师、师老师、史老师、施老师……虽然目前还不清楚，但地址已经精确到了某所大学，找人的难度也就降低了很多。

L大学是西北方顶尖的学府之一，理工科很出名。

韩卓在电脑上点开“师资队伍”的选项卡，发现里面只列出了杰出人才，而且也没有谁的姓氏和琳达给的情报类似。

“要亲自去找找看吗？”王远辰问。

“你刚从地下仓库回来，我立刻就去西北的L城？”韩卓摇摇头，“施天一定会在密切关注我们的动向。”

“所以你需要找一个完美的理由，比如说新的商业投资。”王远辰抿了抿那香甜的奶油，觉得心情变好了许多。

虽然寰辰集团和白曦自己的小公司在西北并没有生意往来的对象，但是白曦想去L城也不是全然没有理由——韩先生心情复杂，因为他想起了马克李。

在决心要拍出一部浪漫而又凄美的星际生死恋题材的电影之后，马导演就率组驻扎在了西北沙漠的某处影视城里，据说现在正在拍摄“男主角乘坐飞船带领外星人离开”这种悲剧情节，并且再三邀请灵魂挚友去探班。

白曦每次接到此人的电话，都会觉得又flag①又胸闷，遂冷酷拒绝了无数次，独留马

①flag：旗帜，这里是网络用法，常指某一不好的事件发生前的征兆或者标志，一般说“立flag”。

克李一个人在记者面前哭惨。

从地图上看，那处影视城距离L城只有不到半天的车程。

“我希望这件事能尽快。”王远辰咽下最后一口蛋糕，“那个地方对我来说实在很恶心，而且琳达看起来过得也不怎么样。”

韩卓点头：“明白。”

“他怎么样？”王远辰又问。

“今天似乎发了一会儿呆，不过情绪还算正常。”韩卓道，“对了，沙发上有一条围巾，是他送给你的礼物，或者更确切地说，是他送给孤独老人的礼物。”

王远辰：“……”

“你可以围着它睡觉。”韩卓提议。

王先生面无表情地说：“滚。”

电影频道的资讯节目正在播放记者去剧组探班的画面，马克李导演虽然不怎么知名，但架不住庄女士财大气粗地给儿子买了一整期的专访。白曦端着水果从厨房出来，路过时恰好听到一句“你们永远都不会再见面了”，顿时觉得一口老血闷在心口，原地转身就想回厨房。

“过来。”韩卓坐在沙发上叫他，“我有事要和你商量。”

“你发烧了吧，居然主动看他的节目。”白曦很想换台。

“我需要去一趟L城。”韩卓说。

韩卓话音刚落，就听到电视里的马克李说：“我们下个月五号会进驻L大学，并在那里进行为期一周的拍摄。”

而目前距离马克李嘴里的“下个月五号”只剩不到六天了。

晚上睡觉前，白曦抱着被子坐在床上，表情严肃地拨通了马克李的电话。

电话一接通，马克李就在对面号啕大哭、哽咽不已，一来是因为灵魂挚友终于主动来电，二来则是因为他刚刚拍完了电影结尾的那场悲苦万分的离别戏，实在是让他感到心如刀割。

“你听，”马克李把手机举起来，“大家都非常感动。”

耳机里传来一片哭声，伴随着阵阵大漠呜咽的鬼风，白曦汗毛倒竖，极度怀疑他其实是在拍“大山楂”的续集。

“我还有一些体会要和你分享。”马克李稍微平复了一下情绪就抽噎着要与白曦进行灵魂上的交流和共鸣。

“我很期待。”白曦态度敷衍，“但是电话里大概说不清楚。”

马克李果然发出热烈邀请：“那我们可以当面谈。”

白曦说：“不好吧。”

马克李坚持：“非常好！”

白曦终于说：“我考虑一下。”

马克李内心雀跃不已，在挂断电话后，他还专门在自己的个人主页上发表了一篇文章来颂扬这种灵魂和灵魂之间的共鸣，并且在结尾连续艾特①了白曦十几次来彰显内心深处对他汹涌澎湃的倾慕之情。

白曦给他点了赞，心情复杂地说：“我觉得我像个感情骗子。”

韩先生并没有回答，因为他正在看那篇辞藻华丽的文章，并再度分析起将马导演加入电话黑名单的必要性。

庄女士当然也收到了马导演的殷殷呼唤，身为一个严厉而又不失慈爱的母亲，她觉得自己有必要做些什么——当然，更重要的是她实在不想去什么L城，虽然亲儿子平均每天要打三个电话说这件事。

“你可以给这位小白总介绍一笔生意。”梁佚建议，“这样他也能在西北多待一段时间好好陪一陪小马。”

“你是不是嫌儿子每天给我打电话的频率太高、时间太长？”庄妍问。

梁佚赶紧回答：“当然没有。”

庄妍不满地踢了他一脚，然后就给白曦打了个电话，问他愿不愿意接一笔小生意，虽然赚得不算太多，但好在可以拓展业务范围和人脉。

“谢谢庄总。”白曦一再道谢后才毕恭毕敬地挂断了电话，然后转头对韩先生说道，“好了，现在我升级了，不仅骗感情，还骗钱。”

韩卓对他表示了一下同情，随口问道：“要心理辅导吗？”

白曦用枕头把他拍走，趿拉着拖鞋去了书房：“你先去睡吧，我还要处理一点公司的事情。”

---

①艾特：网络用语，字符“@”的音译，网络上用“@+昵称”的方式表示提到或通知那个人。

临时插进来一个出差任务，白曦的日程也就紧张了许多，而且刘春春也在这次出差之列。这一安排虽然对隔壁的孤独王先生有些残忍，但考虑到目前的复杂情况，白曦实在不放心把刘春春一个人留在家里。

王远辰对此并没提出什么异议，不过他也没打算离开，而是继续住在了星海路的公寓里。

第25颗星

父亲

奥特曼小白总是如何炼成的

飞机轰鸣着降落在跑道上，高原的风吹得廊桥也砰砰作响。

马克李导演虽然不能亲自来接灵魂挚友，但是也特意安排了专车和司机，车里还备着热茶和点心。

“导演在酒店里等您，他已经迫不及待要见您了。”司机一边开车一边道。

韩先生麻木地揉了揉太阳穴，一个字也不想说。

当然，施天很快就知道了韩卓和白曦去西北的事，虽然他们这次的出行有生意有朋友，理由看上去相当充分，但在这个节点上，他实在很难不起疑心。

琳达依旧只顾着和自己的王子约会，并且不肯多说一个字。在面对王远辰时，她就像一个普通的陷入恋爱的女孩，只想在甜蜜的爱情里汲取养分；而在独自面对施天时，她又会换上另一副表情，和王远辰的很像——凶狠、嚣张，把一切都不放在眼里。

“我希望你能对自己好一点，”施天示意实验员重新把她固定住，“或者换句话说，对我的态度好一点。”

“你阻止了Aspis带我出去。”琳达道。

“因为我不是你爱情的丘比特。”施天回答，“而且你还没有说出最关键的信息。你父亲到底是谁？是L大学里的某个人吗？”

“是。”琳达眉梢轻轻一挑，挑衅道，“祝你能顺利地找到他。”

两天之后，周勇在去医院探望女儿时顺便向梁佚汇报了施天似乎在通过冯起调取一些有关于西北L大学资料的事情。

“是吗？”梁佚放下手里的笔，若有所思道，“这可不太妙。”

“我听说韩卓他们也在L城，是那里出了什么事吗？”周勇试探道。

“不清楚，我原本以为他们只是去探班而已。”梁佚摇头，“不过就算我现在打电话去问，韩卓应该也不会告诉我真相。”

“那我们接下来要做什么？”周勇又问。

“不管他们在那里有没有遇到麻烦，我认为我们都可以帮一点忙，至少阻止一下施天的干扰。”梁佚合上面前的文件，心里已经有了决定，“我得去打个电话，你去陪静静吧，她今天心情很好。”

周勇点头：“谢谢老师。”

西北L大学附近，刘春春混在一群学生中间排队买烧烤，为了安慰小白总，他还特地让老板加了三倍辣。

而此刻，十分需要安慰的小白总正坐在酒店的床上，目光幽怨地对马导演说：“你直说吧，我还要陪你聊多久的戏剧文学，才能还清这笔生意上欠庄总的人情？”

马克李被他的无情打击过无数次，早就锤炼出了一颗金刚文艺心。他不再悲愤地控诉肮脏的金钱玷污了纯洁的文学，而是抠着脚熟练地讨价还价：“十天。”

白曦拒绝：“做梦，我还有很多事情要忙。”

马克李退让一步：“九天半。”

白曦惊心骇神：“你还能再吝啬一点吗？”

“能，”马克李回答，“那就九又四分之三天。”哈利·波特听了都说好①。

不一会儿，刘春春就带着三倍辣的烧烤回来了。

窗外是隆冬的大雪，房间里却暖气充足，甚至热得要穿短裤，再加上三倍辣的烧烤和小啤酒，马克李导演觉得整个世界都变得文艺了起来，而且还有更加迷人的——韩先生不在。

既然要在学校里拍戏，需要盖章的文件当然不会少，也免不了要和学校的管理部门打交道。马克李的副导演顶着寒风跑出两坨高原红，不到一天就惨烈病倒，于是白曦“很好心”地把自己的保镖先生借了出去。马克李导演闻讯热泪盈眶，欣然接受，此等

---

①本段中“哈利·波特”指英国小说《哈利·波特》中的主角，“九又四分之三天”则是该小说“九又四分之三站台”的相关引用。

一举多得的好事，百年也难遇一回。

韩先生身材高大、衣着得体，外貌又相当斯文俊美，白净修长的手指时不时地推一推鼻梁上的无框眼镜，再加上磁性低哑的声音，简直不要太适合和后勤处、保卫科、教务处等各种部门的老阿姨们打交道。各方对他堪称有求必应。

晚上休息时，白曦翻看着这摞厚厚的教职工名单，实在很想不通他到底是用什么方法拿到这些东西的。

“我已经看过了，没什么线索。”韩卓说。

白曦疑惑道：“没有姓石的，一个都没有？”

“有，但一名是二十岁的实习老师，女性。还有一名倒是年龄、性别都大致符合，不过他不是老师，而是图书馆管理员，名叫师向广。”韩卓回答。

“年龄、性别都符合，管他是不是老师，总要去看一下的。”白曦继续翻看着名单，还是觉得有些奇怪，“你说，琳达有没有可能撒谎呢？”就算当时地下仓库监控严密，时间也很紧迫，但既然能说出“石老师”三个字，那也应该能说出全名，实在没理由只说一个模糊的姓氏。

“有没有可能，琳达根本就不知道他的全名？”韩卓猜测道。

“身为女儿，不知道和自己朝夕相处了十几年的父亲全名是什么？”白曦难以想象，“这会不会太匪夷所思了一点？”

“我也觉得不太合理，不过在这个世界上，发生任何事情都不奇怪。”韩卓道，“明天我先去图书馆看看，有什么消息再通知你。”

“我真的很想陪你一起出门。”白曦放下名单，倒在床上，气若游丝。

马克李导演实在是威力惊人，所以小白总现在已经发展到了只要听见“电影”“文学”“戏剧”之类的词语就开始脑袋生疼的地步，其中对“莎士比亚”和“仲夏夜之梦”的反应尤甚。

韩先生虽然对今天的收获很满意，但看着白曦苦恼的样子也不由得生出些同情来，于是免不了地又变出了不少小星星来安慰他一番。

夜晚渐渐变得深沉而又宁静，白曦睡得很熟，唯一不好的就是做了整整一晚诡异的噩梦，导致他在第二天见到马克李导演之后心情也不怎么好，并单方面认定自己噩梦的根源是片场那些扭曲而又后现代的太空道具。

“对对对，小白就在我对面呢。”马克李一边接电话，一边示意助理去给白曦煮咖啡。他眉飞色舞，神采飞扬，果然再也不嗷嗷叫着要亲妈来沙漠里探班了。

亲儿子的这一变化令庄女士倍感欣慰，因为她终于可以安心地和牛院长谈恋爱了。然而牛大翔的电话拨过去，却迟迟没人接，连续三四个都自动挂断了，庄妍稍微有些不满。打去办公室，医院的护士则告诉她，院长要下午才来上班，早上有事。

“说不定是去给您准备礼物了呢。”小护士知道两个人的关系，也听出了霸道女总裁语气中的不悦，于是嘴甜地哄了一句。

“你们这些小丫头，真是不得了。”庄妍笑着抱怨，心情总算是好了些，“算了，让他上班之后尽快给我回电话。”

护士一边答应，一边给院长发了条消息。

梁佚拿出手机看了眼闪烁的屏幕后又把手机装了回去。他继续语调平稳地向电话那头的人汇报着自己近期的工作，也没有提韩卓和白曦，只说最近施天似乎在通过冯起的渠道调查L大学的信息。

“您知道的，那里有许多航天资料以及优秀的科研人员，而且L城距离卫星发射基地也相当近。”梁佚道，“我不知道施天的目的是什么，不过这些动作显然已经超出了他的研究范围。”

“我会安排处理这件事的。”对方话锋一转，又问，“周勇的女儿和太太怎么样了，进展如何？”

“进展不错，我已经控制住了周太太的异能，周静的骨骼也在逐渐复原。”梁佚道，“她们不会影响周勇的工作状态，事实上，在研究所的管理层里他是为数不多的能当面驳斥冯起的人，所以我认为可以逐渐给他更多的权限。”

“除了这些呢？”对方继续问，“还有没有什么事情要做汇报？”

“有一件，不过目前还不能确定，也和施天有关。”梁佚顿了顿，说，“他最近似乎在研究僵尸病毒，或许我们需要加大监管力度，免得他惹出麻烦。”

风很喧嚣。

现在是中午吃饭的时间，学生们都去了食堂，图书馆里并没有多少人，韩卓掀开厚重的门帘刚想进去，耳边就响起一道洪亮的声音：“证件。”

说话的人年纪在六十岁上下，红光满面，中气十足，看起来是一位相当健康有精神的老人家。

“对不起，我不知道这里外人不能进。”韩卓充满歉意地说，“我只想进来蹭蹭暖气，外面太冷了。”

“老师啊，你又死心眼了不是。”刚刚说话的大爷还没开口，旁边一个扫地大妈就批评教育他起来，“外面冷得要死，让年轻人进来坐一会儿怎么了？哎，小伙子，你是来找领导盖章的吧？他们不在，两点半才上班呢。”

韩卓说：“嗯。”

“进来吧，那儿有饮水机。”大妈很热情。

大爷完全不是女性同胞的对手，只好悻悻地“嗯”了一声，继续埋头整理面前的一大堆旧书，准备分门别类后放回原位。

“要我帮忙吗？”韩卓问。

“你赶紧进去吧。”大爷瞪了他一眼，“别在这儿碍手碍脚。”

韩先生笑了笑，随便找了个最靠近门口的位置坐下，悄悄摸出手机给这位“老师”拍了张照片。

片场里，白曦正迎着寒风观摩电影的拍摄现场。马克李脖子上青筋毕露，举着扩音喇叭声嘶力竭地导着戏，看起来相当面目狰狞。白曦捧着热咖啡，鼻头和耳朵都冻得通红，觉得自己心理和生理遭受了双重摧残——当然，一想到此行的目的以及莫名其妙谈成的一笔生意，他又立刻觉得这种恶劣环境也不是不能克服，灵魂挚友和戏剧艺术也别有一番风景。

“好了，休息十分钟！”马克李兴冲冲地跑过来问白曦，“你觉得怎么样？”

“挺好的。”白曦吸溜了一下鼻子，把咖啡递给马克李，自己则从兜里摸出振动的手机——韩卓发了信息来，是一张照片。

马克李在一旁感情充沛地说：“我觉得这几场戏还可以……咦，你要去哪里？”

“我认识他。”白曦一边走，一边匆匆给韩卓发语音消息，“我大三那年在废厂房的停车场遇到的痴呆老人，你还记得吗？”

韩卓有些意外，他来之前从没想过居然还会有这种“惊喜”。

整理完书册并放好后，师向广也就下了早班，他蹬着二八大杠自行车往职工楼的方向去。他穿着朴素整洁，雪白的头发上沾了片片雪花，沿途不断和人笑呵呵地打着招呼，与夜场酒吧里那烟熏朋克的少女完全是两个世界的人，任谁都不会把他们俩和“父女”

一词扯上关系。

韩卓悄悄跟了师向广一路，最后目送他回到住处后才给白曦打电话，怀疑道：“你确定没看错？他可没有一丝老年痴呆的样子。”

“我确定，”白曦回答，“就是他。”

如果说之前还存有些许疑虑，那么现在韩卓已经能百分之八十地肯定这位图书馆管理员就是琳达的父亲，而当年那个令白曦拥有异能的神秘流浪汉应该也是此人。想到这，他给王远辰打了个电话，询问琳达目前的状况。

“还活着，”王远辰回答，“不过我不敢保证她还能活多久。在我离开之后她应该无数次地激怒过施天。”那越来越苍白的脸色就是最好的证明。

“你呢，进展怎么样？”王远辰又问。

“我找到了……”韩卓一句话还没说完，就看到师向广又从宿舍楼里出来，骑着自行车去了北边。那边有一栋已经清空的教学楼，还没有拆除，不过已经停了暖气，所以没有学生去那里自习。

韩卓匆匆挂了电话，再次跟了上去。来这边的人很少，韩卓不得不小心保持着距离。直到远远看见师向广的身影在一楼的楼梯口处消失，韩卓才走近了些。

他小心翼翼地沿着楼梯走到地下三层，看到了站在走廊尽头的老头：“师老师。”

“你来找我做什么？”师向广转过身，冷冷地看着他。

“你应该知道理由的。”韩卓道，“她需要你的帮助。”

“她不需要。”师向广摇头，“她可以自己帮助自己，如果不行，那是她的问题，不是我的。”

“她还不满二十岁，只是个小女孩，不应该被这样严苛地对待。”韩卓停顿了一下，才继续道，“还有，这次小白也来了。”

师向广没有理会韩卓的话。好像是韩卓的突然出现打乱了他的计划，师向广的脸色很难看，他匆匆走过来，想越过韩卓从他背后的楼梯离开。

不过他还没走两步，就被韩卓从身后按住了肩膀。“就算你不愿意为自己的女儿负责，那么关于小白的事，你至少要给我一个解释。”韩卓道，“他的生活原本可以很正常很平静，却被你毁了。”

师向广闻言仍旧沉默不语。他抬起手来，像是想揉一揉自己混浊的眼睛，只是胳膊举到一半，却冷不丁地转了个身。他瘦弱的身体在顷刻间迸发出巨大的能量，指间闪过一丝微弱的亮光。

韩卓的反应比师向广的偷袭更快。几乎是在同一时间，他的右手从对方肩头滑下去，顺势握住那枯瘦的手腕并向下反折，两枚短小的针头悄无声息地落在地上，还有一些稀薄的橙红色液体从中流出。

“我不可能就这么放你走。”韩卓压着他抵在墙上，咬牙警告道，“你最好也少玩点花样。”格温已经将白曦的血检报告发给他了，其中的不少成分与数据和前几天他在地下仓库看到的琳达的血液分析数据有许多相似之处——越来越多的证据说明眼前这个老头是最关键的人物之一。

“你想做什么？”师向广气喘吁吁地问。他确实已经老了，就算刚才用了最强效的兴奋剂也没能从韩卓手里逃脱，现在只剩下焦躁的心跳和疲惫的神经。

“施天研制出了僵尸病毒，随时都可能毁了琳达。”韩卓道，“不过就算这样，她仍然没有说出你的名字，只偷偷告诉了我们她的父亲是L大学的师老师。”

“没有任何病毒可以杀死她。”师向广摇头，“她的身体里有巨大的能量源，那是一种地球上从未有过的元素，来自一艘破旧的宇宙飞船。”

韩卓松开手：“飞船？”

“在沙漠里。”师向广顺着墙滑坐到地上，“不过现在已经被风沙掩埋了。”

他一边说，一边揉着自己酸痛的臂膀：“现在你知道了，不管是僵尸病毒还是什么别的病毒，都不能杀死她，只要能量源不枯竭，她就是永生的。”

“那小白呢？”韩卓问，“你为什么要把他变成异能者？”

“那只是一个意外。”师向广在这一点上含糊其词。

“但你却险些毁了他的一生。”韩卓揪住他的衣领，迫使对方抬起头与自己对视，“完全没有经过任何检验的药物，你把它注射进了小白的身体，让他刚出生就变成护士眼里的怪物，从此生活里充满了危险和恐慌，甚至不知道将来会不会有后遗症，在你嘴里，这些事就只是一个意外？”

师向广眼神闪烁，他嘶哑地说：“你看起来想杀了我。”

“如果这一切问题得不到解决，我确实想杀了你。”韩卓拎着他的衣领揪着他站了起来，“走吧。”

“去哪儿？”师向广问。

“施天也在找你。”韩卓道，“在确保琳达和小白的安全之前，我不会让你落到地下仓库手里。”

“我以为你更倾向于和我好好地谈一谈。”师向广被他拖得跌跌撞撞的，说话也变得费劲不少。

“我的确会和你好好谈，不过不是在这里。”韩卓说，“而且你看起来并不是一个会为自己的行为负责的人，所以我也不打算浪费时间去恳求了。”

外面风雪滚滚，寒流冻结了沉沉黑云，连世界也黯淡了。

酒店里，白曦正心不在焉地看着公司的文件，半个小时过去了也没翻两页。

刘春春实在是看不过眼了，就把他的电脑和文件强行合了起来：“白哥，你还是去休息一会儿吧。”

白曦又看了一眼时间。

“韩哥到底去哪里了？”刘春春拉着椅子坐在他对面，关心地问道，“你都心不在焉多久了，又不肯给他打电话，难不成你俩吵架了？”

“你看起来真的很像居委会大妈。”白曦撑着腮帮子，郁郁寡欢。

“我明明就是一片好心。”刘春春哭笑不得，见白曦真的不想说，干脆拿起他的杯子，“算了，我去给你泡杯……”他一句话还没说完，迎面突然冲出来一团黑影。刘春春受惊不小，踉跄着往后退了两步，一屁股坐在白曦的大腿上。

黑影是韩卓和师向广。

他们两个人如同穿过了电影里的任意门①一样，凭空出现在了空气里。

看清来人是谁后，刘春春立刻大大松了口气，因为他对韩先生的异能并不陌生。相反的，白曦却有些诧异——这里距离那栋能瞬间移动的写字楼何止几百公里。

韩卓也微微皱起眉头，看着身旁的师向广。

一分钟前，两人走到了一处无人的巷道，对方突然问他白曦现在在哪里，韩卓本能就想起了酒店，可还没来得及回答，两人就瞬间移动到了这里。

“这样更方便。”师向广小声地咳嗽着，“外面实在太冷了。”

“你也是异能者？”韩卓问。

“我是地球人。”师向广摇头，“这也不是我的异能，而是你的，我只负责带你到正确的地点。”

“……你好。”和韩先生比起来，白曦显然要温和许多，他友善地问道，“还记得我吗，两年前我们见过的？”

①任意门：漫画《哆啦A梦》及其衍生作品中的道具，通过这扇门，使用者可以在瞬间到达自己想去的地方。这里是用任意门的功能来比喻韩卓瞬间移动的异能。

师向广上下打量着他，突然没头没尾地冒出来一句话：“你发育得很好。”

“发育”这个词听起来有些古怪，白曦看了眼韩卓。

刘春春很机灵，在谈话刚开始的时候就主动抱着电脑去了隔壁，一来能给白曦他们留出空间，二来也能看住马克李导演，避免他兴致勃勃地跑来找灵魂挚友聊文学艺术却被无辜卷入奥特曼之间的恩怨情仇。

“他也是当年医院的那个流浪汉。”韩卓走到白曦身后说道。

这句话的能量堪比炸弹，白曦惊讶地看着面前的老人，房间里变得愈发安静。

事情到了一个很关键的节点，真相像是被罩进了一个装满水的气球里，隔着一层柔软光滑的薄膜，人们能清晰地感觉到眼前有什么正在浮动，但在伸手触碰时却又始终被阻隔着。

这实在是一个很不可思议的老人，地下仓库和一些人耗费了大量的资金、精力却始终没能找出把普通人变成异能者的办法，而他早在几十年前，在那个不具备任何实验条件的医院里顺利完成了这件事，现在还要加上对琳达的改造以及对韩卓瞬间移动异能的洞悉，几乎每一件都是不可能做到的事。

“我已经很久没有做过实验了。”过了一阵，师向广主动打破沉默，“琳达是个意外，她那时快死了。”

“那小白呢？”韩卓问，“他做错了什么要成为你的实验品？”

师向广没有解释，只是低语了一句：“但他适应得很好。”

“如果他适应得不好现在就不会坐在这里了。”韩卓丢过去一张照片，“这是你女儿现在的样子，旁边那些输液管里装着能逐渐麻痹神经并且控制脑干的病毒。你或许觉得她体内的金属元素是无敌的，但任何一个正常的父亲，哪怕是正常的实验品的主人，都不会放任不管。”

被病毒操控的脑干并不会主动发出“濒死”的信号，因此琳达体内的能量源也就不会被激发——她的确很有可能会变成一个破坏力强大的僵尸。

可师向广的眼神依旧黯淡，他只是平静地说了一句：“你可以带她过来，我能清理干净这些病毒。”

师向广看起来像是一个无所不能的强大实验者，不仅超越了施天和吴子刚，甚至很有可能也超越了梁佚。白曦对他愈发好奇，他仔细地打量着面前的老人，就好像是要看穿过去几十年里所发生的一切。

师向广被他毫不掩饰的、如同在观赏动物园猴子的眼神盯得愠怒起来，但他却没有发作，只是抱着胳膊蜷缩地躺到了床上。

白曦又瞥了一眼身后站着的人。

韩卓点点头，示意自己明白。

两个人很有默契，能在第一时间就理解对方的意思，那就是面前这位老人看起来有些人格分裂。在提到琳达的时候，他显得自信十足而又漠不关心；可在面对白曦时，他又始终低着头，似乎相当内疚和心虚。这截然不同的两种表现恰好能映射出他内心深处一些残存的善良，因为同样是实验，一个是拯救生命，另一个却是扭曲人生。

除此之外，白曦还有一个想法。几十年前，凭当时落后的经济条件和简陋的科研环境，仅靠个人的力量，哪怕是天才也很难独自做到这种程度，毕竟地下仓库也是近十几年才发展起来的，因此他猜测师向广在年轻的时候很有可能供职于某个研究机构。

白曦刚刚想到这里，思绪就被打断了，因为韩卓突然扯了扯他的衣摆，轻声说道："出去，我有事情要和你说。"

听到两人出门，床上的师向广稍微动了一下，虽然没有起身，但还是不由自主地竖起了耳朵。

然而他并没有听到任何有用的东西，因为门外的两人压根就没说话。

韩卓和白曦只是在走廊上站了五分钟，用手机交换了一下信息就又回到了房间里。

师向广依旧是那个姿势，像虾米一样蜷缩在床上，既没有动，也没有离开——虽然他真的很想离开，但这个世界上会瞬间移动的人寥寥无几。

"学校那边我们会帮你搞定的。"白曦直截了当地说，"三个月的时间足够让琳达恢复健康吗？"

"你们要带我去哪里？"师向广猛然坐起来。

"你说呢？"韩卓冲他笑了笑，"不用紧张，我们也有很好的实验室，应该能让你治好琳达。"

"我不去！"师向广一口否决。

"你没有拒绝的权利。"韩卓说话毫不留情，"除非你会瞬间移动，能自己从这里逃走，否则就算是警察来了我也有办法带你离开。"

"什么办法？"师向广紧张地问。

白曦撑着脑袋若有所思地盯着师向广。一般人在这种情况下，大概会暴力突围、喊救命、骂脏话、恳求对方……但一定不会是这种表现，严重偏离重点，只对韩卓收买警察的方法倍加关心。

“你担心我们和有关机构的人很熟？”白曦突然问。

听到这句话，师向广的神情果然紧绷了一瞬，那是很明显的恐慌和不甘愿。

他就知道，面前这个一直盯着自己看的年轻人一定没安什么好心。他有些恼怒，但想起二十多年前自己做的事情，又心虚愧疚起来，于是只恨恨地攥紧了拳头，并没有对白曦表示出强烈的不满和敌意。

但白曦这次偏偏根本就“没安好心”，他想试探出对方的底线，也想证实自己的猜测，于是继续说道：“我们还真的有些关系，而且范围不仅仅是L城。”

“为了找出小白变异的原因，我们去过很多实验室，其中就有你想逃避的那个。”韩卓接着白曦的话试探着师向广道，“不过，就算是他们的最优秀的实验员也没能从小白的血液里具体分析出什么有用的东西，所以从这个方面来说，你才是最顶尖的实验者，水平凌驾于所有实验机构和个人之上。”

“他们已经知道我在这里了吗？”片刻之后，师向广犹豫地问道。

“他们？”韩卓跟白曦交换了一个眼神，才摇摇头说，“目前还不知道。”

“我想留在这里。”师向广又说。

“如果施天查到我们曾经有过接触，那你的处境会很危险。”韩卓道，“虽然他目前并不知晓你就是当年那个让小白获得异能的流浪汉，但仅仅是琳达身体里的秘密也足以让他疯狂地想要得到你。”

“我可以躲起来，可以消失。”师向广坚持，“我可以躲到沙漠里，只给你一个我的坐标位置。”

“可你为什么要这样呢？”白曦十分不解地发问，“宁愿躲到沙漠里，也不愿意离开L城？”

师向广没有回答，眼神却越发混浊起来。

韩卓当然不会让他独自一个人去沙漠，无论是为了全体异能者的撤离计划，还是为白曦和琳达的身体状况考虑，面前这位神秘的老人都是最关键的、不可或缺的一环。

而似乎就连师向广也觉得自己这次不能摆脱韩卓和白曦了，所以坐在床边一声不吭，垂头看着脚下褪色的地毯。

“那艘飞船……现在还能找到吗？”过了一阵，白曦重新找了一个话题，试图打破当下沉闷的气氛。

“不知道，或许吧。”师向广回答，“要碰运气，我当年也是碰运气的。”

“那，飞船是什么样子的？”白曦继续问，“和电影里一样吗？”

“是银色的，不过已经很破旧了，说是残骸可能更合适。”师向广道，“除了能量源，我还找到了一些宝石，都很漂亮。”

“你或许是这个世界上唯一见过飞船的人了，真正来自外星球的飞船。”白曦递给他一杯温热的茶，“要听听我们的计划吗？”

师向广问：“是什么？”

“我们想和有关机构做笔交易，利用最顶尖的航天资源和遥远的外星球取得联系，让地球上的所有异能者回家。”白曦坐到他身边，十分真诚地说，“所以那艘飞船很重要，你也一样。我敢打赌，就算是施天和吴子刚加起来再埋头研究二十年，也不能把我变成异能者。”

“我已经老了。”师向广说。

“但是你仍然可以帮我们。”白曦的语气变得有些急切，“现在异能者的生存状况非常糟糕，他们真的很可怜。”

“你应该去和有关机构谈论这个事情，而不是我。”师向广喝了口热茶，“去和北斗研究所谈，去和梁佚谈。”在说到这个名字时，他稍微停顿了一下才继续道，“他也是顶尖的研究员。”

“我们已经找过他了。”白曦说。

师向广的眼神再度凝固了片刻。

“他看上去很好说话，也答应会帮异能者。”白曦道，“当然了，也不是百分之百无偿援助，但他提出来的条件我们都能接受，算是在合理范围之内。”

“这是秘密，目前没有人知道。”韩卓在旁边补充，“不过现在小白既然告诉你了，那不好意思，我们就更不会放你走了。”

师向广：“……”他并没有要听。

白曦道：“嗯。”

师向广扭头看着他，你还“嗯”？

“你知道梁所长啊？”白曦试探道。

师向广心里焦躁，他之前从没发现会有一个人说出来的每一句话都这么戳心戳肺，戳得他全身每一个毛孔都散发出浓浓的不安和不耐烦。

“不认识吗？那我介绍你们认识一下？”白曦明知故问，再接再厉，在惹师向广讨厌的路上越走越远。

“我不去。”师向广悻悻地说，“你们也别告诉他已经找到我了，否则……否则我就什么都不干了。”

“你看，暴露了吧。”白曦嘴一撇，看着他说道，“和梁所长有过节，所以应该曾经共事过，又是技术顶尖的人才，按照这个线索查下去，我岂不是很容易就能查出你的真实身份来？”

小白总此等的刁钻且不留情面，终于让师向广对他残存的那一丝愧疚也无影无踪，他愠怒道：“你为什么一定要知道我是谁？”

“你都把我变成了奥特曼，我连知道你是谁都不能吗？”白曦比他还震惊，“还讲不讲道理了？”

师向广：“……”

“不好意思，小白被惯坏了，有时候会很任性。”韩先生在旁边看够了热闹，终于出声解围，他毫无诚意并且非常浮于表面地说，“但是没有办法，他是我的老板，所以我并不能就这件事发表任何意见。”

师向广狠狠剜了他一眼。

“怎么样？”白曦问，“成交不成交？”

“我不想见他。”师向广说，“也没必要见他。”

白曦答应了他，然后拉着韩卓一起坐下，做好了听故事的准备。

师向广最终妥协。

二十多年前，为了更好地进行异能者研究，人类方面专门建立了北斗研究所，由梁佚担任所长，副所长就是他的师兄，现在的师向广，当时还叫马小明。两个人都是那个年代为数不多的科研人才，对异能者的痴迷程度也不相上下，几乎整天都泡在实验室里。也是因为他们的努力，档案馆里关于异能者和外星球的资料才逐渐丰富起来。

“在那个时候，我们就已经开始研究要怎么样把一个普通的地球人变成异能者了，不过不是公开的，哪怕是在研究所内部，也只有我和梁佚知道。”师向广说。

无数次失败的实验虽然令人沮丧，却也让他们离成功越来越近。实验室里先是出现了变异的动物，它们无坚不摧，并且坚强地活过了一个冬天。

在那之后，就是作用于人体的实验。

“我刚开始以为是志愿者，后来梁佚带我去了一个地方，像是郊区的监狱。”师向广说，“那里关押着一些青壮年男女，他说都是死刑犯，上级已经允许了。”

白曦听得后背一阵发麻。

人和动物毕竟是不同的，所以在刚开始的时候实验并不顺利。梁佚为此研究出了一种药物，一旦出现实验失败的苗头就给实验体注射这种药物，让他们迅速死亡——至少能让他们少受些折磨。

“开始的时候，我和他都很害怕，可后来就习惯了，麻木了，也疯了。”师向广说，“我不断地改变试剂成分的比例，最后终于配制出了我当时认为百分之百稳妥的药物，结果还没等到我跟梁佚分享这个结果，他就急匆匆来找我，说出事了。”

他们也是在那时才知道，原来上级根本就没有批准这项实验计划，从头到尾都只是一小部分人的非法密谋，北斗研究所也被蒙在了鼓里。

“梁佚很慌张，他一直在想要怎么向上级交代并弥补过错，但我却像着魔了一样，满脑子只有一个小时前成功的实验。”师向广说，“我没告诉他实验柜里就是现成的药剂，我当时就只是在想，无论如何也得试一试，哪怕是在自己身上试呢？”

“那就是注射到我身体里的药剂吗？”白曦问。

师向广迟疑了一下，然后点了点头。

白曦：“……”不是说要在你自己身上试的吗？

“后来梁佚走了，我也失魂落魄的，就想先回家，结果在半路却被人拦住了。”师向广说，“来人是境外一家研究所的人，他们的消息很灵通。”

白曦咋舌，原来电影里的间谍离生活还挺近。

对方开出了相当丰厚的条件，不过那一切对师向广都不重要。他当时如同被鬼迷了心窍一样，满心都是实验。实验柜里的药剂不知道能不能成功，但上级一定不会允许这项实验继续进行下去了，更别提人体实验，自己也要和事件的主谋一起进监狱——眼看着离成功只差最后一步，他实在不甘心，也实在想得到一个结果。

“然后你就叛变了？”白曦问。

“我没有！”师向广脖颈涨红。他的确没有，在跟着境外组织离开生活了几十年的故乡后，也不知道为什么，他在某一天突然就清醒了，他的确想让实验继续进行下去，但那一定不是在别的国家。

“然后我就跑了。”师向广说。

白曦心里叹气，这是何苦！

那个年代还没有遍布摄像头，也没有普及智能手机，更没有先进的定位设备，不含芯片的塑料身份证满天飞，买票也不需要实名，实在是给想要逃离的人提供了太多便捷。师向广乘坐汽车辗转流离，抱着药剂箱东躲西藏，最终到了白曦出生的那家医院。

此时此刻，他看起来已经完全是个狼狈肮脏的流浪汉了。

“在离开实验室之前，我和梁佚已经把所有的实验数据都销毁了，一个字都没有留下。”师向广说，“而我那时也浑浑噩噩，脑袋里想不出来任何公式，只知道药物如果再不用，就、就失活了。”

白曦：“……”

“对不起。”师向广说。

白曦觉得自己很难说出“没关系”，仅仅因为自己的床位最靠门，所以就被他拎起来打了一针？

“我原本想带着你走的。”师向广继续道。

白曦抽了抽嘴角，还想带着我走，人贩子知道吧？

“后来护士来了，我就跑了。”师向广说，“结果第二天，我就找不到你了。”

白曦心情复杂：“原来我的变异原因这么随机？”

“没关系。”韩卓搂住他的肩膀，低声安慰道，“超级英雄的变异都很随机。”

在变故发生之前，师向广和梁佚都是一门心思搞科研的典型的知识分子，两耳不闻窗外事，但在那之后，所有人都变了。

据师向广说，他后来是跟着一群下岗工人混到了西北，想办法弄了一个新的身份，从此成了L大学的图书馆管理员，因为会解方程式，平时也经常帮学生答疑，所以被学生们尊称为“师老师”。

“刚开始的时候我觉得这样的日子挺好，每天都稀里糊涂的，看着学生们在图书馆里进进出出，一天也就过去了。”师向广叹气，“什么外星人、异能者，都像是上辈子发生的事情。”

过去种种全部被他封存在了心底最深处。他再也不愿去主动触摸，只等着它们一起枯萎沙化，变成被遗忘的荒漠。

但上天似乎并不打算让这样一个天才就此消失。在一个天蒙蒙亮的清晨，他捡到了琳达。那是一个可怜到极致的畸形小家伙，连哭声也像奄奄一息的猫。过往的路人看到后都劝他把孩子送去孤儿院，但师向广知道，除了自己没有任何人能救活她。

他并不是一个多管闲事且爱心泛滥的人，相反，他冷漠、神经质、怕麻烦、怕惹事，只想消失在众人的视线里。按照这种性格，他原本应该丢下她不管的，但偏偏在那个时候，他又想起了医院里的男婴——在被自己注射完药物后他会不会早夭，又或者，会不会也变成这样畸形的、令人厌恶的存在？

“然后我就带她回家了。”师向广说。

尘封在脑海多年的专业知识并没有真的被他遗忘，一旦解封，依然鲜活而又汹涌地冲刷着全身的每一条神经，让他亢奋不已——像是重新找回了生命。

他利用学校管理上的漏洞从实验室里拿到了一些药品，自己又买了一些，总算搭建起了一个小小的实验室。

畸形的女婴比所有人想象的都坚强，她躺在实验台上，度过了整整五年的时光，终于在六岁的时候，自己缓慢地站了起来，如同一棵树苗终于接触到了泥土。她也终于露出了第一个表情——天生就是小臭脸。

“在她身上，我进行了大大小小上百次实验，每一次都很成功。”师向广回忆道，“唯一一次，她的心脏有迅速衰竭的迹象，我们以为一切都要结束了，她很平静地就接受了即将死亡的现实，只说想去沙漠露营玩。我们一起去了沙漠，在月亮升起来的时候发现了那艘飞船。”飞船的能量源代替了少女残破的心脏，不仅让她焕发出勃勃生机，还让她拥有了无穷的力量。

“这就是我全部的故事了。”师向广说，“所以你们应该能理解，我真的不想去任何地方，只想待在这里。”

“但你曾经离开过。”白曦提醒他。

“那是因为两年前琳达曾打电话给我，说施天在追捕一个地球人，一个变异的地球人。”师向广说，“我猜那很有可能就是当年的男婴……我想看看你。”

“那你也可以为琳达离开第二次。”白曦道，“对了，她叫什么名字？”叛逆少女和她的白马王子有一个相同的坏习惯，抽屉里都丢着几十张假身份证，籍贯从最北到最南，连施天也对她束手无策。

“师小芳。”师向广回答。

韩先生表情僵了僵，这名字实在和死亡金属摇滚少女的差距有些大。

白曦称赞：“好名字。”小女孩嘛，叫个花花草草芬芳菲菲，很和谐。

“最后一个问题。”白曦竖起一根手指。

“你是想问，我为什么会知道韩先生有瞬间移动的异能？”师向广道，“这是一个有点复杂的故事。如果我的推测没错，瞬间移动其实是瞬间传输，被深埋在地下的某种能量传输，只是很少能有人感知到那股能量并灵活地运用它。”

“所以在那栋大楼下有传输能量，刚刚你们来的小巷子那里也有？”白曦想了想，“还有别的地方吗？”

师向广摇头："不知道。"

"可你怎么会知道这一切？"白曦依旧有疑问。

师向广却摇摇头，含糊其词道："我有自己的门路。"

正在这时，刘春春过来敲门，询问几人要不要吃点东西。

"我累了。"师向广趁机说。

"今天的谈话就到此为止吧。"韩卓拍拍白曦的肩膀说道，"去和春春一起吃点东西，别饿坏了。"

白曦点点头，和刘春春去了隔壁，当然也没忘记帮韩卓和师向广叫了个外卖。

隔壁房间，马克李展示着面前摆着的十几串烤羊腰，热情地邀请灵魂挚友共享。

"你还是自己吃吧。"白曦没什么胃口，他拿出手机看了一眼，惊讶地发现王先生居然给自己发了条消息，内容是转发的一条天气预报——西北大范围降温，有百年一遇的寒潮。

王先生的关怀方式显然迂回得有些过分，而且被关心的一方正认认真真地啃羊排骨，看起来十分心无旁骛。

白曦发自内心地叹了口气，伸手揽着灵魂挚友的肩膀，有气无力地说道："我觉得我有点头晕。"

马克李的回答比"多喝热水"还不如，他说："那烤腰子还吃吗？"

白曦瘫倒在床上，不想说话。

第26颗星

两地

小小的身躯绽放大大的奇迹

王远辰捧着手机，看屏幕上那小小的电子地图，神情十分认真。一大片蓝色风暴正在向西北方缓缓移动，看来的确是百年难遇的寒潮。在琳达消失后，他就暂时回酒吧工作了。顾客们也发现Aspis似乎多了一个出神的习惯，他经常会盯着某一个地方发呆，一看就是十几分钟。

“你不会是失恋了吧？”年迈的侍应生问他，“真的是琳达？她和你吵架，所以一怒之下去了别的地方，带走了你的灵魂？”

“带走了你的灵魂。”王远辰把毛巾丢给他，冷冷道，“今天我有事，先走了，这里交给你，明天见。”

“不是琳达吗？”侍应生在后面吹了声口哨，“那也一定是个很火辣的妞儿。”

王远辰甩了甩脑袋，把身后的聒噪声抛下，拉开门一脚踏进了夜色里，直到确定不会被任何人打扰，他才打了个电话给韩卓。

“我们后天回来。”韩卓示意白曦安静，“春春很好，他今天穿得很暖和，食欲也不错，吃了烤羊肉，还吃了灰豆汤和牛肉面。”

“好吧。”王远辰面无表情地说，“再见。”

韩卓笑笑，把手机丢到床头柜上，问白曦：“还在想你变异的事？”

白曦老老实实地点头。

他原本是不怎么怕的，但在听完师向广的讲述之后，还是因为这个听起来无比随意且不靠谱的故事而产生了一股浓浓的、挥之不去的忐忑和不安。他觉得自己并没有那么好的运气，能在成百上千次的失败之后，成为唯一成功的那一个。

韩卓在心里叹了口气，然后摘下自己的眼镜放在床头。

白曦眼睛眨都不眨地和他对视。

“这么严肃认真？”韩卓好笑。

白曦勾勾手指：“走近科学时间，我问一个问题，你不准说谎。”

“什么问题？”

“我的变异会不会越来越严重，”白曦问，“比如说长出翅膀，全身爆炸热，或者飞在天上下不来之类？”

“你想象力真的很丰富。”韩先生哭笑不得，“不用担心，我会一直陪着你。”

低哑磁性的嗓音，以及蛊惑人心的词句，白曦认真地想着“一直”这两个字是什么意思。他抬头看着韩卓，看见对方漆黑的瞳仁似乎被水雾沾染着，莫名变得深不可测起来，就好像是一片深渊。

白曦突然觉得有些沮丧又有些心酸，为了自己儿时莫名其妙的命运转折，也为了或许在不久后就会发生的别离。毕竟截至目前，一切都很顺利，还发现了至关重要的宇宙飞船的存在，离成功已经越来越近了——异能者回到那个落满宝石的漂亮星球，地球人则继续仰望星空。

“在想什么？”韩卓问。

白曦摇摇头，避开他的视线说：“我累了。”

韩卓关掉床头灯。

两个人都没有再说话，只是一起听了大半夜的窗外呼啸的风声，直到临近天亮，白曦才不甘不愿地睡着。

韩先生在心里轻轻叹了口气，他认真反思了一下自己平时是不是许下过太多随随便便的承诺，以至于对方已经习以为常，所以刚刚在听到“一直”时，居然也没有反应过来那是什么意思。

而在对面的套间里，刘春春的睡眠状况也不怎么样，因为公司同事们不知道在谁的带领下居然发现了七叶路的酒吧和在那里工作的王先生。王子一般梦幻的长相以及电影一般自由的职业，理所当然的，王先生受到了热烈追捧，酒吧几乎爆场，甚至连隔壁模特公司的姐姐们都去凑热闹了。

“Aisps。”侍应生端着托盘走到吧台，小声提醒道，“美女们要和你合影。”

“没问题。”王远辰回答。

“你今天心情很好？”侍应生对他的这个回答很诧异，“看清楚，那至少有二十个人，而且我打赌她们一定没有宝石给你。”

“我说了，没关系。”王远辰放下手里的冰桶，抬头冲着不远处的卡座方向笑了笑，成功换来一片尖叫声。他今天穿着一件简单的白衬衫，扣子解到第二颗，隐隐显露出胸前的肌肉线条，看起来性感又漂亮。

刘春春划拉着手机屏幕，看到了几乎是没有尽头的、不同同事和王远辰的合影自拍。而王先生也很配合，宛若公园门口的合影布偶，业界良心，来者不拒，笑容标准，五块钱一张。

手机传来叮的一声响，是同事发消息来感慨：“春春，你的朋友好帅啊，还很温柔，请我们大家喝酒。”

刘春春把手机丢到一边，扯过被子捂住了头。

天微微亮时，王远辰才回家里。他简单地冲了个澡，也没有胃口吃早餐，只是枕着手臂躺在床上，看着窗外一点一点漫出柔和的霞光。他的枕头旁边放着一条围巾，那是刘春春送的生日礼物——样子不算太好看，却柔软又实用，像是一片绵软的云朵。王远辰笑了笑，按下窗帘，让房间暂时重回黑暗。

他需要休息，因为下午还要去地下仓库，那实在是一个很糟糕的地方，不过因为枕边围巾的陪伴，他最近的睡眠质量一直都很好，有时候甚至还会梦到那个皱巴巴的地球人——委屈的、招人喜欢的地球人。

纯白色的实验室里，施天盯着面前的少女。

琳达半睁着眼睛，不耐烦地问道：“你又想做什么？”

“你比我想象的要更加麻烦。”施天直白地说。

“我早就说了，我只要Aspis。”琳达坐起来，“只要他答应和我交往，我当然会带他去见我的家人。”

“你应该知道的，他永远也不可能和你交往。”施天咬牙切齿地说。

“就好像他永远也不会和你交往一样吗？”琳达反唇相讥。少女这犀利而又不留情面的话语成功换来了一阵来自血管深处的剧痛。

看到少女的脸在一瞬间变得苍白，施天才满意地按下停止的按钮，冷冷地说：“希望这点疼痛可以让你搞清楚，自己正在和谁说话。”

琳达的痛苦表情持续了整整三分钟才稍微缓和了一些，她说：“你这个混蛋。”

“我最近心情不好，所以你最好识趣一点。”施天警告她。

“我以为自己躺在这里一动不动，已经算很识趣了。”琳达翻了个白眼，然后笑容满面地朝门外挥挥手，“Aspis！”

“你们在聊什么？”王远辰走进来，“对了，外面好像在漏水。”

“管道老化，已经在检修了。”施天看了眼时间，“你今天提前了半个小时。”

“有问题吗？”王远辰问。

“没问题，但是最好别是你迫不及待地想要见到她。”施天看了一眼床上的少女，“好了，今天你们的约会到此结束。”

“喂！”琳达不满地拍床。

“跟我来。”施天转身出了实验室。

“Aspis！”琳达扯着嗓子尖叫，那尖厉的声音几乎震碎了实验室里的玻璃器皿，连王远辰也不禁皱了皱眉头。

两名实验员及时出现，用一针镇静剂让狂躁少女昏睡了过去。

“这样就安静多了。”施天一边走一边说，“晚上想吃点什么？我这里有刚刚空运过来的海鲜。”

“我没有任何胃口陪你用餐。”王远辰回答。

“但至少你最近已经不会见面就想杀了我，这是很大的进步。”施天道。

“你确定？”王远辰问。

“听话。”施天瞟了眼架在自己脖颈处的薄刃，皱眉道，“我不喜欢这种行为，而且你知道的，这些武器对我毫无用处。”

“所以说你才是恶魔。”王远辰收起匕首，“货真价实的，令人厌恶的。”

“但是只有这样才能保护你。”施天打开酒柜，“这世界上觊觎你的人太多了，我得足够强大才行……要喝点什么？”

“你这里也在漏水。”王远辰看着地下的水渍。

“昨晚一根主水管爆裂，几乎淹没了三分之一的实验室。”施天说，“不过幸好警报够及时，才没有造成更大的损失。”

“真是遗憾。”王远辰漫不经心地说。

“你老实告诉我，这件事和你没关系吧？”施天递给他一杯酒，试探道，“来我这里捣乱？”

“随便你怎么想。”王远辰拍开他的手，“我说了，不想喝酒，不想吃饭，也不想看见你。”

“开个玩笑而已，我知道你昨晚一直在酒吧。”施天把酒杯放在桌上，“和至少二十个美女合影，感觉怎么样？”

“很好。”王远辰把两条长腿架在茶几上，脸上是难掩的疲惫，“至少比在这里要好得多。”

“你永远在试图激怒我。”施天拍拍他的肩膀，“休息一会儿吧，我知道你天亮才到家，所以今天不用再去哄那个顽劣的小丫头了。”

王远辰靠在沙发上，在闭上眼之前，面无表情地对施天说：“滚。”

施天微微挑眉，转身回到了自己的电脑桌前。

地下仓库这次漏水的情况有些严重，如同瀑布一般的水帘挂得到处都是，管道工人在检查之后，把这一切都归因于管道老化。施天刚开始并不认可这个结论，但唯一有可能做到这些的王远辰整晚的确都在酒吧里，他只好选择相信。

王远辰用杂志盖着脸闭目养神。直到一个多小时后，有人来向施天汇报水管检修的进度，他才有了一点反应。

“已经全部检查过了。”对方恭恭敬敬地说道，“更换全部的水管大概需要五天时间，我们会尽快完成的。”

施天点点头，示意对方离开。

等汇报的人走后，王远辰拿开杂志睁开眼睛，像是没听到他们的话，而是问道：“你到底打算什么时候放了琳达？”

“我从来就没有打算放了她，”施天回答，“除非我得到想要的答案。”

“可我不觉得这种每日谈心能让她说出自己的制造者是谁。”王远辰漫不经心地说，“除非你让我和她真的恋爱。”

“那我就杀了她。”施天毫不犹豫地回答，随后合上电脑对王远辰说，“想出去看看水管检修的情况吗？”

“担心我一个人留在这里会趁机拷贝你电脑里的研究资料？”王远辰看了施天一眼，讥讽地反问。

“你想多了，这台电脑里没有任何东西。”施天站起来说，“或者你也可以继续在这里休息，不过等会儿可能会有漏水警报测试。”

“我希望这里明天就被淹没。”王远辰双手插在裤兜里，跟在他身后往外走。

“那你或许不能美梦成真了，即使整座城市都被淹没了，地下仓库也绝对是安全的。”施天打开门，“这里比起十几年前，防御等级至少提高了三倍。”

施天的确很谨慎，哪怕是需要大规模地更换水管，他也没有从外面请工人，只有十几个地下仓库的人在忙碌。

琳达所处的位置在地下二层，而这之下至少还有四层空间，都建得像迷宫一般，或空旷无人，或戒备森严，甚至还有呜呜的冷风从头顶灌下来，像插画世界中的地狱。

王远辰跟着施天走到一处施工现场。这一路，地面上到处都是暗色的水迹，确切来说，这些就是王远辰的杰作。他昨晚的确是在酒吧待了整整一夜，但早在几天前，他就已经在这里的水闸和管道上动过手脚，爆裂只是时间早晚问题。

“这里藏着你最重要的资料？”路过某个房间时，王远辰突然问道。

施天停下脚步，微微皱起眉头。

“这个地方看起来并没有漏水的痕迹，但水管全都是新的，应该是发现漏水后你们第一时间就进行了更换。”王远辰问道，“我没猜错吧？这里面关着的是什么？你的僵尸军队吗？”

“我不需要那些东西。”施天摇头，“只有好战的人类才热衷于组建军队，我更喜欢用脑子。”

“打开。”王远辰说。

“你在命令我？”施天一副饶有兴致的模样。

“或者我也可以自己打开它。”王远辰抬起手。

“那这里所有的警报都会被你触发，接着就会惹来一系列的麻烦。”施天握住他的手腕，暧昧地说，“所以这种事，还是交给我做比较妥当。”

王远辰毫不留情地甩开他的胳膊，却并没有像以往一样转身离开，而是站在原地等着他开门。

“啧，看来你真的很想进去看看。”施天摸了摸下巴，“想弄清楚我最重要的研究成果都是些什么？”

“因为我要对韩卓交差。”王远辰把掌心按在那厚重的铁门上，不耐烦地说道，“我数到三。”

“我就知道，他一定不安好心。”施天示意他冷静，友善地说道，“我可以打开这扇门，也希望你在看完里面的东西之后能如实转述给韩卓，好让他知道我的研究是多么的先进，先进到足以改变全人类的命运，而他却固执地要和我作对，这种行为又是多么的糟糕和愚蠢。”

王远辰向后退了两步。

三秒之后，眼前的门悄然开启。

一股冷气迎面扑来，夹杂着比外面更加浓厚的药剂味道。一排排贴着不同标签的五彩斑斓的药剂整整齐齐地放在冰柜里，再往里走，则是一间又一间透明的监牢，每一间都关着实验体，全部容貌怪异、身体畸形。

“这就是你伟大而优秀的先进研究？”王远辰讥讽。

“你以为这里都是异能者？”施天轻轻一笑。

王远辰停下脚步：“你什么意思？”

“我的意思是，他们是地球人。”施天敲了敲身边的玻璃墙面，蜷缩在床上的男人只是抬头看了他一眼就又一动不动了。

“你相信吗？”施天继续道，“这个貌似三十岁的男人其实今年只有三岁，而旁边那个扎着小辫子的小姑娘，明天是她六十岁的生日。”

畸形的世界以及畸形的监牢，看着那些毫无生命力的只是面色惨淡地被关在里面的人类，王远辰觉得胃里隐隐翻涌上酸痛和恶心——并不是因为他们，而是因为这些骇人听闻的实验。

“这不就是人类一直想要的吗，利用异能者身体里的秘密改造自己，好拥有更强壮的体质和更绵长的生命？我只是在为他们服务，实现他们的愿望而已。”施天坦然地说道，“而我已经实现了时间的自由转换，你可以选择一夜之间长大成人，也可以选择永远停留在十八岁。”

“你是瞎了吗？”王远辰愤怒地指着监牢里的人，“他们每一个都是畸形的，这也叫时间的自由转换？”

“实验过程中总得有人牺牲，他们只是运气差了一些而已。”施天一脸的无所谓，接着又打开了另一扇门，“这些是正在沉睡的异能者，他们会接受大量的改造实验，灵感是韩卓前段时间提供的血液，他真是帮了我大忙。”

“所以你终于肯放过他了？”王远辰粗略地数了一下实验台的数量，“这里应该可以复制出一百个韩卓。”

“不管是复制出一百个还是一千个，在我心里他永远是最好的那个，你也一样。”施天道，“还要再继续吗？”

“我一点都不觉得这些实验有多优秀。”王远辰看着最深处的一扇门，“那里又是什么？僵尸军队？”

“你对僵尸军队真的很感兴趣，但我已经说过了，这里并没僵尸或者僵尸军队，只有僵尸药剂。”施天有些不耐烦了，“我真是搞不明白，为什么你们所有人都对僵尸感兴趣。”连那个该死的、自己花费了巨大代价才收买成功的人类代表也一样，自己只是调取了几份L大学的资料就被对方怀疑是要窃取航天情报，因此不得不中止一切行动还要亲自去说明情况，加上僵尸的事情一起，被骂了个狗血淋头。

王远辰走上前，抬手想要炸开面前的门，不过却扑了个空——施天在他动手之前就已经按下了密码打开了门。

“资料室？”王远辰站在门口往里看了看，到处都是肉眼可见的和不可见的警报，堪称防卫森严。

“你可以闯进去，不过会在三秒钟内被射成筛子，或者被烧成一把红色的灰尘。”不等王远辰细看或发问，施天就重新关上了门，“好了，我们可以离开这里了，晚上想吃点什么？”

“我说过很多次，你、你的食物，现在还要再加上这间阴森的实验室，都让我感到恶心。”王远辰后退两步，厌恶地说道，“明天韩卓就会回来了，到时候他或许会亲自来接琳达回家。”

“是吗？”施天闻言一扬嘴角，“我也很期待能马上知道他这次去西北都做了些什么，究竟有没有找到那位神秘的制造者。”

西北L城，夜色深沉，白曦坐在电脑前安排着公司明天的事情。

师向广半躺在沙发上看了他一会儿，突然问道：“你在干什么？”

“工作啊，这么明显的事情。”白曦抬起头，顺便提醒他，“已经很晚了，你该去休息了。”

师向广坐着没有动，也没说话。

“我知道你不想和我们一起回去，但是这次你必须得走。”白曦说，“否则要是被施天找到你，一切就来不及了。”

“你恨过我吗？”师向广突然问他。

“截至现在，好像还真没有。”白曦想了想，同时也不忘警告对方，“但是如果你再这么不配合，我就要考虑恨你了。”

师向广像是终于下定了决心，他说："你让韩卓去一趟我宿舍，找一个绿色的盒子，我要带着一起走。"

"绿色的盒子？"白曦狐疑道，"你不会想要什么花样吧？"

师向广摇头："我不忍心再骗你。"

"别。你这话说的，好像全世界我最可怜一样。"白曦拨通韩卓的电话，让他暂时不用买烧烤了，有个绿色的盒子要拿回来。

"你会谢谢我的。"师向广又说。

"我一点都不想谢你。"白曦发自内心地说，"就在昨晚，我还在担心自己会不会哪天突然就爆炸变异，飞天遁地。"

师向广被他逗得呵呵笑了出来。"不会的，"他说，"你和药物融合得很好，将来只会越来越好。"

白曦双手一抱拳，借你吉言啊，科学家。

韩卓在接到电话后就去师向广的宿舍找了一圈，果然翻到了一个绿色的盒子。盒子不大，却很有分量，像是装着某种金属元素。

在拿到绿盒子后，师向广又让他拿着盒子去某条小巷站半个小时。白曦举着手机，沉默地和他对视。师向广以为他没听清楚，于是又补充了一句："就是能瞬间移动的那个地方。"

"意义在哪里？"白曦问。

师向广却摇了摇头，不愿解释，只是说如果韩卓不愿意的话，那他就自己去巷子里站着，总之就是一定要站完才肯离开L城。

"没关系，半个小时而已。"韩卓在电话里说，"现在外面很冷，也没有什么人，不会引起注意的。"

白曦挂掉电话，幽幽地说："装神弄鬼，我现在要重新考虑一下恨你的事情。"

师向广当然不会把这句话当真，他呵呵地笑着，仔细观察着面前的年轻人。

在二十多年前，他曾经无数次地想过，如果改造实验真的成功了，那看着自己亲手改造的异能者一天天长大会是什么样的心情。不过，现在当白曦真切地出现在他眼前时，他反而很平静，除了愧疚之外，更多的就是庆幸——庆幸他活得很好，至少目前看来并没有被过多地打扰生活。

于是他真诚地对白曦说："我很想补偿你。"

“是吗？”白曦毫不客气，“成，那以后你什么事都得听我的。”

师向广：“……”

“你应该庆幸我现在能养得起自己。”白曦一撇嘴，“否则又穷又变异，怎么想怎么惨，八成会去为害社会。”

“你不会的。”师向广摇头，“虽然那时候你才刚出生不久，但看起来就很乖巧，比其他所有的婴儿都听话，饿了也不哭，就一直在保温箱里吮手指。”

然后就被你选中戳了一针？白曦在心里叹气，我这是造了什么孽。

刘春春恰好在这时抱着电脑过来，想问白曦工作上的事情。敲开门见韩卓不在，房间里的两个人似乎正在谈事，于是说：“我这边不着急。”

“没关系，进来吧。”白曦说，“我们也是在闲聊。”

刘春春忍不住又看了一眼师向广：“聊什么？”

“聊我为什么会被面前这位伟大的科学家选中，变成了一个拯救人类的奥特曼。”白曦单手环住他的肩膀，故作深沉地说道，“你知不知道，当时那间育儿房里至少有八百个保温箱。”

“这么多吗？”刘春春很吃惊。

“那当然。”白曦点头，一边翻文件一边说，丝毫不觉得自己用个夸张的修辞手法有什么问题，“但是在这八百个保温箱里躺着的婴儿中，只有我安静地发出了炫目的圣光。现在你告诉爸爸，谁才是真正的天选之子，谁才是经过精挑细选的全宇宙唯一的奥特曼？”

刘春春伸手试了下他的额头温度。

“啧！”白曦不满地拍开他，怒曰，“扣你十八年工资啊！”

“好好好，你才是唯一的奥特曼。”刘春春很配合，马上夸起霸道小白总，“十个韩哥加起来也打不过你！”

“是吗？”韩卓的身影出现在窗边，笑着说，“不止十个，一百个我也不是白总的对手，嗯？”

刘春春向他投以崇拜的目光，要说拍老板马屁，那还是你更强一点。

“这是你的绿色盒子，已经在小巷子里待够了半个小时。”韩卓把手里的东西丢过去，“我能知道理由吗？”

“将来再告诉你。”师向广的回答很有套路，他说，“现在还不是时候。”

王远辰靠在洗漱台上，给韩卓打了个电话。“琳达的状态看起来真的很糟糕。”他皱眉道，“你确定那个不靠谱的父亲能救活她？哪怕她在逃跑的时候再度被施天伤害，或者体内的僵尸病毒集中爆发？”

韩卓把手机递过去。

“琳达小时候的情况比现在要糟糕一万倍。”师向广说，“你可以把她当成一个金属人，只要能找到可替换零件，她就永远不会死。”

“你的女儿不是金属人，她直到现在还疯狂地想要和我谈恋爱。”王远辰纠正师向广，“倒是你，冷冰冰又漠不关心的语调，听起来比她更像金属人。”

“你在关心她。”师向广笑着说，“你喜欢她？”

“我不喜欢她，但是也不希望她的生命就此终结。”说到这里，王远辰不自觉地摩挲了一下手里的木扣，圆鼓鼓的，很可爱。

“我很期待能见到你。”师向广继续道。

“但我一点都不想见到你。”王远辰不客气地说。

“收敛一下你的脾气，截至目前他还是客人。”韩卓把手机拿回来，“我知道你最近很辛苦，晚上要去酒吧打工，白天也没有好好休息，吃饭了吗？”

面对着韩卓这突如其来的关怀，王远辰先是迟疑了一瞬，但是很快就反应过来，他没有说话，反而轻轻地咳嗽了两声。

“你不应该让自己这么累的。”韩卓叹了口气，然后大步上前，把试图“逃窜”的刘春春一把抓住，友好温柔又不失强硬地把手机递过去说，“来，劝一下远辰，说一句话就好。”

刘春春：“……”

电话另一头也很沉默。

刘春春稀里糊涂地就握着韩卓的手机被推到了隔壁房间。

王远辰则忍不住在心里暗骂韩卓多管闲事。他原本是打算等地下仓库的事情解决后再去找刘春春，向他好好道歉的，如今冷不丁地就获得了一个和对方进行通话的机会，他有些手足无措。

刘春春没说话，但也没有挂电话。

足足过了五分钟，王远辰主动打破沉默，问道：“明天回来吗？”

刘春春低低地“嗯”了一声。

“我就不去接你了，施天还在盯着我。”王远辰说，“好好跟着韩卓，别离开他的视线。”说完又觉得这样或许会吓到他，于是又补了一句，“施天最近的注意力没有在你身上，这件事很快就会结束了，别怕。”

“我知道。”刘春春说，“你也要小心。”

王远辰说：“好。”

两个人再度安静下来。

王远辰不知道自己还能说什么，酒吧里八面玲珑的迷人酒保在这时却像是换了一个人，变得有些小心翼翼，如履薄冰。

过了一会儿，刘春春说：“那你早点休息吧，我也要睡了。”

“嗯。”王远辰看着窗外，犹豫了一下，还是没有说出“明天见”三个字。他一直握着手机，直到听见对面传来电话挂断的嘟嘟声，才怅然若失地放下了电话。

韩卓在十分钟后又打来电话关心了一下事情的进度。

“我发现你真的很多管闲事。”王远辰有些头疼。

“我也不想插手，但是……”韩卓看了眼对面的白曦，“但是鉴于你曾经十分恶劣的表现，所以小白对我进行了强烈的谴责，认为我刚才不应该强迫春春和你聊天。”

“我并没有要求过这个聊天的机会。”王远辰同样咬牙切齿、毫不领情，事实上他才是最猝不及防的那一个。

“所以你是嫌我多管闲事？”韩卓微微挑眉，“那好吧，以后这种事情你自己去搞定，再见。”

“回来！”王远辰吼了一嗓子，声音之大，震得白曦都哆嗦了一下。

“他情绪怎么样？”王远辰放缓语调。

“情绪？”韩卓说，“他的情绪很平稳，我刚才说明晚大家一起吃饭，他也没有表现出抗拒或者想拒绝的意思。”

“我们……四个吗？”王远辰愣了愣。

“我知道你很想双人晚餐，但这种事明显不现实。”韩卓纠正他，“而且不是我们四个，还要加一个，师向广。”

“为什么还有他？”王先生再度恼怒起来。

“这是小白要求的。”韩卓说。

白曦目露凶光，伸手狠狠地扯住韩卓的耳朵。这个人怎么一点节操都没有，一秒就能出卖盟友?!

“但是相信我，明天你一定会感谢小白。”韩卓握着白曦的手腕，把那作怪的小爪子从自己耳垂上移开，“如果没有师向广，这将会是一场很尴尬的饭局，因为毫无主题。”而有了这位神秘的科学家先生的加入，饭桌上就会有充足又合理的话题，哪怕是关于异能者和改造实验的，至少也可以滔滔不绝地聊三个小时。

王远辰把手机丢在一边，然后站在镜子前仔细考虑起了明天要穿的衣服。

当天晚上临睡前，白曦依旧不放心，于是跑去隔壁找刘春春，试图向对方提供免费且贴心的午夜陪聊服务，结果却被赶了出来。

唉，这个冰冷的、友情淡漠的社会。

窗外一夜风雪飘飘。

第27颗星

回家

被吓坏的春春由王先生负责

面对灵魂挚友的离开，马克李导演觉得非常不舍，于是一大早就赶来酒店大堂和白曦依依惜别。

相反，韩先生倒是心情很好，还破天荒地称赞了一下对方的狗血星际恋电影，表示这部电影完全可以拍成旷世巨制，拍个三年五年也不算长，慢慢来，千万别着急。

白曦在背后踢了他一脚。

韩卓笑容很淡定。

马克李悲伤无比。他双手揣在袖子里，独自站在落满白雪的台阶上看着白曦与韩卓并肩而行，直到最后一抹身影也被光与风吞没——这画面，简直可以让他构思出电影里的一百种生离死别，每一种都感人非常。“你想听吗？”马导演迫不及待地打电话给白曦，“我已经写好三个大纲了。”

“我一点都不想听。”白曦扣好安全带，十分无情地拒绝了聆听这种晦气的、诅咒一般的情节。

马克李还在自顾自咏叹，白曦已经关了手机，准备好好睡一觉。

飞机起飞后，韩卓帮他关掉小窗和灯，营造出了一小片昏暗而又安静的空间，他自己则拿起杂志翻看起来。坐在他们前排的师向广也在闭目打盹。所有人里，只有刘春春看起来分外紧张，甚至有些坐立难安，连空姐也觉察到他的情绪不对，三番两次地过来询问他要不要帮助。

刘春春只好说：“有些热。”

片刻后，空姐送过来一杯加冰的蜜桃酒，想让客人缓解一下燥热和焦虑。可在漂亮的粉红气泡酒里偏偏有钻石形状的冰块正熠熠生辉，刘春春看了一眼，越发觉得头昏脑涨，他无声地叹了口气，转头看向窗外出神。

在星海路的公寓里，王远辰正坐在落地窗前的地毯上非常有耐心地听手机另一头的人说话，是刘春春的妈妈，因为一直打不通儿子的电话，她有些着急，所以打给王先生问问情况。

“还有一个小时飞机就降落了。”王远辰耐心温柔地向她解释着，“他可能工作太忙了，所以忘了告诉您出差的事。”

听他这么说，电话另一头的妈妈和旁听的姨妈们才算是放了心，而一旦心情轻松下来，她们就又有心思关心漂亮懂事的王先生了，纷纷凑过来七嘴八舌地提醒他最近降温了，要多穿点衣服，千万别感冒了。

王远辰态度良好，有问必答，直到把所有阿姨都哄回去打麻将才带着笑意挂掉电话，轻轻地吁了口气。

刘春春有一件事没猜对，高贵又暴力的天鹅王先生其实并不讨厌这种来自家庭的铺天盖地的关怀，相反，他觉得很温暖。

一个小时后，刘春春就接到各路亲戚的连环批评电话，指责他出差也不告诉家里一声，他妈妈急得一直哭，还差点昏迷不醒，老可怜了。

“我刚刚都听到她打牌和了。”刘春春拖着箱子，蔫蔫地说道，“对不起嘛，我给忙忘了。”

“怎么情绪这么差呢，你们老板批评你了？”姨妈很能听出他的心情，立刻就警觉了起来。

“没有没有，就是有点感冒了。”刘春春连忙解释，“我先挂了啊，白哥还在旁边等我。”他裹紧大衣，弯腰匆匆钻进车里，不知是冻的还是实在紧张，脸苍白得看起来像一张白色的纸。

看着他病歪歪的样子，白曦有些担忧，他原本想说些什么，却被韩卓暗中制止了，于是他只好将一肚子话又全部咽了回去。

小车穿过高架，汇入了缓慢而又堵塞的车海中。

师向广像个小孩子一样目不转睛地看着外面，似乎是想找出一些关于青春的记忆，不过很可惜，当年的老房子和街道已经被拆得所剩无几，只有几棵被保护起来的、一看就很有些年份的粗壮大树立在路旁，枝干上那凹凸不平的结疤就好像是一双双眼睛，见证着这座城市日新月异的发展。

“是这座大楼吗？”路过某处时，师向广突然问。

“你是说瞬间移动？”韩卓一边开车一边点头，“是这里，目前这座城市似乎只有这一个地方有传输能量。”

“在哪里不重要。”师向广说。

这句话有些没头没尾，韩卓迟疑地反问：“在哪里不重要？”

“只要你能感知到这股力量，那么只需要借助一些小工具，瞬间移动就可以突破那座大楼的限制。”师向广向他解释道，“能明白我的意思吗？”

“你的意思是，只要借助一些工具我就能随时随地进行瞬间移动？”韩卓微微皱起眉头，“这听起来有些匪夷所思，而且那是什么工具呢？”

师向广摇摇头，呵呵笑道：“这是我的筹码。”

“我们现在难道不是队友？”白曦转过头，从座椅靠背的缝隙里看着他，“队友之间最重要的是什么？”

师向广回答：“我们不是队友。”

白曦被噎了一下。

“我的梦想和目标，从年轻的时候到现在，一直都不是送异能者回家。”师向广说，“并且还恰好与之相反。”在刚刚进入北斗研究所的时候，他渴望能把异能者的基因密码悉数破译，而现在，他只想躲开一切斗争的旋涡，安静地隐匿在西北一隅安安稳稳地过完下半辈子。其他的，无论是卑微、污黑、贪婪与野心，或者光辉、使命、正义、善良和荣耀，都和他没有任何关系。

“但我还是很想把你吸纳入队。”白曦小队长嘀咕了一句。

韩卓无声地笑了，师向广则闭目养起神来，像是什么也没听见一样。

在接下来的路途中，白曦一直在想关于瞬间移动的事，如果韩卓真像师向广刚才所说的那样，能突破地点限制随时进行瞬间移动，那似乎徒手拆了地下仓库也不是什么困难的事了。

“你在想什么？”过了一会儿，师向广问他。

白曦递过来一包薯片：“在想要怎么贿赂你。”

师向广摇头：“我不接受任何贿赂。”

是吗？小白总笑容很淡定，贿赂不成，那“绑架”也行，把人捆在沙发上二十四小时循环洗脑，主题只有拯救宇宙、爱与和平，直到对方潸然泪下，答应加入奥特曼战队为止。总之无论如何，在地下仓库彻底覆灭之前，自己身后这位，或许是目前世界上最优秀的异能者研究员，绝对不能落在施天手里。

“那位王先生在哪里？”师向广换了个话题，“我是说Aspis。”

听到熟悉的名字，刘春春猛然回神：“啊？”

“那位王先生现在应该在我家。”白曦看了眼时间，补充道，“你再过十几分钟就能见到他了。”

刘春春头皮发麻：“白哥？”

“对不起，忘了提前和你说这件事。”白曦回头看着他，“这位师老师身份特殊，不好带着他满大街跑，还是家里要更安全一些。”所以我是无辜的，你要怪就怪这位伟大的科学家吧。

刘春春犹豫地看了眼车外。

“喂喂，你不会想要跳车吧？”白曦哭笑不得，伸手过去轻轻拍了拍他的脸颊，“放松一点，吃顿饭而已。”

“你和Aspis关系不好？”师向广看出端倪。

“科学家不能这么八卦。”刘春春还没说话，白曦先一步回答，还顺手给两人递过来两瓶饮料，“喝水。”

“可我对他的事情很感兴趣。”师向广说。

“因为琳达喜欢他？”白曦摇摇头，“我承认琳达的确热情率直，很招人喜欢，但她这次真的只是单恋。”

“和琳达没关系。”师向广说，“我对他感兴趣是因为他体内强大的异能，不是因为别的原因。”

白曦倒吸一口冷气：“你想解剖他？”

刘春春闻言脸色一白，诧异地看着师向广。

然而科学家对这个结论也感到很惊讶，于是他赶紧解释道：“我只是想见一见他，并没有别的意思。”

白曦嘴角一勾，轻描淡写地说：“哦。”

但刘春春依旧在为“解剖”这两个字胆战心惊，甚至忘记了收回视线。

师向广被他鲁莽的目光盯得心里发毛，于是不得不又解释了一次：“我真的不想解剖王先生，况且也没有那个能力。”

但这个解释并没有什么说服力。因为即使刘春春对异能者的世界并不了解，也知道一个基本事实——即便像韩卓这样强大的人，都曾被关押在地下仓库很多年，并遭受了许多非人的折磨。他这种惴惴不安的情绪一直持续到了星海路，直到韩卓把车停在车库，刘春春还在脑补血淋淋的实验台和电影里残酷的杀戮场面。

韩卓哭笑不得，他小声对白曦说："你真是唯恐天下不乱。"

"春春这是在担心王先生吗？"白曦不确定地问。

"看不出来，"韩卓按下电梯，"我觉得更像是被你吓到了。"毕竟对于普通人来说"解剖"这种事情实在太过惊悚，更别说其对象还是熟人。不过考虑到白曦对王远辰的态度，他还是找补了一下，"但多少应该也是有担心的，毕竟他们住在一起的时候关系相当融洽。"

刘春春拖着箱子摇摇晃晃地走了过来。飞机上的酒精饮料、寒冷的天气、即将见到王远辰的紧张，以及师向广的解剖实验，这些都让他不可避免地思绪纷乱，如果仔细观察，还能发现他已经嘴唇微颤、眼眶泛红了。

这看着也太惨了。白曦满心同情地揽住他的肩膀问："你没事吧？"

刘春春吸溜了一下鼻子，哑着嗓子道："有事。"

"有事也不准跑！"小白总很霸道，霸道完又马上变脸地安慰他道，"一切有我在，别怕。"

刘春春没精打采地答应了，脚下像是踩着棉花。

师向广跟在两人身后，心情复杂地问韩卓："这应该和我没关系吧？"他自认长相并不凶神恶煞，何至于只因为白曦一句话就被当成了实验室杀人狂，好好一个小伙子居然吓得连走路都在打摆子。

"没关系。"韩卓说，"春春好像生病了，不过不要紧，有人会照顾他。"

白曦按响门铃，来开门的人是王远辰。

他提早一个小时就叫好了外卖，此时房间里满是食物的香味，餐桌上满满当当的外卖在明亮的灯光下显得分外诱人而又有家的味道。

"你怎么了？"他第一眼就看到了站在最后面的刘春春，"不舒服？"

"没事。"刘春春和他对视了瞬间，很快又有些不自然地挪开视线，小声回答道，"喝杯热水就好了。"

王远辰从他手里接过行李箱，显然很不满白曦这一路失职的照顾。

刘春春还想说什么，却已经被他拉着手带到了卧室。王远辰轻声嘱咐道：“先去洗个热水澡，我去帮你买药，都哪里不舒服？”

“不用了。”刘春春坚持，“我只想睡一会儿。”

王远辰抬起右手，却在空中停顿了一下，见刘春春似乎并没有抗拒的意思，才把掌心轻轻贴合到他的额头上。

刘春春垂下眼睛，整个人透着一股认命地乖巧。

温度滚烫，王远辰在心里摇了摇头。把刘春春按在床边坐好，他就快步回到客厅拿起大衣径直出了门——在这个过程中，他甚至都没有看沙发上那位伟大的科学家一眼。

“好吧。”师向广叹了口气，“从他对我的态度来看，我现在相信他的确对琳达没有任何想法了。”

“他可以没有，但是你必须得有。”白曦泡了杯热茶，双手捧着递给师向广，“你是琳达唯一的亲人。”

“我能在三天内把她所有的器官修复如新，不管她曾经在施天手里受过多少伤。”师向广接过茶杯说，“所以你们完全不用担心。”

“她不是机器，只有机器的零件才能说被彻底修复一新。琳达是人，身心都会受伤，且心里的伤痕是永远的。”白曦认真地纠正道，“你得改一改自己的观点，把她当成有生命的女儿，不是展示架上的作品。”

“她是我的女儿，也是我的作品，这不矛盾。”师向广啜了口热茶，“你们打算什么时候带她出来？”

“这就要看你了。”提到这个话题，小白总笑容标准，深意无穷。

师向广反应很快，他摇头道：“即使韩先生不会瞬间移动，施天也不是他的对手，更何况这次还要加上Aspis，他们几乎是无敌的。”

“你还真是一点都不担心你的女儿。”白曦泄了气，干脆瘫坐在沙发上。

“我是相信自己的研究成果。”师向广笑了笑，“你和她都是。”

一样的罕见，一样是奇迹。

王远辰买药回来时刘春春已经冲完了澡，正穿着毛茸茸的睡衣缩在被子里看手机。

韩卓把热好的汤递给白曦：“送去给春春吧，然后用最快的速度出来，剩下的事情就交给远辰处理。”

“你确定他会好好照顾春春？”白曦不放心。

“我确定。”韩卓双手扶着他的肩膀，耐心地说道，“而且春春是成年人，如果他真的从心里厌恶谁，在没有明显利害关系的前提下，没必要容忍对方继续留在自己的卧室里，懂了吗？”

“懂了。”白曦端着汤往外走，“但我还是要再观察一下那位王先生的表现。”毕竟目前只有这一个儿子，他这个做爸爸的不疼谁疼。

然而白曦未能如愿，因为王远辰并没有允许小白总进卧室，他接过汤碗道谢，然后就毫不留情地关上了房门。

白曦站在走廊上目瞪口呆，生平第一次在自己家被残忍地拒之门外，这谁能忍？但父爱是深沉而又伟大的，考虑到刚才刘春春一直坐在床上，似乎并没有多抗拒“爸爸被挡着不能进来”这件事，他最终还是选择悻悻地回到厨房，一口气吃掉大半盘炸鸡翅来平复心情。

“要我陪你吗？”王远辰站在床边问。

“不用了。”刘春春接过汤碗，又小声说，“你去吃饭吧，那位师老师挺厉害的，他一路上都在说很想认识你。”

王远辰答应了，却没有挪动脚步。

他是想留在这里的，但是看刘春春一直缩着肩膀，似乎很有压力的样子，于是妥协地后退两步，只在临出门时说了一句：“再过半个小时，我进来帮你倒水吃药。”

刘春春没有回答，他也没有机会回答，因为王先生在说完这句之后就匆匆开门出去了，并没有给他拒绝的时间。

师向广正站在走廊上欣赏挂画，那是刘春春几年前画的风景画，送给白曦做了家居装饰。看到王远辰出来，师向广关心道：“春春的身体没事吧？”

“没事。”王远辰看了他一眼，“你就是琳达的父亲？”

“你总算注意到我了。”师向广笑着伸出手，“你好，久仰大名。”

“很高兴见到你。”王远辰往客厅的方向走，他不想在走廊上聊天，因为那样会吵到刘春春。

“琳达经常和我提起你。”师向广跟在他身后也向客厅走去，像是很习惯王远辰的高傲个性。

“经常？”王远辰坐在沙发上，两条长腿交叉地放在脚凳上，恢复了一贯冷淡而又玩世不恭的孤傲模样，语带讥讽地反问，“你们打电话的频率能达到三个月一次吗？”

“差不多。”师向广毫无愧疚地点头，“虽然不频繁，但每次通话，你的名字一定会出现。”

王远辰嗤笑一声，又问他：“那你打算怎么救她？”

“我说过她不需要别人拯救，但是韩先生不相信，所以我被带到了这里。”师向广说，“你们可以把她带出来，无论受损多严重，我都能在三天之内让她恢复如初。”

“我现在知道为什么琳达不喜欢你了。”王远辰摇头，“正好，我也对你没有兴趣，所以接下来大家可以安静地看电视了。”

地方台正在播放毫无营养的八卦新闻，主角是霸道女总裁和她的儒雅医生男朋友。这种桃色新闻在传播时总是显得尤其没节操，结合主人公的身份再稍加脑补一下，就是一部春情荡漾的都市狗血剧。画面里，化名牛大翔的梁佚乐呵呵地拎着十几个购物袋跟在庄妍身后等电梯，虽然他有些中年发福的迹象，但胜在精神奕奕、气度不凡，相貌也很斯文顺眼，所以记者并没有辛辣吐槽，反而还送出了祝福。

王远辰瞥了一眼师向广，只见他正目不转睛地盯着电视，脸上并没有什么表情，就好像在看一个和自己毫不相关的陌生人。

“你不认识他了？”王远辰问。

“当然认识。我知道你想说什么，”师向广摇摇头，“但他没有对不起我。当年，如果我们的处境互换，失踪的是他，我也会做一样的选择，在组织问话时把所有的过错都推给另一个人。”

那是一个知识分子还很吃香的年代，人类在异能者研究方面又有大片空白亟待填补，所以在调查完毕后，梁佚非但没有获罪，甚至连前途都没有受影响，还留下来继续担任北斗研究所的所长。至于失踪的师向广，则是理所当然地成了替罪羊，一个人扛下了所有。

“我不恨他，只恨自己糊涂。”师向广叹了口气，声音里满是沧桑，“不过也不想见到他，没必要了。”

王远辰剥开一个橘子，空气里顿时充满了芬芳的果香。他冷静地分析着目前的局势。这次韩卓和白曦去西北L城，虽然明面上有马克李的邀请，但施天和梁佚肯定不会相信事情会这么简单，而且依照这两个人的能力和势力，应该很容易就能查出L大学里少了一位“师老师”——换言之，面前这个佝偻瘦小的研究者应该再也不可能回到图书馆里继续他日复一日的安静生活了。

师向广对王远辰的想法似乎毫无察觉，他换了一个频道，看着电视里的一群小明星载歌载舞，波动的情绪也逐渐平复了。

王远辰把橘子递给他，然后看了眼墙上的挂钟。

“准备吃饭了。”白曦从厨房里探头出来招呼两人，然而王先生已经消失在了客厅。他准时得像是手里掐着秒表一样，半个小时刚到就踩点进了卧室，实在是一位合格的好护工。

刘春春只好裹着被子坐起来。

王远辰挤出药片倒好水，还不忘试一下水温，才把杯子递过去。

刘春春：“……”

王远辰解释：“我怕烫到你。”

刘春春没有答话。

王远辰也沉默地垂下眼帘。

贪婪而又凶狠的巨龙想把所有的黄金珠宝都锁在山洞里，不被任何人觊觎。而和巨龙有着相同性格的王先生却不能这么做，他需要学会很多东西，比如说温柔，比如说耐心，再比如说妥协、退让、包容和分享。

“我想睡一会儿。”大概是见他站着不动，刘春春只好主动打破沉默。

王远辰应了一声，随即有了行动。他先是拉上了房间里的所有窗帘，又准备好满满一保温杯的热水，最后才退出卧室，从外面轻轻关上了门。

韩卓点头：“有进步。”

“十天。”王远辰问，“够解决地下仓库吗？”

“当然可以。”韩卓笑了笑，“不过在那之前，你得先搞定一个人。”

王远辰闻言往韩卓示意的方向看了一眼——师向广依然端坐在沙发上专心致志地欣赏歌舞节目。

“加油。”韩卓拍拍他的肩膀，“既然能解决琳达，那么她的父亲对你来说应该也不是问题，我相信你。”

“好。”王远辰答应得非常干脆，然后往身后的卧室指了指，“在地下仓库消失之后，你得帮我。”

“没问题。”韩先生答应得也很爽快。

虽然晚餐比预计的少了一人，但王先生的心情却没有受到影响，相反还很斗志昂扬，甚至还没有等这顿饭吃完就已经开始问师向广关于瞬间移动的秘密。

“你也对这个感兴趣？”师向广敷衍道，“但一时半会儿也说不清楚。”

“我觉得你没必要绕圈子。”王远辰给自己倒了杯酒，“既然你主动挑明有办法让瞬间移动突破空间限制，那就说明你是愿意做这件事的。条件是什么？说出来听听。”

“我以为你们会想先救出琳达，”师向广说，“而不是关心瞬间移动的事。”

“这两件事不冲突，他越强大，我们的行动就会越顺利。”王远辰指了指韩卓，并且不忘提醒师向广，“有条件要尽快提，我不是一个多有耐心的人，如果你再继续扭捏下去，那我宁愿去找梁佚。”

“他做不到的。”师向广摇头。

“为什么做不到？你们一起上学，一起工作，甚至还一起做过许多年的异能者研究。”王远辰说，“就算他暂时做不到，那他也是最接近成功的那个人，而且有一点远胜过你，他一直就非常愿意和我们合作。”

“我也很愿意。”师向广强调。

“没看出来。”王远辰摇头，“对我而言，有求必应才叫配合。”

“你的条件很离谱吗？”白曦也问，“所以才一直隐瞒不肯说？”

师向广没有否认，他的条件的确有些匪夷所思，甚至可以说是痴人说梦。

“说吧。”韩卓道，“事先把话说清楚，我们才好决定要不要合作，至少梁佚的每一个要求都很明确。”

“他想要什么？”师向广问。

“他想要破解异能者的一切基因秘密，但是又深知自己的能力有限，所以愿意将地球上的所有异能者当作筹码，来换取已有的异能者星球的文明成果。”韩卓说，“这也是我们和他合作的基础。”

“他想要外星文明，”师向广了然，“并不意外。”

“那你想要什么？”白曦又问了一次。

师向广这次终于开口了，他说：“我想和异能者们一起离开地球。”

多少人在背井离乡前往另一个城市时都会忐忑难安、犹豫再三，更别提要离开人类赖以生存的地球去追寻宇宙中另一颗闪亮的星辰。彻底放弃以后的人生，全身心投入一场疯狂而又不计后果的探险，这种想法只能出自疯子或天才。

在此前很长一段岁月里，师向广其实并没有这个念头，那时他所奢望的全部生活无非就是待在图书馆里，守着那些朝气蓬勃的孩子们，让他们赐给自己死灰一般的生命些许火星。原本，他以为自己的下半辈子都会这么过下去，但偏偏韩卓和白曦出现了。他们拥有强大的力量，带着周全的计划，甚至还争取到了梁佚的支持，一切看起来都是那么完美，完美到让他也开始蠢蠢欲动，年轻时的梦想重回脑海。

作为一个曾置身事件旋涡中心的异能者研究员，师向广比任何一个人都清楚身份暴露后的结果，但同时也比任何一个人都清楚，如果此生真的想亲手触摸别的星球，哪怕只是短短一瞬，也要借助韩卓的力量。他不确定对方是否会答应，所以之前一直在犹豫要怎么开口。

对师向广提出的这个要求，韩卓似乎并不介意，也不意外，甚至没有什么犹豫就一口答应了。

“你确定吗？”师向广有些不敢置信，“和你们合作的人也没有意见？”

“这件事我说了算，不归他们管。”韩卓道，“我可以向你保证，如果将来真的有那一天，一定会让你登上飞船。”

师向广不自觉地咽了一下口水。他并没有任何手段能约束韩卓，不过在心底深处，他愿意接受对方的保证——毕竟那是异能者族群里绝对的领袖，所依靠的不单单是力量，还有值得信任的品格和担当。

“现在可以说了吗？”韩卓问。

“我相信你。”师向广说，“还记得我让你带来的那个盒子吗？”

韩卓点点头：“当然。”

“那里面装着的是一块从飞船上拆下来的旧零件，能存储能量，通俗点说，它相当于一块手机电池。”师向广说，“我曾经检测过，只要把它放那条小巷里，就是有能量源的那个地方，只要半个小时，它就会拥有和能量源相同的辐射波。”

“就这么简单？”韩卓问。

师向广从皮箱里取出盒子，递到他手里：“你可以试一下，不过别去太远的地方，目前还不确定它的能量可以利用几次。”

韩卓点点头，他看了眼白曦，然后就消失在了空气里。

王远辰：“……”

这是他第一次见识到韩卓的瞬间移动，只觉得老天真是不公平，有人的异能是瞬间移动和力量，而有人的异能却是不吃也胖——偏偏那还是一位爱美的女士，一年前几乎天天来酒吧里哭。

韩卓选择的瞬间移动地点就在隔壁，孤独老人王先生的临时卧室。围巾被整整齐齐地叠放在枕头边上，床头柜上还放着五个相框，都是咧嘴笑的刘春春，傻得各有千秋。韩卓啧啧摇头，想瞬间移动回隔壁去，却发现这一小盒能量似乎已经被耗尽，连续失败五次之后，他只好走回去。

“你去哪里了？”王远辰警觉地问。

韩卓安慰他：“你的客厅。”所以什么都没看见。

结果王先生瞬间脸色一白，看起来客厅里的东西更了不得。

韩先生说：“呃……厨房？”

王远辰咬牙切齿地说：“闭嘴。”

你该不会把刘春春的照片挂得到处都是吧？

韩卓表情复杂地看了他一眼：你真的很可以。

王远辰：“……”

“确定只能使用一次？”师向广问。

“是。”韩卓道，“有什么办法能改进吗？”

“有一个办法，不过不知道行不行。”师向广说，“带上琳达，让她寸步不离地跟在你身边，主能量源能让这块电池更加耐用，就好像……阳光只是温暖，但被放大镜聚焦后的阳光可以点燃一栋房子，因为那是能量的无穷次方。”

叛逆的乖张少女现在成了一切计划的关键。

晚上休息的时候，白曦问韩卓：“你打算什么时候去带琳达回来？”

“明天我会去地下仓库。”韩卓说，“不过在那之前，我得先去找梁佚。”

“你要向他坦白师向广的事情吗？”白曦猜测，“曾经的天才马小明……你说梁佚给自己起名牛大翔，有没有怀念当年战友的意思？”听起来还挺呼应。

“最好是你想的这样。”韩卓道，“那样至少两个人之间是和平的。”

“其实梁佚应该感谢他才对，毕竟如果没有‘叛逃的马小明’，他也不能顺利地从那件事情里脱身。”白曦道，“而且现在师向广完全不打算洗清罪名，并且还巴不得立刻离开地球，如果我是梁佚，一定会积极促成这件事情。”把知道自己秘密的人打包送往外太空，从此消失无踪，这该是多少人咬牙切齿的儿时梦想。

看他头头是道地分析，韩先生忍不住说道：“你真可爱。”

白曦被他噎了一下，不满强调：“我在说正事。”

“可说正事也没有耽误你可爱。”韩卓笑着说，“该休息了，小超人。”

“你确定科学家能和暴力先生和平相处？”白曦依旧不放心。

韩卓点点头：“当然。”

师向广的到来对王远辰来说还有另一个额外的好处，那就是他终于可以不用再扮演孤寡老人了，并且还能光明正大地告诉刘春春，为了保护师老师，他已经租下了隔壁的公寓。

稀里糊涂地又和王远辰成了邻居，刘春春对这个结果一点都不意外，毕竟对方是行动力第一的王先生。不过他也没有为此辗转反侧，强效感冒药的作用堪比安眠药，整个夜晚他都安静如小猫，睡得连个梦都没有做。

第28颗星

营救

梦幻的少女心从来坚不可摧

第二天是不用早起的周末。

韩卓拿着不断振动的手机走到白曦面前。

“谁呀？”白曦问。

韩卓把手机递到他面前，来电显示是梁佚。

白曦立马做出噤声的动作。

“听说你们出差回来了。”电话另一头的梁佚笑着问，“怎么样，下午有没有兴趣来我这里喝杯好茶，带上小白？”

“也别下午了，十点怎么样？”韩卓看了眼挂钟，“现在是早上八点，我们两个小时之后见。”

“没问题。”梁佚很爽快，“那我在医院等你们。”

马克李还在西北拍星际生死恋，如果将来有一天他知道自己的继父就是外星人研究员，不知道他会做何感想。不过白曦也只是稍微想了想这件事，并没有和韩先生深入八卦，以免又勾起对方对电影导演的不满情绪。

睡了一觉后，刘春春的感冒已经好了大半。哪怕今天是周末，他也起得很早，还去厨房准备了简单的早餐，一共五份。

“完了完了，”白曦恨铁不成钢地说，“这就开始做饭了。”而王先生甚至都没有声泪俱下地道歉。

“这是他们两个人之间的事。”韩卓帮他拉开餐椅，按着他的肩膀让他坐下，“如果我是你，我会选择不插手。”

“你还好意思说，”白曦转头指着他，严正警告道，“别以为我不知道你和某人狼狈为奸想‘诱拐’春春。”

韩先生：“咳。”

“早。”刘春春端着早餐出来，“要橙汁还是牛奶？”

“我来吧，你去坐着。”韩卓从他手里接过早餐，“等会儿我和小白要出门，让远辰和师老师过来陪你，好吗？”

刘春春想也不想地就拒绝。

白曦向他投以赞赏的目光。

“我还要工作呢。”刘春春说，“没事的，不用管我了。”

韩卓点点头，端起两份早餐就去了隔壁。

很普通的鸡蛋沙拉三明治，王远辰只看了一眼就勒令师向广：“你不准吃。”

师老师伸出去的手停在了半空，很不解：“为什么？”

王先生用行动代替了回答——大清早就给他叫了鲍鱼和龙虾的外卖。

师向广拿着银色闪光的刀叉，领口围着餐巾，吃得很是惴惴不安，也不知道自己为什么能享受此等高级的待遇。

客厅沙发上，王远辰吮了一下手指，把最后一丝温馨的滋味也悉数收拢进嘴里。

私立医院办公室里，梁佚正专心致志地泡着茶。茶是庄妍给他买的陈年普洱，叶片在玻璃壶里沉浮舒展，一圈圈地散出红褐色的波纹来。

“要来一杯吗？”见到白曦和韩卓进来，梁佚笑着邀请，“用的是南极雪水，我也只有这一瓶，是小马送给我的。”

马克李导演的大名无处不在，韩先生表情很友好，情绪似乎也很稳定，他说：“不用了，白总喜欢喝可乐。”

白曦：“……”是吗？

“但我还是建议少喝饮料，因为糖分太高了。”梁佚放下手里的小杯子，彬彬有礼地说，“请坐。”

“梁所长大周末的找我们过来，不会只是为了喝茶吧？”韩卓看了眼腕表，“我下午一点还有约。”

“没关系，这次我的问题不多。”梁佚笑了笑，并不介意韩卓的直接，反而和气地问，“L城怎么样？”

“很好。”韩卓回答。

“前几天，周勇跟我说施天在调查L大学的教职工，而恰好你们也在那里。”梁佚道，“虽然不知道这二者间有什么关系，但我还是将这件事汇报给上级制止了施天，希望他没有干扰到你们的行动。”

“你觉得我们是去西北做什么？”韩卓问。

“我不想跟你们兜圈子，”梁佚递过来一个文件夹，“在你们离开之后，这个人也请了长假。”

白曦打开文件夹，第一页赫然就是师向广的照片。

“我想我认识这个人，虽然他的容貌发生了相当大的变化，但我认得他的眼神。”梁佚又重复了一遍，“我一定认识他，对不对？”

韩卓摇摇头：“我觉得你有些过分紧张了。”

“他现在人在哪里？”梁佚的语气明显急切起来，“我想和他见一面。”

“这不是我能决定的。”韩卓说，“不过有一件事你可以放心，他无意追究过去，未来也不想向任何人证明什么，他甚至连L大学也不愿意离开，是我和小白强迫他来到这里的，我们需要他的帮助。”

“原来……真的是他。”梁佚嘴里喃喃道，脸上的表情也看不出是欣喜还是震惊，过了许久，他才哑着嗓子轻叹，“我一直以为他已经死了。”

“你想让他死吗？”白曦问。

梁佚摇头：“当然不想，我们曾经是最好的朋友，就像你和刘春春一样。”

两个志趣相投的年轻人，一样的孤傲，一样的天才，一起上学，一起工作，一起埋头进行了数百项研究，在那期间，他们共享所有的成功与失败，也结下了绝非寻常且能比拟钻石的坚固友谊。

当年，在那件事发生之后，马小明消失无踪，上级为了保下梁佚，建议他在向组织交代问题时把所有的过错都推出去。

“我照做了，却也愧疚了很多年。”梁佚说，“我不希望他死，我甚至希望他真的像别人说的那样，隐姓埋名逃到了国外，过着纸醉金迷的生活。”

“他没有叛逃，也没有再进行科学研究。”韩卓说，“这二十多年来，他一直是一个不起眼的图书馆管理员，生活清苦朴素，对你没有怨恨。”

“但他也不愿意见我。”梁佚补充。

“你们的身份都很特殊。”韩卓说，“多一事不如少一事。”

梁佚深深地叹了口气，他搓了搓脸，点头道：“谢谢。”

“施天找他并不是因为知道了他的身份。”韩卓又道，“而是为了琳达。”

“那个叛逆的金属小女孩？”梁佚问。

韩卓道：“她原本是个可怜的弃婴，师老师从垃圾堆里捡到了她，又利用极其简陋的实验器材把琳达变成了金属人。施天觉得这种改造相当完美，所以一直想弄清楚背后的人究竟是谁。”

“小明完全能做到这件事，我一点都不意外。”梁佚毫不吝啬地称赞道，“在生物与金属改造方面，他是绝对的天才。”

“我会把这句话转告给师老师的，也希望将来有一天你们能心平气和地坐在一起喝杯茶。”韩卓道，“那……关于这件事，我们先到此为止？”

“好。”梁佚平复了一下情绪，又笑道，“静静恢复得很好，她还学会了织毛衣，你们等会儿可以去看看她。”

“在给春春织吗？”白曦立刻问。

梁佚迟疑了：“应该是给她自己吧？是很可爱的粉红色的。”

白曦：“……”

粉红色是很青春的颜色，像是草莓棉花糖，也像是挂在晚霞边缘的云彩。

刘春春此时正裹着一条这样的毯子，坐在地毯上专心致志地修改合同。他手边摆着热乎乎的巧克力和香甜的小蛋糕，这些小甜点上面都点缀马卡龙色的糖豆，枯燥的加班也因此变得五颜六色起来。

师向广放下手里的遥控器，诚恳地说：“你可以去隔壁，我不会逃走的。”

王先生停下来回转圈的脚步定睛看着他。

师向广又说：“况且我现在也没有地方可以去。”

王远辰听着隔壁传来的噼里啪啦的键盘敲击声，轻描淡写地对师向广说：“我为什么要去隔壁？我才不去。”

师向广目光狐疑，因为面前这个人分明看起来就恨不得能穿墙。

“说说看，你打算怎么救琳达？”王远辰拖着单人沙发走到师向广面前，在他略带不解的目光中把自己整个丢了进去。

“你或者韩先生带她出来，我修补好一切损伤，就这么简单。”师向广说，“还是说你想听具体的详细步骤？那涉及许多不同的学科和理论，堪称目前世界上最复杂的修复手术。”

刘春春恰好在这会儿打了个喷嚏。

王远辰迅速站了起来。

“首先关于她心脏的手术……你要去哪里？”师向广着实被对方这龙卷风一般的移动方式吓了一跳。

王先生这次的消失速度堪比韩卓的瞬间移动。

五分钟后，刘春春打开门看着难得有些狼狈的王远辰，一脸不解。

“我……你要吃药吗？”王远辰气喘吁吁地举起手里的纸袋。

“我已经吃过了。”刘春春说，“你昨天买的药还剩很多。”所以为什么又弄一大包过来？

“那你要吃饭吗？”王远辰又问，“我帮你叫外卖。”

刘春春摇头，冰箱里有饺子，还有昨晚剩下的鸡汤。

“那你有什么事随时找我。”王先生有些不甘心地又补了一句，“没事也能找我。”

刘春春说：“哦。”

这个“哦”字听起来有些冷淡，王远辰识趣地往后退了两步：“那我回去了，你要不要喝点热水？你的嗓子好像有些哑。”

刘春春抿抿嘴：“我有保温杯。”

有热水，有药，有午饭，对方听起来什么都不缺。

王先生找不到任何可以进屋的理由，他再度变得焦虑不耐烦，血液的温度也随之上升。但这次他没有再做任何出格的举动，而是尽量压制着自己的情绪，直到情绪稍微平复了些才说：“那我回去了，你好好休息。”

刘春春点点头：“嗯。”

王远辰站着没有动，他定定地看着刘春春说：“你先回去。”

初中生一样的路数，幼稚而又无比小心翼翼。

刘春春终于绷不住，低着头扑哧一乐，然后又重新抬头看着他。

王远辰的嘴角也勾了勾，不过那笑容很快就隐没在了眼底，变成了认真而又懊恼的歉意，他说：“对不起。”

“先回去吧。”刘春春躲开他的视线，小声道，“不要再提那件事了。”

王远辰欲言又止，最后还是什么都没有说，主动帮他关上了门。

隔壁公寓里，师向广惊讶地看着开门进来的王远辰：“你看起来心情很好。”

王远辰从酒柜里拿出一瓶酒丢给他，自己则打开另一瓶仰头灌下一大半。淡红色的酒液从唇角滑落，洇湿了他胸口白色的衬衫。

明明是活色生香的性感画面，但可惜对面坐着的只有一位古板的老人家。“如果我的研究结果没有错，那么酒精会影响你异能的发挥。”师向广从科学的角度出发，认真地分析道，“而且这影响有很大可能会造成两种不同的结果——它可能会让你更加强大，也可能会让你变成软脚虾，并且会持续……大概三个小时……”

他的话还没说完，王远辰已经一口气灌下了第二瓶。

师向广略略吃惊，是有什么好事发生了，所以需要这么疯狂地庆祝吗？

然而王先生并不打算向他做任何解释，他只想一个人，安安静静地回忆刚才那个开朗可爱的笑容。

私人医院里，在韩卓和白曦去探望时，周静果然正如梁佚说的那样，正躺在床上织围巾。虽然她的动作很笨拙，但比起之前的僵硬畸形，这已经算是奇迹一般的进步了。

“静静很快就能自己走路了。”梁佚道，“她相当坚强乐观，就这一点来说，我很佩服她。”

“能让她在这么短的时间里恢复到这种程度，我也很佩服您。”白曦隔着玻璃看着周静，“而且她现在一点都不痛苦了，对不对？”

梁佚点点头道：“周太太的情绪也平复了很多，她体内的异能被药物控制得很好，如果有空，你也可以去看看她。”

“所以说异能真的能被药物完美控制？”白曦脑子里有灵光一闪而过，“和老周的药有区别吗？”

“我知道你想说什么，不过我的药物不能以开面馆或者别的什么小店的方式卖给异能者。”梁佚解释道，“老周的药看起来非常有效，但那只是表面上的。因为每一位异能者的体质是不一样的，所以必须区别对待，要详细地制定不同的医疗方案，而不是简单粗暴地一刀切。”

“……好吧。”白曦点头，“我明白了。”

“别担心，很快我们的计划就会成功了，是不是？”梁佚拍拍他的肩膀，“地下仓库消失，异能者们回归家乡，从此再也不需要任何药物，就好像是《花好月圆夜》里的完美结局。”

《花好月圆夜》是马克李导演的处女作，结尾是典型的大团圆，所有人都无病无灾美满和谐，连宠物狗都找到了真爱。

白曦忍不住笑起来："我一定会转告马导演，您正在看他的电影。"

韩先生突然插话了："哦，原来这是马导演的作品。白总对马导演的作品真熟悉。"连这个见鬼的《花好月圆夜》也知道。

白曦："……"

"不过今天大概没时间讨论马导演诸多的优秀作品了。"韩卓接着说道，"现在是中午十一点半，下午还有约。"

"我们可以下次再聊小马。"梁佚却对这个话题很感兴趣，程度不亚于对异能者的，毕竟这关系到他的夕阳红之恋。

白曦已经不想再去看韩先生的表情了，他一路绷着脸，直到回到车里，才像被解开穴道一般地足足笑了五分钟。

"等忙完我们再来说这件事。"韩卓无奈地看着他，伸手指了指，"系安全带。"

"这是梁佚说的，和我有什么关系。"白曦笑道，"说真的，你有空的话可以去看一看《花好月圆夜》，剧情其实并不像名字这么俗，还挺感人的。"

韩先生发动车子，明摆着不想再继续这个话题了。

"好了好了，换个话题。"白曦戳戳他，"今天梁佚为什么没有问关于我的事？我以为他至少会好奇一下当年是不是马小明把我变成了奥特曼。"

"因为他心里已经有了答案，你的生日和马小明失踪的时间非常接近。"韩卓说，"在第一次见他的时候我就说过，我和他合作的基础是你的绝对安全，梁佚是个很识趣的人，所以不会在这件事上越界，更不会让你感到不安。"

韩卓下午约的人是施天。

琳达已经在那间死气沉沉的实验室里睡太久了，现在王远辰既然已经找到了地下仓库核心秘密的位置，师向广也安全到了S城，那她也是时候离开那个鬼地方，做回她叛逆的朋克少女了。

"其实这件事可以很简单。"师向广指了指桌上的绿盒子，"先带着这块能量源去写字楼，等它蓄满之后，你就能轻松地带着琳达瞬间移动出来——施天应该不会阻止你进入实验室，只会阻止你出来。"所以就算现在能量的储存量仅够使用一次也没关系。

"但施天目前并不知道任何关于瞬间移动的事，我也不打算让他知道。"韩卓道，

"以后还有更重要的行动需要用到瞬间移动。"

"那至少带着能量源吧？"白曦说，"以防万一。"

"没有这种万一。"韩卓笑笑，"别担心，我不会去做没有把握的事。"

他说得很轻松，但这显然并不能减轻白曦的忧虑，毕竟那是地下仓库，是充满杀戮、死亡和鲜血的地方，是比地狱更加黑暗的集中营。

"现在已经下午一点了，"王远辰合上手里的杂志，抬起头凉凉地提醒，"你们打算依依不舍到什么时候？"

"如果我是你，我会去厨房帮春春煮咖啡，而不是游手好闲地坐在这里吐槽。"韩卓提醒他，"还是说，你希望让小白去厨房教他咖啡机怎么用？"

王先生立刻丢下手里的书，风一般穿过客厅走进了厨房。

白曦："……"

"来。"韩卓转身示意白曦跟自己进书房详谈。

转眼客厅里就只剩师向广一个人了。身为一个古板且没有见识过太多社交场合的老知识分子，他显然对当代年轻人的这种相处模式很有几分费解。

刘春春正在认真研究白曦的进口咖啡机，密密麻麻的按键让他有些眼晕，也分不清装在不同玻璃罐里的咖啡豆究竟有什么区别。

"要帮忙吗？"王远辰站在厨房门口问。

刘春春点点头，主动让出位置。

"想喝哪一种？"王远辰扫了一眼咖啡豆，"我先煮给你。"

"都行。"刘春春说，"少咖啡多奶多糖。"

相当不专业的回答，却可爱得一塌糊涂——至少在王先生眼里是这样。并且他还有些遗憾，因为咖啡机这种东西只需要看一遍就能学会操作方法了，并不需要重复去教，似乎错过了一个很好的沟通机会。

研磨机高速旋转着，刘春春站在一边看得很认真。

在咖啡煮好之后，王远辰又用一根牙签在奶泡上画出了小熊，还额外加了三颗棉花糖，才把杯子递过去。

"应该够甜了。"王先生叮嘱，"试试看，小心烫。"

"谢谢。"刘春春接过来，小心地尝了一口。

咖啡的口感不错，刘春春喝完后打算自己也试着做一杯。王远辰帮他按下咖啡机的按钮，又帮忙洗干净了杯子。

厨房里的两个人看起来相处得很好。

而在书房里，韩先生正在问白曦："还在紧张吗？"

"当然。"白曦点头，"除非你不去地下仓库。"

"那琳达怎么办？"韩卓笑道，"我们不可能就这样丢下她不管，况且后面还有很多事要做。"

"我想和你一起去。"白曦叹了口气，"但是我知道你一定不会答应。"

"你想去，我当然不会阻止。"

白曦眼底光一闪："所以你答应了？"

"我没答应。"韩先生说。

白曦哭笑不得地踢了他一脚："你真是我见过最言而无信的人。"一秒钟前说过的话也能否认，还否认得满脸无辜、理所当然。

"我不会阻止，但我也不建议。"韩卓拉着他坐下，"今天只是一个很小的行动，将来在摧毁地下仓库的时候我会更加需要你的帮助。"

"好吧。"白曦说，"虽然我知道这是借口，但是我接受了，你自己多小心。"

"这不是借口。"韩卓笑出声，他举起右手保证，"是真的。"

直到两人回到客厅，韩先生还在强调："这真的不是借口。"

王远辰端着咖啡靠在厨房门口，沉默地伸手指了指挂钟。时间已经又过去了一个小时，要是你再不走，那这件事就换我来做——其实按照琳达的要求，这件事本来就应该交给少女梦里的Aspis王子殿下的，但最终韩卓还是决定亲自出马。

"等我回来。"他拿起沙发上的外套，转身离开了家。

师向广仔细地观察了一下白曦的神情，然后诚心地安慰道："我觉得你真的不用这么担心，退一步讲，就算韩先生这次真的行动失败，落到了施天手里……那也不是没发生过的事。"

白曦："……"

刘春春及时塞给科学家一杯热巧克力。不如你从现在开始安心享用美味，或者换个话题也行。

玻璃上结了一层薄薄的雾气，外面寒风呼啸，冷得刺骨。

施天看着电子屏幕里沉睡的少女，眼底渗出一抹意味不明的笑意。不一会儿，助理敲了敲门，道："韩先生来了。"

"请。"施天走到沙发边，对走进来的韩卓笑着说道，"我猜你的西北之行应该很顺利。那位消失的图书馆管理员是谁？是琳达的制造者吗？"

"这和你没关系。"韩卓说，"我是来带琳达离开的。"

"看来真的是了。"施天跷着腿，状似慷慨地说，"你随时都可以带她走，不过我也提醒你，她现在离不开那张实验台，没有了药物补给，这个可怜的金属人很快就会失控疯狂，到那个时候，恐怕你只有亲手结束她的生命才能阻止发生更大的动乱了。"

"她在哪里？"韩卓问。

施天指了指电子屏幕："老地方。"

韩卓转头就看见屏幕里躺在白色实验台上的琳达依旧昏迷不醒，身上密密麻麻地接满了输液管，淡蓝色的药物与红色的血液交融，像是恐怖漫画里的场景。

"混蛋。"韩卓狠狠地骂了句脏话，转身向外走去。

"不介意让我检查一下你的异能吧？"施天勾起嘴角，笑容虚伪而又残酷，"有史以来伟大的屠杀机器，我希望你在这两年里没有退化，宝贝。"说完，他就按下了扶手上的警报。

尖锐的声音瞬间响彻整座地下堡垒，韩卓握紧拳头，挥拳砸飞了面前由金属制成的"屠杀者"。

"干得不错。"施天端着红酒惬意地坐在沙发上，在看了一眼屏幕中昏睡的少女后——她的皮肤几乎变成了淡蓝色——他将监控视角切换到了韩卓那边。

"现在是三点整。"施天握着领口的麦克风说道，"如果你到四点还不能截断那些输液管，那么你将会见到一个巨大的惊喜。"

枪声密集地响起，韩卓大步踏过走廊上那些横七竖八、不断呻吟着的追捕者，又随手扬起拳头，把身后偷袭的怪物深深钉进了墙里。

"他们也是异能者，你居然这么对待自己的族人。"施天遗憾地说，"真是残忍。"他一边摇头，一边几近贪婪地看着屏幕。

血肉横飞的画面和接连不断的惨叫让他无比兴奋，因为那是他亲手制造出来的异能者，他很满意对方在停药数年之后依旧强大到不可战胜——在某种意义上，这也算是地下仓库的成功。

琳达在沉睡中发出闷哼，像是正在忍受极大的痛苦。

"那个金属小怪物好像要提前苏醒了。"施天及时提醒，"她可不好对付，你知道的……我该说什么，加油？”

韩卓停下脚步。他面前是一片足球场大小的空地，上面整齐堆放着由特制金属焊成的监牢，无数疯狂的异能者正紧握着栏杆嘶吼着要冲出来。

“还记得你上次贡献出来的血样吗？他们就是新的实验品。”施天按下开门键，“以及在三分钟前，这些人刚刚注射完一轮兴奋剂。”

“你真的应该下地狱。”韩卓闪身躲开潮水一般涌来的敌人，随手拎起一个铁笼，朝人群丢了过去。

“但我很希望你赢。”施天又给自己倒了一杯酒，“因为这些都是残次品，我可不希望大名鼎鼎的韩卓死在废物手里。”

韩卓并没有心情和这些失控的疯子周旋，他看了眼腕表，现在是三点四十分。

施天这一杯酒还没有喝完，就看到眼前的屏幕出现了片刻的雪花虚影，只是短短几秒钟的时间，等到画面再恢复时，他的那些新的实验品就已经全都倒在了地上，像是塑料假人，又像是被抽掉了骨头一样一动不动，连一句呻吟也没有。

韩卓拍拍手上的灰，挑衅地看了眼摄像头后大步走向关押着琳达的实验室。

“你被别人改造过。”施天咬牙切齿地问，“是谁？”

“你猜。”韩卓回答。

“吴子刚？不可能，那完全就是个废物。”施天气急败坏地说道，“还有谁？是琳达的制造者，那个图书馆管理员？”

“这世界上有很多优秀的科研人员。”韩卓推开实验室的门，“他们……琳达？”

皮肤透蓝的少女坐在床上，正面无表情地看着他。

“你对她做了什么？”韩卓沉声问。

“你知道的，就是钱宁研究出的僵尸病毒，我又稍微做了些改进。”施天回答，“本来她应该在五分钟后苏醒的，不过这个小怪物似乎不怎么听话。”

“你认识我吗？”韩卓问。

琳达从床上跳下来。她紧紧握着拳头，蓝色的皮肤透出森白的骨节，赤着脚一步步地向韩卓逼近。

“她现在的攻击力是之前的五倍，甚至更多。”似乎是预见了他们的结局，施天的语气又恢复成了一贯的装模作样，“当然，你应该不会杀她，而我不会让她杀你，所以这只是一场精彩的格斗赛，祝好运。”

灼热的药物冲刷着血管，一次次向脑神经发出濒死的信号，体内巨大的能量也因此蠢蠢欲动，琳达双眼失焦地看着面前的热源，那在她眼里只是一团红色的光——令人厌烦的光。

“可以动手了，小怪物。”施天说。

琳达发出痛苦的尖叫声，声波变成了无数支尖锐的箭，四周厚厚的防弹玻璃应声裂开，遍布蛛网般的痕迹，连吊灯也摇摇欲坠。

眼看一切即将失控，韩卓突然握住琳达的胳膊，在她耳边快速说道：“Aspis还在等你吃浪漫的双人烛光晚餐。”

少女瞬间安静下来，她雀跃地问：“真的吗？”

“当然是真的。但是在吃烛光晚餐之前，我们得先离开这里，然后选一条漂亮的裙子……你今天是不是还没化妆？”

琳达顿时露出慌张的表情。

“完了，Aspis身边从来就不缺美女。”韩卓在她耳边叹气。

琳达骂了句脏话，扯着韩卓就往外狂奔，一路都在崩溃地尖叫：“我得先回去抓紧时间洗个头！”

于是施天在气急败坏之余，又因为这句话而生出了一丝疑惑：抓紧时间洗个头？

被王子蒙蔽双眼的少女爆发出巨大的能量，坚固的墙体在她面前不堪一击，甚至都不用韩卓动手，前来阻拦的追捕者就已经被挠出了满身血痕——那是金属制成的指甲，堪比最锋利的刀。

“拦住他们！”施天大声命令道。然而事实是，还没等他说完这句话，韩卓就已经抱住女孩纵身一跃，冲破了面前的最后一道阻碍。

一声轰然的巨响，碎石四处崩裂，冷风霎时从缺口处灌进来，在一声比一声更加凄厉的警报声里，世界显得越发阴森恐怖。

仅仅一个小时，原本看起来坚不可摧的地下仓库就已经被韩卓拆得一片狼藉，受伤的追捕者数以百计，至于那些利用他的血液制造出来的被寄予厚望的克隆异能者，甚至还没有来得及做什么就集体陷入了一场看起来要持续一万年的昏迷中。

“你先送我回家！”琳达用拳头使劲捶韩卓。

“没问题。”韩卓帮她扣好安全带，踩下油门，熟练地安慰着她，“别担心，约会是在晚上八点，我们的时间还很充裕。”

“是吗？”琳达松了口气，她低头想要看时间，举起手腕却迟疑了三秒，然后再度发出尖叫，“为什么我变成了蓝色?!”

“你才发现这件事吗，小姐？”韩卓单手打方向盘，另一只手伸过去抚摸她的后脖颈，“别担心，那只是一些墨水，只要洗个澡就会消失。”

琳达伸出舌头舔了舔手腕，然后开始使劲搓。

“你可真是个粗鲁的小姑娘。”韩卓叹气道，“喏，前面就是下班的车流，为了不惹麻烦，只有对不起你了。”

“什么意思？”琳达还没来得及问个明白，就眼前一黑，软绵绵地晕了过去。

韩卓把麻醉针丢在一边，然后拉过后座的毯子把她裹了起来。

按照之前说好的，他直接开车去了知识书屋，那里是格温的秘密研究所，拥有最完备的手术设施——虽然谈不上最先进，但是和师向广在L大学的简陋研究台比起来，显然已经是天上地下了。

“你总算来了。”白曦一直等在门口，脸颊被风吹得通红。

“我已经打电话汇报过一切顺利了，为什么还是不肯乖乖待在里面？”韩卓有些无奈，他已经尽量提速了，但晚高峰的车流还是让他比约定的时间晚到了许多。

“因为只有见到你们我才能安心。”白曦看了一眼他怀里的女孩，吃惊道，“为什么她的皮肤变成蓝色的了？”

“施天用药物冲淡了她的血液。”韩卓抱着琳达走进实验室，对师向广说，“应该是钱宁的丧尸病毒。”

“交给我吧。”师向广挽起衣袖，表情是少见的认真，“你们可以出去了，整个过程大概需要十个小时。”

“十个小时？”刘春春帮忙关好实验室的门，“那岂不是要到明早七点？我们都要守在这里吗？”

“你留在这里。”韩卓对王远辰道，“如果琳达在醒来之后仍然情绪失控，你大概需要牺牲一下美色来安抚她。”

王先生面无表情地说：“我觉得你的美色也够用。”

“但她的王子只有Aspis。”韩卓笑了笑。

王远辰在心里摇摇头，转头放缓语调对刘春春说：“你和他们一起早点回去吧，我留在这里就够了。”

“那你也别太累。”刘春春说，“我走了。”

王远辰点头，目送三个人离开。

时间缓缓流逝，夜也渐渐变深，全世界都安静了下来。

王远辰犹豫许久后还是试探着给刘春春发了一条消息过去，只有简单的两个字，“晚安”。五分钟后，他收到了回复——

“天气预报说半夜会降温，小心别感冒。”

王远辰笑出了声。

星海路的公寓里，白曦正在反复确认韩先生真的没有受伤。

而韩先生也好脾气地一再保证，才让白曦真的放下心来。

“好了，去睡觉吧。”韩卓伸出手指，下一刻，小星星悬浮在了卧室里，它们闪烁明灭，有全世界最温暖的光。

墙角的精油蜡烛散发出花园香气。过了很久，小星星也开始打哈欠，它们晕乎乎地一闪一闪着，直到最后变成透明的精灵般消失在了空气里，夜晚重新变得深邃安静。

王远辰坐在走廊的椅子上，漠然看着墙上时钟的指针走了一圈又一圈，看着时针从“5”到“6”，再从“6”到“7”。

师向广擦了把汗，推开实验室的门走了出来。

“你很准时。”王远辰站起来，“怎么样？”

“一切顺利。”师向广扶着墙，腰酸背痛，“我需要休息一下。”为了保证手术质量，他提前给自己注射了两针兴奋剂，现在手术成功了，紧绷的神经开始松懈，疲惫也加倍席卷而来。

王远辰让实验所的员工带师向广先去休息，自己则拨通了韩卓的电话，不过这次足足响了七八声，对面才有人接起来。

“我以为你会很关心这件事的进展，”王远辰不满道，“而不是在家睡懒觉。”

“既然你还有心情找碴，那就说明一切很顺利。”韩卓笑了笑，“琳达醒了吗？”

“暂时没有，不过皮肤颜色已经恢复正常了，师向广说手术很成功。”王远辰问，“你们打算什么时候来看她？”

“我们？”韩卓问，“我和小白？”

王远辰脸色漆黑，从牙缝里挤出一个字：“滚。”

韩卓笑着说：“晚上吧。放心，我会带着春春一起过来的。”

于是王先生把接下来的脏话又咽了回去。

“辛苦了。”韩卓说，“你也休息一会儿吧，春春还没起床。”

王远辰不屑地嗤了一声，但很明显只是表面不屑，因为在接下来的时间里，他差不多每隔十分钟就要看一次时间，好不容易等到早上八点，算着差不多是刘春春的起床时间了，他又发了一条消息——今天去上班吗？结果这次却没有得到回复。

因为刘春春此时正严严实实地盖着被子，在床上睡得心无旁骛，别说是一条短信，就算有人打来十八连环夺命电话也未必能把他叫醒。

于是正在准备早餐的韩先生就又接到了王远辰的电话。

“春春？”韩卓说，“他的感冒好像加重了，半小时前起来了，后来觉得头疼，我就让他回房休息了。”

“为什么会感冒？”王远辰的声音意料之中的不悦。

“天气很冷，感冒是一件很正常的事，小白也感冒了。”

王远辰不耐烦地在走廊上踱步，心像是被强行安上了一对翅膀，正在疯狂挥舞着，想要飞回星海路。

韩卓清了清嗓子，向他保证：“我会照顾好春春的，拜托你冷静一点，务必看着琳达，她目前是一个不稳定的炸弹。”

王远辰不悦地“嗯”了一声，看着窗外凝结的冰晶，有些不甘地说：“晚上别过来了，让他好好休息。”

韩卓笑了笑：“我觉得春春一定会很高兴你的变化。”

下午两点，知识书屋。王远辰看着面前的女孩，一如既往的面无表情。

琳达穿着宽大的诊疗服，坐在床上用手使劲拍了拍脸，表情很茫然。她的皮肤已经恢复了平日的苍白，眼底也不再混沌一片，然而和那蓝色血液一起退去的，还有昨天的全部记忆——公主忘记了王子救她的全部过程，现在遗憾得要命。

“该死！”她不满地拍床。

“所以你现在已经没事了？”王远辰问。

“但是你还欠我一顿浪漫的烛光晚餐。”琳达提醒他。

“等你康复之后，我可以兑现。”王远辰说，“还是你想现在就去？”

这个提议遭到了琳达的拒绝，因为她没有化妆，没有换衣服，甚至都没有洗头——试问哪个美少女和心爱的王子约会时会不洗头？

“他呢？”过了一会儿，琳达又问。

“你是说你父亲？”王远辰拉过椅子，坐到琳达的病床旁边，“他昨晚通宵为你治疗，现在正在休息。”

“那不是我的父亲，只是我的制造商。”琳达纠正。

“我对你们之间的关系没有兴趣。”王远辰点点头，“好吧，制造商，你的制造商应该要好好睡上七八个小时，毕竟他已经老了。”

琳达因为“老了”这个词而沉默了一阵。在此之前她从来没有想过这个问题，毕竟对方在她眼里就是一个不知疲倦的科学机器，可以连续运转好几千个小时。

“他只是一个普通的人类，或者说是普通的老人。”王远辰漫不经心地说，“你最好向他学一学要怎么修复身上的零件，为了随时都有可能面临的分别。”

琳达不悦道：“我不想听这个话题。”

“所以说你的心智还未成年，不适合谈恋爱。”王远辰丢给她一个苹果。

琳达接住狠狠地咬了一口，虽然她的表情看起来凶恶，但内心深处却因为刚刚对方的话而稍微变得柔软起来。在此之前她一直以为自己会先消失在这个世界上，所以根本就没有考虑过这种可能。

“他又给自己注射了兴奋剂吗？”过了一会儿，琳达把苹果核丢进垃圾桶，“每次给我做手术前，他都会这么干。”

王远辰点点头。

“在我隔壁？”琳达继续问。

“你要是想去看看他，可以不这么迂回。”王远辰按下床头的呼叫铃。

心事被粗暴地挑明，琳达有些不满，但由于对方是帅气的王子Aspis，她只好把这不满咽了回去。

“请问有什么事吗？”工作人员很快过来了。

“那位老科学家现在在哪里？”王远辰问。

琳达掀开被子跳下床，打算去看一看他。

结果工作人员回答：“哦，那位老先生吗？他一个小时前就起床了，现在正在实验室里研究那些蓝色药水和血液的混合物。”

琳达又恶狠狠地坐回了床上。“我就知道！”她尖锐地说，“他只关心实验。”

“一个小时之前你还在昏睡，他去研究药水并没有错。”王远辰把她按倒在床上，扯过被子把她裹起来，“好了，睡觉。你如果再尖叫一声，我保证立刻消失。”

“但我从苏醒到现在还没有吃过饭。”琳达提醒。

“所以说你们女人真的很麻烦。”

琳达：“……”

死里逃生的公主没有享用到豪华的欢迎晚宴，只有牛奶和三明治充饥。而她的王子Aspis则靠在病房门口，专心发短信，主题是感冒治疗的各种方法。虽然接收短信的那一方比他更有生活常识，但这是两人目前唯一的联系方式和理由，他并不想截断，哪怕看起来实在有些傻。

星海路的公寓里，白曦轻手轻脚地推开客卧门，就见刘春春已经起床，正裹着被子玩着手机。

“白哥。”看见他进来，刘春春火速锁了手机屏幕。

“在干什么？”白曦眼神颇有深意。

“……看新闻。”刘春春回答。

对方一脸心虚，但考虑到他也算是大病初愈，小白总还是选择对他进行爱的抚慰，并且主动问他要不要延长假期。

“我没事了。”刘春春赶紧说，“明天就去上班。”

白曦装模作样地试了一下他的额温，又捏了捏他的肩膀。刘春春全程都很配合，也全程都牢牢地握着手机，生怕被这个宿舍恶霸抢走并强行解锁——这种事在上大学的时候也不是没发生过。

“别捂着了。”白曦啧啧道，“我知道你在和谁联系。”

“……”刘春春道，“我妈。”

“从我进来到现在，你一句关于琳达的事都没有问。”白曦盘腿坐在床上，拉长声音道，“有人已经告诉你了吧，嗯？”

刘春春回答：“我头晕。”

“喏，不管怎么样，爸爸都尊重你的选择。”白曦搂着他的肩膀，自我感觉十分父爱深沉、且如山。

刘春春做了个拉拉链的手势，严肃拒绝了接下来的聊天。

第29颗星

启明

温情里酝酿着无限的新希望

由于这次身体的受损有些严重，所以琳达在知识书屋的实验室里躺了整整半个月才基本恢复了健康。

而比她受损更严重的，是地下仓库和施天。地下仓库的基建被严重毁坏自不必再提，这件事还对施天造成了不小的心理打击，不管他怎么调取视频录像调大音量，也不能分辨韩卓在最后的关头究竟说了什么，居然能让濒临疯狂与死亡的琳达瞬间恢复神志乖乖听话，而且洗头又是怎么回事?!

“我能说一句吗？”沙发上的中年男人问道，他是摩西画廊的老板蒋峰峦，也是地下仓库的另一位管理者。

施天面色不善地点点头。

“我们是时候训练一批僵尸了，像钱宁那样的，原始、粗鲁、破坏力惊人。”蒋峰峦说，“我承认它们现在的确很低级，但在更加高级的僵尸还没有研究出来之前先拥有一批低级货也是可以的。”

施天没有正面回答，却也没有明确地拒绝。虽然他的确很想把钱宁的病毒完成优化，但目前优化出来的琳达似乎并不成功。

“交给我吧。”蒋峰峦知道他的想法，“地下仓库需要一些新的守卫，而不仅仅是追捕者，另外，这些僵尸说不定还会有新的用途。”

“你打算制造多少试验品出来？”施天问，“三百？五百？”

蒋峰峦摇头，回答道：“两千。”

施天微微皱眉，抬头和他对视。

蒋峰峦笑了笑，继续道：“只是初步的数字。”

“祝贺你终于康复了。”七叶路的酒吧门口，王远辰双手插在大衣口袋里，面无表情地转身，“再见。”

“喂！”琳达在身后叫住他，“烛光晚餐，你不准耍赖！”

王远辰顿住脚步，却没有回头。

“今晚七点，我在葡萄餐厅等你。”琳达又说。

王远辰抬手招了一辆出租车，弯腰钻了进去。

目送他离开后，琳达眉梢一挑，转身一脚踢开酒吧的木门，打了声响亮的呼哨，眉飞色舞道：“我回来了！”

韩卓挂断电话后对白曦说：“琳达拒绝了你的晚餐邀约，师老师也一样。”

白曦有些受伤地说：“我们的人缘听起来简直烂到了极点。”

“琳达会拒绝这不意外，师老师最近一直在研究僵尸病毒，当然也没心情和你一起吃饭。”韩卓走到白曦身边说，“所以，晚上如果没事的话，我能请你共进晚餐吗？”

白曦故作深思状：“我考虑一下。”

冬天的白天很短，刚到下班的点，天就已经完全黑了。

韩卓和白曦先把刘春春送回家，然后就找了个借口溜出去吃晚餐了，并且在离开前好心地告知了隔壁小王这件事。

“你可以去蹭饭，”白曦说，“春春打算自己包饺子。”

王远辰干脆地说：“好。”

“等等。”韩卓上下打量他，“你约了人？”

“现在没有了。”王远辰脱掉西装外套，搭在手臂上。

“我想给你一个建议，”韩卓说，“答应了女孩的事，要尽量做到。”

“没问题。”王远辰一边敷衍地回答着，一边走到隔壁去敲门。

刘春春围着格子围裙，手上沾满面粉地开了门。见王远辰衣冠楚楚的样子，他有些疑惑：“咦，你也要出门吗？”

王先生抽掉自己的领带，回答：“没有。”

电梯叮地一声打开门，韩卓在进电梯之前戳破了王远辰的谎言：“如果我没猜错，今晚他答应了请琳达吃烛光晚餐。”

王远辰顿时咬牙切齿，然而对方已经闪身进了电梯并关了门。

“这只是琳达的要求，作为帮忙的交换条件，而且是韩卓自作主张替我答应的。”王远辰有些焦躁地解释道。

“去吧。”刘春春说，“琳达这次太倒霉了，你正好安慰一下她，况且韩哥都答应了，言而无信不好的。”

“可我想吃饺子。”王先生说。

刘春春抿抿嘴：“我留给你。”

“你要一起去吗？”王远辰突然问。

刘春春赶紧摇头，这和他有什么关系？

然而王远辰却很坚持，毕竟把他一个人丢在家里很不安全——既然韩卓和白曦都不在，为了避免施天再次找上门而发生危险，就只有把人带在自己身边了。

刘春春陷入沉默，他当然不想再体验一次施天的暴力手段，但他也不想讨人嫌地出现在别人的烛光晚餐上，因为那实在是太尴尬了。

“换身衣服吧，我帮你安排别的位置。”王远辰说，“你就在那里一个人安静地吃饭，然后我们再一起回家。”

考虑到那个变态会自己切断电子门锁，刘春春只好点头答应。

葡萄餐厅是市民们对它的戏称，它其实是一间位于摩天大楼顶层的浪漫餐厅，因为一到夜晚就会亮起紫色的灯光，看起来像是一串串的葡萄，所以才有了这个绰号。

刘春春穿着白色的羽绒服，把自己裹得像个圆滚滚的包子。

王远辰带着刘春春提前十五分钟抵达餐厅，先帮他找了个角落的卡座，又点好主食和甜点，才在不远处重新找了张桌子坐下。

侍应生对这种安排见怪不怪，只是免不了嘀咕，原来现在相亲不仅仅是女方要带爹妈闺密，男方也会带朋友来帮忙暗中审查啊。他周到地帮两人各上了一杯餐前酒，就开始暗暗地好奇等待，看将会是一位什么样的幸运女孩——如果没猜错，应该是美丽而又优雅的，因为男方实在是漂亮精致得有些过分。

半个小时过去，离约定的时间已经过了十五分钟，琳达却没有出现。

此时，她正在酒吧里跟客人大声喧闹喝酒，香槟洒满了天花板和吧台。她醉醺醺地趴在吧台上拎着听筒打电话。“是葡萄餐厅吗？”她尖叫着躲开面前飞来的酒瓶，放肆地大笑道，“我要留言，给你们店里最最最最最漂亮的那位客人。”

对面实在太过嘈杂，前台接线员费劲地在一片尖叫声中和她沟通，想让她稍微清醒一点："请问那位客人叫什么名字？"

"Aspis，哦不，现在他可能叫王远辰。"琳达甩了甩脑袋，"他订了位，是不是？"

"王先生吗？是的，他半个小时前就已经到了。"接线员查看了一下宾客名单。

"原来不是骗我的。"琳达小声嘟囔了一句，然后撑着爬上吧台，又跳又踩，欢快叫嚷着，"你告诉他，我不去了。"

周围的欢呼声更甚，接线员赶紧把听筒拿远，以保护自己脆弱可怜的耳膜。

王远辰又看了眼时间，七点二十分了。等的人迟迟不来，他本该非常焦虑，但这次例外，因为刘春春正坐在他的斜前方专心致志地吃着蛤蜊面。

他今天穿了一件连帽卫衣，胸前还印着卡通熊猫的图案，衣着风格虽然看起来和这间高档餐厅有些格格不入，但他享用美食的态度却很端正，甚至连领班也被他感染，额外赠送了一盘烤鳕鱼。

王远辰笑了笑，晃了晃手里的红酒，掏出手机打算给琳达打个电话。

"王先生。"侍应生刚好在这时端着银托盘来到他身边，"刚刚一位叫琳达的小姐打给前台，让我们转告您这句话。"他说得小心翼翼，如果仔细听，甚至还能从中听出一丝同情，可见卡片上写的应该不是什么令人愉快的内容。

搞什么鬼？王远辰皱着眉打开卡片，就看到上面写着一行字——反正你又不爱我。

"我从来都没有承诺过要爱你。"王远辰把电话打过去，难得地对除刘春春之外的第二个人耐心解释道，"但是我已经答应了要请你吃烛光晚餐，所以你到底来不来？逾期不补。"

"你懂什么，那是葡萄餐厅。"琳达坐在吧台上，无忧无虑地晃着腿，"是我第一次来这座城市的时候就想和喜欢的人一起去的地方。"

王远辰没有说话。

"但是你又不喜欢我。"琳达把空酒瓶丢在地上，"我敢打赌，今晚就算我来了，你也一定是扑克牌脸。"

"好吧，对不起。"王远辰说，"希望你将来——"

"呸呸呸，别给我发好人卡，也别祝我早点嫁给别人。"琳达抬起手，在脸上胡乱抹了一把，嘴里粗鲁地骂了一句脏话。

王远辰笑了笑："玩得开心点。"

"谢谢你从地下仓库救了我。"在挂电话之前，琳达说。

王远辰微微怔了怔，虽然对方并不记得了，但他还是有些后悔没有按照之前承诺的那样亲自带她离开。

琳达把手机丢进吧台，手指随意勾了勾。

“怎么了，小妞？”年迈的侍应生凑过来。

琳达双眼迷茫，抱着他号啕大哭：“我刚刚拒绝了Aspis的烛光晚餐。”

“不会有人相信这件事的。”侍应生拍拍她的后背，同情地说。

“是真的！”琳达尖叫，“他又不爱我。”

侍应生强调：“他一直就不爱你。”

琳达：“……”

琳达气得冲他吐了口口水，抬脚砰砰乱踢，穿着皮靴的双脚杀伤力堪比坦克。

侍应生敏捷地躲回人群，笑闹声再度掀起新的浪潮。没有人在意琳达的少女心，好在琳达也不需要别人在意，她在吧台上一字排开了几十个小酒杯，往里面注入了颜色像彩虹一样斑斓的烈酒。

酒精是个好东西，只要你足够爱它，它就会疯狂地给你回应，而不会板着冷冰冰的脸站在远处装酷。

葡萄餐厅的玻璃墙上亮着紫色的灯光，舒缓的音乐向各个角落飘散开来。

王远辰端着酒杯坐到了刘春春对面，问他：“吃饱了吗？”

“琳达还没来吗？”刘春春问。

“她临时有事，”王远辰说，“所以放了我鸽子。”

“那你要不要叫点东西吃？”刘春春擦擦嘴，“还是我们回家煮饺子？”

王远辰打了个响指叫来侍应生，点了牛排和汤，又问刘春春：“还想吃什么，芝士拼盘加巧克力布蕾？”

刘春春：“……”

王远辰把餐单还给侍应生，又要了两杯粉红色的香槟。

“你今天开车了。”刘春春提醒。

“我们可以提供代驾。”侍应生及时说。

刘春春：“……”

少女幻想中的和王子的浪漫晚餐的主角变成了王子和他皱巴巴的地球人室友。在充满梦幻气息的粉红香槟里不断有气泡炸裂，刘春春有些疑惑，想不通为什么自己从一个蹭饭的突然就变成了烛光晚餐的主角之一。

“真的吃饱了？”王远辰切着牛排问，“要不要分你一口？”

刘春春摇头拒绝。

“我很想回家煮饺子吃。”王远辰继续说，“但你上班应该已经很累了。”

“其实还好。”刘春春双手扶着香槟杯，“最近不算太忙。”

“最近在做什么？”王远辰又问。

刘春春想了想，一件一件地说给他听。从需要跟进的项目到主管的出轨八卦，在这些琐碎日常的陪伴下，这场晚餐并没有过多的冷场，其间刘春春甚至还被逗笑了两次。

布蕾上的巧克力在唇齿间融化成甘苦的滋味，各种形状的芝士片配上香槟也有一种陌生而又美好的口感。王远辰耐心地给他讲每一支酒、每一片芝士的来源，直到夜色沉沉，两人才一起离开了葡萄餐厅。

从电梯到停车场只有短短一段距离，不过王远辰依旧脱下自己的外套轻轻地披在了刘春春身上。

混合着蓝风铃和鼠尾草的清新香水味让人很容易就联想到空旷寂静的星空和大海。

小车一路疾驰，两个人并排坐在后座，谁都没有说话，只有车窗外一闪即逝的路灯不断照亮着这奇妙的幻夜。

公寓里很安静，韩卓和白曦还没有回家。

“晚安。”王远辰站在门口说，“早点休息。”

“你也是。”刘春春说。

王先生有些不舍得就这么结束，不过最终还是什么都没做，只是在外面轻轻帮他关上了门。

刘春春趴在沙发上，一直在看着窗外发呆，身上似乎还残留着王远辰衣服上香水的味道——很好闻，也并没有太强烈的侵略性。

星海路公寓的地下停车场，韩卓刚停好车，电话就响了起来。他解开安全带，接通电话，示意白曦先上楼：“明天？没问题，下午两点吧，今晚是琳达的回归狂欢夜，她应该又会喝得烂醉，很晚才会起床。”

“我没有教过她喝酒。”师向广摇头。

“但是你也没有阻止她喝酒。”韩卓说，“恕我直言，按照你的教育方式，琳达能长成现在这样招人喜欢的性格全凭她自己的努力。”

师向广张了张嘴，却什么声音都没发出来。

白曦风风火火地冲进家，把正在沙发上发呆的刘春春吓了一大跳。他坐起来紧张地问：“出事了？”

“没出事。”白曦直奔洗手间。

“韩哥在你后面吗？”等他出来后，刘春春给他倒了杯热茶，“喏。”

“谢谢。”白曦搂着他的肩膀，正色道，“儿子，我发现你今晚有点香。”

刘春春沉默了一下才说：“我就借了一下外套穿。”

“你出门时穿的是什么？我看看……羽绒服？”白曦啧啧，“而隔壁那位王先生一直只穿风衣，寒风刺骨啊，你居然还忍心借人家的衣服穿？”

“……”刘春春说，“不是我要借的。”

“这就对了，怎么能跟爸爸说谎呢！”白曦拍拍沙发，严肃道，“来，把今晚的所有事情都跟我汇报一遍。”

“今晚什么事都没发生。”刘春春哭笑不得，“我们一起去了那家葡萄餐厅，结果琳达没有来。”

“然后？”白曦刨根问底。

“然后我们吃完东西就回来了。”刘春春回答。

“就这？”白曦狐疑。

“不然呢？”刘春春把杯子塞进他手里，“喝茶。”

“你又在欺负春春。”韩先生的声音突然传来。他不知道什么时候已经上来了，正在门口换鞋。

“我们这叫沟通感情。”白曦纠正他，又问，“师老师打电话来干什么？”

“讨论关于能量源的事。”韩卓把从便利店买来的饮料放在桌上，“我们打算明天带琳达去那栋写字楼。”

少女体内的那块能量源变成了整个计划成功的关键。

第二天下午，琳达坐在韩卓的车里，不满道：“为什么不是Aspis来接我？”

“因为你昨晚拒绝了他的烛光晚餐。”韩卓回答。

琳达嘁了一声：“他本来就不想请我吃饭。”

“相信我，他很想请你吃饭，但是不想和你谈恋爱。”韩卓找了个地方把车停好，

“这是两件事。”

“这是一件事！”琳达强调，“对我来说，这就是一件事！”

“所以你才拒绝了他的邀请？”韩卓递给她一瓶饮料，声音里多少带了点无奈，“你看，你也知道他不喜欢你。”

“他只喜欢他自己。”琳达嘟囔。

“这个世界上有很多帅气的男人。”韩卓笑了笑，“你还小，将来总会遇到下一个王子的。”

“我没有将来的。”琳达说，“如果找到了飞船，我就要拿出自己的心脏了，不是吗？”她语气很轻松，就好像要失去的不是自己的生命。

韩卓摇头：“你要相信自己的父亲，也要相信我们。”

“我不相信任何人。”琳达低下头，把涂得五彩斑斓的指甲挠花。

“你必须得学会相信别人。”韩卓拍拍她的肩膀，“我们不会允许任何人拿走你的心脏，明白吗？”

“好吧。”琳达的语气又变得悲伤起来，“不过没关系，反正我也没有想过要活得很长……反正我也没有Aspis。”。

“我怀疑你一天要提一百次Aspis。”韩卓彻底折服于少女的倔强，他从后座上翻出来一包薯片，“吃吧。”

“我们到底来这里做什么？”琳达接过薯片，有些不解，“野餐会？”

“再过十五分钟你就会知道了。”韩卓说，“当然，也有可能会失败。”

“那你还要再听我说十五分钟的Aspis。”说完，琳达撕开包装袋，大把大把地往嘴里塞薯片。

这时，有人敲响了琳达这边的车窗玻璃。少女不满地降下车窗，腮帮子鼓得像是屯食的仓鼠，大大的眼睛瞪着对方：“做什么？我们不买保险！”

“小姐，”韩卓低声提醒，“我觉得他穿的是警服。”

来人是个面相稚嫩的小警察，他显然也被这粗鲁的女孩惊着了，但该开的罚单还是要开，于是他战战兢兢地说：“违规停车，罚款两百。”

琳达丢给他一块钻石。

小警察愣了愣，说道：“小姐，我们不收玻璃。”

韩卓忍笑说道：“对不起，我们马上换个地方。”

“谢谢您的配合。”小警察余光扫到了琳达手里的薯片，于是好心提醒道，“这个牌子的薯片上周查出来致癌物超标的。”

琳达目光森然地和他对视，并缓慢地往嘴里塞了一大把。

“……”小警察神情肃穆地说，“再见。”

“你真的很任性。”韩卓换了个地方停车，“好了，把手给我。”

“干什么？”琳达把沾满薯片渣的手递了过去。

“你这样是找不到王子的。”韩卓用湿纸巾帮她把手指擦干净。

“我不需要——”一句话还没说完，琳达猛然失重，然后在下一刻就像个沙包一般跌到了沙发上。

刘春春不幸被砸中，捂着脸嗷嗷惨叫着。

“喂喂！”白曦赶紧把他抢救出来。

“……见鬼，这是怎么回事？”琳达惊魂未定，“Aspis？”

“异能。”王远辰靠在窗边，伸手指了指韩卓，解释道，“瞬间移动。”

琳达依旧满心的不可思议。身为师向广唯一的女儿，十几年来，两人为数不多的交流都是在探讨世上曾经出现过的各种罕见的异能，却从来没有哪本书里出现过关于这种魔法一般的瞬间移动的记载。

刘春春摸了摸几乎被砸扁的鼻子，小心翼翼地打量了一下面前这位王先生的狂热粉丝，传说中任性又暴躁的怪力少女。

“你也是异能者吗？”琳达也发现了他。

刘春春赶紧摇头：“我不是，我是地球人。”

琳达瞬间对他丧失兴趣，又问韩卓：“我能再体验一次瞬间移动吗？”

“当然。”韩卓伸出手，“即使你不要求，我也会带着你在各个地方瞬间移动，直到你厌倦到想吐为止。”

如同小孩发现了新的玩具——或者说她根本就还是一个小女孩，总之在瞬间移动面前连王子Aspis都只能靠边站。琳达抓住韩卓的手腕，然后虔诚地闭上了眼睛，等着下一次空间穿梭。

房间里的其他人也不自觉地紧张起来，毕竟在此之前的所有理论都只是假设，这算第一次的真正实践。

王先生突然带着警告的意味看了一眼白曦。可小白总浑然不觉，依然紧紧地握着刘春春的手，几乎要把那薄薄的皮肤掐出血痕。刘春春有苦难言，只好用空着的那一只手拍拍他，示意他放松，不紧张。

几秒钟之后，韩卓和琳达顺利地消失在了空气里。

实验证明，少女体内那块强大的主能源再加上师向广提供的能量储存金属，的确能让韩先生的瞬间移动突破限制。

白曦大大地松了口气，他松开刘春春的手，转而去拥抱老科学家，打算正式原谅他未经允许就把自己变成奥特曼了。事实证明，对方果真是顶尖的研究员，因此他配制出来的药应该也不会太糟糕，至少不会让自己突然膨胀或者飞上天。

琳达僵直地坐在车里，先打了自己一巴掌确认这的确不是梦，然后就扑过去抱住韩卓，嘴里骂着脏话又叫又嚷：“你真是太酷了！”

“好了好了，安静一点。”韩先生把她拉开，命令道，“坐好。”

“我可以指定地方吗？”琳达问。

“鉴于你一直以来的叛逆行为，不行。”韩卓抓住她的肩膀，不容拒绝地说道，“这次只能听我的。”

话音刚落，他就带着少女再次回到了公寓。

白曦还是一样激动不已，想再度握住刘春春的手来平复心情，结果却摸到了一个冰冷硕大的戒指。

王先生扭过头，表情友好地和他对视。

白曦：“……”为什么是你，把我的春春还回来！

王远辰挑衅地拉着刘春春站得更远，同时手指随意一挥，一个抱枕飞到了小白总怀里——慢慢掐，随便抱。

只有琳达一个人还在兴奋着，她对师向广说：“我也想要这种异能！”

“这是天生的，我做不到。”师向广摇摇头，“即使将来能做到，大概也需要十到二十年的研究时间。”

“但你一定可以的。”琳达毫不犹豫地说。

平生第一次被女儿表扬，而且女儿的眼睛里还闪着兴奋的光，不再不屑，也不再骂脏话，这样的女儿反而让师向广有些不适应，于是他尴尬地笑了笑。

在接下来的时间里，韩卓一直带着琳达做瞬间移动的测试，最终得到了可靠的数据，在琳达和能量储存金属同时在场的情况下，瞬间移动大概能进行四到六次。

“这也够用了。”韩卓道，哪怕只取最低值，也足够他进入地下仓库拷贝数据，并悄无声息地安然离开了。

“你想要做什么？”琳达好奇地问。

韩卓笑了笑："暂时保密，不过你很快就会知道了。"

所有的事情看起来都很顺利。

临睡前，韩卓正在和白曦说话，突然接到了来自大洋彼岸的电话。

"喂？"韩卓接起电话，提醒道，"现在是午夜十二点。"

白曦立马闭嘴，凑过去专注偷听。

"但你很明显还没有睡。"黛西说，"我的小甜心也没有睡，他在你身边吗？哦，算了，你不用回答，我知道他一定在。"

"他……不在。"韩卓问，"有什么事吗？"

"我打算下周回来。"黛西尽量让自己的声音听起来不那么兴高采烈，"所以想问问你们想要什么礼物……我是指给小白，唔……你们最近怎么样？"

"很好。"韩卓简短地说。

"很好？"黛西显然不能被这两个字满足，她其实是想知道更多的细节，可惜韩先生相当不配合，只匆匆敷衍了两句就挂了电话，然后正襟危坐地直直看着前方。

"你没事吧？"白曦很吃惊，为什么接完电话就变得这么严肃？

"没事。"韩卓拍拍他，"我去阳台抽根烟。"

"不行，你都戒烟一个月了。"白曦拉住他的衣角，越发担心起来，"阿姨在电话里说什么了？"

其实手机的听筒有一点漏音，所以他已经把对话内容听了个七七八八，似乎也没提到什么不好的事情，怎么韩先生突然就像中邪一般神情变得凝重了呢？

"没说什么，但是我知道她们的恶劣习惯。"韩卓提起这件事就头疼，"等我半个小时后再向你解释这些。"

"可是……喂！"白曦眼睁睁地看着他去了阳台，内心充满了茫然。

而在阳光明媚的海岸疗养院里，格温正歪着头，疑惑道："没有，他很冷静……情绪真的没有波动，没有兴奋，一丝也没有。"

"就这样？"黛西和自己的妹妹对视一眼，震惊而又心碎。

格温诚实地点点头。

"哦！"黛西嫌弃地说，"我突然就不想回去了。"

"别这样。"格温递给她一杯果汁，熟门熟路地安慰道，"我们可以半个小时之后再试一次。"

黛西躺在沙滩椅上，神情寡淡无比地看着头顶蔚蓝一片的天穹，憔悴地叹了口气：“好吧。但是我有预感，半个小时之后应该也不会有别的结果出现。”

并没有等到半个小时，仅仅过了十分钟，白曦就推开阳台门，小心翼翼地问：“到底怎么了，是不是又和地下仓库有关？我不能帮你吗？”

冬夜很冷，高层的寒风尤甚。看到对方明显被冻得发抖，韩先生很是苦恼，他把抽了一半的烟摁灭，然后带着白曦回到了卧室。

“真的没事。”他说，“没有任何危险，也没有任何意外……纯属私人问题。”

“所以不能告诉我吗？”白曦依旧不放心。

“还记得我的姨妈吗？”韩卓问。

“格温阿姨？”白曦点点头，“当然记得，她怎么了？”

“她的异能很……神奇，也很令我生气。”韩卓苦恼地向白曦坦白了一切，“她能感知到我的情绪，不管是高兴、伤心、失望还是难过，只要她愿意，随时都能走进我的心里。”

白曦的世界再度被打开了一扇新的大门。

“在她面前，我没有任何情绪上的秘密。虽然在我懂事之后，她就无数次地承诺不会再使用这种异能，但可信度相当堪忧。”

“意思是她虽然不知道你具体在想什么，却可以知道你在生气还是开心？”

韩卓点头：“这是我见过最没用的异能。”如果有可能，他倒是很希望师向广能研制出一种药物切断两人之间这极度不平等的情绪联系。

“所以你刚刚想冷静一下，也是因为不想被格温阿姨感知到情绪？”

韩卓顿时警觉起来：“我怎么觉得你看起来很高兴？”

“没有。”白曦虚伪地否认道，然后伸手在他腰间戳了一下。

韩先生：“……”

如同小捣蛋发现了新玩具，白曦嘿嘿笑着不停地逗弄着韩卓，打算看看他的情绪能绷到什么时候。

韩先生哭笑不得，侧身躲了两下，反而招来对方更加得寸进尺的动作。

“不要闹。”韩卓哭笑不得。

“我拒绝。”白曦一脸幸灾乐祸的表情，“反正只有你一个人这么倒霉，又没人能感知我的情绪。”

枕头和被子被弄得乱七八糟，这场混战持续的时间有些久，最后以白曦认输而告终。他气喘吁吁地擦掉笑出来的眼泪，躺在床上肚皮一起一伏，过了一会儿，突然想起来一件事："等一下，春春呢？"

韩先生回答："在隔壁。"

我知道在隔壁。白曦沉默了三秒钟，然后充满希望地问韩先生："我们家墙壁的隔音效果是不是还不错？或者你因为预知了会发生这件事，所以特别机智地提前把他打晕了，是不是？"

韩卓为难地问："你希望我把他打晕吗？"

虽然这种事情听起来有些禽兽，但白曦还是毫不犹豫地回答："嗯。"

"对不起。"韩卓说，"不是。"

白曦："……"不是？

他一骨碌坐起来，蹑手蹑脚跑出卧室，做贼一般蹲在了刘春春卧室门口，打算听一听他有没有睡着——凡事要往好处想，说不定儿子正感冒发烧昏迷不醒，完全没听到自己刚才那些毫无尊严、嗷嗷乱叫的求饶呢？

韩先生也配合地蹲在他身边。

如果刘春春半夜推门出来，大概会被门口这两只守门神兽一样的生物吓到昏迷，好在客卧里一直很安静，甚至连灯光也没有透出来。

"好了，走吧。"五分钟后，韩卓扯了扯白曦的衣袖，压低声音说道，"春春好像真的睡着了。"

"最好是这样哦！"白曦很生气，在韩先生胳膊上掐了一把，但即使是这样，他还是很想用头哐哐撞墙。

而在房间里，小夜灯敬业地亮着微光，刘春春整个人缩在被子里，耳朵里塞了两个大纸团，神情十分凝重。

第二天的太阳很好。白曦特意起了个大早，亲自准备了咖啡和早餐才做贼心虚地去敲刘春春的房门，就好像一位真正慈爱的老父亲那样向儿子发出深情呼唤："春春，该起床啦！"

王远辰拎着外卖蛋糕进来，一脸疑惑地看着他："你吃错药了？"

"不要吵，我的春春还在睡觉。"白曦怒视他。

王先生皱着眉，语气不善地问韩卓："什么情况？"

"没什么情况，春春每天都会很早就起床，而现在已经快九点了。"韩卓从他手里接过蛋糕，建议道，“不如你进去看看？”

王先生的表情顿时变得严肃起来，白曦只得悻悻地让开。

王远辰轻轻拧开卧室的门把手，悄无声息地走了进去。白曦赶紧凑过去瞧，然而还没等他看清楚，王先生已经敏捷地闪进房间重新关上了门。

如山父爱遭受到了前所未有的忽视，白曦坐在餐桌边，感觉心很痛。

客卧的窗帘拉得很严实，阻隔了所有的阳光，只有床头云朵形状的夜灯散发着温柔的微光。刘春春窝在厚厚的被子里睡得一脸不设防。他的手臂伸到床沿外，手机和闹钟被一起丢在地毯上——几乎能由此情景倒推出他昨晚到现在的所有活动，通宵玩手机直到清晨才睡，所以连闹钟也没能发挥作用，反而被他迷迷糊糊地从床头柜上打落。

王远辰把地上的东西捡起来，又拉高被子想帮他盖好，却不小心吵醒了正在做梦的人，“接着睡吧。”王远辰尴尬地收回手。

刘春春受惊地坐起来，显然没搞懂为什么对方会出现在自己的卧室。

“我是来送早餐的。”王远辰解释，“但是韩卓说你晚起，有可能是生病了，所以我就进来看看。”

“谢谢，我没事。”刘春春伸手拧亮床头灯，头昏脑涨地搓了搓脸，“我这就起床。”

“再睡会儿吧。”王远辰微微皱眉，“你脸色不大好，需要看医生吗？”

“我真的没生病，就是一直在做梦。”刘春春到浴室用冷水冲了把脸，刚出房门，就看到小白总穿着围裙笑容满面站在他门口。

“早啊。”他说，“你想不想吃班尼迪克蛋？”

刘春春赶紧回答：“想。”

白曦表情僵了僵，但还是努力维持着笑容：“但是我不会做。”

刘春春哭笑不得，伸手想把围裙从他身上脱下来：“我来吧。”

“不不不，我来。”白曦抓住刘春春的手，把他带到餐桌边坐好，又用眼神支使韩先生，要他快点把咖啡端过来。

餐盘里放着刚刚烘烤出来的面包，上面还用草莓酱挤了个爱心，连沙拉里的胡萝卜都是爱你的形状①。

如山的父爱向刘春春劈头盖脸砸来，可见爸爸始终是爸爸。

---

①连沙拉里的胡萝卜都是爱你的形状：“……都是爱你的形状”是网络流行语，用来表示不管干什么都是爱你的意思。句子的前半部所提及的行为或者事物越荒诞就越能表现其玩笑、恶搞的意味。

“你们究竟在搞什么鬼。”王远辰面带狐疑地问了一句。

结果三个人异口同声道：“没有。”

王先生：“……”

神奇的早晨，各怀心事的四个人。

刘春春原本是想稍微掩饰一下，大家说说笑笑就当无事发生的，但无奈坐在他对面的小白总不配合。他表情哀怨地叼着一片生菜，咀嚼速度也很缓慢，宛若一只有严重进食障碍的老山羊。

刘春春顶着巨大的心理压力，风卷残云一般把食物扫进肚子里，然后就逃也似的离开了“案发现场”，甚至还主动请求王先生开车送自己去上班。

白曦见状食欲全无，丢下餐叉，躺在沙发上嗷嗷叫。

韩卓忍着笑，坐在他旁边道：“这也不能怪春春，他已经很努力地在演戏了，捣乱的那个人是你。”

白曦怒不可遏，一脚踹向罪魁祸首的肩膀，你还好意思说！

虽然这件事有些一言难尽，但也总不能靠“家暴”韩先生解决，况且公司里还有一大堆事要忙，所以白曦也去上班了，甚至还和刘春春一起开了个会，带着他签了份合同，直到中午休息的时候，才让秘书把人恭恭敬敬请到了自己的办公室。

“反锁门。”他淡淡地吩咐道。

山雨欲来风满楼。

刘春春熟练地抱着头蹲在地上：“报告老板，我真的什么都不知道。”

但老板很粗暴，不光不好好听他讲，还旋风一般冲过来抱着他一起滚在了沙发上。

暴力是非常可耻的，应当被全人类共同唾弃，这是刘春春在接下来十几分钟里唯一的想法。

韩先生抱着手臂站在总裁办公室门口，听着办公室里的动静，唇角不可遏制地上扬，看起来很欠揍。

“白哥！”刘春春泪眼婆娑，我什么都没有说，为什么还要打我。但有钱人他就是这么不讲道理，白曦气喘吁吁地把靠垫丢在他身上，一屁股坐了下去。刘春春小声地“呃”了一声，闭着眼睛说：“我死了。”

“呸！”白曦拍了他一巴掌。

刘春春嘿嘿笑起来。

白曦搓了搓通红的耳朵，怒道：“不准告诉别人！”

“当然不会说了。”刘春春推开他坐起来，“发誓不说。”

“行了行了。”白曦把他拉起来，“这件事到此为止。”

“成，但我还有一件事。”刘春春搂住他的肩膀，“白哥，不然我搬出去住吧，总不能一直在你这儿蹭。”

白曦幽幽说：“想都别想，你要搬去哪里？”

“不然我先去隔壁？”刘春春提议。

白曦握住他的手，正色道：“爸爸不允许你这么委屈自己。”

“我没开玩笑。”刘春春说。他昨晚并没有找到白曦所居住的这栋公寓楼的别的房屋出租信息，况且就算真的有，楼层相隔太远的话，白曦他们估计也不会答应，唯一的选择就是隔壁——目前有师老师在，应该也不至于太尴尬。

“去隔壁真的还好。”刘春春继续说。

白曦心情复杂，目光沉痛，明明家里就有舒适的床，但儿子却要“背井离乡”，此等灭绝人伦之事，放在调解节目里估计能拍一百集。

“那我去工作啦。”刘春春拍拍他的背，把这件事敲定了，“晚上我就搬走。”

白曦凄凄楚楚地目送他离开，还是觉得非常愧疚。直到韩先生进来说了一句：“放心吧，远辰会照顾好春春的。”

白曦坐起来：“嗯？”

韩卓道：“吃一堑长一智，远辰不会再乱来了。”

“你说什么？”王远辰握着手机警觉地确认。

“我是说，春春要搬到你家住。”韩卓闲闲地坐在椅子上，左右转动，“这是你表现的好机会，不用我教你该怎么做吧？”

王远辰把电话丢在一边就开始收拾房间，还勒令无辜的老科学家把地板拖了三遍，直到能当镜子照为止。

“春春要来住吗？”师向广也很吃惊，“他和小白吵架了？”

王远辰不打算回答这个问题，他只是上下打量着师老师，觉得此人真是十分碍眼，但是偏偏还不能打发走——就自己目前和刘春春的关系而言，显然还是得有个第三者同在屋檐下才能让气氛更加轻松融洽一点。

“琳达最近给你打电话了吗？”师向广又问，“她的身体怎么样？”

“那是你的女儿，你问我？”王远辰摇摇头，“七叶路的酒吧距离这里不算远，需要我带你过去看看吗？当然，今晚不行。”

“还是不了。”师向广站起来，“我去给她打个电话。”

王远辰把啤酒放在桌上，又去主卧室里检查了一圈，觉得灰黑色的床单有些暗沉，于是一个电话打给商场，让他们送了一套新的过来。

当天晚上，白曦左手拖着行李箱，右手拉着刘春春，正式过来视察。

房间里没有烟味，冰箱里的食材也很齐全，茶几上还放着新买的游戏机和刘春春最喜欢的推理小说。

“你睡在哪里？”白曦问。

刘春春小声道：“沙发就好了。”

白曦看向王先生。

王远辰打开主卧的房门。

老科学家在沙发上喷出了一口水。看惯了平时寡淡的风格，骤然在一片灰黑里出现这么少女的颜色，像是在机械异世界里突然出现的梦幻游乐场，他确实有些受惊。

床单和被罩是粉红和奶油白，床头还有蘑菇形状的小夜灯，连地上的地毯也换成了粉嫩的绒毛毯，如果他们再去浴室看一眼，就会发现从牙刷到沐浴露的外包装颜色都是精心挑选过的。

刘春春头晕目眩，眼花缭乱。

“好了，我们回去了。”韩卓把白曦拉到自己身边，“明天见。”

“春春啊……”小白总依旧不死心，还想再把儿子带回去，但是韩卓并没有给他多说话的机会，火速把人带离了现场。

虽然不知道究竟出了什么事，但师老师还是敏锐地意识到自己不应该在这里，而应该在车底，就算不去车底，至少也该回隔壁。于是他说：“晚安。”

刘春春：“……”这就都走了吗？

现在还不到九点，显然不是一个应该睡觉的时间，而且刘春春对于占据主卧这件事颇为不安，他诚恳地对王远辰说道：“真的，给我一张沙发就够了，或者我去师老师的房间里打地铺也行。”

“所以你想让我睡这么粉红色的房间？”王远辰帮他把行李箱放好，“书房随便用，还有什么需要的，直接告诉我。”

刘春春还是很过意不去，但是又不能任性地离开这里，毕竟在外面的不是普通人，而是来自外星的变态狂，连警察也无计可施的那种。

看出刘春春的拘束和紧张，王远辰很及时地退出卧室，没有再多说什么。

刘春春独自一人站在房间里，打量着这个到处都是粉红色的空间，也不知道自己应该是什么心情。

半个小时后，白曦打电话来关心他目前的情况。

“我在卧室上网。”刘春春说，“没事的白哥，我又不是小孩子。”

“好吧。你如果想回来的话，随时都可以。”白曦终于说服自己勉强放下了心，“早点休息。”

刘春春笑着答应了，挂了电话。

听着电话另一头传来的嘟嘟声，小白总一头栽倒在韩先生身上，忧郁而又悲伤地说：“老韩，我是一个不合格的父亲。”

“不合格的父亲在隔壁。”韩卓拍拍他，“乖，别演了。”

“你是说师老师？”白曦坐直。

韩卓点头：“所以你还是很称职的。”

白曦严肃道：“也是。”

隔壁小王家，刘春春上了一会儿网，觉得口渴，想出去倒杯水喝。他先是趴在门上仔仔细细地听了听，确定了客厅似乎没有人在看电视，才蹑手蹑脚地开门出去，结果却看到王远辰正一个人站在生活阳台上抽烟。

空旷的夜晚，深蓝的天幕，孤独的灯光，还有同样孤独的人和他指间那明灭闪烁的暗红火星。

看到刘春春站在门口，王远辰立即摁灭了香烟。他推开玻璃门进屋，一股北风霎时席卷而至，刘春春不由得打了个哆嗦。

“怎么了？”王远辰问他。

“没什么，”刘春春道，“我只是想喝点水。”

王远辰从柜子里取出新杯子递给他。杯子的标签都没有来得及撕掉，那是之前他专门抽出半天时间去专卖店买回来的刘春春惯用的同款。

刘春春打开水龙头，默不作声地洗杯子。

王远辰站在旁边安静地等着。

感觉到气氛似乎有些奇怪，于是刘春春主动找了个话题。他说："以后少抽一点烟，对身体不好。"

王远辰一口答应，他看着眼前的人，很认真地说："我以后戒了，你还有什么不喜欢的，一次说出来，我都改。"

刘春春抿抿嘴，把杯子塞过来："泡茶。"

王先生接过杯子，手一抖，差点把大半罐茶叶都倒了进去。

又浓又苦的热茶并没有让刘春春失眠，这个夜晚他依旧睡得安稳香甜，虽然换了新的床单枕套，但熟悉的香水味却没有因此散去，依旧会若有似无地飘在空气中，连梦境也是海天相接，风摇草曳。

第30颗星

暗流

深藏在日常之中的不散阴影

王远辰和刘春春两人再度成为室友。白曦在担心了整整一周之后，终于确定两人这次相处得似乎真的还不错，遂沉痛地对韩先生说："我有预感，我的春春马上就要打电话通知我不再是他心中的第一了。"

"那也好过他们俩闹矛盾。"韩卓安慰他，"而且没关系的，你知道春春是在什么情况下才会说这样的话。"

白曦被安慰到了，他拿起车钥匙说："走吧，去机场，否则真的迟了。"

"真的不用去接黛西。"韩卓不得不又重复了一次。

"你表现好一点啊！"白曦把他从沙发上拽起来，拖着就往门外走。

小车在高速上疾驰，飞机轰鸣着降落在机场跑道上。

黛西手拎精致的手袋，脚踩犹如利刃一般细跟的高跟鞋，优雅万分地从机场里出来，十足是一名真正的盛装贵妇。

"阿姨，这边。"白曦欢欢喜喜地向她跑过去。

"真的来接我啊。"黛西笑容满面地迎上去，握住白曦的手拍了又拍，"还是我们的小白最乖。"

韩先生接过行李箱，自觉当起了保镖和司机，其实仔细想想，他本来也是小白总的保镖兼司机。

白曦嘴很甜，一路都对黛西关怀备至，嘘寒问暖。

黛西从来没有养过这个品种的儿子，越发地怎么看怎么喜欢。

白曦问："格温阿姨没有一起回来吗？我还想认识她呢。"

"她在照顾赵小娟，因为还有最后一点治疗要做。"黛西道，"大概会比我晚一个月回来。"

"赵小娟怎么样了？"白曦道。

"她恢复得很好，不仅是身体，还有心理。"黛西道，"疗养院里有很多古铜色皮肤的猛男，堪比阳光明媚的天堂。"

韩卓突然咳了一声。

白曦笑道："所以她开始了新恋情？"

"这倒没有，她大部分时间还是在牵挂自己的养父母。"黛西道，"那对夫妇过得还好吗？"

"还不错，他们的生活并没有被过分打扰。"白曦道，"黄靖远已经死了，赵小娟对地下仓库而言又早就失去了研究价值，那些人不会去找赵跃进夫妇的麻烦的，毕竟人类社会不是法外之地，他们也不想给自己惹些不必要的麻烦。"

"你要送我去哪里？"黛西突然问韩卓。

"七叶路，不然呢？"韩卓回答。

"不应该先为我接风洗尘，安排一顿温馨美味的晚餐吗？"黛西心碎地说。

白曦："……"

"没这个打算。"韩卓说，"不过明天我会带一位客人来酒吧找你，师向广。"

"你永远只会谈工作。"黛西不满地靠在椅背上，"那天要不是你格温姨妈，我差点以为……哦，天哪，那是这一季的新款吗？！"她趴在车窗上，对着橱窗里的手袋装模作样地发出惊叹。

然而这次掩饰并不是很成功，因为韩先生已经把车停在路边，扭头看着她一字一顿地警告："我说过，不要再擅自感知我的情绪。"

"我知道，我当然知道宝贝儿，我也是这么警告你姨妈的。"黛西非常虚伪地摸了摸他的侧脸。

在接下来的路途中，车里的主人都很安静。韩卓一语不发地开车，黛西小心翼翼地观察了几次他的脸色，每次都像是看到了暴风雨即将到来前的乌云。

车里气压低到令人窒息，最后白曦不得不主动出来调节气氛，又讨论了一下师向广的事——就算话题很突兀，但至少有个人一直在说话，也不至于太尴尬。

刘春春发来短信问他："怎么样？"

白曦一脸愁苦地回复："不是很好，但和我没关系。"

"'不是很好'是什么意思？"刘春春担忧地问。

"就是很糟糕的意思。"王先生一边研究电饭煲的用法，一边漫不经心地回答。

"黛西太太很凶吗？"刘春春又问。

"对别人而言，她的确很凶，就像是一条母龙。"王远辰按下煮饭键，耐心道，"但是对你的白哥，她一定不会那样，并且还会亲亲抱抱举高高。"

"你真的确定吗？"刘春春安心了，放下手机继续切菜，"把葱给我。"

王远辰依言照做，他对目前的生活很满意，也很热衷于做一个帮厨，并从洗菜这件事中发现了无穷无尽的新乐趣。

七叶路酒吧里，白曦正在帮黛西泡茶。

这里已经提前一天清扫整理过，所以一切都很干净舒适。黛西坐在镶满钻石的沙发上一脸心碎："我知道这样做有些过分，但每一个父母都会忍不住关心自己的孩子。"

"话是这么说没错，但他已经成年了，有权利选择不公开自己的秘密。"白曦把浅红色的蔓越莓茶递给她，"小心，有点烫。"

"所以你也认为我是错的？"黛西握住他的手，"在你父母偷看你日记时，你也会不理他们吗？"

白曦如实回答："他们从来不会偷看我的日记。"

"那是因为你会定期和他们谈心，对不对？"黛西叹气，"但是韩不会，他从小就习惯隐藏自己的心事，不论好事或坏事，所以我们真的很担心他。"

"我认为你们需要找个时间好好聊一聊，至少要让彼此知道对方的想法。"白曦站起来，"现在就不错，我去找他过来。"

走廊尽头的书房里，韩卓正看着窗外，手边丢了一包空了一半的香烟。

"喂，真的生气啦？"白曦在他身后问。

"其实也不算。"韩卓有些无奈，"但是我必须做点什么好让她们知道我不喜欢这样，否则这种事还会重复上演很多次。"

"不会的，"白曦安慰道，"她们只是担心你。而且刚才阿姨说，你从小到大都拒绝和她们谈心。"

"因为我拒绝主动给予，所以她们就能强行掠夺？"

"当然不能，但这件事要慢慢解决。"白曦拍拍他的胸口，"我们现在先去陪阿姨喝茶，好不好？”

韩卓点头：“好。”

天色暗了下来。酒吧里，一群酒客正围在吧台前起哄地看着琳达表演调酒。劫后余生的少女换了新的发色，把桃花一样的粉换成了雾霭一般的灰，再加上白得透明的脸颊，红到透亮的唇膏，还有超短裙和皮靴——她今晚打扮成了游戏里的女警角色。

“小妞，你喝多了。”一只胳膊突兀地伸出来把那些燃烧着的酒杯从她面前扫开。

“唔……”琳达看着面前的男人，醉眼蒙眬地说，“你好，老国王。”

“你好，冒牌警察。”韩卓亲自调了杯酒推给客人，“我们都在等你吃饭，而你却在这里大喊大叫。”

“我喝多了。”琳达晃了晃脑袋，“我去洗手间。”

“我让老皮带你回去休息。”韩卓大声说。

然而琳达已经欢快地推开木门，消失在了喧嚣的音乐声里。五分钟后，负责清洁的老皮带着琳达回来了，并告诉韩卓她刚刚闯进了男洗手间，把里面的客人吓得够呛。

韩卓：“……”

“喏。”老皮扬扬下巴，“就是那个可怜的地球人。”

娃娃脸的年轻人夹着外套匆忙地往门外走去。

韩卓看那人觉得有些眼熟，很快他就想起来对方是之前遇到的小交警。

“放心，没露馅。”老皮继续说，“我也在那里，她只是又哭又叫，要去踢那个她没有的东西而已。”

韩卓哭笑不得，丢给老皮一块闪亮的宝石：“先带她回去吧。”

叛逆少女还在歪着头唱歌，浑然不觉刚才发生了什么。

这一晚月色很好，月亮又圆又亮地挂在天边，而稀疏的星芒如同光凝成的剑。

此时已经过了午夜，白曦趴在二楼小露台的围栏上，幼稚地伸手做出射击的姿势：“乓！”韩卓从他身后走过去，递给他一杯酒。“刚刚是谁打来的电话？”白曦接过酒杯，放在桌子上，“看你的表情，我觉得恐怕不是什么好事。”

“可也不是坏事。”韩卓说，“是梁佚打来的，他说最近地下仓库有些异常，似乎又改造出了一批新的实验体。”

白曦叹气：“这还不算坏事？”

“至少我们提前知道了这件事。”韩卓想了想，“总比措手不及要好。”

地下仓库就像是一个高效又变态的魔窟，只要还在运转，它就会源源不断地生产出新的变异物种。但一想到要彻底摧毁那里，白曦又有太多顾虑，因为这是一个不能被提前设计完美的行动，过程中实在存在着太多的不确定性，任何一个小小的意外都有可能导致结局的崩盘。

“我现在就不想你是奥特曼了。”白曦闷闷地说，“也不想你去拯救地球。”

“我不是拯救地球，甚至也不是拯救异能者。”韩卓扶住他的肩膀，“而是拯救我们所有人的将来，只有这一切都结束了，大家才能像普通人那样一起生活，是不是？”

白曦有些惊讶，看着他半晌没说话。

“嗯？”韩卓笑笑，“怎么了？”

“你刚刚说了将来。”白曦提醒他。

韩卓点头：“所以？”

“你说了将来！”白曦有些欢欣雀跃道，“你不走了吗？”

韩先生微微歪了下脑袋，眼里闪着藏不住的笑：“不一定，看你的表现。”

白曦嘴角无限上扬，开心得像个收到心爱礼物的小朋友：“不管，我不准你走。”

韩卓笑出了声，声音却越发温柔：“我说了，看你的表现。”

然而还有谁能比白曦表现得更好呢？他又聪明又上进又善良，就好像是天边一闪一闪的小星星，每天都在努力发光，吸引着每一个人靠近。

师向广盯着棋盘，犹豫着下一步要怎么走。

刘春春坐在他对面，捧着一杯热乎乎的可可小口地喝着。

而王先生则相当后悔，后悔自己为什么要从薯片袋里拆出这副简易飞行棋——这两个人已经下了整整两个小时了。

“我又赢啦。”刘春春说。

王远辰总算逮到能把那张散发着香辣孜然味的棋盘丢进垃圾桶的机会，他利索地丢了东西并提醒师向广道：“这位年迈的科学家，你明天还有一整天的约会。”

“那不叫约会，叫约谈。”师向广纠正他，“你们年轻人谈恋爱才叫约会。”

“不管是什么，今天都到此为止。”王远辰拉着刘春春站起来，用十分温柔的语气说道，“你也早点休息。”

经过几天的磨合后，刘春春和王远辰似乎又找回了之前的默契。刘春春在接到家里打来的电话时也很乐意把手机递给王远辰，让嘴甜的他去哄一哄对面诸位阿姨。而且还有一件更厉害的事，王先生居然稀里糊涂地就被拉入了刘家的家族群。刘春春发现后尴尬地说："对不起啊，她们也没有事先问过我。"

"没关系。"王先生表情淡定地划拉着手机，很快就换了新的头像，把之前暗红色的天换成了一张构图精妙的自拍，精致漂亮的侧脸上有几缕因夜风吹拂而凌乱的碎发，下巴弧度完美，眼底也盛满了璀璨星光。

面对王远辰此等意想不到的动作，刘春春很是目瞪口呆。而就在这短短几分钟里，纷纷掉落的红包已经刷满了屏幕——相当隆重的欢迎仪式。

"算了，我不想管你们。"刘春春趴在沙发上，扯过毯子捂住头。

王远辰叼着饮料的吸管，第一时间就从刘妈妈的社交平台里转发了一篇文章到自己的平台——《震惊！原来你已经过了最佳结婚年龄！》。

半个小时后，七叶路酒吧群置顶的公告严肃地提醒大家Aspis账号疑似被盗，估计对方很快就要来借钱回老家充话费了，请大家一定不要上当受骗。

谈话的地点在酒吧包间里，人很齐，堪称史上最齐。虽然讨论的话题很严肃，但门外隐约传来的笑闹、尖叫以及房间里暧昧流光的紫色吊灯，都让谈话的气氛与主题显得格格不入——不管怎么看，这群人都像是在讨论要如何发展壮大色情产业链，而不是外星族群迁徙事宜。

"那艘飞船还能再找到吗？"黛西问。

"这个问题韩先生也曾经问过。"师向广道，"但目前并不确定，因为在替琳达换好心脏后，我又去过那个地方，飞船却已经无影无踪了。"

"被人带走了？"黛西轻轻皱眉道。

师向广摇了摇头。

那是一片寂静空旷的沙漠，黄沙日夜都在跟随着狂风的方向流动，白天还暴露在外的飞船，晚上就有可能会被深深埋没。除此之外，他还有一个大胆的猜想，飞船上的太阳能电池板或许仍旧能用，那些光翼在白天蓄能，在晚上则拖着伤痕累累的飞船于沙地中蜿蜒前行，如同一位苟延残喘的老人，等待着随时都会到来的能量耗尽。

"如果真的是这样，那只靠我们几个人应该很难找到吧？"白曦道，"要和北斗研究所商量合作吗？"

"那艘飞船对于目前的我们来说其实并没有太大的价值，即使找到了，我们也没有能力复制一艘出来。”韩卓道，“不过对人类来说它就是一个移动的巨大宝藏……这笔交易有得做。”

“那我们得加快进度才行。”黛西说，“施天已经完全疯了，他手下的追捕者这几天又倾巢而出，像是需要大量的实验体。”而且这次甚至连老周的药物也不再有用了，因为即使有的异能者已经服用了大量药物而变得虚弱多病毫无研究价值，也依旧会被带往地下仓库。这倒是和梁佚的情报相吻合——对方根本不是为了实验，而是纯粹为了制造僵尸。

“他到底想做什么？”白曦不解。

“我猜他是想加强地下仓库的安保，或者研究出新的屠杀机器。”黛西道，“但是无所谓了，如果那位梁所长真的愿意帮我们，那他正好可以将这件事汇报给上级——一个位于城郊的地下科研机构违规制造了上千僵尸，这绝对能引起相关部门的重视。”

听到梁佚的名字，师向广微微愰了愰神，像是被人戳中了陈年伤疤。

而在私立医院里，梁佚也正在看着文件夹中那泛黄的照片，直到有人过来敲门，他才轻轻合上了文件夹。

“老师，”周勇说，“要我送你回家吗？”

“我再坐会儿。”梁佚道，“你先回去吧。对了，最近冯起怎么样？”

“他很安分，也没有再主动挑衅我了。”周勇说，“不过在我看来，他越安分，就说明地下仓库或许越不安分。”

梁佚笑笑：“回去吧，记得提醒你太太明天来复查。”

周勇离开后，庄妍也打电话过来抱怨他这个点了还要加班。梁佚做了个深呼吸，赔笑着道歉，又特意去买了她喜欢的卤味带回去。在浴室洗澡的时候，他看着自己斑白的两鬓，突然就觉得累了——不是平时通宵实验或手术带来的困乏，而是从内心深处生出的疲惫，他开始认真考虑退休的事情，想放下隐秘的第二重身份，彻底回归家庭。

不过这一切的前提是地下仓库的毁灭和异能者的安全离开。

无论韩卓愿不愿意相信，他对这些分散在地球上的外星来客的确是有些感情的，这感情说成同情也好，内疚也罢，总之在决定离开实验室前，他想再做最后一件事情——送他们回家。

“老牛啊。”庄妍穿着睡袍，坐在床上叫他，“过来帮我擦润肤油。”

梁佚答应一声，又对着镜子拔掉了几根白头发才回了卧室。

城市的灯光逐渐暗下来。

白曦靠在床头，像是在发呆。

“在想什么？”韩先生拍了拍小奥特曼。

“在想今天说的事情。”白曦说，“我有点担心。”

“那怎么办呢？”韩卓配合地做出苦恼的样子，“行动定在一个月后，你还要担心至少三十天，就打算一直这么愁眉苦脸？”

白曦说：“嗯。”

韩卓哑然失笑：“没事的。”

“我当然知道一定是没事的。”白曦说，“但我还是会担心，这和你是不是奥特曼没关系。”

“所以你是真的不想睡？”韩卓拉着他站起来，“走吧，去浴室。”

“为什么？”白曦纳闷，“我已经洗过澡了。”

韩卓拉着他走到浴室门口，然后用力打开了浴室的门。

橙黄色的光在一瞬间撞入白曦的眼帘，整个浴室像是在银河中洗了澡，连墙壁都在发光。而在最中间的圆形浴缸里则装满了闪着光的小星星，它们正像水波一样翻涌流动，如同海盗船上堆积成山的黄金和钻石，却比它们更加漂亮璀璨。

白曦忍不住扑了进去。

小星星其实并没有实体，只是一团团小小的光，却能随着白曦的动作浮动滚落，像蹦跳的海洋球。

生平第一次被星辰淹没，白曦看着在自己指尖闪烁的光晕，开心又不甘地对韩先生说：“你又作弊！”

对手实在太过强大，不仅有好听低沉的声音、修长柔软的手指、随时都能泛起水雾的桃花眼，还有无处不在的小星星。

“我就是作弊。”韩卓挑眉，“谁让你这么喜欢小星星呢？”

看着坦诚到有点“可爱”的韩先生，白曦忍不住想要打断他这股得意劲儿，他伸手去够韩先生，却不小心碰到了阀门，浴缸里的小星星被热水冲刷着随着漫溢的水流淌出来，在白色地砖上流成一条融光微亮的河。

第二天是周四，白曦有整整一天的会要开。

韩卓站在会议室前担忧地不断往里看。助理小姐实在看不过去，好心地小声提醒道："韩先生，你是不是有事要找白总？这场会议可能还要一个小时才会结束。"

"我没事。"韩卓低声说，"只是白总今天有些不舒服，你帮忙看着点，别让这些人纠缠太久。"

会议室里，刘春春也看出白曦的异样，眼看对方老总还要组织中午的酒局，他赶紧主动请缨，替白曦接下了这场应酬。

"谢了。"白曦松了口气，在散会后拍拍他的肩膀，"多带几个人去，对方看着就是一群酒坛子。"

"你就别管我了。"刘春春帮他接了杯热水，"昨晚在酒吧里还好好的，怎么今天就无精打采的？"

"头昏，没睡好。"白曦不好意思说自己是因为昨晚在堆满星星的浴缸里玩水玩太久所以感冒了，只草草解释了一句就把他打发出门，又叫了韩卓进来："马克李下午要来公司，晚上约了我一起吃饭。"

韩卓："……"

"大气一点，你可是奥特曼。"白曦站起来，"我已经答应了，你不准捣乱。"

韩先生酸溜溜地问："他那卖不出去的星际苦情剧终于资金链断裂了？"

"人家已经顺利杀青了！"白曦扯扯他的领带，"请你今晚表现好一点，因为听说庄总和梁所长也会去。"

韩卓完全不知道为什么马克李导演跟朋友出来吃饭还要拖家带口，但考虑到这次的"家""口"分别是庄妍和梁佚，也只好勉强答应。他还不忘给王远辰打电话，让他来接刘春春回家。

"饭局？"王先生丢下手里的书，皱眉问道。

"陪客户吃饭。"韩卓说，"就在公司楼下的酒店，你要现在过来吗？"

答案当然是肯定的。王远辰一边走一边解纽扣，从客厅到衣帽间，一路都是衣服，幸好师老师此时还在知识书屋，所以并没有被迫欣赏到这场性感美男的脱衣秀。

虽然没参加过几次商业应酬，但刘春春也只在熟人面前犯蠢，远没有傻到在外人面前也自觉主动猛灌酒的分上，反而还挺精明的。一顿饭吃下来，不仅合同完全按照白曦的要求签订，就连那三瓶洋酒也被对方喝了四分之三。

"行……你够意思！"直到被塞上车，对方负责人还依依不舍地拉着刘春春的手对他赞不绝口，"辛苦了。"

“不辛苦不辛苦，赵总您才辛苦。”刘春春笑容满面，用力把自己的手抽出来，用眼神示意司机赶紧开车。

车轮在地上擦出一溜儿烟，刘春春往后退了两步，松了口气，转身想要往回走，余光却瞥见了一辆熟悉的红色跑车，以及车旁边站着的人。

“你怎么在这儿？”刘春春惊讶地问。

“韩卓说他晚上有约，让我接你下班。”王远辰走过来，“喝酒了？”

“陪客户吃饭。”刘春春说，“没喝多少，没醉。”

“要回去休息吗？”王远辰问。

刘春春摇头，他真的没醉，而且手里还有工作没做完。

“没事就好。”王远辰帮他把衣领拉紧，说，“你先去工作吧，这里太冷，我在车里等你。”现在是下午两点，距离下班还有四个小时。

于是刘春春说：“走啦，去楼上等。”

王远辰不禁有些惊讶，然而刘春春已经转身走向了电梯口。

他双手插在衣兜里，板栗色的头发乱糟糟地竖起来一小撮，背影看起来滑稽又可爱。王远辰眼底笑意加深，快走两步追上去，帮他把头发整理好。在回公司前，两人还在楼下的便利店买了冰激凌，粉红色的，是草莓覆盆子口味。

“所以他们这算是彻底没事了？”白曦问。

“管好自己的生活就可以了。”韩卓端着咖啡，真诚地提议，“比如说多爱护一下你的保镖兼司机，不要让他的心因为马克李而受伤。”

“以后严禁你再提马克李和史蒂夫老师。”白曦往他的咖啡杯里丢了颗棉花糖，“走吧，陪我去开会。”

兢兢业业的小奥特曼，既要经营公司和抽空拯救外星人，还要陪自己的灵魂挚友全家吃饭。在去餐厅的路上，他一口气喝了两杯咖啡，才勉强不再哈欠连天。

韩卓看着白曦昏昏欲睡的样子，无奈地在心里叹了口气，打算这次真的要把马导演拉进黑名单里。

文艺青年马导演浑然不觉自己再度拉到了一拨仇恨，还在热情地和白曦拥抱，力度之大，几乎要把对方的肋骨勒断。

庄妍笑着招呼大家落座，韩卓应对得体，还带了瓶酒当礼物。相对来说，倒是梁佚的处境最尴尬，他实在不想当着知情者的面在未来太太的面前扮演另一个人，而这些尴尬又加深了他之前的念头——要早点回归生活，彻底变成普通的私立医院院长。

接风宴的主角是马克李，主题是提前观影，白曦也是在这时才发现原来包厢里已经提前布置好了投影仪，他诧异地说：“你这么快就剪辑好了？”

“那倒没那么快，就是几个小片段而已。”马克李关了灯，笃定地说道，“我觉得这次有戏。”

虽然他说得挺自信，但回想起《爱的大山楂》，白曦还是选择保留意见。庄妍则兴致勃勃地挽住梁佚的手，准备欣赏儿子的电影片段。而在男主角裹着白纱飘出来的一瞬间，除了傻笑的马克李，所有人都在心里叹了口气——这烂片八成又要凉。

马导演当然不会知道现实中异能者的残酷生存环境，他把整部电影拍得很唯美，完全就是一个缠绵悱恻的爱情故事，只有结尾处有个剧情的小小高潮，而这个高潮在这次的观影活动里也有体现——男主角为了拯救族人最终选择牺牲自己，而被蒙在鼓里的女主角则痴痴地等他回来。她穿着马克李导演最爱的、在《爱的大山楂》里频频出场的白色长裙，站在沙漠中央，仰望着星空和云海，把一切都定格在了静默的空气里。

灯光带着电流的声音在四周亮起，马克李导演充满期待地问几人：“怎么样？”

庄妍顾不上说话，因为她正拿着纸巾泣不成声。

马克李尴尬地说：“妈！”你能不能回家再哭，这么大庭广众地演，我很尴尬。

然而霸道女总裁这次是真的在哭，或许是因为最近正在谈恋爱，她相当看不了这种分离的情节。

白曦也终于发现，自己这位灵魂挚友其实还是有一些天分的，虽然电影逻辑烂了点，情节也没什么连贯性，但拍恐怖片能吓死人、拍爱情片能让观众哭得感同身受，也算是老天爷赏了半碗饭。

“这么给面子的吗？”马克李懵懵懂懂，受宠若惊。

梁佚冲他招招手：“小马，到叔叔这儿来。”马克李一脸迷茫地走过去。“你的电影，打算什么时候上映？”梁佚慈祥地问道。

“暑假吧。”马克李回答。

“能不能提前？”梁佚说。

马克李莫名其妙：“为什么要提前？”

“因为这部电影拍得很感人，我想让观众尽快欣赏。”

“……”马克李正色道，“我考虑一下。”

白曦也对这几个片段提出高度表扬——除了有些糟心又立flag之外，基本上没啥缺点，《爱的大山楂》和它完全不是一个档次的作品。

星海路公寓里，刘春春正在看王先生调酒。

绿薄荷和菠萝汁混合在一起，色彩缤纷美丽，是专门骗小朋友的无酒精饮品。

“果汁吗？”刘春春尝了一口。

“你白天已经喝了足够多的酒了。”王远辰说，“这个味道也不差，还是说你想要粉红色的饮料？”

刘春春选了半天，最后说：“我想喝那个。”他指的是所有酒瓶里最漂亮的一个，晶莹闪光，像是钻石制成的容器。

王远辰摇头：“那是伏特加，烈酒。”虽然言语在拒绝，但他依旧拿了一个玻璃杯帮刘春春调了杯粉红色的饮品。混合着牛奶、红石榴糖浆和一盎司伏特加，杯口还点缀了一片柠檬。

刘春春接过来一饮而尽，觉得挺香甜的。酒精能让神经舒缓，也能让体温升高，白天残留在身体里的洋酒似乎被这一丁点伏特加重新唤醒，晕乎乎的感觉很舒服，他搓搓自己发烫的脸，对王远辰说：“谢谢。”

王先生笑了笑，把杯子洗干净：“不客气。”

没有任何人打扰的安静夜晚，只有广口杯里香熏蜡烛的烛火在微微摇曳，刘春春昏昏沉沉地趴在桌上，睡得一脸不设防。

王远辰把一切收拾干净，然后扶他回了卧室。

一切仿佛回到了最初的样子，同一屋檐下的两个人生活得温馨却又小心翼翼。王远辰不确定自己还要花多长时间才能将带给对方的那些阴影抹去，不过他有心理准备，五年也好，十年也罢，一辈子似乎也可以。

而隔壁，或许是由于马克李导演的电影太煽情，白曦在这个夜晚几乎没有一刻不被暗黑的梦境侵扰——分离和骚乱占据了他的大半意识空间，剩下的则是被淹没在人海中的韩卓和白得像是坟墓的地下仓库……

一向警醒的韩卓被隔壁房间的动静惊醒。他匆忙赶过去，就看到了深陷梦魇的白曦。来不及多想，他快步上前，轻轻地晃了晃对方：“小白，小白！醒一醒。”

白曦猛然睁开眼睛，脑海中那血红色的浓雾还未完全散去，后背也被冷汗濡湿。

“看来你做了个了不得的噩梦。”韩卓替他倒了杯水。

白曦哑着嗓子说："我梦到地下仓库了。"

"又梦见我失踪了？"

白曦一把捂住他的嘴。

韩卓安抚道："梦都是反的。"

"我讨厌地下仓库。"

"我也讨厌那里，没有人不讨厌那里。所以我们才要毁了地下仓库，这样你是不是就可以不做噩梦了？"

白曦摇头："我不知道。"

韩卓笑着看他："傻瓜。"

白曦抱怨："我是在担心你。"

"我当然知道。"韩卓说，"我知道你在担心我。"

"马克李那个电影永远都只会是电影对不对？"过了一会儿，白曦问，"你永远都不会为了别人牺牲。"

"我会对将来负责。"韩卓扶着他的肩膀，神情无比认真，"而且异能者们也不需要我牺牲，只需要我送他们上飞船。"

白曦抬头和他对视。

"你似乎有点担心过度。"韩卓扶着他重新躺进被窝，把灯光调到最暗，"听话睡觉，否则我会考虑在飞船升空时把你的灵魂挚友也塞进去。"

白曦："……"你是认真的吗？!

第31颗星

前夜

真的英雄就敢把话说在前面

天空中飘下细碎的雨夹雪，阴沉的天气让心情也跟着阴沉起来。

下午六点，白曦晕头晕脑地合上电脑，靠在椅背上长长地吁了口气。

韩卓问他："累了？"

"我们和梁所长约了几点？"

"七点，还有一个小时，我可以带你瞬间移动过去。"韩卓拉他起来，"要不要出去透透气？你的脸色看起来有些糟糕。"

下班铃恰好响起，不用想也知道，不出十分钟，附近的所有道路就会堵成一团糨糊。因此两人没开车，而是溜达着进了办公楼附近的一条僻静小路。

略带湿意的寒风吹在脸上带来些许刺痛，却刚好能驱散脑子里的昏沉。街道两旁有许多文艺调调的小店，大多是咖啡馆和杂货屋，橱窗里亮着黄色的星星灯，闪烁明灭得恍若梦境。

从街头走到街尾，吃到了路边摊的咖喱鱼蛋，还喝了奶茶，白曦觉得舒服了不少，他搓搓热乎乎的脸颊说："走吧，要迟到了。"

其实他很享受这种安静的夜，并且还贪心地想让时间无限延长，可一想到地下仓库最近正大肆抓捕异能者他就立刻没了心情，满心只想让所有糟糕的事情都尽快结束。

梁佚在一处私密公寓里泡茶。他最近喜欢上了年轻人的口味，包括玫瑰红茶和白桃乌龙，还有散发着梅子香气的桃红色果茶，这些能让他觉得自己还不是太年老。

他面前突兀地闪现两个人影。

韩卓摘下手套，四下看了看，问道："这是哪里？"

“这是我的另一个住处，需要避世思考的时候我就会来这里。”梁佚招呼两个人坐下，一边烫洗玻璃杯，一边对韩卓说：“你瞬间移动的定位很精准，我原本以为仅仅凭借一张模糊的照片，你会找不到这里。”

“所以又是一次考验？”韩卓反问道。

“没有冒犯你的意思，但我确实很想摸清你的异能究竟能够做到什么程度，毕竟这关系到我们后续行动能不能顺利开展，也关系到我能不能安稳退休。”梁佚笑着解释，“要喝点什么？”

“谢谢，我们自己来吧。”白曦从他手里接过茶壶，“你们那边的进展怎么样？”

“进展很不错。”梁佚说，“为了让上级更安心，我还交出了一部分自己的研究成果并谎称那是来自第三实验室。”

“所以你也有隐瞒上级的资料？”白曦趁机问。

“这不叫隐瞒，有些数据还没有得到充分论证，我不想过早公开。”梁佚说得很坦然，“当然，现在是特殊时期，因此我愿意改变一下计划。”

“那你的上级是什么反应？”韩卓问。

“老实讲，组织对异能者的态度其实很大程度上取决于我的意见。”梁佚道，“因为在研究方面，我可以说是唯一的权威。”

白曦点点头，他并不认为对方这句话是在夸耀，如果撇开师向广不提，梁佚在业内的地位目前的确无人可及。

“而且也多亏了施天，要不是他最近开始大肆抓捕异能者，我想上级也不会这么容易被我说服。”梁佚道，“还是之前的条件，如果你们能拿到施天的实验数据，给我们一个重新选择合作伙伴的机会，那么一切都好说。”

“在行动的当天——

“我们也会采取相应的措施，至少不会让那些实验体流窜出界，打扰普通群众的生活。”梁佚道，“你们只需要拿到实验数据，至于保密和维持稳定方面的事情，我们会尽一切努力做到完美。”

韩卓点点头：“好。”

“我真的很期待那一天。”梁佚端起茶杯，“希望一切顺利，我也想尽快回归家庭，做一个普通的中年人。”

“快喝到你和庄总的喜酒了吗？”白曦问。

提到这件事，梁佚先是不自觉一乐，然后又压低声音愁苦地说：“小马还没答应，他说和我没有灵魂上的共鸣。”

“喏，说不定等我们把异能者都送回外星后，你和他的共鸣就有了。”白曦安慰他，“想想看，你现在做的事情刚好和他的最新电影相呼应，这岂止是共鸣呢，简直就是亲爹。”

听到充满家庭感的“亲爹”两个字，梁佚顿时心旷神怡。

“来，干杯。”白曦用白桃乌龙茶和他碰了一下杯，“预祝一切顺利。”

由于庄总的财大气粗，排片还没出来，网络上已经陆续有了关于马克李导演新片的消息，浪漫狗血的星际爱情片有一个同样浪漫狗血的名字，叫《他来自星的彼端》，数千水军①齐刷高楼②，倒也制造出了红红火火的假象。

午夜的酒吧露台，暴力少女趴在栏杆上扯开衣领往里看了一眼。她倒不是在欣赏自己平坦的身材，而是在看胸口上的那道细长的疤。在那疤痕下面深埋着一颗跳动着的金属心脏。虽然韩卓和Aspis，还有那个糟糕的老科学家都保证不会把它拿走，但目前的情况也唤醒了她对生命的重新思考——她发现自己并不是很想死，当然，非要死也能死，但如果能活下去的话，好像也不错。

夜风吹得少女脸上有些湿凉，她把冰冷的手伸进胸衣，隔着柔软的皮肤按了按那跳动着的部位，又大力地攥了一把，像是要把那块金属揉进血肉里。

没有了Aspis，也没有了可以歇斯底里大吼的地下乐队，琳达不断摸着自己的心脏，觉得又悲伤又郁闷。而更郁闷的事情还在后面，因为她突然发现原来露台上的人不止自己一个。

娃娃脸的小交警满脸惊讶，被吓得不敢出声，只能缩在黑暗里。而且仅凭眼前的画面，他当然不会想到外星、残缺婴儿、稀有金属心脏和生死这种宏大而又悲怆的主题，他只会想到一个健康的成年男人该想到的东西。

琳达：“……”

“我……都是因为里面太吵了。”小交警语无伦次地替自己辩解起来，“我什么都没看到。”

---

①水军：一般说网络水军，指网络中针对特定内容发布特定信息的、被雇佣的网络写手。

②高楼：指网络上热度很高、回复很多的热门帖子、文章、微博等。

琳达脱下自己的鞋子，狠狠地朝小交警的脸丢了过去，然后就一瘸一拐地逃进了热闹的酒吧里。

小交警面红耳赤地看着手里的鞋，不禁想到上次从她手里得到的水晶玻璃，便顺理成章地想起了那个关于灰姑娘的浪漫故事。不过这个辛德瑞拉并不用王子全城去找寻，而是在酒吧的吧台上赤脚正跟着音乐起舞，灰白的头发随着灯光不断变化颜色，最后喝得醉醺醺的，被一个斯文又帅气的男人带走。

“我真该考虑是不是要把你关起来。”韩卓拍拍她的脸，“下周就要行动了，而你直到现在还这么任性。”

“我又不需要做什么。”琳达坐起来，凑过去抱住黛西，喃喃道，“只需要跟着你，我会跟着你的。”

“你也是小战士，能做的远不止跟着韩。”黛西解开她头顶上的小辫子，好让她舒服一点，“睡吧。”

“我想谈恋爱了。”琳达嘟囔。

“我以为你已经放弃了Aspis。”黛西苦恼地用被子裹住她，开始认真考虑等这一切都结束后送她去上学的事情。

“大学里应该会有很多可爱的男生吧？”她问。

“有，但是你知道更年期最明显的症状是什么吗？”韩卓递给她一杯酒，“热衷于插手别人的感情和婚姻。”

黛西：“……”

韩卓拿起风衣，风一般消失在了空气里。

白曦正在厨房里炖甜汤，有了刘春春的帮助，他做得挺像模像样的。

韩卓悄无声息地走进厨房，精准地捏住了他的脖颈。

“呀！”白曦被吓了一跳，回头见是他，笑着埋怨道，“搞什么鬼？”

“这么晚了，我以为你睡了。”韩卓也笑了，洗手准备帮忙，“下次过了十二点就早点休息，别等我。”

“琳达怎么样了？”白曦问，“还是每天重复一万次Aspis？”

“她现在完全成了一个小酒鬼。”韩卓叹了口气，然后又庆幸地说，“由此可见，失恋真是一件令人悲伤的事，幸好我没有。”

白曦哭笑不得，觉得此人真是一点同情心也没有。

在他们隔壁，刘春春正在研究手里的报表，不过研究得相当心不在焉，因为客厅里的灯光一直亮着，却没有声音传来。他不知道王先生此时正在做什么，究竟是去睡觉了而忘了关灯，还是有别的事。就这样又过了半个小时，刘春春终于决定放下手里的工作出去看个究竟。结果他偷偷摸摸地刚把卧室门推开一个小缝隙，就和沙发上的王远辰来了个对视。

刘春春只好把门全部推开，有些尴尬地说："我出来喝点水。"

"天气冷，别喝凉的。"王远辰站起来去餐桌边帮他倒温水。

刘春春趁机问："你怎么还不休息？"

"想了些事情。"王远辰回答，"结果越想越清醒。"

"和地下仓库有关吗？"刘春春又问。白曦前几天刚叮嘱过他，说这次的行动很重要，所以务必要时刻关心王先生的情绪和状态，不能出现任何意外。

"是，不过我不想让你知道这些。"王远辰把杯子递给他，"那是一个糟糕透顶的地方，而你太干净。"干净到哪怕只是说出地下仓库和施天的名字，都像是让他受到了某种玷污。

"那你会有危险吗？"刘春春看着他。

"不知道。"王远辰说，"没有吧，应该。"

这显然不是一个能让刘春春满意或者安心的答案。作为一个没见过什么世面的地球人，刘春春将地下仓库的血腥程度脑补得相当惨烈，尤其这次行动关乎最亲密的朋友和王先生，他觉得自己迟早会忧虑到脱发。

"喝完水就回去休息吧，快两点了。"王远辰说，"晚安。"

"嗯……"刘春春放下空杯子，想了想，又犹豫地说道，"我妈今天打来电话说想你了，让我们一起回家。"

王远辰笑出声："只想我一个吗？"

刘春春也跟着笑："那等这件事结束后——"

"好。"王远辰打断他，眼神和声音都很温柔，神情难得郑重，"等这件事结束后，我跟你回家。"充满笑闹声的大家庭，以及炖煮着酸菜白肉的火锅，他很怀念那种温暖的氛围。

刘春春轻轻关上卧室门，用手背蹭了蹭脸颊，然后就趴在床上翻看手机上的聊天记录。偌大的家庭群里只有王先生是最特别的存在，就好像他这张假身份证上的名字一样，是一颗漂亮而又微凉的远天星辰。

寂静的冬夜，也是温暖的冬夜。

又过了几天，琳达终于接受了老国王的建议，决定暂时停止目前的糜烂生活。她把酒吧的工作交给了同事，自己则回到实验室里又接受了一轮新的改造，好让身体里的金属更加坚固耐用，哪怕受到了枪击也能维持正常的机能。

强效麻醉药的药效褪去之后，少女坐在床上大剌剌地扯开自己的衣领，又确定了一遍自己的心脏并没有被拿走。

“老天！”黛西很吃惊，赶紧扯过被子把她包起来，提醒道，“这个房间里还有五个男人。”

“有关系吗？”琳达不以为意，“反正我是机器人，而且我也没有胸。”

“你只是有半颗金属心脏和一些金属骨骼而已，和机器人有很大差别的。”黛西严肃地纠正她，还把她抱在怀里拍了拍，低声道，“至于胸，嗯……让我想一下，别沮丧，说不定还有救。”

琳达眨眨眼睛：“真的吗？”

“我还是先出去吧。”白曦窘窘地转过身。

韩卓扯住他的胳膊把人留住，无奈地对两位女士说道：“我们说正事。”

“什么正事？”琳达活动了一下手腕，“关于几天后的行动？我已经能背诵出你的所有计划了。”而且地下仓库她已经去过无数次了，虽然最后一次的经历有些惨痛，但这回有韩卓在身边，似乎也没有什么事值得担心。

“如果统计数据没有错，那么目前施天手里至少有近千名僵尸。”韩卓说，“而且现在也没人知道它们究竟被改造到了什么程度。”

更加危险的是韩卓之前还在地下仓库留下了血液样本，如果施天将它和僵尸病毒融合，那很有可能创造出大批没有知觉、没有思维且破坏力惊人的疯狂屠杀机器。

“但我们是去偷东西的，不是吗？”琳达不解，“只要我们偷完就走，哪怕对方手里有军队也不用怕。”

“但我们也需要尽可能多地假设各种意外情况。”韩卓说，“比如说，如果资料室里恰好站满了僵尸，你打算怎么办？”

琳达：“……”僵尸为什么要站在资料室里？

大奥特曼和小金属人的交流并不顺畅。

休息间隙，白曦趴在栏杆上用指尖把那坚硬的铁柱熔出了一个洞。

刘春春：“……”

这是他第一次近距离欣赏小白总的异能，所以很有些目眩神迷，甚至险些丢掉了手里的冰激凌。

白曦再度深深地叹了口气。

“白哥，你别太担心了。”刘春春揽住他的肩膀，“唉声叹气也没用，还容易让自己郁闷。”

白曦哼哼唧唧着，歪倒瘫软地压在刘春春身上，像是一条失去信仰的咸鱼。

刘春春笑着扶住他：“好了好了，我去给你买杯饮料。”

“怕是不行。”白曦把他的头发揉乱，“有一位姓王的先生已经站在花园门口看了我们整整十分钟了，我觉得你要是走了，他可能会打我。”

刘春春：“……”是吗？

王先生面色不善地站在不远处，看起来的确很像要殴打小白总，因为他实在很想不通，这人的骨头分明就没有断，为什么还要没骨头一样地挂在别人身上。

“问你一个问题。”白曦像是挑衅一样地继续揽着刘春春，“如果我和这位王先生一起掉进河里，你先救谁？”

刘春春沉默地思考了一下，另辟蹊径地指出这个问题的不合理之处：“你们两个为什么会一起掉进河里？”

白曦的表情顿时悲伤起来，他说：“我以为答案是显而易见的，万万没想到你居然还要找借口。”

“……”刘春春说，“其实也不是……”

“算了，我还是自己去买饮料吧。”白曦冲着他挥挥手，就像一位真正的心碎老父亲，甚至连步履也蹒跚了起来。

王先生很有耐心地目送白曦离开，然后才走近刘春春并解下自己的围巾递给他，随口问道：“在聊什么？”

“没什么，就一些关于地下仓库的事。”刘春春说，“我也帮不上什么忙，只能陪白哥聊聊天。”

“只陪他一个人聊天吗？”王远辰看着面前的人，低声说道，“我也需要鼓励。”

刘春春稍微愣了一下。

在上次那件糟糕的暴力事件之后，王远辰就一直刻意和他保持着距离，以免让他感到压力，就算是后来住在一起了，他的关心也很克制，而刚刚是他这么久以来第一次抱怨，虽然听起来更像是撒娇。

见刘春春没有什么反应，王远辰也没有再说什么。他转身趴在栏杆上，安静地看着远处的天空。

冬日的天穹有些灰暗，天光也是曚昽的，可就算是在这种悲凉萧瑟的环境里，王远辰看起来也像是一缕刚从夏夜里折下来的皎洁月光。

刘春春在他身边站了一会儿，然后试探地问道："你真的生气啦？"

王远辰默不作声。

"白哥开玩笑的，我们平时打打闹闹习惯了。"刘春春继续说。

王远辰心不在焉地答应了一声，转头看着他，就这么过了足足三分钟，才终于绷不住，扑哧笑了出来。

刘春春后知后觉，哭笑不得地推了他一把。

夜色渐渐侵吞了整座城市，灯火开始闪烁璀璨，就像是从天穹落下的星火。

城郊的别墅里，白太太正在给白曦准备水果，她看起来有些心不在焉。

"还是我来吧。"白曦从她手里接过刀，"小心别伤到手。"

"我是放心不下你和小韩。"白太太愁眉不展，"这种事情你们交给别人去做难道不可以吗？"

"交给谁去做呢？再说我们是和别人联手的，每个人都有不同的分工。"白曦把蜜瓜装进沙拉碗里，"真的没事，要是有危险，我就不告诉你们了。"

"这叫什么话。"白太太惊诧地说，"有危险你就打算偷偷一个人去做，不告诉爸爸妈妈啦？"

"……"白曦识趣道，"我错了，错了错了。"

"真是的。"白太太往门外看了一眼，小声对白曦说，"你跟妈妈说实话，小韩这个人到底靠不靠谱？"

"当初是你和爸爸把他请回来的，现在问我靠不靠谱？"白曦靠在料理台上，拿着小叉子扎水果吃。

"我和爸爸是请他来给你做保镖，保护你平平安安的，"白太太把他的手打落，"不是让他带你去溜门撬锁拆房子的。"

"好好好！我们换个话题行不行？"白曦把沙拉碗和叉子放下，伸手环住白太太的肩膀，“你看，我既然都已经是奥特曼了，那不去拯救地球也是不行的，M78星云①重启计划知道吧？”

白太太被他气得头晕，甩开他的胳膊径直去了客厅，坐在沙发上半天没缓过来。

楼上书房，白博阳看着面前的韩卓也深深地叹了口气。

“白总放心，我不会把小白牵扯进来的。”韩卓说，“包括以后的所有行动，我都会一个人去。”

“施天可不好对付。”白博阳说，“你有把握吗？”

“有。”韩卓点点头。

见他回答得这么肯定，白博阳也没有再多说什么。他心里很清楚，如果想让白曦从今往后的生活都平静安稳，那么地下仓库就必须被彻底摧毁，同时也要搞好和相关组织或者部门的关系——至少让他不再是人人觊觎的实验体。现在有一个人要去做这件事，他应该感到庆幸才对。

“行动当天，你让小白回来我们这边住吧。”白博阳有些艰难地说，“希望你能理解，我和他妈妈——”

“我知道。”韩卓打断他，许诺道，“白总放心，我会把小白按时送回来的。”

白博阳点点头，亲手给他添了茶：“谢谢。”

北风撞击了两下窗户，都没能冲破那看似脆弱的透明阻隔，于是悻悻地转身离去，夜终于彻底安静下来。

白曦裹着被子坐在床上发消息：“你为什么还不上来?!”

韩先生回复：“被李阿姨发现了怎么办？”

“那就说我们在研究拯救宇宙的宏伟计划。”白曦飞速打字，“快点！”

韩卓无奈地笑了。一分钟后，他就踩着栏杆翻进白曦的阳台，带着一丝寒冬的凉意钻进那柔软的散发着小苍兰香气的卧室。

刘春春在日历上又划掉一天，最后一天。

明天就是行动日了，虽然他不能打架，更没有异能，哪怕只能坐着干等，他也还是

---

①M78星云：本来是位于猎户座的反射星云，在这里指特摄剧《奥特曼》中大部分奥特曼的故乡。

紧张得吃不下睡不着，甚至还在神思恍惚间撞到了墙。

白曦哭笑不得，伸手帮他冰敷额头。

王先生没有此等高超异能，干脆眼不见心不烦，去阳台上吹风解闷，正巧看见韩卓把一支蓝色的药剂装进大衣口袋里。

“麻醉剂？”王远辰不以为意，“又不是什么违禁药品，搞这么神秘干什么？”

韩卓没回答他，而是点了一根香烟猛吸一口，再重重地吐出一大片淡色的烟雾。

“我在戒烟，你别污染我。”王远辰往后退了两步。

“我也在戒烟，但今晚情况特殊。”韩卓说，“壮胆。”

王远辰闻言一愣，有些不敢置信地说道：“你居然真的在因为地下仓库而紧张？琳达或许都在呼呼大睡。”

“和地下仓库无关。”韩卓否认。

王远辰想了想，恍然大悟：“你想去麻醉——”他往房间里指了指，小白总正在那里给刘春春呼呼，好让痛痛飞走。

“……”王先生冷漠地说，“我希望你快点动手。”

“我答应过要带着他一起行动的。”韩卓头疼，“但我又实在不想让他冒险，也答应了白总和白太太要按时送他回家……你觉得这件事会带来什么后果？”

“如果你在行动中半死不活，可能没什么严重的后果。”王远辰说，“但如果你毫发无伤，在他醒来之后……不然你自己想一想？”

韩先生发自内心地说：“那我希望自己能半死不活。”

“去吧。”王远辰侧身给他让位置，“祝你好运。”

韩卓把手里的烟头用力摁灭，大步回到了客厅。

王先生将双手插进衣兜，靠在门口看热闹。

“你怎么又抽烟了？”白曦老远就闻到了他身上尼古丁的味道，不满地说，“说过多少次了，对身体不好的。”

韩卓深吸一口气，抱着快刀斩乱麻的心态，伸手扶住白曦的脖颈，利落地把麻醉剂打了进去。

白曦痛呼一声，捂着脖子吃惊地问：“你干什么？”

而比他更加吃惊的则是韩先生，因为他万万没想到小奥特曼居然会对麻醉剂免疫！

气氛变得凝重而又诡异。

韩先生脑内飞速旋转，想为自己刚才的行为找一个合理的借口。

但正如那首歌里唱的，最怕空气突然安静，最怕朋友突然的关心，在他还没想好圆场的说辞时，刘春春就已经惊奇地问了一句：“咦，还能这么打针的吗？”

王远辰表情僵硬了瞬间，不过看在韩卓的面子上，总算是没有笑出来。他走进来坐在刘春春身边，顺手拧开一瓶果汁递给他，示意他不要说话，看热闹就好。

刘春春：“……”

白曦摸着自己胀痛的脖颈，微微皱起眉头。

他看起来完全没有任何要昏迷的迹象，眼神依旧明亮。

韩先生内心充满无奈，深吸一口气，一脸温柔地解释：“黛西带回来的药水，能让你在明天的行动里更加……强大。”

白曦仍然疑惑地看着他。

韩卓又问：“你现在感觉怎么样？”

“没感觉。”白曦放下手，“你自己试过吗？”

“试过。”韩卓点头，“也和你一样，没什么感觉。”

白曦：“……”

刘春春后知后觉，总算觉察出了一丝异常，于是伸手扯了扯王先生的衣袖，不安地小声说：“回去吧？”

王远辰把手里的瓜子壳丢进垃圾桶，和刘春春一起从沙发上站起来，还没来得及张嘴说话就被韩卓投以警告的眼神。

“好吧，但我完全是出于好意。”王远辰举手示意对方冷静，然后又指了指自己的脖颈，“提醒一下，它有可能会延迟起效。”

面对这位独一无二的变异者，任何药物在他身上都只能算是实验品，麻醉剂要是百分之百被白曦免疫倒还好，可还有另一种可能性，那就是现在虽然看起来没事，但保不准在什么时候药剂就会生效，而最糟糕的一种无疑是在明天行动时昏迷。

如果说之前的麻醉剂注射事件是在空气里燃了一把火，那么王远辰的这句提醒无疑就是在火上又浇了一桶油，让氧气变得愈发稀薄。

韩卓的眉头拧成死结，在此之前他从来没考虑到这种可能性。

刘春春退出房间，轻手轻脚地关上门后才问王远辰：“到底出了什么事？”

“一场失败的偷袭计划。”王远辰一边开门，一边把事情大致经过跟他说了一遍，说完又叮嘱他，“所以今晚最好不要再联系白曦了，记住了？”

“这也太……”刘春春的心情一言难尽，为什么还能这样？

“换个角度想，虽然过程有些糟糕，但韩卓也算达到了目的。”王远辰道，“现在就算你的白哥再生气，哪怕是拆了房子，也没办法再参加明天的行动了。”

“可是白哥很期待这次行动。”刘春春叹气，“他和我提过很多次了。”

“那也没办法。”王先生不以为意，专心地在冰箱里翻找起来，“退出总比行动时昏迷在地下仓库强。”

“我煮牛奶酒酿给你吧。”刘春春看着他手里的起泡酒提议，“明天还要去地下仓库，别喝酒了。”

“那是什么？”王远辰果然就把起泡酒放了回去。

“甜品，有一点点米酒。”刘春春把手洗干净，从冰箱里取出酒酿和牛奶。

王先生站在一边全程观摩。

软烂发酵的糯米在牛奶里翻滚，散发出甜酒独特的香气。牛奶和酒酿的混合液煮沸后再浇一圈蛋液，漂亮的蛋花沿着锅边绽开，出锅后盛在透明的玻璃碗里，像开在雪地里的迎春花。

刘春春坐在餐桌边，撑着脑袋看王远辰吃东西，直到碗见了底，才说了一句：“你明天也要小心。”

“放心吧。”王远辰笑了笑，“等这件事结束后，我们就一起回家。”

隔壁卧室里，白曦垂头坐在床边，闷闷不乐，一语不发。

“我知道错了。”韩卓半跪在他对面，“抬头看我一眼？”

白曦没吭声。

事实上，此刻他心里疯狂膨胀着巨大的委屈，却又找不到宣泄口。那些不断发酵的情绪如同吸满水的海绵，让他感到憋屈、郁闷而又挫败，让他一句话也不想说。

韩卓小心翼翼地握住他的手：“别生气了，嗯？”

白曦想要甩开对方，手腕却像是被禁锢在铁圈里，根本动弹不得。于是他就更加使劲地挣扎起来，眼圈和鼻头都通红一片，却又死犟着不肯抬头。

韩卓懊恼得不得了，如果时间倒流回一个小时前，他宁可把那支麻醉剂打进自己的脖子里。

白曦实在想不通，他觉得自己也不是个会撒泼打滚、无理取闹的人，为什么这次韩卓居然宁愿使用麻醉剂，也不愿意好好地和自己解释前因后果——考虑到安全因素也好，担心自己不够强大会影响行动也好，哪怕只是单纯地说一句行动不需要四个人，也好过这莫名其妙的一支麻醉剂。

“明天你自己小心，别受伤。”白曦胡乱抹了把眼睛说，“我没事了。”

沙哑而又带着哭腔，这委屈的嗓音如同一柄尖锐的小匕首，把韩先生的心隔空扎得稀巴烂。他当然明白自己这件事做得有多糟糕——先是草率地答应了他，后来又犹豫反悔，再后来更是试图用粗暴的手段来解决问题——可现在哪怕认错道歉，也无法兑现之前的承诺了。

白曦关掉床头灯，把自己卷进被子里。看在大奥特曼即将去打怪兽的分上，他并没有再说什么，只是卧室里却没有了平时可爱绵软的小苍兰香气，取而代之的是心酸的、郁闷的味道，像是被苦涩汁液浸泡的柠檬草，蔫头蔫脑的。

“你快点去睡吧。”过了一阵，白曦又催促道。

韩卓在黑暗中看着他。“对不起。”他说，“等我回来再道歉，好不好？”

白曦闷声答应了，伸手揉了揉韩卓的脑袋。

第32颗星

惊变

琳达韩卓遇险白曦英勇救援

这是个有些糟糕的夜晚，可在稀疏的云层隐去后，依旧有明亮的朝阳升起来，把每一寸天穹都染上了金灿灿的色彩。

刘春春亲手煮了丰盛的早餐，又十分小心地观察了一下白曦的神情，确认他看起来一切良好之后才稍微放了心。

梁佚打来电话询问他们几点能到。

“早上十点，不会耽误的。”韩卓看了眼时间，“我们得先去接师老师。”科学狂人最近一直住在知识书屋，沉浸在科研的世界里无法自拔。

梁佚“嗯”了一句，另一只手不自觉地扯了扯领带，显得有些紧张。

比他更紧张的人是师向广。

他原本是不愿意再和北斗研究所，尤其是和梁佚，扯上关系的，但又想亲眼看着地下仓库被摧毁，另外还有个更重要的理由——他有些担心琳达，那个暴力而又任性的小金属人，如果她在行动时受了伤，只有自己才知道怎么治疗。

在见面之前，两人先通了一个电话。

听着另一头长久的沉默，梁佚把茶杯端起又放下，放下又端起，如此重复了三四次这种毫无意义的动作后，才试探着叫了一句“师兄”。

师向广还是没有说话，内心却因为这两个字掀起滔天巨浪，年轻时的种种场景争先恐后地翻涌入脑海，那些他原以为已经忘了的往事依旧鲜活而灵动。

两个人的手都不自觉地颤抖着。

过了很长一段时间，师向广才说了一句话：“都过去了。”

“是，都过去了。”梁佚深深吸了一口气，看着镜子里那张生出皱纹的脸，故作轻松地笑道，“一会儿见。”

“嗯，一会儿见。”师向广挂断电话，抬起袖子擦了一把眼泪。

“老师——”周勇推门进来，微微惊了一下，“您没事吧？”

“没事。”梁佚稍微平复了一下自己的情绪才开口，“想起了一些从前的事情，有些感慨罢了。”

周勇体贴地没有追问，而是说：“我们可以出发了。”

梁佚点点头，起身跟周勇一起出了门。

白曦没有回别墅，在和韩卓以及父母商议后，他被允许待在梁佚身边，也就是和指挥部一起行动。

刘春春犹豫着问：“我能一起去吗？”

王远辰一愣：“你？”

“我怕白哥晕了，乱糟糟的没人照顾他。”刘春春解释。

“只想照顾他吗？”王先生酸溜溜地问。

“……”刘春春说，“你也小心。”

有些敷衍的答案，不过考虑到目前的状况，王远辰并没有提出更多意见。

另一边，韩卓观察了一下白曦脖颈处的针孔，还是有些担心：“真的没事？”

“暂时没有。”白曦帮他系好领带，主动安慰道，“就算有，大不了睡三天，你就不用管了。”

韩卓心虚地问：“那你还生气吗？”

白曦点头：“你安全回来，我就考虑一下不生气。”

九点之后，几辆小车各自出发，驶向了同一个地点。

琳达坐在副驾驶座上叼着吸管喝豆浆，那是她从网上查到的秘方。

“其实……你现在这样也不错。”黛西一边开车一边安慰她，“很像超模，超模都没有胸的。”

“但超模都拥有大长腿。”琳达仰起头，把最后一点豆浆倒进嘴里，“而我只有区区一米六。”

黛西：“……”行吧。

琳达趴在车窗上，忧伤地吹着风。没有胸，没有大长腿，没有Aspis，这真是残酷的现实，伤感的三连击。

中途，黛西绕道去知识书屋接上了师向广。

琳达转身趴在椅背上问他："我还能再长高一点吗？"

"长高？"师向广想了想，"有些麻烦，要先把你的腿骨截断，然后再植入新的金属材料。"

这工程量听起来有些大，琳达四仰八叉地靠坐在椅子上，打算还是先认真考虑一下丰胸的事，毕竟那只用医院的硅胶就能做到。

"准备好了吗，"在等红灯间隙，黛西问道，"去见你的老朋友？"

"我并不是很想见他。"师向广先是摇头，后来又不由自主地叹了口气，"只是觉得我应该在那里，或许能帮上一点忙。"

"放松一点，"黛西递给他一瓶水，"反正你很快就可以离开地球了。"如果计划成功，那么那将很有可能是一场不会有返程票的星际旅行，华美的、未知的，而在这种悲壮恢宏的心态下，之前的种种矛盾和纠葛应该也可以全然放下了。

指挥部的办公室里，梁佚对着镜子整理了一下衣服，又拔掉了两根鬓边的白发。

周勇并不知道他和师向广之间的事情，于是打趣地问道："老师今晚约了师母？"

"我跟小庄说我要去国外出差一个月。"梁佚说，"不过，能不能在三十天里彻底解决地下仓库的问题还要看运气。"

"还需要我做什么？"周勇问。

"你目前什么都不用做。"梁佚拍拍他的肩膀，"这次行动的主角是异能者，我们只负责支援，希望一切顺利吧。"

十几分钟后，参与行动的相关人员陆续抵达。

在出电梯的时候，师向广步履有些蹒跚。黛西轻轻地推了琳达一把，小金属人这才不甘不愿地搀住父亲，和他一起进了会议室。

越想逃避的事情就越是会发生，同理可得，越不想见到的人，也往往会不得不见。

阔别了二十多年的好友在这种场景下重逢，梁佚看着门口陌生而又熟悉的身影，心里涌上万般感慨，胸口不由一阵闷痛，半天了硬是一个字也没说出来。

"老师。"周勇扶住他，小声关切道，"没事吧？"

梁佚摆摆手，示意自己没事。他平复了一下情绪后笑着对师向广说："请坐。"

比起他，师向广看起来要冷静许多，虽然也没有多说话。只有坐在他身边的琳达才能看到老科学家那紧紧交握住的双手——他并不比对面的人轻松或从容。

“我们迟到啦？”白曦恰在此刻推开了门，“抱歉抱歉。”

“没有迟到，刚刚好。”周勇又打电话叫来了一个军人模样的男人，名叫凌剑，身材魁梧，板寸短发，是这次行动的负责人之一。

在经过之前无数次的修正后，整个行动计划其实已经相当完备了，这次会议也只是做一下最后的沟通和动员而已，并没有什么新内容需要商讨。

虽然梁佚一再表示以人员安全为主，不过韩卓心里清楚，如果拿不到施天这些年的研究成果，就算地下仓库在今天被彻底摧毁，他也没有足够的筹码去和人类谈判，哪怕有梁佚的帮助也一样。

“如果一切都没有问题的话，”梁佚合上文件夹，“那么可以行动了。”

韩卓点点头，看了一眼身边的白曦。

会议室里人很多，白曦冲他一笑，无声地传达鼓励与担忧。他尽量说服自己这只是一件很小的事，就好像上次去地下仓库救琳达一样，很快地去，很快地回来。

“你也小心。”刘春春对王远辰说，还小声补充了一句，“安全最重要。”

琳达无聊地扭了一下身体，她应该是现场最轻松的一个人，甚至还有些不耐烦，毕竟在金属少女心里，哪怕是整容医院的硅胶也比地下仓库重要许多。她拉着韩卓的手催促道：“出发吧。”

韩卓看着白曦笑了笑：“等我回来。”

白曦点点头，双手却不自觉地紧握在一起。

王远辰前几次去地下仓库时已经在施天的眼皮子底下完成了拍照工作，近百张的照片细致地展示了核心数据库的场景，因此对韩卓来说，瞬间移动过去并不是什么难事。

众人眼睁睁看着韩卓和琳达消失在了空气里。

白曦看了眼腕表，刚好是中午十二点，如果一切顺利，那么在一个小时之内应该能结束一切行动。

王远辰已经先于两人出发，他这次换了辆不起眼的车，不过开车方式还是一样嚣张惹人嫌，轰轰烈烈地冲向了郊区。

地下仓库里的情形一如往常，在一片死寂中弥漫着呛鼻的消毒水味道。韩卓之前假想的场景并没有出现，核心实验室里空空荡荡的，没有僵尸，也没有守卫。

“这些都是你的克隆体吗？”琳达躲在韩卓身后，看着实验室左右两边密密麻麻的透明实验舱，觉得齿间一阵发冷。那些实验舱就像一个又一个狭窄的棺材，每一个棺材里都躺着一具实验体，不知道什么时候就会苏醒。

韩卓粗略估算了一下数量，没有一千也有八百。

“我到了。”耳机里传来王远辰的声音，“按照施天的反应速度，你大概有五分钟的时间，等着吧。”

“OK。”韩卓转头对琳达说，“这些并不能算是我的克隆体，它们只是克隆了屠杀属性。”

“你的屠杀属性已经很可怕了，所以我们最好祈祷它们不要醒来。”琳达翻了个白眼，“而且我明天还有很重要的事情要做。”

“是什么事？”韩卓问。

琳达回答：“隆胸。”

韩先生：“……”

王远辰跳进一条废弃的通道，轻而易举地就摸进了配电室。小时候的噩梦反而成了今天行动的助力，他对这里的布局很熟悉，只用了几个小小的动作，就让监控室和备用系统一起停了电。

“可以了。”王远辰说。

韩卓带着琳达迅速穿过那些恐怖的实验体，抵达了最深处的电脑室。

因为这次小规模的停电事件，地下仓库小小地骚动了片刻。

蒋峰峦在打完电话后对施天说：“西区电路老化，工人已经去修了。”

“之前水管老化，现在电路老化……”施天坐在沙发上四下看了看，“这里真是一个破烂的王国。”

“我早就向那边申请过给我们升级工作环境了，”蒋峰峦给自己倒了杯红酒，“但是他们拒绝了，或者更确切地说，是被那位神秘的，连你我都不知道是谁的梁所长给拒绝了。”

“和那边打交道，没你想的那么容易。”施天摇头，“否则你以为我为什么要听取你的建议制造出那些屠杀僵尸？可不仅仅是为了阻拦韩卓或者Aspis。”

“我已经联系好了一家境外组织，”蒋峰峦靠在沙发上，“他们的人已经到了S市。怎么样，要不要见一下？”

施天闻言皱起了眉头。他很清楚蒋峰峦的目的是什么——和境外组织联手，制造大量的屠杀机器以及更多稀奇古怪的病毒，从中获取巨额的财富和权力——是真正无所顾忌的自由权力，不再受任何监管，在争议区里建立起属于自己的武装王国。

“我说了，这件事还要慎重考虑。”施天和他碰了一下酒杯，不悦道，“你也注意一点，别太嚣张了，以免被盯上。”

“还要多慎重？”蒋峰峦仰头将酒一饮而尽，“就像你刚才说的，这座老仓库已经开始崩溃腐朽，说不定哪一天……啧，怎么又有警报声，哪里又漏水停电了？”

刺耳的嗡鸣声久久地回荡着，施天脸色猛然一变：“是核心实验区。”

“什么东西?！”琳达也被骤然响起的警报声吓了一跳，“你触发了什么？”

“我什么都没有触发，是电脑被入侵后的自动报警。”韩卓盯着电脑屏幕上的下载进度条，“不过没关系，十秒钟之后我们就能离开这里了。”

进度条此时已经走到百分之九十了，而在它走到百分之九十五的时候，外面传来了大门被打开的声音。嘈杂的脚步声越来越近，韩卓一只手拉起琳达，另一只手握住已经弹出“下载完成”提示的U盘，脑海中全力回想着两人出发的会议室的场景。

但空间并没有转变，无论韩卓怎么集中意念想要转移，眼前依旧是那些摄像头和闪烁的电脑屏幕，身边的警报声也越发刺耳。

“快走啊！”琳达不安地催促着。

“小妞……”韩卓把U盘装进衣兜里，扭头看着她，“一个坏消息，我们大概要打出去了。”

琳达闻言瞪大眼睛——什么?！

“什么情况？”王远辰也从耳机中听出异样，警觉地坐直了身体。

“瞬间移动失灵了。”韩卓听着门外实验舱的玻璃罩不断碎裂的清脆声音，头疼道，“你觉得我再加上琳达，能不能打赢一千个我的克隆体？”

“一千个你的克隆体？”王远辰嘴里骂了句脏话，踩下油门全力冲向地下仓库。

指挥中心的人也在第一时间接到了这个消息。

听着耳机里传来的汇报，师向广心里瞬间一空。他原本以为自己的实验数据已经接近完美，不会再出任何问题了，却没想到还是发生了意外。而瞬间移动失灵意味着什么，在场的每一个人心里都再清楚不过——那里是地下仓库，是异能者的地狱，是杀戮者的天堂。

黛西一把拉住白曦的胳膊："你想去哪里？"

"不去帮他吗？"白曦问，他虽然看起来还算冷静，但苍白的脸色和微颤的手已经将他内心深处的恐慌和担忧暴露无遗。

黛西示意他先冷静下来，然后把电话打给了妹妹。

"心情？"格温姨妈拖着行李箱匆匆穿过机场大厅，"让我感知一下……唔，很冷静也很紧绷，就好像即将捕食的猛兽，没有任何恐惧，应该很有把握才对。"

"一直监视他，有情况随时告诉我。"黛西吩咐。

"OK。"格温在速食店里买了杯咖啡，"飞机会在一个小时后起飞，希望我的小外甥能速战速决，不要让我改签。"

"梁所长。"凌剑也小声请示，"现在要怎么办？"

"再等十五分钟。"梁佚说完这句话马上就向黛西道歉，"希望您能理解，韩太太。"毕竟目前地下仓库和北斗研究所在表面上还是合作关系，如果自己现在就命令凌剑带队介入，那一旦韩卓行动失败，他们将会很难收场。

黛西只给了梁佚一个意味深长的眼神，然后拍了拍白曦的手说："先别着急，韩可以处理好这一切。"

耳机里再度传来刺耳的碎裂声，白曦不自觉地用力握紧双拳，指甲几乎要深深陷入掌心的肉里。

"啊！"琳达尖叫一声，把迎面扑来的那个黏糊糊的红色怪物一脚踹开，对着摄像头不满地大叫，"你这个疯子！"

"疯的是你们。"施天的头像在屏幕上闪动，声音经过喇叭的传送放大变得更加阴森缥缈，"看来我低估你们了，居然能悄无声息地闯进数据室。不过你们再想出去应该不可能了。"

"那就试试看啊！"琳达握紧拳头。

"跟在我身边。"韩卓看着眼前林立的克隆体，低声命令道。

但是叛逆的金属少女从来就不会乖乖听话，老国王的话还没说完她就已经先冲了出去，像是一道灰白色的闪电，把最前方的一个克隆体撕成了两半。

那是完全干枯的身体，血管里没有血，只有沥青一般的黑色营养液，味道刺鼻。

"它们都是你。"施天看着画面里的韩卓，声音像是淬了毒，"不过你放心，我这次依然不会让你死，说不定还会带着你去我最新的合伙人，或者更确切地说，是带着冷冻休眠的你去。”

“你是打算站在那里和他谈情说爱吗？”琳达扭过头冲韩卓大吼道。

韩卓摇摇头，抓住从袖筒里滑出的两把银亮的小巧枪支，抬手瞄准。

此起彼伏的凄厉惨叫、枪支对战的声响，以及那不太清晰的、黏稠而又恶心的糨糊声——像是脓液又像是泥泞和血浆。

黛西想把白曦的耳机拿掉，却遭到了他的拒绝。

“我要知道他目前的状况。”白曦哑声说道。

“好吧，你可以留着它。”黛西帮他整理了一下衣领，“但是不许冲动，想想你体内的麻醉剂，别给韩增加负担，好不好？”

白曦按住耳机，像是要把那黑色的金属按进血肉里，又凝神听了好一阵才点点头：“我知道，我不会乱来的。”

“回来！”韩卓怒吼。

但琳达像是一只凶猛的小野猫，深陷在僵尸群里完全不想离开。她其实并不怎么喜欢杀戮的感觉，但是一想到就是这些东西害自己错过了Aspis，就觉得整个人都燃烧起了熊熊怒火，尤其是其中一个僵尸还用枯瘦的鬼爪在她身上留下了抓痕。

一句经典国骂在地下仓库炸开，韩先生在心里深深叹了口气，打算亲自去把这个叛逆愤怒的小金属人拖出来。

施天在监控中看出了他的意图，于是伸手按下了更多的“开启”键。

更多的杀戮机器被放了出来，它们像是源源不断的沥青，以一种诡异的姿态向韩卓和琳达席卷而去。

韩卓躲闪不及，被逼得后退了两步，再看琳达，发现她已经被彻底淹没在了黑压压的克隆体里。

“琳达！”韩卓大喊。

“呸！”叛逆少女用力吐了口唾沫，把面前不断靠近的克隆体踢开，太多的推攘让她失去重心跌倒在地，穿着皮靴的腿还没来得及抬起来就被周围聚集的克隆体重重地踩到了小腿胫骨。骨骼断裂的声音清晰传来，琳达在剧痛中想起了师向广之前说过的话，如果想要长高的话，就要截断小腿的骨头重新来过……

“嘶……”她倒吸一口凉气，挣扎着想要爬起来，却又被拖倒在地。

如同电影里最恐怖的场面，这些肮脏可怜且卑劣贪婪的怪物争先恐后地用它们深紫色的指甲刺破少女那惨白的皮肤，野兽一般享受着血液在唇齿间留下的滋味。

金属骨骼在眨眼间就暴露在了空气里，琳达终于崩溃，撕心裂肺地大声喊出了此生的第一句“救命”。

师向广瘫软在沙发上，眼底写满了惶恐。

黛西把白曦交给梁佚：“我得去帮他们，你看着小白。”

“韩太太，”梁佚微微皱眉，“据我所知，您早年受过很严重的伤。”

“但那是我的儿子。”黛西声音尖锐地回答道，“你应该能判断出来，现在情况对他们而言相当糟糕。”

梁佚陷入了短暂的犹豫。

不过黛西也没打算寻求他的帮助或要征得他的同意，说完她就匆匆向外走去。而就在她即将出门的时候，师向广突然没头没尾地说了一句：“那不是麻醉剂。”

其他人都没反应过来这是什么意思，只有白曦猛然抬起了头。

“我不想让这次行动失败，所以并不是很支持韩先生的做法，那只是一支失效的药水。”师向广看着白曦，“况且你拥有巨大的潜能，如果再加上这个，”他一边说，一边从中山装的口袋里摸出一支橙红色的针剂，“是我在二十年前研究出来的，你可以叫它兴奋剂……要试试吗？”

耳机里的最后一丝声响也消失了，地狱里的人彻底和外界失去了联系。

白曦挽起衣袖，没有任何犹豫。

韩卓咬紧牙关，狠狠掀翻面前的怪物，想去把琳达捞出来，然而却有更多的克隆体围拢过去，意图咬断少女的咽喉。

腥臭的气味不断逼近，琳达倒在肮脏的泥泞血泊里，悲哀地最后一次想了想自己干瘪的身材和可恶的老科学家。“可真是个乌鸦嘴。”她叹气抱怨，然后绝望地闭上眼睛，准备迎接被这些怪物分食一空的残酷命运。

“琳达！”韩卓用尽全力向她冲过去。

而就在同一瞬间，那颗跳动着的金属心脏终于感受到了主人濒死的恐惧，再度爆发出巨大的能量，在时空中扭转出了一条狭窄的隧道。

气流轰然向四周迸发，连韩卓都有些站立不稳了，不得不护住头蹲在地上，而等他再度站起来的时候，血泊中的少女已经消失得无影无踪。

“给我出去找！”施天盯着监控恶狠狠地下命令。

“你怕是找不到她了。”韩卓看了一眼不远处的摄像头，语调讥讽且轻蔑，“还是先想一想要怎么对付我吧！”

城郊野外，冷风呼呼刮过，冻得人脊髓发麻。

干枯的草地上躺着一个血淋淋的少女和一个半僵硬的不断蠕动的怪物，不远处还有一个惊慌失措的小交警。

他原本是想趁休息日到野外来拍点风景的，谁知快门刚按下去，镜头前突然就出现了一张血肉模糊的青紫色的脸——比《爱的大山楂》还要恐怖十倍。面对此等异形①，小交警意料之中的魂飞魄散，但好在他是一个资深科幻小说爱好者，所以很快稳定了心神，并且没有尖叫狂奔崩溃昏迷，而是捡起一块石头小心翼翼地走了过去。

琳达强撑着抬起头。

“是你？”小交警万分震惊，石头掉在地上，差点砸扁了他的脚趾。

琳达坐起来，抬手擦了把脸上的鲜血。

“我，那个……”小交警一边倒吸冷气，一边不确定地问，“我送你去医院？”

“送我去医院？”琳达抬起胳膊，露出那刺穿血肉的变形骨骼，“你打算怎么和医生解释这个？”

金属的骨头，甚至还有金属的血管……小警察哆哆嗦嗦地问：“所以你、你、你、你其实不是人吗？”

“别送我去医院。”一阵晕眩袭来，琳达不得不重新躺回草地上，“去告诉……告诉……”她想找师向广，但是受伤的大脑却死活想不起来老科学家的名字。

小交警盯了她整整三分钟，然后才战战兢兢地说：“你又晕了吗？”

琳达似乎在昏迷中翻了个白眼。

小交警再次慌张起来。外星人肯定不能就这样送往医院，因为或许会被直接解剖，但他也不具备任何医疗知识……情急之下，小交警选择打电话求助，对象是自己的堂

---

①异形：本指科幻惊悚系列电影《异形》中出现的外形恐怖、性情凶残的外星生物。这里是把受伤的琳达以及和她缠斗在一起的生物比作异形。

哥，听说他认识很好的私人医生。

“抱歉，失陪一下。”指挥中心里，凌剑拿起手机走到阳台上，“什么事？”

“哥！”电话刚一接通，小交警就开始狂呼乱叫，“我需要帮助！”

“我没空帮你。”凌剑皱起眉，压低声音呵斥，“我在工作。”

“我知道你在工作，但是再重要的工作也没有我这件事重要。”小交警，也就是凌小刀，怀里抱着琳达，崩溃地看着还在不远处爬行的怪物，“说出来你可能不信，但是我真的在浣花乡捡到了一个外星女孩，还、还有一坨正在往前爬的僵尸……啊！”他飞起一脚，把那僵硬的怪物踢开，“哥！哥！我可能要死了！”

“马上发定位过来！”凌剑大步折回办公室，“梁所长，有新情况，地下仓库的克隆体已经出现在了浣花乡，我们可能需要尽快行动，以免城郊爆发动乱。”

“对了，再告诉你一件事。”地下仓库里，施天看了看身边的人，嘴角勾起，得意地对韩卓说，“刚刚Aspis想去救你，不过可惜失败了，目前他正在和我一起喝酒。”

可惜韩卓正忙着战斗，根本没时间回应他。而王远辰被特制的绳索捆在沙发上，面无表情。

“想喝什么？”施天在酒柜里细细挑选，“香槟？”

王远辰并没有回答，而是看着角落里的一块监控分屏微微皱起了眉头，如果他没有看错，刚刚那一闪而过的身影应该是……白曦？

“我真的有些想不通，你们的行动计划到底是什么？”施天并没有发现监控分屏里的异常，他端着酒杯坐在王远辰对面，“能悄无声息地潜入核心数据室，却没想过在窃取资料后要怎么出去？还是你们认为那台电脑根本就没有任何防侵入措施？”

王远辰问：“你真不知道他们是怎么闯进来的？”

“你打算告诉我？”施天倾身向前，似乎很渴求答案。

王远辰和他对视片刻，而后轻描淡写地说：“你这里到处都是安保漏洞，所以这些东西……”他一边说，一边扫了一眼那由十几块闪烁着的分屏组成的监控大屏，被束缚住的手只微微动了一下手指，房间角落的酒柜就直直冲向电子墙，如同一辆超速行驶的跑车，带着数百瓶红酒重重地嵌了进去。

“很多余。”在刺耳的碎裂声和警报声里，王远辰淡定地补充完下半句。

“关掉警报，我这里没事。”施天沉声吩咐。

“施先生。”耳机里传来蒋峰峦的声音，语气中带着对他的明显不满，“我希望你能搞清楚，现在不是一个谈心的好时候。”

“我没有。”施天关掉耳机，看着王远辰无奈地叹了口气，“这是我最后一次容忍你的坏脾气。”

“然后呢？”王远辰问。

“然后我会考虑把你变成第二个Aitvaras。”施天踏过一地狼藉，走到王远辰面前，躬身和他对视，“我已经很累了，而你一直都在和我作对，所以这或许是解决我们之间矛盾的最好方式。”

王远辰移开眼睛，神情漠然。

他记得Aitvaras，那是一位很漂亮的阿姨，和施家所有人都不一样，娴静而又温柔。但仅仅过了三个月，她就因为惹恼了恶魔而被带到地下仓库，变成了活着的、柔软的、却永远也不会说话的标本。施天很欣赏父亲的残忍行为，他给这具标本起名Aitvaras，神话里可以给家庭带来幸福和财富的宅灵，并把她摆在了地下仓库里。

“别逼我。”施天拍了拍他的侧脸，“你应该很清楚，因为韩卓的行动，我现在心情非常糟糕。”

王远辰偏头躲开他的手，冷冷地说了一句：“滚。”

“是这里吗？”白曦躲在暗处屏息凝神，四处观察，“我好像能听到打斗声。”

“他目前在你正下方，垂直距离三十米。”梁佚看着屏幕上的两个红点——那是定位器传回来的热源。

“有危险吗？”黛西问。

“没有，我能处理。”白曦看着外面路过的几名追捕者，悄声隐入了更深的黑暗里。他不想过早暴露行踪，当务之急是找到韩卓。

一滴水落到他的发梢上，白曦微微皱眉，这才发现在这条狭窄通道的上方居然蛛网般地排着十几根裸露的水管，其中一根有些破损，正在淅淅沥沥地往下漏水，地上已经汇聚成一条细细的水流。流水毒蛇般爬向外面，在不远处形成了一片深色的水洼。

追捕者们停下脚步，扭头向这边看过来。

白曦暗暗握紧拳头。

最近一段时间，地下仓库漏水停电已经成了常态，追捕者们也对这些状况已经见怪不怪，他们打着手电走过来，想要查看一下情况再通知维修组，却没想到等待自己的竟然是蛰伏的白曦。

数千度的高温在一秒钟之内就将血肉和骨骼变成了焦黑的粉末，最前方的人甚至都没搞清楚究竟发生了什么，就失去了意识。

面对这突如其来的变故，其他追捕者迅速后撤，不过在他们举枪的同时烈焰已经向他们扑去。一瞬间，一切都归于了平静。

白曦来不及松口气，他把失去意识的追捕者们拖到隐蔽处就匆匆沿着楼梯向下跑去。三十米的垂直距离，在这里大概是五层楼的高度。

“怎么样？”师向广问道。

“你的兴奋剂很好用。”白曦扶着楼梯栏杆跳到下一层，气喘吁吁道，“但是我希望将来再也不要用到它。”

“它可以让你兴奋十个小时。”师向广继续道，“所以不用担心失效。”

白曦抬手在面前的安全门上熔出一个洞，弯腰钻了进去。

改签了机票的格温姨妈坐在机场咖啡厅里，脸上写满了焦虑，双手几乎要把陶瓷杯捏碎：“韩的情况相当不好，他似乎受伤了，而且开始出现疲惫的迹象了……帮手还没有到吗？我是说该死的人类后援。”

“后援已经出发了。”梁佚凑到黛西旁边说，“帮手也快到了。”

“是谁？”格温问，“传说中的Aspis？”

“很抱歉，Aspis暂时和我们失联了，帮手是小白。”梁佚继续说，“韩太太原本想过去，但是你应该清楚，她的身体状况不适合做任何战斗。”

“等等！”格温震惊地站起来，抓狂地说，“我很感谢你没有让我的姐姐去送死，但小白？你们让那个小甜心去救韩？”

“他也是异能者。”梁佚看着面前的屏幕，“而且目前看来进展不错，至少没有在前进时有过任何停顿。”

刘春春也死死盯着屏幕上的红点。他的脸色苍白，全身都在冒冷汗——为了白曦和韩卓的险境，也为了王远辰，对方在失联的同时也失去了热源感应，这种情况绝对不可能是耳机和定位器同时失灵，只能是遇到了危险。

周勇递给他一杯热水：“别太担心。”

“后援能及时赶到吗？”刘春春问。

“能。”周勇点头。地下仓库的怪物在野外出现，他们已经有足够的理由采取行动，而且看老师的意思，他也很支持这么做。

屏幕中的两个热源越来越接近，梁佚对着话筒说：“在你正前方五十米，那里有房间吗？”

“有。”白曦把外套甩到一边，抬手擦了把脸上的血，“不过我得先解决一些障碍才能过去。”

站在白曦面前的是近百名韩卓的克隆体，它们僵硬地从地上爬起来，姿态扭曲地向他步步逼近。这场景恐怖而又阴森，如果被马克李看见，大概会激发他无数的灵感去拍“大山楂”的续集。

“现在你应该可以承认不合时宜的谈心的确很耽误正事了吧？”蒋峰峦站在栏杆旁，看着下方的白曦，“居然让这个小东西溜了进来。”

“这不是刚好吗？”施天摁灭雪茄，不以为意道，“我们一直就想抓他，而这叫自投罗网。”

“我可不想让那些僵尸撕碎他。”蒋峰峦摇头，“哪怕你不用他做研究，当活体标本卖到国外也能赚大钱。”

“你可以先观望五分钟。”施天说，“敢一个人来地下仓库，并且还能准确找到核心数据室，我不觉得这些克隆体是他的对手。”

又一声沉闷的撞击声从里面传来，像是重物砸到了钢板。韩卓的通信装备早在琳达消失时就失灵了，白曦完全不知道他目前的状况，但刚刚那声闷响已经足以令他抓狂。在下一声巨响传来之前，白曦果断地重重拍向身后的安全门，把那厚重的金属熔出孔洞，温度又随之向四周扩散，让原本银白的材质变得红如烙铁。

“这……”蒋峰峦见状激动得倒吸一口冷气，眼底不自觉泛上狂喜，“他可比韩卓更加难得。”

他的话音刚落，那厚重的安全门已经被白曦生生撕下来砸向僵尸群。焦煳味瞬间弥漫开，呛得人几欲作呕，沥青一般的黑色黏液流满了整个地面。

蒋峰峦举起麻醉枪瞄准着被克隆体包围的青年，满意地对施天说：“现在我们可以留下他了。”

白曦随手抄起一个克隆体，向二人扔了过去。

熊熊燃烧的火球划过半空，蒋峰峦慌忙躲开，有些遗憾地说：“原来这个小东西已经发现我们了。”

白曦趁机用肩膀撞开最后几个焦煳的克隆体，咬牙撕开了他面前的最后一道安全门。他手上沾满了血，不知道那究竟是谁的，也没时间分辨。

浓重的腥臭味扑面而来，堆积在门上的克隆体几乎是雪崩一般砸落下来，白曦顾不上闪躲，踩着那些令人作呕的怪物冲过去一把扶住了已经站立不稳的韩卓。

白曦焦急地问道："你没事吧？"

韩卓精疲力竭，满身是血，他愣愣地看着小奥特曼，觉得自己也许是在做梦。

"走！"白曦搀着他往外冲。

"你怎么会？"韩卓踉跄着走了两步，膝盖渗出鲜血。

白曦二话不说，把他拎起来背在了背上。

然而克隆体并没有被彻底消灭，它们依旧站在那里，贪婪而又饥渴地盯着面前的人类，如同僵尸盯着最丰盛的美味大餐。

"你还能打吗？"白曦背着他往后退了两步，还没等对方回答，就又改变了主意，"算了，交给我吧。"

"你真的很不听话。"韩卓苦恼地摇摇头，咬牙从他背上下来。

厚重而又灼热的安全门成了最好的攻击武器，韩卓最多同时对付五十个克隆体，而小白总可以以一敌百。

韩卓挥拳打倒最后一个克隆体后脱力地粗喘着坐在了地上。

"上来。"白曦扯住他的胳膊，想把人重新背到背上，韩卓却反手拉住他，耗尽最后一丝力气撑着站起来，挡在了他的前面。

蒋峰峦举着枪，直直地对着两个人。

"二位果然名不虚传。"他啧啧称赞，"别担心，这只是麻醉枪，我可不舍得让你们就这样死。"

"喂。"白曦小声提醒，"我对麻醉剂没有免疫，老头骗你的。"

"我就知道。"韩卓难得咬牙切齿。

"悄悄话说完了吗？"蒋峰峦问，"给你们两个选择，乖乖投降，或者被我手中的麻醉枪制服。"

"你觉得麻醉枪会对我有用？"韩卓和他对视。

"对于另一个小朋友，我确实不知道有没有用，但是对于韩先生，"蒋峰峦笑了笑，"据说在你接受过的上百次改造里，每一次都会被它深度麻醉，至少也会昏睡两天，所以我有绝对的信心。"

韩卓仍然挡在白曦前面，也在某种程度上挡住了蒋峰峦的视线。

白曦在他身后不动声色地伸手在他后裤兜里掏了掏，果然摸到一块银币——那是两个人去游乐场时买的纪念品，因为上面有一颗很可爱的小星星，所以韩卓一直随身携带着，说要在重大事件发生时，比如说谁买果汁谁洗碗，让它决定命运。

“好吧，施天呢？”韩卓不就这个问题继续纠缠，转而又问，“不亲自来见我，不像是他的性格，你把他杀了？”

“拖延时间是没有用的，韩先生。”蒋峰峦缓缓扣下扳机，“希望我们——”他还没有把剩下的半句话说出口，另一种诡异而又沙哑的铃声就骤然刺破空气——不是有人闯入的普通警报，而是自设定之后从未响过的、军队进攻时才会响起的警报声。

几近陌生的声音让蒋峰峦稍微有些愣神，而就在这短短一瞬间，白曦手里那枚滚烫的银币就已经如子弹般穿过他的右眼。

“干得漂亮。”韩卓重重地跌靠在他身上，嘴唇干裂出血，喑哑地苦笑道，“但是我真的坚持不住了。”

小奥特曼唰唰两下撸起袖子，背着大奥特曼向外冲去。

这次并没有追捕者或者克隆体来阻拦他们，因为地下仓库遇到了更大的麻烦。

施天把王远辰丢进车里，自己也仓皇地坐上驾驶位。

“怎么，要当逃犯？”王远辰戏谑地问道。

“你最好闭嘴。”施天面无表情地一脚踩下油门。

“不至于吧？”王远辰啧啧道，“你不是一直吹嘘自己左右逢源，有强大的关系网吗？这次都不打算先去碰碰运气？”

施天并没有回答他。和北斗研究所合作这么多年，虽然其中也有过摩擦，但那都是道歉和金钱就能解决的小问题，如今，这种从来没有出现的情况再联合韩卓的突然出现，他很快就明白了对方的意图，当然不会乖乖留下等死，更何况核心数据已经被人窃取了。

黑色小车在暮色中疯狂穿行。

半个小时后，王远辰提醒他：“似乎有人在追你。”

“我当然知道。”施天猛然一打方向盘，想要驶向更偏僻的小路。

身后的车依旧穷追不舍。

双方的距离越来越近，施天举起枪抵住了王远辰的太阳穴。

“喂，”王远辰皱眉，“你不是打算在自杀之前先杀了我吧？”

“让他们消失。”施天冷冷地吩咐，“否则我就杀了你。”

“真的？”王远辰问。

施天一枪打穿了王远辰的小腿肚，然后把冒烟的枪口重新抵在他的太阳穴上：“我不喜欢别人耍花样。”

王远辰骂了句脏话，趴在车窗上向后看了一眼，只见有四五辆车在后面穷追不舍，枪声阵阵。

“好吧。”王远辰坐直身体，“准备好了吗？”

“什么？”施天警觉地问。

“飞到空中。”王远辰回答，并且在说这句话的同时已经用异能让整个车飞了起来，就像是上了蹦床，先是失控地冲向天空，然后又失重地砸向地面。

“你这个疯子！”施天惊慌地嘶吼。

王远辰笑了笑，轻轻闭上了眼睛。

巨大的冲击力，落地后的翻滚，以及瞬间燃起的火光。

鲜血缓缓流过额头，王远辰蜷缩在狭窄的座椅里，表情痛苦地扭曲着，最后一次想了想那个可爱的、皱巴巴的地球人——他想被他带回家。

刺耳的鸣笛声和焦急的呼救声是他陷入昏迷前的最后记忆。

第33颗星

休整

父母之爱是最坚硬的保护盾

安顿好韩卓后，白曦想回头找王远辰，却被凌剑拉住。

“王先生和施天一起出了车祸，已经送去医院了。”对方递给他一条温热的消毒手巾，“放心吧。”

“严重吗？”白曦问。

凌剑打量了一下他身上的血污，猜测道：“应该没有你和韩先生严重。”

“那就好。”白曦松了口气，他精疲力竭地靠在担架旁，继续守着已经陷入昏迷的韩卓，直到自己也昏睡过去。

有生以来最香甜的梦境，也是最绵长的梦境。

地下仓库的惨状并没有让白曦产生心理阴影，那些肮脏而又污秽的怪物也没有入侵到他的梦中，小奥特曼的梦里依旧只有韩先生和漂亮的森林，以及漂亮的星。

他咂咂嘴，满意地翻了个身，结果压到了手臂上的伤口，不甘不愿地被疼醒。

“小白！儿子啊！”白太太热泪盈眶，“快点快点老白，儿子醒了！”

白曦费力地睁开眼睛，迎面就是两张激动的脸。

“爸，妈……”白曦脑袋不是很清醒，足足过了半分钟才含糊地嘟囔道，“你们怎么来了？”

白太太险些被他这句话气笑，眼泪却不由自主地往下掉。

白博阳拍拍她的背：“你看你，儿子都醒了，还哭什么。”

“我哭他不省心。”白太太用纸巾压掉眼角的眼泪，哽咽道，“说好那天要乖乖回家的，结果呢？小韩也真是的，跟着一起骗我们。”

“没人骗你们，是我自己要去的。”白曦用胳膊撑着床，半坐起来，焦急道，“对了，他人呢，现在怎么样了？”

“回外星了。”白太太敷衍地回答道，然后慈祥地拉住儿子的手哄道，“乖啊，我们不想他了，养好伤以后让爸爸重新给你找个保镖，这回找个憨厚老实可靠的。”

白曦茫然地说：“啊？”

“可不能再找这样的保镖了。”白太太心有余悸。保不保护得了儿子是一回事，这隔三岔五就要去拯救一次M78星云，做父母的哪受得了，心脏病都要被吓出来了。

“不行，我就要他。”白曦掀开被子往床下跳，“他人在哪儿？隔壁吗？”

“哎呀，都跟你说了，小韩不在，已经走了。”白太太握住他的手，耐心慈祥地说道，“奥特曼就要回人家的奥特曼星球，我们地球人不好干涉的。乖，听话啊，妈妈给你弄点鸡汤喝。”

“妈！”白曦目光幽幽，“他到底在什么地方？”

“……”白太太生气地对白先生说，“你看看你，小时候非要给他买什么奥特曼，现在搞成这个样子！小男孩玩玩小汽车就好了嘛！”

白先生不甘示弱地回嘴道：“那你儿子现在就该闹着要去塞伯坦星①了。”听起来和M78星云也并没有什么本质上的区别。

白太太觉得自己迟早要被这父子俩气死。

“小韩没事，他比你醒得更早。”白博阳说，“李阿姨炖了骨头汤，刚刚让钟点工送过去了。”

“真的没事吗？”白曦说，“我想去看看他。”

“不行！”白太太一口拒绝，“先把伤养好，至于小韩偷偷带着你去地下仓库这件事，我和爸爸还要再郑重考虑一下要怎么和他谈。”

白曦强调：“是我自己要去的。”

“那就更了不得了。”白太太更加不依不饶了，她说，“你看看，才认识了不到一年，都学会骗我们了。”

白曦：“……”

走廊尽头的病房，韩卓已经喝完了李阿姨的爱心骨头汤，正试图突破面前的封锁。

---

①塞伯坦星：指作品《变形金刚》中变形金刚的母星。变形金刚是外星人，有汽车和机器人这两种形态，故当白太太说小男孩玩汽车就可以时，白先生才会这样回应她。

“不行的，韩先生，您现在不能下床。”小护士抱着病历本好言相劝，“你的腿伤还没有痊愈，要多休息。”

“这点伤对我来说不算什么。”韩卓从床头摸过眼镜戴好，“拜托，我真的很想去看看我的老板。”

“小白总的情况很好，现在应该已经醒了。”小护士不肯让步。

“但我真的很担心他，要亲眼看过才能放心。”韩先生见小护士态度坚决，迟疑了片刻后，问道，“还是说白太太不允许我再出现在小白总面前，所以你才会拦着我？”

“没有啊，当然不是。”小护士很吃惊，赶紧解释，“真的是您目前的状况不适合下地走动，这是医生的要求。”

但是韩卓似乎并不相信她的话。他看起来自责又失落，连声音也低了下去：“我觉得我可以出院了，并且在出院后我应该先好好反省一下自己的失职，再找一个没有人认识的地方重新开始。”

听他这么说，小护士变得手足无措起来，她结结巴巴地说：“不……不然我去请护工过来，用轮椅推您过去吧？”

“不用了。”韩卓还没有来得及说话，梁佚的声音突然响了起来，“你把韩先生交给我就行了。”

“好的。”小护士如释重负，离开前还不忘安慰韩先生，说他的腿伤只需要半个月就能痊愈，一定不要情绪低落。

“谢谢。”韩卓目送她离开，然后对梁佚道，“小白怎么样了？”

“已经醒了，一切指标正常，不过白太太并不想让他和你见面。”梁佚坐在床边，“所以下次你可以不用在护士面前演戏了，没用。”

“严格来说，这算你的失职。”韩卓丢给他一个橙子，不悦道，“我说过要你好好照顾小白的。”

“但如果没有小白，这次行动的结果将不堪设想。”梁佚把橙子切好，然后好脾气地推到他面前，“他帮了我们所有人大忙，不仅仅是地球，还有你的星球。”

“我宁可他在这次行动里什么都没做。”韩卓问，“对了，瞬间移动失败的原因是什么，查清楚了吗？”

“施天那里有太多古怪的装备，可能需要你痊愈后亲自去排查一下，才能知道到底是什么影响了瞬间移动。”梁佚道，“我们已经全面接管了那里，地下仓库算是彻底覆灭了，你打算什么时候让第三实验室的人出现？”

“一个月后吧。”韩卓靠回床头，淡定道，“我需要和小白商量。”

梁佚不禁笑了：“所以你这是在逼我想办法让你们尽快见面？”

“以及白太太那头。”韩卓提醒，并且不忘再次强调，“小白之所以会跑去地下仓库，完全就是你的失职。”

至于这次失职的后果，那显然是相当严重的，因为足足过去了一个星期，大奥特曼还是没有见到小奥特曼。

“又在和谁发短信？”白太太端着水果进来。

“没有谁。”白曦无辜地回答，“春春。”

“春春刚刚在走廊上和我说话。”白太太瞪了他一眼，毫不留情地戳穿了他的谎言，然后把湿巾递过去，“擦手。”

白曦老老实实地说：“哦。”

然后他又心虚地转移话题：“王先生醒了吗？”

“暂时没有。”提到王远辰，白太太忍不住叹了口气，“不过你也不用担心，医生说再过一个月，他应该就能醒来了。”

小车坠地时的巨大冲击力让王远辰的颅骨裂开了，不过由于抢救及时，所以并没有造成进一步的大脑损伤。后来师向广用一小块金属修补了他的颅骨，这操作听起来很像科幻片里的情节，但王远辰的情况确实在那次手术之后逐渐好转。虽然他现在还没有醒，但春春每天下班了都会过来陪他。

至于施天，他在被救援人员拖出车厢时身体已经被燃烧的汽油烧伤了大半，现在一直昏迷不醒地躺在重症监护室里。他的身体有太多改造痕迹，也注射过许多成分不明的药物，因此就算是梁佚和师向广也不能确定这个恶魔究竟还能不能醒来。

“为什么不干脆杀了他？”格温问。

“研究所那边有他们的考量，但这和我们没关系。”黛西说，“你现在唯一应该关心的就是我的儿子、你的外甥究竟什么时候才能再次见到小白。”

“所以你要去和白太太谈一谈吗？”格温建议，“让她知道我们其实并没有她想的那么危险。”

“我是很想的，”黛西不自在地扯了扯衣服，露出了担忧的神色，“但是你确定我不会把这件事搞砸？毕竟在此之前，我根本就没有任何这方面的经验。”

格温皱眉想了想，然后鼓励道：“我觉得你可以试一试。”

鉴于这场见面非常重要，所以黛西在打电话给白太太的时候还有几分罕见的紧张。出乎她的意料，对方倒是没有任何犹豫就答应下来了，还主动订好了餐厅，甚至贴心地询问她需不需要司机来接。

“要我陪你一起去吗？”格温问道。

“当然不用，这是我们两个人之间的秘密。”黛西站在衣柜前挑选衣服，“连小白也不需要知道，当然，你也不能提前告诉韩。”

“你有没有觉得她有点热情过头了？”格温忍了又忍，还是将自己的想法说了出来，“按照我的经验，这可不是什么好兆头。”

“没关系，我喜欢有挑战性的工作。”黛西把戒指丢给对方，“况且这件事的重点不是我们，而是小白的态度，我对他有绝对的信心。”

下午三点，白曦把自己捂在被子里，像一条无聊的小虫一样扭来扭去。

刘春春端着水杯和药站在床边催促他：“快出来。”

“不出来。”白曦瓮声瓮气地拒绝，“心情不好。”

“心情不好也要吃药。”刘春春放下手里的东西，把人强行扒拉出来，“我刚刚又去护士站问了，韩哥他们还在地下仓库，差不多要到晚上九点才会回来。”

小白总眼神幽幽，觉得自己的心情非常抑郁，因为拯救星球的英雄行为非但没有得到任何奖励，反而还被剥夺了自由，这种结局放在马克李的电影里都算悲剧，是宇宙悲剧，史诗级悲剧。

难得白太太不在，刘春春索性找了个轮椅推着白曦去楼下花园里晒太阳，好让对方提前体验一下退休后的悠闲时光。

午后的太阳晒得人全身都暖洋洋的。刘春春推着白曦走到小花园的鱼池边，自己则坐在了他身旁的长椅上。

白曦眯着眼睛看了一会儿锦鲤，突然推了推刘春春：“你今天不去陪王先生啦？”

“刚来的时候已经去过了，师老师在帮他做检查。”刘春春说，“他恢复得不错，应该很快就能醒过来了。”

白曦揽过他的肩膀还想问点别的，但刘春春假装没察觉，并且特别专心致志地帮他剥起了橘子。

柔软金黄的果肉蕴含着丰沛的果汁，又酸又甜，心情也一样。

太阳穿过透亮的玻璃窗洒进来，将卡座照得温暖而舒适。

白太太把蜂蜜加进红茶里，笑着对黛西说：“小白每次陪我来时老是要加糖加双倍牛奶，他就喜欢小孩子的口味。”

那可真是太可爱了啊！黛西抱怨：“我儿子就不肯陪我来这种地方。”

白太太心情复杂地想，那是因为你儿子一直忙着教我儿子做些危险的事情。但面上她依然得体地微笑着，并且用了整整半个小时来感谢韩先生——毕竟在这近一半年的时间里多亏有他的保护，地下仓库的计划才一直没能得逞，白曦的生活才能最大限度地维持原状。

“您太客气了，这是他应该做的。”黛西回答道，也敏锐地觉察出了异样。在两个人连面都没有见到的情况下，白太太的这一长串夸奖实在来得太过突然，很像是解雇之前的铺垫。

想到这里，黛西笑着试探道：“以后还要请白太太多多关照，毕竟两个孩子才刚刚磨合好，他们配合得很默契。”

“是啊。”白太太点头，又继续道，“但是——”

“但是这次针对地下仓库的行动，我真的非常抱歉。”黛西抽出纸巾，拭了拭迅速泛红的眼眶，自责道，“是我没有照顾好小白，都是我的错，当然，还有那位梁先生，他也是错误环节的一部分。”

“不不，您没有错。”白太太帮她添了些热茶，“关于小白跑去地下仓库的原因，梁所长已经和我们解释过了，完全不关小韩的事，在他原本的计划里的确是想把小白留在指挥中心的。”

那你为什么还不让他们见面？黛西把纸巾丢到一边，热情地发出邀请：“既然这样，不如我们两家人一起吃个饭吧？”

“最近吗？可两个孩子都在养伤。”白太太拉住她的手，安抚道，“韩太太，请您先听我把话说完，好吗？”

黛西只好把话暂时咽了回去。

“在这件事刚发生的时候，我的确很生气，也觉得小韩很失职。”白太太说，“希望您听到这些不要生气。”

“当然不会。让自己的雇主受伤，这的的确确是保镖的失职。”黛西十分理解白太太的心情。

“但是事情已经过去了，现在我希望能和您谈一谈……”白太太说，“关于小韩的梦想。”

当初找韩卓时，她以为对方只是一位强大的异能者而已，只要有足够的金钱就能请他好好保护白曦。但现在的事实却证明他不单单是一位强大的异能者，还是一位伟大的领导者，他肩负着拯救地球上所有异能者并带领他们重返星海故乡的使命。

“我和我先生对小韩没有任何意见，并且真的很感激他、尊敬他。”白太太说，“但也希望您能理解，我们并不希望小白也成为宇宙拯救小组的一员。”

“这就有些棘手了。”黛西用勺子搅拌了一下红茶，苦恼地说，“所以韩还是被解雇了，对吗？”

白太太叹气：“小白很欣赏，也很信任小韩，应该不会同意我这么做，他们是很好的朋友。”但朋友也没理由要一起重建M78星云。她之所以答应黛西的邀约，一来是为了表示感谢，二来也是想通过对方来了解韩卓的想法，像这次这种惊心动魄的行动她无论如何也不想让白曦再参与了，所以韩卓如果真的满心都是拯救宇宙的计划，那就算两个人关系再好，她也要帮儿子换个保镖了。

黛西点头：“明白。”

不算太糟糕，至少还有补救的余地。

这天直到晚上十点，韩卓才被工作人员推着回了医院。就像梁佚之前说的，地下仓库里有太多古怪的装置了，想要查清楚究竟是什么影响了瞬间移动，估计要花上差不多一个月的时间。

“知道我今天干什么了吗？”韩卓回到病房时，黛西正跷着腿坐在沙发上等他。

“约会？”韩卓漫不经心地敷衍。

“我和白太太喝下午茶了。”

韩卓警觉地看着她：“为什么没人和我说过这件事？”

“我觉得目前的情况不太乐观。”黛西点燃了香烟，想起这里是病房，又不甘心地用力摁灭，“她甚至考虑过要解雇你。”

“但是有你在，所以这种事一定不会发生。”听了黛西的话，韩卓似乎放心了不少，他问，“结果怎么样？”

“严禁小白以后再参与任何行动。”黛西说。

韩卓点点头，毫不犹豫地说：“我保证。”

“至于你们见面的时间——”黛西解锁手机，看了一眼刚收到的短信，“呃，大概就在一分钟后。”

韩卓意外道：“这么顺利？”

黛西把手机丢给他，头疼道：“因为施天失踪了。”

那里是专门关押重犯的监狱医院，每个角落都安装了摄像头，但就在半个小时前，所有摄像头在同一时间受到了干扰，监控屏幕上出现了大概五分钟的消音花屏，等一切恢复正常时，病房周围的工作人员已经变成了肿胀的尸体，施天也消失得无影无踪，现场连一点线索都没有留下。

“所以白太太不会解雇你了。”黛西推着韩卓赶来。

这间临时准备的会议室里已经挤满了人，白曦也在。

“这是现场图片。”见人到齐了，梁佚打开投影仪，开始向众人介绍当时的情况，“根据我们之前的监测数据来看，他真的毫无好转的迹象，头骨和肋骨几乎粉碎，没道理这么快就能行动自如。”

“所以他的异能不会是不死或者再生吧？”白曦猜测，“不管怎么样都会活下来的打不死的小强？”

“我只知道他根本就没有痛觉。”韩卓也不能确定，“他早在童年时期就接受过无数次改造。”

如果真的是这样，那施天毫无疑问就是一个怪兽，而现在他是被激怒的怪兽。对于人类而言，这绝对是巨大的压力和威胁，毕竟凭对方的能力，哪怕只是只身冲进闹市区的广场，也能制造出一桩震惊全人类的惨案。

“这是我们的失职，我们会想办法尽快补救的。”梁佚又看了一眼师向广，犹豫道，“如果事情真的发展到不可控制的地步，我想我们大概需要你的帮助。”

师向广猜出他的想法，却摇了摇头：“这种事应该交给军队，现有的特种军队。”而不是经过改造的异能者军队。

把普通军人改造成异能者，在当前条件下实在是一件充满了未知危险并且有悖人性的事情。白曦的存在只能说是奇迹，现在贸然进行人体改造的话，更大的可能是得到地下仓库里的那些实验体，虽然具有巨大的攻击力，却疯狂、失控而又血腥。

“我觉得你有些紧张过度。”深夜，在医院清冷的露台中央，师向广站在梁佚身后说，“已经很晚了，还不去休息吗？”

“这是我的失职。”梁佚深深地叹了一口气，不过在说完这句话后，他才想起来在许多年前，同样的对话也曾上演过，不过那时是师兄帮他扛下了所有的过错。

“别想这些了，去睡吧。”师向广说，“地下仓库已经被毁，施天可以说是一无所有了，哪怕他真的要卷土重来，也要先找一个安全的地方养好伤，而不是现在就暴露自己的行踪。”

“谢谢。”梁佚拍拍他的肩膀，还想说什么，却被师向广抬手制止。

“都过去了。”他说，“先去休息吧。”

一阵凉风刮过，带走了枝头上最后一片枯叶，世界再度变得沉寂。

第34颗星

午夜

反派尚未认输英雄仍需努力

其实师向广对施天的情况和心理分析得很到位。身为地下仓库的统治者，施天绝对不是冲动暴躁的失控型人格，哪怕在一夜之间失去了一切，他也不会焚毁理智地去拼个鱼死网破。

时间很快又过了半个月，一切风平浪静，没有什么爆炸性的动乱事件发生。

王远辰也在某个清晨醒了过来。他睁开眼睛，第一眼看到的就是那个皱巴巴的地球人，欣喜的、可爱的，头顶的头发还乱糟糟地竖起来一小撮，穿着奶油白的毛衣，像一只毛茸茸的正紧张兮兮地瞪着眼睛的兔子。

王远辰抬起胳膊，伸手揉了揉地球人那柔软的头发，手感不错。于是他心情很好地问道："你是谁？"

刘春春手里的橙子咕噜噜滚到地上："啊？"

令人泪流满面的狗血情节隆重上演——由于撞裂了颅骨，王先生失忆了。

对于这种情况，师向广和梁佚也深感震惊，又为他做了全面的身体检查，可直到最后也没找到确切的原因。

"没关系，想不起来就不想了。"洒满阳光的病房里，刘春春一边喂王远辰吃已经切成小块的苹果，一边安慰他，"说不定休息一段时间就没事了。"

王远辰靠坐在床头，头上戴了一顶粉红色的睡帽，微微皱着眉头。

"真的没关系呀。"刘春春依旧好脾气地耐心安慰着他，"医生说你下周就能出院了，这段时间你就舒舒服服地休息就好啦。"

"我们的关系很亲近吗？"王远辰突然问道。

刘春春说："呃……"

王远辰笑了起来。

病房外，小白总背着手狐疑地转圈：“你确定他不是装的吗？”见自己就凶神恶煞，见到春春就慈眉善目，这失忆了怎么还搞区别对待？

“是吗？”韩卓想了想，说，“我倒觉得这情景很感人，至少比你那位灵魂挚友拍的电影感人。”

白曦：“……”你还真是不放过任何一个吐槽马克李的机会。

异能者的自愈能力都很强大，除了琳达的康复进程有些缓慢外，韩卓和王远辰身上那些原本深可见骨的伤口经过治疗后在出院时已经基本恢复如初。

白太太原本想要他们回家住，却遭到了宝贝儿子的无情拒绝，最后只好无奈放行，在老公耳边念叨了整整一晚上的“宝宝长大了，翅膀硬了，不听话了，很心碎”。

星海路公寓，刘春春正在厨房里准备明天的早饭。

王远辰牛皮糖一样黏在他后面追问：“我们之前是什么关系？”

刘春春回答：“普通朋友。”

“所以你对你的每一个普通朋友都像对我这样？白曦也是，韩卓也是？”王远辰对这个答案并不满意，索性开始耍赖。

“别闹了。”刘春春哭笑不得，“你能不能乖乖回卧室躺着，继续看那些狗血……很深情的偶像剧？”

“骗人，我们肯定不是普通朋友。”王远辰信誓旦旦。

刘春春拿这位失忆的偶像剧男主角完全没有办法，但也没法忽视他，因为王远辰已经拉着他回了卧室，打算和他共赏电视里的煽情恋歌。

刘春春郁闷而又崩溃地说：“你说过不会勉强我的！”

王远辰仔细观察着他表情：“我怎么觉得你好像也不是很勉强？”

刘春春沉默片刻，毫无底气地反驳：“还是有点勉强的。”

“那你要不要努力一把，让这点勉强也消失？”王先生提议。

刘春春闻言皱起脸，还是你努力清醒吧。

“我觉得我失忆前眼光还不错，”王远辰突然说道，“说说看我之前的事情，我们是怎么认识的？”

“我们？是韩哥找你来的，我那时候需要一个经纪人。”刘春春想了想，“刚认识的时候，你的脾气特别暴躁，每天都吼我，还用钻石砸我。”

王远辰继续问："然后呢？你是什么时候开始喜欢我的？"

刘春春说："唔，并没有这个环节！"

沉默了一会儿，王先生突然扯过被子，唰唰两下把人裹住。"今晚不准走了。"他说，"留下给我讲故事。"

怎么还有这种卡通环节？刘春春惶恐地问："童话吗？"

王远辰在他头上敲了个栗暴，吼道："之前的事情！"

刘春春缩了缩脖子："哦。"

这个夜晚，刘春春讲故事讲到凌晨三点才睡，但王先生并不满意这些故事，因为平均三分钟出现一次白曦，五分钟出现一次韩卓，听得他头很疼，以至于第二天早上他去隔壁蹭饭时态度也很不友好。

"你看起来真的完全不像失忆了。"白曦把包子递给他，诚心道，"包括这种不耐烦的欠揍表情，都和之前一模一样。"

"那说明你之前也一直在干涉我们。"王远辰叼着豆浆吸管，眼睛一斜。

白曦："……"那又怎么样，春春是我的！

美好的一天再度在争吵中拉开帷幕，直到坐上车，小白总还在和王先生钩心斗角、"争风吃醋"，刘春春塞好耳塞戴好眼罩，坚定地睡了过去。

"再有十分钟，我们就到地下仓库了。"拐过一个弯，韩卓笑着提醒二人，"如果你们还想吵架，大概需要抓紧时间。"

被相关部门接管以后，地下仓库已经不再像之前那么阴森恐怖了，从外面看就像是一座空荡荡的废弃大仓库。

当白曦一行人抵达时，琳达已经等在那里了。她坐在一个巨大的轮椅上，扶手边竖着支架，支架上挂着输液袋，而她的手臂和腿上都打着绷带，看起来活像从卡车底下被拖出来的重伤员。不过她心情倒是不错，正费力地摇着薯片袋，试图从残渣里找出一片最大最完整的。

白曦见状想过去帮忙，却被韩卓拦住了。

一个年轻人已经先他一步一溜烟儿地跑了过去，递给她一包新的零食。

"你好。你……那个，你恢复得怎么样了？"凌小刀笑容灿烂，笑起来还露出一排雪白的牙齿。

"还不错。"琳达臭着脸回答。

“那就好。”凌小刀顺势从工作人员手里接过轮椅，推着她进了电梯。

琳达：“……”

“有情况？”白曦很八卦地问。

“也有可能只是一个科幻迷对外星生物的单纯热爱。”韩卓笑了笑，“不过鉴于他并没有来找我们，而是直接冲向了琳达，所以你的猜测也有可能。”

“你记得她吗？”两人旁边，刘春春也在小声地问王远辰，“她叫琳达，之前很喜欢你。”

王先生不假思索地点头：“记得。”

“真的吗？”刘春春惊喜道，“你真的记得她是谁？”

王远辰却没在第一时间回复，而是盯着他看了一会儿，然后突然伸手揪住对方的脸蛋，勃然大怒道：“你这人怎么这样?！”

“唔……”刘春春痛得五官挤成一团，委屈兮兮地想，我就是很高兴啊，还记得琳达总比全忘了要强。

王远辰被他气得半死，但是看到对方皱巴巴的脸，又有些后悔，于是心软地松了手，放低声调问：“吃不吃冰激凌？我去帮你买。”

白曦酸溜溜地说：“我也要吃。”

王先生不耐烦道：“想吃自己去买。”

小白总痛心疾首道：“春春！你看看！”

“算了算了，去干正事吧，都别吃了。”刘春春心很累，拖着两个人往里走。

经过前期的一系列检查，梁佚和师向广已经差不多确定了瞬间移动失败的原因——琳达体内的能量源受到了干扰——施天在核心数据室里放了一块紫蓝色的陨石，它所散发出的磁场强大而又古怪，之前从来没有过相关记载。

“应该就是这条记录。”会议室里，梁佚指着屏幕上说道，“在我们行动前一周，蒋峰峦从一个境外组织手里买下了这块陨石，我想他们原本是打算用它来进行后续僵尸辐变研究的，影响瞬间移动应该只是误打误撞。”

那个境外组织的代号是“南美洲钻石”，根据已有的资料显示，这一年来他们和地下仓库的来往相当密切，是僵尸军队的幕后投资者之一。

“他们应该早就在秘密筹建另一间实验室了。”梁佚进一步分析道，“所以我怀疑施天很有可能是被这些人接走的。”毕竟就算没有了地下仓库，施天也依旧是这个星球上最好的异能者研究员之一，从这个角度来说，他无可取代。

“所以接下来有什么计划？”白曦问，“我们要去找这个组织吗？”

“这件事已经有专人去做了，不过后期可能会需要各位的帮助。”梁佚道，“希望能一切顺利吧。”而所谓的“帮助”，不用想就知道大概又是一场残酷的恶战，而且不仅仅要对付施天，还要加上这个境外组织。

梁佚或许也觉得这样对异能者来说有些不公平，于是补充道：“我们之前的计划也正在积极推进中，只要韩先生这边做好了准备，我马上就能向上级汇报。”

“好的。”韩卓点点头，“第三实验室那头我来联系。”

第二天下午，黛西和格温就亲自飞去G城把吴子刚接了过来。

不过短短几个月的时间，吴子刚就从疯狂偏执的科学家变成了颓废沮丧的失意中年人。他脸上蓄满了络腮胡，头发也像是被沥青洗过的枯草，浑浊的眼球布满了暗红色的血丝，看起来没有任何生气。

“他这个样子真的没问题吗？”白曦有些担心。别说是宏大的宇宙航天计划，哪怕只是一般人的普通生意投资也不会选这种流浪大叔当合作对象。

“没关系，我们还有时间改造他。”韩卓倒是很镇定，“况且第三实验室在知情人眼中应该是唯一能和地下仓库相提并论的研究所，这对我们的计划有绝对的积极作用，能减少很多麻烦。”

“好吧，希望一切顺利，”白曦说，“好让异能者们快点回家。”

“这次不问我还要不要留下了？”韩卓打趣道。

“我不准你走。”白曦“蛮不讲理”起来，“救命之恩大过天，这是地球的基本礼仪知道吗？”你们外星人之前不知道没关系，现在知道就可以了，反正是绝对不能走的，走了就是破坏宇宙和平，毕竟小奥特曼要是暴躁起来，那是相当暴躁的，拆掉地球都是有可能的。

“我留下有什么好处吗？”韩卓问。

小白总不满道：“天天都能见到我，这还不算天大的好处?!”

走廊上，刘春春敲了半天门也没人开，只好把刚出炉的小蛋糕又端了回去。

王远辰见了，满意地问他：“隔壁没人？”

“没人你也不许吃。”刘春春把蛋糕放进保鲜盒，“都要消化不良了。”

王远辰趁机说：“那我们出去散散步吧，顺便去超市买点东西。”

说着，他三下五除二地把刘春春的家居服扒掉，强迫他换上了可爱的粉红色小毛衣，还主动帮他换好鞋，才满意地说："走吧，散步。"

刘春春全被动地出了门，蔫头蔫脑地跟在他身后，像一根被霜打过的小茄子。

两个小时后，两个人吃着冰激凌慢悠悠回家，收获颇丰。王远辰把购物袋放在地上，刚打算开门，白曦就打着哈欠从隔壁出来："咦，这么巧啊！"

王先生对他时刻都保持着高度警惕，从牙缝里往外挤字："嗯。"

韩卓晚白曦一步出来，看到王远辰和刘春春，非常自然地问道："我们打算出去吃饭，要一起吗？"

"不用了，我们买了新鲜螃蟹，自己烧菜吃。"刘春春热情地发出邀请，"你们要不要也……唔！"

"不要。"王远辰捂住他的嘴，和颜悦色地对白曦和韩卓说，"再见。"

韩卓在白曦耳边小声劝道："走吧，我们先去吃饭吧。"

还吃什么饭啊……小白总满心凄楚，很想唱一首"吾儿叛逆，伤透我心"，他眼睁睁看着王先生关上了门，憋了一肚子的哀怨的凉气，坐在车里打了半个小时的嗝。

长大了，翅膀硬了，不听话了，给别人烧螃蟹去了，伤感得不行了，嗝。

计划里豪华餐厅的精致晚餐变成了粗放的路边摊。小白总单脚踩着路沿石，恶狠狠地扯着炸串，看起来很像专吃霸王餐的流氓恶棍。韩先生帮他买了红豆奶茶，又说附近还有一家很好吃的芋圆。

"走！"白曦豪放地抹了把嘴，打算继续用垃圾食品来平复心情。

然而就连这点朴素的小心愿也被梁佚的电话打断了。对方说他们刚刚得到确切消息，施天已经在一周前从H港乘船离境了。

"所以这算什么？"白曦问，"是黑暗前的黎明，还是黎明前的黑暗？"

"没有黑暗，你的世界里只需要黎明就够了。"韩卓挂断电话，"梁佚他们要比我们更在意施天，一定会有所行动的。"

"他就像个不稳定的炸弹，"白曦闷闷不乐地说，"不知道什么时候就会爆炸。"

"说不定他会在无人区自爆呢？"韩卓笑了笑，好像完全没把这件事放在心上，"开心一点，我不想你这么忧心忡忡。"

白曦强调："我是在担心你。"

"只担心就够了？"韩卓打趣道，"不想想以后要怎么保护我吗？"

“我当然也要保护你的。”白曦认真地说。

过了一会儿，韩卓又想起来一件事：“那保护完之后，我在你面前还有地位吗？”

答案当然是否定的。不管有没有保护，韩先生的地位都堪忧，不仅要负责给垃圾食品买单，还要负责带不想走路的小白总回家。

月亮隐入云层，温暖的路灯照在街道上，把两个重叠的身影拉得很长、很长。

一周之后，七叶路酒吧。吴子刚端着热茶，听着包厢外隐约传来的热闹喧哗声，虽然看不到欢腾的人群，却也感受到他们是真的快乐。地下仓库一朝覆灭，异能者们最大的威胁被消除，他们不用再担心不久前还在上演的绑架和杀戮会降临到自己头上，那种感觉是别人无法体会的，就好像战乱国度终于迎来了久违的和平，每个人都想喝一杯。

吴子刚的手有些颤抖，这原本是他一直追求的结局，可当这一天真的来临时，沮丧与挫败却压过了狂喜。

几天前，黛西交给他一份资料，那是从地下仓库拷贝来的施天这些年的研究成果，虽然不全，但仅仅是这一部分数据也已经远超第三实验室的所有成果——哪怕没有之前的失败，他和施天也不是一个等级的，他无法拯救任何人，甚至都称不上是顶尖的异能者研究员。

残酷的现实如同火辣的巴掌，在他原本就颓废的心上又添加了新的耻辱，虚构的救世主身份被一击粉碎，当然，他现在依旧可以去拯救异能者，但身份只是一个演员，滑稽的、小丑般的、随时可以被替代的。

杯中的茶水逐渐变冷，白曦恰好在此时推门进来，笑道：“久等了，吴博士。”

吴子刚从回忆中猛然惊醒，局促地站了起来。

“不用这么紧张的。”白曦坐在他对面，态度一如往常，“路上有点堵车，我们刚刚还一直担心会迟到，幸亏没有。”

“迟到了也没关系。”吴子刚说，“我已经看完资料了。”

“怎么样？”白曦问，“其实不需要你特别去做什么，到时候该怎么说话，梁所长都会事先告诉你的，很程序化的聊天，照着背就可以了。”

吴子刚不自觉地握紧了手，然后点点头：“好，我知道。”

“还有一件事，小娟要回来了。”白曦观察着他的表情，“你知道这件事吗？”

吴子刚摇了摇头，哑声道：“我们没有联系……她应该是回来看养父母的吧。”

“如果你想见她的话，也可以争取。”白曦推给他一张卡纸，“这是她的电话。”

吴子刚犹豫了一下，还是把卡纸收进了口袋：“谢谢。”

包厢里灯光很昏暗，不过白曦还是能清晰地觉察出面前的男人比起之前完全就是另一个人。虽然自傲的偏执狂不见得有多好，但那至少是活着的，而不是像现在这样，对任何事都点头答应，眼底却始终是一潭死水。

“不如还是找个演员吧。”离开酒吧后，白曦忧心忡忡地说，“现在这样，北斗研究所一定不会答应合作的。”谁会答应和一具没有生命的提线木偶合作啊！

“但他是吴子刚，这个名字，这张脸，都是对方想要的定心丸。”韩卓道，“有些人不懂实验和数据，所以只能选择名气，越有名，越安心。”

“所以吴子刚这些年来疯疯癫癫地大肆吹嘘，反而把他自己吹成了不可替代的？”白曦哭笑不得，“那现在要怎么办？”

“帮失败的科学家找回一点自尊和自信。”韩卓说，“如果赵小娟愿意，这件事我想交给她来做。”

“可他们之间真的有父女亲情这种东西吗？”白曦十分怀疑。

“至少还有血缘关系在，总比我们要强。”韩卓发动车子，“困不困？”

“又要去哪儿？”白曦问。

“带你去看星星。”韩卓说，“真的星星。”

不是绕在指尖，而是挂在高远天穹深处。

韩卓把车停在郊区的湖边，又变魔术般地从后备厢里拿出来一瓶红酒：“前段时间刚买的，有很甜的玫瑰香气，你应该会喜欢。”

“你还要开车呢。”白曦提醒。

“没关系，可以找代驾。”韩卓把杯子递给白曦，“也可以明天中午再回去。”

这个晚上，星空很亮，星星像宝石一样细碎又凌乱地挂在天幕上，点缀在云环间。

酒瓶空了大半，白曦懒洋洋地问韩卓：“为什么突然带我来看星星？”

“没有为什么。”韩卓说，“就是觉得应该放松一下。”

虽然世界尚未被拯救，但大奥特曼和小奥特曼也有享受生活的权利，他不仅想送给他星星，也想送给他漂亮的风景和心情。

星海路公寓里，刘春春把空调遥控器收进床头柜，又拍了王先生一巴掌，“起来，我换床单。”

王远辰却伸手把他拉到自己身边坐下。

刘春春毫无防备，本来想推开他，却不小心碰到了那道尚未完全愈合的伤口，被掩盖在新长出来的头发下，别人看不到，却狰狞地存在着。

“不讨厌我，对不对？”王远辰问他。

“讨厌的。”

王远辰笑出声。

“你真的失忆了吗？”刘春春低声问。

“嗯。”过了一会儿，王远辰又问，“我为什么会这么依赖你？”

“可你都想不起我是谁了。”刘春春扯住他的腮帮子，那是对方之前经常对自己做的，偶尔角色对调一下，感觉还不错。

“以前的事情很好吗？”王远辰问，“我是说我们之间。”

“……没有很好，可是也没有很糟。”刘春春放开他的脸蛋，“你有时候很坏，有时候又很好。”

“所以，你就是因为这个才一直不肯承认和我的关系？”王远辰又问。

刘春春抓起枕头砸他：“并没有所谓的关系！”

王先生遗憾地叹了口气。

“睡吧，我回去了。”刘春春帮他换好床单，说，“晚安。”

真是一个不负责的皱巴巴的地球人。

几天之后，赵小娟回到了这座城市。

她穿着合身的套装，整个人充满了笑容和活力。毫无疑问，灿烂的阳光已经深深照进了她的灵魂里，不光驱散了阴霾，也让她迎来了崭新的人生。

赵跃进夫妇惊喜不已。这对老实夫妻并没有意识到自己曾经的错误，也不责怪女儿的不辞而别，对他们来说，她还活着并且健康幸福，这就是老天赏赐的最好的礼物。

平凡而又圆满的三口之家，父母和女儿，明亮的灯光，满桌丰盛的家常菜。赵小娟给他们讲疗养院的事情，讲那些漂亮的海和沙滩，讲新交到的朋友，连之前讳莫如深的异能也说得津津有味——因为神奇的穿透术，所以她成了疗养院里最好的护士，可以用最快的速度把饭菜和药物送到各个病房里。

“谢谢你。”赵小娟打电话给黛西，“我父母很高兴，他们还准备了很多礼物，非要来当面道谢。”停顿片刻，她又不好意思地补充，“只是一些烟酒茶叶和点心，他们的思想很老派。”

“等所有的麻烦都解决了，我们或许可以组一场热闹的饭局，但现在还有些太早了。”黛西笑着说，“关于吴子刚的事情，你考虑得怎么样了？”

“我父母不介意我去见他，我自己也没有问题，但我不知道能不能说服他。”虽然他们之间有血缘关系，可也仅仅只是血缘关系。

“说说看，在你眼里，他是一个什么样的人？”黛西又问。

“沉迷科学的疯子，”赵小娟说，“偏激、自大、失败。我从来都不觉得他是我的父亲，所以对他没有爱或者恨，现在也只有同情。”同情对方那梦想坍塌、一无所有的人生。

“同情？”第二天下午，白曦听说了这件事，忍不住皱眉道，“用同情的态度怎么能唤醒一个人的自尊心呢？”

“同情是在心里，未必要表现出来。”韩卓说，“相信我，如果说现在还有人能安慰到吴子刚，那一定是赵小娟。”

“好吧，希望一切顺利。”白曦合上面前的电脑，“没心情工作，陪我摸鱼。”

“额外加工资吗？”韩卓笑着走过去，“现在是正常上班时间。”而保镖和司机的工作内容都不包括陪老板摸鱼。

白曦无情拒绝：“不加。”

韩先生遗憾地叹了口气。

包厢里，吴子刚有些惊讶地看着面前的赵小娟，和他记忆里的女儿截然不同，如果不是相同的五官，他甚至觉得应该是完全不同的两个人。

“韩先生已经跟我说了你们的计划。”赵小娟自然地开启话题，“如果顺利的话，异能者们在三年内就可以离开地球了，是吗？”

“是。”吴子刚点点头。

“那你为什么一点儿都不高兴呢？”赵小娟问，“这是你一直以来的梦想，不是吗？现在它终于要实现了。”

“不是我实现的。”吴子刚说，“是韩卓，还有其他人。”

“但他们依然需要你。”赵小娟说，“需要你的第三实验室。”

“我已经答应了他们。”吴子刚停顿了一下，又问，“你要回去吗？”

“到另一颗星球去？”赵小娟摇头，“目前没有这个念头，我想留在地球上。”

听到这个答案，吴子刚眼底的光芒变得越发黯淡。

“据我所知，韩卓也不打算回去。”赵小娟继续说，“所以异能者们返回家园时，你或许会是他们最重要的领袖。”

听到这句话，吴子刚不自觉地握了下拳头。

“要出去走走吗？今天阳光很好。”赵小娟看着窗外，对吴子刚发出了邀请。

“你和以前完全不一样了。”吴子刚看着她。

“好还是不好？”赵小娟问。

吴子刚点头：“好，很好。”

赵小娟笑笑，起身走出包厢，伸手按下了电梯。

这场父女间的谈心进行得很顺利，并且在之后很长一段时间里赵小娟都经常主动找他聊天，同时问一些关于异能者研究的事情。就像韩卓之前预测的那样，吴子刚的情绪因此平复了许多，不再像刚过来时那样死气沉沉的了。

周金山和他的帮手也回到这座城市开起了新的面馆，不过这次不再是偷偷摸摸地卖抑制药剂了，而是施展真正的大厨手艺，上架了新口味的面条和水饺，物美价廉，很快就成了附近小区最受居民欢迎的小店。

周静的身体也逐渐恢复了，周太太脸上又有了幸福的笑容，她经常会邀请韩卓和白曦到家里去，并且每次都拐弯抹角地问起刘春春——这点让王先生很是恼火。

异能者们并不知道具体的返航计划，却能感觉到韩卓正和其他许多人一起为他们获得更好的生存环境而努力着，他们为此欣喜若狂，也因此有更多的年轻人涌向酒吧，想要为种族的将来出一份力。

“暂时不用了。”黛西靠在吧台上，风情万种地朝面前的男人抛了个媚眼，“我喜欢你的西装，所以今天的酒免费。”

格温推了推鼻梁上的眼镜，淡定地坐在卡座里认真研究着琳达的康复计划。师向广对她很慷慨，每天都会同步最新的诊疗结果给她，这个小金属人的生命力相当疯狂，即使被切断了如此多血管和骨头，现在也已经恢复了百分之八十。

“你为什么不在我昏迷时顺便给我做一个隆胸手术？”她扯着病号服抱怨。

凌小刀抱着一大束五颜六色的花进来，里面隐藏了一小朵红玫瑰，自以为很隐蔽。

“你来干什么？”少女继续打量自己的胸，根本没有抬头。

师向广作为一个不合格的父亲在此时展露无遗，因为他居然就这样收拾好托盘径直出了病房，并没有想到要制止女儿不合时宜的行为。

倒是凌小刀结结巴巴地说了一句：“我觉得你现在这样，挺、挺好的。”

“真的吗？”琳达狐疑地问。

凌小刀疯狂点头。

琳达认真地感受了一下，还是很不满意。

凌小刀面红耳赤，趁少女不注意，用力搓了搓自己的脸。

窗外风声渐隐，冬日严寒也逐渐退去。树枝抽出嫩绿的新芽，一夜之间，路边就开满了白粉相间的漂亮花朵。

刘春春把厚重的棉服和被子压缩好后交给王先生，王先生把它们放进衣柜的最上层。面包机、烤箱、洗衣机、电视机都在尽职尽责地工作着，食物的香气和洗衣粉的香气让整个房间充满了家的味道。

“别找了，我们真的没有那种证明关系的证件。”刘春春推了他一把，“走开，不要挡着我吸尘。”

王先生又拉开一个抽屉，用行动证明自己并没有把刘春春的话听进耳朵里。

刘春春也懒得管他了，继续自己的打扫工作，因为最近刘海有些长，所以他用皮筋扎了个小鬏鬏，竖在头上很可爱。

王远辰拽了拽那撮头发，说：“我已经扫过地了。”

“你是三天前扫过地。”刘春春纠正。

“这种每周一次的大扫除为什么不能交给阿姨？”王远辰又抱怨，“它极大地占用了我们的周末休闲时间。”

“大扫除也是一种休闲。”刘春春嘀咕道。

王先生怒道：“怎么会有你这样的人！”

刘春春已经基本放弃了说服王先生理解这件事，他一边收拾吸尘器，一边说：“对，我就是这样的人，怎么样？”

“不怎么样。”王远辰暴躁地说，“就算你这样，我也乐意跟你在一起。”

刘春春：“……”

隔壁房间里，白曦正在帮韩先生打领带，并提醒他：“高兴一点！”

“高兴不起来。”韩卓发自内心地回答。美好的周末，原本应该做一些美好的事，但现在他却被迫西装革履地去参加电影首映式，而且还是马克李的电影首映式。

白曦很细心，特意为自己的灵魂挚友准备了礼物——提前一个月定制的紫色星球的模型，上面缀满了漂亮的碎钻，是浩渺宇宙，也是星的彼端。

庄妍相当大手笔。为了给马克李办首映礼，她租下了整个影城，天色刚刚变暗，整条街上就亮起了星辰一样绚烂的灯，衬得被精心装扮过的影城更加富丽堂皇。

马克李笑容满面地站在舞台上向来宾致辞，甚至还试图邀请白曦一起上台，结果意料之中地遭到了无情拒绝。“但你是我拍摄这部电影的所有初衷。”马克李语调煽情，像在朗诵古典情诗。

韩卓：“……”

“你想被奥特曼丢进宇宙黑洞吗？”马克李下台后，白曦友好地问道。

马克李大惊失色：“当然不想啊。”谁会有这种奇葩的需求。

白曦拍拍他的肩膀，笑得意味深长。不想就快点闭嘴，不然就算宇宙飞船再拥挤，也会有人想方设法地给你腾出一个豪华头等舱来的。

令韩先生万万没想到的是，这场首映居然获得了空前成功。电影刚刚散场，网上的评分已经一路飞升到了8.5，并且还有不断向上涨的趋势，影评楼①更是盖得飞快。

这场本质三俗的狗血恋被掩盖在璀璨星空和浩渺宇宙之下，再加上马克李文艺的拍摄手法，让整部片子显得唯美缥缈、华丽奇异，结局部分男女主角在沙漠中的分别戏码更是赚足了观众的眼泪。

寂寂无闻的小导演终于尝到了一夜爆红的滋味，而在他尚未适应且倍感惶恐的时候，霸道女总裁就已经敏锐地开展了新一轮公关推广，铺天盖地的水军加上真正的观众，硬生生把这场星际恋情推成了热门话题，而能和高大英俊的外星人谈一场跨越星际的恋爱也理所当然地成了万千少女最奇幻的粉红梦境。

“完了，你居然升值了。”爬完了影评楼，白曦对韩卓说，“老实交代，刚刚去哪儿了？”

“我去找梁所长了。”韩卓说，“他觉得目前的舆论对我们的计划很有利。”外星人的话题引起了热议，并且人们认为他们都是温暖可爱的，就像电影里惹人怜爱的主人公们一样，是地球的客人，绝不是敌人。

“所以呢？”白曦问。

“所以他的工作推进得也很顺利。”韩卓说，“你应该能明白，还是有相当一部分

---

①影评楼：这里是指网络上发表的电影评论的帖子，就像楼房，一条回复为一层，并不停叠加。

人其实并不希望外星人的话题被炒热，尤其是那部电影里所描绘的画面，从外星人的生活环境到他们的苦恼和梦想，基本都和真实的情况一致。”

一直竭力掩盖的秘密就这么被一个小导演光明正大地搬到了银幕上，还一炮而红、话题发酵，这对于维护人类社会的稳定来说显然不是什么好事，尤其是施天目前动向不明，他就是一颗不定时炸弹，随时都有可能会受到刺激并引起新的动乱。

“那梁所长岂不是很为难？”白曦说，“马克李是他女朋友的儿子，他们也算是一家人。”

“可他的心情看起来很不错，应该能处理好这件事。”韩卓说，“能在北斗研究所工作这么多年，你要相信他处理问题的能力，况且当初是他提议让电影尽快上映的，应该不仅仅只是为了讨好女朋友和她的儿子。”

“所以其实他也想给上级施压，好让异能者们尽快回家以达到自己的目的？”白曦说，“懂了，老狐狸。”

“现在可以放我去泡茶了？”韩卓把他按在沙发上坐好，“你看，现在外面那么多人想抢我，你要对我更好一点，就算不加薪，至少也不能克扣饮用水。”

白曦揪住他的衣领，眼睛一眯：“要是我对你不好呢？”

“不好我也不走，”韩先生很上道，“哪儿都不去。”

白曦对这个答案很满意，美滋滋地抄起茶杯，亲自去茶水间接水。

第二个周末，刘春春也和王远辰一起欣赏了这部大热的《他来自星的彼端》，刘春春被感动得泪流满面，不仅用完了一整包纸巾，还无偿征用了王先生的袖子。

“有没有这么好看啊？”散场之后，王先生嫌弃地说。

刘春春用红彤彤的眼睛看着他：“可我觉得很感人。”

王先生立刻严肃地站直：“嗯。”

刘春春沉浸在伤感中无法自拔，觉得有很多情绪需要抒发。当晚，退隐许久的画家215突然上线，在个人主页上发布了一系列新的主题画，星光和沙漠，爱情和离别，都和这部电影有关。被摩西画廊炒作出来的虚无名气终于有了实际用处，在短短三天的时间里，这些画作就传遍了各大网站，风靡一时，而王先生也莫名其妙地、不甘不愿地重新陷入了令人暴躁的经纪人接电话环节。

外星人的话题又因此掀起了一个新的小高潮，在社会上更加风靡起来。

至于马克李导演，他当然不会知道这位知名画家215就是在L城和他一起挤宾馆的刘春春，还以为那是冥冥中注定的另一位灵魂挚友。于是他开始疯狂又热切地给对方打电话，期盼能与新的灵魂挚友进行一场来自灵魂的深层次沟通，结果他的每一个邀约都被经纪人王先生粗暴地拒绝了，文艺心受到了相当大的伤害。

小交警捏着两张电影票，手汗几乎要把那薄薄的纸张浸透，却还是没有鼓起勇气发出邀请，最后还是少女不耐烦地把人不由分说地拖进了电影院。

“他们在谈恋爱吗？”白曦好奇地问。

“不知道。”韩卓回答，“不过根据我对琳达的了解，她很有可能只是单纯想找个人去看电影。”

“说不定看完电影后会有新进展呢。”白曦晃了晃手里的咖啡杯，“我觉得他们挺合适的，就好像漫画里最常见的情侣，只不过互换了性别。”

“但愿吧。”韩卓笑了笑，“我也希望她能尽快找到新的王子，而不是每天念叨一万次Aspis。”

人类寻找飞船的前景并不乐观，因为那片沙漠实在有些大得过了头，但除此之外，其他计划的推进都挺顺利的。在赵小娟的陪伴和鼓励下，吴子刚勉强走出了失败人生的阴霾，看起来不再那么颓然死气，剃掉络腮胡后也有了几分学者的样子。地下仓库的研究数据和成果再加上梁佚的暗中运作，第三实验室顺利地成了北斗研究所新的合作机构，换言之，韩卓一行人终于有了和人类谈判的资格——虽然整个过程是可以预见的漫长而艰辛，不过总归有一个良好的开始，异能者们也有了值得期待的将来。

美好的五月，美好的夏夜，有星也有蝉。

但是对刘春春来说，这个夜晚却不怎么美好，因为他倒霉地发烧了。虽然王先生已经带他去打了退烧针，但直到睡前他的体温还是没有退下去。

“要去医院吗？”王远辰问。

“睡一觉就好了。”刘春春很有经验且自觉，一口气喝了三大保温杯的水，几乎把自己灌成了透明水母。

王远辰帮他掖了掖薄被：“明天先不回家了，机票改签吧。”

“不用。”刘春春缩了缩脖子，迷迷糊糊地说，“什么都订好了，不想折腾。”

难得最近不忙，刘春春打算趁机休个年假回老家住几天，王先生当然也要同往。两人对这次行程很看重，一周前就开始准备礼物，杂七杂八地装满了三个大号旅行箱。

“你记得准时叫我。”刘春春又叮嘱了一句。

王远辰勉强答应了，不悦道：“那你听话一点，明天不准发烧。”

刘春春嘟囔道：“唔。”

王先生体贴地调暗了灯光。

虽然感冒还没有痊愈，不过在第二天清晨，刘春春还是坚持要去机场。王先生心里相当冒火，但是又拗不过这个固执的地球人，最后只好带着药和厚外套和他一起出门，表情相当凶狠。

“员工都能休假，老板呢，”韩卓问，“还要准时上班吗？”

“我最近已经相当不务正业了，”白曦在镜子前打领带，“你别拖我的后腿。”

韩卓却说：“但我已经约了师老师今天见面。他最近和梁所长一起做研究，有不少新收获。”

“他们和解了？”白曦问。

“不清楚，不过在科研方面，他们本来也没有太大的分歧。”韩卓道，“地下仓库的数据给了他们不少新灵感，再加上前段时间治疗周太太的经验，据说梁所长已经研究出了可以缓轻老周的抑制药剂副作用的药物。”

“那你去忙吧，不用管我了。”白曦看着镜子里的韩先生说，“我今天有三个会要开，下午还有面试，应该要加班。”

没有了地下仓库，似乎连城市的天气也变得更加晴朗了，雾霾消散一空，只剩下满眼漂亮的蓝。韩卓把白曦送到公司后就去了梁佚的医院——小奥特曼再三强调，他已经能自己打怪兽了，不再需要时时刻刻被保护了，所以韩先生也就适度放松了些。

深蓝色药剂散发出刺鼻的气味，直直蹿进肺管子里，呛得人直咳嗽。韩卓伸手推开门，还没来得及进去，就皱眉咳嗽着往后退了两步：“什么味道？”

“施天研究出来的药剂。”梁佚回答，“不过他之前还没有来得及完成，现在师兄对它做了相应的完善。”

“药剂？”韩卓戴上口罩，“作用是什么？”

“用来提高那些克隆体的屠杀能力。”梁佚说，“他的实验一共分为两部分，前半部分其实是相当完美的，后半部分的方向却出现了一些偏差，不过我们都应该感谢这些偏差，否则后果将不堪设想。”

“所以你们现在做的事情就是纠正施天的偏差？”韩卓把试管放回实验台，“北斗研究所也要研究制造屠杀机器？”

“你想多了。”梁佚摇头，“这只是师兄一个人的研究，他想看看异能者究竟能被激发出多少潜力，数据也不会上交。”

“实验结果是什么呢？”韩卓又问。

“还没有完全完成，不过按照目前的进展，异能者应该可以被改造成无敌状态，”师向广说，“或者更确切一点，你可以被改造到无敌状态。”毕竟实验体都是韩卓的克隆体，对别的异能者有没有作用还真不好说。

“我不需要这种改造。”韩卓打开窗户透气，“吴子刚那头怎么样了？”

“还不错。”梁佚道，“他虽然是一个失败的研究员，但确实是一个优秀的……沟通者，他有很高超的沟通技巧，也很擅长博取信任。”

“我觉得他有些嫉妒你，”师向广突然插了一句话，是对韩卓说的，“虽然目前对局势没什么影响，但这种情绪的存在并不是好事。”

“他一直梦想着能成为异能者的领袖、拯救种族的英雄。”韩卓说。

“而现在这两者都是你。”梁佚拍拍韩卓的肩膀，“师兄的顾虑并没有错，我的建议是你也参与到沟通流程中来，至少不要让吴子刚成为异能者的唯一代表。”

韩卓点点头：“我考虑一下。”

墙上挂钟的分针走了一圈又一圈。白曦伸了个懒腰，看了眼时间，打算下楼去街对面买杯咖啡顺便透透气。在过马路的时候，韩卓打电话过来问他要不要喝奶茶。

白曦讲着电话，突然犹豫地停下了脚步。

“小白？”韩卓叫他，“怎么不说话了？”

“没什么。”白曦回过神，“刚刚恍惚了一下，还以为有人在跟踪我。”

“你在哪儿？”韩卓顿时警觉起来。

“就在公司楼下，我想去买杯咖啡。”白曦四下看了看，并没有发现什么异常，每个人都在埋头赶路，正常得不能更正常。

“我大概是太累了。”他说。

但韩卓还是用最快的速度赶回了公司。

一切都很正常，白曦在办公室里工作，灯光很明亮，桌上的咖啡还在冒着热气。

韩卓松了口气：“我改主意了，以后再也不许离开我身边。”

“下楼买杯咖啡也不行？”白曦问。

韩卓摇头：“不行。”

白曦安慰他：“真的没事，我可能是反应过度了。”

“不管是不是反应过度，以后都要保持警惕。”韩卓叮嘱，“施天还是行踪不明，你随时都有可能遇到危险，知道了吗？”

白曦点头：“嗯。”

在某间终年照不进阳光的廉价旅馆的房间里，有人正在打电话。

“是他吗？”

“是。”听筒另一头传来沙哑低沉的声音，“唯一被成功改造的地球人，他的研究价值超过了这世界上百分之九十九的异能者，我需要他，你们更加需要他。”

“OK。”男人眼里闪动着贪婪的光，“我会尽快把他带回来的。”

晚些时候，白曦打电话给刘春春，想要关心一下他的身体情况，却没想到接电话的人竟然是王远辰，老父亲感觉自己再次受到了伤害。

刘春春顶着降温袋躺在床上，面色通红，头晕眼花。旅途的颠簸让他的病情雪上加霜，别说是去参加家族聚会了，就连站起来他都感觉天旋地转，于是一下飞机就被王远辰背回了家。

王先生凶巴巴地说：“还想到处乱跑吗？”

“我都生病了。”刘春春难受得乱哼哼，生病了还要被批评。

于是王远辰又心软了，倒了杯水慢慢喂他喝。他并没有多少照顾病人的经验，不过胜在足够有耐心，平日里暴躁又焦虑的脾气完全不见踪影，眼神和动作都是小心翼翼的，像捧着一颗易碎的宝石。

喝完水，刘春春说：“唔，你还挺细心。”

王先生得意地挑高眉梢，像是获得了莫大的表扬。

北方的五月，天气还有些凉。

晚上休息的时候，王远辰问刘春春：“头还晕吗？”

刘春春说：“脖子疼。”

“脖子为什么会疼？”王远辰伸手帮他按摩。

过了一会儿，刘春春又说：“肩膀也疼。”

于是王远辰换个地方继续按。

“胳膊疼。”

“……”

“腿疼。”

由感冒引起的酸痛蔓延全身，刘春春对按摩服务提出了许多刁钻无理的要求。

王先生忍无可忍，但是不忍又不行，他怒气冲冲地给对方从肩膀按到了小腿，气呼呼地说：“这下舒服了吗？”

刘春春缩进被子里，说：“我觉得你要打我。”

辛苦服务了一个小时，不仅没有得到表扬，反而还换来这么一句吐槽，王先生胸口发闷，恶狠狠地揪住他的脸蛋，就好像那是一块柔软的面团——手感还不错。

窗外下起了初夏的第一场夜雨，一切都变得湿淋淋的。枝头的叶片吸满了水分，充分舒展开了蜷曲的身体，变得更加青翠，花苞也在雨露的冲刷下透出一丝娇艳欲滴的粉嫩的红来。

翌日清晨，白曦伸着懒腰，叫醒韩卓：“早安。”

“现在是早上六点。”韩卓看了眼闹钟，“你还可以再睡两个小时。”

“但是我已经完全清醒了。”白曦摇晃他，“拜托，老韩，今天是酒吧狂欢夜。”

“老韩？”韩先生狐疑道，“这是我的新称呼？”

“求求你，我真的睡不着了。”

“你也说了是酒吧狂欢夜，至少还有十二个小时才开始，你就打算一直这样？”

“……”白曦不甘不愿地说，“那你可以再去睡会儿。”

“听话。”韩卓劝他，“狂欢夜不是演唱会，不需彩排或任何事先的准备，我们可以下午四点再过去。”

白曦遗憾地叹了口气：“好吧，老韩。”

酒吧狂欢夜其实并没有任何明确的主题，不过参加的每一个异能者都默认这是为了庆祝地下仓库的覆灭——毕竟在施天彻底滚蛋之后，还没有正式庆祝过。广告一周前就刊登在了各大报纸上：七叶路酒吧一条街狂欢不眠夜，全场酒水半价，停车免费。

诱人的折扣力度所吸引的不仅是异能者，还有普通人类。下午四点，酒吧里已经零星有客人过来等着了。

琳达臭着脸摇晃着手里的雪克壶，随后倒出来一杯粉色的液体："喏，你点的热情墨西哥。"

凌小刀接过来抿了一口，五官瞬间扭曲变形。

"烈酒加辣椒籽，这酒不适合你。"韩卓在他旁边坐下，"给我杯温水，谢谢。"

"要不要再给你加点菊花和枸杞啊？"琳达翻了个白眼，"自己去后面，黛西炖了一大锅冰糖雪梨。"

"OK，那我就不影响你们……了。"韩卓并没有说出"谈恋爱"三个字，他拍了拍小交警的肩膀——尚未成功，再接再厉。

凌小刀用崇拜的眼神目送这位异能者的绝对领袖离开，然后低声问琳达："他真的很厉害，对不对？"

"一般厉害。"琳达帮他换了一杯果汁，"今晚我会很忙。"

"我可以帮你。"凌小刀连忙表示。

"我的意思是，如果没什么事你可以回家了。"琳达把桌子擦干净，"这里不适合酒精过敏的小朋友。"

凌小刀强调："但你比我还要小三岁。"

琳达端起吧台上剩下的那半杯墨西哥烈酒，仰头一饮而尽："所以？"

凌小刀："……"

格温正在看白曦吃甜品，她对他的喜爱比起黛西来绝对是有过之而无不及。

白曦放下餐勺，小声问她："您最近还会感知他的情绪吗？"

"当然不会，黛西说他很讨厌我这么做。"格温单手托着脸，叹气道，"但我并没有任何恶意，在他消失的那几年，我几乎每一天都深陷痛苦的深渊里。"她并不能由情绪来确定他的真实处境，却能感知到他那无穷无尽的恐惧和愤怒，像是一头被关在狭窄笼子里的野兽，每一分每一秒都濒临疯狂。

"相比那时来说，他现在的每一个情绪都那么可爱。"格温说，"尤其是在这段时间，他的心简直就是一块粉红色的草莓棉花糖。"

"什么棉花糖？"韩卓推门进来。

"我们在讨论今晚的甜点。"格温推推眼镜，冷静地说，"我出去看看。"

"外面已经来了不少客人，"韩卓说，"并且还有越来越拥挤的趋势，不用想也知道，今晚的七叶路会有多么疯狂。"

“幸亏传说中的Aspis不在。”格温很庆幸，否则再加上赶过来看他的美女，应该连吧台都会被挤塌。

在遥远的北方，王远辰吹凉勺子里的粥，小心翼翼地喂进刘春春嘴里。

刘春春有点别扭，毕竟他的胳膊完好无损，实在没理由享受这么周到的服务，但王先生却很坚持，他觉得这是自己的义务和权利。

“白哥说今天酒吧里可热闹了，”刘春春找了个话题，“大家都在找你。”

“找我干什么？”王远辰漫不经心地问。

“因为你受欢迎啊。”刘春春回答。

“原来你也知道我受欢迎？”王远辰抱怨道，“那还吐槽我。”

刘春春说：“唔。”这两者又没有联系。

临近午夜，热情的酒吧，热情的人群。古灵精怪的少女站在吧台上随着音乐尖叫摇摆，她看起来是那么的无忧无虑，完全不像刚刚经历过生死。

喷溅的玫瑰香槟在灯光下如同碎钻，凌乱地折射出彩虹的光晕，空气中充斥着浓浓的香水味，音浪震得人耳膜生疼。

白曦拉着韩卓费劲地穿过人群，躲到角落里。“吵死我了。”他头晕眼花地说。

“是谁大清早六点就吵着要来狂欢夜的？”韩卓微微俯身查看他的情况。

白曦面不改色道：“你。”

“来。”韩卓无奈地笑了，然后带着他去了二楼的露台。

酒吧在中午的时候会供应商务简餐，还开放小露台来接待，很受附近的上班族的欢迎。只是到了晚上，小露台就显得寂静冷清了很多，不过在漂亮的星星灯被打开后，这里就像一座童话里浪漫的小花园。

“冷吗？”韩卓问。

白曦摇头，或许是因为刚刚喝了点酒，他的脸颊现在很烫。

“那你在这儿休息一下，我去帮你拿杯果汁。”韩卓问，“洋葱圈和薯条要吗？”

“嗯。”白曦拉开椅子坐下，“不准让别人来这里。”

韩卓笑着答应他，转身大步走下楼梯。

微微的夜风迎面吹来，刚好可以降低酒精带来的燥热，很舒服。

白曦趴在栏杆上眯着眼睛看远处的璀璨灯火。他很喜欢这里，脚下是人声鼎沸的酒吧，耳边却又只有轻缓温柔的风声，动和静在这一刻奇妙融合，就如同白天与黑夜交替时天边总会出现的暗红色的漂亮云环。

这个晚上并没有星海，远处的天幕上只悬着一颗小星星，孤独的、明亮的。

白曦孩子气地伸出手，试图抓住那璀璨的光华，却只有风漏过指缝间。

身后传来了轻微的脚步声，白曦笑着回头："你知不知道——"

他的声音戛然而止，随之而来的是一声沉闷的枪声。

不过白曦没有被射中，在发现来人不是韩卓后，他几近本能地侧身一闪，刚好躲过了迎面射来的麻醉针。

男人骂了一句脏话，重新把枪口对准白曦。他并没有把面前的这个年轻人放在眼里，但现实很快就教会了他做人的道理，至少不能以貌取人。

白曦单手握住对方的枪管并在瞬间就熔化了那坚硬的金属。

男人顿时感觉自己正握着一块通红的烙铁，虽然他怪叫着很快就松开了手，却依然被烫掉了手心的皮肉，伤口处甚至还散发出了焦煳的气味。鲜血喷涌而出，男人恼羞成怒，赤手空拳地向白曦冲了过去。

白曦随手抓过一个高脚木凳朝他狠狠扔去，烈焰腾空而起，在空中迅速燃成巨大的火球。男人慌乱地抱住头后退，却被电线缠住了脚，还带垮了亮着星星灯的木架。

巨大的嘈杂声传到楼下，韩卓眼神一变，丢掉托盘三步并作两步冲上露台，就看到在一片零散飘落的火光中白曦正死死压制着一个男人，眼神如同凶猛的野兽。

韩卓顺手扯过一边的电线把偷袭者结结实实地捆了起来。对方头发焦煳，脸也被烫出了一片巨大的燎泡，右手满是鲜血，看样子在这场近战中吃了不少亏。

"认识吗？"白曦问。

韩卓看着那肿胀如猪头的脸说："不是亚洲人。"

"是冲着我来的吗？"白曦蹲下仔细观察了一下对方，"他带了麻醉枪。"

韩卓也没想到敌人会这么快就对白曦下手。楼下的人并不知道露台上发生的这一切，依旧在震耳欲聋的音乐里狂欢庆祝着地下仓库的覆灭，韩卓和白曦从员工通道离开，把偷袭者带到了梁佚的私人医院。

"这三更半夜的，你要去哪儿？"庄妍从床上坐起来，吃惊地问道。

"医院来了车祸的伤者。"梁佚快速地换好衣服，"我得赶紧过去一趟。"

“你怎么现在还要出急诊？”庄妍狐疑。

“重伤。”梁佚帮她盖好被子，也来不及编更好的理由就匆匆出了门。午夜的街道虽然并不堵车，他也几乎是一路飞驰地到了医院，但还是迟了一步——偷袭者在行动失败后选择咬破了藏在嘴里的毒药，不到二十分钟就停止了呼吸，此时躺在医院急诊床上的只是一具冰冷的尸体。

“没找到任何身份标识。”韩卓说，“能被小白一个人轻松制服……咳。”他原本想说“应该不是经过精挑细选的厉害角色”，但考虑到白曦初尝胜利的小小自信，还是换了个表达方式，“对方的行动似乎过分草率鲁莽了。”

白曦在暗中用力地踩了他一脚。

韩先生笑容淡定。

“不是异能者，只是个普通的人类。”梁佚草草浏览了偷袭者的抢救记录和血检报告，得出了结论，“至于具体身份，可能需要请警方协助调查。”

“那剩下的就交给梁所长了。”韩卓道，“还有，我想知道他有没有经过改造。”

“你怀疑他是施天的人？”梁佚了然地点点头，“交给我吧。”

两人到家时已经差不多到了午饭时间。白曦一进门就开始脱衣服，冲进浴室把自己洗了整整三遍，才勉强洗掉了那些让他感觉糟糕的血腥气息。

韩卓担心地问：“要不要先吃点东西？”

“没胃口。”白曦扯了扯睡衣，哈欠连天。

“我还没夸你。”韩先生说，“昨晚的表现很好。”

“早就说了，我不用你保护。”白曦困得不行，甚至都没有精力再炫耀，胡乱嘟囔了两句，很快就沉沉地睡了过去。

韩卓没再说话，眼底暗沉的情绪却始终没有退去。他有些后悔，后悔没能让恶魔彻底化为灰烬。

第35颗星

明暗

山雨欲来平静的假象被撕裂

三天之后，梁佚发来了一份分析报告。偷袭者来自非洲，并没有接受过任何异能改造，只是个普通人，而且他们也已经通过街区的监控录像确定了他的行动轨迹，并在一间小旅馆里找到了他临时的落脚点，根据现场环境来看，这个偷袭者还是个瘾君子。

"还有一件事，"梁佚说，"当初和地下仓库来往密切的那个南美洲钻石的老巢也在非洲，我猜代号只是为了混淆视听。"

"非洲？"白曦说，"能确定吗？"

"能。"

"所以那人八成是施天派来的？"白曦想了想，"逻辑上倒是能说通，不过那人会不会太弱了些？"不仅鲁莽，还吸毒，对付普通人或许可以，但施天明明就亲眼见过他徒手拆地下仓库的场面，完全没理由采取这么草率的行动。

"我刚刚也跟韩先生讨论过这一点。"梁佚道，"但不管怎么样，总归不是什么好事，你以后要加倍小心。"

白曦点点头，在心里深深地叹了口气，好不容易从大奥特曼手里争取来的自由说没就没了，很应该吃光一整条街的垃圾食品来弥补心灵的创伤。

没多久，王先生打来电话，张口就要给刘春春请三年的长假。

白曦："……"

"你不要乱说话。"刘春春在一旁抗议，"白哥，我周三会准时回来上班的！"

王先生很不满："烧退了吗就要上班？"

白曦警觉地问："为什么我的春春还在发烧？"然而电话已经被挂断了，听筒里只有冷漠的嘟嘟声，像冷冷的冰雨在白曦这个老父亲心里胡乱地拍。

王远辰拆开一颗奶糖递过去："还要吗？"

"腻了，不要了。"刘春春摇摇头，抱着茶杯坐在床上。

他这趟回家什么都没做，光在床上躺着了，订好的接风宴一顿没吃，委屈得直哼哼。家里的长辈也很心疼他，天天都有人拎着水果牛奶来探病。王先生在此期间表现良好，端茶倒水嘴又甜，博得了一大家子人的一致称赞，在家族群里收红包收到手软。

刘春春的父母也很过意不去，他们特意叫来了刘春春的表兄弟，想让他们带着王远辰到处去逛逛，免得浪费了这假期，却意外遭到了王先生的拒绝——王先生他表示自己很喜欢这间粉红色的小卧室和待在家里的感觉，并不想出去。

不仅仅是这样，王远辰在其他方面的表现也相当好，甚至还表现出了之前从来没有过的、匪夷所思的对家务的热爱。

"怎么能让你扫地呢。"刘妈妈从他手里接过扫帚，拉着他去沙发上坐下，"你吃吃水果看看电视，晚饭马上就好了。"

"那我还是去陪春春吧。"王远辰说，"他应该快醒了。"

高大体贴的南方男孩子，不光长着电影明星一样的脸，还这么细心体贴，刘妈妈对他好感倍增，光是礼物就准备了好几大纸箱。

"这都是什么啊？"在出发去机场前，刘春春被眼前堆成山一样的行李吓了一跳。

"都是小王喜欢吃的，还有一点山珍干货。"刘妈妈说，"你们两个人在外面工作那么辛苦，肚子可不能亏待，这些带回去慢慢吃。"

"他不会做饭的。"刘春春强调。

"你会做也是一样的。"刘妈妈帮他把外套整理好，"回去和小王两个人好好吃饭，多锻炼身体，可别再生病了，听没听到？"

刘春春蔫蔫地说好。为什么安排我做饭安排得这么自然，虽然平时也是我在做。

东北之行后，王先生的心情相当不错。

生活也恢复到和以前一样，那件针对白曦的绑架案并没有后续，像是一根突兀出现的针，拔除之后，一切又恢复了平静。

"但你还是要小心。"刘春春说，"晚上来我家吃饭吗？"

"吃饭就不用了，我还有事情要忙。"白曦揽着他的肩膀，眉梢一挑，"你知不知道六月一日是什么日子？"

刘春春诚恳回答："韩哥的生日。"你都重复八百遍了，想不知道也很难。

“韩哥人呢？”刘春春又问。

“去找梁所长了。”白曦回答，“目前负责和人类这边沟通的异能者代表除了吴子刚之外，还有他。”

“可那位吴博士似乎心眼很小的样子。”刘春春提醒。

“他的确很不满意这种安排，”白曦摊摊手，“但是他没有拒绝的权利。”

韩卓在异能者心中的地位毋庸置疑，再加上梁佚的运作，吴子刚也只有接受这一安排。不过好在韩卓并不想跟他争什么，也很早就表明自己并不擅长异能者研究，如果需要实验数据还得依靠第三实验室。

就在众人紧锣密鼓地推进计划的时候，海量的资料也正被源源不断地秘密传往地球的另一端。

地下仓库被吴子刚占据，这件事如果放在以前，施天一定会把它当成滑稽的天方夜谭，然而现在却成了摆在眼前的事实。他盯着视频里那些熟悉的身影，虽然脸上没有多少表情，但手背早已暴起狰狞的青筋却将他的真实心情暴露无遗。

“我们收到确切的消息，”施天的身后突然传来脚步声，一个文件袋被重重摔在他面前，从开口滑出来了几张照片，是一个被烧得面目全非的男人，“Aaron已经死了。”

“那真是太可惜了。”施天转动轮椅，看着来人轻描淡写地问，“行动失误？”

“是你让他去的！”说话的是个满脸横肉的男人，他拎着施天的衣领把他从轮椅上拉起来，猩红色的眼球里布满血丝，“你让他去白白送死，目的就是为了引起当地相关部门的注意，然后迫使我尽快采取行动。”

“我没有。”施天扫开他的手，跌坐回轮椅上，“Aaron是个好弟弟，他或许是不小心知道了我们的计划，为了让你高兴，才一个人去行动的。”

男人骂了一串不堪入耳的脏话，他当然不会相信这种见鬼的说辞。他了解自己的弟弟，对方确实是一个时时刻刻都想取代自己位置的、容易被煽动的、被家人宠坏的疯子，但这并不代表他想让对方去死，更不代表他能容许施天在暗中搞这些小动作。

“冷静一点。”施天把那些照片点燃，“如果我是你，反倒会庆幸他在惹出更大的麻烦之前就已经主动了结了自己。”

阴暗的角落里总会滋生蛆虫，但在阳光下的人们还要继续生活。

六月一号是世界上最可爱的节日，而且似乎是为了照顾小朋友们的心情，这天的天气也很好，刚过早上七点，就已经有温暖明亮的阳光透进白色的窗纱照进房间了。

王先生和刘春春正在研究要去哪个游乐场过儿童节，为了应景，他们甚至连早餐都吃的是造型可爱的果酱面包——这是刘春春的建议，因为王先生从小到大都没有真正拥有过快乐的儿童节，听起来很可怜，所以他打算利用这次机会补回来。

八点半，白曦拖着韩卓，风一般冲向电梯："等一下！"

刘春春赶紧按开电梯门，吃惊道："今天白叔叔要去公司，你怎么还在这儿？"

白曦哈欠连天："睡过了。"

早高峰的路上堵成一摊烂泥，等白曦和韩卓赶到公司时，会议已经开始二十分钟了，白曦老老实实地站在亲爹面前挨了整整半个小时的训。

"下午跟我去见几个供应商。"白博阳说。

白曦哭丧着脸："啊？"

上班迟到的后果是严重的，直接影响了小奥特曼精心安排的生日计划。他原本以为早上开完会就能回家，结果却被亲爹残忍无情地带回总公司继续开会，还不得不留韩先生一个人在办公室。

"你今天怎么一点精神都没有！"白博阳不满地说。

白曦憔悴道："我感冒了。"

"感冒了？"白博阳抚了抚他衣服上并不明显的褶皱，"正好，晚上回家让李阿姨给你炖点鸡汤。"

不要了吧！白曦欲哭无泪，连忙说："我还约了人。"

"又是你那些狐朋狗友？"白博阳闻言皱眉。

"是韩卓，他今天过生日。"白曦赶紧解释，生怕亲爹又来一句"那就晚上回家一起喝鸡汤"。幸好这种事情并没有发生。想来白博阳也明白，李阿姨的鸡汤米饭并不适合给年轻人庆祝生日。

白曦偷偷松了口气，趁会议间隙溜出去给韩卓打电话，结果连拨了几个都无应答。他抓着手机等回复，无聊地打开社交APP，只见一溜儿场景相似、主题相同的照片——韩先生被簇拥在最中间，四周摆满了蛋糕和礼物，看起来相当的热闹欢腾，而且和他合影庆祝生日的除了公司同事，居然还有隔壁模特公司的漂亮姐姐?!

这是要上天啊！小奥特曼怒不可遏，心头唰地一下燃起一撮火苗。

而事件的主人公，韩卓，也很无辜。他向来不怎么喜欢自己的生日，更别提号召全公司一起庆祝了。事实上，当他被一大堆蛋糕和礼物包围，还要对着镜头比剪刀手时，他的心情绝对比任何一个人都要复杂。

至于这件事会传开，则完全要“归功于”王先生——他在刚过零点的时候就发了条祝韩先生生日快乐的动态，唯恐天下不乱。

游乐场里的刘春春也看到了那些照片。“完了，白哥很期待这一天的。”但是现在看起来好像一切都和原本的计划不一样了，他伸手戳了戳“幕后黑手”王远辰，哭笑不得地说，“你就知道捣乱。”

“和很多人一起庆祝生日难道不好吗？”王远辰递给刘春春一个粉红色的云朵棉花糖，问他，“你还想玩什么？”

刘春春拉着他跑向最多人排队的项目——刺激惊险的隧道穿行。王先生在刚开始时还很不屑，不过在玩完出来后倒是发现了新乐趣——高速运转的相机记录下了每一个人在隧道中的表情，皱巴巴的地球人满脸惊恐地闭眼张嘴尖叫的样子看起来很滑稽。

王远辰：“噗。”

刘春春面红耳赤，伸手想要从他手里抢走照片。两人打闹着跑了很远，和周围许许多多的小朋友一样，无忧无虑，笑容灿烂。

下午六点，白曦匆匆收拾好桌上的文件：“爸，我走了啊。”

“不要司机了？”白博阳问，可白曦却已经一溜烟儿地跑进了电梯。

韩卓在停车场的车里闭眼小憩，他已经在这里等整整三个小时了。公司里的生日派对虽然充满善意且令人感动，但他实在疲于应付那些热情漂亮的女孩。

手机振动起来，提示有电话接入。韩卓接起电话，就听到梁佚在另一头笑着说：“好消息，应该可以当作你的生日礼物。”

韩卓有些头疼：“为什么好像所有人都知道了我的生日——”

“因为我曾经调查过你很长一段时间，而且这个日期也很特殊，”梁佚继续笑道，“和你本人差得有点多。”

“什么好消息？”韩卓干脆地换了个话题。

“飞船的残骸在三天前被发现了，虽然只有很小一部分，不过也能证明异能者没有在这件事上撒谎。”梁佚道，“我们已经增派了人手，相信很快就会有更大的发现。”

“整件事的推进速度远远超乎我的想象。”韩卓解锁车门，示意白曦进来，“我原以为这会是一段无比漫长的等待，但你们人类似乎一直都很配合。”

“除了实验数据外，还要感谢那位吴博士。”梁佚说，“他就像是一位天才的推销员，看得出来，他甚至比我还要想促成这件事。”

地球上异能者的数量越来越多，对人类来说的确是一件棘手的事情。有施天的前车之鉴，人类的确应该重新考虑未来怎么妥善安置这些来自外星的客人。隐瞒绝非长久之计，屠杀当然更不可取，相比起来，送他们回家似乎就成了唯一的也是最好的选择。

“我期待早日听到好消息。”韩卓抬手看了眼时间，“还有别的事吗？我今天可能有些忙。”

“理解。”梁佚笑道，“没什么事了，生日快乐。”

“谢谢。”韩卓收起电话，转头对白曦说，“我还以为你得七点才能开完会，刚打算再睡一觉的。”

“但今天是你的生日。”白曦笑眯眯地说，“走，我们先去吃饭。”

晚餐定在一家精致的日料店，食材很好，酒也很好，吃完之后刚好可以踩着星光慢慢散步回家。

回家时，已经到了晚上九点，而韩卓的生日才刚刚开始过。

客厅的灯光很暗，无数小星星滚落在地毯上，敷衍而又懒洋洋地散发着亮光。

白曦从卧室里扛出一个巨大的盒子，喜滋滋地递到韩先生手里：“礼物。”

“是什么？”韩卓被礼物的体积和重量惊了一下。

“之前答应过你要送两份礼物的，分别为了节日和生日。”白曦坐在他身边满心期待地催促道，“这个是节日的。”

精致的缎带蝴蝶结被拆开，印满卡通小人的包装纸下藏着数千块积木——经典科幻电影的联名产品。

“怎么样，”白曦眼里闪着快乐的光芒，“这是不是每一个小朋友都想要的很酷的节日礼物？”

“是不错。”韩先生研究了一下外包装，“但是喜欢这部电影和积木的人好像都不是我，会不会有人假借这个名义给自己买玩具呢？”

“怎么能这么说呢！”白曦伸手按着他的肩膀，郑重地提醒道，“老韩，你有一次挽救的机会。”

“这份礼物实在太棒了！”韩先生知错就改，马上发自内心地感叹道，“我从小到大，一直就在等着有人能在今天送给我这套——”他看了眼积木包装盒，“产品编码为421282的积木。”

定位精确，无懈可击。

“那真是太巧，啊不，太好了。”白曦把盒子抱进怀里，“放心，以后每个周末我都会陪你拼的。”

韩卓配合点头：“很感动。”

节日礼物强行赠送成功，白曦又从书房捧出来另一个纸盒，是用漂亮的星星包装纸包起来的，纸上的星星在灯光下发出细碎的光。

“是另一个小积木吗？”韩卓打趣道。

“拆开看看。”白曦把礼物捧到他面前，“你会喜欢的。”

“当然，你送的一切我都喜欢。”韩卓拆开包装，盒子里是一块崭新的手表，表盘上刻着星辰和云环，像是一个小小的宇宙。

“换掉那块旧的，好不好？”白曦说，“以后每一天都要高高兴兴的。”

从第一次见面到现在，韩卓一直都会戴着那块老式腕表，哪怕表带开裂也不肯换。白曦在问过黛西之后才知道，那是他在被地下仓库绑架时从另一个异能者手里得到的礼物，对方很快就被折磨致死，而这块手表也就成了一个符号，时时刻刻提醒着韩卓不要忘记地下仓库里所发生的一切。

“都过去了。”白曦又说。

韩卓笑了笑，向白曦伸出了手。

老旧腕表连同不好的回忆都被彻底封存在了木盒里。

白曦帮他戴好新的手表，问：“喜不喜欢？”

“喜欢。”韩卓点头。

“那和积木比呢？”白曦又问。

二选一的送命题，韩先生决定用行动代替回答。

空气里弥漫着初夏的清新香气，如同被雨水浇灌的湿泞山野。

虽然从来没有在嘴上说过，但是韩卓能清楚地感觉到白曦一直努力地、认真地想要带自己走出那段被阴霾笼罩的过去。于是他低下头，郑重地说：“谢谢你。”

过了六月，天气一天比一天炎热起来。

在梁佚的邀请下，师向广也参与到周静的治疗工作中，他改进了原本的治疗方案，使得整个疗程缩短了将近一半的时间。

“所以说你才是真正的天才。”梁佚感叹，“如果当初留下的人是你——”

“没有如果了。”师向广摇摇头，“而且你的思路很好，换成我，应该永远也不会想到要送异能者回家。”

这就是他们两个人最大的区别了，虽然都是天才，但一个沉迷数据和实验台，像一部永远也不会停歇的科学机器，而另一个就多了许多世俗的七情六欲，也多了属于自己的私心。

“你女儿很可爱。”梁佚知道师向广并不想再谈往事，于是主动换了个话题，笑着说，“活泼开朗，一点儿都不像是在你身边长大的。”

师向广没有回答，他当然不会允许自己的女儿抽烟、喝酒、辍学、打架、用假身份组建地下乐队，可严格来说，琳达并不是他的女儿，在很长一段时间里，他一直把她当成一件值得骄傲的“作品”——这份骄傲并不是因为她的优秀，而是因为他的成功。

而说起琳达，从地下仓库死里逃生后，她就多了个新习惯，没人的时候她总会扯开衣领看一下心口的疤痕，她觉得自己的心脏并不是很听话，随时都有能量枯竭的可能。不过这“没人”仅限于客人，在面对凌小刀的时候，她向来都当旁边坐着的是空气。

“我觉得你这样还挺酷的。”小交警说。

“平胸吗？”琳达问。

凌小刀赶紧摇头：“我是在说你的心脏。”

过了一会儿，他又安慰道：“金属的，比普通人的心脏结实多了。”

“可现在连师老师都不敢下论断了，他说大概要等到去了外星后才能彻底搞定我心脏的事。”琳达向后一倒，躺在了柔软的草地上。

听到“外星”两个字，凌小刀稍微难过了一下，他说：“那你还会回来吗？”

这个问题并不好回答。琳达仔细想了一下，她觉得地球其实挺无聊的，但万一外星更无聊呢，反正不管在哪里，自己永远都是一个人，快乐和悲伤全部要靠自己找。

凌小刀突然又冒出来一句：“你今天没化妆吗，挺好看的。”

琳达：“……”

凌小刀嘿嘿笑着，怎么看怎么傻。

一个无所事事的周末。

白曦对目前这种生活状态很满意，工作顺利，生活美满，家庭和谐程度简直可以去参选社区的模范家庭。

然而，跟白曦相比，韩卓就忙多了，因为不出门的周末韩先生还要兼职厨师，负责解决两人的一日三餐。

“不许闹了。”韩卓把他的手拍开，“去客厅看电视。”

“不要。”白曦拒绝了这个提议，“我想帮你。”

“那你帮忙的方式还真是独具一格。”韩卓小心地把汤罐放好，“排骨汤炖好需要三个小时。”

“所以呢？”白曦问。

“所以我有三个小时的时间来和你算刚才捣乱的账。”他刚刚转身，料理台的手机突然开始振动，突如其来的嗡嗡声效如同闷雷。

白曦问：“谁？”

“梁所长。”韩卓回答。

白曦示意他先接电话。

“好消息。”梁佚说。最近他每次开场都是这三个字，语调之喜悦铿锵，就差在后面补一句“两元两元，全场两元”了。

“什么事？”韩卓问。

“我们搞清楚了南美洲钻石的底细，”梁佚说，“而且有充分的证据表明施天就在他们手里，有人曾经看到过他坐着轮椅在附近活动。”

“那你们打算采取什么行动呢？”韩卓问。

“他在非洲，所以抓捕行动会有些麻烦。”梁佚道，“不过我想上级也明白的。”毕竟拖得越久，对方制造出动乱的可能性和波及的范围也就越大。

“需要我做什么吗？”韩卓又问。

“暂时还不需要。”梁佚回答，“你知道这件事就可以了。”

等韩卓讲完电话，白曦连忙问道：“施天在非洲，确定了？”

“嗯。”韩卓点开梁佚传来的有关南美洲钻石的资料，一个臭名昭著的反人类武装组织，头目叫拉卡，阴险狠毒，野心勃勃，被人称为“疯狗”。

“两个疯子在一起会有什么化学反应？”白曦问。

“这就不是我们要关心的事情了。”韩卓说，“除非——”

“没有除非。”白曦皱眉道，“你不准去。”

“好吧。”韩卓笑笑，“听你的，我哪里都不去。”

地球的另一端，施天正在看着实验舱里的那些男人。不同的国籍，不同的面孔，不过血液却一样鲜红炽热。输液管里的药剂正源源不断地被输送进他们的身体里，并在那里发生着一系列的变异反应。

“你确定他们还会醒？”拉卡突然在他身后出现。

“我以为你会对那些僵尸更感兴趣。怎么会有空来这里？”施天转过身，他已经彻底摆脱了轮椅，除了走路的姿势还稍微有些僵硬——毕竟是新长出来的肢体，需要一个适应期。这就是没有人知道的施天的异能，他就像是一只巨大的丑陋蜥蜴，可以新生出任何残缺的器官，只是过程有些缓慢，不过他已经快找到弥补这个缺陷的关键了，到那时他就真正的“不死”。

“那些僵尸很不错。”拉卡点点头，“疯狂冷血又没有任何痛觉，我想你可以考虑制造一支真正的军队，它们绝对能在战场上所向披靡。”

“那得等到他们醒来再说，”施天敲了敲玻璃罩，“等价交换。”

“那还要多久？”拉卡不满地问。

“我想一下，大概五分钟？”施天看了眼时间，嘴角微微一扬，“你马上就能送他们去目的地了。”

“只有他们？”拉卡又问。

“当然，还有我。”施天说，“如果运气够好，我们还可以拿到一些新的血液，或者干脆带回韩卓。”

刘春春坐在窗边一页页地对文件，同时也不忘安抚焦虑的王先生：“我工作还没做完，你先去午睡吧。”

“晚上要去酒吧喝一杯吗？”王远辰问道。

“不行，你的头还没好。”刘春春拒绝。

“但医生都说没事了。”王先生强调。

“那你想起以前的事情了吗？”刘春春问。

“……”王远辰说，“那我去酒吧喝果汁。”

刘春春哭笑不得，伸手摸了摸他的小鬏鬏：“在家真的这么无聊啊？”

王先生坚定地说：“嗯。”

“那好吧。但你不准喝酒。”刘春春妥协了，“十一点就要回家。”

比辛德瑞拉的时限都要苛刻，但王远辰一口答应了。

他原本以为这个夜晚会很美妙，但万万没想到白曦和韩卓居然也在酒吧，并且在进门的第一时间就和自己打了个照面。王先生气得牙根痒痒，刘春春倒是很高兴，他不光点了草莓汁和巧克力饼干，还点了一壶泡着茉莉花的绿茶。

“完了。”琳达沮丧地说，“他不再是我的Aspis了，从桀骜不驯的暴力王子变成了喝热茶的养生大师。”

“喝茶挺好的。”凌小刀说。

“在你眼里，什么都挺好的。”琳达把吧台收拾干净，“但我喜欢以前那个他。”

“那说明你不是真的喜欢。”凌小刀很笃定，“否则一定不会因为一壶热茶就感到梦想破灭。”

但不管怎么说，堂堂Aspis变成了喝茶吃饼干的乖宝宝，这场面还是引来了一大群人围观，但并没有谁敢当面取笑——对方那隐藏在灯光暗影下的眼神依然和以前一样凶残、冷漠、暴戾，和他面前摆的是烈酒或者热茶没有任何关系。

刘春春不明就里，还在一个劲地给王远辰倒茶。

对面的老父亲白曦看得心很痛，是刀割醋泡的那种痛，很需要去洗手间默默落泪。

“酒吧每天的生意都这么好吗？”刘春春好奇地问。

“也不是，今晚人似乎格外多。”韩卓环顾四周，隐隐也觉得有些不对，但又说不上来具体是哪里不对劲，只好说，“明天周末，或许大家都需要放松一下吧。”

酒吧里客人多，洗手间的人自然也不少，但十分钟过去了，白曦还是没有回来。

韩卓微微皱眉，莫名有些不安。他起身去找白曦，结果哪里也不见对方的身影——没有打斗和火烧的痕迹，白曦在去洗手间的路上凭空消失了。

第36颗星

危急

在暗处蛰伏的毒蛇疯狂反扑

黛西调出了走廊的监控录像。录像显示白曦原本是走向洗手间的，只是中途像是听到或是看到了什么，突然拐向了另一个方向，然后就彻底消失在了屏幕里。

他去的地方是一个杂物间，是监控死角，里面堆满了各种清洁用具，靠近天花板的地方有一个小窗户，此时大开着，夜风正呼呼地灌进来。

“外面有监控吗？”王远辰问。

黛西摇摇头。“那是一条被封住的小路，只能碰碰运气。这件事交给我吧。”她担忧地看了眼儿子，安慰道，“别担心，小白不会出事的。”

韩卓陷入了深深的自责和懊恼之中，他责怪自己为什么没有寸步不离地守在白曦身边。然而再多的后悔和自责也无济于事，他必须找到白曦。

在一片闪烁着光点的黑暗里，白曦觉得脖颈隐隐作痛，身体也在上下颠簸，像是正趴在一辆行驶的车上。他想睁开眼睛，却无论如何也没有力气，最后只能昏昏沉沉地陷入彻底的黑暗中。

再次醒来的时候，他发现自己的处境还不算太糟糕。这里好像是一间破旧的仓库，到处都是灰尘和垃圾，头顶那盏昏暗的灯还发出断断续续的电流声——标准绑架场景，至于为什么说它还不算太糟糕，那是因为白曦之前一直担心自己会在昏迷中就被绑上实验台，现在看来至少还有逃脱的机会。

双手沉重僵硬，没有任何知觉，而且还被束缚在身后动弹不得。对方显然很了解他的异能，并且早有准备。白曦在心里叹了口气，不知道大奥特曼能不能找到这里，但在那之前，他最好也想办法自救。

门外传来重重的脚步声。进来的人白曦认识，是北斗研究所的副所长，处处和周勇作对的冯起。地下仓库覆灭后，冯起也跟着消失无踪了，梁佚他们一直在调查他的行踪，却没想到他居然还在S市，并且也不是普通人类。

虽然头痛欲裂，但白曦依然清楚地记得昨晚自己是被一个裹着头巾的怪异男人吸引了注意力，想跟过去一探究竟，不料被偷袭了，瞬间就丧失了反抗能力，只能任由对方带着自己一起穿过了厚厚的墙体。

这是除了赵小娟和吴子刚之外，他见过的第三个穿透者。

“你也是异能者。”白曦说。

“我不仅是异能者，还是地下仓库的合伙人。”冯起说，“意外吗？”

“不意外，你一直都和施天站在一起。”白曦摇摇头，试探地问道，“所以这次是他让你绑架我的？”

“他还活着？”冯起闻言皱眉，“从你们手里逃走了？”

“……”白曦问，“那你要把我卖给谁？”

“卖？”冯起古怪地笑起来，“没人会舍得卖了你。”他一边说，一边按下遥控器，“我会让你永远留在这里。”

一道大门悄无声息地开启了。

看清门后是什么之后，白曦的后背不自觉地蹿起一股冷气——几分钟前，他还在庆幸自己没有被放进实验室，结果现在立刻就出现了一个，而且看起来还相当正规。

“我真不知道施天那个废物为什么这么久都搞不定你。”冯起把他从椅子上拖起来，“所以现在换我亲自来。”

“等一下。”白曦被拽得踉踉跄跄的，“你也是研究者，也会动手做实验？我以为你只是行政人员。”

“你可以亲自体验看看。”冯起说。

“我不想。”白曦发自内心地拒绝，“你就不怕实验失败吗？那样你一分钱都拿不到，不如考虑一下把我卖掉？施天还没有死，他在非洲，还有财力雄厚的靠山，他们一定会愿意为了我花大价钱的。”

冯起嗤笑着打量他：“你为什么觉得落在施天手里会比现在强？你拆了整座地下仓库，他现在恨不得把你丢进绞肉机。”

“因为他看起来……比你还是要专业一点的。”白曦犹豫地说，“至少没有实验失败的风险。”

“那如果我告诉你，地下仓库这些年来有百分之三十的实验都是由我完成的呢？”冯起慢条斯理地说。

北斗研究所的两位所长其实都有自己的秘密研究基地，梁佚的是那家私立医院，而冯起的则是地下仓库，甚至这些年他所获得的研究经费也是和施天四六分账的。在地下仓库被摧毁那一天，他原本正在做实验，出事时及时躲在了暗处，不仅好运气地没有被发现，还见识了白曦可怕的摧毁力。

“所以你的目的是什么？”白曦继续发问以拖延时间，“我知道施天想要财富和权力，那你呢？”

冯起没有回答这个问题，只是解开了白曦手上的禁锢，并把他拖上了实验台。

白曦呆呆地看着自己的手，手上并不像他之前想的那样戴了什么特制的金属手套，而是什么都没有，但手指却以一种异常的姿态扭曲着，双手冰冷麻木，没有任何知觉。

白曦瞬间就意识到是怎么回事了，他震惊地问：“你给我注射了什么？！”

“能让你这双手乖一点的药物。不过不用担心，我不想废了它们。”冯起阴郁地笑了笑，“毕竟就像你说的，还有实验失败的可能性。”

白曦的内心一片崩溃。面前的男人看起来既失心疯又狂热，比当初的吴子刚还不如，因为那个偏执的野心家至少目标明确，而冯起简直就是莫名其妙，似乎只一心想解剖了自己。

“这是哪里？”他又问。

冯起好笑地看着他：“你以为我会告诉你？而且说废话来拖延时间是没有用的。”

“万一实验失败了呢，这就是我最后的说话机会了。”白曦又提议道，“不如我们做个交易？”

“你想搞什么鬼？”冯起摇头。

“你把我所有的东西都搜走了吧？”白曦说，“有没有看到一支感冒口服液？”

冯起想起了一支棕色的贴着“感冒灵”字样的药剂。

“那是梁所长帮我配的药。”白曦说，“梁佚，你知道他吧？”

冯起的脸色有些难看。他当然知道梁佚，那个人是周勇的靠山，也是自己在北斗研究所最大的威胁，但他却从来都没见过这个神秘得如鬼魂一般的上司。

“梁佚是谁？”冯起咬牙切齿地问，“他一定有另一个身份。”

“不知道。”白曦干脆地说，“韩卓带我去见他的时候只说他是北斗研究所的所长，从来没提到过另一个身份。”

“长什么样？”冯起又问。

“一个很瘦的老头，穿着朴素，看起来就是个古板的老知识分子。”白曦说，“如果你愿意给我的双手解冻，我可以详细地画出来。”

“别做梦了。”冯起凑近他，阴森道，“我知道你的能力，我亲眼看到了你是怎么对付那支僵尸军队的。”

白曦很识时务，马上退而求其次道：“好吧，那你愿不愿意暂时放过我，先研究一下那支药剂？”

“药剂的成分和效用是什么？”冯起问。

“你自己分析咯。”白曦往后退了退，又提醒他，“如果你连那支药剂的成分和效用都分析不出来，那解剖我的成功率估计也不高，不如大家还是有事好商量。”

冯起脸色阴沉，显然相当不悦。

“我的建议怎么样？”白曦观察着他的神色，趁热打铁，“你可以先不解剖我，这样至少在你分析药物失败后我还可以提供正确答案。”

“你最好安分一点。”冯起把他牢牢地束缚在实验台上，“如果我发现那只是普通的感冒药，我保证在接下来的实验里你的痛苦会被放大一百倍。现在我再给你最后一次机会，那究竟是什么？”

白曦深呼吸了一下，坚定道：“那不是感冒药。”

“好吧。”冯起取出一支针剂注射进了白曦的身体，他终于被说服了，“我给你这次机会。”

铺天盖地的困倦滚滚袭来，眼皮沉重得像是灌了铅，在彻底昏迷之前，白曦记得自己还含糊地说了一句“祝你成功”。

就在白曦被绑架的第二天，施天连同那批新的变异者以伪造的身份分别入关，准备展开新的计划。他事先撕毁了自己的脸，好让那里长出新的僵硬的五官，乍看之下完全是另一个人。但后续行动却并不顺利，因为他很快就得到消息，那个小变异者一天前被别人先一步绑架，至今音信全无。

“我知道是谁干的。”施天坐在沙发上，似乎并不为这突如其来的变故焦虑，“而且我应该也能猜到他们现在人在哪里。”如果他没有猜错，现在的局面可以说是天赐良机，他不需要面对韩卓和北斗研究所就能轻而易举地把白曦从这个绑架者手里带走。

“在哪里？”身旁另一个人问。

“八号仓库、天使妇产医院，或者阳光老年大学……”施天说，“范围已经缩得很小了，你们应该能在两天之内给我答案，嗯？”

对方点点头：“我会尽快的。”

“这是什么？”韩卓看着面前的一沓资料，有些不解。

“昨天晚上，这个人入境了。”梁佚点了点资料第一页上的照片道，“来自南美洲钻石，目前已经到了S市。”

“又只有一个人？”韩卓皱眉问。

“目前还不能确定，他住在一间无证经营的旅馆里，现在我们正全程监视着他。”梁佚帮他倒了杯热茶，“先休息一下吧，别把自己累垮了。”

白曦不知道自己昏迷了多久，只知道醒来的时候四周依旧是一片寂静。头顶那盏熄灭的无影灯像一只怪异的眼睛，他和它对视了许久，混沌的脑海才逐渐恢复清明。

身体被牢牢束缚在实验台上，冯起也不知去了哪里，不过按照对方的水平，应该用不了多久就会发现那并不是什么稀有药剂，而真的只是一支普普通通的感冒口服液。

白曦不知道自己争取来的这段时间有没有意义，又或者这真的会导致他的痛苦被放大一百倍……他试着动了一下身体，突然发现昏迷前僵直冰冷的双手此时似乎有了一些缓解的迹象。

大奥特曼迟迟不肯出现，小奥特曼镇定地看着天花板，打算自救逃生。

师向广给他带来了太多的麻烦，却也带来了太多未知而又奇异美妙的新可能——他和琳达都经过同一个人的改造，所以他的血液应该也可以快速净化、自行分解病毒或毒素。显然施天并没有把这件事告诉冯起，导致他对自己的抑制剂过分自信，坚信它可以百分百地抑制白曦的异能。

门外又一次传来了重重的脚步声。白曦迅速闭上眼睛，不过在下一秒，他又放弃了装晕的想法，毕竟对方要是想让自己清醒也无非是一支针剂的事，他不想平白无故多挨一针，更不想在“昏迷”中被直接解剖。

能看得出来，冯起的心情相当不好。

白曦平躺在实验台上，努力地睁着眼睛，无辜地和他对视。

“我说过，如果那只是普通的感冒药，你的痛苦会被放大一百倍。”冯起扼住白曦的脖颈，表情狰狞，眼底一片赤红，恶狠狠地说，“我最讨厌别人耍我了。”

“所以……咳咳，你觉得那是，咳，感冒药？”白曦艰难地往外挤着字。

“不然呢？”冯起收紧手指。

白曦痛得五官挤在一起，他费力地摇头，示意对方先松开手。

“我不会再相信你说的任何一个字了。”冯起居高临下地看着白曦，脸上满是报复的阴森笑意，“在接下来的所有实验里，我向你保证，你将处于清醒状态——百分之百的清醒。”

“那你、你可真是，比施天变态多了。”好不容易获得新鲜的空气，白曦抓紧时间呼吸了几下，郁闷地看着冯起，“真的没有讨价还价的余地了吗？我有的是钱，还是很想活着的。”

“但你的钱还不够多。”冯起上下打量着他，像是在打量一件货物。面前这个青年是一座巨大的金山，不仅施天，还有世界各地的各种组织，无一不想拥有他。然而冯起也深知，凭他的实力，这次即使侥幸绑架成功，他也没有能力带着白曦安然出关，可他也不愿意在仓促中寻找买主，或者联系施天，免得偷鸡不成蚀把米，招致暗杀和抢夺。所以，最好的选择就是由他自己进行实验获得数据，交易实验结果总比交易活人要安全得多，同时，尽快让白曦变成硬盘里的数据也能最大限度地逃脱搜查，毕竟这间仓库也不是百分之百的安全，他并不想费心地带着他东躲西藏。

白曦眼睁睁地看着他调试实验机器，还看着他准备了一些古怪的药剂和一整排闪着寒光的锋利手术刀。

指尖的麻痹正在逐渐褪去，每一秒都成了最珍贵的奢侈品。

白曦心里有了计划。

当冯起的双手接触到自己的衣领时，他先叫了一嗓子以图分散对方的注意力，然后愤怒地说：“你干什么！”

冯起并没有理会他这夸张又戏剧化的反应，而是继续撕扯他的衣服。白曦又换上可怜巴巴的表情：“真的没有麻醉剂吗？”

冯起依旧沉默不语，拎着他的胳膊想把他的衣服彻底脱掉，却万万没想到原本僵硬的白曦会在这一瞬间重新“活”过来。

或许是因为药效尚未完全消退，所以那呼啸而来的拳头并没有太高温度，不过错愕和惊讶还是让冯起愣了片刻。

就在冯起发愣的短暂间隙，白曦一把扼住他的脖颈并用尽所有的力气让自己的异能发挥。很快，冯起的脖子上就冒出了巨大的燎泡和汩汩鲜血。

剧痛让冯起惨叫出声，白曦迅速熔断身上的绑带，跌跌撞撞地向外跑去。

阴森的走廊并没有窗户，这地方看起来像是在地下。白曦拉着扶手连滚带爬地向上逃，身后的脚步声和枪声也逐渐逼近，他咬紧牙关踹开面前的那扇门，呼啸的夜风迎面扑来，眼前是漆黑的旷野。

然而还没等他松一口气就迎来了更大的麻烦。

门外突然出现了七八个身材高大的男人，其中还有一个既熟悉又陌生的领头者——熟悉的气场和熟悉的眼神，却有着陌生的面容。

连施天都没想到，他还没进去搜查，白曦就跑了出来，而且是伤痕累累、精疲力竭的，连路都快走不稳了。

“我们又见面了。”施天脸上浮现出诡异的笑意。

声音是不会变的，白曦总算反应过来对方是谁。来不及错愕与恐惧，他本能地后退两步想逃，却被不知道什么时候又关上的门挡住了退路。

等冯起满身是血地追出来时，等待他的是黑洞洞的枪口。

“我得谢谢你帮我抓住了这个麻烦的小东西。”说着，施天看了眼一旁还在不停挣扎的白曦——他被施天带来的几名壮汉控制着，手上还戴着特制的金属手套。

听到熟悉的声音，冯起恐慌不已：“你是——”

“如果你第一时间联系我，应该是不用死的。”施天遗憾地摇头，“但是很显然，你并不打算和我合作。”

冯起张了张嘴，看起来是想替自己辩解。

不过施天没有给他这个机会，随着沉闷的枪响，子弹出膛，一切尘埃落定。

“收拾干净。”施天简短地吩咐一句，然后就亲手把白曦丢进了车里。

罪恶被掩盖，痕迹被抹去。面包车呼啸着离开，沉坠的黑夜也重新陷入了死一般的寂静，就好像什么都没有发生过一样。

清晨，街道重新热闹起来。炸油条的香气飘进房间，韩卓却完全没心思关注，而是坐在窗边一动不动地盯着对面的廉价黑旅馆。他的面容有些憔悴，下巴也冒出了青黑的胡楂，不过眼神却依旧敏锐犀利，就像是等着猎食的猛兽，不放过猎物发出的任何一丝细微的动静。

半个小时后，一个身影出现在了旅馆门口。亚洲面孔的男人穿着深绿色夹克和黑色牛仔裤，其貌不扬，是之前梁佚查到的和南美洲钻石有关的偷渡者。

韩卓悄无声息地跟了上去。

对方警惕性很高，一连换了五辆出租车，绕着市中心兜兜转转了许久，最后才偷偷摸摸地上了一辆私家车。

在他上车后，私家车迅速驶上了机场高速。

“我不能再跟了，否则对方会发现的。”韩卓把车停在路边，盯着那辆越来越远的黑色私家车，拳头紧紧地握着。

“明白，我已经安排人跟上了。”凌剑扶正耳机，诚恳而又钦佩地说，“谢谢你，韩先生。”

半个小时后，韩卓回到了指挥中心。

梁佚拍了拍他的肩膀：“我还在担心你会不顾一切跟过去。”

“有什么收获？”韩卓并没有接话，他现在只关心结果。

“他去了这间别墅。”梁佚放大屏幕，好让韩卓能看得更清楚，“位于机场附近的青园山。”

青园山是前几年开发的度假区，园区内的独栋别墅一开盘便售罄，不过由于周边配套跟不上，所以大多数业主只是买来投资，并没有多少人真的愿意去那种鸟不拉屎的荒僻地方长住。

“施天也在吗？”韩卓又问。

“不确定，但那里面人不少。”梁佚说，“我们对那里已经采取了全天候的监视，不会漏过任何线索的。一旦确定了小白在那里，我们就立刻进行营救。”

韩卓点点头，给自己倒了杯冰水，一饮而尽。

“我们也在其他地方进行同步调查，他一定还在S市。”梁佚说，“至于小白的父母，也已经被保护了起来，有专人安抚和照顾。”

韩卓闻言皱起眉。

“你别去。”在他开口之前梁佚已经先行制止，“当务之急，是把小白救出来。”

沉默片刻后，韩卓疲惫地叹了口气：“好。”

也许就像白太太说的，他不是一个合格的保镖，也不是一个合格的守护者。

装修豪华的别墅里，白曦被捆在椅子上幽怨地看着面前的施天。生活再一次证明了它的戏剧化——不久前，他还在说服冯起把自己送给这个变态狂，现在就切实感受到了什么叫"梦想"成真。小白总心里又哀怨又凄凉，很懊恼自己之前为什么没有许愿出门遇见韩先生。

"我倒是很意外你能这么快就认出我。"施天跷着腿坐在白曦的对面。

白曦呵呵干笑道："所以你打算干什么？"

"带你离开这里，"施天回答，"永远地离开这里。"

"永远"真是个好词，但那仅限于被恋人用在情话里，使用者一旦换成冷血杀人狂，立刻就有了惊悚的恐怖感。

白曦身上迅速浮起一层鸡皮疙瘩。施天这次既然敢回来，那必然是有足够的底气和准备，想从他手里逃出去，难度大概等于从冯起手里逃脱十次。

"你不打算和韩卓谈判一下吗？"白曦主动提议，小奥特曼需要大奥特曼。

"当然。"施天点头，不过还没等白曦松一口气，他又补充了一句，"但是在谈判之前，我会先把你送出去，以免引来更多的麻烦。"

白曦目瞪口呆，心里很苦。

"还有一件事我觉得有必要提醒你。"施天站了起来，缓步踱到他面前，"我知道你很能制造麻烦，但这次我带来的所有人都经过近乎完美的改造，你不可能是他们的对手，所以你最好乖乖的。"

白曦却问："什么改造？"

"他们血液里的病毒可以渗透你的皮肤，"施天捏着他的下巴，强迫他抬头与自己对视，"然后把你也变成同类。"和末日电影里的丧尸病毒类似的传播方式，却更加快捷高效。

白曦往后缩了缩："好吧，我不跑。"

"很好。"施天点点头，"如果你一直都这么配合，会少受许多苦。"

白曦说："哦。"

趁白曦还算配合，施天抓紧时间给他做了一个简单的小手术。手套上的金属丝刺入他的肌肤，和血肉骨头连在一起，如同身体的一部分。

物理的控制方式，已经让白曦彻底丧失了反抗的能力，更别提身边还有一群变异者日夜看守。他沮丧地靠在椅背上，很希望自己也能瞬间移动。

一个黑夜之后是另一个黎明。

城郊的空旷厂区内立着一排排废旧的仓库，王远辰双手插在裤兜里，仔细地挨个找过去。他的确曾经失忆，不过很短暂，在某个清晨醒来之后，过去种种又重新回到了他的脑海里，好的、不好的，没有任何缺失。

但他没有立刻说出来，而是躺在床上仔细回想了一下这段时间的生活——没有童年的残酷阴影，也没有扭曲的精神世界，只有满心的温柔平静。他更愿意相信，比起之前那个挣扎暴虐的Aspis，现在这个才是真正的自己。况且还有一个皱巴巴的、可爱的地球人室友，他们最近的相处简直美好和谐得不像话。

听着从厨房传来的锅碗碰撞的声音，王先生翻了个身，打算再多失忆一会儿。至于这“一会儿”是多久，一个月还是一辈子，他其实并没有想好。

但现在白曦失踪了，他只好重新捡起童年的血腥记忆，认真分析白曦有可能被藏到哪里去。其实在施天出现之前，他就列出所有地下仓库的秘密基地信息交给梁佚了，可惜对方在看完之后表示那些地方他们早就全部搜查过了，并没有什么发现——毕竟和地下仓库合作多年，梁佚对它知根知底并不奇怪。

“你没失忆？”梁佚后知后觉地惊讶起来。

“刚刚恢复。”王远辰警告他，“不许告诉别人。”不过这“别人”仅指刘春春，毕竟也是一个不大不小的欺骗，他打算找个合适的时机亲自向对方坦白并道歉。

梁佚点头：“好。”

天色渐渐变暗，王远辰顿住脚步，觉得自己似乎听到了一丝异常的声音。他是今天早上突然想起了儿时的一件事，施天在某次聊天时提过一个叫第三塑料厂的地方，只是那记忆很模糊，像一些坍塌的积木，不过他还是决定过来碰碰运气。

风也在这一瞬间停了下来，世界越发寂静，耳边细微的声音也就越发明显了。超乎常人的听力让他在瞬间就确定了声源——在屋檐下，有一个隐蔽的监控摄像头正在有规律地转动着。

他躲到暗处，拨通了韩卓的电话。

“先别动，我马上过来！”韩卓猛地站起来。

“我知道，你尽快。”王远辰说，“我在定位点等你。”

由于王远辰拍了照片，所以很快韩卓就瞬间移动到了他身边。

四周依旧寂静无声，空旷得瘆人。惨淡诡异的场景，让人心里生出一层密密麻麻的倒刺，只有将暗未暗的天色和一轮挂在天边的稀薄的月勉强提醒着他们身处人间。

王远辰低声道："我以为你会带人过来。"

"支援就在附近，如果真的需要，十分钟内就能赶来。"韩卓看着那个还在转动的摄像头，"还不清楚是什么状况，我先进去看看。"

王远辰点点头，和他一起潜入了那间仓库。两人的行动很谨慎小心，一路都留意着监控。这里的摄像头并不算少，而与之相悖的是通往地下的暗门大开着，像是恨不得告诉每一个造访者这里隐藏着一个秘密。

楼梯上有暗色的血迹，还泛着微微的潮意，落满灰尘的栏杆上凌乱地印着手印，弹壳散落在各个角落。不难看出，这里曾经发生过一场激烈的追逐战，不过却并不见人影或尸体。这条通道的尽头是三间实验室，全部明晃晃地亮着刺眼的灯光，而其中一间里更是血迹斑斑，药瓶散乱，地上还丢着一件外套——白曦的外套，是冯起在做实验前随手丢在那里的。

情况看起来非常不妙，王远辰的心顿时揪了起来，刚打算关心一下韩卓，可对方已经风一般地冲出了这间实验室。王远辰被吓了一大跳，三步并作两步追了出去，却发现韩卓并没有像自己想的那样失控，而是去隔壁监控室查看录像了。

密布的摄像头详细地记录下了这里发生的每一件事情，从昏迷中的白曦被冯起带进实验室到他的苏醒和反抗，以及最后的逃亡。那个最先被王远辰发现的摄像头，也记录下了暗夜里幽灵一般的黑色面包车和那个诡异的身影。

"施天？"王远辰看着屏幕里那僵硬的面容，皱眉道，"他整容了？"

韩卓没有回答，他只是眼睁睁地看着白曦被塞进了车里，然后那辆车在黑暗中呼啸着疾驰而去。

王远辰拍拍他的肩膀，安慰道："至少我们找到了线索，而且施天应该不会像冯起那样匆忙进行实验。"有很大的可能，在离境之前白曦都不会有生命危险。

韩卓的脸色并没有因为这句话而变得更好，他只是一语不发地继续盯着屏幕。这里满地的血迹实在太过骇人，以至于刚刚在从入口到底层的短短一段路程里，所有不好的情形已经放电影般在他脑海里过了一遍。隐藏的恐惧在看到那件孤零零的外套时终于铺天盖地地喷涌而出，让他手脚冰凉麻痹，心也被碾得血肉模糊。

他不知道有多后悔，后悔没有二十四小时陪着白曦，后悔没有及时找到这里，反而让施天趁机把人带走了。然而时光并不会倒流，在救出白曦之前，他没有时间沉溺于懊恼和自责之中，并且他也得到了唯一的小小安慰——那些血迹全部属于冯起。

王远辰在他面前晃了晃手：“你没事吧？”

“没事。”韩卓滑动鼠标，看起来冷静得过了头。

他一边拷贝录像，一边通知梁佚这边的情况。工作人员很快就找到了冯起的尸体，梁佚也根据市区监控录像确定了那辆黑色面包车的最终去向。

“所以小白就在那间别墅里。”黛西道，“目标确定了，下一步的行动计划是什么，强行突击营救？”

“镜头里的施天看起来简直像个……鬼。”王远辰说，“不仅面容僵硬，身体也僵硬，我极度怀疑他也给自己注射了药物。”

梁佚把目光投向韩卓，想征询他的意见。

“我先去看看。”韩卓道。

所有人都对这个回答不意外。而且鉴于上次的事故，这次琳达并没有被纳入行动的人选之中，师向广为韩卓准备好了“电池”，可以保证在找到白曦后两人至少进行一次瞬间移动。

一切都安排好之后，外面蒙蒙的白色湿雾也逐渐散去，金色的朝阳穿透云层，带来了又一个黎明。

一个小时后，一辆白色SUV悄无声息地驶入别墅区，像是某个业主要回来度假。

“自己小心。”黛西把车停稳，轻声道，“我担心小白，也一样担心你。”

“我知道。”韩卓笑了笑，“放心吧，不会有事的。”

黛西目送韩卓下车离开，直到他的身影彻底消失在了树丛里。

白曦警惕地看着面前的人：“你又想干什么？”

“带你换一个地方。”施天回答。

“去哪里？”白曦象征性地挣扎了一下，“国外？”

“看不出来原来你这么迫不及待。”施天嘲讽了一句，拎着他走下楼梯，“不过很可惜，你猜错了。”

“那要去哪里？”白曦继续问。

“一个充满惊喜的好地方。”施天打开一扇暗门，“现在风声太紧了，想带着你离开确实不是一件容易的事。”

“所以呢？”白曦脚步踉跄。

“所以我得先制造一些麻烦，”施天回答，“转移一下他们的注意力。”

白曦心里暗暗叫苦。他打量了一下四周的环境，发现这根本就不是什么地下室，而是一条地下通道，前方不远处还停着一辆摩托车。

“你去制造麻烦，为什么要带上我？”他不甘心地又问了一句。

“因为我从不低估韩卓。”施天把他丢上车，“所以最好的选择无疑是随时把你带在身边，否则说不定下一刻他就会冲进别墅带你离开。”

韩卓敏捷地翻进围墙并迅速制服了一名看守，对方还没有来得及做出反应就彻底停止了呼吸。其他人也没有觉察到异样，施天和白曦不在，他们放松不少，此时正聚在客厅里抽烟打牌。

走廊上装了许多摄像头，不过监控室里空空荡荡的，门还大开着。韩卓切断了监控电脑的电源，在二楼一间一间房间地搜过去，却没有发现白曦的踪迹。就在他想要转移去一楼的时候，楼下突然传来一声巨响，像是屋门被人从外面大力推开。屋内一片哗然，客厅里的人看着门口那僵直而又诡异的同伴，纷纷拔枪上膛。

二楼的隐蔽处，韩卓也正在看着那个诡异的亚裔男人。在十几分钟前，对方分明已经被自己拧断了脖子，但现在他却重新“活”了过来，或者更确切地说，是变成了一具僵硬的、会活动的尸体。原本褐黄色的眼睛蒙上了一层青苔般的绿，它机械地走进客厅，在同伴身上嗅到了药物的气息，也是同类的气息，所以并没有发动攻击。

其他人面面相觑。他们不知道这是什么状况，究竟是药物失效，还是有别的原因。而就在这个时候，僵尸像是嗅到了什么新的味道，缓慢地走向了楼梯。

“老板。”一楼的人给施天打电话，向他汇报这里发生的一切，“Wan似乎疯了，是药物失效了吗？我们要给他注射释放剂吗？”

“药物失效？不可能。”施天不由得停下摩托追问，“你们确定他不是被人杀了才激活了药物？”

“但这里一直就很安静。”电话另一头的人还在辩解，“我们没有听到任何……哦，天哪！”

突如其来的嘈杂声伴随着枪声和重物落地的声音响起，吵闹声冲击着在场每一个人的耳膜，一个声音惊慌地说：“是韩卓！我们看到他了。”

白曦猛然抬起头。

“制服他，或者杀了他。”施天冷静地吩咐道，“不要污染他的血液，你们知道我想要什么。”

“你敢！”白曦凶狠地盯着他，像一头暴躁的小野兽，“如果他受伤了，我不会放过你的！”

“你已经自身难保了，宝贝。”施天扼住他的脖颈，“还有，我现在心情很不好，所以你最好保持绝对的安静。”

令人感觉刺痛的药物被注入血管，白曦脑袋一沉，倒在了摩托车的座位上。

“或许等你醒来之后会发现这世界已经陷入了一场新的狂欢。”施天嘴角渗出阴毒的笑意，他并没有折返，而是加大摩托车油门，继续向着更深更远的地方驶去。

韩卓很快就发现眼前的状况似乎有些麻烦。白曦和施天都没有出现，而留在这里的“人”全部是经过改造的僵尸。它们拥有凶猛的攻击力，和施天一样没有痛觉，并且具有高级的自愈性和死而复生的恐怖异能，除非被送进焚化炉，否则这些僵直的怪物永远也不会倒下，哪怕肢体残缺，甚至头颅残缺，也一样会向非同类发起攻击。

“你那头怎么样？”凌剑在耳机里问。

“小白和施天不在这里，但留下了八名经过改造的实验体。”韩卓用枪托狠狠砸飞了面前的僵尸，咬牙道，“它们不会死。”

不会死的生物，听起来诡异得有些过了头。

梁佚迅速调拨人手前往别墅支援，一来是为了帮助韩卓，二来也是为了避免这些怪物蹿出别墅，引起社会动乱。

韩卓从二楼窗户跳下，手里拎着唯一一个还没有变异的实验体。看着别墅外黑压压的人群和枪口，实验体心头涌上一丝恐惧。不死并不代表不会被打成肉泥，实验体气若游丝地哀叫着，说施天一个小时前已经带着白曦从地道离开，不知道去了哪里。

枪支和弹药扫射出一面火力威猛的墙，别墅被打得千疮百孔，而那些疯狂的怪物在碰“壁”之后，也终于变成了骨骼粉碎、血肉模糊的“沙包”，被梁佚在最短的时间内统一焚毁。

韩卓顺着地道单枪匹马追了出去，却发现出口附近是一条连接着四通八达环线的偏僻的小道，很难判断对方到底选择了哪条路离开。

线索再度中断。

韩卓坐在指挥中心，面无表情地看着唯一可能的知情者。

“我真的不知道。”对方结结巴巴地交代道，“老板要去哪里，从来就不会告诉我们。”他又补充，“所有我知道的事情都已经告诉你了。”包括非洲的基地、拉卡的地位，以及他所接受的改造。

这场审讯听起来收获颇丰，但每一项情报都语焉不详——这也不意外，毕竟他们在施天眼里是纯粹的屠杀机器，并不需要了解更多详细的信息。而韩卓认为，对方唯一有价值的供述是关于白曦双手的小手术的。

看到韩卓眼底隐隐酝酿着的风暴，梁佚拍拍他的肩膀，示意工作人员先把人带下去。“别担心。”他说，“小白双手的杀伤力的确有些高，施天会提防并不意外。”

“监控有收获吗？”韩卓问。

“暂时还没有，那一段的路况很复杂。”梁佚道，“请相信我们，有点耐心，一定会有结果的。”

“梁所长！”门外突然传来大力的敲门声和凌剑的声音，听起来很惶急。

“什么事？”梁佚问。

“今天早上行动的人员中有三人出现了异常。”凌剑眼底有着无法遮掩的恐慌，紧握的拳头微微颤抖，像是在极力维持镇定，“他们似乎……似乎也变成了僵尸。”

泛绿的瞳孔、僵直的行动、嗓子里发出的诡异声音以及强大的攻击性。幸好这三人在出现异常时身边有不少同事，他们很快就被制服了，没有引起太大的动乱。

但即便如此，情况也不容乐观。凌剑果断下令，所有参加过行动的人员都要单独隔离，二十四小时观察，至于那三名变异者，则是在向梁佚通报了情况之后被第一时间送到了他的医院，由他和师向广亲自治疗。

“我、我真的不知道改造的具体内容。”那名知情者战战兢兢地说，“但是老板说过，如果不是对手，就要尽可能多地把血液喷溅在别人身上。”

“刚才为什么不说？”韩卓拎起他的领口。

“我忘了，真的忘了！”对方被吓得语无伦次起来，“我不是故意要隐瞒的……是真的忘了。”

韩卓狠狠地把他丢进监牢，转身离开了控制中心。

当白曦迷迷糊糊地醒来时，脖颈上的酸痛还没有完全消退，身体像是被裹在一床腥臭的棉絮里，呛鼻的气味迫使他在最短的时间里找回了理智，也因此让他很快辨认出了自己身处的环境。

病房，而且是污渍斑斑的病房，就像好多年前流行过的密室游戏里的恐怖医院。

白曦费力地抬头看向施天，问道：“这是哪里？”

施天回答：“疯人院。”

听起来是比恐怖医院更糟糕的存在，白曦思考了一下，说：“兴兴疯人院？”

“你调查过？”施天站在床边看着他。

白曦说：“我没有，不过小时候吵架的时候提到过罢了。”类似“疯人院的墙倒了你才会跑出来”云云，“兴兴”这两个字也是在那时留下的印象。

“没错，这里是兴兴疯人院，不过已经荒废了很多年。”施天说，“我把这里改建成了一个秘密收容所。”

白曦问：“收容谁？”

“罪犯。”施天说，“杀人狂、强盗、小偷……所有你能想到的罪犯在这里都能找到，这里是他们狂欢的天堂。”

白曦震惊道：“你为什么要养一群罪犯？”

“因为他们被通缉，被追捕，无处可去，”施天说，“而我能为他们提供绝对的庇护以及舒适的生活环境。”

“一共有多少个？”白曦又问。

施天回答：“八百。”

白曦汗毛倒竖：“所以现在我身边有八百个罪犯？”

“他们很快就会变成八百个实验体。”施天纠正他，紧接着又补充道，“别墅里的那些人现在应该已经送了一份大礼出去了，而接下来，还有更多的惊喜在等着你的那些朋友们。”

白曦说：“你真的疯了。”

“这只是一场游戏。”施天抬高他的下巴让他与自己对视，眼底是阴毒的暗影，“赢了，我会带你离开，而如果我不幸输掉了这场游戏，你就要为你之前的行为付出代价，小疯子。”

午夜时分，整座城市都被夏日的暴雨洗透，漆黑路面上的积水倒映出街边的灯火，像是一条闪着熔化的碎金的河。

刘春春从浴室出来时，王远辰已经煮好了姜汤，辛辣甘甜的热气蒙在玻璃上，似乎能驱散整个世界的寒气。

“第一次煮，没什么经验。”王远辰把粉红色的杯子递给他，“小心烫。”

刘春春眼巴巴地问他：“梁所长发什么新消息了吗？”

王远辰摇摇头。他们两人一整天都在指挥中心，回来的时候不巧遇到大雨，被浇了个狼狈的透心凉，再加上毫无进展的胶着局面，都让人分外沮丧。“所有人都在想办法，一定会没事的。”王远辰说，“别担心。”

“我当然会担心，不光担心白哥，也担心你。”刘春春把杯子放在桌上，“施天一直就对你心怀不轨，上次又被你弄成重伤，这次一定不会善罢甘休的。”

“我倒是巴不得他主动出现，总好过现在这样大海捞针。”王远辰低声安慰道，“听话，别胡思乱想了，去刷个牙然后早点睡。”

刘春春闷声道：“你别出事。”

“嗯。”王远辰带着他走进浴室，靠在门口看他刷牙。

粉红色的电动牙刷，草莓味的牙膏。镜子里的刘春春看起来有些颓唐，嘴上一圈白色泡沫，如同丢了礼物的沮丧圣诞老公公——而他丢的东西还要更严重一点，是全世界独一无二的小白爸爸。

“一定会没事的。”王远辰说。

瓢泼大雨冲刷着玻璃，雷霆几乎要撕裂整个天空。

韩卓没有回家，他躺在指挥中心的沙发上休息。连日高强度的运转让他的身体和精神都陷入了深深的疲倦之中，可大脑却迟迟无法从紧绷中脱离，依旧保持着高度活跃的状态，使得他头痛欲裂，睡意全无。

黛西打开灯。

突如其来的光线让韩卓下意识地眯起眼睛，他无奈地说：“怎么还没休息？”

“需要头疼药吗？”黛西把手里的保温盒放在桌上，“先吃点东西。”

“姨妈——”

“这种时候，你的姨妈就算二十四小时感知你的情绪也不过分。”黛西打断他，“别再跟我提隐私。”

韩卓坐在桌边，沉默地把一碗粥吃了个干净。

“我今天去见小白的父母了，他们当然也焦虑担心，吃不下饭，可也没有过分谴责你。”黛西说，“包括那位李阿姨，每一个人都很理解你的处境。”

“我也没有颓废到自暴自弃，”韩卓把空碗放下，“只是有些失眠头疼而已，我觉得你们有些担心过度了。”

“这样最好。”黛西又帮他倒了杯温水，“吃完止疼药后好好休息，小白还在等你去救他。他很聪明，既然能在冯起那里争取到时间，也一定能在施天那边争取到更多的机会，你不能辜负他的等待。”

韩卓点点头，把手里的药片一口吞下。这里面不仅有止痛药，还有安眠药。半个小时后，他脑海中飞速旋转的彩色碎片终于停了下来，疼痛和寒冷也在沉沉的睡梦里被药物分解干净。

等他醒来的时候，已经是第二天中午了。

师向广从医院那边过来了，明显有些体力透支。

“怎么样？”韩卓扶着他坐下。

“是从来没有见过的病毒，具有高度的传染性和再生能力。”师向广道，“不过我已经有了初步的治疗思路。”

“所以他们没有生命危险，也不会继续维持僵尸的状态？”韩卓问，“能彻底恢复健康吗？”

“有百分之八十的可能。”师向广说，“其实如果只有这三个人，是完全可以放心地交给我的，但上级担心后续还会有更大的麻烦。”

“我明白。”韩卓道，“昨天开会的时候我们也讨论过这一点。”

施天就如同一个移动的病毒库，他既然能制造出八个实验体，也就能继续制造出八十个、八百个，甚至更多。事情发展到现在，已经不仅仅是关系到白曦的个人安危了，也不是只关乎异能者这个族群，而是关系到一座城市，一个国家，甚至一个星球。

“在研制出针对这种病毒的疫苗之前，梁佚已经让人抓紧时间改进防护服了。”师向广道，“这一批实验体的血液具有高传染性，你没有被感染纯属命大，以后一定要更加小心。”

“梁所长呢？”韩卓问。

“还在监控室查看录像，你去看看他吧，我要回去休息了。”说完，师向广就扶着墙腰酸背痛地走向休息室。

窗外依旧阳光明媚，街道上的人流车流川流不息，小孩子们在草地上打打闹闹，并没有人知道这座城市正在面临着怎样恐怖的危险将来。

而指挥中心里的每一个人，不论是人类还是异能者，他们所做的所有事情都是为了同一个目标——让阳光永远属于阳光，民众永远也不用知道阴霾下曾经发生过什么，他们只需要好好享受这平凡而又美好的生活就够了。

白曦被关在了一个特制的笼子里，左边是抽水马桶，右边是吃饭用的桌子，毫无尊严可言。他说：“喂，我有洁癖。”

施天用遥控器打开笼门，走了进来。

“……”白曦不确定地问，“你接受了我的抗议？”

“我要带你去个地方。”施天拎着他的领口，拖着他走过走廊。

白曦也因此看清了这间疯人院的部分构造。典型的老式医院风格，破旧的办公室、落满灰尘的桌子、摇摇欲坠的文件柜……墙裙的淡绿色油漆已经斑驳不堪，上面遍布着抓痕和脚印，还有暗红色的像是谁撞墙受伤后留下的血迹，土黄色的灯泡吊在细细的电线下，随风摇晃着，不断变换的阴影让每一寸空间看起来都像飘着鬼魂。

白曦后背渗出冷汗，他问施天：“我们要去哪里？”

“害怕了？”施天阴恻恻地笑了笑，“你曾经见过的场面远不止于此，宝贝。”

白曦：“……”

“况且这里只是一些破房子，真正的地狱在下面。”

说着施天把他推进一部老旧的电梯里。

白曦也没想到，这锈迹斑斑的大家伙居然还能运转。随着咯吱咯吱的声音，两人下到了最底层。当电梯门打开时，白曦被刺眼的强光照得差点失明。

“老板。”一个中年人把手电移开，对施天低声道，“他们都来了。”

他们？白曦试着看清说话的人：“你是哪位？”

中年人并没有理会他，倒是施天看起来心情很好，主动向白曦介绍道：“是这里的管家，我叫他院长。”

疯人院院长。白曦呵呵干笑：“你好啊。”

“别试图和他套近乎了，纯属白费力气。”施天拍了拍身上的灰，拉着白曦往前走，“走吧，好戏就要开场了。”

白曦对此不抱期待，反社会恶魔嘴里的好戏百分之一百不是什么好事。不过就算已经有了这种觉悟，他在走到栏杆旁边看到下方那个巨大的由玻璃制成的实验舱时，还是被惊着了：“这么多人？”

“我说过了，八百名罪犯。”施天说，“今天是他们集体开荤的日子。”

“……吃肉吗？”白曦不确定地问。看来这里的生活水准也不怎么样，吃肉还要挑日子。

施天眼底浮现出阴森的笑意。

白曦顺着他的目光看去，过了好一会儿，才反应过来那里面正在发生着什么——没有食物，只有数百名疯狂的男人和被他们残暴凌虐的女人。

“怎么样，看清楚了？”施天瞥见白曦瞬间就变得苍白的脸，满意地笑了，“我不允许他们出门，但他们总需要发泄，所幸这个世界上有很多法律管辖范围之外的异能者，或者四处流窜的妓女，他们的消失和死亡不会引起任何关注。”

“你这个魔鬼。”白曦用力推开他，想要冲下去制止那些禽兽的暴行，却被院长压在了金属栏杆上。

“放开我！”白曦怒吼着挣扎。

“冷静一点，小东西。”施天凑近，变形的五官看起来十分狰狞，他抓起白曦戴着手套的右手食指，用它缓缓按下了遥控器按钮，“记住，这是你送给他们的礼物。”

仅仅十几秒而已，那间玻璃实验舱就变成了完全密闭的空间，然而里面的“狂欢”还在继续，并没有谁觉察到这一切。

“你想干什么？”白曦的心头涌上不祥的预感。

“我说过，他们是这次实验的实验体。”施天说，“而现在，就是他们接受改造的重要时刻。”

施天的话音刚落，药水就从天花板上喷淋而下，雨水一般落到实验舱内的每一个人身上。那里很快就变得雾气腾腾，然而恐怖却没有因此减少半分。

沉闷的叫骂和惨叫不断传来，隔着厚厚的玻璃，像是来自遥远的地下。不断有人重重地扑向那看似脆弱的墙壁，却根本不能将它撼动半分，哪怕拍到手掌破裂、冲击到身躯变形，他们也无法冲破禁锢。

“你放他们出来。”白曦嘴唇颤抖。

“你可真是个小天使。”施天示意院长松开手，把他拎起站直，“但是已经迟了，整个实验过程只需要五分钟，现在他们不仅是罪犯了，还是比罪犯更加危险的病毒传播体……你确定要放他们出来？”

白曦膝盖发软，站都站不稳了，只好扶着栏杆勉强支撑着。

施天嘲讽地看了他一眼，转头继续饶有兴致地欣赏着眼前的一切，就好像在观看一出美妙的歌剧。

惨叫声不绝于耳，白曦痛苦地低下头，余光却瞥见了一个身影。他以为自己看错了，但很快，黑暗中的人影又缓缓地动了动。

不是幻觉，是真的有一个人在那里！光头、赤膊、脖颈上挂着粗粗的金链子——就差把“危险分子”几个字文在脸上了。

白曦很快就意识到了他的身份。他应该是八百个罪犯里的一个，今天因为某种原因迟到了又没有被院长发现，所以逃过一劫。

而就在这时，对方战战兢兢地抬头，发现了正看着自己的白曦。这恐怖片一般的场景令他瞳仁瞬间放大，惊恐得几乎要叫出声。

白曦却比他更加紧张，他瞪大眼睛，示意对方保持安静。

幸好，对方领会到了他的意思。

白曦心脏狂跳，这是他唯一的机会，能向外界求救的机会，能告诉梁佚和韩卓这里究竟发生了什么的机会。但局势紧迫，他显然没有机会跟对方详细交代，只能用口型告诉他：“快跑！”

光头男哆哆嗦嗦地爬起来，向着黑暗深处狂奔而去。

白曦全身都在颤抖，他盯着那空荡荡的角落，拼尽所有的力气去祈祷，祈祷对方能顺利地离开这里。

“走吧。”施天把遥控器丢在一旁，伸手拉起白曦，准备带他离开。

“等一下。”白曦强撑着站直。他脸色依旧是苍白的，眼眶周围泛着红，嘴唇干裂颤抖，看起来狼狈又懦弱。

院长看他的眼神很是不屑。施天拍拍他的侧脸：“你该不会还想着救他们吧？”

“真、真的没救了吗？”白曦问。

“真的没救了。”施天耐心地回答，虽然这耐心对白曦而言更像是一种幸灾乐祸的折磨，“你现在应该求我不要把他们放出去，或者是想办法做一个拯救世界的英雄，趁我不注意炸毁这里。”

“我会的。”白曦说。

施天好笑地看着他：“但你已经被吓得站立不稳，明显快尿裤子了。”

“不想去和韩卓谈判吗？”白曦继续问。他其实也不知道自己在说什么，只是本能地想拖延更多的时间好让那个光头男人逃走——虽然他并不知道这种逃走究竟有没有意义，毕竟就算对方真的侥幸离开，但通缉犯逃亡的最大的可能性应该是选择隐姓埋名逃往另一个城市，而不是主动去寻求警察的帮助。

但他没有选择，这是唯一的机会。

暮色沉沉的旷野里，惊慌失措的光头男人一路狂奔，疯了一般扑到马路中间。

出租车司机一脚刹车踩下去，打开车窗想要破口大骂，却被对方那亡命之徒的外表吓了一跳，哆嗦道："大、大哥，有事？"

"快点，带我去派出所！"光头男人扒在车窗上，瞳仁被恐惧填满，"我要报警，我要报警！"

司机师傅加大油门，用最快的速度穿过了重重桥洞和高架。他一边开车，一边提心吊胆地用余光打量着副驾驶座上的光头男人。对方明显是被什么东西吓得够呛，高大壮实的身体蜷缩在一起，眼神涣散，停车的时候甚至还能听到他牙齿打战的声音。

车窗外景象在光与暗之中交替，像是悬浮的幻境。

此刻，光头男人的内心世界也如同幻境一样不真实。这两年的生活碎片浮现在他脑海里，从进入那间疯人院开始，他就似乎进入了另一个世界、另一个时空——完全和外界隔绝，感受不到时间的流逝，生活中充斥着的只有酒精、殴斗、电影、女人和那些不知道是什么的装在试管里的缤纷药剂，比毒品更令人癫狂上瘾。没有警察的追击，没有惶惶不安的躲避，没有令人烦躁的将来。他曾经以为那就是天堂，直到亲眼看见了刚才的惨剧，同伴们撕心裂肺的哭号终于让他意识到了在荒诞享乐生活的背后究竟隐藏着怎样血腥恐怖的目的——他们根本就没有被当作人，像动物一样被饲养着，只是为了迎接这一天。

他不知道要怎么向警察解释这一切，一个不可思议的庞大的地下王国，一群残忍的变态，一座恐怖的监牢，还有那个年轻的看起来像是被俘虏的男人，从某种程度上来说，是他救了他。

很快，司机师傅把车开进了派出所。

白曦靠在冰冷的栏杆上，看起来像在发呆，神经却是高度紧绷的。他还在想那个光头男人，不知道施天和院长在清点人数的时候会不会发现少了一个人。不知道过了多久，门口突然传来了脚步声，他只把视线投了过去，并没有站起来。

"看起来你真的受了不小的刺激。"施天看着桌上那份没动过的晚餐，嘲讽道，"想绝食抗议？"

“你究竟想干什么？”白曦问。

“我说过了，要在临走之前给你和你的朋友们送一份礼物，转移一下他们的注意力。”施天回答，“你猜他们会不会喜欢？”

“但民众是无辜的。”白曦忍不住坐直身体质问道，“你想过这么做的后果吗？或许全世界都会陷入动乱，你又能从中得到什么好处？”

“世界动乱？那我能得到的好处可太多了。”施天啧啧，“你可以把我理解成军火商，只不过我提供给武装组织的是更高级的生化武器，比丧尸病毒更加激动人心。”

“你真是个灾难。”白曦狠狠地盯着他，“地球的灾难，异能者的灾难。”

“我给了你阻止灾难发生的机会。”施天嘴角一扬，“我说过，你可以找机会离开这里，拧断我的脖子，炸了这家医院，那么这座城市将重新被你所向往的和平阳光笼罩。”说着，他又用余光扫了扫那双被金属手套禁锢的双手，“还是说，现在的你根本就做不到这些，所以只能眼睁睁地看着末日来临，丧尸围城？”

空气中的潮湿腥臭和桌上的饭菜味道混合出令人作呕的气味，心理和生理涌起双重不适。白曦虽然脸色发白，但他还是强打着精神跟施天周旋：“那你准备什么时候放他们出去？”

“十二个小时后，你觉得这个时间怎么样？”施天看了眼怀表，“明天早上八点，朝阳照耀下的早高峰，拥挤的路面，还有学生和上班族，是最美好的时刻。”

白曦不自觉地握紧了拳头，手套上的金属丝拉扯着皮肉，伤口渗出鲜红的血。

施天弯下腰，一字一句地对白曦说道：“别白费力气了，这次就算是韩卓来了，也不会是我的对手。”

光头男人坐在柔软的皮沙发上，捧着热茶战战兢兢地看着面前的一群人。刚到派出所时，他说话颠三倒四，语无伦次，连他都觉得自己八成会被当成疯子赶出去，但是很快，就有另一辆车把他接到了这里——沿途森严的戒备，工作人员交接时的态度和众人严肃的神情都让他意识到自己确实被卷入了了不得的事件里。

“兴兴疯人院？”梁佚指着屏幕上的照片问道，“是这个地方吗？”

光头男人疯狂地点头。在逃出来的时候，他曾经回头看了一眼那个魔窟，虽然铁门上斑驳的牌匾快要掉了，但白底黑字的“兴兴”和“疯”这三个字还是清晰可辨。

八百个身强力壮的罪犯、多年如一日的药物供应、诡异的玻璃实验舱，虽然光头男人说那是毒气室，但梁佚清楚，施天的目的显然不会是杀了他们，更大的可能是那些人已经被改造成了八百个疯狂的屠杀丧尸。

“有内部照片吗？”韩卓问。

“早就废弃的疯人院哪里还有照片，况且就算有，估计也没用了，因为施天一定改造过那里，你想靠照片定位瞬间移动过去，不现实。”梁佚拍拍他，“冷静一点。”

师向广很快就送来了光头男人的体检报告，报告显示他的血液里没有变异病毒，不过有新型毒品残留的成分，而这种毒品能让吸食者更加暴力和反社会。

凌剑把光头男人带去了休息室。当只剩他们二人时，梁佚对韩卓道：“如果他没撒谎，那至少目前小白还是安全的。”

韩卓没有说话，只是面无表情地看着屏幕上监控录像的画面，最后终于在兴兴疯人院附近的山道上发现了重生的恶魔带着白曦骑在摩托车上一闪而过的身影。

情况基本能够确定，韩卓问：“接下来你们有什么计划？”

“现在已经不是小白一个人的事了，而是关系到整座城市的安危。”梁佚道，“我理解你的心情，但别冲动，等我先向上级做个系统的汇报，相信很快就能得到答复。”

“要多久？”韩卓又问。

“马上，我立刻就去。”梁佚按住他的肩膀，又重复了一次，“千万别冲动。”

韩卓坐在沙发上，看了眼墙上的挂钟，十一点整。按照光头男人的描述，兴兴疯人院的面积恐怕和地下仓库不相上下，就算能顺利潜入，要怎么找人也是个问题。况且还有八百个改造过的实验体，全都有高度的危险性和传染性，哪怕只其中的一个冲进市区，也会造成不可挽回的后果。仅靠自己，或者说仅靠异能者，显然不能控制住所有的出入口，这个行动需要人类和异能者联合起来，只有这样，他才能无所顾忌地去救小奥特曼，而不用担心会造成动乱和无辜者伤亡。

这次梁佚并没有让他等太久。

“上级答应了我的请求。”他匆匆折返，“今晚就行动！”

在夜色的掩映下，参与行动的人员都换上了最新的防护服，整齐地坐在伪装成城际送菜车的卡车车厢里。指挥中心里，黛西担忧地握住儿子的手，似乎有满肚子的话要说，最后却只变成了一句：“好好地带着小白回来。”

“我会的。”韩卓和她拥抱了一下，轻声道，“放心吧。”说完又看向格温，“这次不许再窥探我的情绪。”

“那你得保证准时回来。”格温姨妈张开手臂抱住他，“否则我会忍不住的。”

“交给你一个任务。”隔壁房间里，王远辰双手扶着刘春春的肩膀郑重地说，“好好看着黛西，不管发生什么事，都别让她离开这里。”

“好的。”刘春春答应他，之后又不安地问，“会有危险吗？”

“不知道。”王远辰说，“就算有危险，她的奋不顾身也不能改变什么，上次有小白，这次你得负责做这件事，至少能少一个人受伤。”

刘春春强调：“你也不能受伤……你上次就受过一次伤了。”没有人能这么倒霉，连续受两次伤的。

“哭了？”

刘春春侧过头嘟囔：“我等你回来。”

“你当然得等我回来。”王远辰态度很认真。

小交警看着面前的少女，问：“你，那个，你真的要去吗？”

“我可以一打一百，为什么不去？”琳达穿着防护服，松松垮垮的，像个偷穿老爸工作服的叛逆小孩。

“可是……那里很乱，没人能照顾你。”凌小刀结结巴巴地说，“我也不能每次都刚好捡到你。”也不能陪你去杀怪兽。他曾经脑袋充血地提过这件事，结果说完就被堂哥轻轻松松地一拳头砸进了墙里，深切体会到了想象和实战的区别。

在他思绪万千的时候，琳达已经跑出房间了。她手里拎着厚厚的帽子，染回了粉红色的头发在月光下泛着清冷又柔和的光。

而就在五分钟之后，凌剑黑着脸把鼻涕虫一样黏人的堂弟拎上了自己的指挥车：“出发！”

第37颗星

决战

大奥特曼以一当百率队营救

凌晨四点，潮湿的雾气弥漫在黑夜里，城市和山野一样寂静。

兴兴疯人院里，八百个僵直如尸体一般的罪犯正从玻璃仓里挨个走出来，缓慢地、机械地。这些罪犯以前或许很凶残，但现在绝对比以前更凶残，而且没有痛觉，不会死亡，就像施天说的，他们是比任何兵器或病毒都更加骇人听闻的生化武器。

“你考虑清楚，要是真的放他们出去，就是彻底跟人类宣战，我们将来一定不会放过你的。”白曦脸上没有一丝血色，白得好像一张纸。他害怕真如施天说的那样，等下一次太阳升起时，这座城市将会迎来一场巨大的、毁灭性的灾难，而他正亲眼见证着这一切，且无力阻止。

“你们现在也不会放过我，不光是北斗研究所的那些人，还有韩卓和Aspis，他们也不会。”施天看着下方的机械行走的人群，“你们给我制造麻烦，我也给你们制造麻烦，这很公平。”

“你要怎么样才能收手？”白曦又问。

“怎么，你在哀求我？”施天转头看着他，脸上是阴森的笑，“但是已经晚了，现在没有任何事、任何人可以阻止我了，也没有任何事、任何人可以阻止他们。”

白曦胃里重新翻涌起刺痛和酸胀，像有一把冰冷的锥子在里面乱戳。

施天欣赏了片刻他的战栗和恐惧才不紧不慢地继续说：“况且，我迫切地需要这场动乱，在这个一直安宁的城市掀起一场恐怖的波澜可比几百场现场实验都有用，你可以把它理解成军火商人的广告。”

白曦终于忍无可忍，他像一只狂怒的野兽，握紧拳头狠狠向对方脸上砸去。

施天轻而易举就抓住了他的手腕并反扭在他身后，还顺势将人压在了栏杆上。

巨大的撞击力让白曦头晕目眩，冰冷的栏杆让他不禁汗毛倒竖，而对方的声音比栏杆更冰冷——

“我说了，连韩卓都不会是我的对手。”

东方渐渐露出了一丝浅淡的白，兴兴疯人院被层层的白雾笼罩着，像一个巨大而又恐怖的怪兽，此时正寂静无声地沉睡着。

韩卓翻过围墙，灵巧地落在了地面上。院子里整齐地停着五辆大巴车，车身都印着爱小岛旅游公司的商标和标语，看起来颇为正规。韩卓低声把这里的情况报告给了梁佚，正说着，就看到远处出现了一群人。

领头的是这里的院长，他身后还有五个男人。这五个人各上了一辆车并坐到了驾驶的位置。观光大巴车显然不会只坐一个人，韩卓说：“如果我没猜错，他们今天应该是要把实验体运送到别处。”

“先按兵不动。”梁佚当机立断，“让他们上车，如果小白没有在里面，就先放他们离开，你去营救小白，拦截大巴车的任务交给我们。”

韩卓继续隐匿在暗处，盯着对方的一举一动。

天逐渐亮了起来。

临近七点，院长再一次出现，这次跟在他身后的是大约两百个成年男人。或许是因为注射了某种药物，他们此时看起来不像僵尸，而更像沉默寡言的旅行团，坐在车里也并不惹人注意。

韩卓没有在这其中发现白曦或者施天的身影。

十五分钟后，院长最后一个上了车，装满了实验体的五辆旅游大巴车鱼贯驶出疯人院，很快就消失在了山道的尽头。

韩卓朝着他们来的方向找了过去。

“还有半个小时。”施天看了眼时间，“想看晨间新闻吗？”

“你不会得逞的。”白曦咬牙切齿地说。

“但我想不出任何‘不会得逞’的理由，”施天捏起他的下巴，“人类对我的计划一无所知且毫无防备，异能者们也都把自己关在房间里忧心忡忡，而你，唯一的知情者，被我捆在了椅子上。怎么样，想不想哭？”

白曦说：“滚。”

“我只希望在平复这场灾难时韩卓不要就这么死了。”施天松开手，“毕竟把你送到非洲后我还要再回来一次，为了拿到他的血液，那是我的实验成果。”

“开电视。”白曦声音嘶哑，“我要看新闻。”

“我很高兴你有面对现实的勇气，小天使。”施天按下遥控器，电视屏幕瞬间亮了起来，“倒数二十分钟，我们即将能见证这座城市令人激动的毁灭过程。”

到了一处岔路口，五辆大巴车分成两队，驶向了不同的方向。

“前面是怎么回事？”院长问。

“交警查超载。”司机缓缓停下车，“别慌，没事。”

“车上多少人？”交警敲了敲车门，大声问道。

“四十五，旅游团的车，不敢超载。”司机满脸堆笑。

“下来签个字。”交警示意。

司机解开安全带，开门下车，从交警手里接过登记簿。不等他真的动笔，周围突然冒出来几个人，一拥而上，不由分说地将他压在地上并给他铐上了冰冷的手铐。

一股黄色的雾气在车厢里升起——是院长见势不妙释放了药剂。

伪装成交警的战斗人员迅速拖着司机后撤，路边的休息站里也冲出大批穿着防护服的人。直到这时，院长才发现原来跟在大巴车后面的送菜车、出租车、私家车里坐的全部都是全副武装的战斗人员——

整条路上没有一个民众，这是一场早有计划的行动，目标正是他们。

七点五十五分，晨间新闻里依旧在播报广场舞老阿姨的欢声笑语，而施天的耳机里则传来气急败坏的叫骂声，以及听不真切的一片嘈杂。

“我们被耍了，整座山上到处都是那边的人！”院长大喊。

施天的脸色瞬间变得阴沉起来。

“怎么了，计划失败了？”白曦看他神情大变，立马问道。

“是你放出去的消息。”施天揪住他的领口，眼神森然。

看着这恶魔如此狰狞的表情，白曦心头却涌上一阵狂喜。但他并没有再说更多激怒对方的话，而是用一种淡定的眼神和他对视——既然施天的计划落空了，那就说明光头大哥八成是去报了警，这里发生的一切已经被韩卓他们知晓，保卫城市的任务自会有人去完成，从现在开始，他要好好地保护自己，等待大奥特曼从天而降。

一阵刺耳的警报声响了起来，有人闯入了禁区。

施天脸色一变，把白曦狠狠推回了笼子里。

“蹲下！”与此同时，在疯人院的围墙外，王远辰用力地压住少女的肩膀。

“警报响了，大哥！”琳达不可置信地和他对视，“你觉得施天是聋子吗？这都不进去帮忙？”

“我怀疑你不是聋子就是傻子。”王远辰敲了敲耳机，“韩卓没有命令，你和我谁都不许动。”

韩卓看着面前的玻璃实验舱，之前的湿重雾气已经散去，可以清楚地看到里面的实验体，他粗略地数了一下，发现比光头男交代的数量要少得多。

“看来我还是低估你了。”站在二楼栏杆旁，施天饶有兴致地看着韩卓，“居然能找到这里。”

“小白呢？”韩卓冷冷地问。

“如果你愿意就此认输，我可以考虑把你和他关在一起。”施天转了一下遥控器旋钮，“否则，你就先解决了这些。”

受药物影响的实验体如同被按下“激活”键的机器，僵硬、凶残，血液还具有高度的传染性，毫无痛觉，哪怕面对着密集的火力扫射，这些实验体也能穿越枪林弹雨，在满身窟窿的状态下疯狂撕扯对手，试图把全世界都变成同类。

山道上的枪声一直未停止，不断有伤者被抬下去，也不断有倒下的实验体摇摇晃晃地重新爬起来。喷溅的鲜血、残缺的肢体、歪斜的头颅……哪怕是身经百战的战斗人员此时也有些心底发麻，如同身处在逼真的末日电影中，似乎连天空都被染上了一层腥臭的浅红。

而不远处的城市此时却依旧安静祥和，最多就是想要进山的人骂骂咧咧抱怨几句为什么安排了大修路也不提前通知，然后不甘不愿地掉头离开，绕一条远路，或者重新回到拥挤繁华的温暖都市里。

“我们到底什么时候才能行动啊？”琳达焦急地问。耳机里传来的声音令人心底发麻，她有些担心她的老国王。

王远辰没有说话。他知道韩卓是想一个人拖住实验体，然后让自己和琳达去救白曦出来。但问题是现在实验体的数量不光不少，而且也不集中，施天更是从头到尾都没想过说出白曦的位置，他不知道这种等待还有没有意义。

“Aspis！”少女用力跺脚。

耳机里再度传来一声闷哼，王远辰咬牙道：“走！”

满地的鲜血，满地横躺的实验体，唯一站着的只有韩卓。

空气里血雾黏腻，凝结成一张无形的令人作呕的网。

施天啪啪鼓掌，由衷称赞道：“你的每一次表现都让我惊喜。”

“小白呢？”韩卓又问了一次。

施天丢给他一个手机。屏幕里，白曦被囚禁在一个笼子里，而在笼子周围，还有两百多个变异的实验体。

“你刚刚只解决了一半，但看起来已经有些体力不支了。”施天嘴角一扬，说出的话却残忍无比，“这是剩下的另一半，只需要三十分钟，实验体就能撕裂这个牢笼，同时把你的小白撕成碎片。”

“他也是你一直想要的人质。”韩卓手臂上暴出青筋。

“所以我有绝对的信心在三十分钟之内解决你。”施天一步一步走下楼梯，慢条斯理地挽起衣袖，“当然，如果我做不到，至少也要毁了他，免得落到别人手里。”

白曦看着房间里这些僵硬的怪物，心底涌起强烈的不适和恐惧。当初在地下仓库，虽然也有许多的实验体，可那时自己的双手是自由的，但现在，这双金属手套像是一道恶毒的符咒，让他的反抗能力几乎为零。

僵尸们很快就察觉到了房间里异常的气息，或者说是人类的气息，它们整齐划一地把目光投向了房间最中央的牢笼，在那里有鲜美的味道。

末日一般的画面。

白曦咬紧牙关，狠狠地撕扯了一下手套，想把那层冰冷的金属剥离，但没有任何效果，反而拉扯到伤口，手腕渗出了更多的鲜血。

新鲜的血液气味刺激了更多的僵尸，它们呵呵干叫着，争先恐后地把手从栏杆的空隙里伸进去，试图抓住最中间的人类。

白曦随手抄起桌子朝着前方的僵尸狠狠砸了过去。僵尸的骨头应声断裂，血液也滴滴答答地从胳膊上流下来，在地上染开暗色的痕迹。白曦警觉地后退一步，他记得施天说过，只要接触到血液，就会变成僵尸的同类。他不敢再轻举妄动，只能尽可能地待在最中间，避免被那些肮脏的手抓到。

幸好僵尸的智商也没有高到会主动向他喷溅血液，它们只是费力地撕拉着那些碍事的栏杆，想要挖出深藏其中的人类。

特制的栏杆很坚固，但白曦不知道它能坚持多久。越来越多的撞击和撕扯，似乎连脚下的地面都开始颤抖。手边没有任何可以用的武器，只有残破的木制桌腿，但这在僵尸们的攻击下几乎就是脆弱的纸筒，哪怕只用牙齿也能轻易咬碎。

时间一点一点过去，白曦紧紧握着桌腿，警惕地看着四周。他很害怕，没有了异能，哪怕再强大的人类也不是这些怪物的对手，而他等的大奥特曼还不知道在哪里。

楼上一层，琳达一边跑一边骂脏话，“这里是迷宫吗?！”

“你是来救人的，小妞。”王远辰撞开一扇扇紧闭的门，搜寻着一切有可能藏匿白曦的地方。

琳达咬牙切齿，也飞起一脚踢开面前的铁门，然后就惊恐地叫了一声。房间里有大概三十个变异的实验体，或许是施天留下的后手，它们此时正瞪着泛绿的眼睛，看着门口的少女。

琳达还没有反应过来，身后已经响起枪声。但是很明显，这些怪物并不惧怕子弹，没有疼痛感和思维能力的实验体只会按照施天设定的程序追逐人类鲜甜的血液滋味。

“为什么他总是能制造出这么恶心的东西?！”琳达拼尽全力，狠狠踩下去，变异实验体的头颅立刻变得粉碎，“我们要在这里耗时间吗？”

“尽量不要。”王远辰拉过她，朝着反方向跑去，“先去找人。”

“不烧了这些怪物吗？”琳达问。

“找到人再说。”王远辰反手关上铁门，把那些恐怖的僵尸暂时关在了里面。如果能一把火把它们烧干净当然好，但可怕的是它们就算全身着火也一样能到处乱跑，直到被烧成灰烬——在这个过程中，整个疯人院都有可能被点燃，白曦目前还没找到，如果再加一把火，无疑会让他的危险加倍。

陈旧的铁门对凶残的僵尸来说就如同酥脆的威化饼干，它们很快就冲破禁锢追了上来。两人不得不投入新的打斗中。血液喷溅在防护服上，琳达恶狠狠地问：“人类的东西可靠吗？”

“不知道。”王远辰回答，“事到如今，全凭运气。”

琳达狂躁地尖叫出声，把围在自己眼前的丧尸狠狠踢开，虽然只有三十多个，但那种倒下去又站起来的无赖打法实在是让她焦虑愤怒，精疲力竭。一轮又一轮的残暴攻击如同永远也不会停歇的海浪，她没有任何喘息的时间，只能片刻不停且拼尽全力把它们踩成烂泥。等到最后一个僵尸终于倒下时，她也有些头晕目眩，不得不依靠师向广的兴奋剂来维持体力。

“三百个。”琳达丢掉空瓶，“你确定这个数字没错？我们两个加起来，也只解决了这里的三十个而已。”

“所以说他是领袖，你是摇滚乐队的主唱，而我心甘情愿被差遣。”王远辰问，“现在知道区别了？”

“喂！”琳达对着耳机说，“我们解决了三十个实验体，正准备继续去找人，你那边怎么样了？”

“我不需要支援。”韩卓擦了一把嘴角的血迹，看着面前的男人，“小白那里还有两百多个实验体，自己多小心。”

“有帮手？Aspis，还是那个捣蛋的魔法少女？”施天啧啧，“都是异能者，怎么，梁佚他们不打算派人来帮你？”

“这和你无关。”韩卓冷冷地说。

“放弃吧，人类是不会真心和异能者合作的，我们对他们来说是巨大的宝藏，可以被解剖的宝藏。”施天问，“你想被解剖吗？”

“我没有被人类解剖过，但在你的实验台上躺过许多年。”韩卓道。

“目的不一样。”施天摇头，“我是为了让你变得更好，而不是想利用你的基因来研发救治人类的药物，他们的残疾、癌症……这些和我们又有什么关系？”

韩卓扶了一下耳机，刚刚是凌剑的声音，他说山道上的僵尸已经被解决干净，现在他们正在重新整装，准备从各个方向往疯人院包抄，预计十五分钟后抵达。

“还有十五分钟。”施天提醒他，“如果你愿意现在放弃，接受注射麻醉药物，那你的小白还有救，否则——”他躲过迎面射来的子弹，摇头道，“真不友好。”

“你这个疯子！”韩卓卡住他的脖颈，狠狠把人推到墙上，力度大到陈旧的墙皮爆裂出了纹路，“别做梦了，你永远也不会得逞的。”

“找到了！”琳达尖叫着，“二层西北方位，但是啊——这里的丧尸疯了！”

柔软的防护服能阻隔病毒，却并不是坚固的铠甲，少女能清晰地感觉到手臂上传来的刺痛，她骂了句脏话，继续向最里面冲，想把白曦从笼子里救出来。

“最后十分钟。”施天按住韩卓的肩膀，把他压在地上，“还要继续玩吗？”他穿着西装，却有一条手臂是赤裸的，而在不远的水泥地上还有另一条手臂——带着残破的西装袖，断口处还流着暗红色的血。

“所以这就是你的异能？”韩卓问。他刚刚用匕首削掉了对方的左臂，但是在几秒钟之内，断口处又生出了一条新的手臂，如蜥蜴一般，带着令人恶心的黏稠液体，猝不及防地袭击了他。

“所以你永远也不会是我的对手，承认吧，你已经没力气了。”施天手上加大力气，满意地听着韩卓骨骼错位的声音，“认输，否则你的小白，你的朋友，都得死。”

韩卓咬紧牙关，用最后的力气把他掀翻在地。

“我说了，你做梦。”他手里握着一支注射器，从自己的脖颈打了进去，冰凉的液体迅速在他的体内蔓延开来。

“兴奋剂？”施天站起来，嘲讽地看着他。

韩卓握紧拳头，眼里弥漫着赤红的血雾。

那是临出发前吴子刚交给他的师向广根据他血液提取物研究到一半的药剂，功效是无限量激发异能者的潜力——传说中的能量无穷。

当初在实验室看到这项研究时，韩卓以为这只是一项为满足个人好奇心而进行的科研作业，但在吴子刚眼里，这药剂显然具有另一种作用：保证行动成功。他不希望这次行动失败，因为那有可能导致整个返回计划中止，而行动成功的关键在于韩卓，只有他才能让施天彻底消失，所以他把半成品给了韩卓。至于药物的副作用，显然不在他的考虑范围之内，他只需要施天死亡，甚至……

他嫉妒韩卓，发疯一般地嫉妒。

异能者只需要一个领袖。

韩卓当然知道他的想法，却没有拒绝这支药剂，而事实证明他的选择是正确的，至少在他看来是正确的，否则没有哪个异能者会是施天——这个没有痛觉，拥有精密实验室，多年来一直致力于把自己改造成不死之人的怪物——的对手。

巨大的能量如同惊天的雪崩。

施天还没来得及反应就被一股爆炸般的气流冲上了天花板，然后又重重地掉在地，双臂和肋骨一起摔得粉碎，骨骼迅速再生，却很快又被一拳砸成了碎片。他甚至都来不及爬起来，滚烫的温度像是炙热的烙铁，沿着胸腔中央的伤口不断蔓延攀爬。

“你……”施天嗓音嘶哑，挣扎如垂死的鱼。

韩卓并没有和他废话。

焦煳的内脏，焦煳的气息，黑色的痕迹迅速爬满施天的全身。短短一分钟之内，那罪行累累的魔鬼就变成了一块焦黑的木炭。

韩卓把它踩碎，转身大步向着白曦的方向冲去。

“你们快走！不用管我了！”白曦对着外面的人嘶喊，“让韩卓也走！走啊！”

这个牢笼无比牢固，而他也亲眼见到僵尸病毒到底有多可怕，哪怕是王远辰加上琳达，想对付数量这么多的实验体也是不可能的——他不想再看到无谓的牺牲了。

“走什么走！”琳达把防护服甩给他，“穿好！”

白曦双手握着栏杆徒劳地摇晃了一下，担心、焦虑和恐惧让他看起来像失控的野兽，他恨自己不能逃离这里，也疯了一般担心韩卓，不知道他现在情况怎么样。

实验体的尸体覆盖了地板，又在踩踏下变成滑腻的血肉泥浆，空气里弥漫着浓厚的腥臭味，窗户、墙壁，甚至是天花板上，到处都是恐怖的血迹和残肢。

白曦的双手也布满血迹，那是他无数次撕扯金属手套的结果，他眼睁睁看着琳达被一个实验体打倒，却什么都不能做，只能用嘶哑的声音怒吼着，希望能把所有实验体的注意力都吸引到自己身上来。

王远辰把琳达救了出来。他扛起已经精疲力竭的少女，把她从窗户里丢了出去。

“我不！”琳达在空中尖叫。

王远辰靠着栏杆，满身狼狈：“喂，这下你可以承认我这个第一没问题了吧？”

“你快走啊！”白曦视线模糊，哭着狠狠推他，“和韩卓一起走，别管我了。”

“真后悔刚刚丢了手机，不然还能录下你的哭相。”王远辰说着，抬腿踹飞了又一个扑上来的实验体，“说真的，你在这里面还挺安全的，所以好好坐着吧。”

白曦甩出去一根木棍，打飞了一侧想要偷袭王远辰的怪物。

“谢谢。”王远辰咬牙撑着站起来，又开始了新一轮的拼杀。实验体的无休止攻击让他有些体力不支，不过他也并不打算真的杀光这些怪物，而是想尽量拖延时间，并保护白曦不让他被拖出去。

“小心！”白曦突然大喊。

身后传来风声，王远辰微微一顿，他本想往左侧躲，但那里恰好有个张着血盆大口的实验体，而就在这短短犹豫的一瞬间里，另一个实验体的手卡住了他的脖颈。

“咳咳！”王远辰被拖倒在地，他费力地想掰开那双手，却有更多的实验体爬了过来，垒积木一般压在了他身上。

重量和腥臭快让他窒息，王远辰清晰地听到自己的第一层防护服被撕开了一道裂口，很快的，防护服的第二层也被扯出裂缝，还剩下最后一层，那些具有高度传染性的血液就会渗透他的皮肤……

“啊！”琳达的尖叫再度在他耳边响了起来。

王远辰苦恼地想，为什么她还能再爬上来？

然而少女尖叫并不是因为看到了王子的倒霉样，事实上她根本就没有看到王远辰，只看到了走廊尽头的，她的老国王。

韩卓单手掀飞压在王远辰身上实验体，随后把王远辰从地上拖了起来。

白曦坐在笼中间怔怔地看着突然出现在门口的韩卓，他觉得自己像是在做梦。但是下一秒，却是更多的担心涌上心头，他扑到栏杆旁边着急地喊：“你受伤了！”

“真是太感人了。”王远辰一瘸一拐地走到门口，检查了一下自己的防护服，幸好，最后一层依旧坚固完好。

凶残而又野蛮的实验体在韩卓手里就像是一块又一块毫无生命的烂肉，它们被随意地抛向四面八方，在空中就变成了焦黑的炭。

琳达目瞪口呆：“这是什么见鬼的异能？”

“不知道，新开发出来的吧。”王远辰漫不经心地回答。

窗外传来尖锐的警笛声，与此同时，这里也终于彻底地安静了下来。

韩卓踏过重重尸体，走到白曦面前，徒手撕开了坚固的牢笼。

白曦站在原地看着他，哭得一塌糊涂。

“我猜老国王下一秒就要流眼泪了。”琳达很笃定。

王远辰面无表情地转身下楼，顺便拎走了叛逆八卦的少女。

“我没受伤。”韩卓说，“也没有流血。”

白曦哭着扑过去，用尽全身的力气抱住了他。

“吓坏了吧？”韩卓拍拍他的后背，“对不起，我来晚了。”

“没有，你没有来晚。”白曦哽咽道，“一点都不晚。”

“别怕，没事了。”韩卓说话的声音很温柔，“累不累？我带你回家。”

“我背你。”白曦说。

然而韩卓已经把他背了起来。

他想亲自带着小奥特曼回家，而这或许是最后一次。

血管里的刺痛几乎深入骨髓，他不知道那是不是药物的副作用，也不知道等待着自己的将会是什么，是变异、是漫无尽头的沉睡，还是死亡？

“你为什么也会我的异能？”白曦问。

韩卓笑着回答：“因为我是你的老师啊。”

“骗人，你以前都不会的。”白曦说。

“不会也可以学。”韩卓背着他一步步走下楼梯，“我学得还不错，是不是？”

“你看我的手。”白曦伸到前面给他看，“是施天那个混蛋干的，师老师和梁所长能不能治好我？”

“能。”韩卓说，“别怕。”

“施天呢，他也被你变成黑炭了，对不对？”白曦迫不及待地追问，“还有，施天放出去的那些实验体怎么样了？我们伤亡惨重吗？有消息泄露出去吗？”

“没有，一切都很好。”韩卓侧过身，用肩膀顶开大门，外面是刺目的阳光，还有整齐的车辆，以及许多熟悉的人。

“我舍不得你。”他说。

白曦愣了愣：“嗯？”

“我真的，很舍不得。”韩卓隔着防护面罩，偏过头，对他温柔地笑了笑，“可是怎么办，我又累了。”

一滴血在防护罩上溅开，白曦吓得魂飞魄散。他从韩卓背上跳下来，一把抱住了对方那摇摇欲坠的身体：“你怎么了？！”

防护面罩被丢在了一边，韩卓的嘴角处不断溢出鲜血。

白曦从来就不知道，原来一个人可以流那么多的血。

第38颗星

暂别

小奥特曼和沉睡着的老国王

纯白的病房，纯白的梦境。

白曦睁开眼睛，呆呆地看着天花板上的暖光灯。一时间他竟没想起来之前发生了什么，也不知道自己为什么会出现在这里，昏沉的大脑、刺痛的身体，以及被纱布层层包裹的麻木双手……像是发生过很多事，又似乎什么事都没有发生。

“小白！”耳边传来熟悉的声音，白曦转过头，只见白太太匆匆把手里的保温杯放在桌上，三步并作两步跑到床边，“儿子你总算醒了？感觉怎么样？”

“妈。”白曦皱了皱眉头，想撑着坐起来。

“慢一点，慢一点。”白太太一手扶着他，一手往他后腰塞枕头，“梁所长说你醒来后可能会头疼，怎么样，晕不晕，疼不疼？”

梁所长？梁佚？白曦因为这个名字微微愣了一下，纯白一片的脑海里就像有人突然打翻了颜料罐，曾经发生过的事情争先恐后地翻涌而出——漆黑的牢笼、白色的实验台、暗蓝色的天，以及最后那刺眼的金色骄阳和满地流淌的鲜红色的血。

“韩卓……韩卓呢？”白曦顿时被吓得六神无主，也顾不得自己还在输液，掀开被子就想去找人，“他怎么样了?!”

“小白！”白太太拉住他，连声安慰道，“你先别激动，听妈妈跟你说，小韩在病房里，你现在去也见不到他。”

“谁在给他治疗，师老师吗？”白曦急切地问，“他没有生命危险是不是？”

“没有没有，一定没有。”白太太拍了拍他的背，按下床头的呼叫铃，“师老师和梁所长都在，小韩不会有事的，你先乖乖躺着，医生马上就来。”

白曦顺从地躺回床上，却怎么也不肯放松。见白太太不肯透露更多韩卓的情况，他转而问起了自己的事情：“我昏迷了多久？”

“五天。”白太太把他的双手放回被窝里，“你们回来后，虽然梁所长已经在最短的时间内安排手术帮你摘掉了那双手套，不过还是伤到了神经和骨头，可能要三个月才能恢复。”

“那韩卓呢？”白曦又问。

“小韩还没有醒。”白太太在心里轻轻叹了口气，“他伤得比你更重。”

而且是重得多。

在韩卓被急救人员抬上救护车时，梁佚看着满身是血的人甚至都没能在第一时间搞清楚到底伤到了哪里，只以为这又是施天搞的鬼并电话通知师向广用最快的速度准备手术。凌剑提前协调好了，沿途一路绿灯，黑色小车一秒钟都没有耽误，以飞一般的速度冲进了医院。

可即便这样，在到达的时候韩卓的呼吸也已经微弱到几乎消失。

检查结果让师向广和梁佚大吃一惊，两人无论如何也想不明白为什么实验室里的半成品药剂会离奇出现在韩卓的血液里。

吴子刚倒是很爽快地就承认了是他趁去实验室的机会拿了师向广的分析数据，并把药剂做出来给了韩卓。“我不觉得我做错了什么。”吴子刚坦然地说，“他是成年人，有足够的判断能力，并且也预先知道注射药物的风险，没人强迫他。”

王远辰骂了句脏话，挥着拳头就要去揍他，却被旁边的凌剑给拉住了。

“如果没有我制作的药剂，这次的行动很可能已经失败了，人类这边也会伤亡惨重。”吴子刚继续道，“相对来说，这已经是最好的结果了，不是吗？”

冠冕堂皇的说辞。

吴子刚说的或许是事实，却掩盖不了他那从骨子里散发出来的卑劣与狡猾，以及赤裸裸的目的性。

王远辰扶住黛西，眼神阴冷地看着吴子刚：“别以为我不知道你在想些什么。”

“我从来就没有掩饰过任何想法。”吴子刚回答，“让异能者回家，这是我从始至终唯一的梦想。”

“你根本就不是想让异能者回家，而是想由你送异能者回家。”琳达犀利地戳破他的语言伪装，“你只在乎你自己。”

“随便你们怎么说。”吴子刚看了眼时间，“抱歉，我得去开会了，据说飞船的寻找有新进展，你们应该为之高兴才对。”

一只拖鞋朝着他飞了过去。

吴子刚掸掸肩膀上的灰，转身带着助理离开了医院。

凌小刀从病房里拿来一双新拖鞋，小心翼翼地放在了赤脚的少女面前。

“气死我了。”琳达眼睛通红，伸手抱住黛西，声音带上了哭腔，“别怕，韩哥一定不会出事的。”

黛西神情憔悴，一夜间苍老了许多，她拍拍怀里的少女，勉强地笑了笑：“我知道，没事的。”

就像吴子刚说的，这次的行动其实很成功。施天被彻底消灭，那些实验体也被及时控制住了，民众完全不知道山里究竟发生了什么，仍旧忙于平凡琐碎的生活，体会着柴米油盐的幸福。虽然有一小部分战斗人员被感染，不过师向广已经制定出了详细的治疗方案，彻底恢复只是时间问题。至于王远辰和琳达的伤，在他们本身强大的复原能力下那些伤痛几乎不值一提，另外就是白曦的腕骨愈合大概需要三个月时间，除此之外他的身体再没有其他问题。

所有人都很好，除了韩卓。

在研究药物时，由于压根就没想过要进行人体实验，只是单纯地为了满足自己身为科研者的好奇，因此师向广在实验的时候将所有数值都取到了最大，并且没有设置可逆选项。这也是韩卓在最后关头能骤然爆发出巨大的能量，又在之后迅速虚弱衰竭的主要原因。

“没有别的办法吗？”梁佚提议，“比如全身换血。”

“他太虚弱了，心跳随时会停止，而且换血也未必有效，不宜冒险。”师向广犹豫了一下，“我的建议是在研究出合适的治疗方案之前先把他冷冻。”

“还能感觉到他的想法吗？”隔着厚厚的玻璃，黛西看着病床上的儿子。

所有准备都已经就绪，他即将被送往冷冻舱。

格温声音温和：“他现在的世界很安静，应该也很舒服。”

黛西没有说话，医院走廊上没有风，所以她也感觉不到脸上凉凉的湿意，只是觉得视线有些模糊。

“让他好好休息一段时间吧。”格温抱着她安慰，“我们的小野兽实在太累了，很需要一个不被打扰的睡眠。”

黛西用纸巾擦了擦眼泪，却迟迟没有抬头，直到听见耳边传来滴的一声响，她才重新把视线投向了病床，只是那里已经变得空空荡荡的了。

五分钟后，格温和韩卓之间的感应也被切断，他的世界彻底归于寂静。

黛西轻轻问道："他睡着了吗？"

格温点头："睡着了。"

她们的声音很小，就好像是在很多年前，床上的小男孩抱着童话书睡着了，姐妹俩在为他关灯时的窃窃私语。

"白哥。"这天午后，刘春春抱着饭盒进来，"我煲了汤来送给你。"

白曦从窗户边转身。距离那场噩梦般的回忆已经过去了两个多月，他双手的纱布已经拆掉了，只是手腕上还留着特制的固定器。

"喝完汤，我陪你下去散散步吧？"刘春春把汤递给他，"今天天气还不错。"

"不用了。"白曦叼着勺子，"我还有事情要做。"

刘春春欲言又止，他当然知道白曦要做的事情是什么，无非是又跑到负一楼去隔着厚厚的三四道门陪冷冻舱里的韩卓。

"他应该能感觉到我在那里吧？"白曦想了想，"说不定会突然醒过来。"

"你待在病房里，韩哥一样能感觉到的。"刘春春哄他，"我刚刚还碰到师老师了，他抱着一大堆资料，里面说不定就有新的治疗方案呢。"

白曦敷衍地笑了笑，眼眶却迅速泛起一圈红。

"别别，"刘春春双手捧住他的脸，正色提醒，"你的吵架对手正在停车，他马上就到了，现在哭很丢人的。"而且将来说不定会被翻来覆去地念叨一万次。

话音刚落，暴躁的王先生就撞开了病房门。他怀里抱着一大束粉红色的康乃馨，右手拎着甜点，左手则提着一袋油炸臭豆腐——这一堆东西所混合出的奇妙气味，让他差点昏迷窒息。

"你的花，你的甜点，以及你的垃圾食品。"王远辰弯下腰，咬牙切齿地问，"请问还有什么需要的吗？"

"没了。"白曦坐在床上，"但是你的服务态度有待改善。"

王远辰不屑地嗤了一声，坐在沙发上跷起腿，眯起眼睛道："外面天气很好，要不要我带你下去走走？"

"你们还真是有默契。"白曦嘟囔。

"没有的！"刘春春迅速摇头，"一点默契都没有。"

王先生闻言勃然大怒。但在他正式发怒之前，就接收到了刘春春发出的信号，于是火力顿失，转而懒洋洋地窝在沙发里："嗯。"

"没事，你们可以当着我的面随便秀默契。"白曦揽住刘春春的肩膀，目光幽怨地看着王先生，"将来爸爸一定会翻倍秀回来的。"

刘春春嘿嘿干笑，伸手揉揉他的头发："好。"

窗外阳光明媚，这真是一个很漫长、很漫长的秋天。

实验室里，师向广把一瓶发霉的药剂丢进处理器，摇头道："还是不行。"

梁佚没有说话。这段时间他们两个人几乎试遍了所有可能的办法，却始终没有任何突破性的进展，韩卓的体质太过特殊，以至于他们根本就找不到一个合适的办法去修复他那些受损的器官和神经。

"谈判怎么样了？"师向广换了个话题。

"很顺利。"梁佚道，"虽然吴子刚的品行有待商榷，但是他的确很擅长沟通和谈判，说话也极具煽动性。飞船的大部分残骸已经被找到，现在正紧密地部署着，相信很快就会往外太空发出第一条信号了。"

"但愿会有回音吧。"师向广推开阳台门，让傍晚时刻的凉风吹进来，叹气道，"你我能力有限，但是或许……他们能治好他。"至于"他们"是谁，是浩渺宇宙中的另一种生灵，另一个族群，和地球或许相隔数百光年，但也许很快会出现。

梁佚用力按了按他的肩膀，两人皆沉默无言，只一起站在阳台上，看着天幕尽头那颗孤独而又高远的星。

白曦溜下台阶，一股潮湿的凉风吹过脸颊，让他觉得有些冷，不过只要再转过一个拐角就会抵达另一个不同的世界，那里没有风，也没有人说话，只有厚重而又坚不可摧的防护门和嗡嗡运转着的机器。

"老韩。"白曦站在门口，声音很轻，"我明天就要出院了哦。"过了一会儿，他又郁闷地说，"可你已经睡了整整三个月了。"这场睡眠的时间长得有点犯规，一定没有哪个霸道总裁能容忍自己的保镖先生蒙头大睡一百天。

"我想你了。"白曦坐在地上，脑袋靠着冰冷的防护门，"而且已经要到十一月了。"他们已经错过了隆重的KTV纪念日，那是只属于他和他的节日，也是两个人第一次交换礼物——一颗街边精品店的工艺水晶球换一大袋各种口味的酱香烧饼。

层出不穷的回忆在脑海里翻涌，白曦把头埋进膝盖，肩膀微微颤抖。那天流淌在地上的刺目血迹成了他永远也摆脱不了的梦魇阴影，残留的恐惧变成利刃，在深夜里无情地刺穿每一个梦境，让他的心一次次掉落无底深渊，再带着满身冷汗惊醒。然而不管他醒来多少次，他的身边始终空荡荡，再也没有人会用低沉好听的声音说话安慰。

"你醒来好不好。"白曦嗓子嘶哑，心里疼得几乎要喘不过气，"求求你了。"他哭得一塌糊涂，像是要把这段日子积攒的情绪一次性发泄出来，浓厚的悲伤和恐惧汇成铺天盖地的巨浪，打得他毫无招架之力，只能抱着膝盖蜷缩在冰冷的防护门前，孤独而又难过地守着沉睡不醒的韩先生。

楼梯口站了很多人，但没有谁贸然过去打扰他。直到那小小的呜咽声终于停止，白太太才装作刚刚找过来的样子，把他带回了病房。

出院之后，白曦就住回了别墅，他没有再去星海路的公寓，因为那里有太多他和韩先生的生活痕迹。生活似乎重新恢复了平静，而且比以前更加平静。白曦每天下班后都会去医院待一会儿，陪韩卓一起吃晚饭，跟他说今天公司里又发生了什么。

"那我走了哦，你也要乖乖的。"白曦把三明治的包装袋丢进垃圾桶，用手拍了拍那厚重的门，"晚安，老韩。"

离开医院后，他没有立刻回家，而是开车去了七叶路。

酒吧街一如既往的热闹喧嚣，白曦远远地跟吧台里的少女打了个招呼，然后就熟门熟路地穿过走廊，到了那间私人的小会客厅。

"阿姨。"他推开门，笑嘻嘻地说，"吃夜宵吗？我买了新出炉的蛋黄酥。"

"现在已经晚上十点了。"黛西放下手里的酒杯，"你该早点回家休息。"

"可明天是周末。"白曦帮她打开包装盒，"想不想和格温姨妈一起出去郊游？我来安排行程。"

"那是中老年人的活动。"黛西表示拒绝。

"那我们去逛街？"白曦又提议，"我负责拎包和刷卡。"

黛西笑着摇头，把他拉到自己身边坐好："今天又去医院了？"

"嗯。"白曦点点头，"我还和梁所长聊了一会儿。"可是并没有什么好消息可以带回来，虽然师向广已经恨不得住在实验室了，但就算是他那样的天才也找不到什么办法可以让韩卓复原。

这一年过得格外快，眨眼就从记忆中的炎炎盛夏到了现在的寒风刺骨。

白曦裹着厚厚的羽绒服，还用围巾把大半张脸都裹了起来。他倚着门瓮声瓮气地抱怨：“老韩，我又感冒了。”所以早上出门前，他不仅被李阿姨强迫喝鸡汤，连开会间隙都要被刘春春灌热水，到现在他还觉得自己整个胃里都水波荡漾的。

配合着季节，走廊里的木质长椅被换成了一个柔软的沙发，甚至在它旁边还摆了小茶几和电暖气。白曦从包里掏出电脑，打算在这里处理完工作再回家。

晚上十一点的时候，走廊传来脚步声。梁佚端着两杯热茶过来，笑道：“尝尝看，新品，白桃乌龙。”

“谢谢。”白曦站起来接过茶，有些意外，“这么晚了您怎么还在医院？”

“临时有个会。”梁佚坐在他对面，“有件事，我觉得应该第一时间告诉你。”

“是什么？”白曦的心悬了起来。

“别紧张，不是坏事。”梁佚说，“今天早上八点，我们在沙漠中找到了飞船主体，虽然损毁严重，不过仍然有很高的研究价值。最重要的是，驾驶舱还相对完整，专家已经赶到了现场，他们一致认为通讯器还有修复的可能。”

“真的吗？”白曦惊喜地问。

“真的。”梁佚点头，“在专家团里有一位老教授，名叫陶玺，你应该听韩卓提起过他。”

“我知道。”白曦说，“陶教授是他的大学导师。”

“陶老先生也是异能者，他把身份隐瞒得很好，连我也没察觉，一直以为他是普通人。”梁佚道，“直到不久前，他来医院找我，并说明在这么多年里他一直没有停止过对无线电波的研究，希望能加入我们的团队。”

这位年迈的教授能在最短的时间里掌握完全陌生的语言和文字或许是族群为了星际漫游而进化出的异能，毕竟在浩瀚的银河间实在隐藏了太多的种族和生灵。

“他很喜欢地球，也不打算离开这里。”梁佚道，“但他很想让韩卓醒来，所以还是选择提前结束退休生活。”

白曦眼眶发红：“嗯。”

“其实不仅仅是陶老先生，还有很多的异能者，大家的想法是一样的，所以并不是谁出面多，谁就是族群的领袖与拯救者，”梁佚拍拍他，安慰道，“别在意吴子刚最近的小动作。”

“我顾不上他。”白曦笑了笑，“如果不是赵小娟来找我道歉，我都不知道他在外面乱说。”

关于地下仓库的覆灭和施天的死亡已经隐隐有风言风语传开，说那都是仰仗吴子刚在幕后的指挥。至于异能者和人类之间的关系好转，也全部归功于他，除此之外，再也没有其他人的名字。

“我会提醒他收敛的。”梁佚道，“但我也不能做什么，毕竟在这个时候——”

“我理解。”白曦温和地打断他，“真的没关系。”送异能者回家，这是韩卓一直以来想做的事情，吴子刚也是在积极促成这件事。除非出现了对韩卓的恶意诋毁，否则他真的不想管那个狂热的政治家在说什么或做什么。

“你能这么想，我很高兴。”梁佚道，“毕竟从大局考虑，我也不希望吴子刚那头再出什么乱子。”

“已经快凌晨了，我送您回家？”白曦问。

“我今晚住在医院。”梁佚叮嘱，“开车小心。”

“庄总会生气的吧？”白曦打趣道。

“她和小马一起去国外了，”梁佚笑着说，“明天才回家。”

凭借浪漫狗血的星际爱情片，马克李一跃成为当红导演，行程满到离谱，因此他来找白曦讨论文学和戏剧的机会也少了很多。但身为一个热爱文学的文艺男青年，他对自己的灵魂挚友依然饱含爱意，以至于回国后一下飞机他就拎着大包小包冲到白曦的办公室，把对方堵在了里面。

“听说那位韩先生辞职了？”他做贼一样地四处打量。

白曦目光幽幽，怒道：“真的谢谢你一进门就提醒我他不在这件事，不过他没有辞职，只是暂时休假。”

“一样一样，现在不在就行。”马克李坐在办公桌上，双眼熠熠生辉，“我有一个好消息要和你分享。”

“什么？”白曦无精打采地问，他已经开了一整天会，脑袋实在是疼。

“我终于追到了我的女神。”马克李抓着白曦的肩膀摇晃，力度大得几乎要捏碎他的骨头，“我拥有了炽热而又甜蜜的爱情！”

白曦被晃得眼冒金星。他觉得自己很倒霉，韩先生昏睡不醒就算了，还要被迫听别人的爱情故事——偏偏这人还是个文艺青年，词汇量丰富如海，炫耀起来可以滔滔不绝三个小时不停歇。

“怎么了，脸色这么难看？”马克李仔细观察他，“谁又招惹你了？”

“没人招惹我，上班太累了。”白曦想了想，伸手搂住灵魂挚友的肩膀，“恭喜啊，到时候请我喝喜酒。”

这句话他说得很真诚，真诚地希望每一段恋情都能有很好的结局。

十二月飞快地过完了，韩先生依旧没有醒来。

215宿舍一起过了平安夜，俞炯和王小森都带了女朋友来，说起工作也都是升职加薪，前途光明。

“小白你别喝了。”俞炯按住白曦的手，“怎么了这是，今天一来就灌这么多？”

“难得你请客。”白曦撑着脑袋嘟囔道，“当然要喝够本。”

“你看你都醉成什么样了。”俞炯把酒杯从他手里拿走，“听话，喝点汤。”

白曦不满地皱起眉头，扭头想寻求帮助，却发现身边坐着的是浑身冒着黑风煞气的王先生，而他的脸上写着“不准喝”这三个字。

白曦愣了一会儿神，突然唰啦落下两行眼泪。

刘春春大吃一惊：“白哥你别哭啊！”

王小森比较没品，掏出手机就想录下这百年奇观，结果被俞炯打到了桌子底下。

白曦坐在椅子上哭得很难过很难过，眼泪不断地往外涌，像是永远也不会停下来。他没有发出任何声音，只是一动不动地看着窗外——那里挂着很多星星形状的灯，橙黄的，暖融融的，点亮了整个寒冷的平安夜。

当然，酒醒之后他就不记得这件事了。

倒是李阿姨在厨房里念叨了很多次饮酒不能过量，会伤心、肝、脾、肺、肾的，幸好有王先生和春春把他送回家，否则那么烂醉如泥的样子，被人捡走了可怎么得了。“失身啊。”她压低声音说，“了不得，花边新闻会天天报道的。”

白曦乖乖点头：“知道了知道了。”

李阿姨很满意他这个回答，盘算着今年要多做些香肠，好送给春春他们一些。

白曦笑着听她絮叨，靠在厨房门口考虑了一下，最后决定允许韩先生缺席今年的新年，毕竟按目前的进展，修好通讯器最快也要到三月了。

三月也很好，白曦心想，春暖花开。

新年的时候，白曦陪父母去了南半球度假，刘春春则带着“大号行李”王先生回了老家。对这个“无家可归、漂亮善良、尊老爱幼”的南方男孩子，亲戚们一如既往地表示了欢迎，而他那段电视剧主角般离奇的车祸失忆经历更是勾起了七大姑八大姨的同情心，于是整个假期，王先生都奔走于各亲戚家并接受他们的投喂，看起来比任何一个人都要忙。

“你真的不用勉强。”刘春春担心地说，“不想去就不去了，没关系的。”

“我一点都不勉强。”王先生说，“中午的鲅鱼饺子很好吃，晚上的酸菜白肉也不错，明天我们吃哪家？”

“……”刘春春问，“真的吗？”

“骗你干吗？”王远辰皱了皱眉头，“怎么了，你不高兴？”

“当然没有。”刘春春的眼底都是笑意，“谢谢你这么喜欢我的家人，唔……他们也很喜欢你。”

“他们当然要喜欢我。”王先生很自恋，“我还有一件事要告诉你。”

“什么？”刘春春问。

王远辰看着他没说话。五分钟后，还是没说话。

“你没失忆啊？”刘春春扯扯他的衣领。

王远辰说：“嗯。”

沉默了片刻，他又补充道：“失忆过一小段时间。”

“我早就发现了。”刘春春看着他笑，“但是没关系。”

真的，都没关系。

遥远的南半球，白曦在那里遇到了一些异能者，大概几十个，他们并不全都是生活在那里的，只是听说白曦在海岛度假就特意过来探望，还问了一下韩卓的情况——就如梁佚所说，谁是异能者的领袖，取决于精神和才华，而不是谎言或谣言。

在短短半个月里，白曦收到了很多礼物，也收到了很多手写信，多到回国之后可以坐在那个越来越温暖的地下走廊给韩先生一封一封地念很久很久。

在这些陌生而又真挚的祝福中，事情的进展也顺利得超乎想象。

三月刚过一半，通讯器就已经成功完成修复，甚至还找到了一些残存的音频片段。那是来自光年之外、星光彼端的声音，哪怕只是简单的几个音节也足以令在场的所有人热泪盈眶。

人类多年来收集的资料终于派上了用场。那些浩瀚如海的发黄文件和飞船上这些断断续续的音频，陶玺只用了一个月就初步编译完成，并顺利发送了第一条信息。

和之前的石沉大海不同，这次仅仅过了半个月，通信器就接到了新的信息——失联近千年的飞船重新有了消息，对方看起来要比地球上的科学家们更加兴奋。

“老韩！”白曦趴在门上，雀跃不已，“我觉得你可以准备起床了，我们一起过六一。”那是可爱的节日，也是韩先生的生日，值得用一万片积木来豪华庆祝。

随着两个星球之间的交流顺利开展，对方同意了人类提出的条件，愿意用一部分先进的文明成果来换地球上的异能者回家，至于方式，他们更倾向于提供技术支持，远程协助地球的科学家们制造出更先进的载人航天器，以最大限度地避免阴谋和战争。

明明是科幻大片一般的构想和恢宏画面，可白曦听完却并没有热血沸腾，反而有些焦急：“没有医生来地球吗？”

“我们提了，可对方只要走了韩先生的所有病历资料，没有说要派人来。”周勇安慰他，“先别着急，或许他们马上就会传送具体的治疗方案过来。”

白曦犹豫着点头：“嗯……”

所有人都很紧张。而有时候越是紧张，偏偏就越是等不到结果。

五月已经悄悄来临，白曦每晚都会看看购物车里的限量积木，看它的库存从一百变成五十，再从三十变成三个，直到售罄下架。

日历上，五月的最后一天也被画上了叉。

六月一号，白曦端着一个小小的蛋糕，盘腿坐在走廊上陪韩先生过生日。

“生日快乐，老韩。”他抿了抿嘴上的奶油，“去年的积木都没有拼完，今年我就不送你礼物了。”

厚厚的防护门后依旧没有任何声音，或许是空调的原因，走廊上有些阴冷，白曦吃完蛋糕，胡乱擦了把冰凉的脸颊。他其实想告诉韩先生，连史蒂夫老师都被李阿姨拿出来占据客厅沙发上最好的位置了，如果他再不回家，那就真的一点地位都没有了。

楼梯上又传来脚步声，不过这次来的不是梁佚，而是黛西。

“阿姨。”白曦赶紧站起来。

黛西看着地上的蛋糕盘，在心里轻轻叹了口气，她说：“我刚去见过梁所长……今天又收到了一条新的信息。”

“是什么？”白曦紧张地问。

“对方说地球上的医疗条件不足，”黛西看着他，“所以韩的治疗必须要在另一个星球上进行，如果没有意外，三个月之内就会有人来接他。”

考虑到韩卓的地位和贡献，人类最终答应了这个要求，比起能一次性接走所有异能者的大型飞船，一艘小型航天器显然不足以对地球造成太大威胁，而且为了避免意外，对方也同意这次交接在人类的监管下在西北荒无人烟的沙漠中进行。

白曦闻言有些呆愣，过了好一会儿，才机械地点点头：“嗯。”

“别担心。”黛西紧紧握住他的手，“我会一直陪着韩的，请你相信我，他一定会回来的。”

遥远的宇宙和遥远的另一个星球。

回家之后，白曦一个人在小阳台上吹风。花园里的花草在夏天开得尤为繁茂，空气里溢满了浓烈的香味，中间的露台上依旧摆着小圆桌和椅子，曾经有无数个夜晚，韩卓都一个人坐在那里喝酒看星星，也曾经无数次地叫自己跳下去。

“我会接住你的。”他笑着说。

但每次都被白曦拒绝了。

不过现在他却改了主意，打算试试从这里跳下去的感觉。比起和各种诡异的实验体厮杀，跳阳台显然要轻松许多，他不费吹灰之力就轻松落在了地上。虽然韩卓已经很长时间没有来过这里了，不过桌椅都很干净，李阿姨每天都会打扫，连他床上的被子都会定期晾晒，维持着最蓬松温暖的原状，随时都能舒适入住。

可是韩先生却要离开了。

这其实算是好事，去另一个星球接受治疗，总好过漫无目的地煎熬等待，但心里总归是舍不得的，更何况所有的事情听起来都那么缥缈未知。

白曦趴在小圆桌上，看着远处的星海发呆。

从六月到九月，不到一百天。

连白曦自己都不知道他是想让这段时间过得更快还是更慢，但不管他怎么样想，天气都一样逐渐转凉，双方也最终确认了所有的移交步骤。

地点是西北的某片荒无人烟的沙漠。

安保、异能者研究员、科学家、其他工作人员……最后一夜，所有人都守在门外神色匆匆地低声交谈着，白曦甚至都没有机会去和韩先生说说话，只能远远地看着那扇紧闭的门。

“别担心。”黛西轻轻抱住他，“韩一定会回来的，你相信我。”

“嗯。”白曦说，“您也要一起回来。”

这天清晨，在太阳还没有升起的时候，冷冻舱就被放置到了指定的坐标上。初时一切都很安静，安静到让人怀疑对方究竟会不会如约出现。然而仅仅过了十几分钟，灰蓝色的天空逐渐出现深色的裂痕，像是一片片碎掉的瓷器，很快，这些裂痕又变成了海中央的漩涡，并从里面透出微亮的光来。但那不是太阳光，而是更加浓厚深沉的暗红色，还夹着细碎的融光。寂静的天穹似是汪洋在无声海啸，却让地面刮起了一阵强劲的沙漠飓风，铺天盖地的黄沙肆虐飞舞。

尖锐的刺痛迎面打来，在场每一个人都不得不眯起眼睛。

在一片茫茫沙尘中，白曦费力地想要看清前方，却始终徒劳，而等这一切终于停止的时候，冷冻舱和黛西已经彻底消失无踪。

灰蓝色的天上飘着淡淡的云丝，还有隐隐露出一角橙红的朝阳——不到五分钟的时间一切都恢复了原状。

“放心吧。”梁佚拍了拍白曦的肩膀，“能看出来他们并没有恶意，相信很快就会有回音的。”

白曦点点头，依旧出神地看着远处的天穹。

催泪的星际片终于变成了现实，男主角在战斗中身受重伤，从此只留下白曦一个人在沙海中孤独地仰望星河——和马克李的电影女主角只差一条导演挚爱的纯白纱裙。

这直接导致了这位灵魂挚友的地位在小白总心里急剧下降。十月中旬，马克李把小白总堵在了公司门口，充满感情地控诉：“噢，这到底是什么原因让你屡次、屡次、屡次拒绝了真诚的我！”

白曦挽起袖子，二话不说就把他一顿暴打，然后坐在了屁股底下生闷气。

马克李含着泪水邀请：“晚上一起去吃火锅啊。”

“没胃口。”白曦摇头。

“你已经没胃口整整一个月了。”马克李正色道，“如果不是因为考虑了性别因素，我简直有充分的理由怀疑你怀孕了。”

白曦：“……”

“说真的，晚上陪我吃个饭吧。”马克李从地毯上爬起来，愁眉苦脸地说，“我妈最近心情不好，我实在不想回家吃饭。”那低沉的气压简直要让房间变成真空地带。

“庄总回家住了？”白曦问，“我以为她还在和牛院长同居。”

“问题就在这里啊！”马克李很不文艺地一拍大腿，“那个牛院长也不知道怎么回事，这一年都在疯狂加班，加班就算了，还不愿意结婚，每次我妈一提起来，他都支支吾吾地说再等两年，看起来完全就是一个花花大叔。”

白曦在心里叹了口气。他知道梁佚是想等异能者的事情结束后，彻底舍弃第二重身份，用单纯的私立医院院长的身份面对庄妍，不再对她有任何欺骗。但谁又能说得清这段时间究竟会有多长呢？是一个月、三个月，还是一年或者三十年？

“今天有消息传回来吗？”刘春春习惯性地每天一问，然而王远辰总是摇头。

韩卓离开地球后，北斗研究所只收到过一条信息，说飞船已经安全返航。凭借对对方科技水平的了解，所有专家，甚至白曦都曾乐观地认为或许只需一两个月的时间韩先生就能痊愈，不过现实并不如想象中的那么美好，起码直到现在，也没有第二条信息传回来。

比起韩卓的杳无音信，吴子刚在异能者中的声望倒是越来越高。他或许是一个小人，却很难被称为一个纯粹的坏人，狂热的领袖意识让他在面对韩卓时心怀叵测，但也同样让他热衷为自己的族群争取更多的权益和福利。而在经历过施天的恐怖统治后，异能者对于吴子刚的表现会感到满意也没什么值得奇怪。

“有空吗？”赵小娟敲了敲吴子刚办公室的门。

“进来吧，不过我只有十五分钟。”吴子刚看了眼时间，“之后我会去探望一些穷苦的异能者。”

“带着记者？”赵小娟问，语调里有些难以忽视的讥讽。

吴子刚对她的态度不以为意：“你总不喜欢我太张扬，但有时候适当的宣传是必要的。”当然，记者肯定不会写明这是异能者的关怀，民众只会看到一位慷慨的慈善家在慰问城市的底层人民。

“我不是不喜欢你张扬，你可以随便张扬，甚至可以买下所有的头版头条用来称赞你的善举。”赵小娟说，“但我希望你在张扬自我的时候别再试图抹掉韩卓，他才是真正拯救族群的人，甚至从某种意义上来说，他也拯救了你。”

“我对此很感激，也希望他能早日康复。”吴子刚拿起外套，不悦道，“但你应该误会了，我并没有试图抹掉他的存在，也不需要煽动什么，聪明的异能者自己就会想清楚谁才是真正的领袖。”

“你这样迟早会出事的！”赵小娟对着他的背影大喊。

然而吴子刚已经进了电梯。

七叶路的酒吧里，侍者扯了张报纸来擦拭桌上的酒渍。报纸上的大幅照片很快就变得模糊，侍者随手就把报纸团成一团丢进了垃圾桶。

“你可以对他少一点怨恨，其实也没关系的，”琳达趴在吧台上说，“没有人会在意这个油腔滑调的伪君子的。”

“你当然不会在意，但是有人会在意，特别是我们的青少年。”侍者压低声音，“相信我，那些处在叛逆期的小笨蛋相当容易被这些言论洗脑，他们很快就会忘记谁才是真正的英雄。”

这时门口传来清脆的风铃声。一个大学生模样的年轻男孩带着一丝初冬的寒意走了进来，眉宇间似乎有些忧愁。

“一杯热橙汁。”他说。

“对面就是快餐——”

琳达的话还没说完，就被对方打断：“一杯热橙汁，我不想去快餐店。谢谢。”

琳达翻了个白眼，转身去调配了。

“好吧，但其实她是好意。”侍者一边清理吧台，一边压低声音说，“同样的橙汁，在这里售价58元，对面或者只需要三分之一……当然，我绝对不是质疑你的经济实力。”他扫了眼年轻人身上洗到发白的外套，“你扫这个二维码，能打五折。”

年轻人并没有理会他的喋喋不休，而是鼓了鼓勇气说：“我要找这里的老板。”

黛西和韩卓都不在，格温也回了美国，这里名义上的老板是白曦，而实际上平时都由赵小娟照看。

“有事吗？”侍者问。

年轻人点点头，他手里紧紧攥着一份报纸，和刚刚侍者用来擦桌子的那张是一样的，上面印着的吴子刚的照片已经被他攥到扭曲变形。

侍者微微皱眉，和琳达对视了一眼。

白曦接起电话：“喂？”

“好消息。”梁佚又恢复了之前两元店的那种兴高采烈。

“什么？”白曦猛地从沙发上站起来，“有消息了？”

“我们收到了韩卓最新的情况反馈，治疗进展很顺利。”梁佚笑着说，“而且还有一封加密信息，指明只能由你一个人看，怎么样，要现在过来吗？”

白曦一把抓过外套，像风一样地冲下了楼。

“大半夜的你要去哪里？”客厅里的白太太被这动静吓了一跳。

“研究所。”白曦跳上车，轰开油门就消失在了夜色里。

“这么晚去什么研究所。”白太太抱怨，“开车慢一点啊！”

“会不会是小韩回来了？”白博阳猜测。

“回来就回来吧，看给他高兴的，这点出息。”虽然这样说，但白太太还是叫过李阿姨，笑容满面地叮嘱她，小韩回来了，明天要做一桌好菜。

白曦抵达研究所的时候已经凌晨两点多了，梁佚在会议室里等着他。那份加密信息被压缩成了粉红色的礼盒形状，哪怕只是看一看外观，都会觉得又轻松又愉快，在鼠标滑过的时候，甚至还会出现一个可爱的蝴蝶结。

“你一个人慢慢看，我先出去了。”梁佚拍拍他的肩膀，笑着说，“密码是你最喜欢的积木编号。”

白曦点头：“谢谢。”

会议室是一个很空旷的房间，灯光也很昏暗，梁佚离开后四周变得更加寂静起来。

白曦屏住呼吸，他的手有些颤抖。他小心翼翼地敲下“421282”，对接下来要发生的事情充满了未知的忐忑和期待。

加密信息很快就解压完成，一个视频猝不及防地弹了出来。

纯白的病房，地板和墙壁都闪烁着星辰一样细碎的柔光。画面中央，韩卓半躺在床上，他面前摆着一些奇怪的膏状物，看起来既像药物又像婴儿米糊，不过味道肯定不怎么样，这一点从食用者的表情就可以看出来。

“很难吃吗？”画面外说话的人是黛西。

“当然。”韩卓深呼吸，苦恼地说，“我现在觉得自己只有三岁。”

“按照新生年龄，你只有一个月。”黛西的语调充满了慈爱。

韩卓把勺子丢进碗里，他抬头想要抱怨，却看到了面前的摄像机，于是警觉地问：“你在干什么？”

“录像。”黛西回答得理所当然，“一周后会有新信息传回地球，你难道不想给小白一个惊喜吗？”

韩先生的表情顿时凝固了瞬间，然后他不可置信地说：“这么重要的事情，我以为你至少会提醒我先洗个脸，然后换一身衣服。”

“我认为小白不会介意这些的。”黛西说，“你现在这样很好，快，有没有什么话想跟他说的？”

“我可以重录吗？”韩卓申请。

“不可以。”黛西拒绝，“而且这段视频在传输之前会先接受检查，所以请控制一下你的措辞和情绪。”

韩卓：“……”

黑暗中，白曦脸颊潮湿，他一动不动地看着屏幕里的人，生怕会错过对方任何一句话、任何一个细微的表情。

“我，咳……”韩卓难得说话卡壳，他撑着坐起来，表情也有羞赧，“这里真的是一个很奇妙的星球，嗯，我恢复得也很好。”

黛西提醒道：“你现在的智商看起来也只有三岁。”

韩先生的表情略微僵硬。

白曦红着眼睛笑出声。

“据说这段视频会被无数人事先审阅，所以，好好照顾自己。”韩卓调整了一下情绪，他看着镜头，笑容一如既往的温柔，“等我回来。”

视频就此终止，虽然只有短短两分钟，不过对白曦来说，这却是他这辈子收到过最好的消息和最好的礼物。所有忐忑和担忧都在这一瞬间消失无踪，只剩下满心的欢喜和期待——期待他的大奥特曼会在某一天突然出现，从此再也不离开。

别墅里，白家父母都没有睡着，听到楼下车响，便赶忙披着衣服下楼，却只见到了儿子一个人。

“他还没有回来。”白曦眼底闪着笑意，“不过应该很快了。”

或许是一个月，或许是一年，或许还要更多的时间，但是完全没关系，他一点都不怕等待。

第39颗星

归途

光年之外的大奥特曼回来啦

晨光洒在窗台上，喧闹了一整夜的酒吧终于在此时安静了下来。

赵小娟看着面前的年轻人，有些不可置信地问：“你姐姐？”

“对，我姐姐。”年轻人的脸色依旧苍白，“她叫田昕昕，曾是钱宁的女朋友。”

听到“钱宁”这个名字，琳达和赵小娟对视一眼，都觉得有些意外。

她们当然不会忘记这个名字，那是曾经背叛了吴子刚的天才研究员，因为他有意为之的错误数据直接导致了第三实验室全盘崩溃，而他研制出来的僵尸病毒也是施天后来大规模改造实验体的主要诱因和基础——从某种程度上说，钱宁算是这两年所有动乱的催化剂。

“你姐姐她……”赵小娟试探着问。

“死了。”年轻人回答，“死在了吴子刚的手里。”

“对不起，路上堵车。”白曦急匆匆地推开门，“我没有迟到吧？”

在接到赵小娟的电话后，他第一时间就赶来了酒吧，不过由于早高峰的缘故，他的赶路速度几乎慢过了蜗牛。

“老板。”赵小娟起身接过他的外套，帮他挂起来，“没关系的，这又不是什么正式的会议。”

年轻人也站了起来。他投向白曦的目光里有着明显的好奇，不过那是充满善意的，并没有鲁莽冒犯的意思。

“你好。”白曦伸出手，“不好意思，让你久等了。”

“没关系。”年轻人赶忙摇头，拘谨地伸出双手，握住了白曦的手。

“校友？”白曦看了眼他身上的校徽，笑道，“坐吧，不用有压力。”

“他叫田洋洋，B大文学系大三的学生，姐姐叫田昕昕。”赵小娟看了眼对方的神情，确定一切正常之后才继续说，“是钱宁的女朋友。”

“我姐姐是被吴子刚害死的。”田洋洋说，“他是个彻头彻尾的小人，杀人凶手，根本就不是什么英雄。”说到这里，他的情绪明显变得激动起来，胸口剧烈起伏着，脸也涨得通红。

“在吴子刚的为人这一点上，我十分认同你的观点，不过你先冷静一下，”白曦递给他一杯水，“慢慢说。”

“我实在受不了那些报纸上的报道了。”田洋洋眼里泛着泪光，看起来不甘又愤怒，“他们什么都不知道！”

白曦想起了在刚确认实验数据可能有问题的时候，吴子刚在失控之时也曾经说过钱宁的背叛和一个女孩的死亡有关，不过那时他并没有说出全部的真相，而是很快把这个话题带过了。

“我姐姐和钱宁本来都打算结婚了。”田洋洋一口气灌下半杯水，平复了一下心情才慢慢说了起来。

田昕昕是一个很朴素的女孩，去诊所买药的时候遇到了钱宁，两人很快就坠入了爱河。不过他们的感情却遭到了吴子刚的反对，他更希望钱宁能专注科研，收获更多的珍贵数据来壮大实验室，而不是整天沉迷在无谓的恋情里。

“你和你姐姐知道钱宁具体的研究内容吗？”白曦问。

田洋洋摇头：“我不知道，我姐姐或许知道，不过并没有告诉过我，在出事前的有一段时间她变得有些精神恍惚，经常会看着一个地方发呆。”

家人都很担心她的精神状态，不过在消沉了一段时间后，田昕昕又重新振作了起来，她说钱宁已经答应她离开第三实验室，开始新的生活了。

“当时我们全家人都很为她高兴。”田洋洋悲痛地说，“但是仅仅过了一周，姐姐就出了车祸。”

“你认为是吴子刚干的？”白曦问。

“出事的地方是一条没有摄像头的偏僻背街，”田洋洋道，“虽然没有人证或物证，不过我能感应到姐姐最后一刻的想法，凶手就是吴子刚。”

但异能显然不能当证据，甚至过分坚持这个观点的话，或许还会被当成疯子。

“你没有告诉过钱宁这些事吗？”白曦问。

“在姐姐刚刚去世的时候，我曾去找过钱宁一次，不过他那时候情绪很差，我担心他会做傻事，所以没有说。”田洋洋道，“再后来，他就不肯见我了，而且还表现出了对吴子刚的绝对忠诚。”

“所以你就再也没有找过他？”白曦又问。

田洋洋摇头。他不知道自己该相信谁，也不知道自己该做些什么，只知道从那以后，姐姐的意外身故就如同一场噩梦，经常让他在午夜惊醒，直到事情发生一年后，这种症状才有所减轻。少年心里的伤口看起来似乎正在被时间慢慢抚平，然而在最近铺天盖地地对吴子刚的大肆吹捧中，它又鲜血淋漓地恢复了原状。

他知道对方绝不是什么科学家、富豪、慈善家，而是虚伪自大、彻头彻尾的变态疯子，为了达到目的，不惜去杀害无辜的人，一个或者很多个。

在某种程度上，他认为吴子刚甚至还不如施天，至少施天不会一边残忍杀戮，一边以异能者的救世主自居。

“你想让我们做什么？”赵小娟坐在他身边，叹了一口气，“对于你姐姐的遭遇，我很抱歉。”

“我不知道。”田洋洋摇了摇头。他是真的不知道自己希望获得什么样的帮助，或该怎么做，但他也是真的无法再忍受报纸和电视上铺天盖地地对吴子刚的赞颂，来这间酒吧纯属一时冲动，可他本能地认为，这里或许是他唯一的希望。

“到底发生了什么事？”走廊上，侍者小声问道。

“一个可怜的受害者。”琳达回答道，神情是少有的严肃，“不过他的出现恰好能证明你想法的错误，并不是每一个年轻人都会被吴子刚洗脑，至少这个不会，他看起来恨不得立刻杀了他。”

侍者由衷称赞：“如果每一个年轻人都像他这么优秀，那么我们族群的未来将会光辉许多。”

琳达：“……”

直到下午，田洋洋才回去。虽然白曦并没有给他什么承诺，不过在把所有的感情都发泄出来之后，他觉得心里舒服了许多。

与此同时，吴子刚也正看着屏幕里的年轻人，脸上没有任何表情。

手机嗡嗡振动，来电显示是一个陌生的号码。

“吴博士吗？”对方的口音听起来又生硬又奇怪，“我这里有一笔生意，不知道你有没有兴趣。”

晚些时候，白曦把田昕昕的事告诉了梁佚。

“坦白来说，我丝毫不意外。”梁佚道，“凭我对吴子刚的了解，这的确是他能干出来的事情。”

“那我们需要做什么吗？”白曦问。

梁佚却反问他：“你觉得呢？”

白曦沉默了片刻，摇头道：“我还没想好。”

“我更倾向什么都不做。”梁佚帮他倒了一杯茶，语气中既有劝慰也有无奈，“虽然听起来有些不负责任，对田家姐弟也不公平，但是在韩卓回来之前，异能者的确很需要吴子刚，在经过施天的背叛和算计之后，上级对异能者的态度还是有所保留的，这时候如果他出事，可能会直接导致所有计划停滞，甚至是中止。”

“我明白。”白曦叹气，“就连田洋洋也觉得迷茫，他也说自己并没有什么令人信服的证据来证明凶手就是吴子刚。但我也能理解他为什么会突然跑到酒吧去控诉。”

那些铺天盖地的照片和报道像是一把把尖刀，每一下都扎在他陈旧的伤口上，让他心里充满了伤痛和愤怒。更让他无力的事实是，或许连他身边亲密无间的同学、朋友也在崇拜吴子刚。

荒诞的世界，颠倒的真相，心理和生理的双重刺激足以让任何一个人失控——对他来说，七叶路的酒吧或许是他唯一的宣泄口。

“有些时候，聆听也是一种帮助。”梁佚道，“你不用太自责，或许他在把心事一股脑儿说出来之后就已经舒服了很多。”

“您不用安慰我。我知道现在的情况对田洋洋来说的确很不公平，”白曦道，“但我也承认吴子刚目前的确很重要，没人能取代他。”

“如果需要的话，我可以帮他联系专业的心理医生，并对他和他的家庭进行必要的经济补偿。”梁佚又道，“但是我不建议你以后再和他见面了，因为那样或许会惹上不必要的麻烦。”

白曦思考了片刻，然后皱眉道：“您的意思是，吴子刚会知道这一切？他一直在暗中监视我？”

“我不能确定，但是的确有这种可能。”梁佚道，“毕竟他是一个品行堪忧的人，韩卓目前不在，你算是他最大的威胁了。”

晚上九点，冒着热气的烧烤摊。刘春春已经习惯了白曦和王远辰的水火不容，基本能对两人之间幼稚的语言冲突视若无睹。此时他正在专心致志地把肉串撸到竹签最上方，好方便天鹅一样爱干净的王先生食用。

白曦看得痛心疾首，揽住刘春春的肩膀就想对他进行慈父般的爱的教育。原本，他以为暴力分子王先生一定会蛮横地打断的，他甚至连反驳的话都想好了，没想到对方却什么反应都没有，只是微微皱起了眉头。

“喂，你没事吧？”白曦在他面前晃了晃手。

“有人在盯着这边，”王远辰说，“在左手边书店的门口，三个男人，不过刚刚打车离开了。”

“你确定？”白曦扭头朝书店那边看去，门口果然已经空了。

“我确定。”王远辰问，“你最近得罪了谁吗？”

“吴子刚。”白曦回答。

“他不算最近得罪的，属于积怨已深的那一拨。”王远辰打开一罐汽水，“不管怎么样，多加小心吧。”

白曦点点头，并没有被这件事影响心情，转头就投入了撸串的幸福事业当中。

倒是刘春春在知道之后就变得忧心忡忡起来，回了家洗完了澡，他终于忍不住跟王远辰提议让白曦搬来一起住。

王先生觉得自己幻听了。他一脸不可思议地反问刘春春：“你为什么会有这种骇人的想法？”

“哪里就骇人了？”刘春春难得反驳他，“我这么说是因为担心白哥被人绑架……呸呸呸！”

“没人能绑架他。”王远辰说，“所有异能者都知道他曾经徒手干掉了施天的两百个僵尸。”除非那个绑匪和施天一样想不开。

“但我还是担心。”刘春春下定决心要让王远辰做点什么，于是他说，“这样吧，在韩哥回来之前，你负责每天接送白哥上下班。”

王先生嗤笑了一声，看起来相当不甘愿，不过第二天他还是早早地就把白曦送到了公司。

白曦发自内心地说：“我真是受宠若惊。”

王远辰从鼻子里“哼”了一声，然后在小白总复杂的眼神中，卷着早点铺子的豆浆和油条开车扬长而去。

白曦目送王远辰的车走远了才转身，只是没走两步，他又确认了一下自己身后的情况，才走进写字楼。他并不是一个多疑的人，但他相信王远辰的判断，如果不是真的觉察到了什么，对方一定不会有耐心接送自己上下班。施天已经彻底覆灭，最有可能跟踪自己的只能是吴子刚。一切异常都发生在田洋洋出现之后，白曦很确定，自己或那个年轻人正处在吴子刚的某种监视之中。

在遥远的另一个星球，韩卓正在进行最后一次体检。为他做检查的是一个机器医生，事实上，他在这里的绝大多数时间所接触的都是机器人，也从没离开过医院。

“我很欣赏你，并且很希望你能留下来。”屏幕里的人曾经和他进行过一次谈话，主旨是留下，“真的不考虑一下吗？这里远比地球更加先进发达，而且我敢保证，你一定不会后悔自己的决定。”

“我很感谢你的欣赏，不过我不能答应你。”韩卓活动了一下手腕，“地球上的一切对我来说都很重要，我绝对不能失去。”

“因为白曦吗？”对方说，“抱歉，保险起见，我们事先读取了你脑部的数据。”

韩卓听罢，笑着摇了摇头，说道：“如果是这样的话，那我就更要回去了，这里让我相当没有安全感。”

“那好吧，我们将和梁所长确定时间，”屏幕里的声音听起来很遗憾，“会尽快安排你回到地球的。”

“不告诉小白吗？”师向广问。

梁佚道：“这条信息会被很多人看到，虽然其中并没有说明原因，不过我认为这应该是属于年轻人的惊喜。”

师向广笑了：“那韩卓什么时候能回来？”

梁佚把打印出来的文件递给他：“现在还不能定下确切的时间，不过我猜应该很快了，我们可以着手准备后续工作，全力推进异能者的整体回归计划了。”

而在这一环节里，吴子刚会起到关键性的作用。

出乎所有人意料的是，这段时间吴子刚的情绪好像有些低落，甚至还有几次在开会的时候走神了。媒体上关于他的报道也少了许多，据知情者说，是他自己主动要求延后采访的。

“真的是因为田洋洋吗？”酒吧里，琳达一边擦拭吧台，一边向白曦打听情况。

“或许吧。”白曦晃了晃手里的酒杯，“除此之外，我想不出别的理由。”

“那他会有危险吗？”琳达又问。

“如果吴子刚足够聪明，就会选择无视这一切。”白曦说，“毕竟就目前的局面来说，让异能者回家才是最重要的事，况且田洋洋又没有证据，我们也不能真的只凭异能就去指控他是凶手。”

“我可觉得他一点都不聪明。”琳达摇摇头。

“所以梁所长已经安排人去保护田洋洋了。”白曦说，“如果吴子刚有所行动，那就真的是自找麻烦了。”

会议进行到一半，吴子刚的手机突然亮了起来。他看了眼来电显示，是一个陌生的号码。“抱歉。”他站起来，“我需要离开五分钟。”

梁佚点点头，示意他自便。

吴子刚匆匆离开会议室，在走廊尽头按下了接听键。

打电话来的还是上次那个人，也可以算是吴子刚的老熟人了，因为他正是曾经被施天狠狠坑过一把的南美洲钻石的头领拉卡。地下仓库的覆灭虽然没有过多地影响到他，但也给他造成了巨大的经济损失。不过话说回来，他和施天的合作也不是全无收获，至少他知道了人类这边接下来的计划是要送异能者回归家园。

“我说过，不要在这个时间打来电话。”吴子刚压低声音道。

“很抱歉。”虽然在道歉，但拉卡的语调听起来毫无歉意，“可我想再和你最后确认一下，关于我们的合作。”

“我们的合作没有任何问题，你可以放手去做。”吴子刚不耐烦地说，“最好在韩卓回来之前就搞定。”

“明白。”拉卡笑了笑，“那请你在下周五晚上八点，准时把白曦以及那个年轻人送到七叶路的星辰酒吧，我们一次性解决。”

“星辰酒吧？”吴子刚警惕地问，“为什么选择那个地方？”

“这你就不用管了。”拉卡说，“总之答应你的事情，我一定会做到。”

听着电话另一头传来的嘟嘟声，吴子刚脸色阴沉，心里依旧对这个计划充满疑虑。他不知道这些恐怖分子的脑子里究竟在想什么，竟然打算同时进行暗杀和绑架，但当他再次打电话过去时，接电话的人却变成了对方的助理——显然拉卡并不打算给出更详细的解释了。

大三的课程有些忙碌，不过田洋洋依旧挤出时间来打工，除了家教之外，他还帮一家小蛋糕店跑腿送货。这天正是周五，店主交给田洋洋一笔跑腿订单，收货人是七叶路星辰酒吧的叛逆少女。

田洋洋到的时候，琳达正像往常一样站在舞池中间又跳又叫，粉色的头发在灯光下飞舞，手上还挥舞着闪亮的荧光棒。

田洋洋怀里抱着蛋糕在人群外围挤了足足十分钟也没能前进一步。喝醉酒的客人们并不打算给这个年轻人让路，他们踉踉跄跄、东撞西摇，看起来随时都会就地躺平。田洋洋赶紧抱着蛋糕后退，却不小心撞到了身后的人。

“咦，”白曦扶住他，觉得有些奇怪，“你怎么会在这里？”

“学长。”田洋洋见是熟人，便直说，“我是来送蛋糕的，收件人是琳达。”

“凌小刀送给她的？”白曦很八卦。

“我不知道。”田洋洋摇摇头，“应该吧，是她的男朋友吗？”

“来吧，我们先换个地方。”白曦带着他绕过人群、穿过走廊，厚厚的木门把嘈杂阻隔在外，世界顿时安静了下来。

五分钟后，琳达嚼着口香糖过来了。她看着桌上那个花里胡哨的儿童蛋糕有些莫名其妙：“我今天过生日吗？”

“就算不过生日，也可以当成平时的小甜蜜。”赵小娟笑着把蛋糕推到她面前。

然而，这个小甜蜜长得实在有些难看，不仅奶油干硬，上面还插了一个相当劣质的山寨芭比娃娃。

“但是我讨厌吃巧克力。”琳达把照片发给凌小刀，对方很快就来电表示自己并没有买过这么难看的蛋糕，语调里还有些酸溜溜的醋意。

既然送件人未知，少女对蛋糕也就彻底丧失了兴趣，转身就想离开。

而白曦还在研究那张外卖单，上面特别备注了，一定要在晚上八点准时送达——现在是七点四十。

“有问题吗？”见白曦这样，田洋洋也跟着在意起来。

“看起来没有问题，但是……”白曦有些不明白，这么普通的一个蛋糕为什么要在晚高峰时特意让人跨区送过来呢，恐怕运费都要比蛋糕本身的价格高了。但如果对方要送的其实不是蛋糕，而是想让田洋洋在晚上八点出现在这间酒吧的话，那么这一切就都解释得通了。

“关店。”白曦果断道，“让所有客人都离开这里。”

“怎么了？”赵小娟被他严肃的神情吓了一跳。

“我还不确定，但是这其中一定有问题。”白曦说，“用最快的速度疏散客人，一定要在八点之前完成，注意别引起踩踏和恐慌。”

赵小娟点头说了声“知道”就小跑出门去通知了。

白曦也拉着田洋洋悄悄从后门离开了酒吧。

“跟我来！”琳达举着一把炫目的星星灯又笑又闹地冲出了大门。

客人们不明就里，还以为是酒吧策划的新节目，也争先恐后地跟了出去。短短两分钟的时间，酒吧里就空无一人了。

“怎么回事？”吴子刚从屏幕里看到这一切，猛地站了起来。

就如白曦和梁佚猜测的那样，吴子刚在酒吧对面的两层小楼外安装了监控摄像头，方便自己随时了解酒吧的情况。原本他今晚一直在紧张地等待着拉卡的行动，却没想到会等来这一幕。

梁佚也接到了白曦的电话，保险起见，他在第一时间就把整条七叶路紧急清空了。

晚上七点五十五分，七叶路安静得像是落到了真空里。

酒客们站在街口面面相觑，看着呼啸而来的警车，纷纷猜测或许是不是有什么了不得的通缉犯出没。

“我们还要实施计划吗？”人群外围，有人正通过电话焦急地汇报现场情况。

拉卡狠狠地咒骂了一句：“废物！用最快的速度给我滚回来！”

男人一边答应着，一边转身打算离开，不料被人迎面打了一拳，打得他鼻骨断裂，满脸是血地狼狈倒地。

刘春春下意识地哆嗦了一下。

“都让你不用跟来了。”王远辰说，“不准看，捂住眼睛。”

被这人断断续续跟踪了一个多月，王先生当然不会有什么好态度，所以下手也分外重，等警察接到消息赶过来的时候，这个倒霉鬼已经被他教训得奄奄一息，只有躺在地上呻吟的力气了。

三个小时后，警方从星辰酒吧里拆出来三颗定时炸弹。

田洋洋受惊不小，他无论如何也不会想到自己当初一时冲动跑来酒吧居然会惹出这么大的乱子。

白曦倒还算镇定，也一直在安慰他，不管怎么说，他们这次也是死里逃生了，不完全算坏事。

七叶路的所有酒吧都被要求停业一个月，因为还要进行进一步排查。北斗研究所出面调取了附近街区的所有监控录像，最后确定疑犯就是那个被王远辰抓获的偷渡者。他曾经先后三次溜进星辰酒吧，应该就是在那时候安装了炸弹，目的也很明显——白曦每周五晚上八点都会去酒吧，而这次田洋洋也在同一时间被骗到了那里。

“别把这件事告诉我的父母。”白曦头疼道，“否则他们又会担心了。”

“不只是他们，我也很担心，并且感到深深的庆幸。”梁佚难得有种劫后余生的感觉。如果今天酒吧真的发生爆炸，那不仅仅是白曦和田洋洋，还有数以百计的异能者被波及。这样的惨剧一旦发生，绝对是轰动性的灾难，不仅会引起社会恐慌，还会影响异能者的回归计划。

“如果仅仅是针对田洋洋，或者再加上我，那幕后黑手大概是吴子刚。”白曦说，“可这次牵扯的范围实在太大了，如果是吴子刚的话，他应该不会制造这么大规模的针对异能者的行动。”

白曦分析得没错，吴子刚并不想伤及无辜，更不想惊动梁佚他们，可以说，现在最紧张焦躁的人就是他了。他以为自己和拉卡的合作很简单，对方让田洋洋彻底闭嘴，自己则提供一部分实验数据给他的组织作为交换就可以了。至于白曦的死活，他其实并不是很在意，甚至还有一些阴暗地想要促成绑架行动的成功，这样一来，韩卓回来后一定会先为这件事忙碌，而没有时间来干扰自己的工作。

但现在却从酒吧里拆出了炸弹。

这事实让他仿佛浸入了冰水里，从骨子里渗透出后怕的寒意来。如果惨案真的发生，那么他一直以来心心念念的回归计划势必会被影响，说不定还会破坏异星者对地球的信任。

在此刻，他终于后知后觉地明白了拉卡的目的，明白对方就是想尽可能地制造出巨大的恐慌，用白曦和数百异能者的生命来推迟或是中断整个回归计划。毕竟只有让异能者继续留在地球，拉卡的地下研究所才能拥有源源不断的实验体并从中牟取暴利。现在事情败露，吴子刚不知道自己是该庆幸还是担忧。

“不管幕后指使是谁，这件事肯定和吴子刚有关系，”白曦道，“否则田洋洋不会被牵扯进来。”

“我会调查清楚的。”梁佚点点头，又叹气道，“之前我真的不想动他，但现在很明显，不安分的人是他。”如果继续放任下去，恐怕会引来更多的麻烦。

不过幸好，韩卓的回归已经写进日程里了，那么这个名不副实的疯狂“领袖”也就可以离开现在的位置，去监狱里供认自己的罪行了。

酒吧一条街要暂时停业排查，赵小娟不用去上班，正好可以在家陪陪养父母。这天下午，她正在厨房准备晚餐，却接到了一个意外的电话——来自她的亲生父亲。

“有时间吗？”吴子刚说，“我们很久没有一起吃过饭了。”他的声音很诚恳，听起来还有些憔悴。

赵小娟在心里叹了口气，随手把围裙丢在了一边。

父女俩的晚餐约在一家高级的西餐厅里进行，灯光很暗，客人很少，也很安静，只有若有似无的钢琴声飘在空气中。如果是一对情侣来这里，或许会觉得很浪漫，但如果换成一对不怎么融洽的父女，这种环境只会让气氛更加压抑。

“最近在忙什么？”吴子刚问。

“无所事事，在家休息。”赵小娟用调羹搅着浓汤，“酒吧那头的事情还没有处理完，应该要一个月后才能重新营业。”

“找出幕后主使了吗？”吴子刚帮她叫了一杯香槟。

“我不知道。”赵小娟抬起头看着他，“你的消息那么灵通，这个问题应该是我问你才对。”

“我以为小白会有消息，毕竟他是酒吧的老板。”吴子刚的神情很淡定，“算了，不说这些烦心事，还想吃点什么？”

“如果没有小白，那天晚上所有人都会死，我也会。”赵小娟说，“异能者的回归计划也会受到影响，对吗？”

吴子刚点头：“所以我很感激他。”

不管怎么样，不管出于什么立场，他这句话倒是说得真心实意。如果爆炸案真的发生，那后果将不堪设想。

毫无疑问，在这件事里他完全是被拉卡当成傻子一样在耍。哪怕他是真的不想让异能者出事，哪怕对面坐着的是亲生女儿，他也无法发泄倾诉，他和这个世界之间也始终隔着一层厚厚的膜。但他又并不觉得自己孤独可悲，而更愿意将这种冰冷的距离归结为天才的寂寞，任何一个卓越的领袖都应该是高高在上的，充满了令世人憎恶却又艳羡的骄傲与才华。

与这个世界格格不入，是成功者必须付出的代价。

“或许你可以来当我的第一助手。”他看着面前的女儿提议。

赵小娟笑了笑，出言拒绝了：“谢谢，不过我更愿意待在我父母身边，他们近来身体不太好。”

“我不建议你继续待在酒吧，”吴子刚真心实意地说，“那里很危险。”

“我不觉得。”赵小娟摇摇头，“我相信梁所长他们有能力解决这一切，我很放心。”她特意没有提韩卓或者白曦，以免又刺激到对方那脆弱的自尊心进而产生不必要的麻烦。

北斗研究所里，白曦正在翻看审讯记录。这次的嫌犯并不是硬骨头，为了减轻罪责，他很快就交代了所有的事情，其中就包括了拉卡和吴子刚之间的交易。

“整件事表面上看起来是针对田洋洋的，不过我更愿意相信他的最终目标是你。”梁佚道，“毕竟以吴子刚现在的地位，要对付一个普通的大学生还不至于去寻求恐怖分子的帮助。”

“可我也不想和他争抢任何东西。”白曦皱眉。

“但韩卓马上就要回来了——抱歉，之前我们为了给你惊喜向你隐瞒了这件事。”梁佚说，“在这种时候，如果你发生了意外，不管是被绑架还是受伤，韩卓的注意力就不可能放在异能者回归计划上，也就不会对他产生任何威胁……或者吴子刚的想法还会更加阴暗一些……”白曦被绑架，韩卓和恐怖分子两败俱伤，或者干脆双双殒命，这应该是他最想看到的结果。

听到韩先生要回来的消息，白曦最初确实雀跃惊喜了一瞬，但很快，严峻的现实又将他从喜悦的情绪中拉了出来。

他看着梁佚，担忧地问道：“那我们下一步要怎么办？”

“目前……比较尴尬。”梁佚说。当初为了让吴子刚能在最短的时间里获得人类这边信任，他和韩卓都出面为他做了担保，现在发生这种事，一来上级那头很难交代，二来也有可能会影响整个计划的进展。

“但如果放任不管，他或许会做出更多疯狂的事情。”

“所以我迫切希望韩卓能尽快回来。”梁佚颇为无奈，“至于目前这段时间，我会加强对吴子刚的监视并且提醒他收敛自己的行为的。”

回家之后，白曦坐在柔软的地毯上发呆，一坐就是一个小时。他其实不大满意梁佚的方案，也不想每次都留一个很大的麻烦在那里什么都不干，只等着韩先生去解决。但目前能担任异能者领袖的似乎也没有其他人，而韩先生真的快回来了……

天色慢慢变暗了，白曦的脑海里却还是一地鸡毛，乱糟糟的毫无头绪。他闷闷不乐地倒在地毯上，随手抱过史蒂夫老师，觉得心情略微有些糟糕。

而比他心情更加糟糕的是吴子刚。

在行动失败之后，拉卡陷入了一种狂躁的愤怒中，他在电话里肆意咒骂着，用词肮脏又狠毒，他表示自己曾经拥有过无数合作伙伴，但施天和吴子刚无疑是最废物、最垃圾的两个，简直是蛆虫。

“你必须为我的损失负责。”拉卡咬牙切齿地说。

“你想要什么？”吴子刚问，“应该不只是金钱这么简单吧？”

“我要你们这些年所有的实验数据，不光是你和施天的。”拉卡说，“你没有任何讨价还价的余地，最好也不要给我耍花样，否则我就公开所有交易。”

吴子刚面色铁青。

“如果你做到了，我保证以后一定不会再来打扰你了。”拉卡适时放缓了语调，“我相信你一定能做到的，吴博士，这是为了我们共同的将来。”

夜色沉沉，一束银色亮光划过天际，如同闪烁的流星。

三天之后，非洲M国。

一个满脸络腮胡的男人拖着行李箱走出机场，他微微佝偻着身子，步态轻浮，看起来像是附近某合资工厂的管理人员。

出租车司机热情地把他招揽上车，问他要去哪里。

对方递过来一张地图，上面用红圈圈出了一个地名。

“这里很乱的。”司机连连摇头。

韩卓笑了笑：“我知道那里很乱，没关系，你只需要把我送到附近的村落就行，我要去探亲。”

看在客人出手阔绰的分上，司机还是接下了这笔生意。

韩卓戴着墨镜，靠在后座上闭目养神。

出租车一路疾驰，穿过热闹的厂区和破旧的城市，终于在黄昏时刻抵达了一处边境的村落。

“谢谢。”韩卓把行李箱搬下车，印满名牌商标的箱子看起来分外惹人注意，手腕上的钻石表也浮夸得很可以。

司机几乎已经能预见他的命运。

韩卓在附近的当地人手里买了辆破旧的货车，然后驾驶着它径直开向了无人区。

这天晚上，残月隐到了乌云后，只剩下死气沉沉的天空和同样死气沉沉的旷野。

雾气浓重，车灯只能照亮前方的一小段路。在路过一片树林时，车辆突然猛地颠簸了一下，而后就响起了密集如雨的枪击声。

韩卓用一只手抱着头，整个上半身趴在方向盘上，另一只手则小心地摸索着打开车门，把行李箱推了出去。

箱子滚了两圈，开了，纯白色的粉末倾洒在地，枪声也在同一时刻停了下来。

韩卓举着双手慢慢地挪下车：“我是来谈生意的。”

十几支黑洞洞的枪口对着他，回应他的只有沉默。

“我觉得你们应该能看出我的诚意。”韩卓用下巴指了指敞开的箱子，“这是我的货，世界顶级。”

“你是谁？”对方狐疑地问。

“我是谁并不重要，我只想见拉卡。”韩卓依旧高举着双手，“我敢保证，他一定会对我的东西感兴趣。”

诡异的深夜和凭空出现的诡异男人。

拉卡在听完整个事件之后，却只问：“他只有一个人？”

“是的。”手下道，“而且我们搜过了，他身上并没有任何武器。”

“好吧，我可以见他。”拉卡把枪挂回墙上，“顺便带上他的货，我要好好地看一看究竟是不是真的世界顶级。”

两个小时后，韩卓被带到了一个武装基地。他摘下眼罩后好一会儿才适应了仓库里刺目的光。

“从来没有人敢这么和我做生意。”拉卡上下打量着他，“说真的，我最近对你这类长相的人相当厌恶，所以你最好真的能拿出好东西。”

“没问题。”韩卓四下看了看，顺口问，“这里一共有多少人？”

拉卡顿了一下：“你说我的军队？”

韩卓点头。

“两千。”拉卡嚣张地靠在椅背上，“而且这只是很少一部分。”

“没关系，有你在就够了。”韩卓点点头。

拉卡闻言皱眉：“你是什么意思？”

“我的意思是……”韩卓一把撕掉自己脸上的伪装，“谁给你的胆子竟敢去我的地方暗杀我的人？”

拉卡一下就认出来人是谁了。

他惊慌地咒骂了一句，抄起武器想要攻击。然而在他扣动扳机的瞬间，韩卓单手反折了他的枪管，子弹向拉卡自己的方向射了出去。

拉卡面目狰狞地痛呼一声，随即倒地，只用了短短几秒钟，那里就变成了寂静的泥泞血地。

几分钟后，巨大的火焰在夜空中升腾而起，伴随着震耳欲聋的爆炸轰鸣，整个基地都变成了一片焦黑的废墟。

第40颗星

尾声

倒掉的伪君子和星光的深处

拉卡及其基地被捣毁的消息很快就传回了国内。在那片充满屠杀与掠夺的空旷争议区里，一个武装组织在一夜之间倾巢覆灭实在是一件稀松平常的事情，或许是被人寻仇，又或者是遭人嫉妒，总之等这件事传开时，已经找不到任何一个当事人能说清那晚究竟发生了什么事，只有各种谣言满天飞。有人说亲眼看见了激烈的枪战，也有人说拉卡是被其他地区的毒枭暗杀的，但不管怎么样，这则新闻对国内普通民众的吸引力还不如娱乐圈小明星的绯闻大，压根没有谁想要特别关注一下——只有一个人为此欣喜若狂，那就是吴子刚，他甚至觉得是老天在帮自己扫清麻烦，拉卡消失得这么离奇又干净，简直是他做梦都不敢去想的事情。

“经过这件事，吴子刚应该会消停一阵了吧？”白曦有些不确定，“一来新的合作对象并不好找，二来这次行动失败也应该会让他更加谨慎一点。”

“会。”梁佚点点头，看了眼时间，“你还不回家吗？”

“不着急。”白曦翻看了一下桌上的资料，“有什么要我帮忙做的吗？”

“没有。”梁佚把文件夹从他面前拿开，笑着说，“走吧，我也该回家了。”

“您今天似乎心情很好？”白曦试探道，“是约了庄总共进晚餐吗？”

“她最近在生气，因为我无休止地加班，”梁佚锁好办公室的门，“所以我要早点回去。你没开车吗？我可以送你。”

“没关系，我想打车去酒吧看看。”白曦道，“酒吧街下周就能重新营业了，但酒吧还有不少事情没有忙完。”

梁佚停顿了一下：“今天周五，不想早点回家陪父母吗？”

“我本来就住在家里。”白曦回答，所以他每天都能有很多时间和家人相处。

梁佚道："那我让保镖送你去酒吧。"

需要这么谨慎吗？白曦很吃惊，他赶紧说自己这段时间已经进进出出过七叶路很多次了，不需要任何人保护。

不过梁佚显然不准备接受他的推辞，还表示在拉卡的尸体找到之前都不会放他单独去任何"危险的地方"。

"可他应该都被炸成粉末了吧……"白曦一头雾水，试图做一下最后的挣扎。

然而梁佚并没有接受这个理由，甚至连保镖都没找，而是亲自开车把他送回了家。

白曦："……"

白曦到家的时候李阿姨正在厨房里煎炒烹炸，大展厨艺。食物的香味穿过餐厅和客厅，让每一寸空气都充满了家的味道，温暖并且令人垂涎欲滴。

"有……什么好事吗？"白曦站在客厅里看着这一切，微微觉得有些不同寻常。

"有吗？没有啊。"白太太喜笑颜开地回答，见他还傻站在那儿又忍不住抱怨道，"怎么不早点回来，我和爸爸等了你很久。"

"我去研究所了。"白曦目光狐疑，"你们为什么穿得这么正式？"

"因为家里要来客人。"白太太拉着他往二楼走，"你快去洗个澡，再把这身灰扑扑的西装换掉，穿好看一点。"

"男的女的？"白曦很警惕，虽然他不觉得在目前的情况下自己还会被安排相亲，但万一呢？

"哎呀，男的。"白太太催促道，"乖儿子，快点。"

"哦。"白曦答应一声，老老实实地上楼洗澡换衣服。他对这位即将到访的客人并没有太多好奇，只猜测或许又是新的生意伙伴——在地下仓库事件之后，梁佚他们为白曦争取了许多奖励，其中就包括给白家的企业提供了许多扶植和优惠的政策，家里也就比以前要热闹许多。

晚上七点，李阿姨准时将自己精心烹制的丰盛菜肴端上了餐桌，可白博阳却在接完电话之后表示路上堵车，客人可能要到八点才能到。

白曦坐在餐桌边用手机看新闻，又饿又困，兴致缺缺。

七点五十分，门铃终于响了，白太太一把拍在儿子腰上："精神一点！"

"哎呀！"白曦小声地抱怨了一句，"谁啊到底？"又迟到又大牌，这笔生意不赚一个亿就算亏。

白博阳和白太太一起去开门，连李阿姨也跟过去凑热闹。

白曦越发觉得莫名其妙，一边偷偷摸摸喝汤，一边伸长脖子往门口看。

韩卓笑着说："对不起，我迟到了。"

白曦手里的勺子当啷一声掉在桌子上。

时间仿佛就此凝滞，灯光也变成四处飘散的光影，世界带着巨大的风声呼啸着冲向云端，让他整个人、整颗心都失重地飘浮起来。

白曦呆呆地看着门口的韩卓，脑海中一片空白，有过短暂的几秒，他甚至以为自己是在做梦，但似乎又不是梦，韩先生真的回来了，这份从天而降的巨大惊喜让他不知所措，半天了一个字也没说出来。

白太太担心地看了眼自己的老公，儿子是不是高兴傻了，怎么一点反应都没有？

韩卓笑着朝他张开手。

下一秒，小奥特曼就飞一般扑了过去，甚至还带翻了一把椅子。

白博阳："咳！"

白太太扯了扯老公的袖子，示意他安静一点。

韩卓在白曦耳边低笑："我回来了。"

白曦没有说话，他只是把手臂收得死紧，像是要把对方牢牢地锁在自己身边。

韩卓感受到那湿漉漉的脸颊，于是伸手在他微微颤抖的背上拍了拍："没事了。"

白曦咬着下唇使劲摇头，身体却一动也不肯动。

白太太指了指楼上，示意两个人可以先上楼。

熟悉的卧室，甚至连香气都是熟悉的，床头柜上摆着星球模型和两人的合影。

"不打算看看我吗？"韩卓带他坐到小沙发上。

白曦终于肯松开手了，他双眼通红地看着韩先生："我是不是在做梦？"

"我不会再走了。"韩卓轻声说。

"你怎么不告诉我？"白曦似乎还是不敢相信，"我以为梁所长会通知我，然后我们再一起去沙漠里接你回家。"

"那……现在这样不好吗？"韩卓扬扬嘴角，"我想给你一个惊喜。"

白曦看着他笑："……也好。"只要你回来，那就什么都好。

安静的卧室，温暖的灯光，还有同样温暖的韩先生。一切都是那么的美好圆满，如果不是肚子煞风景地咕咕作响，白曦几乎想要时间就停止在这一刻。

韩卓问：“饿了？”

“谁让你迟到的。”白曦小声嘟囔。

“没办法，从酒吧过来一路上都在堵车。”韩卓拉着他站起来，“走吧，我们先去吃饭吧。”

到两人下楼时，李阿姨已经把饭菜重新热了一轮。看着白曦红肿的眼睛，大家默契地选择了视而不见，白太太笑着招呼两人快点坐下吃饭，她还特意挑了一支甜酒，是清新如蜜的梅子口味。

“阿姨怎么没有一起过来呀？”白曦问。

“黛西去了酒吧，有一些事情需要她去处理。”韩卓停顿了一下才继续说，“她说改天再专门过来拜访。”

白博阳和太太对视了一眼，没有说什么。在韩卓出事的这段时间里，他们亲眼见证了儿子所有的悲伤难过和乐观坚强，他已经不再是那个事事要被家人宠爱的小男孩了，他成长为了一个有责任和担当的真正男人，他冒死拯救过地球和朋友，如今当然也有权享受重逢带来的惊喜与幸福。

“你们都看着我做什么？”五分钟后，白曦实在顶不住这诸多的直白目光，于是抬起头幽怨地发问。

韩卓迅速低头吃菜。

“哎老白，说你呢，不好好吃饭，看着儿子做什么！”白太太嗔怪地踢了一脚自己的丈夫，然后笑容满面地说，“小白乖啊，别管爸爸，我们多喝点汤。”

白博阳：“……”

饭桌上气氛很和谐，手机屏幕亮起来，是刘春春发消息，问他韩卓是不是真的回来了，还是王先生又在骗人。

白曦回了个眉飞色舞的表情。

刘春春小小地欢呼了一声：“韩哥回来了，我们庆祝一下吧！”

王先生对此毫无意见，甚至坦然接受了家里即将挂满彩色横幅的事实，对说不定还要加上生日帽和喷花这种刘春春式的庆祝方式也表示情绪稳定。

晚餐结束后，白博阳还想和韩卓聊一会儿，白太太却开口催韩卓快点去休息，毕竟这不是普通的长途旅行，而是穿越星河宇宙的星际旅行。李阿姨一早把韩先生的房间收拾好了，那里什么都没有变，甚至连精油香熏的味道都是熟悉的茉莉型的。

晚上十点，白曦小心翼翼地推开阳台门，趴在栏杆上往下看。

韩卓果然在楼下的花园里等他。

夜色沉寂，露台充满了花的香气，桌上还摆着半瓶红酒，一切似乎都和从前一样，不过也有一点区别，那就是白曦终于愿意踩着栏杆灵巧又悄无声息地跳到楼下去了。

“我以为你会等我上去。”韩卓笑着看他。

这一晚星光很好，似乎每一分璀璨都落在了久别重逢的两人眼中。

清晨，阳光温暖，韩卓在厨房里忙碌着。他很享受目前的生活，不过在彻底放松之前，还有一个小小的麻烦需要解决。

至于这个所谓的“小小的麻烦”是什么，白曦当然能猜到。他问韩卓：“你回来后应该已经见过梁所长了吧？他有没有把这一年多的情况告诉你？”

韩卓点点头，觉得目前的气氛不错，于是主动坦白：“除了梁所长之外，还有一件不太重要的事，你或许会有兴趣听一听？”

“说。”白曦戳戳他。

“其实在见梁所长之前，我还见了另一个人。”

“谁？吴子刚？”白曦猜测。

韩卓摇头：“拉卡。”

白曦：“……”

对应的时间点，离奇的爆炸案，白曦总算后知后觉地串联起了整件事，他惊讶地问：“是你一个人干的？”

韩卓说：“嗯。”

然后他又及时补充了一句：“为了给你报仇。”

“给我报什么仇！”小白总果然很生气，怒道，“你居然偷偷摸摸地一个人去了，为什么不等我一起？”

“因为我不想让吴子刚察觉。”韩卓回答。

这个理由听起来很正当，白曦命令他：“把事情从头到尾给我交代清楚。”

韩先生态度良好，一五一十地全招了。

在他回地球之前，已经从梁佚那里知道了酒吧发生的事了。为了避免拉卡再制造出更大的麻烦，他索性向梁佚他们申请一个人去炸了拉卡的老巢。

“以后不许再这么冒险。”白曦皱眉道。

韩卓点头：“我保证。”

“那吴子刚呢？”白曦问，“我之前和梁所长商量过，他的意思是要等你回来再说，毕竟不管是异能者还是人类，都不希望领袖的位置空缺。”

“吴子刚也算是对异能者的回归事业做出了贡献，如果没有炸弹事件，我完全可以容忍他。”韩卓道，“不过现在是他在自掘坟墓，包括另一个星球上的对接人也希望他先在地球上接受审判。”

另一个星球。

听到这五个字，白曦心里一动，忙问：“对了，你还没有和我说你的故乡是什么样的星球呢。真的到处都是闪闪发光的宝石吗？还有，那里是不是像科幻小说里那样天上飘着飞船，整个城市都是高科技构建的钢筋丛林？”

韩卓笑着摇摇头：“我不知道，或许吧。”

“你不知道？”白曦觉得不可置信。

“在刚开始的时候，他们问过我愿不愿意永远留在那里，不过被我拒绝了。”韩卓道，“大概是出于安全的考虑，同时也不想让我带着太多情报回地球，所以在治疗期间，我和黛西只能待在封闭的治疗室里，哪里都不能去，当然也就不会知道那里究竟有没有宝石和飞船。”

“这样啊……”白曦看着他，“那你有没有觉得很遗憾？”

“要听实话吗？”韩卓点点头，“有，不过换个角度想，我也算是回过了家乡，完成了一直以来的梦想，而且更重要的是，你们都在地球上。”

所以不管在另一个星球上等待着自己的是什么，无论是刚才说的宝石、飞船、全新的科幻世界，还是名望、财富和权力，这些全都不重要。

赵小娟敲了敲门。

听到有人来了，吴子刚匆匆把一支空的针管丢进垃圾桶：“进来。”

“你不舒服？”赵小娟一进门就闻到了一股药味，像是被加强了十倍的感冒冲剂的味道，异常辛辣刺鼻。

“喝了点感冒药。”吴子刚笑着说，“怎么，有事找我？”

“我妈炖了汤，让我送一份给你。”赵小娟把保温桶拧开，把汤放到他面前，“最近很忙吗？”

“不算忙，整个计划已经推进得差不多了。”吴子刚想要喝汤，却觉得手臂一阵扭曲麻痹，勺子也掉在地上摔成了两截。

“没事没事，”在赵小娟有动作之前，他抢先一步捡起勺子丢进垃圾桶，然后笑着说道，“是我不小心。你先回去吧，爸爸等会儿再喝。”

看着他明显僵直颤抖的左臂，赵小娟迟疑地问道：“你真的没事？”

“我可能是最近太累，躺一阵子就会恢复了。”吴子刚的额头冒出了冷汗，刚才注射的药物和他的身体还有些排异反应，如同在血管里滴入了沸腾的辣椒油，他觉得自己需要好好休息。

赵小娟上前扶住他：“我送你去医院吧。”

吴子刚脚步踉跄着，燃烧的血液让他疼痛难忍，心头也涌上一股无来由的焦躁。于是他狠狠地一把甩开女儿：“我让你先回去！”

赵小娟：“……”

“对不起，爸爸最近真的太累了，”吴子刚扯了一下领带，想让涨红的脖颈松快一些，“有事改天再说吧。”

赵小娟眼睁睁地看着他跌跌撞撞地离开，不由地皱起了眉头，那绝不是普通的感冒或者疲倦上火，更像是某种诡异的病症发作的征兆。赵小娟觉得，这情况不管是对他个人还是对全体异能者来说都不是什么好的信号。

半个小时后，吴子刚又急匆匆地回到了办公室。

他的身体状况依旧很糟糕，脸色青白，眼窝周围还有浓厚的灰黑色，看起来活脱脱就是一个刚从恐怖片里爬出来的妖怪。

据秘书汇报，赵小娟是和他前后脚离开的办公室。不过吴子刚依旧不放心，他打开垃圾桶，确定针筒依旧躺在废纸里并没有被发现或拿走后才稍微松了口气，并且有些不满自己的大意——居然会因为一时的疼痛而犯下这么严重的错误。

然而，他显然低估了自己的女儿。赵小娟在离开他的办公室后，第一个电话就打给了师向广和梁佚，并将吴子刚的异常同步给了他们。

“针筒？”梁佚心中涌起不好的预感。

“里面残留着一些液体，颜色很奇怪，是像蝴蝶翅膀的颜色一样的宝石蓝，味道也很呛鼻。”赵小娟道，“因为担心会被他发现，我没有把针筒带出来。”

“你做得很好。”梁佚道，“他平时做事很谨慎，这次应该是因为身体不适才会仓促地把针筒丢在垃圾桶里。”

“我应该怎么做？”赵小娟问。虽然她对吴子刚的野心极端不满，甚至还有些鄙夷和厌恶，但她也不想他落得和施天一样的下场。

“最近多去看看你父亲吧，不过最好不要让他觉察到异常。”梁佚道，“我们也会尽快查清楚那药剂究竟是什么的。”

“暂时隐瞒行踪？”白曦问，“这个暂时是多久？”

“到吴子刚的事情解决为止。”韩卓道，“要避免因为我的出现而让他变得更加癫狂，而且有些事情在暗中更好调查。”

于是韩卓暂时住到了星海路的公寓，黛西也住进了另一个僻静的小区。

异能者的回归日期定在半年后。那是一个相当浩大的工程，人类这边除了要负责飞船的制造外，还有更多更复杂的召集工作要做。至于那些不想离开地球的异能者，这次也有安全快速的药物能让他们的异能迅速消失，变成真正的普通人。

不过就算后续有再多事情，一场热闹温馨的小范围欢迎会也必不可少。如同王远辰预料的那样，刘春春得到消息后第一时间就往墙上挂彩带、气球和横幅了，怎么说呢，就非常……浪漫吧。

“你怎么也不来帮忙？”刘春春站在梯子上，胆大包天地支使王先生干活，“快点，把无痕钉给我。”

“我觉得欢迎会并不是很需要这种……横幅？”王先生坐在沙发上，两条长腿架上茶几，看起来没有一点要动的意思，“像是超市换季大促销。”

“但你不觉得这样很喜庆吗？”刘春春说。他穿着一套棕色的小熊家居服，屁股上有尾巴，帽子上有耳朵，手里拎着一把榔头，看起来喜感十足，就像从动画片里走出来的角色——还是最可爱的那种。

于是王先生再度妥协：“是很喜庆。”

刘春春把榔头递给他：“喏。”

王远辰认命地站起来，把那个大红色的写着“热烈欢迎”的横幅钉上了墙。

晚上八点，白曦和韩卓一进门就被礼花吓了一大跳：“什么东西？”

王先生举着纸筒，面无表情地说：“欢迎啊。”

白曦："……"

看着刘春春笑容灿烂的脸，小白总昧着良心，配合地做出了惊喜的表情。

"韩哥！"刘春春不知道从哪里抱出来一大束五彩斑斓的鲜花，隆重地献给了韩先生，以欢迎他宇宙航行归来。

客厅里的灯光不断明灭，餐桌上摆着瓜子、水果和饮料，粉嗲嗲的气球飘得到处都是，韩卓用相当钦佩的目光看着王远辰——按照他的品位和性格，能允许刘春春把自己家弄成这种城乡接合部的超市促销风，简直堪称奇迹。

"怎么样，外星生活好玩吗？"刘春春帮众人泡茶。

"不怎么好玩，"韩卓笑了笑，"不如地球好玩。那里没有小白，没有你们，也没有这么好喝的柚子茶，谢谢，味道很不错。"

"是我们自己做的。"刘春春说，"你喜欢的话，走的时候可以带一罐。"

"你……们？"韩先生的表情别有深意。

刘春春笑眯眯地回答："嗯。"这是他和王远辰最近的新乐趣，在周末一起研究新的小甜点，越来越有居家过日子的烟火气了。

如今韩卓回来了，所有事情都在向着圆满的方向发展，他是发自内心地为白曦高兴，也是发自内心地希望异能者们能早日返回家园，让整件事可以有一个最好的结局。

这场小规模的欢迎会进行了一个小时，在送走客人后，刘春春欢快麻利地收拾好，然后在水槽边哼着歌洗杯子。

王远辰站在厨房门口看了他一会儿，突然说道："你好像从来都没有问过我会不会回去。"

刘春春闻言手一滑，差点把新买的草莓杯子打碎。他扭头看着王先生，吃惊地说："你要回去吗？"

王远辰和他对视片刻，点头道："对。"

刘春春却摇摇头说："你才不会。"

"我为什么不会？"王远辰走到他身边，认真道，"说一个理由。"

刘春春把手里的杯子冲洗干净，没吭声。

王远辰逐渐焦躁起来，他抓着对方的肩膀，强行把人转过来面对着自己，又问了一次："说，我为什么不会走？"

"因为我还有大家都在这里啊。"刘春春回答。

王远辰强压住心里的得意，漠然道："没听清，大声一点，再说一遍。"

刘春春深呼吸了一下，提高声调说："哦，祝你一路平安。"

王先生闻言勃然大怒："你这人怎么这样的！"

"是你自己说要走的，"刘春春气鼓鼓道，"是你先吓我的！"

王远辰语塞，他觉得这个地球人有点无法无天，但是转念一想，似乎一直是他在照顾着自己，从美味的三餐到天气变化时贴心的衣服加减，这个温馨整洁的房间像是有魔力一样……好吧，王远辰想，这么看来，别说是去另一个星球，就算是去另一个城市或者另一个国家，他都得把面前的人打包带着身边，因为只有这样他才会舒服。

隔壁，韩卓正在给白曦热牛奶。虽然这里已经一年多没有住过人了，不过还是很整洁温馨，因为刘春春和王远辰经常过来打扫，所以就连阳台上的植物也依旧翠绿茂盛。至于那一大盒积木，则是一直在书桌上，此时白曦正翻看它的说明书和零件。

"我以为你已经把它拼好了。"韩卓站在他身后不无遗憾地说道。

"你想得美。"白曦撇嘴，"说好了要一起拼，你别想逃。"

韩卓笑了笑："那以后每个周末我都陪你拼积木，好不好？"

"还是等拯救完世界再说吧。"白曦把积木收好，放到柜子里，"吴子刚注射的那种药到底是什么，你想过吗？"

"其实不难猜。打针嘛，要么是为了治病，要么是为了变异，治病没必要遮遮掩掩，所以我认为是后者。"

"变异？"白曦又想起了施天制造的那些僵尸。

"或者说是通过变异来变强。"韩卓道，"至于他为什么要这么做，你应该很容易就能明白其中的原因。"

"因为嫉妒你，所以想改造自己？"白曦问，"这也太疯狂了。"

"不仅仅是因为嫉妒，也有可能是为了自保。"韩卓道，"一个人亏心事做多了，就会担心有一天会被反噬，而想方设法保护自己是本能。不过有施天的前车之鉴，他这次使用的药物应该会温和很多。"

"可如果真像赵小娟说的那样，那药物可不见得有多温和。"白曦叹气，"有时候我真不知道他是怎么想的，明明可以轻而易举地功成名就，却总是要自找麻烦。"

"所以才说，人可以为了梦想疯狂，却不能真的变成疯子。"韩卓说，"你没有他那样的执念，当然不会懂，不过你也不需要懂，把这件事交给梁所长，等他查清楚那是什么药再说。"

白曦点头："嗯。"

一周之后，七叶路大部分酒吧都已经恢复营业了，只有星辰酒吧依旧在装修，看起来像是要大翻新。

"你还需要助理吗？"赵小娟来找吴子刚，"我可能会失业三个月。"

"最近我很忙，没有时间给你安排工作。"吴子刚摇头。

赵小娟打量着他的神色："我以为你越忙碌才越需要我。"

"但你对科研一无所知，而我也不需要生活助理。"吴子刚唰唰几下，开了一张支票递给她，"够不够？"

"我不缺钱。"赵小娟拒绝了这种直接的经济援助，"至少让我当个文员，我不想欠你的人情。"

"可文员也是人情之一。"吴子刚笑了笑，"好吧，你可以跟着小王，不过工作会很琐碎，而且薪水也不高。"

"但至少我付出了相应的劳动。"赵小娟利落地站起来，不再纠缠，"谢谢，我明天就过来上班。"

小王是吴子刚的助理之一，负责安排车辆、行程和发票报销，时不时还要负责对外沟通、确定会议时间等，工作内容的确琐碎而又繁杂，但赵小娟跟在这位小王助理身边也有好处，那就是可以经常见到吴子刚。

仅仅过了一周，赵小娟就肯定了一件事——她的这位亲生父亲的确不大正常。他就像是有多重人格一样，有时候颓然苍老，有时候又精神百倍，有时候斯文温和，有时候又暴躁无比，骂人的声音能从三楼传到大厅。而且赵小娟清楚地记得，其中有四次，她看见他的手上出现了一些蓝色的斑点，像是怪异的霉斑，令人毛骨悚然。

吴子刚看着自己蓝色的左手，从冰箱里取出来一支针剂，咬牙扎进了皮肤里。

一分钟后，秘书过来通知他开会。他离开后没多久，赵小娟就趁机溜进他的办公室，把针管里残余的药液滴进了特制的试管里。

师向广又有了新工作——分析药剂成分，事实上，他也很好奇吴子刚到底在背地里搞些什么鬼。

这天下午，凌小刀在和琳达看完电影后散步到了公园。两人找了一个椅子坐下，凌小刀把手里的纸袋交给琳达，并一脸严肃地说："那个，我给叔叔买了件新衣服，你帮我转交一下吧。"

“那个老科学家？”琳达吃着冰激凌，漫不经心地说，“他最近很忙的。”

“那你就更要多照顾他了。”凌小刀很有耐心地教她。

少女不以为然，摊开手心，把刚刚捏碎的冰激凌蛋筒喂给鸽子。

过了一会儿，凌小刀又问：“你……还要回去吗？”

“回去啊，为什么不回去？”琳达看了他一眼，说得理所当然，“星际旅行，听起来很酷的样子。”

凌小刀闷闷不乐地说：“哦。”这个问题他已经问过了很多次，而且每一次得到的答案都是相同的。他想留下她，但是又不知道该怎么开口。他知道她曾经喜欢过什么样的人，大名鼎鼎的Aspis，不仅又高又帅又有钱，还是最出色的异能者之一，像星辰一样耀眼，和平凡的自己截然不同。

琳达突然说：“你可真是个好人。”

凌小刀变得更加郁闷起来，生平获得的第一张好人卡是自己喜欢的女孩发的。

但琳达其实并没有别的意思，她只是发自内心地觉得这个地球人又温柔又体贴，除了有些笨之外，基本上毫无缺点，真的是个很好很好的人。

“晚上请叔叔一起出来吃饭吧，有一家新开的烤鸭店味道不错。”凌小刀又说，他还是不怎么想放弃。

琳达把电话打给了师向广，不过却一直提示占线。

“你得想个办法，要尽快阻止吴子刚的行动。”师向广握着手机，双眼死死地盯着培养皿里不断分裂的细胞，语气难得惊慌，“我能猜出他的想法，但这是完全错误的配方……他最终会变成怪物的！”

在接到师向广的警告后，梁佚第一时间就把电话打给了赵小娟，想让她尽快离开吴子刚身边，但电话却迟迟没有被接通。

周末，大楼里没有几个人，赵小娟端着咖啡，远远就听到办公室里自己的手机在响，于是快走几步想去接，高跟鞋的鞋跟在光滑的大理石地面上敲击出清脆的声响。这原本是最平常不过的办公室小噪音，不过这回却险些令吴子刚发狂。他焦躁地站起来，挥手把桌面上的文件全部扫到了地上：“安静一点！”

水杯摔得粉碎，赵小娟猛然停住了脚步。

办公室里，吴子刚双手撑在桌上，眼眸赤红。脑海中残存的最后一丝理智终于让他意识到现在的情况似乎有些糟糕，身体里沸腾着的癫狂情绪，像是吸食毒品之后的迷幻狂欢，那感觉的确让他膨胀满足，但他也清楚这绝对不是正确的基因改造方向。手背上再度密布蓝色的斑点，他眼睁睁看着那诡异的颜色飞速蔓延，直到最后变成凹凸不平的虬结疤痕。抑制剂就在抽屉里，然而癫痫般剧烈颤抖的双臂让他没有任何力气再为自己注射药液。

赵小娟站在办公室门口，透过小小的缝隙看着里面的一切，从未有过的惶恐让她脸色苍白，她悄悄地转身，本能想要逃离这个地方，却又因为吴子刚的痛苦号叫而停下了脚步。

而就在她犹豫的短短几秒里，她身后那扇厚重的木门忽然轰然倒地。

面目狰狞的吴子刚一把扯住赵小娟的头发，带着她消失在了走廊尽头。

这也是监控录像记录下的最后一段关于吴子刚的影像，至于他带着赵小娟穿墙去了哪里，没有人知道。

“究竟是什么药物，”韩卓看着屏幕上定格的画面，“为什么他会连外貌也发生了变化？”

“如果我没猜错，他应该是想要进行异能移植，通俗来讲，就好像人类的器官移植一样。”师向广道，“其实这也算是一个全新的思路，既然不能无限制地改造自己的异能，就更多地去汲取别人的异能，让它们在同一具躯体里融合。”

“然而药物配比失误？”韩卓又问。

“他选了完全错误的免疫抑制剂，那些药物虽然能减轻排异反应，却也直接导致了所有异能在他身体里无限制地复制膨胀。”师向广道，“至于膨胀的最终结果是什么，我暂时说不准，或许他会心脏衰竭，又或者会变成一个丧失神志的失控者。”

白曦光是听到“丧失神志的失控者”这几个字就觉得脑袋隐隐作痛——吴子刚可能会变成比施天更加疯狂的疯子，压根毫无理智可言。

“所以他其实从来就没有停止过寻找志愿者，或者说是受害者。”韩卓道，“用花言巧语煽动他们献出生命和异能。”

“我们得尽快找到吴子刚。”白曦道，“不然除了赵小娟，这座城市里的每一个人都会有危险。”

话虽然这么说，但在场的每个人都清楚，从某种程度上来讲，吴子刚的行踪甚至比施天的更加诡秘，一个会穿墙的异能者，对他而言这个世界几乎没有任何障碍。

窗外夜色漆黑，还有两个小时才会天亮。梁佚独自站在阳台上出神，他眉头紧锁，鬓边也隐隐露出了白发的痕迹。

白曦小声问韩卓："要去劝劝梁所长吗？"

"让他一个人冷静一下吧。"韩卓拍拍他的肩膀，"天亮之后，我会先去见一见人类的代表，和他们商量下一步行动。"

梁佚在阳台上一站就是两个小时，腿脚都有些麻痹刺痛了，但这根本比不上他心里的沉重情绪。事情发展成现在这样，的确是他严重失职了，如果不是他一直对吴子刚抱有幻想，觉得对方不至于疯狂至此，如果他能早做一些防范措施，那么今天的一切都不会发生。

但现在一切都迟了。

师向广站在玻璃门后，看着他有些佝偻的背影，无声地叹了口气。

阴暗的房间里，赵小娟挣扎着坐起来。她脑海中的嗡鸣还没有完全消散，过了好一会儿，她才看清眼前的一切。

这是一处还没有来得及装修的住宅，青灰色的地面上堆着许多袋装的水泥，吴子刚就坐在那堆水泥上，神色颓然。之前遍布他身体的蓝色疤痕已经消退干净，像是症状减轻的表现。

赵小娟试着动了一下双手，长时间被结实地捆绑着，她的部分身体已经没了知觉。

吴子刚抬起眼睛，沉默地看向她。

"放开我。"赵小娟说，她的声音并不尖锐，也没有任何怒意，只是在平静地陈述事实，"这样再过几个小时，我大概要截肢了。"

吴子刚没有动，也没有说话，像是根本没有听到她在说什么。

"你为什么要这样做？"赵小娟继续问。

"我也不想。"吴子刚嘴唇颤抖，眼底满了是绝望，喃喃道，"但是一切都已经晚了……走廊里有监控，他们现在一定已经知道了所有事。"

从高高在上的领袖位置一夜跌落谷底，他没有做过任何心理准备来接受这种落差，在他的计划里，那原本应该是相当完美的药剂，只会让他更加强大，而不是像现在这样，狼狈得像是丧家之犬。

"我并没有做错什么。"他握紧拳头，脖子上暴出青筋来。

"是，你没有做错任何事，但我也没有做错任何事。"赵小娟说，"你能先解开我的绳子吗？"

吴子刚随手抓起一袋水泥，狂躁地将它砸向了墙壁，顿时，整个房间在弥漫的灰尘中颤抖起来。

他在房间里来回踱步，心里的焦躁和愤怒直白地映射到了脸上，很快，那里就重新爬满了蓝色的斑点。

“或许我们可以先找一个完美的理由去向他们解释这一切，”赵小娟艰难地挪动身体，缩到了角落里，尽量不惹吴子刚生气，“你并没有杀人，也没有做错什么，只是……只是……身体出了些小小的状况而已。”

“他们不会相信的！”吴子刚猛地扑过去，单手卡住她的脖颈，暴凸的眼珠上遍布血丝，“他们会派梁佚来调查我。”

“你、你害怕、咳、害怕被调查吗？”赵小娟艰难地问。

吴子刚粗重地喘息着。他当然怕，疯了一样地怕。那些黑市的地下交易，哪怕只有一件被翻出来，也会让他多年来的努力毁于一旦。

他不会允许这种事情发生。

绝对不允许。

天刚亮，韩卓就和梁佚动身前往有关部门把整件事情做了简要的汇报，不过有一处隐瞒，那就是关于吴子刚变异的原因，他们并没有说他是出于嫉妒而私下尝试了基因改造，而是把这一切都归因给了压力过大和抗抑郁药物的副作用——倒不是为了替吴子刚维护形象，而是为了最大限度地减少猜疑和动摇。

可即便是这样，上级依旧相当不满，异能者的领袖在一夜之间变成了不定时炸弹，还处于恐怖的失联状态，这听起来也并没有比当初的施天省心多少。现在他们唯一庆幸的大概就是韩卓回来了，凭他的能力，应该可以很妥善地解决问题。

“你那边怎么样？”从办公大楼出来之后，韩卓打电话给白曦。

“凌剑还在查看监控，但暂时没什么发现。”白曦道，“你那头呢？”

“我马上赶回来。”韩卓道，“至于梁所长，他有些私事要忙。”

而且是很焦头烂额的私事。

霸道女总裁已经给她的牛大翔院长下了最后通牒，今天要么一起去看结婚的新房，要么以后永远都待在医院加班别再见面，大家一拍两散。

从听筒里传来的声音清晰地飘进了一旁韩卓的耳朵里，他同情地拍了拍梁佚的后背，道：“不然你今天请假吧，我一个人回去就好。”

“这种时候，我还请什么假。”梁佚把手机装回裤兜，重重地叹了口气，道，“走吧，回研究所。”

“可这样对庄总不公平。”韩卓拉住他，“她并不知道您的真实身份，也不知道最近发生了什么事。”

纯粹站在庄妍的角度来看，她的医生男朋友已经有相当长的一段时间神龙见首不见尾了，在共进晚餐时接到加班电话进而离席更是常有的事。就算救死扶伤的工作很光荣，但没有哪位女士能容忍自己如此长时间地被恋人忽略，更别提婚期将近，他却连一起看婚房的时间都没有——这种种过分行径，就算被怀疑移情别恋也不算冤枉。

“就当是放松一下吧。”韩卓帮他拦了辆出租车，“太过紧张焦虑对工作没有好处，如果有情况，我们随时电话联系你。”

“你确定我可以在这种时候去约会？”梁佚无奈地问。

“这不是单纯的约会，”韩卓回答，“而是为了将来。”

梁佚并没有反驳这句话，自从和庄妍交往之后，他所有关于未来的人生规划就都是从和她组建一个完整家庭的角度出发的，包括他这次如此积极地促成异能者回归计划，也是为了能给目前的工作彻底画一个句号，从而更好地、心无旁骛地开始下半段人生。

“研究所那边交给我，不用担心。”韩卓把梁佚推进车里，随口问了一句，“庄总在哪等您？”

“梧桐路恺撒小区，我们的婚房在那里。”梁佚笑了笑，“谢谢。”

汽车一路远去，韩卓也在没多久之后回到了研究所。

白曦和凌剑正在研究一段录像，画面里的人看起来有些像是吴子刚，不过由于实在太模糊了，又只有短短三秒，所以很难确定。

“我眼睛都要瞎了。”白曦看得头昏脑涨。

“这是哪里？”韩卓调出地图来对照，“梧桐路白鸽广场，商业区？”

“嗯，算是城郊的繁华地带。”白曦道，“那一片的人流很密集，是新兴的黄金地段。”

“多抽一些人来，再把它周围的录像筛一遍吧。”韩卓道，“这算是目前唯一的线索了，别轻易放过。”

凌剑点点头，匆匆出门去安排工作了。

白曦又回放了一遍视频，忧心忡忡地说：“哪里都找不到赵小娟的踪迹，那可是他的亲生女儿，他该不会伤害她吧？”

“嗯。”韩卓将他从屏幕前拉开，“休息一会儿吧，着急也没用。”

“你还没告诉我，梁所长去哪里了。”白曦顺从地坐到了休息用的小沙发上，问起韩卓之前说了一半的事，“什么私事，方便透露吗？”

韩卓笑着递给他一杯水：“看婚房，再拖下去，估计你的灵魂挚友短期内都不会有继父了。”

恺撒小区，建筑和名字一样气派，富丽堂皇，美轮美奂。

马克李坐在宽阔的红木沙发上，百无聊赖地打了个哈欠：“请问你男朋友什么时候过来？”

“马上就到了，堵车。”庄妍把手里的花瓶放在架子上，“怎么样，你觉得你牛叔叔会不会喜欢这种装修风格？”

“太土了。”马克李直白而勇敢地说，“而且真的很像《爱的大山楂》取景地。”一样阴森森的古旧风格，感觉女主角随时都会从天而降。

庄妍抬起13厘米的高跟鞋准确地对着马克李的脚背来了一下：“不许再提你的那部绝世烂片！”

马克李嗷嗷惨叫着倒吸冷气，心里充满委屈地蹲在墙角给灵魂挚友打电话，结果被对方拒接，于是他更委屈了。

天花板上的中式吊灯稍微晃了晃，像是因为窗外的风。

赵小娟被吴子刚大力地扼住脖颈，只能徒劳地踢动双腿。她看着面前疯狂变异的父亲，心头涌上了浓浓的绝望和悲哀，她不知道他想做什么，或许此刻，吴子刚自己也不知道他这种行为的意义在哪里。

“你……你清醒一点。”赵小娟费力地说。

吴子刚把她推到墙角，喃喃地重复道：“我完了，我彻底完了。”

“我们去找梁所长，去找师老师。”赵小娟用最后一丝力气挣脱了他的钳制，苦苦哀求道，“他们会研究出药物让你恢复正常的。”

听到这句话，吴子刚突然呵呵地干笑起来。他脸上血管暴凸扭曲，已经从蓝色变成了焦黑，和他赤红的眼眸形成了鲜明对比，那模样完全像是刚从地狱里爬出来的魔鬼。

“你骗我。”他说，“连你也骗我。”

“我没有骗你。”赵小娟试图安抚他。

“我知道，什么都毁了。”吴子刚一拳砸在墙上，黑色的血液顺着青灰的墙壁流了下来，“就算治好了，我也回不到之前的位置了。”不再是令人仰慕的领袖，而是一个病人，一个被别人随意同情的可怜虫。这落差令他惶恐，也令他焦躁如困兽，但这一次，再没有人能帮他走出困境了。

一切都毁了，他比任何人都要清楚这一点。

“你要干什么？”赵小娟惊慌地问。

吴子刚举起了防风打火机，点燃。跳跃着的橙黄色火苗像是天使，也像是魔鬼，诱惑着他把它丢向房间一角，那里堆积着许多木材。

“陪着爸爸吧。”他脸上露出瘆人的绝望笑容，“一切都结束了。”

灼灼火光划过空气，拉出了长长一条光影。赵小娟惊慌地尖叫了一声，右脚使劲一蹬想要站起来，却猝不及防地踏进了厚厚的水泥地面里。

一只红色高跟鞋从天而降，马克李受惊不浅。他本能地抬起头，却看到了让他更加受惊的一幕：在天花板上，在那充满着“大山楂”恐怖风格的红木吊灯旁，赫然多出了一条白花花的腿。

“啊！”庄妍尖叫出声。这画面实在是超出了她的理解范畴，只能被粗暴地理解为闹鬼。于是她拉起儿子就往外跑，结果门刚一打开，就看到梁佚从电梯里走了出来。

“怎么了？”他也被惊慌失措的母子二人吓了一跳。

庄妍语无伦次，伸手胡乱地往敞开的房门里一指。

赵小娟正从半空中呼啸落下，重重地砸在了茶几上。

“啊！”庄妍的尖叫声更大了。

“别怕。”梁佚搂住她的肩膀安慰，“小马，先送妈妈……小马？”

“我、我、我在。”马克李哆哆嗦嗦从地上爬起来，他也有些腿软。

“先和妈妈回家，记得别把看到的事情说出去。”梁佚把庄妍交给他，自己则快速地把定位和情况同步给韩卓。

赵小娟竟然会出现在这里，他深感意外，但他来不及多想，快走两步准备扶她起来，却有另一个人凭空出现在了客厅里。

蓝色的、丑陋的、狰狞的，充满了危险的杀戮气息。

看着眼前的怪物，庄妍眼前一黑，彻底晕了过去。

“快走！”梁佚回身用力一推马克李，然后挺身挡在了最前面。

“梁所长，”吴子刚僵硬地朝他走了两步，血液顺着脚踝灌进鞋里，又在地面上印出深色的痕迹，“你怎么来了？”

“我来接你回去。”梁佚很镇定，“不管发生了什么事，你都需要先接受治疗。”他一边说，一边在身后摆手，示意马克李找机会尽快离开。

“治疗？”吴子刚看了眼自己脚下的血迹，阴恻恻地说，“晚了。”

“至少要试一试。”梁佚看了眼赵小娟，她似乎伤到了骨头，正在痛苦地呻吟。

“先让我扶小娟起来，可以吗？”梁佚举起双手，表示自己并没有任何攻击性，“她现在很难受。”

吴子刚往身后看了一眼。

趁着这短暂的一瞬，马克李扛着昏迷的庄妍就想往电梯冲。

但吴子刚的警觉性奇高无比，他恼怒地怪叫一声，一跃而起，直接越过梁佚，右手准确地抓住了马克李的肩膀，把他和庄妍丢回了房间。

“咳咳。”文艺导演身体素质不算好，被摔得七荤八素，肋骨差点断了。

“你别碰他们！”梁佚愤怒地吼了一句，也顾不得许多，三步并作两步冲上前把庄妍从地上扶起来。

霸道女总裁依旧昏迷不醒，而且经过这一摔，似乎还昏得更加专心致志了些。

“不如大家一起死吧。”吴子刚反手关上门，还不忘挂上防盗链。

痛苦呻吟的赵小娟、人事不省的庄妍、魂飞魄散的马克李，这大概是梁佚所能想象到的画面里最糟糕的一种。

梁佚找回了出走的理智，他放缓语调，试图重新对吴子刚进行安抚：“你不想亲眼看着异能者回归故乡了吗？那是你一直以来的梦想。”

马克李震惊地张大嘴。

“他们不再需要我了。”吴子刚面上青筋狰狞。

“他们需要你，他们很需要你代表他们和人类进行沟通，除了你之外，没有人能胜任这份工作。”梁佚继续道，“现在事情已经到了最关键的一步，下周还有重要的会议要开，你相信我，小明会用尽一切办法来治好你的。”

“韩卓可以。”吴子刚喃喃地说，“他可以取代我。”然后又近乎歇斯底里地大吼了一句，“而我永远也不可能取代他！”

这是深埋他内心深处到死也无法逃避的事实，也是一道尴尬而又鲜血淋漓的伤口。那才是异能者真正的领袖，拥有崇高的名望、强大的异能、蓬勃的生命力，不管自己多努力也无法抹掉或者抹黑他存在的痕迹。

“但他还在外星。”梁佚继续说。

马克李怔怔抬起手，抽了自己一个耳光，刺痛且真实。

吴子刚却无暇顾及他，只是一直盯着梁佚。他其实知道对方说的是花言巧语，是在骗自己去接受审判，但他又迟迟不愿意动手，疯了一般地想再多听一些夸赞和称颂。领袖、统治者、引导者、令人崇拜的、肩负种族命运的……这些话是那么的光辉诱人，他恨不得把它们从字典里抠下来，镶嵌进自己的血肉里。

时间一分一秒地过去，梁佚还在试图说服吴子刚，他甚至还跟他保证，将来飞船离开地球的时候，虽然不会有媒体记者公开报道拍照，但那一重要时刻的每一帧画面都会被永远封存进人类历史的档案里。

“你将会创造出独一无二的历史。”梁佚说。

吴子刚幻想了一下那一天的场景，嘴角重新挂上笑容，但那笑容在他蓝黑色的脸庞上显得分外扭曲阴森。然而就算是这种扭曲阴森的笑容，也只是稍纵即逝，他低头看着自己不断渗血的双腿，很清楚这意味着什么。

一枚银色的刀片滑落到他的手心，吴子刚打算先割断女儿的咽喉，好让她在大火中不那么痛苦。

“住手！”梁佚扑过去想阻拦，却被吴子刚拎着腿直接甩到了墙上。手臂和肋骨同时断裂，梁佚嘴里泛上腥甜，他趴在地上嘶哑地怒吼：“那是你唯一的女儿！”

吴子刚抓着赵小娟的头发，迫使她抬起下巴，然后把刀片贴了上去。

“陪爸爸一起走吧。”他木然地说。

赵小娟呜咽挣扎着摇头，眼底写满惊恐。

一个红木花瓶破风飞来，在吴子刚头上裂成八瓣。

吴子刚阴森地回头看去。

马克李诚恳地说：“对不起啊。”

吴子刚恼羞成怒，他没想到这个卑微的人类居然也敢偷袭自己。于是他把女儿丢在一旁，挥拳向着马克李狠狠砸去。

马克李吓得魂飞天外，举着靠垫挡在头上权当抵抗，同时不忘尖着嗓子大喊一声：“救命啊！”

防盗门砰地一声被人踹开。

白曦闪电一般冲进来，抓着马克李的衣领把他拽到自己身边：“你没事吧？”

“小、小、小白？”马克李以为自己再度出现了幻觉，要么就是已经被捶出了灵魂，才能在这种时候见到灵魂挚友。

吴子刚从嗓子里发出困兽一般的嘶吼，他死死地盯着韩卓，眼眶中渗出的血珠滑过脸上凹凸的疤痕，丑陋又狰狞。

“收手吧。”韩卓冷冷地说。

吴子刚号叫一声，疯了一般扑了过去。

这是他最后的挣扎，然而药物的副作用在此时达到了顶峰，滚烫灼热的血液冲刷着他身体的每一寸，像浓硫酸一般把他的血管腐蚀得千疮百孔。

韩卓并没有出手，他只要站在那里，就足以让吴子刚的负面情绪无限膨胀，让他癫狂失控，直至最后心脏衰竭。

乌黑的鲜血不断涌出嘴角，吴子刚疲软地跪倒在地上，只剩下最后一丝气息。

“我知道，”他嘶哑而又失神地说，“我早就知道，你迟早会杀了我。”

“是你自己杀了自己。”韩卓看着他，“不管你愿不愿意相信，自始至终，我都对领袖的地位没有任何兴趣。”

吴子刚的嘴唇动了动，他想驳斥对方的虚伪，却已经没有力气再发出任何声音了。

如果没有韩卓，他本来可以不用注射那些药物的。

这是他在临死前的最后一个念头。

韩卓把赵小娟从地上扶了起来，又把梁佚搀到了沙发上。

“你……傻了？”白曦拍了拍灵魂挚友的脸，“喂，清醒一点。”

马克李牙齿打战：“他、他死、死、死了吗？现在我们安、安、安全了？”

白曦点头：“嗯。”

“确定吗？”马克李又问了一次。

白曦很有耐心：“确定。”

“那、那、那就好。”马克李气若游丝，白眼一翻，终于放心地晕了过去。

白曦：“……”

马克李醒来的时候，白曦正坐在他身边翻杂志。病房里有淡淡的药味，床头摆了一大束鲜花，是文艺导演最爱的怒放着的七彩玫瑰。

“你醒啦？”白曦在他面前挥挥手，“怎么样，没事吧？”

马克李双眼直勾勾地看着他，就好像在看一位外星人，哦不，他本来就是外星人。

发生在恺撒小区的事情一幕幕重回脑海，他觉得自己八成是穿越进了“大山楂”和科幻片结合的虚幻世界。

“庄总没什么事，只是受惊过度。”白曦说，“你继父的左臂和肋骨骨折，需要休养半年左右，请问还有什么别的问题吗？”

“没、没、没了。”马克李一把握住他的手，力气之大，像是要把自己的灵魂挚友捏成渣，他热泪盈眶地说，“这到底是怎么回事，我们还在地球上吗？”或者说已经被传输到了动荡的塞伯坦星？

白曦费了不少力气才把手抽出来：“在。”

马克李继续用灼灼的目光看着他。

白曦整理了一下思路：“故事要从我出生那一年说起。”

“需要这么久吗？”马克李吞了吞口水，他想直奔重点，救世主降临地球，高潮迭起爽炸天的那种。

白曦握住他的肩膀：“一千年前——”

“那还是从你出生那年开始吧。”马克李正襟危坐，“那一年发生了什么？”

白曦回答：“我变异了。”

马克李的嘴张成了夸张的“O”形。

外星人、阴谋、屠杀、逃亡、拯救、恢宏的宇宙传输计划……灵魂挚友变成了超级英雄，冷酷可怕的保镖先生其实是另一个族群的领袖，而最令人目眩神迷的无疑是那位私立医院的牛院长、一直被自己嫌弃的老土继父，居然还有这种隐藏的、酷炫到无法言说的第二重身份。

现实远比电影和小说要更加精彩，马克李哽咽而又虚弱地靠在白曦肩头，觉得自己需要冷静三天三夜才能完全消化这种奇幻现实。

然而只过了一会儿，他又问：“韩哥呢？”

“他在开会。”白曦道，“因为梁所长受伤了，所以现在所有的事情都需要由他和周勇去处理。”

在向人类这边汇报吴子刚的死因时，韩卓依旧说是抑郁症药物的副作用和异能者体质特殊导致的。几天之后，报纸用极短的篇幅登载了吴子刚博士患病去世的消息，在社会上引起了一阵相关的反思和讨论。

赵小娟没有继承吴子刚的遗产，而是委托专业人士将他的财富全都捐了出去，在某种程度上也算是保全了这个癫狂了一生又可悲可怜的失败科学家最后的名声。

“都结束了吗？”白曦问。

韩卓温柔地笑了笑：“嗯。”

所有的麻烦都已经解决，当然，可能还有一些小问题，比如梁所长该怎么向霸道女总裁解释整件事，据说他已经为此碰了好几鼻子灰了，但和之前那浓重不散的血腥阴霾比起来，这些小小的忧愁简直就像是酸甜可口的波子汽水，只会让生活更加美妙，更加有滋味。

三个月后，星辰酒吧重新开张。

凌小刀抱着花费力地挤进人群，远远地看着舞池中央头发碧绿的少女，他觉得她又酷又可爱，不管是金属的心脏还是难以形容的发色，都毫无缺点。

“你是来查客人酒驾的吗？”琳达拎着他的制服大声问。

凌小刀嘿嘿地笑：“我刚下班，来不及换衣服就过来了。”

琳达带着他去了安静的二楼露台。

这一晚的月光很亮，少女倚在栏杆上，看着不远处的云环发呆。

“你吃晚饭了吗？”凌小刀问，“我带你去吃夜宵吧。”

“我喝了很多酒。”琳达晃了晃脑袋，觉得头有些晕，胃也不舒服。

“那我送你回家吧。”凌小刀说，“这里很冷的，再待下去该感冒了。”

琳达没有回答他，只是皱着眉头裹紧外套，觉得寒冷的空气已经入侵到了胃里，把那里搅得天翻地覆后，又蹿到了心脏，让冰冷的金属变得更加冰冷，就好像是一块沉重的尖锐石头。

“喂喂，你没事吧？”凌小刀一把扶住她。

琳达额头上冒出冷汗，软绵绵地晕了过去。

漫长的夜晚，和同样漫长的等待。

私人医院的走廊上挤满了人，却鸦雀无声，所有人都在等着手术的结果。过了整整四个小时，直到天色微微发白，师向广才疲惫地走了出来，梁佚单手推着轮椅，跟在他身后。

“怎么样？”凌小刀迎上去焦急地问。

“心脏出了点问题。”师向广回答，“能源有衰竭紊乱的迹象。”

事情听起来很不妙，所有人心里一沉，谁都没有说话。

凌小刀脸色瞬间白了，下意识地问："那要怎么办？"

不属于地球的能量金属，想要找替代品也不可能。

"我们大概要用老办法了。"梁佚看了眼韩卓，"就像当初你的应急治疗方案一样。"先把琳达冷冻，再送回到另一颗星球接受治疗，不过由于异能者整体回归在即，所以这次应该不用再另外派飞船了，只需要耐心等待就好。

鉴于两个星球之间的医疗水平差距以及韩卓的经历，琳达这次似乎也不会有太大的生命危险，而且她本来就想离开地球，现在无非就是先在冷冻舱里躺一段时间而已——虽然不算运气好，但和她以往的经历比起来，也不算太悲惨和糟糕。

"我还能清醒多久？"琳达问。

"一至两个月。"师向广回答。

琳达遗憾地叹了口气，她原本想在回外星之前先把心愿清单上的旅游景点逛完的，毕竟无论是闪烁的极光，还是有着阳光沙滩棕榈树的海岛，她都没见识过，而它们在照片和电视里都是那么漂亮。

"我陪你去吧。"凌小刀说。

琳达抬起头看着他。

"我、我也没去国外旅游过。而且我外语还不错，可以给你当翻译，我也不挑食。"凌小刀说得很认真，也有一点小小的难过，毕竟他是真的很喜欢她，不是科幻迷对外星人的喜欢，而是想和她谈恋爱的那种喜欢。

琳达想了想，说："那我帮你付钱。"她有很多漂亮的宝石，除开旅行的费用之外，应该还能剩下一些，可以送给他做礼物。

在接受了半个月的治疗后，琳达和凌小刀就开始了环球旅行，他们的目的地有很多个，几乎要绕着地球画一个圈。

白曦说："其实还是很浪漫的，对不对？你觉得琳达会回来吗？"

"不知道。"韩卓回答，"这完全取决于凌小刀在旅途中的表现，爱情是要靠自己争取的。"

"那我希望他们能结婚。"白曦在他背后指点，"老韩，拼错了，那是下一层。"

坐在地毯上的韩先生手下一顿，这盒积木已经折磨了他整整一周，甚至连梦里都是它的碎片。他发现自己在这方面严重缺乏天赋，但由于小奥特曼喜欢，所以他只好硬着头皮每天捧着图纸勤奋摸索。

白曦感动道："你真好。"

"我当然好。"韩卓认真研究了一下手里的几个积木小人，"晚上想吃什么？"

"我给你做？"白曦突发奇想道。

韩先生手上动作停了停，笑容十分温和："你上班已经很累了，不如我们出去吃？去吃你心爱的垃圾食品。"

白曦怒曰："你居然敢嫌弃我的厨艺。"

韩卓惊讶地说："怎么会呢？况且嫌弃的前提条件是你得有。"而某人目前的水平连"厨"都算不上，更别提"艺"了，做出来的东西顶多只能算是油盐菜肉的神奇混合物，不管卖相和口味都相当惊人。

白曦举起靠垫，在书房对韩先生实行严厉的声讨。

在隔壁套间，王远辰正在研究新一季的羊毛衫，刘春春用拖把推推他："起来，你又偷懒逃避周末家务。"

"我没有。"王先生抬起双腿，"我很忙。"他的确很忙，不仅是因为买下的刘春春公司对面的咖啡厅准备最近开业，还因为他要负责给家族群里的七大姑八大姨挑选新款羊毛衫、大衣和羽绒服。

"都说了你不用理她们的。"刘春春哭笑不得。

"但他们都是你的家人，适当地维护家庭中的人际关系是非常必要的。"王远辰态度严肃，"对了，三姨最近在卖保险，你觉得我们需要来一份吗？"

刘春春不得不再次郑重强调："不管他们是在卖保险、卖保健品还是卖别的什么，你统统不准理，知不知道？"

王远辰怀疑："确定？"

"确定！"刘春春把他的手机丢到一边，"起来，去收拾你的衣帽间。"

生活平静而又幸福。

临近新年的时候，凌小刀和琳达终于结束旅行，回到了S城。其实他们原本还打算去南方的一个岛国转一转的，那是整个环游计划的最后一站，但琳达的身体已经不允许她再继续任性下去，所以两个人只能放弃这个目的地，算是小小的遗憾。

但人生不就是这样吗，很多的惊喜，以及很多的遗憾。

在进冷冻舱的前一天，琳达特意去了趟师向广的实验室："已经一点了。"

"怎么还没有休息？"师向广从恍惚中惊醒，他看着面前裹着厚重大衣的少女，上前替她戴上帽子，“走廊里有风。”

“你在担心我吗？”琳达走进去，坐到了师向广的办公桌上。

“是。”师向广点头。

“哪一种担心？”琳达又问。

师向广没有回答，也不知道该怎么回答，实际上连他自己都没有弄清楚内心深处那浓厚的不安究竟是在担心面前出色的实验体会彻底损毁，还是从一个父亲的角度出发，在担心从小带到大的女儿。

“你知道吗，在这次旅游的时候，每到一个地方凌小刀都会买很多纪念品，说要送给朋友。”琳达遗憾地说，“我也很想花钱，但我没有朋友。”除了星辰酒吧的同事之外，她其实并不认识很多人，而这些同事一定不会对那些做工粗糙的冰箱贴和摆件感兴趣，她可不想花钱不讨好。

但有一个人不一样，哪怕他不喜欢，她也能送得理直气壮。

“你送了很多东西给我。”师向广笑着说。

“我知道，你不喜欢它们。”琳达晃了晃腿，“但是你没有拒绝的权利。”家人的意义也就在于此，需要一起分享旅途中的快乐，也需要一起消化命运中的坎坷。他是她的父亲，所以有充分的义务去接纳那些劣质粗糙的小纪念品，并且表现出感动和高兴来——哪怕只是为了满足女儿的购物欲和虚荣心，他也必须配合。

“那我去睡了。”琳达跳下桌子，“以后我不在了，你要好好照顾自己。”她的语速很快，在说完这句话后就急匆匆地跑出了门，只留下一个白色的背影，看起来是那么的瘦小单薄，像是一只营养不良的蝴蝶。

师向广不确定自己刚才是不是从她的语调中听出了哭腔，但那句沙哑的“你要好好照顾自己”让他干枯的心在一瞬间涌上暖意和酸楚，旋即也哽住了喉咙，以至于都没来得及告诉琳达，她不会不在，因为自己会一直陪着她。

清晨温暖的阳光温柔地抚摸着少女的脸颊。她穿着蓝色的病号服坐在床上，心里并没有太多悲伤，当然也不会有什么喜悦，只是尽职尽责地履行着一个病号应尽的义务，向每一个来探望自己的人告别，并且说一些“我一定会努力康复”之类的话。

最后一个进来的人是凌小刀，他其实不是一个悲观的人，但就算再乐观，按照目前的状况也只能脑补出琳达在异星痊愈，然后快乐幸福地生活在那里，在她的家乡的景象，并不再回来。

琳达冲他勾勾手指。

凌小刀凑近："嗯？"

没有一丝丝防备，少女柔软的双唇落在了他的脸颊上。

凌小刀："……"

"好啦。"琳达坐直身体，撑着手往后挪了挪，"谢谢你这段时间陪我。"虽然她看起来很淡定，但一旁的电子屏幕却诚实地显示出了她此时的心率，比刚才快了两倍还不止，紧接着警示音也嘀嘀地响了起来。

师向广听到声音，三步并作两步冲进来，凌小刀甚至还没来得及弄清楚究竟发生了什么事就被护士带出了病房。

走廊上所有人都在狐疑地看着他，看他逐渐通红的脸颊。

白曦勾住他的肩膀道："放心吧，琳达会回来的，我们都在等她。"

凌小刀点点头，又看了眼紧闭的病房门。

世界是纯白的，像雪一样。

两个月后，这座城市迎来了冬天的第一场雪。细小的冰花雨丝在空中淅淅沥沥地往下飘，连街道两旁的灯光都被冻到黯淡凝结。

下班后，刘春春一路小跑钻进王先生的咖啡馆，哆哆嗦嗦地问："外面超级冷，我们还要去逛街吗？"

"当然要。"王远辰点头。再过一周就是新年，这次的东北之行对他来说意义非凡，如果不是刘春春阻止，他甚至想给各亲戚家里的猫猫狗狗也买一份礼物。

"别紧张啊。"刘春春抚了抚他的衣领，安慰道，"所有的亲戚都很喜欢你的，真的，我妈最喜欢你了。"

这其实和紧不紧张没关系，就算王先生自恋到觉得全世界的人都应该理所当然地喜欢他，但在第一次坦白身份的时候他照样会焦虑到失眠。

相比起来，隔壁的白曦和韩先生就要轻松许多，连年末的加班也没有影响到两个人的好心情。

深夜十点，韩卓帮白曦做了一杯热乎乎的巧克力："想不想吃点夜宵？"

"算了，回家吧。"白曦打了个哈欠，"明早再继续。"

"明天是周末，我记得你约了人。"韩卓微微俯身，"打算放他鸽子？"

"我没有这个打算，只想临时加班两个小时，然后再和马克李一起去电影展。"白曦把他推开，义正词严地对保镖先生进行了批评再教育，言而无信是不对的，而且你也不能这么对待粉丝。

没错，自从恺撒小区事件后，文艺青年马导演就成了韩先生的头号粉丝。马克李甚至专门列出了两个人的异能——虽然白曦曾经强烈抗议过许多次，但都没有取得什么实际效果——白曦只有一双冰火混合手，而韩先生则不同，他的各项异能加起来，几乎要从A4纸的另一边溢出来。

白曦："……"

"你说，他会愿意给我一个签名吗？"马克李激动地问。

白曦揽住他的肩膀，笑容十分和蔼。何止会给你一个签名，他还会给你一个玩偶熊并外带一趟约等于永别的单程星际旅行，走过路过，不要错过。

梁佚也终于追回了庄妍，虽然霸道女总裁可能还需要很长一段时间才能完全消化这件事，但在听儿子描述完梁佚当天为了保护自己差点被外星人摔成柿饼的中老年版英雄救美之后，还是由衷地从心里升起一股暖流，于是她决定试着接受男朋友的新身份——充满科幻气息和神经病气息的外星人研究专家。

新年这一天，每一个家庭都是暖洋洋的。

赵小娟把师向广接到了自己家，四口人围着涮锅热热闹闹地吃着饭。

凌小刀还专程过来拜访了，拎着如果被琳达看到一定会十分嫌弃的俗气礼物——烟、酒、茶、叶。

白家则是在酒店里团圆，黛西和韩卓也一起参加了。两位妈妈虽然见面不多，却有很多共同语言。在照例夸奖了对方的儿子之后，白太太和黛西的话题很快就转到了别的方面，从明星八卦到最新款的手袋，甚至还约好了周末要一起去做美容。

三位男士对这种进展感到很满意且震惊。

而在北方的二层小楼里，刘春春正守着电视教王先生包饺子。刘妈妈坐在旁边看了一会儿，得出一个结论——外星人小王虽然漂亮又有礼貌，但不怎么会做家务。

"有没有一块钱呀？"刘春春突然问。

王先生擦擦手："要买什么？我没零钱，手机转账给你。"

刘妈妈扑哧笑出声。

"买什么东西，这会儿哪里还有小卖部开门。"刘春春也被逗笑，伸手帮他擦擦脸上的面粉，"我要硬币包饺子用的。"

“我家没有这个习惯。”王远辰认真地问，“一定要硬币吗？钻石行不行？”

刘春春：“……”

刘妈妈：“……”

真是不食人间烟火、富有慷慨、漂亮孝顺的外星男孩子。

不久后，刘春春疑惑地问：“莫名其妙的，你笑什么？”

“我笑了吗？”王先生问。

刘春春点头：“嗯。”

王先生嘴角持续上扬：“哦，能作弊，心情好。”当然要笑。

刘春春并没有及时领会这里的“作弊”是什么意思，不过在开锅煮饺子的时候，他倒是硬生生从王先生和自己父母忙碌的背影里看出了一丝……一家三口合家欢的感觉？等等！那我呢？

“小王，饺子的蘸料要蒜泥醋还是海鲜辣酱？”刘妈妈一边盛饺子，一边问。

“我都行的阿姨，不挑。”王远辰回答。

刘妈妈拍板：“那就都来一份。”

刘春春站在旁边无语凝噎，如果没记错，上次他也是这么回答的，为什么就要被批评没主见？

王先生忙忙碌碌的，拿碗筷、摆椅子，又擦桌子又扫地，一天干了一年份的家务。

新年第一天，星海路公寓。悦耳的门铃声打破了清晨的沉寂，白曦迷糊地嘟囔一声，扯过被子不满地捂住头，翻身继续睡。

韩卓皱眉看了眼墙上的挂钟，刚过早上九点。

“您好，我是快递。”呼叫屏幕里的小哥说，“有一个白先生的国际件，寄件方注明必须本人当面签收。”

快递？韩卓拿了罐温热的果汁开门，还给快递员封了一个小红包。

对方很高兴，连连道谢后把大箱子递给他：“很沉的，不需要我帮您搬进去吗？”

“没关系。”韩卓看了一下发件人，脸色微微一僵，心里瞬间涌起不祥的预感。

白曦睡到下午两点才起床。他坐到韩卓身边，哑着嗓子说：“早上好。”

熬夜带来的疲倦还没有完全消退，于是他又闭起眼睛眯了一会儿，然后才打着哈欠问：“早上是不是有客人来了？”

“你听到了？”韩卓靠在床头，“是你的快递。”

“我的快递？”白曦一时半会儿没反应过来，他仔细想了半天，脑海里才嗡的一声，像是断了一根弦，激动道，“啊对，是我的快递！”

韩卓：“……”

白曦欢呼雀跃，飞快地冲向包裹，连拖鞋也来不及穿。

那里果然躺着一个纸箱，胶带和厚厚的泡沫纸里包着一盒全新的官方已经售罄下架的绝版经典款积木。

那是他送给自己的新年礼物。

“但你的421282还没有拼完，为什么又要买新的？”韩先生蹲在他身边，温和耐心地讲道理，“而且最令人抓狂的步骤基本上都是我在做。”

白曦扭头和他对视，眼睛一眨也不眨。

韩卓发自内心地叹气：“好吧，你赢了，我可以答应你任何事。”

但白曦没有理会这句调侃，他也不打算告诉韩先生，在那段最为黑暗的时光中，自己每晚是怎么样孤独的一个人眼睁睁地看着这套积木从上架到卖空，再到彻底下架的。希望一天天被现实蚕食消磨，而在某些最难过的时刻，他甚至会悲观地觉得自己大概永远都不会再买到这套积木，就如同韩卓永远都不会再醒来。

不过幸好，坏的事情并没有发生，他最终还是顺利找回了韩先生，也顺利买到了积木——虽然价格翻了足足八倍，卖家堪称无良奸商，但白曦还是洋洋洒洒地写了一封邮件对他表达了充分的感激和赞扬。

“如果我和积木同时掉进河里——”

“救积木。”

“OK。”

新年的第五天，刘春春洗完澡后坐在床上正往身上擦润肤乳。

王先生推门进来，手里拿着一个盒子。

“那是什么？”刘春春好奇地问，“都掉漆了。”

“你看看？是叔叔阿姨刚刚送给我的礼物。”王远辰打开给他看，里面是三根黄灿灿的大金条。

刘春春下巴都要被惊飞：“他们为什么要给你这种东西？”

“因为现在我已经是家人了。”王远辰回答，“所以可以获得传家宝。”

刘春春：“……”

王远辰摸了摸他的头，心情相当好。

这真是美好的冬天，美好的新年。

时间一晃又过去了三个月。

马克李打电话给自己的灵魂挚友："你在哪里？"

"船上。"白曦脸色苍白，他此时正坐在一辆颠簸的吉普车上前往沙漠深处。这一段路况相当糟糕，屁股几乎不能安稳地待在座椅上，更别提他还在感冒，直接晕了个七荤八素。

"是要去浪漫的海岛，还是热情的阳光沙滩呢？"马克李眼睛放光，打算吟诵一首长诗给挚爱好友的假期增加些美妙的文艺气息。

白曦捧着塑料袋："呕……"

马克李："……"

"对不起，小白在游轮上不舒服，等会再聊。"韩卓电话挂断，又连忙拧开一瓶水递给白曦。

"快到了。"梁佚也扭头安慰他。

众人此行的目的地是位于沙漠中的秘密航天城。

借助外星球的远程协助，再加上地球工程师们夜以继日的辛苦劳动，搭载异能者回归的飞船已经制造完毕，也通过了各种测试，随时都能启用。

"你还好吗？"韩卓小声问他。

白曦下车时膝盖发软，抓着韩卓的胳膊才勉强站稳。其实他的胃里依旧是刺痛的，头也疼，但这种见证历史的隆重时刻，他一点儿都不想错过，所以他强撑着点了点头。

韩卓笑着说："那走吧，所有人都在等我们。"

白曦有点紧张。

在此之前，他也看过许多科幻电影，几乎每一部里都有飞船，有些甚至巨大到能带走整个王国，但那毕竟是虚构的。现在，从小时候看科幻杂志开始时就一直好奇的"UFO"终于要真切地出现在眼前，他忍不住心跳加快，用几近虔诚的态度把目光投向了那扇缓缓打开的巨大的门。

轻微的电流声回响在巨大的仓库中，刚才还肆虐在沙漠深处的狂风在这里被彻底阻挡，空气凝滞到几乎静止，如同一张厚重的丝绒毯包裹住了当中那架闪烁着黑色金属光泽的宇宙飞船。

它并没有停在地面上，而是悬浮在半空，比任何一部科幻大片中出现的飞行器都更加……白曦不知道自己该怎么形容它，结合了两个星球的高等智慧，跨越千万光年的宇宙传输，原本不可思议的事情如今变成了现实，光凭这一点，就足以令白曦，令在场的每一个人热泪盈眶。

数以千计的科学家和工程师在这片荒芜苍凉的沙漠中用全部的精力和热血完成了这个奇迹，再加上韩卓、白曦、梁佚、师向广、陶玺，以及许许多多其他异能者和人类，这群人所做的事情或许会被长久地封存在档案里，不被人知晓，但他们给这个星球和民众所带来的进步与改变却无法被隐藏，这不仅是为人类载人航天事业带来了突破性进展，更为重要的是给生活在这颗星球的所有人带来了和平安宁的生活。

民众将永远也不会知道，在过去的那些岁月里，在自己的身边，曾经发生过多么血腥可怕而又骇人听闻的事情：被边缘化的族群、血腥残酷的改造实验、蠢蠢欲动的变异僵尸，屠杀者潜伏在黑夜深处，异能者的生命和尊严被践踏如草芥，城市和星球也险些被病毒席卷。

幸好，现在所有的这一切都可以结束了。

“要合张影吗？”梁佚笑着提议，“当然，照片不会让你带走，只是留个纪念。”

纪念这具有历史意义的一刻，也纪念所有的努力都没有白费。

悬浮如山峦的航天器前是科学家和工程师们灿烂的笑脸，白曦拉着韩卓蹲在最前面，强行让他比出老土的“V”字手势，韩先生无奈又不得不配合的眼神永远定格在了画面里。

在回去的路上，白曦靠在韩卓肩头，沉沉地睡了过去。

梦里落满璀璨星芒。

七月，回归计划正式开始，整个行动有一个很好听的代号，叫“星光深处”——

苍穹星光的最深处，那里曾是流落在地球上的异能者最渴望的故乡，而现在，他们终于可以回家了。

至于那些不愿意离开地球的异能者，则可以去梁佚的私人医院免费注射药物，彻底摆脱体内不受控的能量，变成普通人——比如周太太和周静，在经历过那些惨痛的过往后，她们现在的每一天都充满了阳光。

由于来注射的异能者人数众多，所以师向广也留在医院帮忙。这天深夜，工作完的他揉了揉自己昏花的眼睛，想回家休息，梁佚却带着一瓶酒过来了：“喝一杯？”

"你还能找到这个。"师向广看着他手里的酒，笑着摇了摇头。那是两个人在年轻时最常喝的酒，小卖部里的廉价货，那时候他们穷得丁当响，就着花生米和酸萝卜也能聊个通宵的实验和梦想。

"我今天向上级做了汇报，关于你的事，还有我的事。"梁佚坐在他对面。

师向广把花生米倒出密封袋，并不觉得意外。毕竟在回归计划的后期以及在施天、吴子刚的事情上他并没有刻意隐瞒过自己的存在，退一步说，就算他有心隐瞒，也不大可能瞒得住。

"他们应该不会追究了。"梁佚说。

"还有什么好追究的呢？"师向广给自己和梁佚倒好了酒，"你要退休了，我也要走了。"

错的对的，真的假的，一切总归都过去了。

"琳达会没事的。"过了一会儿，梁佚又说，"那个暴脾气的小姑娘，有她在，就算在另一个星球上应该也没人敢欺负你。"

师向广端着酒杯一饮而尽，险些被呛出眼泪。

九月中旬，在西北沙漠上空，有一颗星星分外明亮。它拖着长长的金红色亮光，很快就隐没在了重重云环后。

王远辰和刘春春的环球旅行定在了来年的一月，比预想中的夏天推迟了大半年，王先生对于这件事很不满，觉得自己相当吃亏。

为了安抚他的暴躁情绪，小白总不得不把刘春春的假期延长到了两个月，同时他也感觉自己相当吃亏。

呼啸的寒风撞击着窗户，白曦揉了揉太阳穴，觉得头昏脑涨。最近公司正在进行业务扩张，虽然已经过了最忙碌的阶段，但杂七杂八的事情加起来仍然不算少，这已经是他连续加班的第十天。

"白哥？"刘春春敲敲门，"七点了，你还不下班吗？"

"才七点，下什么班。"宿舍恶霸小白总冲他勾勾手指，"你也过来，在这里陪爸爸看报表。"

"没心情。"刘春春趴在懒人沙发上一动不动。

"怎么了？"白曦放下手里的文件。

“吵架了。”刘春春闷声闷气地回答。

“你看看，之前我说什么来着。”白曦把他拖起来，揽住肩膀苦口婆心，“要不要考虑一下取消假期，大家一起快乐加班啊。”

“拒绝。”刘春春又看了眼时间，“走吧，先去吃饭。”

“外面冻死了。”白曦打开手机，“你想吃什么，我叫外卖。”

“别，送餐小哥也很冷的！”刘春春一把捂住手机屏幕，眼光很真诚。

“……”白曦看着他疑惑地说道，“话是这么说没错，但如果没人点餐，送餐小哥应该会失业吧？”

但刘春春已经不由分说地帮他裹好了围巾和大衣，还把他带到了地下车库，并且抢先坐上了驾驶位。

“大哥你前天才拿到驾照，行不行啊！”白曦手忙脚乱地扣好安全带，问，“要去吃什么？”

刘春春坚定地回答：“黑松露和鹅肝！”

“好好好，你开慢一点。”白曦心惊胆战地安抚他，“我们去最贵的餐厅，想吃什么都行，只要别拿开车撒气就行。”

但他这句话其实纯属多余，因为刘春春的车速堪称龟爬，以至于白曦后半程都打着哈欠昏昏欲睡。被叫醒时，他发现他们已经到了餐厅门口——熟悉的餐厅，是之前韩先生第一次请他吃大餐时误入的全市最浪漫的约会地。

“你怎么会开到这里？”白曦很吃惊。

“跟着导航开的，这里离公司最近啊。”刘春春问，“黑店吗？”

“那倒没有，就是可能会有点……尴尬。”白曦委婉地解释给他听，“尤其是对我和你来说。”

“可来都来了。”刘春春说，“走吧，再晚就要关门了。”

餐厅里依旧是万年不变的暗色灯光和飘荡着的若有似无的钢琴曲声。白曦别有深意地问刘春春：“你有没有觉得，门口侍者看我们的眼神有点过分热情？”

“不热情才怪。”刘春春看着眼前空荡荡的餐厅，“我们是今晚唯一的客人。”

“我早就说了，一定会很尴尬。”白曦打开菜单，目光深沉，“所以请你记住爸爸可靠如山的父爱。”

刘春春很配合：“哦。”

“你还没说究竟为什么和那位王先生吵架呢。”白曦把菜单还给侍者，“来来来，详细地给我讲一讲。”

“我去下洗手间。”刘春春果断站起来。

“喂！”白曦想拉没拉住，眼睁睁地看着人离开，然后过了足足十分钟也没回来。

难道事情真的很严重？白曦放下菜单打算去找人，侍者恰好在这时走过来，俯身对他说：“刚才和您一起来的那位先生好像去了我们的花园露台。”

“露台？”白曦倒吸一口冷气，“他不会是吵架想不开要跳楼吧？”

侍者脸上的表情僵硬了一瞬，不过很快就恢复了职业的微笑：“我不知道。”

白曦被对方的皮笑肉不笑震得魂飞魄散，飞速冲到了花园露台。

厚重的白色木门被他用力撞开，撞入他眼帘的，是一片耀眼的光。

世界也在此时安静了下来。

冬天的花园原本应该是萧瑟的，可现在空中却挂满了漂亮的星星灯，它们发出橙黄色的暖光，照亮了地上随风摇曳的粉黛草，也照亮了无处不在的晶莹碎钻，大把的鲜花盛开在每一个角落，让空气里溢满了迷人的芬芳。

浪漫的、璀璨的，像梦境一样。

这是童话里才有的画面，也是童话里才有的情节。

所有亲朋好友都在，包括用“酒吧有事”当借口，今天下午三点就匆匆离开公司的韩先生。他正穿着笔挺的西装，就像电影里的男主角，笑容和眼睛都在发光。

白曦怔怔地看着他，看着他在一地星光中走过来，美妙的光晕和花香让这隆冬的深夜充满了不真实感。

“给你准备的惊喜，大家都希望你放松一下。”韩卓走上前，“喜不喜欢？”

白曦笑出声：“嗯。”

一直加班的紧绷情绪被脉脉温情取代，星辰闪烁，有宇宙间最浪漫的银河。

十二月下旬，北斗研究所收到了最新的信息，说搭载异能者的飞船已经顺利抵达，回归的异能者们也正在接受新的教育。琳达被送进了医院，由师向广和其他三名医生为她治疗。

“对方对小明的技术很认可。”梁佚道，“在异能者研究和治疗方面，他的确是地球上唯一的天才，远胜于任何一个人，包括我。”

既然异能者已经回归了家园，那对于师向广来说，留在那里的确是最好的选择——

在遥远星河的另一端，有属于他的全新世界。

“琳达还会回来吗？”凌小刀问。

“不知道，不过你可以等她醒来，大概需要两年的时间。”白曦揽住他的肩膀，“相信我，根据她离开前的心跳数据来看，这件事的结果不会太糟糕，你依然有机会去上次没去成的美丽海岛。”

凌小刀笑了笑，抬起头，眼睛一眨不眨地看着远处的星河。

一月下旬，王远辰和刘春春如期开始了旅行。他们也经常发照片回来，从南到北，从雪到云。

“我们要不要也来计划一场旅行？”韩卓提议。

“想都不想要。”白曦毫不犹豫地拒绝并严肃地说道，“老韩，现在正是最忙的时候，我们只有加班的命。”

韩先生发自内心地遗憾叹气。

四月的时候，梁佚如愿和他的霸道女总裁走进了婚姻的殿堂，正式开始了悠闲的退休生活。赵小娟也交了新的男朋友，是她在西海岸疗养院时认识的超级帅哥，用格温的话来说，那是一位相当高大健美的模特先生，胸肌腹肌古铜色。

“啊！”马克李抱着七彩玫瑰前来邀请灵魂挚友一起去欣赏七天七夜的歌剧，共同沐浴文艺的独特芬芳，结果话还没说完就被一旁的韩先生无情拒绝。

“我们要去吃麻辣小龙虾，很忙的。”韩卓说。

麻辣小龙虾好！马克李一拍桌子，吞着口水说：“我也要去吃麻辣小龙虾！”

“要去吃什么？”李阿姨正好端着果盘过来。

韩先生伸手一指：“这位马导演，他说他要带小白去吃七天七夜的麻辣小龙虾。”

白曦：“……”

“要吃七天七夜小龙虾？”李阿姨倒吸一口冷气，眼前发黑，她拉住马克李的手就开始严厉地批评教育，“肠胃还要不要了，大肠杆菌知道吗？不准去！”

“知道，知道了……”马克李导演觉得很委屈，他是真的只想去听歌剧。

“晚上哪里都不准去，留在家里吃饭、喝汤。”李阿姨命令。

“大概不行。”韩卓笑着解释说，“我们要去星辰酒吧，已经约好了。”

那里曾经是异能者在血雾杀戮中唯一的庇护天堂，而现在，它变成了上班族最喜欢的喝一杯的地方。

午夜时分的七叶路，依旧喧嚣而又热闹。

新来的酒保是一个腼腆的帅哥，比起暴躁的Aspis以及同样暴躁的琳达来说，这个大学生一样的调酒师简直称得上是星辰酒吧酒保的一股清流。

“老板，你点的桃子气泡酒。”他推过来两个玻璃杯，“还要点别的吗？”

“不用了，谢谢。”韩卓端起酒杯，拉着白曦溜到了二楼的露台。

今晚夜色很好，两个人并排倚在栏杆惬意地吹着风，谁都没有说话。

“那里会不会就是你的故乡？”过了一会儿，白曦指着众多星辰中最亮的一颗问韩卓，“喏，浅红色的，而且最像宝石。”

“或许吧。”韩卓说，“但不重要了。”

白曦笑了笑：“嗯。”

城市灯火终夜不熄，可总有人喜欢看向另一个方向。

目光尽头，银河贯穿，云环缭绕，有最璀璨的星光。

【正文·完】

番外篇

星之番外

·1·

温馨海岛游

在做完手头上最后一个磨人的项目后，白曦终于能挪出十天假期找个地方好好地放松一下了。原本他和韩卓都已经打算好去哪儿度假了，但刘春春知道这事儿后却提议说大家可以一起出海玩儿。

“航海游轮吗？”王远辰两条长腿搭在茶几上，漫不经心地问了一句，因为无论去哪里，他都兴致缺缺。

“是自己家的小船。”刘春春向众人解释道，“前几个月我爸他们承包了一片海域养海产品，他们落脚的小岛的风景很好，而且远离城市，很安静，太适合加班之后的身心休养了。”

刘春春话音刚落，王先生立刻脑补出了一个荒无人烟、电闪雷鸣的礁石海岛，感觉也很适合那种野外求生综艺去取景。但由于其他人看起来都很兴致勃勃，所以他也没有提出反对意见，事实上去哪儿他也都无所谓，反正都是大家一起，而且哪儿都没有自己家舒服。

事实证明王先生多虑了，小岛上连住宿都是现成的——刘春春的父母还打算经营渔家乐，刘春春他们一行人正好可以当第一批体验者。

刘家爸妈很好客，一直让刘春春多带些朋友来玩儿。正好凌小刀和赵小娟也都休假了，甚至霸道女总裁庄妍在听到消息后也慷慨地把儿子打包送到了白曦那儿，并且再三叮嘱白曦要看好，不要把他放出来影响自己和老公的二人世界——就这样，一个格外庞大的出海旅游队伍成立了。

遭到抛弃的马克李觉得自己很受伤。

而比他更加受伤的是韩卓。

在小奥特曼疯狂加班了两个月终于可以休假之后，韩先生原以为这场旅行会惬意放松，但万万没想到，灵魂挚友从天而降，不但无情地占据了大巴双人座椅的另一半，自己还要被迫兼职“看孩子”的工作。

白曦坐到了凌小刀旁边，他一边看车外飞闪而过的风景，一边有滋有味地嗑着五香瓜子。

前排的刘春春转头过来小声地问他：“白哥，马导演和韩哥在聊什么呢，他们俩为什么能聊得这么开心？”

“我猜是科幻片和外星人。”白曦回答，“他明年好像要拍新电影，现在说不定正在向你韩哥取材。”

刘春春似懂非懂地点点头，然后感慨：“他们关系可真好。”

白曦：“……”

一旁坐着的王远辰的表情僵了僵，完全不知道刘春春这个“关系可真好”的结论是从何得出的。事实上他这一路都在等，等着看韩卓什么时候才会忍无可忍地把那位聒噪的导演丢下车。

“机器医生，它是仿真人还是那种只有金属骨架的？”马克李虔诚地捧着一个小笔记本，上面密密麻麻写满了字。

韩卓深吸一口气，第十三次转头去看白曦。

白曦侧过头，目光灼灼地跟韩卓对视，眼神里包含了千言万语：前几天刚和庄总签了合同，天价。

韩先生只好再次长长地吐出一口浊气，然后心平气和地问导演：“你觉得观众希望医生是什么样？”

马克李一拍大腿：“那当然是金属骨骼。”简直酷飞了。

韩卓点头：“好，那它就是一个金属人。”

马克李热泪盈眶：“我一猜就是！”

韩先生头疼欲裂。

司机按下播放键，在动次打次的迪斯科音乐中把众人送到了码头。

王远辰下了轮渡才发现，原来小岛并不像他想的那么破烂荒凉，和内陆的小村庄一样，上面住了许多本地人，很热闹。

白曦他们落脚的渔家院子也不小，整体是“U”形的，院中小楼的整整两层都是崭新的客房。

“白哥，这是你们的。”刘春春把一小串挂着吊坠的钥匙交给白曦，很有主人翁意识地叮嘱道，“如果觉得还缺什么的话，出门就是小超市。”

白曦的这间房，窗户推开就能看见大海。虽然这里的海景不像南方小岛那样是碧海蓝天椰子林，但一大片蓝灰色的海面无边漫延，看起来也很深沉壮阔——比城市的钢筋水泥大马路要强太多了。

白曦趴在绵软的被子上，舒服得一下也不想动。

“不打算安慰一下我吗？”韩卓问他。

“你有什么好安慰的。”白曦嘟囔。

“当然要安慰，甚至都可以被嘉奖，毕竟我陪你的灵魂挚友聊了好几个小时的星际生死恋。”韩卓强调。

白曦含含糊糊地“哦”了一句，下一秒就睡了过去。

韩卓：“……”

隔壁房间里，刘春春正在整理行李。他喜欢每一个角落都干净整齐，所以王先生只好耐着性子陪他挂完外套又叠裤子，甚至连袜子都按照颜色放好了。

终于，王先生的耐心用完了，他手指一动，刘春春手里的衣服就飞走了。

“哎呀！”刘春春被吓了一跳，“你干什么？”

王远辰盯着他看了一会儿，然后怒道：“你觉得我在干什么？”

“晚饭还没吃呢。”刘春春连忙安抚他，“不要闹，走吧，我们去逛市场，找找好吃的好玩的。”

王远辰目光幽幽。

“好好好，你在这儿休息，我一个人去。”刘春春熟练地妥协，从包里掏出一罐小甜奶递给他，“给，你的饮料。”

“……”王远辰问，“逛市场好玩吗？”

当然好玩。

三分钟后，刘春春兴高采烈地带着王先生出了门。

小渔村的开发工程进入尾声了，但相关旅游项目要到明年才会正式开放，所以目前在市场上逛的绝大多数是本地人。

小市场里骤然出现了两个陌生面孔，当然会引起众人的注意，更何况王先生又高又帅，连脑后的小鬏鬏看起来都分外迷人不羁，就像是从电视剧里走出来的男主角。

然而他们俩对这些视线毫无反应。

刘春春蹲在地上专心致志地挑螃蟹，王远辰一个人无所事事地绕着市场溜达了一圈，回来的时候手里拎了两个大口袋，里面乱七八糟地装满了各种食材。

“你怎么买这么多东西？”刘春春很吃惊。

“没买。”王远辰一边啃着苹果一边回答，“都是别人硬要给的，我道谢了。”

刘春春：“……”很好，很有礼貌。

卖菜的婶婶们笑容满面，用实际行动对初来乍到一看就没逛过市场的王先生表示了热情的欢迎。

渔家小院里，韩卓正在厨房里研究各种调味料。

赵小娟敲敲门，问：“要我帮忙吗？”

“谢谢。”韩卓从善如流地让开位置，“小刀呢？”

“马导演刚刚又要来找你，小刀赶紧带着他出去逛了。”赵小娟笑着说，“估计要到饭点才会回来。”

韩卓闻言冲她一笑，无声地表达了自己的感激。

金红色的落日没入海平面，留下一大片如火烧的艳丽霞光。

文艺导演马克李心怀澎湃，诗兴大发，站在礁石上一脸凝重，任由海风吹乱了自己的风衣和长发。

凌小刀坐在沙滩上，无聊地看着远处发呆。

“还在想你的姑娘吗？” 马克李感慨完，毫无形象可言地一屁股坐到了他身边。

“我很想知道她的近况。”凌小刀有些闷闷不乐，“但已经很久没有消息从那边传回来了。”

虽然知道另一个星球有着超高的医疗水平，但他还是会忍不住担心，每天醒来的第一件事就是问堂哥有没有收到新的信息。

当然，每次都是失望。

马克李一言不发地认真观察着他的表情。

凌小刀警觉地往旁边一挪："不准把我拍进你的电影！"失恋已经够惨了，他完全不想再被迫和全国人民分享自己的悲情。

"我没有。"马导演一脸正色道，"我只是打算吟一首诗来安慰你。你喜欢国内的还是国外的？"

凌小刀只觉得生不如死，干脆两眼一闭，直挺挺地向后倒了下去。

等白曦醒来的时候，窗外的天色已经完全变暗了。

他使劲地伸了个懒腰，结果不小心从被窝里带出来两三颗橙黄色的小星星。它们顺着被子滑落到地毯上，散成了一片融融的金色粉末。

韩卓笑着出现在门口："小懒虫，该吃晚饭了。"

白曦懒洋洋冲他伸出了手。

院子里吵吵闹闹的，是刘春春和王先生正在摆餐桌。

赵小娟捧着汤罐从厨房里出来，饭菜的香味四处飘散，一群人一起咽口水。

凌小刀的肚子咕咕叫着，他可怜巴巴地看着二楼那扇灯光昏黄的小窗户，心想小白总怎么这么久还不下来，难不成还赖床吗？

等白曦和韩卓两个人好不容易下楼了，凌小刀已经饿得前胸贴后背了，他看白曦的目光宛若在看救世主。

"开饭啦！"赵小娟拿起碗筷宣布。

"等一下！"马克李大声制止。

凌小刀心如刀割，为什么还要等一下?！

马克李不知道从哪里找出来了一个老式录音机，咯吱咯吱的，卡带转了几圈后响起了悠扬的萨克斯曲，搭配着树梢上挂着的星星灯，很像文艺电影里的经典浪漫场景。

"好了。"马克李满意地拍拍手，转身刚打算来一番浪漫的发言，结果就见桌子上已经狼藉一片，凌小刀正在和刘春春抢最后一只螃蟹。

马克李泪流满面，直直地伸出一只手，充满感情地咆哮道："留给我！"

桌边两个人恋恋不舍地收回筷子。原来文艺青年也需要啃螃蟹吗，他们以为他只会优雅地吃花。

"明天我们去哪里？"白曦小声问。

“自由活动。”韩卓把汤递给他，“我下午研究过地图，如果你想出海，我们可以去租一艘船。”

“你们呢，要不要一起？”白曦又问其他人。

“不了。”刘春春还没来得及回答，王远辰抢先一口拒绝，“我们很忙的，要早起去逛菜市场。”

白曦：“……”

但王先生并不打算改主意，这是他刚刚发现的新乐趣。

凌小刀和赵小娟也说要自由活动。

一群人中只剩下文艺导演没有着落。挣扎许久之后，文艺导演表示自己可以在海边从日出站到日落，一个人孤单落寞地寻找灵感，让狂风把风衣吹成鼓胀的白帆。

啊，残忍！

小渔村的夜很平静。

暖黄色的灯光下，白曦盘腿坐在床上专心致志地拼着积木。

韩先生在他身旁站了一会，然后心情复杂地问道：“你不让我收拾行李箱，就是为了要偷偷带着它过来？”

“怎么能是偷偷带呢？”小白总一脸严肃地看他，“难道在这个家里，我连这点权利都没有吗？”

“当然有，随便带。”韩卓马上就意识到了自己的“错误”，他随手摸过一本书，准备离开，“那我——”

“老韩——”白曦八爪鱼一样紧紧地抓住他的腿，发出了诚恳的声音，“此时，此刻，我很需要你。”

韩卓：“……”

这个夜晚，积木在韩先生心里的地位飞速攀升，成了可以和史蒂夫老师、灵魂挚友马克李并驾齐驱的宇宙旅行三巨头之一。

凌晨一点，原本应该落满小星星的床依旧被积木牢牢占据，白曦缩在被子里，睡眼昏花地看着韩先生拼积木。

“这样对不对？”韩卓仔细研究了一下图纸，不大确定地问道。

“唔……嗯。”白曦回答。

韩卓笑出声，转头看他："困了？"

"没有。"白曦打着哈欠嘟囔着。

连续几十天加班的疲惫和旅途中积攒的劳累同时袭来，他其实也不知道自己在说什么，只觉得头脑虽然昏昏沉沉，可世界却很舒服温暖，身体如同被最轻柔的羽絮包裹着，一层一层的，最终变成了纯白色的棉花小窝。

质量很好的睡眠，连梦也没有。

隔壁房间里，刘春春把自己裹在被子里，试图拒绝穿王先生提供的新睡衣。

"是谁说出来旅行什么都听我的？"王远辰怒问。

刘春春很没底气地说："我。"

"那出来。"王远辰抖了抖手里的睡衣。

刘春春一脸苦相，他觉得自己和王先生在审美上存在巨大差异，比如对方手里那件据说价格高达五位数的睡衣，在他看来就很像一团料子不怎么好的抹布。不过鉴于两个人的武力值相差悬殊，所以刘春春最后还是缓慢地、不甘不愿地从被窝里爬了出来，哀怨程度宛若午夜的"大山楂"。

王远辰对自己的时尚品位相当满意，对刘春春的配合更加满意。

此刻，窗外的天穹上像是挂满了细碎的宝石，整座小岛也变得梦幻起来。

海浪一下又一下地冲刷着礁石，宁静地陪伴着夜色直到它渐渐隐去，东方也被金红色的光芒缓缓浸染。

阳光透过纯白色的窗纱照进了房间。

白曦用手臂挡住眼睛，嗓音沙哑："早安。"

"早安。"韩卓正在整理行李箱，"刚刚八点，你还可以睡个懒觉。"

"不，说好要出海的。"白曦迷迷糊糊地从床上爬起来，踩着拖鞋梦游般地走去浴室，而等他出来的时候，一眼就看到了小茶几上摆着的礼物——已经拼好的积木模型正在阳光下熠熠生辉。

"老韩！"白曦惊喜万分。

"怎么样？"韩卓笑着看他，"我花了整整一个晚上，有没有奖励？"

白曦鼻子有些发酸："你真好。"

"有多好？"

“全世界最好！对了，你几点睡的？”

“六点半，所以我申请下次买一个简单一点的。”

白曦闻言跳起来，他快步走到窗前把厚重的窗帘拉到最严实，让房间重新恢复成昏暗温暖的样子。

韩卓问道：“不出海了吗？”

“改天。”白曦把他塞进被子里，命令道，“睡觉。”

韩卓低笑出声，挥手洒下一片微光。

度假的意义，就是可以随心所欲去做任何事，包括白天不起床，以及散落满满一屋子的小星星。

渔村的早市很热闹。

王先生端端正正地坐在小摊上等老板娘煮米粉。

码头不断有渔船回来，嘈杂声和鱼腥味充斥在空气中，刘春春有些心虚，小声地问王远辰：“你不讨厌这里吧？”

“有一点。”王先生皱眉，“他们是要打架吗？”

“他们是在砍价。”米粉刚上桌，刘春春一边帮他往碗里加辣椒，一边提议道，“不然我们打包回去吃？”

“不行。”王远辰低头喝了口汤，坚定道，“我还要去逛市场。”

刘春春：“……”

而王先生所谓的逛市场，就真的是单纯地逛而已。他不认识任何一种鱼，也不知道什么样的螃蟹最肥美，更没有兴趣去挑挑拣拣地买菜买水果。全程他就只是穿着剪裁合体的白色衬衫和休闲裤，扎着可爱的小鬏鬏，优雅地在市场里走来走去，宛若在湖边散步的高贵白天鹅。

所以，看起来暴躁又奢侈的王先生其实一点都不难养，只要有家常菜和小区菜市场，就能喂饱他的肚子并供他悠闲地消磨掉一整天的时光，不过前提是得有一个皱巴巴的地球人陪在他身旁。

下午两点，白曦躺在顶楼的摇椅上，一边吹风一边看海。

“白哥。”刘春春端着一盘水果上来，面带关切，“韩哥说你生病了？”

“……嗯。”白曦正色道，“晕船后遗症。”

“还有这种病？”刘春春很疑惑。

“你可能没有，”白曦搂过他的肩膀，深沉道，“但爸爸是谁？爸爸是无敌的奥特曼。”别说晕船后遗症，就算拯救地球后遗症也不是不可能有。

刘春春在他腰上戳了一下。

白曦倒吸一口冷气，怒道：“要反天了是不是！”

“咳。”刘春春火速闪开，“我去厨房炖点汤给你补一补。”走到楼梯口，他还不忘欲盖弥彰地加一句，“补你的晕船后遗症。”并不是因为别的事。

白曦痛心疾首。

儿子学坏了，叛逆了。

一定是王先生的错。

“听说你不能动了？”晚些时候，马克李从海边回来也听说了这件事，于是兴高采烈地爬上房，准备向灵魂挚友表达一下自己的关心。

白曦目光幽幽地盯着他：“我怎么觉得你好像很高兴？”

“怎么会呢，没有没有。”马克李先是虚伪地摇头否认，然后实在难以抑制心中的喜悦，一把握住白曦的手，语调铿锵道，“但这种宁静的黄昏，正好能让我们进行一场深层次的灵魂交流！”

更妙的是挚友还不能跑，简直棒得不行。

白曦懒洋洋地扯着嗓子：“韩——”

马克李大吃一惊，扑过去想捂他的嘴，只是还没成功，就被人从身后拎住了衣领。

韩先生笑容温和地看着他：“马导演，听说你又要去海边？”

文艺导演双眼含泪，有气无力地抗议：“可是我才刚刚回来。”

韩先生态度良好地和他对视。

马克李泪眼婆娑：“我这就走。”

啊，灵魂很痛！

厨房里，刘春春正在帮王先生复习包饺子。

看着饺子在王先生手上从刚开始的歪七扭八到后来的胖乎乎、圆鼓鼓，最后还整整齐齐地摆在案板上，刘春春觉得很有成就感。

星辰酒吧的侍应生恰好在这个时候打电话来找王远辰。他本来是想问王远辰要不要参加周末的狂欢夜的，结果一连打了好几通，都无人接听，最后只能无奈地挂掉电话并猜测或许闪闪发光的Aspis此时正泡在他镶满钻石的浴缸里享受着香熏和财富带来的快感，所以没空顾及别的事。

专注地包着饺子的两个人并没有注意到这些，他们一个还在认真地教，一个还在继续学。

“有进步。”刘春春表扬。

王远辰系着草莓围裙，表情淡漠地“嗯”了一句，心情相当好。

屋顶上，白曦和韩卓并排躺在摇椅上看着海面上的粼粼波光。

过了一会儿，白曦问：“我们这样，像不像提前进入了八十岁？”

“也不一定。”韩卓回答，“说不定八十岁的时候，我们还能一起去冲浪。”

白曦笑了笑：“嗯。”

远处晚霞漫天，连风也是温柔的。

星之番外

·2·

酒吧狂欢夜

七月的最后一个周六是七叶路的酒吧狂欢日。虽然绝大多数异能者已经离开了地球，但这丝毫没有影响到酒吧街的生意，在夜幕降临时，这里依旧是整座城市中最奇幻喧闹的角落。

王远辰开着车在地下停车场绕了三圈，才勉强找到了一个停车位。

刘春春靠在椅背上歪着头睡得正香，他做了一个梦，梦里出现了一只巨大的猫科动物，身上满是钻石的那种。

“唔……”像是被梦里的大家伙惹烦了，刘春春不满地躲了躲。他最近一直在加班，实在困得要命，要不是看在白曦和前任酒保王先生的面子上，哪怕今晚有人在这里撒钱，他也会选择回家睡觉。

“不想上去？”王远辰把车停稳，熄火。下车、打开副驾驶座的车门、强硬又不失温柔地拉了刘春春一把，整套动作做起来如行云流水。

咚的一声，地球人的脑袋撞到了车顶上。

刘春春终于恼怒而又困倦地睁开眼睛，不过还没等他出声抗议，车窗外骤然响起了像是从废品回收站淘回来的沙哑大声公的声音。

“这位姓王的先生，”白曦抓着从保安手里抢来的大声公，非常不满地趴在车窗上冲他说，“请你把我的员工从车里放出来。”

“白哥！”刘春春火速推开王远辰，一溜烟儿地蹿下了车。

王远辰面色不善地看着白曦，以及白曦身边的韩卓。

“抱歉。”韩卓看上去毫无诚意，“但是你占了我的专用车位。”

“下次你可以开着飞行器来。”王远辰不悦地大力甩上车门，然后拎着刘春春头也不回地扬长而去。

“什么飞行器？”白曦好奇地问。

“空中飞行器，北斗研究所的新项目，不过目前还在测试阶段。”韩卓回答，“如果你想要，我可以去给你弄一台。”

“战斗飞船那样的形态吗？”白曦的语气难掩兴奋，也脑补出某系列经典科幻电影里的某个角色的形象。

“你的想象力很丰富。”韩卓笑着说，“但是现在地球很和平，并不需要你带着喷火的加特林①到处飞。”

只需要色彩缤纷的果汁和鸡尾酒，以及狂欢夜特供的酒精炸弹。

酒吧里已经挤满了客人，吧台被围得水泄不通，巨大的音乐浪潮拍打着空气，给狂欢的人群带去一波又一波的晕眩。

刘春春端着一杯颜色可疑的饮品，正在仔细地听酒保介绍。

“这叫勇敢者游戏。”新任酒保趴在吧台上，把整个上半身都探过来好凑近刘春春的耳朵，因为只有这样他才能确保自己的声音被听到，“喝完会有很美妙的体验，对了，它是巧克力草莓味。”

听上去似乎还不错。

刘春春端起杯子认真端详了一下，下定决心要做一回勇敢者。

只是没等他把杯子送到嘴边，就被人扣住了手腕。

王远辰把那杯酒推给酒保，冷冰冰地说：“一杯草莓汁。”

等着看热闹的人拍着桌子，发出扫兴的嘘声散开了。

刘春春小声问：“什么情况？”

“那不是勇敢者的游戏，是酒鬼的游戏。”王远辰坐到他身边跟他解释，“百分之八十的地球人喝完那东西都会失去理智，变成一个尖叫的疯子——周围这些人都在等着看你的笑话。”

刘春春：“……”

“所以你最好不要离开我身边。”王远辰看着他，相当认真地警告道，“这里对你而言，到处都是危险。”

---

①加特林：是手动型多管旋转机关枪，由美国人理查·乔登·加特林设计。

“你会不会太夸张了点，那只是一杯酒而已。”酒保把草莓汁推给刘春春，“不打算帮忙？今晚客人很多。”

“不打算。”王远辰多少带点恶作剧地往楼上指了指，“为什么不去找韩卓呢？他现在应该很闲。”

“算了吧。”酒保压低声音，“在所有异能者心里，老板在今后的每一天都应该躺在沙滩上吹风度假，而不是工作。”

毕竟他曾经为族人进行过数次艰苦卓绝的战斗，还险些失去了生命，光听着就十分让人心疼了，很值得被包裹在棉花糖里度过余生。

二楼的私人小吧台里，白曦递给韩卓一杯五颜六色的鸡尾酒，满怀期待地对他说：“试试看。”

“你的新发明？”韩卓问。

“嗯。”白曦一边学着酒保的样子像模像样地擦着吧台，一边问，“怎么样，看起来是不是很专业？”

韩先生挑了一下眉，然后用信任但不失谨慎的态度凑近闻了一下。面对白曦期望的目光，他选择用沉默的微笑代替回答。

“什么态度！”白曦把杯子抢过来，怒道，“我加了很多热带果汁的，你不喝我自己喝——咳！”

冰凉的液体滑过舌尖，诡异的刺激感在味蕾中爆炸，像是一记闷棍打在后脑上，让他整个人都开始头晕目眩，但那晕眩和酒精没有任何关系，纯属太难喝，还是近乎奇幻的那种难喝。

白曦漱了足足十几次口才摆脱那种奇幻的味道，他脚步虚浮地走出洗手间，然后闷闷不乐去了外面的小露台，坐到了栏杆边的座位上。

“你可能把辣椒汁当成了某种果汁？”韩卓坐在他身边，“它们的外观看起来一模一样，没有任何区别。”

“为什么酒吧里会有辣椒汁？”白曦目光哀怨，似乎不明白自己为什么在厨艺或者与它相关的事情上面会一再遭遇滑铁卢。

“因为很多酒都需要用它来调。”韩卓继续安慰他，“但是没关系的，你不需要有厨艺，也不用会调酒。”

“嗯。”白曦换了个舒服的姿势，决定接受自己身上的这一点瑕疵，“霸道总裁都不需要有厨艺或者会调酒。”

城市里彻夜不灭的灯火把天幕染成了粉红色，看起来又漂亮又浪漫。整条街都被浸泡在音乐里，尖叫声此起彼伏。

韩卓问他：“想下去喝一杯吗？”

“不想。”白曦把自己埋进更深的舒适柔软里，“这样很好。”

韩卓笑了笑。

夜风徐徐吹拂着脸颊，白曦抬起头，眯起眼睛，努力想在那一片模糊的云层里找到那颗闪亮的星星。

“在看什么？”过了一会儿，韩卓问他。

“你的星星。”白曦回答。

闪烁的灯火像是不灭的星辰，只要眯起眼睛，世界都会有梦幻的光晕，还有什么能比现在这样更好呢?

小交警手里抓着一个热狗，正一边跑一边往嘴里狂塞，他准备填饱肚子后就去值夜班查酒驾。

巷道口，一群不良少女正在打架。她们顶着五颜六色的短发，画着夸张的烟熏妆，附近的空气中回荡着的都是她们粗鲁的满是脏话的尖叫。

“干什么呢！”凌小刀吼了一句，“警察来了！”

少女们叫骂着跑开，留下一地烟头和一只高跟鞋。

凌小刀在原地站了一会儿，忍不住又抬头看向了天穹。

那里也有一个女孩，和她们一样嚣张叛逆不听话。

“喂。”身后突然有人叫他。

无比熟悉的声音。

凌小刀惊讶地转过身。

琳达拖着行李箱，站在离他不远的地方。她难得地穿了一条白色的长裙，裙摆在夜风中像飞舞的蝴蝶。

“你能带我回家吗？”她双手抱着胳膊，小声地抱怨道，“跟那边比起来，地球好像有点冷。”

“真是太感人了。”文艺导演马克李热泪盈眶、心潮澎湃地说道，“我能把这个故事拍成电影吗？”

“这个问题你应该去问凌小刀和琳达，我又不是他们的监护人。”说完，白曦忍无可忍地指着墙角那一大束怒放的七彩玫瑰对马克李发出严正警告，“还有，以后禁止这些东西出现在我的公司。”

“但是我认为他们一定不会拒绝韩先生的意见。”马克李嗓音低沉，还特意凑过来，宛如神秘特工在接头。

“那你也可以自己去问韩先生。”白曦说，“如果他不答应，你还可以求助梁所长。对了，他最近还好吗？”

“好。”一提起这个，马克李顿时觉得自己十分凄凉，“他们已经度了七次蜜月了，以后可能还会有第七十次。”

所以大龄留守儿童马导演就只能独自住在空荡荡的别墅里，每天从两百平方米的床上[①]醒来，很文艺，很孤独。

白曦说：“出去出去。”

马克李蹲在灵魂挚友的公司门口，目光幽幽，深深叹气。

自己分明知道那么多感人的爱情故事，关于宇宙和生命，种族与文明，却不能把它们全部拍成电影，这真是一件遗憾的事。

而更遗憾的是，直到今天，神秘画家215的经纪人也依然很不讲道理，甚至还在电话里扬言要揍自己。

“啊，”马克李盯着天花板，充满诗意地吟诵，“孤独的灵魂。”

刘春春抱着文件夹，快速跑过他的身边。

马克李看着他的背影，继续感慨：“平凡的人。”

叮的一声，身旁的电梯门打开了，从里面鱼贯走出来十几名隔壁公司的模特，一水儿的大波浪长发加长腿，香风阵阵，美艳迷人。

马克李导演沮丧的心情一扫而空。他目送着香风吹远，然后兴致勃勃地打了个响指，感叹：“以及美妙的世界。”

---

①两百平方米的床上：在霸道总裁题材或玛丽苏类型的网络小说中，常常用这种夸张的手法来表现某个人物的富有，营造出荒诞可笑的效果。文中使用这种手法也是为了同样的目的。

天色逐渐暗下来，白曦伸了个懒腰，顺便活动了一下酸痛的肩背，打算一会儿和韩卓一起去吃顿火锅来结束这忙碌的一天。

而在他的隔壁的办公室里，刘春春正在远程指导王先生煲汤。

“响螺片又是什么东西？”电话另一头的王先生暴躁地问，他最近虽然对厨房里的工作表现出了一些兴趣，但仍保有高贵天鹅的暴躁本性。

“好了好了，我马上就回来啦。”刘春春笑着收拾东西，他已经完全摸透了天鹅的脾气，安抚起来也格外顺手，“你乖乖的。”

王远辰系着围裙，高冷地“嗯”了一声。

城市华灯初上，远方星光正好。

星之番外

·3·

穿梭星河的风

韩先生出生在六月一日。

为了配合这个非常可爱的节日，白曦很早就开始制订计划，分门别类地在笔记本上密密麻麻地写了许多。

恰好路过的刘春春对此表现出了应有的好奇心。

白曦慷慨地把人叫到自己身边，滔滔不绝地介绍："我们打算先去鬼屋，然后去郊区体验极速漂流，晚上再一起吃农家乐柴火鸡。"

刘春春听完白曦的安排之后提出了十分合理的质疑："我怎么觉得鬼屋和极速漂流都是你的口味。"

白曦承认："就是我的口味。"

"但你不是给韩哥过生日吗？"

"所以才有农家乐啊，这是我专门找的，因为他前天看了整整半个小时的柴火鸡烹饪纪录片。"

刘春春担忧地摇摇头："好像有点没诚意。"

"这还不够有诚意？"白曦辩解，"也不只有这些，还有理查米尔。"

刘春春纳闷："那是谁？"

白曦揽住他的肩膀："那不是谁，是爸爸上个月刚刚喜提的手表，你见过的。"

"你自己的表和韩哥有什么关系？"

"什么我的，我只不过偷偷试戴了一下午，怎么样，是不是酷毙了？"

"一般般。"

"400万元。"

“……”你们有钱人买东西都是用这种单位的吗？

身为一个普通的打工人，刘春春被震得说不出话。

白曦和他深情对视：“提起这个，我本来还想买另一款银白色的，但是中途被人抢走了，你猜这个人是谁呢？”

刘春春先是被问得莫名其妙，他在想：我怎么会知道是谁，我的认知范围里并不存在你们这种……等等，他心头涌上不太妙的预感。

银白色的手表，好像在哪里见过？

白曦鼓励他继续思考。

刘春春想起客厅装遥控器盒子里的那块造型浮夸的手表：“但他说那是大家乐超市积分兑换的赠品，只要50元。”

白曦揉了揉傻儿子的呆毛，唯恐天下不乱地继续挑拨离间：“也就少报了五个零吧，王先生怎么能骗人，真是太不应该了。这样吧，为了能让他得到应有的惩罚，我愿意花5000元巨款接手。”

刘春春震惊归震惊，但理智尚在，立场也很坚定。他一巴掌把白曦拍开，无声地无情拒绝了。

白曦叹气，唉，儿大不由爹，胳膊肘往外拐。

“那你继续想吧，我先回家了。”

白曦摆摆手，大方放人，随即又想到了什么，特意补充道：“六一记得空出来，跟我们一起行动。”

刘春春莫名其妙：“我也要去？”

“当然，鬼屋和漂流，人少了多无聊，而且柴火鸡也得至少五个人才能订。”

“……”

刘春春在离开前友情提示白曦，对于生日安排最好还是参考一下韩哥这位当事人的意见比较好。

于是这天晚上，白曦举着一根香蕉当话筒，倾情采访了当事人韩先生：“老韩，请问你想吃柴火鸡吗？”

韩卓不解地问：“柴火鸡是什么？”

白曦备受打击，他不可置信地问：“……不是，你前天才盯着电视看得如痴如醉，怎么转眼就忘了？！”

韩卓回忆了大半天，总算是想起来了，于是他说：“好，我吃。”

白曦痛心疾首：“你看你这既冷漠又敷衍的态度。”

韩卓笑着说：“刚才真没想起来，你想吃的话，我去订位子。”

“不是我想吃。”白曦一屁股坐回沙发，“这本来是你的生日安排，在柴火鸡之前还有鬼屋探险和极速漂流。”

韩卓提出刘春春的同款疑问：“我怎么觉得有人在假公济私？”

白曦态度良好：“那你想去哪儿？也不是不能酌情修改，我还是很讲道理的。”

然后两人进行了一番友好协商，最后决定，按照原计划进行。

具体协商过程是这样的——

韩卓问：“除了鬼屋、漂流和柴火鸡，请问还有什么选项？”

白曦答：“没有了。”

韩卓说：“好的。”

真的是好讲道理。

定好行程后，白曦蹲在客厅角落打了一圈预约电话，原本以为遇到节日位子会很紧俏，结果商家连订金都不收，表示直接去就行，三人以上还能打个八五折。

白曦疑惑地挂断电话：“没道理啊。”

韩卓坐在沙发上，慢条斯理地翻着报纸：“六一，过节的小朋友们只会想去游乐场和汉堡店，不会对鬼屋或汽锅鸡感兴趣，而且那天还不是周末。”

白曦纠正他：“什么汽锅鸡，是柴火鸡。好吧，我承认你确实不想吃，不然怎么连名字都没记住。”

韩卓被他逗得乐不可支：“卧室里有礼物，自己去拿。”

“礼物，我的？”白曦一愣，“为什么？”

“因为六一，我也要给小朋友过节。”韩卓合上报纸，多少有点愤愤不平，“肯定比你的柴火鸡要精彩。”

白曦跑进卧室，果然在桌上发现了一个密封的看起来像是玻璃球的东西，他试着拿起来，却被指尖传来的颤动惊得往后一缩。他当即不敢动了，回头问韩先生：“是他们从另一颗星球传送来的吗？”

“是。”韩卓靠在门口，“我预订的，是一缕风。”

世界上可能没有比这更加虚无缥缈的礼物了，同样的，也没有比一缕风更加不可思议的礼物了。

白曦把掌心整个贴了上去，想要仔细感受那微凉而又不断飘移的感觉。

一缕风，一缕来自光年之外的风。

或许它曾亲吻过另一片截然不同的浩瀚无边的海，也曾掠过那些悬浮明灭的星舰，还灵巧地穿过高耸林立的摩天大厦，最后轻柔地落在银色的森林间。

人类的想象力是有限的，然而仅仅是靠着这些有限的想象力，白曦已经被惊艳得说不出话来。

他觉得生活实在有太多惊喜了，多得就像那些挂满天穹也挂满卧室的星星。

韩卓问："喜欢吗？"

"喜欢。"白曦稍稍弯曲着手指，好让自己的掌心和这缕风贴得更近、更紧，"这不公平。"

因为地球人只能预订无聊的商品，而奥特曼先生可以直接招来亿万星球间的风，这要怎么比？

韩卓把掌心覆到玻璃球的另一面，有些好笑地看着他："没关系的，你只需要喜欢，不需要公平。"

而另一边，王先生正坐在沙发上，懒洋洋地跷着二郎腿，语调冷漠并面无表情地强词夺理道："他骗你的，这东西怎么可能值400万元？我不是说了吗，就是个发发发超市的赠品。"

"你说的是大家乐超市。"

"嗯，大家乐超市。"

"……"

王远辰说："我饿了。"

于是刘春春去厨房给他煮米粉去了。煮好的米粉上整齐地码着烫好的牛肉和青菜，最上面还盖着一颗圆鼓鼓的太阳蛋。

王远辰端着米粉说："我要到卧室去吃。"

刘春春沉默了一下，回答："就算你端去邻居家吃，吃完回来也一样要说清楚那块表到底是怎么回事的。"

王远辰："……"

刘春春把碗从王远辰手上拿下来，放在了餐桌上："我又不会管你，我只是好奇，因为我还从没见过七位数的表。你以后要是再买这么贵的东西，最好提前告诉我，这样我收拾的时候也好小心一点。过来吃吧，要不要给你弄一点糖醋小菜？”

他叽里呱啦地说了半天，结果王先生的注意力只停留在了第一句，并且勃然大怒地质问他：“你为什么不管我？”

刘春春被吓得一哆嗦：“啊？”

王远辰用两根手指掐住他的脸蛋，看起来十分不满。

刘春春无语凝噎，觉得自己又变成了一块橡皮泥，正在被人搓扁捏圆。好不容易把脸抢救回来，他揉了揉酸痛的面颊，后退一步，问：“我管的话，你会听我的吗？”

王远辰痛快点头：“会。”

“那这块表能退吗？”

“不能。”

“……”

王远辰把表随手搭在他腕间，举起来看了一会儿，评价道：“一般。”

刘春春的身价在一瞬间猛增400万元。

他不太敢动，像个木偶一样僵硬地维持着姿势，觉得手臂沉重到无法抬起：“既然觉得一般，你为什么还要买？”

提起这个，王先生立刻变得凶狠：“因为有人要和我抢！做梦去吧，我绝对不会让他得逞的！”

刘春春准确地领悟到了事件的真相：“和你抢的那个人……是白哥吗？”

“是。”

“就为了气他？”

“是。”

“……”刘春春欲言又止，但没能止住，颤声问道，“你这也太夸张了吧？”这是400万元呀，又不是400元。

王远辰抱着手臂，持续地目露凶光：“我不管，谁让他天天叫你加班的！总之，以后他想要的东西都是我的！”

刘春春其实已经很习惯王先生时不时会冒出来的幼稚行径了，但依然觉得这样不行，他还脑补出了在不远的将来，王远辰和白曦站在巨塔之巅，互相对骂撒钱的场景。

刘春春成功把自己吓得头皮发麻后，赶紧出言教育王远辰：“你这样不行，我们要勤劳节俭，朴实无华。”

王远辰反问道："那姓白的以后买吗？"

刘春春回答："我又管不了白哥，只能管你。"

这个标准答案拿到考官王先生面前，立刻就得到了一百分，具体表现在他的心情简直是瞬间就变得阳光明媚了，一个简单的"嗯"字被他说得百转千回，唇角也稍微往上勾了勾。

好的，可以考虑。

刘春春也跟着笑了起来——吁……又过一关。

星之番外

·4·

了不起的六一

为了让韩先生的生日过得更有仪式感，白曦提前半个月就斥巨资在购物网站定制了一批T恤，准备分发给每一位参加生日聚会的宾客。

刘春春回忆起不久之前被七位数的手表支配的恐惧，连忙问："这里的巨资到底有多巨？"

白曦大手一挥："不到10万元。"

刘春春大惊："可是我觉得这个塑料包装很简陋啊！"

白曦继续说："8件136元。"

刘春春："……"

平均十几块一件的T恤，免费印花还包邮，质量可想而知。

六一当天，高贵天鹅王先生对这件定制T恤表现出了应有的嫌弃，他站在窗帘后面无情地拒绝着："我才不穿。"

刘春春苦口婆心地劝道："韩哥过生日，我们总要给一点面子的。"

王远辰冷笑："你觉得他会穿这种东西？"

刘春春如实回答，韩哥可能不想穿，但白哥想让他穿，他就一定会穿。

即使听说了有韩卓做表率，但王远辰依然无法接受这件T恤，所以他又开始挑新的毛病："胸口印的是什么破东西？扭曲的一团。"

刘春春顿了一顿："我画的。"

"……"

王远辰从鼻子里挤出一声细微的"哼"，终于放下手中摇晃的红酒杯，从窗帘后踱步出来，纡尊降贵地接过了T恤。

而韩卓也被白曦强行换上了生日“礼T”，他看着镜子里绿油油的自己，试图再为自己争取一点点权益：“一定要穿？”

白曦一边整理着自己的衣摆，一边回头看他：“你刚刚在问什么？啊……对，一定要穿。”

他说这句话的时候，窗外正是烈日当空。大片阳光倾泻而下，让飘窗和飘窗旁边的人一起变得鲜活生动。房间里落满了独属于这个季节的滚烫热情与蓬勃生机，就像和绿色产生了化学反应，居然有一种奇妙的相配。

于是韩卓就把剩下的话咽了回去，上前轻轻替他把领口压平：“好。”

受邀参加生日会的还有灵魂挚友马克李。他一大早就开着车，快快乐乐地接上了凌小刀和琳达一起前往位于郊区的大美满农家乐。

农家乐应该是什么样，大家还是能有个基本概念的，也正是因为如此，在下车的一瞬间，三人才被眼前的景象震撼了灵魂！

尤其是文艺青年马克李，他甚至觉得自己开的可能不是大吉普，而是继父正在秘密研究的穿梭舰，否则怎么可能在一个小时内就从S市驶达了M国？

凌小刀啧啧惊叹：“现在的农家乐已经内卷① 成了这样？”

“表面内卷。”琳达一马当先推开了蓝白相间的木头门，看着院子里的淳朴小黄狗，面无表情地说，“它只是外墙看起来像M国五福乡，但内核还是大美满农家乐。”

“其实这样也对。”马克李分析，“这叫一网打尽所有客户群。文艺青年可以靠着蓝白墙忧郁地望向天空拍照发上网，其他人也可以坐在院子里搓麻将。大家各取所需，互不打扰。”

“但我现在既不想靠墙望天，也不想搓麻将。”琳达扯了一把门上挂着的彩色缎带，“什么鬼东西！”

老板迎出来热情介绍，不是有小朋友要过生日吗，所以我们特意做了些布置，免费的，不加钱。

马克李扑哧一声笑出来：“那你可能有点误会。”

但没关系，虽然过生日的“儿童”有些许超龄，可谁规定超龄儿童就不能在蓝白气

①内卷：网络用词，通常指非理性的内部竞争或者被迫参与的竞争。

球拧成的动物海洋里快乐徜徉了？

过生日得有过生日的仪式感！

于是在寿星本人抵达农家乐的第一时间，铺天盖地的彩带和震耳欲聋的砰砰声就一起朝他热情砸去，在阳光下闪出一片气势非凡的光芒。

韩卓：“……”

刘春春受惊不浅，差点一屁股坐在地上。他拽着王远辰的胳膊，惊慌地问道：“发生了什么事？”

王远辰扶着他，面色不善地盯着三个罪魁祸首。

“没发生什么，走个免费的生日流程。”琳达把手里的空礼花筒丢进垃圾桶，“你们迟到了。”

白曦推卸责任：“堵车。”

凌小刀同志斩钉截铁地戳破谎言：“没有人比我更清楚这里的路况，不可能！”

白曦：“对不起，忘了你是专业的。好吧，我们起晚了。”

琳达撇撇嘴，看在寿星的面子上，勉强放过这群不守时的人：“下一个环节是什么？这里简直无聊透了。”

韩卓看着满墙的“生日快乐”和气球玩偶，内心同样受到了不小的冲击，简直一秒钟都不想多待。

幸好，本次生日会的主策划白曦本人也不愿意干坐着，他兴致勃勃指挥：“走，我们去鬼屋！”

琳达小声吐槽：“这种农家乐的鬼屋能有什么意思。”

王远辰难得和她达成统一意见：“不然去后山？”

剩下的三个人还没来得及发表任何意见，韩先生就已经抢先一步，冷冷地下了命令：“谁都不许跑！”

鉴于现场没有人能打得过这位，大家只好选择妥协，迫于暴力继续合作，跟在白曦身后，鱼贯进入了农家乐自设的鬼屋。

说是鬼屋，其实是一处天然的洞穴，里面装了许多五颜六色的灯，照得洞穴里光怪陆离，十分诡异。

就连一向非常配合白曦的刘春春也觉得这生日流程真是一绝。

王远辰对此当然毫无兴趣，他嘴里叼着一根不知道从哪儿摸来的草莓棒棒糖，无所事事地走在队伍最后方，看起来跟个冷酷的雕塑似的。

事实上他也的确是个冷酷的雕塑，反正扮鬼的工作人员在他身后幽幽地喊了三四句，硬是没有把这位帅哥喊出反应，颇感受挫的工作人员最后没忍住，伸手轻轻地戳了一下这个冷酷雕塑的背。

王先生回头，一道绿光恰好落在他眼中，阴森狠戾。

工作人员被吓得不轻，后退两步以示尊敬。

而在队伍最前方，一位拿着灯笼的工作人员也正在和韩先生对视。

农家乐老板确实是用心布置过了，灯笼上甚至都写上了“生日快乐”这四个血淋淋的大字——怎么说呢，心意满满，效果骇人。

韩卓伸手把灯笼接过来：“谢谢。”

他有着儒雅英俊的面容、彬彬有礼的态度以及低沉温柔的嗓音，说话时还会微微弯腰，与面前血淋淋的少女对视：“请问还有什么事吗？”

少女的心脏扑通地狂跳着，她结结巴巴地回答：“没有了。”

韩卓站直身体，再次向对方道谢。

在接下来的探险旅途中，不断地有各色的“鬼怪”跑出来，而且大家的目标都很明确，全部直奔韩先生，围着他左右来回转圈地看，甚至还有业余客串的阿姨按捺不住心中欣赏，直接拉着他的手：“有对象了吗？”

小白总只觉得游戏体验极差。

王远辰在后面幸灾乐祸地哈哈大笑，不给小白总半点面子。

韩卓把手抽回来，往后淡定地一指：“我有，但那儿有个单身的。”

阿姨顺着他的方向看过去，面露难色：“一直在笑的那个小伙子？”长得高高大大的，确实很帅，但长头发不扎鬏鬏，看起来并不是很宜室宜家，感觉结婚的第二天就要骑着他的摩托车不回头地去寻找摇滚和远方。

不过她的视线很快就落在了另一个人身上。

站在王先生旁边的小刘同志，气质乖巧，头发柔顺，长相白净清秀，个子也不矮，于是阿姨心花怒放，直奔目标而去。

这回轮到白曦笑了。

韩卓拎着他的衣服后领，把这唯恐天下不乱的捣乱分子扯出了鬼屋。

凌小刀也赶紧带着琳达离开，生怕走晚一步就会被热情的阿姨扣留，被迫加入诡异的鬼屋相亲团。

琳达搭着他的肩膀：“我觉得你想多了，没有长辈会喜欢我。”

凌小刀立刻反驳：“谁说的，我妈就很喜欢你。”

琳达咀嚼薄荷糖的动作停了下来：“真的吗？”

凌小刀认真回答：“当然是真的。”

琳达的舌尖在口腔内小小地画了个圈，然后她卷着舌头，卷起那粒小小的糖渣，低低地“哦”了一声。然而安分了没有三秒钟，她就扑过去抱住凌小刀，踮起脚，贴上他的唇，把残余的温度和甜一起送到对方齿间。

“那下次再去你家的时候，我还用把头发染回黑色吗？”

凌小刀抱着她的腰，看着少女那一头在阳光下反光的粉色头发，扯出干笑：“不然……就，稍微……我们循序渐进，不要一上来就这么……唔……”

“好啦好啦，我知道了。”琳达亲了他一口，“你好傻。”

站在一边看完全程的白曦抱着手臂发问：“现在的年轻人都是这么谈恋爱的吗？”

韩卓提醒他：“你也才大学毕业没几年。”

白曦感慨万千：“但我一定不会在大庭广众……等会儿，那是王远辰吗，他是不是要来找我们打架？”

韩卓当机立断地拉着白曦转身就走。

“站住！”王先生咬牙切齿地冲着两人的背影说道。

刘春春在后面气喘吁吁地追：“慢……你们慢一点！”

只有马克李导演还在鬼屋里孤独地思考，思考活着的意义。他也不知道为什么，自己在面对这粗糙鬼屋时居然会突然涌起一股莫名的共鸣！

啊，人生，可能就是这么没有道理。

他一把拉住身边的人，用吟诵诗歌一样的腔调问道：“朋友，你可曾听说过一个自由的野蛮人抱怨生活想要自杀？”

工作人员把嘴里咬着的长舌头取下来：“没听过。”

马克李拍拍身边的位置：“来，你坐下，我们聊一聊。”

工作人员摆手拒绝：“工作期间我们不能跟客人闲聊，而且你已经在这里待超时了，得加钱了。”

马克李：“……”

而就在他结清鬼屋费用被工作人员领着好不容易找到大部队时，其他人已经坐上竹筏，磕磕碰碰地漂向了北方，并没有要等他的意思。

马克李大感不公："你觉得这平等吗？"

工作人员及时安抚他的情绪："这也太不平等了。"

"那你知道为什么会产生这种不平等吗？"

"不知道。"

马克李解释："因为野蛮人只为自己活着，而文明社会却一直在进步。"

工作人员警惕地后退两步，听不懂，也不愿再问，而且和这位客人真的不熟。

于是马克李决定划着竹筏去追寻真正的灵魂挚友，和他一起探讨这复杂的社会。至于他会不会被韩先生丢出去，就只能……碰运气，碰运气。

【番外·完】